有爱的青春陪伴者

因为是你，四季欢喜。

隔答，想你

（上）

禾中 著

图书在版编目（CIP）数据

滴答，想你：全2册 / 禾中著. -- 南京：江苏凤凰文艺出版社，2022.1
ISBN 978-7-5594-5933-6

Ⅰ. ①滴… Ⅱ. ①禾… Ⅲ. ①长篇小说-中国-当代
Ⅳ. ①I247.5

中国版本图书馆CIP数据核字(2021)第097879号

滴答，想你：全2册

禾中 著

责任编辑　王　青
特约编辑　伍　利　猫　冬
责任校对　彭　佳
出版发行　江苏凤凰文艺出版社
　　　　　南京市中央路165号，邮编：210009
网　　址　http://www.jswenyi.com
印　　刷　长沙鸿发印务实业有限公司
开　　本　880mm×1230mm　1/32
印　　张　19
字　　数　572千字
版　　次　2022年1月第1版
印　　次　2022年1月第1次印刷
书　　号　ISBN 978-7-5594-5933-6
定　　价　66.00元

目录
Contents
上册

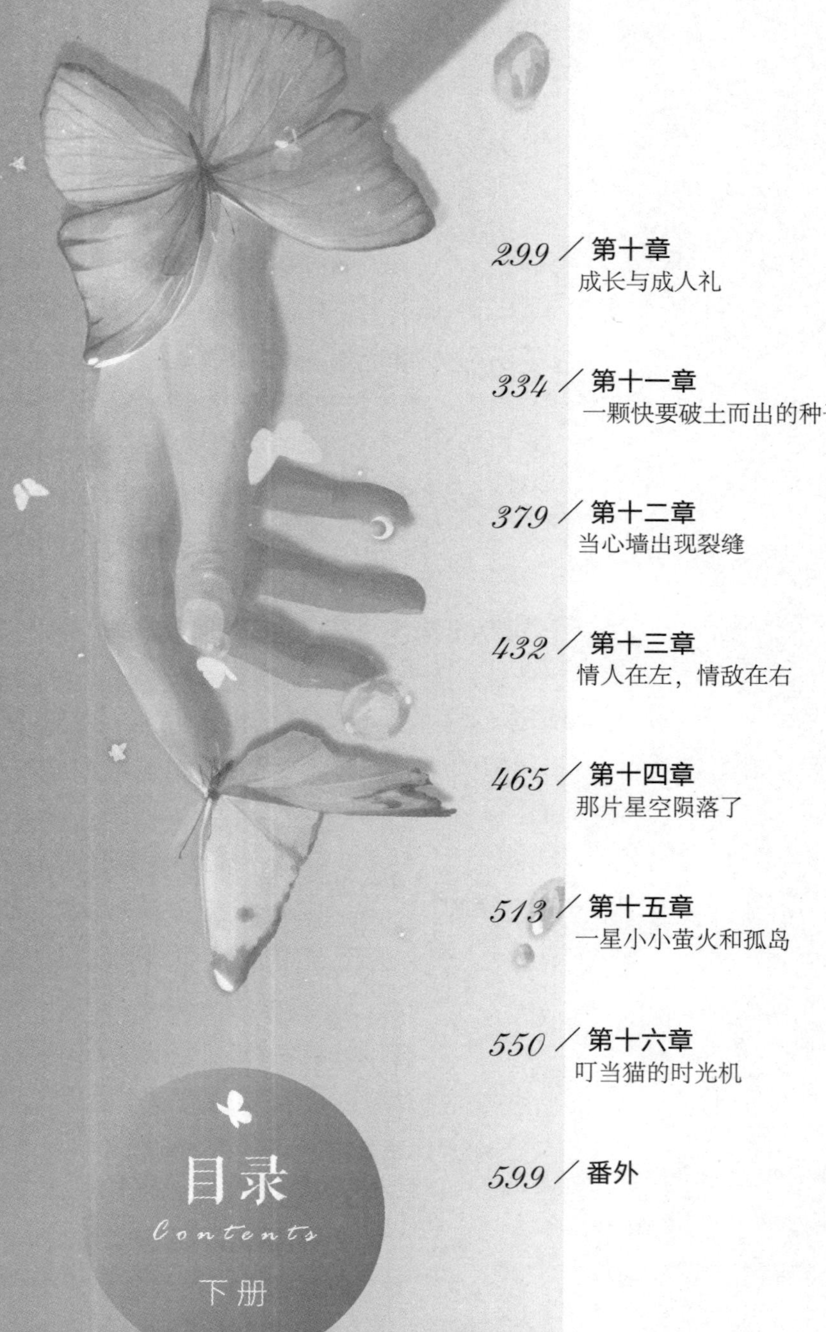

目录
Contents

下册

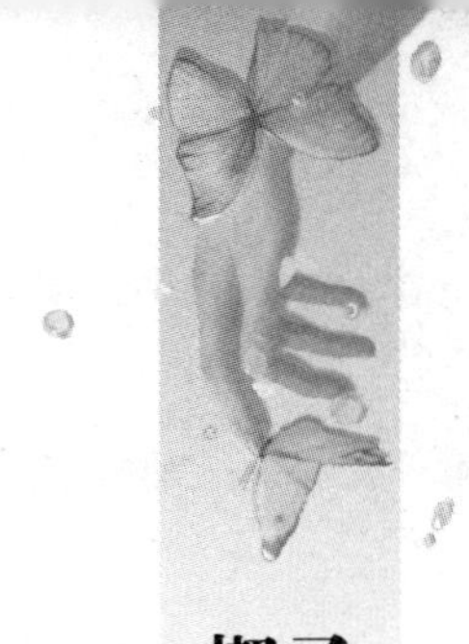

楔子

Qida, Xiangni

当徐皎站在班霍夫大街湖边一家老字号 Atelier Werenbach 的橱窗前时，她听到的第一句话是——这一定会成为你有生之年最难忘的回忆！

第二句话是同她一样作为游客来到《不能承受的生命之轻》这座城市——苏黎世的法国佬，用蹩脚的英文手舞足蹈比画出的——他已经在里面待了三个月？这也太神奇了！

第三句话是法国佬身旁的女伴瞪大眼睛发出的尖叫——他是亚洲人吗？需要私人服务吗？我想和他睡觉。

……

徐皎尽量让自己从刚高考完的阴影中走出来，将自动翻译英文的习惯从脑海过滤遗忘，然后睁大眼睛，看向橱窗。

这里是苏黎世，这条街拥有着享誉全球的名表品牌，而这家店——她在网上搜过，是一家老字号的钟表店，也可以说是一间小型博物馆，里面的珍贵名表往往只有拍卖会上才能看到。

巨大的落地窗后陈列着各式各样的手表，它们美丽稀缺，宛如会说话的珍器，盛放在装点一新的容器里，用日内瓦印记、经典大三针、宝石机芯、擒纵机构和历史对话。

而此时，在橱窗深处被阻隔参观的中心舞台，在几个挺着大肚子、“地中海”的外国人各自手执放大镜和摄像机、小心翼翼地交头接耳之间，有一样东西正在被观察，被记录。

徐皎跟着旁边的中文指示牌看过去——清乾隆御制铜鎏金转花转水法大吉葫芦钟。

记者正在介绍：“这是一件清宫旧藏，十八世纪法国制造。其底部内置机芯，正面有三组料石转花。底部上方四角亦安设转花，中部为三株棕榈树及水法装置。棕榈树托起上方的葫芦形时钟，钟上立一敲钟人，与钟表机芯联动，可报时。”

按照国内文物评定标准，该文物应为二级珍贵文物。不知道为什么，这件原本该是清宫旧藏的老物件，此刻却出现在异国他乡的博物馆里。

而文物后面坐着的那个男人，似乎已经为其正名。

没错，徐皎已经听不清记者在说什么了，注意力随着镜头往上，逐渐聚焦到一双手上——

指尖钳着一枚配件，正在调试葫芦钟的走时，手指细长灵活，指骨分明，指甲盖下的小月牙颗颗饱满莹润，看着干净又舒服。

镜头再往上，是挽到臂弯的袖口，露出一颗中式盘扣。

再往上，徐皎听到记者介绍该古董钟的价格，市值整整七千万。她忍不住倒吸一口凉气，目光却没有丝毫错落，一眨不眨地来到正前方。

她终于看清让法国佬和女伴都惊叹不已的对象了。

唔，东方面孔，鼻梁高挺，眼窝深邃，睫毛很长，皮肤白得像俄罗斯人，眼尾带一丝弯曲的弧度，说不出来的感觉，好像将异国风情的浪漫都勾藏了起来。

隔着一面玻璃窗，外面人来人往，驻足围观的人里外三圈，他却只专注手里的物件，丝毫不受影响。那双手好像有种神奇的魔力，让人内心宁静，不知不觉跟着他走过落闸、打点，走过点点滴滴的光阴。

“在这里，华人，是不是很厉害？这可是顶级钟表天堂。”身边一个记者忽然对徐皎说。

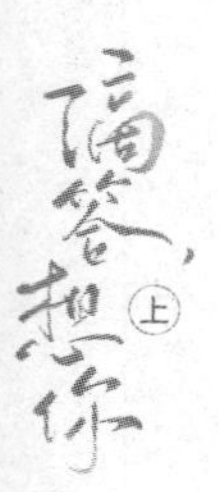

“瞧你想入非非的样子，别把人家小孩带坏了。我已经打听过了，他没那个爱好，要是有，我也去排队。”记者的同伴不怀好意地扫了徐皎一眼。

“至于嘛，这也跟我抢。”

“一手消息都让给你了，还不让人在精神上爽一爽？再说了，这种级别的臻品，这么高级的视感，还有这冰清玉洁的气质，谁忍得住呀。”

“手真好看。”

“想变成文物。”

两个女记者对视一眼，忍俊不禁地笑了，考虑到还有学生在旁边，颇为节制地敛住上扬的嘴角。

徐皎默默咬唇，表示都听懂了，虽然是潜台词，可她看着有这么稚嫩吗？

忽然，手机铃声响起，不知是被吓的还是羞的，徐皎心脏陡然漏跳一拍，下意识瞄了眼橱窗。她手忙脚乱地掐断电话，见店里人头攒动，媒体人员似都准备离开，她忙打开相机，调整角度。

就在镜头聚焦的刹那，一道视线投了过来。

心跳猛地停住。

面前是一间从里到外透着哥特式风情的古老房子，有着彩色的屋顶，铁锈斑驳的门廊，窄小的巷子，粉白色墙壁爬满风藤，古朴的窗格上停着白鸽，熙熙攘攘的人群一茬接一茬走过。

喧哗与寂静仿佛将世界割裂，一分为二，她迷迷糊糊地贯穿其中，满脑子都是电影里浪漫的桥段，滴漏正延迟落下，画廊精致的美学冲击着年轻男女，某一个黄昏时分，酒吧里交织着喘息……而她目光所及，在那斑驳光影的深处，男人穿着一件亚麻质地的中山装褂子，周身清爽没有一丝累赘。

他泰然自若地凝视着世界的分裂，仿佛一个生长在橱窗里的中式怪物，就这样毫无防备地撞进她的视线。幽深的眼眸，纯净的色彩，广袤辽远，宛如一面平湖，蕴藏潋滟风光，倒悬山水云画。

古董钟滴答流转，好像打翻灯油的老鼠七上八下。

下一秒，徐皎落荒而逃。

等她和好朋友碰头再回到这家老字号的门口，男人已经不在，橱窗里只剩下那件被修复完成的清代旧藏。铜鎏金色衬得钟座华光溢彩，棕榈树和敲钟小人的联动报时机制可谓天衣无缝，手工奇巧，最小的零件小到要用特别定制的长镊子才能夹住。而那个男人，历时三月之久，刚刚完成一项浩大的工程。

有人问老板男人去了哪里，老板摆摆手，一副神秘的笑容："乔治累了，需要休息，他不让我说，但你们可以找找看，就在某个地方。"

于是，后来的一整晚，徐皎走遍苏黎世的大街小巷。

至于再后来，那是一个秘密，以及一个难忘的回忆。

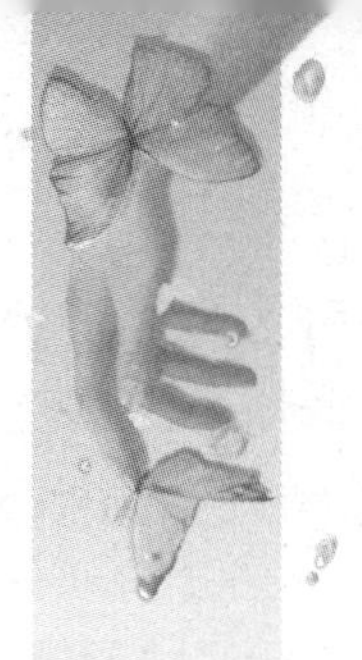

第一章

/

一见钟情的骗局

Dida. Xiangni

▼

阳光洒满教室的午后，一段流畅轻快的钢琴演奏从讲台后传来，伴随着镜头逐步推进，一双手跃然于琴键之上。

镜头忽然定格，视线全都聚焦到这双手上。

这是一双怎样的手呢？好比游龙灵活，好比皎月光洁，柔嫩白皙，骨节分明，既有女人独特的细腻风韵，又不乏男人协调匀称的力量感，行走在钢琴之上，犹如丝滑绢帛拂过肌肤表面，带来足以以假乱真的丝丝战栗感。

此刻再美妙的琴音都沦为陪衬。

监视器前的导演点点头，高声喊道：“卡！”转头对副导演说，“表现力很好，用这个镜头浪费了，我下面还有部古装戏，你把她联系方式留下来。”

古人常言“态浓意远淑且真，肌理细腻骨肉匀”，用在这双手上真是恰如其分，分毫不增，分毫不减。

副导演应了一声，立刻上前将装着报酬的信封给女孩递过去：“临阵磨枪，才发现枪头是钝的，这让我到哪里去找人？幸亏成哥之前给我看过你的照片，不然这回大海捞针，还不知道什么时候才能结束拍摄。”说完朝身后某个方向一瞥，小声道，“那位主太难伺候了。”

刚出休息室的女主角仿佛有所感应，远远投来轻蔑的一瞥，嘴上不客气道：“不过一个手替，嘚瑟什么？”

副导演忙压低声音：“你别介意，她就这样。”谁能想到一个蛇蝎似的美人，手肥得居然像只猪爪？就好比汗血宝马配了副破马鞍，这心情既不美，还惋惜。

他们拍的是校园剧，女主角人设是校花，又高又瘦，站着就是一道风景线，这要是手入镜头了岂不大煞风景？偏偏弹钢琴这一场戏至关重要还删不掉，没办法只好找手替了。

“你是没瞧见我们导演的脸色，快涨成猪肝色了！总不能为了这么个镜头还要花钱做特效吧？不过我能理解她的心情，新生代小花，正如日中天，戏多得接不过来，偏偏在手上跌了跟头。你说这手吧，跟脸还不一样，整也整不来，我看以后手出镜都要找替身了。你放心，刚才导演放话了，下部戏还找你。”

一直安静的女孩终于听到想听的内容，微松一口气，又瞅了眼不远处还若有似无往这里瞟的女主角，赶紧说道：“谢谢您，如果没事的话，我就先走了。”

“好嘞。”副导演送她出摄影棚。

不知道什么时候外面飘起了细雨，女孩慢条斯理地从包里拿出一双蚕丝手套，解开丝结，动作缓慢地套进双手。黑色蕾丝边束着一截手腕，露出白皙匀称的小臂，红伞黑裙，随风飞扬，一滴水花飞溅起来，漂亮的面孔转过来同他挥手告别，恬淡笑容间若隐若现一丝妩媚，那场面真是动人心魂呀！

只当手替可惜了。

副导演眼珠一转，对着女孩走出很远的背影喊道：“皎皎，后续有工作我再联系成哥呀！”

徐皎脚步略顿，但没有停留，直到走出一条街再也看不到摄影大楼，才微微吐了口气。随后，她找了间咖啡店休息，一边等雨停歇，一边打开信封。

一看酬劳，她忍不住感叹：“真阔绰。”

其实接到成哥电话，得知这个剧组的班底时，她就猜到这趟演出应该有

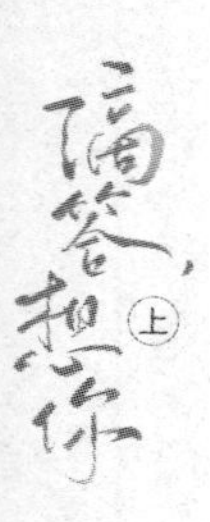

不少回报，只是比她预期的还多了一倍，有点难以置信。她家里算是中产家庭，从小衣食无缺，没有为钱的事烦恼过，现在一边上学，一边兼职当手模特，经济上更是宽裕。

想想之前还有点犹豫的那套香薰理疗产品，现在应该可以毫不犹豫地拿下了，徐皎一乐，立刻掏出手机下单。摘了手套才发现手背有点泛红，大概是钢琴长时间没用，积攒了太多灰尘，有点过敏了。

俗话说久病成医，她常年精心护理双手，自有一套成熟的体系。瞅着不算严重，她拿出医生特别配置的药膏，挤出一颗黄豆大小，在指腹乳化揉搓。

还没抹好，忽然铃声大作，她手忙脚乱地接通，果然是胡亦成。

“工作结束了吗？”

“刚刚结束。”

“现在在哪儿呢？”

徐皎猫下半截身子，捂着手机说：“在路上，马上准备回学校了。”

“嗯，下雨天不要在外面溜达，小心伤了手。”

徐皎一听，身子更矮了，心虚地揉了揉手。胡亦成对她严苛，平时对她手的护理看得比脸还重要，脸可以不洗，手一定要随时随地保护好，但凡有一点敏感，就要即刻去医院检查。

因此，哪怕现在手又痒又红，她也不敢告诉胡亦成，生怕他再大惊小怪。

“怎么不说话？刚才副导演给我打电话夸你了，他们下部戏是准备上星的古装历史剧，乐器演奏加上舞蹈特写，少说得有十几个手镜特写。你最近多找些历史剧看看，回头我把导演的详细资料发你，你重点研究他的喜好。”

“好。”

“副导演还说他们那个戏主角定了，目前还缺几个重要配角，觉得你资质挺好的，要不要去试试看？”说完，他也不等徐皎回答，又补了一句，“手替，腿替，说出花来也只是替身，在幕后工作的，肯定比不上台前光鲜。”

服务生送来卡布奇诺，徐皎给对方一个手势，压低声音道了声谢，接过银勺在杯中搅了搅，刚焐热的酬劳顿时觉得不香了。

“成哥，咱们不是已经讨论过这个问题了吗？我不懂表演，当个替身有什么不好？”

再说了，当初是他找到她，信誓旦旦说要把她打造成下一个豪沃斯的。日收高达 2000 英镑的专业手模特，也是一份很了不起的职业，不是吗？想到在背后嚼人舌根的副导演，她心里更是不舒服，看着光鲜亮丽，还不是身不由已。

胡亦成说：“手模在国内还没有广泛推广，接受度也没有那么高。你已经大三了，很快就要考虑职业发展。以目前的工作量和前景来看，手模特远远没有达到我们预期的规划。这个事先不急，你好好想想，想清楚了咱们再聊。”

胡亦成直接盖棺定论：“等你尝过被万人追捧的滋味，就知道当明星有多好了。”

咖啡洒了一些在桌上，徐皎拿纸巾擦着，漫不经心道：“好，我会想清楚的。”

“嗯，告诉你一个好消息，金戈的手代言试拍机会我替你拿下了。”

“真的？！”

徐皎猛地起身，心情顿时阴转晴天，一片明朗！

“金戈，是我……我最喜欢的那个金戈吗？”

“还有第二个金戈？”胡亦成语带一丝笑意，“就是你天天在我耳边念叨的那个，国内第一钟表品牌。”

徐皎嘴角上翘：“什么时候的事啊，你怎么没跟我说？”

“没有把握之前，我什么时候告诉过你？皎皎，我做这些都是为了你好，逼你也好，严厉也好，你还小，心理不成熟，外面的世界没有你想得那么美好。反正你记着，我不会害你就行了。”

“我知道的。”

手模特的前景确实不是很好，广告代言的机会屈指可数，这三年胡亦成带她有多辛苦她也不是全然看不见，只是不想勉强自己去做不喜欢的事而已。

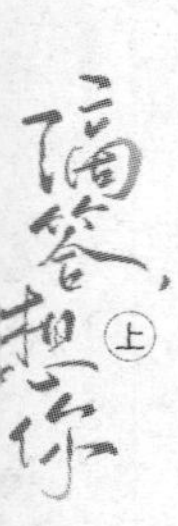

“成哥，我会努力的。”

“好，但也别高兴得太早，听说他们新推出的钟情系列换了新的项目总监，做事流程跟以前不一样了。只是定了试拍名单，不过关的话还是一场空。”

能有机会去金戈试拍就已经很好了，徐皎用力点头：“谢谢成哥。”

胡亦成又叮嘱几句，三句离不开护手。

想到他在那边冲锋陷阵找人脉，抢资源，她在这边刚拿到酬劳就偷摸着出来玩，徐皎愧悔不已。挂了电话，咖啡也不喝了，她重新戴上手套准备回学校，忽然身后撞过来一个小孩。

手往前一倾，一整杯滚烫的咖啡就朝她的手浇下来。

徐皎眼看着手要遭殃，这回是跑不掉一顿痛骂了，一件外套适时展开，兜住了洒下的咖啡，让她逃过一劫。小孩的家长忙不迭同她道歉，她一心惦记着手上的伤势，再三检查确认没事才放下心来，忙把手套戴上。

等她辞别小孩的家长追出咖啡店时，漫天细雨洋洋洒洒，一道颀长的身影已穿进车流之中，米色外套上有一块明显的咖啡渍，渐被雨水晕染。

徐皎抓紧手里的雨伞，想了想，颓然地叹了口气。

还没来得及道谢，怎么就走了呢。

“看什么这么痴迷？”

肩膀陡然被拍了一下，徐皎回头，见是好闺密安晓，惊魂未定道：“刚才有个小朋友撞我，差点把咖啡泼我手上，吓死我了。”

“那你有没有事？”

徐皎心不在焉地摇摇头。

安晓顺着她视线看过去，心领神会地笑起来：“哦，原来是有护花使者，瞧背影是个大帅哥呀！怎么样，留联系方式了吗？”

徐皎气闷：“你以为我跟你一样啊？”

“我怎么了？爱美之心人皆有之。再说我游戏人间，也没忘记我家小宝贝啊，这不是来陪你逛街了嘛。”见徐皎还盯着那背影，安晓拽她，“走啦。”

徐皎看着雨天有点犹豫：“要不我们改天再去吧？”

“怎么了？胡亦成又管你了？”

“没，就是……”

“就是什么？你也说不出来。心里有惦记的地方，有更感兴趣的东西，为什么要逼自己？胡亦成又不在，再说你小心一点，别让手受伤就行了。走啦，你都好久没有陪我拍照了。”

临近黄昏，雨势渐密。徐皎瞅了瞅安晓，两人眼神一撞，就知道各自存什么心思。安晓好笑地拽了下她，到路边叫车，直接让司机去长亭街夜市。

长亭街是闻名遐迩的百年老街，她们从小在这座城市长大，走遍老城区的大街小巷，偏偏每次都完美地错过交叉在古街深处的巷弄，大学读了三年才发现隐藏在林立店铺间的几家钟表老店，其中不乏大大小小的古董私藏。

比如葫芦钟，大有一眼误终生的架势，徐皎自苏黎世一别三年后再见，就再也挪不开眼，一有空就拉安晓去“掌眼”。多看几次之后就知道不是同一座葫芦钟，造型产地都不一样，偏偏某人心存侥幸，总想着别的一些什么。

“瞧你的小样儿，我说真的，那天你们到底发生了什么，让你一直念念不忘？”

徐皎不理她，转过脸望向窗外，雨痕划过玻璃车窗，留下一道道水渍。这个问题安晓问了很多次，每次都被徐皎以“秘密”两个字潦草收场，这回打定主意要撬开她的嘴。徐皎被闹得没辙，捉住她不安分的手连连讨饶：“好啦好啦我说，求你放过我吧。”

安晓好整以暇地睇着她。

徐皎自知逃不掉，捋着手套的蕾丝边想了一会儿，最后还是以两个大字——“秘密”告终。可把安晓气得不轻，安晓揪住她的小辫子追问：“究竟长什么神仙样啊，把你迷成这样？”

按说以徐皎的长相，不说游戏人间，在排到法国的追求者中挑出一两个拔尖的也绝对称不上难事，可她居然三年没挤出个闷屁。

仔细想想，不就是那座“葫芦钟”给祸害的吗？

那年毕业旅行，她们和几个同学一起去瑞士游玩，途经瓦尔登、卢塞恩，

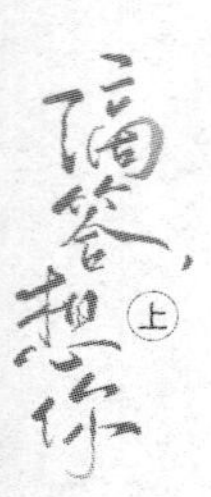

最后在苏黎世停留。据当事人声称，在一个昏昏欲睡的午后，她独自一人去附近的班霍夫大街闲逛，然后邂逅了……一件“珍品”。

嗯，至臻至纯的“珍品”。

至于“珍品”是什么品相风格、血统产地、联系方式是什么，以及她消失一整晚去了哪里，就一问三不知了。

“徐皎，你行，你好样的，你给我等着，真要是有这么一天让我遇见正牌葫芦钟，我非得拿上放大镜仔细瞅瞅不可，看到底是何方神圣，居然如此考验我们的友情！”安晓咬牙切齿说完，哼了一声。

徐皎俏生生应一句：“得嘞，您老多费心。”末了捶了安晓一下，送去一道秋波。安晓随即笑了。

至于那件珍品，恰如当时两个女记者的笑谈，稀有，美丽，动心得太轻易。

只要是他。

傍晚来了一阵疾风骤雨，打得墙下芭蕉叶噼啪作响。长亭古街的巷弄深处，百年银杏老树下并排停着几辆跑车。灯火浮动的夜色间，一个戴着鸭舌帽的少年从红色匾额下钻出来，一边捏鼻子换气一边嘟哝：“又是一帮二世祖，看来我师父今天出门前没看皇历。”

后面紧跟剃着寸头的年轻男人，一手掏出烟盒，一手搭住少年肩膀。少年头也不回，默契十足地侧身点火，双手包圆，给后头的人送到嘴边。

“嗤”的一声，火苗蹿起，照亮两人的脸。寸头男人棱角分明，眉梢硬朗，带着几分痞气。少年则眉眼弯弯，秀气可爱，透着股机灵劲儿。

“师叔也出来透口气？”

“嘁，小毛孩。”男人瞥他一眼，“看到你师父有难也不去顶着，挺会偷闲啊。”

“你又不是不知道，人家就是奔着我师父来的，我留在那里不够格，还碍眼，就别给我师父惹麻烦了。”他说着磨了磨牙，“我这小暴脾气，师叔您领教过的。”

少年满是挑衅的口吻，男人一巴掌拍下去："皮又痒了？"

烟雾顺着风吹到跟前，少年嫌弃地捂了捂鼻。男人嗤笑："惯得你，跟你师父一个样，穷讲究。"

"有一说一，我师父是讲究，跟穷可一点也扯不上关系，我还等着师父带我发家致富呢。"

"先把板凳坐住了，你的性子……"

"打住，师叔您还是先把自己坐稳了再教育我吧。"未免再被人赏栗暴，少年捂着脑袋抬高帽檐，踮脚一瞥，只见马路对面的古斋屋檐下，有两个女孩正在拍照。

"咦，那边是在拍摄吗？"

一个女孩红伞黑裙，手上戴着一双细致繁复的宫廷风手套，正在凹造型。另外一个女孩举着照相机，裙角浸在水洼里黑了一圈，跟没看见似的，还在竭力找角度。旁边不知是路人还是工作人员，也煞有介事地在取景。

以为是什么不认识的小明星，少年按捺不住内心蠢蠢欲动的玩心，冒雨跑到树下拍了张照片，回来给师叔看："怎么样？"

后者眯眯眼："不错，是我喜欢的风格。"

"是吧！"虽然雨水模糊了视线，也滤去了镜头的明亮感，可他还是觉得那应该是个特别漂亮的姐姐。

叔侄俩一齐回头看，两个女孩为了躲避行人的镜头，已经跑到巷子深处，那里通向夜市，大大小小的彩色帐篷撑在头顶，正演绎着人间的繁华。

反观身后的老店，气氛已经降到零点。

"木鱼仔。"一根烟烧到尾，男人果断揽住少年的肩，"照片拿去给你师父洗洗眼睛。"

"都说别叫我木鱼了，我师父才是木鱼呢。"

"就他那少年老成的劲儿，你再跟他几年离木鱼也不远了。"

少年拨开男人强壮的手臂，被寸头男人斜了眼，脑袋一缩，怯生生地道："行，师叔说啥就是啥，那我进去了，师叔你呢？"

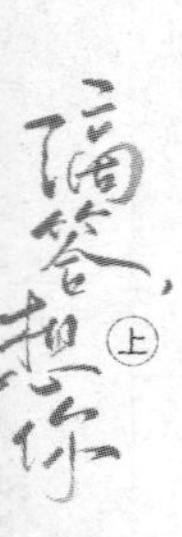

男人摸摸肚皮：“饿了，去打打牙祭。”

眼瞅着师叔抄起门口的黑伞，大步朝夜市方向走去，木鱼仔嘴角一抽：“是，确实饿了，饿得很呢。老色鬼，早知道不给你看了。”

他愤愤地跺脚，捧着手机回到店内。

“守意”是一家传承近百年的钟表老店，他师父章意是第三代传人，擅长古董表修复。紫禁城传下来的非遗手艺，坐得住是关键，其次还要讲究点天赋。毫不夸张地说，他师父的天赋绝对是祖师爷赏饭吃，绝才异禀，无出其右。

除非老前辈们摁不住棺材板要重出江湖，否则不说日内瓦老厂牌，至少国内没几个能赛过他，跟故宫的老师傅们交流经验也不遑多让。

这家老店经历风风雨雨，什么人物没接待过？区区几个二世祖，以为有点小钱，就能驱使他师父出私人藏品？不出就是看不起他们？既然这么懂事儿，现在还闹个什么劲？

章意见婉拒不得，只好明言：“很抱歉，我这边实在是没有您需要的表。”

杵在面前的几个二世祖纷纷脸如菜色，为首的家伙一扫柜台里的表，随便指一个问：“什么古不古的，也就听你说说，你要拿个水货给我，我也瞧不出来，还不是随便欺负外行？就说这块‘绿水鬼’吧，十年前的价格不过十万，再往前推十年，五十万还买不到？骗鬼呢。”

真要从 2000 年开始算上世纪，这么推算价格也不是不可以，不过内行都知道，正儿八经搞收藏的，怎么着也得再往前推五十年。再者，古董表之所以珍贵，是因为其稀有性、不可再生性，许多材料都无法复制了，有些技艺也无法修复。

就说烧青表盘吧，品牌字和刻度都是珐琅烧成的，如果破损，不可能重烧，只能补漆。想要修复得原汁原味，几乎不可能。

二世祖不懂，二世祖的朋友显然还是二世祖，一听立刻附和：“就是，给你脸才找你买，你还真当回事了，不就一家破店，五十万去哪儿买不到一块古董表？”

能直接摆在柜台展示的表，肯定不是贵价玩意儿。他们逮着把柄就往死里戳：“真当我们面生好糊弄？老实说吧，是不是想抬高价？不必绕弯子，一口价。”

……

木鱼仔在旁边听着，差点儿没一个白眼翻到天上去。他敲敲柜台，示意二世祖把高贵的头颅低下去，仔细瞧瞧“绿水鬼”上面的签字。

“看清了吗？看清这是谁戴的表了吗？送给你你敢戴吗？”

“你！”

二世祖眉毛一瞪就要撩起袖子，章意忙从柜台后走出来，抬手挡了对方一下。不轻不重的，对方就放下了胳膊。

章意这人吧，瞧着忒和气，就是和气得让人发怵。

“这是客人拿过来修的，今天刚补好，就摆在台子里了。”简而言之，不是可以售卖的表。

签字的主人虽然已经故去，但后代健在，且都是社会上有影响力的人物。拿先人旧物来修复，是为了修补一份情感，不是价钱的问题，恐怕多几个零都不行。

二世祖们你看我，我看你，神色间都有点疲软，幸好没直接一上来就大言不惭要买这块“绿水鬼”，否则脸不得丢到太平洋去？

木鱼仔忍不住嗤笑一声，探身把手机递到章意面前去。章意双手还浸在煤油缸里清洗零件，低垂着眉眼，目不斜视。

昏黄灯光的映照下，他一张面目静然如佛。

忽而想起什么，他问道：“承杨呢？”

“师叔呀，泡妞去了。”木鱼仔仍不甘心，双击屏幕，强行送到章意眼前，“就是这个小姐姐，好看吗？”

“小姐姐？”章意满脸困惑，“就刚才一会儿的工夫，你已经打探到人家的年龄了？”

真是个榆木疙瘩，怎么敲都是愣的！什么年代了，连“小姐姐”这种网

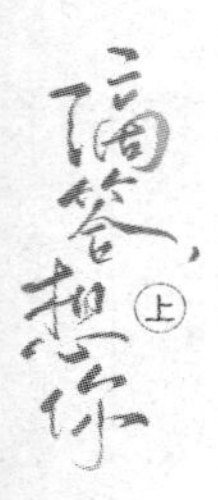

络流行词都不懂。木鱼仔强忍住翻白眼的冲动，跟章意解释道：“师父，小姐姐泛指年轻女性，和年龄无关。当然了，如果你觉得一个阿姨貌美有风韵，哪怕年龄比你大上一轮，你也可以称呼对方小姐姐的。”

“不要胡说。”

“我怎么胡说啦？师父你是4G用户，不是2G，也不在山里了，我求求您玩玩手机吧。年纪轻轻的，怎么比老人家还落伍？我敢说只要你喊曹如意一声小姐姐，这柜台里至少一半的旧玩意儿，她都得收入囊中。心甘情愿，甘之如饴，不问价格，只要你高兴。”

曹如意年芳四十，有钱有闲，有事没事总爱撑着柜台，托着下巴，痴痴地看章意修复手表，往往一坐就是半下午。临走前，她总要“高价”顺走些小玩意儿，奈何章意不肯，常与之针锋相对，气得她七窍生烟，大骂：“章意，你就是不解风情！”

这不，上次曹如意看中一块怀表，二话不说撂下一张卡，章意面无表情，让木鱼仔追出门外，硬是把卡塞回曹如意手里。曹如意撑着车门足足半刻钟一动不动，最后摔门而去。

掐指一算，曹如意已经有半个月没有上门了。

木鱼仔想到这里，一声叹息。这年头哪个女人跟章意较上劲，那可真是啃到硬骨头了。

章意没有木鱼仔想得远，却也想到了曹女士半个月前看中的怀表，往黑桃木的陈列架上瞥了一眼，烫金纹牡丹表盖被两只细长的金色钳头夹着，固定在木架上，细长的表链垂落，缠着木架两只脚，宛如枯藤蔓生，亦似金蛇吐信。

章意将手从煤油缸中抽出，顺势抄起一块手巾，粗粗擦拭几下，绕过柜台走到门外水池边上，静望着阑珊灯火出了一会儿神。

直到被屋檐下一串雨滴溅到眼睛，这才惊醒过来，他抬起胳膊擦眼角，这么着一瞥，手臂早就举酸的木鱼仔已经把手机抽了回去，他只瞄到照片里年轻女孩的一截裙尾。

但还是认了出来。

章意说：“以后不许再开曹女士的玩笑。”

木鱼仔觑了眼章意的神色，还是一如往常的沉静无波，看不出情绪。他点点头，把手机塞回口袋，又听章意道：“她应该还在念书。”

“什么？”

木鱼仔一下子没反应过来，后见章意微微示意手机，才反应过来说的是“小姐姐”，不禁诧异：“你怎么知道？”

当时在咖啡店，他恰好在她身后等待。也不知在和谁打电话，小姑娘垂着脑袋一副苦恼不已的样子，然后听到什么，一激动，软糯的声音顿时化成了甜浆。

尤其是手，让多少有点职业病的修表匠，着实忍不住多看了两眼。

说是要回学校，应该还在念书吧？

想罢，他低下头，没再理会木鱼仔的追问。

这时，章承杨拎着两碗热乎乎的小馄饨穿过马路走回来。见他脸上浮动着细碎的笑意，木鱼仔一拳头捶过去：“不会吧？又搞定了？小姐姐这么轻易就被你拿下了？”

章承杨“嘁”了一声，把馄饨塞进小毛孩怀里，顺势揉了把他的头发，这才搭住章意的肩喊了声“哥”，讨好道：“明天给我一天假呗。”

章意一脸麻木：“你这个月的假已经请完了。”

“我预支下个月的。”

“下个月也用完了。”

“那就下下个月？”

章意还在洗手，传统的钟表修复讲究的是用煤油清洗机械零件，双手经年累月泡在煤油里，有时候一洗就是一个小时。二世祖们趁着章意洗手的工夫，已经悄悄溜了，跑车在喧闹的街市发出一阵刺耳的轰鸣。

章承杨收回视线，冲章意眨了眨眼。这动作无疑公然撒娇了，要放在平时，章意乐得宠他，自然就同意了，今天也不知道怎么回事，愣是没接茬，

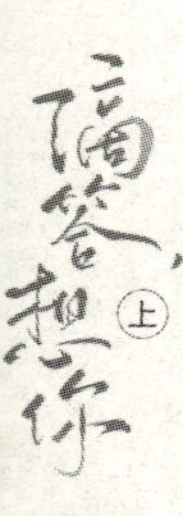

还说教起他来。

“承杨，咱们打开门做生意，每天要面对形形色色的客人，你得稳重些，把气性给压下来，人家才能相信你的手艺。”

章承杨一笑。

章意又说：“至少在店里得稳重，这会儿还没打烊，随时有客人上门来，给人看见了影响不好。”

章承杨快笑疯了，他哥啥都好，就是稳重这一点，实在稳重过头了，忒没意思，难怪到现在还没交过一个女朋友。你说说，谁能受得了这么一张国色天香的脸，整天不苟言笑地跟你调情？

太煞风景了。

嗯，除了曹如意，她好像真的挺喜欢章意的，木着一张脸的时候也喜欢得不行。

章承杨挑挑眉，也不说话了，倚在门边上玩手机。章意了解他的性子，说太重的不像样，太轻的不成事，可不说不行。

手艺行当就这样，讲究父子有亲、长幼有序的一套规矩，从学徒到师父都有门槛。客人一进门，瞧见年轻面孔就自动归类为学徒，手嫩，没经验，不放心把表交出去，怎么自证都没用，被怀疑手艺是常有的事。

这人要再不够稳重，看着轻浮，客人就更加怀疑了。章承杨长得好，剑眉星目，英气逼人，能架得住气势，唯独那点痞气，总是不得客人信服。

章意搓着手，见细雨淅淅沥沥下个不停，心也不静了，转而叹了口气，对章承杨道：“别的我不管你，可对待感情要认真。那个女孩还在念书，你三心二意怎么行？”

章承杨一听，敢情磨叽半天，是在替人家姑娘打抱不平？他气恼道：“哥，咱们都是成年人了，能为自己的行为负责，你管得是不是太宽了？”

一滴雨溅湿眼睫，章意的心也跟着抖动了下。他沉默片刻，转而道：“我是怕你顾着玩，没心思学手艺。还有两个月爷爷就回来了，到时候考你手下的功夫，你找谁给你作弊？”

章承杨讨饶：“行，休完最后一天假我就好好做人，认真学手艺，成不？”

于是这事就这么敲定了，章承杨为请一天假，堵得满肚子火，站在屋外又抽了根烟。木鱼仔虚心请教他泡妞的高招，他口中吐着白烟，眼睛迷蒙地注视着夜市的方向，潦草一笑：“没怎么费心思。”

借口要坐公交车，没有零钱，想加个微信，人肯定拒绝，一块钱不够就加到两块钱，只要脸皮厚，没有要不到的联系方式。这一招他百试不爽，基本女孩子看见他这张脸就同意了，不太刁难。

木鱼仔震惊：“可你……你这不是请假了吗？直接约上了？”

章承杨晃晃手腕，摘下表塞回裤兜里。平时要修表，戴表不方便，他们都没戴表的习惯，有时候想起来就往兜里一揣，赶巧今天揣了块黑水鬼。

他当时假装漫不经心地把表戴上，人一看就同意了。

章承杨漫笑：“你说就这样的姑娘，也值得我哥给她打抱不平？”

木鱼仔摇摇头：“我看小姐姐不像是这种人。”

章承杨抹了把脸上细细的雨，将烟蒂踩灭：“是不是这种人，试试就知道了。”

之后他们又在店里磨了会儿洋工，离开的时候章意还在洗手。屋檐下的雨滴滴答答，早已打湿了他的额发，水流一路往下，浸湿亚麻色的裤脚。

都知道章意最宝贝三样东西，一是钟表，二是眼睛，三就是手。洗完了不算，他还得仔仔细细地护理一番，这天才算完。

不过到了章意这里，一天算不算完还得看周公赏不赏脸，邀请他入梦。

人世的缘分到底有多奇妙？今天在咖啡店外，当徐皎看到那道熟悉的背影时，还在感慨天大地大，相逢何其艰难。先不说当初在苏黎世遇见他，对方可能已经留在当地发展，即便回到国内也人海茫茫，想要重逢无异于大海捞针。

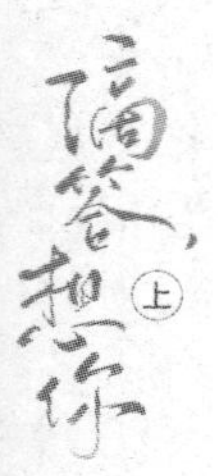

可没想到就在同一天的夜里，他们居然再次相遇了。

张爱玲说，于千万人之中遇见你所要遇见的人，于千万年之中，时间的无涯的荒野里，没有早一步，也没有晚一步，刚巧赶上了，没有别的话可说，唯有轻轻地问一声：“哦，你也在这里？”

徐皎再三确认之后，拧了拧手，放慢脚步调整呼吸，抚平震颤的心，一步步走向湖心亭里的男人。她心里乱糟糟的，开场白想了一个又一个，最后连经典的台词都无法说服自己，想着就一声“嗨”，简单的问候就可以。然而话已涌到嘴边，一对上他的脸，就什么都说不出来了。

湖心亭四面有风，吹乱她的头发，也吹得她一颗心鼓噪不安。

该说些什么好呢？她强迫自己挤出一个笑脸，抬起手，正要打招呼，只见他忽然起身，走到亭子中间扎出一个马步。静息几秒后，他开始打拳。

对，没错，就是打拳。

徐皎怎么也没有想到，时隔三年的重逢会在一个无人打扰的深夜，多么千载难逢的好时机，可她确实也没料到，能在那座古老的哥特式风情钟表博物馆一坐三个月修复一件文物的男人，那般沉静安然的男人，会在夜里独自一人来到湖边打拳。

虽然他自带气华，舞起的招式也挺好看的，可怎么想都觉得好笑，仿佛这个事情不应该出现在他身上一般。徐皎忍了又忍，到底没忍住笑了。

要不是夜里停了雨，睡不着出来夜跑，是不是又要错过他了？三年了，她一直等待着这一天。

徐皎缓了口气，靠着栏杆坐下。雨水还没蒸干，凉意渗透薄薄的运动衣钻进皮肤表层，惹来一阵战栗。

越是打战，她越是开心。不是做梦啊，真好。

面前的男人打完一套太极拳，走到旁边拧开瓶盖喝了口水，又开始热身，看样子是要打军体拳了。徐皎轻咳一声，男人吓了一跳，仿佛才看到她在身后，惊魂未定地盯着她，好半天才挤出一句：“你是谁啊？”

徐皎忙站直身子：“我……我、我来夜跑的。”

“哦，那你怎么一点声音都没有，害得我以为遇见鬼了。”他羞赧地挠挠脑袋，露出丝可爱的表情。

“对不起，我看你太认真了，就没打扰。”

“没关系。”他摆摆手，“那你休息一会儿再跑吧，要做好热身哦，不然会抽筋，我也要继续了。”

“那什么……”

“嗯？”

徐皎双手绞在一起，说不出心里的滋味，有点怪怪的。他好像和三年前有点不一样，那种沉稳的、波澜不惊的气质，在此刻杳然无踪，反而还有点跳脱？是反差萌吗？

等不到徐皎开口，他看了眼手表，忙道：“我下周就要比赛了，时间来不及了，先不跟你说话了。姐姐你可以帮我盯一下标准动作吗？”

“啊？姐姐？”

徐皎摸摸脸，不至于吧？她看着这么大岁数？

“就这个视频，主要是动作连贯度和卡点的节奏，妈妈说我力气太小了，架子好看，舞不出力道来。我刚才找了找感觉，姐姐你帮我看下，好不好？”

徐皎被迫拿着塞过来的手机，赶鸭子上架般点了点头。她心下一声叹息，怎么舍得拒绝他？

她就这样帮他看了一遍参赛视频，原来是太极和军体拳的改编舞，柔中带刚，刚中带柔，特别考验一个人肢体的力量，要干净利落，还要有美感。她以自己的感觉帮他指导了两遍，他很快找到窍门，越舞越好看。

练了几遍差不多有数了，他拧开一瓶水递给徐皎，笑得很甜：“谢谢姐姐，多亏你帮我，不然妈妈又要嫌弃我笨了。”

徐皎心塞：“我看着这么像你姐姐吗？”

“啊？姐姐你这么高，应该上大学了吧？”说着，他迟疑了下，歪着脑袋打量她，脸颊开始泛红，“不会才中学吧？”

“我……”徐皎说不出话来了，转而问道，“你呢？现在在做什么？”

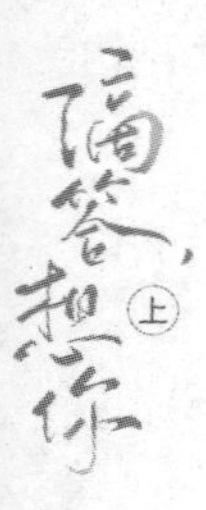

“读书啊，明年就小升初了。”他一边说一边晃了晃腿，颇为苦恼的样子，“就为这个事，妈妈想送我去寄宿学校，爸爸不同意，两人还吵了一架呢。”

啊？啊啊？小升初？她没听错吧？

“不是，你刚才说什么？小升初？你现在才六年级？”

“对呀。”他扬起笑脸，“姐姐你怎么傻乎乎的。”

还说她傻乎乎的，徐皎欲哭无泪了，到底是谁傻？她让自己冷静下来，喝了口水，用余光继续打量旁边的男人。没错，还是那张脸，她绝对没有认错人，可怎么会这样？他为什么说自己是小学生？

联想他刚才说话的口吻和神情，徐皎越想越奇怪。成年人的身体，小朋友的心智，他是……弱智吗？

可他逻辑这么清楚，领悟力也好，看着聪明又可爱，怎么会呢？

“姐姐你在想什么？今天谢谢你，不过我得回去了。”他整了整明显是睡衣的领子，把袖口放下，喃喃自问，“我的校服放哪儿了？明天要穿校服，妈妈怎么没有给我准备好？算了，待会儿回去再问她。姐姐，我得回家了。”

徐皎咽了口口水，男人看她一眼，露出一个礼貌的笑容，看得出家教良好。他再三道谢，还邀请她下周去看他的比赛，说如果得奖了就请她吃冰激凌。

说完，他挥挥手，朝着夜色跑去。

徐皎看了眼电子手表，数字刚好跳动，指向凌晨两点五十分，该不会是她见鬼了吧？因为太想遇见他，所以产生了幻觉？

她拍拍脸，痛感明显，不是做梦。

她挣扎了一会儿，到底还是不放心，跟上男人的步伐。

环湖公园不大，有东西两侧进出口，徐皎看了眼和学校方向截然相反的出口，一咬牙，继续跟了上去。一口气穿过两条街，再七绕八绕拐了几条巷子，居然回到了长亭古街。

最终，男人停在一家钟表店前。

徐皎看向匾额，透过银杏树下微弱的路灯，“守意”两个字影影绰绰映入眼帘。青瓦白墙，瑞兽压首，匾额和门都是红木，看着有些年头了。因是老城区的缘故，这条街多得是中西混搭的门面，老房子还保留着原先的仿古装修，气韵深沉，古色古香，可木门就扛不住贼人的惦记了，因此都换上了卷帘门或是玻璃门，唯独“守意”还沿用老式木门，上面铁环扣着两只栩栩如生的虎头，以铁链落锁。

男人倾身上前，脸贴着门缝，一眨不眨地“偷窥”着内景。

一刹那，徐皎仿如回到三年前的苏黎世，在一家古董钟表店前，夜深人静，街道寥落，月光藏进了树荫，仔细聆听，间或可以听到店内传来的“滴答”声响，那是一种穿透岁月的专注，播报着人间每一天都在历经的时节。

男人透过橱窗，凝望着不知名的东西。同样的场景，同样的痴迷，同样是让人神魂动荡的专注。就是这样的一幕，让她丢了魂。

唯一不同的是，碰上一个没有看皇历就出门的天，哪怕林立店铺间装满摄像头，也还是遭了贼的惦记。对方看似踩点已久，不防备一个年轻男人突然闯出来坏事，在巷口你推我搡踌躇半天，终究还是拎着锤子冲了上去。

眼看就要朝那男人砸下去，徐皎一个箭步上前：“小心！”

混乱之中对方一窝蜂冲上来，把她和男人齐齐撞倒，又把武器丢在地上狼狈而逃。徐皎猝不及防，报警的电话还在通话中，手机就飞了出去，整个人往路牙子上一磕。

听到一声清晰的“咔”，她双眼一闭，知道完了。

男人好似受了惊，在警察赶来之前已经没了踪影。徐皎盯着他落荒而逃的背影，内心五味杂陈，收回视线才看到他落下的表带，已经断了。

她忍痛上前捡起表带。

半夜三更接到电话赶去医院的胡亦成，可想而知有多火大，虽然最后诊断结果显示，徐皎只是小臂骨折，双手没有受伤，但胡亦成还是不放心，安排她住院做详细检查。

原本敲定去金戈的试拍就在本周末，按现在的情况肯定泡汤。手模伤了手臂，还怎么在镜头前游刃有余地展现手表细节？这不上赶着被人找碴

儿吗？

胡亦成扶额，忍了又忍，才忍下怒意，貌似平静地问道：“所以，现在可以告诉我了吗？你大半夜出现在那里的原因。”

徐皎低着头，满脸通红地挤出几个字：“我有点失眠，睡不着就去夜跑了。”

胡亦成当即冷笑：“长亭古街离你学校有多远，你知道吗？徐皎，撒谎也找个合理的理由，你那些小儿科的把戏我不是不知道，照顾你的面子才没有戳穿，当真以为我好糊弄？”

“不是，我的药真的吃光了，我最近……”

“知道金戈的手代言我费了多大的劲才拿下吗？托关系送礼就不说了，一层层往上的酒席，胃都快喝穿了！徐皎，没有经纪公司，没有一手资源，没有强硬后台，三年前的今天只有我们两个人，到现在依旧只有我们两个人。而你！离开我，你什么都不是！”

下午挂完电话后，胡亦成就再次致电金戈的负责人，打听新上任项目总监的相关喜好，酒桌上整了全套，也没整出什么有效信息，现在可谓是气急败坏，一时才说了重话。

徐皎知道他就是这样的脾气，试图劝道：“成哥，你别生气，先听我跟你解释，我知道你付出了很多，你……”

“即便知道我付出了很多，你也还是我行我素，对吗？”

胡亦成撑着腰，勃然大怒地瞪着她。徐皎半靠在病床上，一张素净的脸微微泛红，长相自然没得挑剔，很有早年港姐的味道，一头乌发，万种风情，是块值得雕琢的璞玉，否则也不会引来一拨又一拨甲方公司的青睐，只眼神间含着一丝怯弱，既是对他的敬重，又是对他的敷衍。

他们之间明明差不了几岁，也就是他进入社会的时间早一些，受的磋磨更多一些，仗着多吃几年饭就跟老妈子似的操碎了心，可实际上人家根本不领情。平时瞧着软绵绵的，从不会跟他吵架，可凡事触到底线就这么不温不火地耗着，不对抗也不妥协，就等他缴械投降。兼职手模如是，当艺人亦如是。

仔细想想，这丫头主意大得很，而他三番五次于心不忍，不过一颗真心喂了白眼狼。胡亦成越想越不得劲，一时气愤交加，骂了句脏话摔门而去。

护士送来徐皎落在救护车上的包，胡亦成一把扔在地上，想了想仍不解气，夜跑还带个腰包，真当他是傻子吗？他咬牙切齿地扯开拉链，腰包里的东西随即零零散散掉落一地。

手机，零钱，手套，护手霜……夹杂其中的，还有一截断裂的表带。

胡亦成眉头一凝，拿起表带细细端详。去年他和一个富商吃饭，那家伙是个搞收藏的行家，穿金戴银，一身高级的豪横之气，席间众人笑谈，提及他手腕那块表，当真让胡亦成终生难忘。行当里有话，穷玩车富玩表，一块小小的表，看着没什么分量，其实里面门道深得很。

有些人活了一辈子还没活过人家一块表，不管是经济上，还是眼界上。之后他几经辗转，找人淘了块二手表，表带是小牛皮，压了鳄鱼纹来充大佬。

可面前这截表带却是实打实的鳄鱼皮，表带中的“百达翡丽”，看竹节纹的纹路，与富商的表带不遑多让。

徐皎怎么会有这么贵重的表带？

胡亦成将皮革一翻，在内侧摸到一块凸起的地方，对光一看，上面刻着两个字：守意。

他随即到护士台询问：“可以把刚才救护车出动的地址给我吗？”

徐皎自然不知道胡亦成的心思。失去金戈试拍的机会，她很遗憾，也能理解胡亦成的痛惜，想着等手臂伤势好了再哄哄他，应该就没什么问题了，因此没有把他的怒气放在心上，让她难过的反而是那道落荒而逃的背影。

前一脚还亲热地叫她姐姐，后一脚就翻脸不认人，怎么这样？

徐皎越想越乱，一整夜没合上眼。早上被护士安排去做检查，刚回病房，一道纤细婀娜的身影就朝她扑了过来，嘤嘤怪叫：“好端端的怎么半夜跑出去了？也不给人留个口信，担心死我了！”说完上下一阵打量，见她右臂上夹板打了绷带，手倒是完好无缺，还戴着蕾丝手套，安晓心下松了口气，又

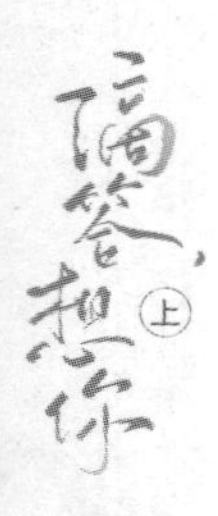

是一阵肝肠寸断。

徐皎好整以暇地看安晓演了一会儿，扒扒眼睑，一滴眼泪都没有，顿时笑了：“可走点心吧，我手断了，眼睛还没瞎，看你打扮得花枝招展，一大早就去约会了吧？”

“别提了，一门子晦气！”

安晓顺势往床边一坐，开始倒苦水。昨儿在夜市吃馄饨，有个长得特酷的男人过来搭讪。都说寸头是检验一个男人颜值的最高标准，就这么看着，亚洲人的面孔，欧洲人的骨相，深邃立体，一双眼睛炯炯有神，简直深情到没边。

她一颗心脏顿时扑通扑通跳个不停，本来还想矜持一二，却见好姐妹一眨不眨盯着人家手表看，她也就跟着瞄了一眼，哦豁，黑水鬼！徐皎还在她耳边说悄悄话：“904L 精钢潜水表，超难买，头一次看见‘活’的呢。”

就冲姐妹一脸没见过世面的小样儿，她同意了，跟对方交换了微信号。看对眼了，第二天就约着一起出去玩也没什么，于是敲定了见面的地点。一晚上兴冲冲地敷面膜挑衣服，谁想到早上一睁眼就被放了鸽子。那男人说什么？店里有点事，今天就算了吧。

她好心关切，对方直接甩了店里的地址，让她过去找他。

“然后你就去了？”

“我气不过嘛，就得去看看什么事儿能让他放我鸽子。就我们昨天拍照的地方，你还记得吗？马路对面有家钟表店，他说在里面打工。”

结果上门一看，整个人蒙了。

一帮大阵仗的二世祖齐头堵在店门口，路边一水的豪车，引来不少围观。为首几个男人往柜台前甩了只包，包里一抖，整五十万现金钞票，就那么大剌剌地堆在金丝楠木桌上。

一个看着十来岁的男孩站在柜台后和二世祖们眼对眼、鼻对鼻地对峙着，再三说道：“拿现金来也没用，我们店真没有你们要的表。”

二世祖嘴角一勾，冷笑道：“我还真就不信这个邪了，什么店啊？

五十万还买不到一块上世纪的古董表？行，弟弟我给你两个选择，要么去给我把店主叫出来，我不跟你一个小屁孩扯淡！要么今天就跟这儿耗着，看谁耗得过谁。”一边说着，一边朝外头看热闹的群众吹了声口哨，“我看你们还做不做生意，以后还有没有人敢来光顾你们这家黑店！”

二世祖们跟着污言秽语笑成一团。

木鱼仔气得眼睛都瞪圆了：“喂，什么黑店，你不要瞎说！我们可是百年老店，向来以诚信为本，从不欺骗消费者！我说没有就是没有，也没空手套白狼贪你这么点钱，怎么就黑你了？”

“我不跟你说，把店主叫出来！他到底去哪儿了？是怕了，还是心虚了，不敢见人吗？”

木鱼仔到底还小，玩不过流氓的手段，脾气一上来撩起袖子就要大骂。对方立即掏出手机，打开视频：“你骂呀，你要敢骂就得承受骂人的下场，我倒要让广大网友们看看百年老店是怎么欺负人的。”

一看这架势，摆明了早有准备，就等着抓他们的把柄。木鱼仔胸间一口浊气，吐也吐不出来，气得跺脚。这时，旁边传来一道声音：“说谁缩头乌龟呢？搁这儿坐半天了，怎么，二店长就不是店长了，瞧不起人还是眼瞎？”

安晓挤开人群探头一瞧，哟呵，这不是放她鸽子的臭男人吗？

章承杨老神在在地陷在太师椅里，跷着二郎腿，说罢喝了口还在冒热气的铁观音，放下紫砂杯，又捏起一块表，翻来覆去地把玩，好似日子很悠长似的，一番闲适姿态，偏偏不瞧二世祖一眼。

那二世祖还能得意吗？心里气得不行，面上还得稳住，微微颤抖的手直接朝章承杨怼过去：“你是二店长，那你说说，凭什么这条街任意挑，五十万可以买到的古董表比比皆是，偏你这家老店一块也买不到？”

“行，既然你这么无知，非要跟这儿耗着，我就跟你说道说道。”章承杨放下表，走到柜台前，面向二世祖的镜头，一张英气逼人的脸上缓缓浮现一丝戏谑，“你要上世纪的古董表，行，那你具体说说，想要哪个年代的？五十年代之前还是五十年代之后的？想要顶奢的品牌，还是奢华、豪华的品

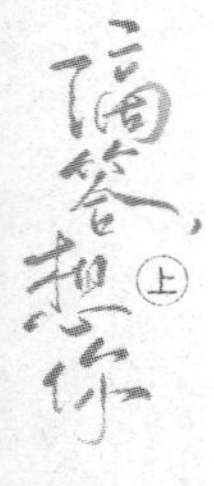

牌？喜好哪些样式的表，子午寅卯总要说出个一二，总不能让人大海捞针，以为捧着一把臭钱就能随便吆喝吧？”

二世祖们被一噎，面面相觑，神色都有些躲闪。为首的重重咳嗽一声，抬高下巴挑衅道：“你这是什么意思？暗讽我不懂表咯？我上回已经说过了，想要个烧青盘的，至于品牌嘛，百达翡丽，行不行？”

木鱼仔一听，“扑哧”一声笑了出来。章承杨戳戳他的脑袋，佯装训斥：“稳重，懂不懂，你师父平时挂在嘴边的规矩都忘了？”

“得嘞，我稳重，您继续。”

叔侄俩唱起了双簧，看得二世祖们一愣一愣，虽不懂他们在打什么哑谜，但感觉不是什么好话。就这么气势汹汹地等着，只听对方道：“百达翡丽？你知道本世纪的表多少钱一块吗？五十万，没错，是可以买到，但如果是古董表就够呛了。一只20世纪50年代的万年历表，在20世纪80年代初售价仅为一万美元，在20世纪末纽约苏富比古董钟表拍卖会上就以一千一百万美元成交，到如今市值至少一个亿。五十万现金，不知道能不能买到其中一个零件？”

章承杨是笃定对方不懂里面的门道，才拿万年历表举了个例子。首先，万年历表虽然结构简单，但由于杠杆传动，零件不多却巧妙，机器加工难度大，需要机器切割外加人工精调，不容易量产，成本高，售价更高。在当时来说就已经价值不菲，更何况过了这么多年，人工价值无法估量，有些原厂零件也没了，自然是珍稀无比。

他这么一说，二世祖们鸦雀无声，反倒门外的人群之间响起雷鸣般的掌声，有看客高声喝彩：“说得好！”

章承杨拱拱手，感谢各位捧场。二世祖们脸上一阵红一阵白，屁股底下坐着的椅子渐渐发烫，眼睛跟刀子似的刮在为首的二世祖身上。那家伙倒也是个稳得住的角色，哼笑一声道：“你以为我不知道百达翡丽的价格吗？我故意考验你的！那你这里有没有劳力士？”

“劳力士？”章承杨笑了，“有一款上世纪五六十年代的劳力士水鬼，几年前大概五六万吧，有人让咱们店长收了，店长觉得成色不太好，没瞧上眼。你知道现在这只手表炒到多少了吗？”在众人翘首以待的目光中，章承杨比出一个数字，“八十万。”

“这么夸张吗？”人群中有人问。

“夸张吧？我也这么觉得。”章承杨上前一步，夺过二世祖的手机，将镜头转向他，“这几年古董表价格一路水涨船高，知道为什么吗？因为搞表的、收藏表的、二手贩子、钟表经销商太多了，层出不穷，这里面绝大部分人根本不懂表，甚至连世界名表有哪些品牌都数不清楚。当然，也有一类爱好手表收藏的人，他不追求表的市场价值，只追求一种怀旧的感觉，还有的人研究表的历史、功能和设计款式等等，他们在经济条件允许的情况下收表，钱不是最重要的，最主要是有这个兴趣。我本家有个老大爷，家里一抽屉的表，都是地摊上搜罗来的，现在拿出去卖不值几个钱，可他到我们店里，甭说我这个二店长了，店长招待他都嫌够呛，为什么？因为人是见过世面的，一不留神接不上话，这不丢人吗？不过老人家不端着，看我们出糗也不卖弄，就喜欢跟小辈讲古董表的文化，我们这里上到师父下到学徒，也都爱跟他老人家聊天，能长见识，所以想要搞古董表收藏，首先一点得心诚。我说到这里，你懂我的意思了吧？”

门口一排二世祖顿时坐不住了，纷纷起身，作势要往外面走。被章承杨拿手机对着的“头领”，一张脸涨成猪肝色，仍不死心，质问道：“你、你什么意思？我不懂。”

章承杨倾身上前，压低声音道：“跑车都挺新的，租一天不少钱吧？”

“你放屁！”

那家伙劈手来夺手机，章承杨反手一拧，将他压在柜台上，脸摁进五十万的钞票里。

“我告诉你，甭说这条街，就是搁瑞士老厂牌，守意都是响当当的一家老店，这个圈子知道我哥是古董表顶级玩家的人不在少数，你们玩仙人跳玩到这里来，还算有眼光，不过下次做戏得走点心，多做做功课再过来！我们

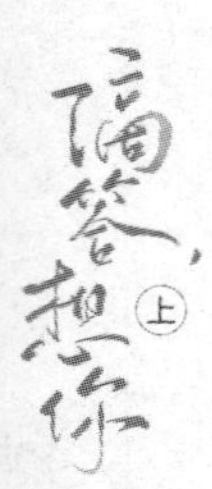

店藏品确实不少，想要玩手段占便宜也不是不行，至少得带点脑子，玩得过我再请我哥出来。烧青珐琅盘，还古董表，你也敢说？知道这玩意儿有多难搞吗？”

木鱼仔从旁附和：“就是！昨天就看出来你们不对劲了，也就我师父脾气好，没跟你们计较，今天还敢过来？”

那二世祖的头头心下也叫苦不迭，倘若不是昨晚那块“绿水鬼”上的签字让他们开了眼，也不至于鬼迷心窍，还来搞这一趟！都是买家出的馊主意，说什么这家店的店主出了名的实诚，一般人摸不到他的门路，可如果他肯出古董表，绝对不会低于五十万的市价，差价够他们喝一大壶的，这才整出这些名堂来。

谁知道二店长是个狠人？都快把他胳膊拧断了！

那二世祖连忙求饶：“不是我，我就是被人收买的！你们店大，名声也大，外面想搞你们的对手多得是，这你不知道吗？”

章承杨说：“敢情还是我们的错了？真是不见棺材不掉泪，木鱼仔，报警。”

木鱼仔连忙掏出手机，刚要拨通，后面帘子一掀，一道颀长的身影走了出来。章意穿着衬衫西裤，显然拾掇过一番，整个人瞧着清雅安然，有种雨后初晴的明朗之感。

“让他们走吧。”章意说。

章承杨本不乐意，一看章意眉眼间凝重的神色，最终还是松了手。他们兄弟从小一起长大，别的人或许看不出来，可哪里逃得过他的法眼？想到早间来找碴儿的另外一个家伙，章承杨顿时头疼不已。

事赶事都凑一起了，罢了。章承杨后退一步：“回去告诉你们的买家，想走守意门路玩收藏的人多得是，像你们这样卑劣的手段我们也不是第一次见，凡事都讲究个规矩，表行有表行的规矩，坏了行规的人送派出所都算事小，名声臭了才事大，别到最后得不偿失。他如果是个行家，该知道的，做手艺的人得有情有义，别整天想着走捷径。”

二世祖们连连点头，被摁在钞票里，脸都快变形的“头目”更是大气也不敢喘，一被章承杨松开，立马捧起五十万现金掉头就跑。

章承杨给木鱼仔一个眼神，小家伙机灵得很，拿了车钥匙悄无声息地跟上气势如虹的跑车队伍。

看热闹的人一散，店内又恢复往日的宁静。

章意跟老师傅们交代几句，说：“我出去一趟。”

“我觉得这事不能听那人空口白话，最好还是问一下爷爷。”章承杨刚舌战过一场，嗓音微涩，委婉地表达了自己的关心。

章意打开抽屉，把断裂的表带拿了出来。章承杨见状有点着急：“哥，你真信那个人说的？说不定又是行家玩的花招？你别被人骗了。”

章意动作微顿，沉默地看着章承杨。

章承杨被他的眼神盯得发怵，好一会儿，转头避开他的视线。章意的声音不轻不重落在身后：“我有梦游症，这件事你不知道吗？”

“我、我怎么会知道？不是，谁说你有梦游症了？搞什么？他说是就是，他以为他是谁啊？”章承杨急了，一拳头擂墙上。

说起这事章承杨就烦，守意早上刚一开门，就有一个男人找上门来，拿着一截断裂的表带寻找主人。他一看就知道是他哥的表带，可是昨天还好好的，怎么忽然就断了？他当时还觉得凑巧，说不定是个误会，结果两相对比一看，真是章意的！

这么一来，对方和盘托出昨晚的事，要求看门口的监控，想看看到底发生了什么事。

他听完震惊不已，怎么可能？他哥怎么可能是那种不负责的人？可如果真像对方说的，小姑娘摔折了小臂，他哥却一走了之，那么这种在正常情况下绝对不可能出现、完全不合逻辑的发展，就只有一种可能性可以解释——事发时他哥在梦游。

看完监控视频，章意愣了很久，最后揪住准备开溜的章承杨的衣领，问道：“昨晚我出去了？”

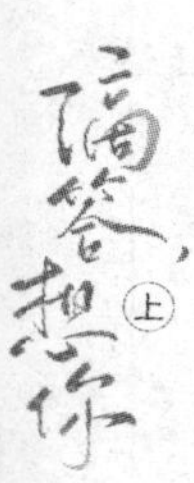

“啊？”章承杨无辜的小眼神表示自己什么都不知道，可这个表现更像是此地无银三百两。

其实已经不是第一次了，之前也有过相似的情况，在已经入睡的深夜，章意却出现在不该出现的地方，第二天在一无所知的情况下被人戳破，还以为闹了什么乌龙。其实仔细一想，并不难解释，是有梦游的毛病而已。

章意只是好奇，为什么从没有人告诉他？他站在水池边洗手，洗了不知道多久，水花迷蒙了他的双眼。

章承杨想说什么，却说不出来。

这时，章意终于开口：“承杨，你在我面前撒谎，就跟光屁股的小孩一样。”

章承杨的脑袋瓜更疼了，一看就知道瞒不住。确实，这件事他很早就知道了，不过老爷子下了严令，谁也不准对章意说实话，再加上他犯病概率小，这些年从没惹出过什么事，他们就都三缄其口了。

毕竟梦游挺悬乎的，也没有权威的医学支持，不影响正常生活的话，就当一个富贵病养着好了，反正只要章意自己不知道，他们也不会主动提起。

谁想水逆成这样，一早上尽是糟心事。

不过章承杨还是没坦白，他插科打诨地笑道：“哥，我哪敢跟你撒谎，小时候被揍得还不够多啊？确实是这个事没头没尾的，也不能光听他一面之词。”

“可人家救了我是真的，既然约好要去探病，就不要迟到了。”

监控模糊，虽然听不清说话的内容，但事情的大致走向总是没错的。看对方好像还是个学生，年纪也不大。那位先生找到他，让他为此事负责也有理有据，怎么着他都应该去一趟。

章承杨拦住他：“可是……”

万一验证了自己有梦游症，他哥会不会崩溃？章承杨有点不放心：“我觉得那家伙来找你肯定没安好心，要不我陪你一起吧？”

毕竟一上门就不动声色把店内陈设都打量了一遍，且能估算表带价格的明眼人不多，对方一副精于算计的样子，瞧着来者不善。

自己的哥是什么德行，他最清楚不过，说涉世未深是假，见过的骗子怎么都有一箩筐了，可偏偏心肠软，同情心泛滥，不愿意把人想得太坏，再加上梦游症一遭，本就于心有愧，处于下风。如果自己当了甩手掌柜，老爷子知道不得扒了他的皮？

这么想着，章承杨已经做了决定，不由分说推着章意一起出门。

两人出了门，这才看到猫在一旁的安晓。章承杨脸色一沉，原本散漫的人顿时变得凌厉起来："你在这里多久了？"

"我……"

安晓没来得及撤离，似乎听到了不该听到的话，最后一番舌灿莲花，又说自己也要去医院看朋友，觍着脸蹭了他们的车。本来就不熟，章承杨自然就没怎么刁难她，不过冷了一路，脸拉得跟驴一样，安晓心里也不太高兴。

想想这一早上，都什么事儿？约会泡汤，还听到了人哥俩的小秘密，最后这心动的信号还没发出，就已经半路夭折了。

安晓沮丧地往床上一倒，等着好姐妹的安慰，不想等了半天，只见姐妹手忙脚乱地翻出镜子，照了照脸，还捋了下头发，顿时气笑了："你在干吗？"

"他们人呢？"

"谁？"

"就那兄弟俩。"

"人家来医院探望病人，跟你有什么关……"安晓这会儿也反应过来了，不由自主地张大嘴巴，"不会吧？他们要探望的人不会就是你吧？"

徐皎已经顾不上给她解谜了，气自己疏忽大意，没料到胡亦成会去找他们算账，又恼自己不争气，听到他要来看自己，心就乱得不成样子，一点主张都没有了。

"你快说呀，他们去哪儿了？"

"我哪知道，约了人吧，在楼下就分开了。"

按理说要来探望她，这么会儿的工夫应该到了。正想着，门外响起一阵

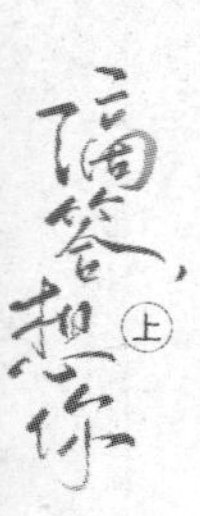

脚步声。徐皎与安晓眼神一对，立刻猜到什么，安晓也有点慌了，对事情的发展始料未及，紧张地站了起来。徐皎左右张望一番，掀开被子套上拖鞋，忽然又一个折返，回到床上缩进被子里，双眼一闭，直接倒了下去，只连续拍了安晓几下，拜托她配合。

安晓暗骂一声没出息，也只能硬着头皮上了。

门被敲响，很快几个男人走进来。章意进门时见着的便是这么一个场景，小姑娘似乎睡着了，脸色有些苍白，眉心微皱着，绷带还缠在脖子上，手无法顺直摆放，只好半坐半躺的样子维持着小臂的弯曲，另一只手垂落在身侧，细细长长的，白皙而柔弱。

他没料到监控里的小姑娘就是她，一开始着实震惊了一下，看看章承杨，后者也是一脸莫名，这才觉察出什么乌龙来。章承杨在看清徐皎的脸后，又看一眼旁边垂头丧气的安晓，逐渐回过了味。

这天底下的事还真是无巧不成书，昨晚木鱼仔拍了两个女孩的照片，隔着雨势和夜幕的光，徐皎露了正脸，而安晓只有一个侧面，却因为半蹲找角度而暴露了完整的小腿。

他是腿控，这不就瞧上了？发了短信问木鱼仔，那孩子特较真，言之凿凿道："旁边那位小姐姐只有侧脸哎，根本看不清，我怎么可能随便评价人家？我说的当然是露正脸的小姐姐，我师父也瞧见了！"

"你确定你们师徒看到的是同一个人吗？"

"那必须的！我师父还说，人家是学生呢！"

"他怎么知道人家是学生？"

"我怎么知道他知道！"

"你就不问问？要你有什么用？"

"师叔你好过分哦。"

章意被章承杨兴味的目光一扫再扫，顿时有点坐立不安，微微咳嗽一声。

胡亦成上前察看，安晓连忙压低声音，煞有介事地说："皎皎说有点累了，想睡一会儿。"说完觉得不够，又补了句，"她昨晚没怎么睡，早上一直在做检查，刚歇下来。”

胡亦成想到自己昨天晚上说的重话，也有点尴尬，此时徐皎睡着，正好给了他们缓冲的时间。他点点头：“既然这样，就让她休息吧。”

说话间，他的电话再次响起。见是无法拒接的电话，他一边往外走，一边同章意说：“住院报告已经给你看过了，需要休养多久你心里清楚。这期间包括不限于医药费、护理费和代言广告的损失，也给了你具体的赔偿数目，你仔细考虑一下给我个回复吧，不要拖太久，闹大了也影响店铺声誉不是？我还有事就先走了，那什么……安晓，替我好好照顾皎皎，醒来之后让她给我打个电话。”

安晓应了声，目送胡亦成离开。他走后，病房内一度陷入死寂。还是安晓率先打破僵局，她努力扬起一个笑容：“好、好巧啊，又见面了。”

章承杨抿着唇，意味深长地挑起嘴角，真是天衣无缝的仙人跳啊！比早上在店里玩把戏的那帮假二世祖不知高明到哪里去了！他抽过椅子，大剌剌一坐，抬起下巴示意：“别装了，想要多少，报个实在的价吧。”

“啊？”安晓丈二和尚摸不着头脑，“什么报价？”

“还装，你昨晚不是一眼就看中我的表了吗？故意设局让我哥往里跳，是吧？不过摔折了小胳膊而已，居然一开口就敢索要两百万赔偿，没有王法了吗？老实交代，你们到底在守意外面蹲点多久了？那些小偷也是你们找来的吧？监控里面清清楚楚，都没怎么干架就溜了，这事要真捅到局子里，你以为你们俩能落着什么好处？听说她还是个小模特，打算就干票大的，以后不在圈里混了？”

章承杨身上有一股赌徒的气性，就这么一坐，寸头下一张森然的面目，犹如案下悬着的刀，淬着光，可谓气场全开。

安晓被他三两句话绕得找不着边，心腾腾往下坠：“我真的不懂你在说什么。”

“呵，小小年纪，看不出来演技还挺好，你怎么没去当演员？”

安晓从小到大什么时候被人这么讥讽过，一时怒了：“你说我们玩仙人

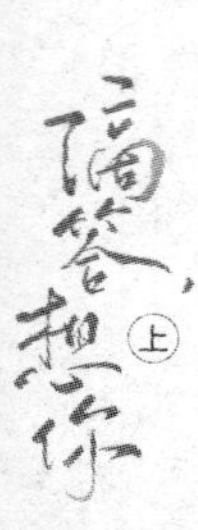

跳故意挖陷阱让你们跳，是为了讹你们钱，对吧？章承杨，难道不是你树大招风，被人讹怕了吗？什么脏水都往人身上泼？对，没错，昨晚我和皎皎确实刻意去的长亭老街，不瞒你说，一周总有两三天我们会去那里，但不是为了蹲点谁，而是因为皎皎喜欢古董钟，我们才去那里而已！再说，昨晚先来搭讪的人是你吧？仙人跳还有这本事吗？我看也没看你一眼，就能把你引上钩？店长要是没有梦游症，皎皎夜跑的时候怎么遇见他？难不成溜到家里，把这么一个大活人偷出来？”

安晓有点混血基因，长相特别有攻击性，飞扬的眉梢微微一挑，尽是不屑的意味。章承杨被自己的色心弄得讪讪，气势一弱，寻思了起来。

这么说倒也合情合理，可即便如此，她因为看中他的名表而答应和他约会，而躺在床上那个，看重“守意”的价值而勒索巨额赔偿，至少拜金这一条罪宗，板上钉钉。

“那你说说，就这么一摔，值两百万？”

“什么两百万，谁跟你要的这笔钱？”

章承杨耸肩一笑，有些无可奈何了，这丫头居然还在装傻充愣，刚才胡亦成说得那么明白，就差赤条条的威胁了。

“广告，代言，反正能凑数的都加在一起了。哦，就是刚才那位精明的经纪人算的一笔烂账，你不知道的话，是不是可以理解为你的好姐妹试图敲诈一大笔钱，却没有同你商量？或者打算独吞？”

“你说的什么话？当我们是什么人？还挑拨离间，我姐妹是什么样的人，需要你告诉我吗？臭男人，别以为自己长了张人脸，就当自己有几两重了，我看你是没被女人教训过，才敢这么狂。”安晓当真气急了，撩起袖子就要冲过去，忽然被一只手拽住。

三双眼睛顿时投向床畔，徐皎没法再装睡，起身坐了起来。

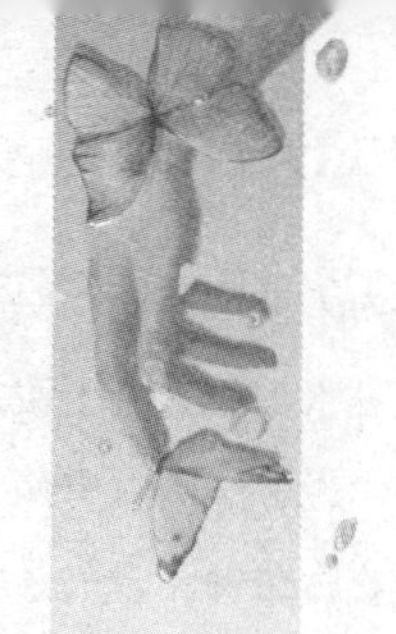

第二章

/

象牙塔里的两难抉择

Dida, Xiangni

▼

徐皎没敢看章意，低着头说：“我不要赔偿。”

一句话顿时浇灭了某些人嚣张的气焰。安晓瞪着眼：“你听见了吧？还要冤枉我们玩仙人跳吗？不就一块破手表嘛，谁稀罕，要不是为了皎皎……”

话没说完，被徐皎一拉，安晓顿时偃旗息鼓。就在这时，一直没有开口的章意说道：“承杨，我想单独和徐小姐聊一会儿。”

章承杨会意，点点头站了起来。见安晓还愣着，他清清嗓子：“你还不走？”

安晓说：“我怎么知道你哥会不会也不分青红皂白挤对皎皎一顿？这么大口黑锅扣下来，一句道歉都没有，就想息事宁人？”

“你！”

“我什么？是不是你冤枉人啊？”

章承杨轻笑一声：“呵，还挺牙尖嘴利，一个说不要赔偿，一个说要两百万，我怎么知道这后面还有没有别的招数在等着？”

章意了解他的脾气，就算知错也不会认错，骨头硬得很，向来不低头。其实这点很不好，伤人又伤己，疼的时候不外露，可也不是不后悔，只能自己受着。

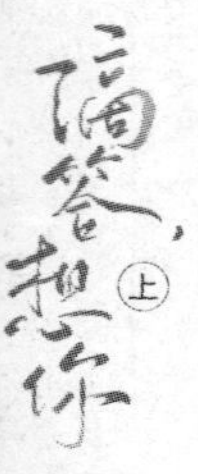

不过是他的弟弟，他得护着。

章意微微一笑，对两个女孩说："刚才承杨说的那些话冒犯了你们，我替他向你们道歉，对不起。"

徐皎连忙摆手："没关系。"

安晓暗恼她骨子软，轻而易举就原谅了对方，却不好对软和的人发脾气，只能狠狠剜章承杨一眼，拎起小包往外走："我就在外面，你有事随时叫我。"

徐皎应了声好，章承杨出去后，病房内只剩下章意和她。她这才鼓起勇气看了他一眼，和昨晚没什么两样，要说有什么不同，就是气质。

太沉静了，也不光是沉静，风起于青蘋之末，浪成于微澜之间，他的沉静之间蛰伏着城府。

就说刚才章承杨质问安晓吧，他一句话也没有说，心里未必没有相同的疑问。想到这里，徐皎解释道："昨天晚上你走得太匆忙了，表带掉在地上，我怕你找不到就先拿着了。我也不知道会被经纪人拿过去，还要你赔偿，对不起，这件事我会跟他沟通的。"

胡亦成狮子大开口，确实过分了点，也难怪人家会把她往那个方向想了。徐皎有点苦涩，想笑也笑不出来。

不料，章意却道："和你没关系，你帮助了我，我却把你一个人丢在那里，应该是我说对不起。"

"也不是你的错。"

听完安晓说的话，她已经自然而然地原谅了他。应该是梦游吧？如果没有监控，他根本不知道自己昨晚还出去过，那么对发生的事一无所知就可以理解了。

只是为什么他梦游的时候会变成另外一种状态？如果不是心智问题，当时的他就是一名小学生？或者，梦游的时候他回到了小时候？

关于这一点，他知情吗？

徐皎悄悄觑他一眼，不料正对上他的眼睛，心漏跳一拍。章意说："你已经知道了？梦游，很少见，对不对，其实我也才知道自己有这个毛病，真的很抱歉。”他走到她床边，“我可以坐下吗？”

徐皎点点头，望一眼空荡荡的床头，连口水都没有，顿时窘迫起来：“我这里也没什么好招待你的。”

“是我来得太匆忙。我让承杨去买，你喜欢吃什么？”

“不是的，不用，我不是……”她没有那个意思。

章意却适时化解了她的尴尬：“你经纪人说下午还有两项检查，我留下来陪你。刚好早上处理了一些事情，我也有点饿了。喝粥可以吗？”

徐皎摸摸微鼓的肚皮，刚要拒绝，却对上他坦然的目光，鬼使神差地点了下脑袋。

他好像与生俱来绅士的温和练达，健谈而优雅，嘴角常噙淡淡笑意，让人如沐春风，徐皎全然忘记了刚才针锋相对的一幕，一颗心摇曳荡漾。

章意低着头，看样子是在给章承杨发信息。修长的手指敲击在屏幕上，用的九键，一个字一个字地打，手速不是很快，像是在思索什么似的，忽而停顿了一下，向她投来目光。

徐皎冷不丁被抓个正着，偷窥的意图过于明显，整个人僵在原地，片刻后脸颊泛起绯红。她尽力为自己找补：“那什么，你、你的手很好看，我是职业病。”

章意想起先前在咖啡店的初遇，也是职业病，让他一下子看到了她的手。他微微一笑，又低下头发信息，章承杨让他快点摆平麻烦，确定赔偿数目。

他从小跟着师父学手艺，遇见过不少麻烦，处理起来尚算得心应手，可不知道为什么，看着章承杨的叮嘱，他的心里忽然涌起一股奇怪的烦闷。

好一会儿，他删除编辑的内容，只回一个字“好”，随后放下手机，看着徐皎说：“我也是，职业病。”

徐皎发现他摩挲指腹的小动作：“你也经常这样？”

“嗯，习惯了。长年累月修复钟表，和那些精细的零件对话，手是最直接的沟通媒介，不好好保护的话，它们会发脾气。”

“啊？”徐皎感到好奇，“零件还会发脾气吗？”

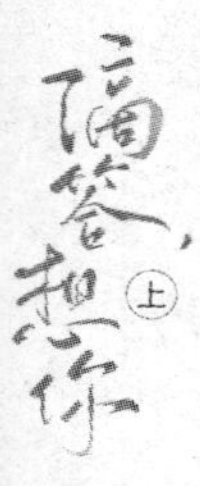

章意笑了：“你认为工件没有灵魂吗？其实它们也有天生的感知力和创造力。我每天收工都要洗手，有时候半小时，有时候一小时，要把煤油洗干净了，再抹上护手霜，打上油膏，静置一会儿等营养全都吸收。第二天手上的皮肤会滋润光滑一些，死皮少一些，这样接触零件的时候轻重能掂得实在一些，再加上护手霜里遗留的香气，那些小家伙也就爱留在手里了，不至于东蹿西跑，让人一阵好找。相反如果哪一天我怠慢了它们，它们就会给我好看。”

他有点无奈地挑眉，眼眸骤然亮了一瞬。

他称零件为“那些小家伙”，一番意趣天成，神情专注柔和，满是宠溺的意味。徐皎清晰地听到自己乱拍的心跳，强自镇定道：“零件不可以固定在工作台上吗？”

“学成了，当然可以。”

章意端坐着，肩背平直，很有老一辈艺术家们的精神面貌，说着一些徐皎不清楚的内行门道，姿态娴熟，口吻亲切，不卖弄，不炫耀，细水长流的样子让人忍不住心生好感。

这可能就是他的魅力吧？

他一定很讨女人喜欢。

“当学徒的时候，师父不让这么松快，得把设备打混了，练眼力。这时就指着手上的功夫到位，能让那些零散的小家伙们稍加听话了。那个时候不止眼力，手下的功夫也要扎实，经常举着零件不能动弹，锻炼手指和腕子的力道，通常都要练个好几年，行话里也称为童子功。”

见她没有反应，章意适时打住：“抱歉，是不是太枯燥了？”

他怎么每次只会跟人讲这些？想到章承杨的叮嘱，跟人赔罪赔成这样，也不知道算什么。

徐皎察觉到他一丝丝的羞赧，忙摇头说：“没有，我很喜欢。”

一双可以说话的手，翻来覆去地掂弄，一定不会粗鲁。每天在他指下润滑擦洗，组建复杂的工程，如果真如他所说是有脾气的家伙，看着这样赏心悦目的人，再大的脾气也该消了吧？

她原来也问过自己，世上真的有一见钟情吗？出于一刹那的心动或者吸引，真的会长久吗？可是三年过去了，她始终对他无法忘怀，每一个夜深人静的失眠夜晚，听着秒针滴答滴答的走时，她都会想到他，在枕边，在笔下，在电影里，在苏黎世的幻梦中，在任何可以记录心情的依托下，描摹他的影子。

而此时此刻他就在床边，听他细语呢喃，说着平常的事，她忽然笃信了这种感觉。一种流动的、绵长的颤动，正在逐渐渗透她的灵魂。

她不想停下，努力找话题："你每天都要洗手洗那么久吗？"

"清洗零件的时候需要。"

"为什么呀？"

"有些上了年头生锈了，有些经过特殊的处理氧化了，得经过一次次的煤油清洗，才能重新焕发光彩。"

"可以完全修复吗？"

"不一定，不过我们的使命是这样的，修旧如旧，补新以新，师傅们也一直这么坚持着。古老的钟表修复，都是这样子一代一代传承下来的。"

徐皎忽然想起故宫纪录片里一句话，一辈子踏踏实实干活，通过双手与异国古代匠人的智慧对话，凶猛的时光也被感动得温顺起来。

此刻在面前这个男人的眼里，她仿佛看到了同样的顺从。

为了将这一顺从延续下去，她厚着脸皮"安利"起自己代言的护手霜："那个，不是有句话说好马配好鞍嘛，你的手每天都要泡在煤油里清洗零件，还要修理它们，需要好好保护。我推荐你一个牌子的护手霜吧？真的很好用。"

她能接触的商业合作虽然不多，但她每一个都非常认真对待。不好用的产品，她不会昧着良心去推荐。

"品牌方送了一些小样给我，随身携带挺方便的。"她一边说一边拉开包，从里面倒出几支小样，"有几种味道，我比较喜欢茉莉味和柠檬味，你喜欢什么气味的？"

她抬起眼睛注视着他。

那眼睛闪烁着光芒，小小的脸蛋被黑发包裹着，一种生动的美丽流泻而出。章意不知道这是女孩子一借一还、一来一往的小心机，只是看着那柔弱无骨的手半托着腮，就觉得很好看，好看得无法拒绝。

然后，他听见自己说："清新一点的。"

当章承杨提着果篮和一大束鲜花，外加四人份的粥过来时，看到的就是眼前这一幕，差点惊掉眼珠。

章意什么时候这么宠小女孩了？居然双手并用跟着学什么护手操。

他揉揉眼睛，哼笑一声。

呵，说好的稳重呢？

不过看样子应该是摆平了，他就知道章意的字典里没有"解决不掉的麻烦"。作为一家老店从小培养的掌门人，章意很懂因地制宜的一套章程，只要对症，任何人，任何刁难，任何质疑，都可以迎刃而解。

安晓被使唤当了一回跑腿，累得气喘吁吁，眼看就要推门进去，却被章承杨一把拽住："不是说饿了吗？"

"还饿什么？"安晓抚着胸口，没什么好气的口吻，"我现在只想躺下来好好休息一下。"

"年纪轻轻，体力这么差。"

安晓瞪大眼睛："喂，这可是十二楼！谁知道电梯会忽然出故障，我捧这么大束花一口气爬十二楼，累不是很正常吗？"

说到这儿，她就气不打一处来，原本守在门口等徐皎指示，连"从此萧郎是路人"的短信都编辑好了，岂料他忽然说什么想要跟她赔礼道歉。

她一听，牙关还紧闭着，心已经软了，一边骂自己没骨气，一边半推半就地跟着他出了门。

章承杨先是给徐皎买了一篮水果，再买了粥，还精心搭配了几样小菜。她瞅着面前的男人也不是完全无可救药的时候，两人拐去了花店。一颗心难掩怒放的雀跃，在男人默许的目光下，她挑了一捧最喜欢的花，乖乖地爬上十二楼。

结果，不说一句赔礼道歉的表示，竟然连句客气的安抚都没有，到了病房前直接卸磨杀驴，他把花抢了过去，还煞有介事地问她：“你跟她的喜好应该差不多吧？应该不会拒绝吧？”

敢情她挑了半天，这花不是送给她的？她不仅自作多情，还被诓骗了一遭。

安晓强忍着羞愤，眼刀刮了章承杨一下：“放开我的手。”

章承杨拧眉，居高临下地望着面前的女孩，乌眉浓睫，加上混血，脸又小又精致。这会儿正跟他闹脾气，腮帮子气得鼓了起来，倒是有点憨态可掬。明显是费心打扮过的状态，齐膝的束腰水波纹裙摆，恰到好处地勾勒出腰部的曲线，更衬得双腿修长。

左右看看，正值中午交班时间，住院病房来往都是病人家属和送餐员。一门之内，章意已经及时刹车，找回了该有的稳重。章承杨敲了敲门，把东西放在门外，牵起安晓的手就往一旁走去。

安晓敌不过男人的力气，猝不及防往前一倾：“去哪儿啊？”

“不是要约会吗？”

安晓脚步一顿：“不是嫌我拜金吗？”她一把甩开章承杨的手，“你以为我看不出你就是想玩玩的态度？我又没做什么杀人放火的事，至于一而再再而三地欺负人吗？”

章承杨没什么耐心，眼睛一眯，露出危险的目光：“你走不走？”

“你、你想干吗？光天化日朗朗乾坤……”

“你再不走，我就扛你了。”说罢，他上前一步，“不是说累了吗？还能下楼吗？需要我帮忙吗？”

安晓连连往后退，见身后病房传来脚步声，生怕被徐皎看到自己狼狈的样子，她赶紧缴械投降：“我走，我走就是了，你离我远一点。”

章承杨面无表情地扫她一眼，转身就走。他步子大，走起路来衣角带风，安晓亦步亦趋地跟到楼梯口，前面的男人忽然一个转身，拽住她的手臂，将

她往墙壁上一压。

“我搭讪，你就给我微信，难道只有我一个人在玩吗？”

属于男性独特的荷尔蒙气息喷薄在周身，安晓浑身僵硬，皮肤表层泛起一层鸡皮疙瘩。

她贴着墙壁，眼看楼梯间的门晃过来，晃过去，也不知是楼上还是楼下，有脚步声正在靠近

“你、你快放开……”

章承杨逼近一步：“既然如此，看到我是这样的人，就不敢玩了吗？”

“谁说的？！”

她游戏人间，还没有输过！

“行。”章承杨总结陈词，“那么，按照原定计划，继续约会，不要闹小孩子脾气，成吗？”他看谁玩得过谁，呵，小小年纪，居然敢来招惹他。

“不成。”

“你怕了？”

“谁怕你，我不想陪你玩了。”

“是吗？”章承杨顶了顶牙槽，闭上眼，深吸了下女孩子颈边的芬芳，带着笑说，“为了跟我约会，没少花心思吧？”

安晓的心几乎提到嗓子眼，这到底是什么急转直下的剧情？先不是还凶巴巴地骂她吗？按理说不是应该一拍两散，互相拉黑吗？

不过当下的环境刺激了她的好胜心，她矢口否认：“才没有，我遇见过的男人少说千八百的，对你，至于吗？”

“呵。”章承杨笑了，嗓子低哑，“还挺香。”他一只手挑起她的下巴，微睁开眼，那漆黑瞳孔包裹着的欲望一览无余，带着强而有力的攻击力。

安晓耳根渐渐发烫。

后来没等到徐皎做完剩下的检查，章意就被一通紧急电话叫了回去，临走前他留下自己的号码，让她有事务必联系他。

到晚间的时候，安晓发来信息。

安晓：宝宝，又下雨了，我今天先回学校，明天再来接你出院好不好？

徐皎：哼，重色轻友，你下午去哪里了？

安晓：看电影。

徐皎：和谁呀？

安晓：还能和谁，章承杨就是个王八蛋，把我骗到电影院去，居然是为了陪他看恐怖片！

徐皎：你昨天不是这么说的。

安晓：……

徐皎：你说他是你这辈子遇见过寸头最帅的男人。

安晓：对不起，污了你的耳朵，你就当我放了个屁，好吗？别说他了，你怎么样？和章意聊得怎么样了？赔偿的事情说清楚了吗？

徐皎：没……

安晓：那么长时间，你不会光顾着垂涎人家的美貌了吧？

徐皎：你瞎说什么。

安晓：我瞎说？姑奶奶我是火眼金睛好不好？离开前看得清清楚楚，你那一双水汪汪的大眼睛，都快黏在章意身上离不开了。你什么时候这样过，万年铁树也会开花？

徐皎：没有，才不是。

安晓：那是什么？还不快老实交代？

徐皎：你猜？

安晓：不会吧？不会吧？

徐皎：就是他。

安晓：……这是什么糟心的缘分，等我明天戴上高倍镜去。

徐皎躺在床上，怔怔望着天花板，一想到这“糟心的缘分”，嘴角就不受控制地上扬。她调开通讯录，找到一串手机号码，想了想，复制到微信里。

搜索到的头像是一只公仔，有点熟悉，但她想不起来在哪里见过了。朋友圈是关闭的，除了地址吻合，看不到别的有效信息。

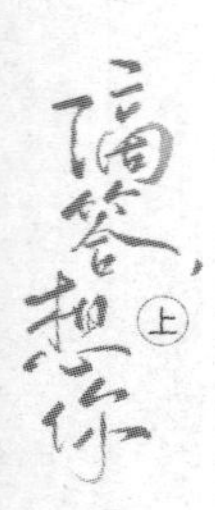

该加他好友吗？徐皎盯着“发送申请”的图标很久，最后还是退了出去。

想到还有没解决的麻烦，她给胡亦成回了通电话。胡亦成不知在做什么，铃音响了很久一直无人接听，就在她准备挂断的时候，一道熟悉的嗓音钻进来：“皎皎。”说完打了个酒嗝。

听那头喧闹的声响以及胡亦成比往日轻飘的口吻，徐皎很快得出结论，应该又在酒桌上。

一周总有一半以上的时间，他要在应酬中度过。

胡亦成继续说：“怎么到现在才打电话给我？刚睡醒吗？”

徐皎还没开口，胡亦成又道：“手臂好点了吗？还疼吗？吃药了吗？你在医院也不能耽误护手，知道吗？”

徐皎低声说：“我知道，你不用担心。你酒也少喝点吧，肠胃本来就不好。”

“我一个大男人有什么关系？”胡亦成刚说完，电话那头有人起哄，似乎在问他跟谁打电话，这么关心，随即猜到是她，一个接一个怂恿，“是那个小模特吧？怎么没把她一起喊过来，是我们张总面子不够大吗？”

胡亦成轻笑：“哪能啊，张总的面子我敢不给吗？小丫头昨天出了车祸，受了点伤，现在还在医院呢。”

“车祸啊？严重吗？手有没有问题，还能如期来参加试镜吗？”

“没问题！”胡亦成斩钉截铁地说，“就是小腿擦伤了一点，手没伤着。那丫头也知道护手，摔下的时候故意腿先着地。你们说说，还在念书的学生呢，就这么拼命，多不容易。”

“现在的大学生可都拼着呢，尤其是女大学生，你们笑什么？我说的不对啊？为了钱什么事做不出来？”

一迭声的漫笑当中，有人严肃道：“别怪我没提醒你，这试镜机会是我好不容易给你争取来的，有一没有二，别给我搞砸了。”

“那必须的。”

剩下的谈话徐皎早就听不下去了，却没有挂断。放空着等了一会儿，倒是胡亦成先挂断了电话，切线之前徐皎听到那个被称作“张总”的男人，仍不甘心地说：“什么时候把小丫头带出来见见世面，现在的学生哪还像我们那时候单纯，早熟得很，你跟她说什么，她都听得懂。做我们这行，知情识趣最重要了，宠着，呵护着，什么时候能长大？小胡啊，别把自己看得太重了，你只是经纪人而已，经纪人随时都可以换，懂我的意思吗？凡事能扛的扛，扛不动的就该让她独当一面，练练胆识，总不能一直躲在你身后吧？惹了麻烦捅了娄子，你跟着收拾残局不说，人还不一定念你的好，你说何必呢？”

胡亦成是怎么回答的？他应该是醉了，说话有点囫囵不清，笑呵呵地接了张总的话茬。

“张总啊，您不知道，这丫头一出道就跟我，我那会儿就是个穷困潦倒的小子，她敢选我，我就不能辜负她的信任。张总您说得都有理，可扛不住我爱操心啊，习惯了，以后有机会一定把她带出来，让她给您敬茶，到时候还要请张总不吝赐教，多传授年轻人一些做人的道理。这不正好说到点子上吗？试拍的细节，张总不妨好人做到底，再点拨点拨？”

酒桌上阿谀奉承，溜须拍马，你来我往的一套不外乎这些，徐皎以往的认知都来源于电视剧，可入行以后有些应酬避无可避，只能硬着头皮上，深入其中后才发现现实远比剧情更残酷，喝到胃出血那是常有的事。男人们聚到一块，讲些黄段子在所难免，听多了就不会不自在了，反正总有胡亦成冲在前头，她只要当一个不开窍的小女孩就行。

其实仔细想想，这三年来胡亦成真的为她付出了很多。一开始她和安晓在街头穿高中制服拍照，被星探相中，就直接给挖到公司了。当时胡亦成还是个小助理，在公司怀才不遇，到处受排挤。她不肯签约，公司的人舍不得放，那里面的水有多深她不清楚，反正是胡亦成帮了她一把，后来他也辞职了。

她手长得好看，不肯出道就算了，如果连手的天分也浪费就太可惜了。胡亦成劝说了她很久，她才同意跟他签约。

最初艰难的时候，他们一家公司接一家公司地跑，试镜被拒绝，从头再来，送礼给选角导演，被鸽了还得赔着笑脸，每天蹲点贴吧论坛寻找需要手

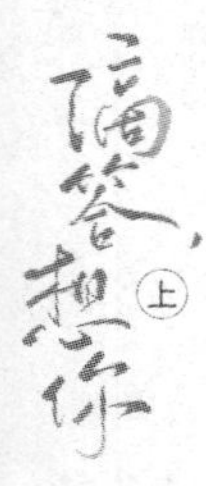

模的活，被坑骗了不知道多少次，但下一次还是会傻傻地上当，就连深夜去郊区的活计也敢接，敢闯。

说到底，都是胡亦成给了她安全感。

他年近三十，迫切干出一番事业来，把她当成咸鱼翻身的唯一筹码，她不是不清楚。他需要她，她也需要他。

他们珍惜患难时的情谊，有分寸地彼此帮助，她相信在这一点上胡亦成跟她是一致的。就说这个张总吧，已经不是第一次喊她出来应酬了，可胡亦成从来没有为难过她。

她想了想，还是给胡亦成发过去一条短信，让他少喝点酒。

胡亦成没有回复。

一直到凌晨，徐皎忽然接到胡亦成的电话，却不是他打来的，而是餐馆的服务生。胡亦成醉到不省人事，对方喊她去接人。

徐皎也没有多惊讶，早已习惯了收拾烂摊子。到的时候餐馆已经打烊了，胡亦成坐在门前的台阶上，一眨不眨地望着天。

瞧见徐皎后，他忽然手指一个方向，激动地喊道："皎皎快看，星星！"

下过雨的街道湿滑，带着一丝初夏夜晚的清凉，胡亦成一边说一边往她这里跑，忽然脚下一个打滑，整个人往前一扑，摔坐在地上。

他疼得龇牙咧嘴，仍傻傻笑着："皎皎，有多少年了？我没在这个城市看到过一颗星星。"

或许是，他从没有停下来看过一眼天空吧？

胡亦成笑了，在略显凄清的街道上，他蒙眬的醉眼让人心痛如绞。

徐皎立在原地，想要劝他减少应酬的话就在嘴边，却怎么吐也吐不出来。本想和他商量下索赔的事，一时间也说不出口。生怕一张嘴，过往种种都将换个审度的视角，变得面目全非。

胡亦成看她发愣，上前薅她的头发："傻丫头，看星星呀！"

"星星有什么好看的？"

"好看呀，不好看吗？"

徐皎扁扁嘴，上前扶住摇摇晃晃的他："好看，但已经不早了，就看一会儿，我们就回去吧，好不好？"

"好，就看一小会儿。"胡亦成扬起脑袋，手半覆在额头上，眼睛眯成一条线，看着看着就笑了。

徐皎把他送回家，照顾到半夜，担心护士找不到她，留下便笺又匆忙赶回医院。到医院时天已零星亮了，护士提醒她早上去拿检查报告。她身心俱疲，打着瞌睡迷糊应下，回到床上没两分钟就睡着了，再次醒来是被电话吵醒的。

安晓在另一头急得团团转："都几点了你还在睡觉？出大事了！"

"怎么了？"

她揉着惺忪睡眼，勉强翻了个身，耳朵夹住手机，用健全的手臂扶了下打着绷带的小臂，人刚坐稳就听安晓喊道："胡亦成又去守意了！"

徐皎一惊，人差点从床上摔下来。安晓听见乒乒乓乓的一阵声响，忙安抚她："你别着急，我马上就到医院了，你收拾收拾，先办好出院手续，我陪你一块去。"

"好。"

胡亦成的电话一直无人接听，徐皎猜他是故意不接她电话，心下更急，也有点后悔昨夜没有跟他谈赔偿的事情。原本章承杨就怀疑他们玩仙人跳，现在态度又一个大转弯，恐怕会以为他们故意一个唱红脸一个唱白脸，变着法搭戏台是为了讹更多钱吧？

那么章意呢？会不会也觉得她这个人首鼠两端，特别糟糕？

徐皎越想越心切，东西也来不及收拾，忙不迭去找主治医生开出院报告。医生看她一个小姑娘，吊着手臂路都走不稳，身边也没个人陪着，急得都快哭了，忙开了单子，一番叮嘱，又让手下的实习生去帮她办手续。

小实习生热心，跑前跑后热得脸颊红扑扑。安晓过来接徐皎一起离开时，手续也办好了。小实习生仔细讲解了日常换洗护理和定期检查的注意事项，末了欲言又止地望着徐皎："我、我可不可以……留个你的电话号码，你、

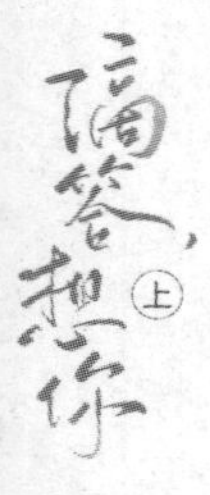

你有什么不清楚的都可以问我。”

徐皎忙道谢，刚准备给他，手机忽然响起来。她一看来电号码，头皮顿时发紧。

安晓问：“谁啊？怎么不接？”探头一看，“章意打来的？”

“嗯。”

徐皎哭丧着脸，他怎么会打给她？是不是胡亦成又涨价了，他来兴师问罪？

安晓看到好朋友这样，也有点后悔把号码给章承杨了，愤慨道：“先接吧，大不了再吵一架，有我在，不怕他们。”

徐皎点点头，走到窗边，深吸一口气后接通。

“你好，我是章意。”

嗓音一如既往的温和，徐皎忽然有点想哭：“我、我知道。”

“是这样的，你经纪人现在在我店里……”

她一听立刻抢白道：“对不起，我不知道，我马上就过来！这件事我可以解释，真的不用赔偿，成哥昨晚喝醉了，我还没来得及跟他说。”

她越说声音越小，满怀的歉意被羞愧替代，最后只剩下不安的抽噎。到底还是个小姑娘，在心上人面前做不到坦然自若，腿抖得发软。

安晓在一旁看着，也快不能呼吸了。

这时，章意说道：“不要紧张，就是猜到你可能会着急，才想要跟你说一声，没关系，我没有误会。”他嗓音温和，不急不慢，“如果你要过来的话，路上小心一点，注意安全，我会在店里等你。”

千想万想，没料想他竟是这样的态度。徐皎忍不住了，紧绷的心弦一松，只剩下满腹委屈。

她半靠在窗上，洁净的玻璃倒映出女孩白皙的脸颊，发际的一簇黑发似乎汗湿了，贴在额角，是弯曲的弧度，像一只小羔羊，又乖又安静。

“谢谢你。”她忍着哽咽的冲动，镇定地说道。

“今天店里有客人上门，是提前约好的行程，没有办法改时间，所以很抱歉，不能去接你了。有什么事一定要给我打电话，好吗？”

“好。”

安晓在旁听完全程，难以置信地摇摇头：“你说说，都是老章家的基因，哥俩怎么差这么多？章意也太温柔太体贴了吧？天啊，这是什么绝世好男人！皎皎，说真的如果你不是我的‘铁磁’，我就心动了！”

徐皎正伤心呢，一听立刻扑过去捶她：“不可以，我不同意。”

“哟，不委屈啦？瞧你一脸暗喜的小样儿，刚还晴天霹雳呢，人家一通电话就把你哄得跟小绵羊似的。”

“哼。”

安晓趁势抱抱她，安抚道：“没事，我看章意这样，是个讲道理的。待会儿去了你跟他好好解释一下，只要胡亦成收手，肯定不影响你在他心目中的形象，别担心。”

“可是……”胡亦成会善罢甘休吗？

徐皎一想到昨天夜里喝得醉醺醺坐在地上仰望星空的男人，就觉得什么解释都是苍白的。胡亦成不可磨灭的存在，仿佛让她如鲠在喉。

不知道什么时候小实习生已经离开了，只留下一张打印出来的详细医嘱在床畔，安晓指着徐皎说：“祸水！”

徐皎没有心情和她玩闹，叫好出租车，两人下楼直奔长亭古街。到了“守意”门口，徐皎一眼就看到胡亦成坐在那天章承杨坐的太师椅上，手边捧着一盏描鹤青瓷白玉杯，碧绿的叶子翻卷着，飘起袅袅白烟。

瞧他一副优哉游哉的姿态，徐皎稍稍定心，这才打量起“守意”。略显湫隘的门头，扑面而来一股岁月沉淀出的古朴之气。一眼看过去，各式高低柜格，装点着“会说话，也调皮”的小家伙们，仿佛能看到它们偶尔窃窃私语、透过一扇扉门审视烟火红尘的目光，那将是何等的惊艳。

再定睛一看，满目琳琅，古色古香，厅堂敞亮，进门就是一张展示及招待作用的长桌，雕着繁复的满园春色，海棠枝头，黄莺啼叫，栩栩如生，内嵌玻璃，以蚕丝绸绢衬托，摆着几件古董怀表。

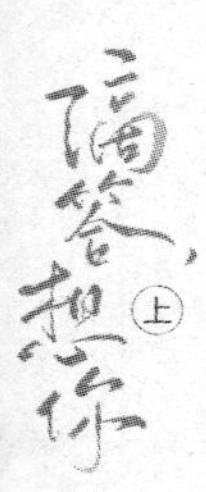

靠右墙里侧则是一张长约一米五的金丝楠木工作台，表面光洁铿亮，陈设一丝不苟。后面紧挨着一排修表工位，工作桌上人手一台台灯、一台校表仪和一架打磨车床，眼下只有两个修表师傅和学徒戴着放大镜，正伏在桌面工作。

左侧以镂空房梁与雕花屏隔出一间茶水室，摆着一套中式桌椅，角落还堆叠着一座精致小假山，劈水道，有清泉流泻其中，两尾红黑鲤鱼交相掩映在绿藻下，胡亦成坐的太师椅就在其中。绕过会客室，连接修表工位的一整面背景墙都是定制落地柜，高高低低摆着各种古董老物件，特级黑桃木色泽暗沉，青黑木纹经得起光阴的考验，因此更彰显物件的珍贵，一座上世纪铜镀金老人变戏法钟位于正中，滴滴答答地转动着。

恰到整点，它发出一声声厚重的“当——当——”响。

整间屋子以小窥大，可见主人家的良苦用心，应是为了达到“修旧如旧，补新以新”的匠心之意。

听到有人进来，修表工位寥寥几个人抬头。当中一个身穿棉麻质地短褂，一张娃娃脸看着年纪不大的男孩走过来：“小姐姐，是你呀，我叫木鱼仔。你是来找我师父的吧？”

昨天章承杨回来已经把医院发生的事情都告诉他了，他就知道小姐姐不是那种爱慕虚荣的人。他掩饰不住一颗躁动的心，笑得虎牙都露了出来：“不过我师父正在里面会客，你得等一会儿。”

虽然不知道这个男孩从哪里见过她，但徐皎还是客客气气地道了谢。正好胡亦成看到她，朝她招手。

她走过去，胡亦成迎头就问：“医生怎么说？可以出院了？”

“嗯。”徐皎忙道，“成哥，你怎么来这里了？”

电话可以拒接，当着面含糊不了，胡亦成冷着一张脸道：“我都听他们说了，你还真大方，一分钱赔偿都不要。徐皎，你当你是开善堂的？三个月不能开工，这部分损失我找谁去？”

“可是，是我主动去帮忙的，人家又没求我。”

“这是什么话？如果没有你，他能轻松躲过那一劫吗？说不定店铺已经被人洗劫一空了，你帮了他们这么大的忙，不说赔偿，至少得感谢一番吧？”

徐皎点点头：“我知道，可是感谢的方式有很多种，两百万实在是……”

胡亦成忽然笑了一声。

他那声笑不大，甚至很轻，却带着十足鄙视与尖锐的意味，徐皎无法继续说下去。论嘴皮上的功夫，她再修炼个五百年也不是他的对手，更何况他是帮她索要这笔钱，她对着干倒像是好心当成驴肝肺。

徐皎只好放低姿态服软：“成哥，我问过医生了，不强行扭动手臂的话，还是可以稍微动一动的，如果广告商不介意，可以让我试镜看看。”

通常情况下，手模特主要通过手指、手腕等来表现产品，对手的要求是手形修长，骨感纤细，手掌不能太宽且不能有明显的疤痕，手部骨节不太大，汗毛不太明显，手部线条要优美。其次还要有娴熟的镜头和舞台技巧，可以应对千变万化的造型，能够展现神韵，赋予它丰富而有层次的感觉，让手会说话，所以不管是广告代言还是手部特写，都要求动态拍摄。

“就算他们不同意，手部特写还是可以进行，之前你不是说有一个美甲广告，想要我拍一组照片吗？我们接那个活，好不好？”

“这就是你想的折中的办法？”

“成哥，我……”

徐皎对上胡亦成的目光，后者正好也在审视她，用一种她说不出来的阴沉的目光，仿佛在看着什么陌生的人。她顿时有点退缩，往旁边躲闪了一下。

这时，胡亦成说：“徐皎，虽然你有时候执拗得让人头疼，还有些可笑的底线和风骨，但偶尔我也会为你的坚持所折服，觉得你是一个有理想的人。可现在看来是我想错了，你不是骨头硬，你只是没到黄河，没遇见可以让你屈服的人而已。而我胡亦成，不管付出多少做了多大的让步，都不可能成为那个让你妥协的人。”

“成哥……”

“当时那个美甲广告的创意总监来问你意向时，你还记得自己是怎么一下子让对方下不来台的吗？”

徐皎耳朵一阵阵发烫。

“你说他们家的指甲油成分不干净，有添加剂、腐蚀剂，会伤手，严重的还可能过敏。”

不知是宿醉阵痛的脑袋，还是她伤人的行径，胡亦成的舌尖泛起一阵阵苦涩：“当你因为原则、骄傲和所谓的底线，拒绝那些我好不容易才求来的资源、人脉以及合作，让那些我磕头求着上香供着的人脸面无光的时候，你想过两百万能给我带来什么吗？尊严？面子？还是连一室户都买不起的可怜的劳务费？全都放屁，真正能得到的是话语权！徐皎，你到底懂不懂，如果连你的心都跟我不齐，我们这样一路走下去还有什么意义？”

“成哥,我不是……我只是……”徐皎一时慌了,手足无措地望着胡亦成,“我不是那个意思,成哥,我们不是说好的吗？要做黑夜里也会发光的人。”

胡亦成转过脸去，双手覆在面颊上，深深吸了一口气。

“一直在深夜，即便发光也没人看见吧？徐皎，究竟是你太天真，还是我太现实？”胡亦成平复了一阵后，情绪有所缓解。他知道徐皎的脾性，说白了就是一个没吃过苦头的孩子，因为有他始终挡在身前，而无法切身经历狂风暴雨，她的理想世界太脆弱了。

“我们的合约还没到期，在职期间，我会好好负责我的版块，凡事不求你每一样都配合，但至少别再给我拖后腿，可以吗？”

胡亦成想要吵架的话，她吵不赢。不想吵架的话，她更没有立场。他们之间似乎陷入了一个两难的境地，徐皎也丧气了：“那两百万？”

“如你所说，感谢的方式有很多种，就在你进门之前，我已经想好新的赔偿途径。”胡亦成似笑非笑，“我看对方财大气粗，就狮子大开口索赔两百万，这个数字从出现在脑子里的那一刻起，我就猜到你会不同意，甚至会激烈反抗，但我以为经过昨晚，你至少会先问问我的想法。”

胡亦成陷在太师椅里，眉梢落下去，有点落寞。但他已经习惯了独自一人舔舐，很少会同徐皎提起伤痛，继而徐皎也渐渐忘了，原来让胡亦成深陷黑夜看不到光的人，是她。

她犹如醍醐灌顶，幡然醒悟，急忙向胡亦成看去，似是想表达什么，但千言万语涌至喉头，却不知从何提起。

她心里难受，酸涩熏红了眼眸："对不起。"

"真想跟我道歉的话，就做出样子来。皎皎，让我看看你的骨头到底能不能为了我软下去，哪怕只有一次。"胡亦成揭过茶盖，袅袅水汽散去后，青花白瓷下只剩半盏凉茶。

胡亦成一口饮尽。

就在这时，木鱼仔敲了敲窗栏。瞥见她有点泛红的眼圈，他愣了一瞬，随即说道："也没、没什么事，就是想告诉你，我师父他们出来了。"

"好，谢谢你。"

徐皎刚起身，胡亦成已经率先一步走了出去，她忙跟上。两人转出茶水间，章意一行正从工位后的帘子内走出，为首的是一名身穿白色套装、妆容精致的年轻女人，手提着某大牌包包，嘴角含笑，与章意正在交谈。

章承杨殿后，瞧见徐皎，咳嗽一声提醒章意，前面两个相谈甚欢的人才停下，若有所思地看过来。

不知道为什么，徐皎忽然想找个地缝钻进去。

"章意，有什么事吗？"为首的女人询问道。

"没什么，我先送你出去。"章意的目光掠过徐皎，朝胡亦成点头示意。胡亦成没有上前，彬彬有礼地朝两人露出一个笑容，目送他们出门。

外面又飘起细雨，章意撑开伞，遮在女人头顶上，身体半转，抬起手臂，细致地为她挡风。女人漆白色的高跟鞋被雨水打湿，鞋面上留下一颗颗泥点子。章意注意到，在她上车之际，弯下腰替她擦拭了去。

江清晨微觉诧异，章意说："你这是手工定制的皮鞋，不能进水，小羊皮考究，时间长了恐怕会留下污点。下次出门前最好看一看天气预报，别坏了一双好鞋。"

"好。"江清晨大方地笑了一下，由衷赞许道，"章意，你总是会让人

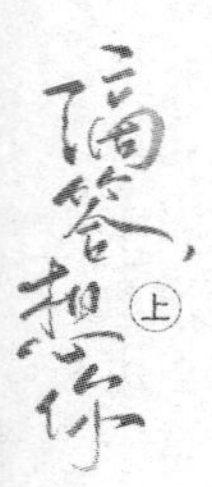

觉得，哪怕天气不好，心情不好，日子总是颠来倒去一潭死水，可只要看见你，生活就很美好。”

章意不觉颔首：“这真的是我的荣幸了。”

“你一直这么周到吗？对女人，还是，对客户？”

章意说：“我们做服务行业的，客人就是上帝，男人女人都一样。”

“是吗？可我这位大客户，已经被你拒绝很多次了。”

章意含笑：“雨要下大了，先进车里吧。”

江清晨定定看他一眼，家教好，规矩重，确实让人如沐春风，可对谁都一样。她张开嘴，似乎想说什么，终究还是掩于唇齿了。

离开前，她若有似无地往店内某个方向瞥了一眼。

“他居然帮她擦鞋？”安晓附在徐皎耳边，“他这是礼貌还是？不会是女朋友吧？”

徐皎没有说话。

她隔着重重雨幕看过去，那个男人撑伞立在银杏树下，分明年轻挺拔，卓尔不群，可不知道为什么，骨子里似有淡淡的疲惫感。只是瞬间一闪而过，想再捉摸就寻不到了。

没一会儿，章意折返回来，胡亦成正在屋檐下抽烟。章意朝徐皎点点头示意，然后走到胡亦成身旁。

胡亦成思索了片刻，说：“刚才那位是金戈的项目总监吧？”

章意微不可察地皱眉。

“我跟皎皎商量过了，可以不要两百万，但是金戈的手代言人，想通过你牵一牵线拿下。”

胡亦成刚说完，徐皎就从里面冲了出来：“成哥！”话没说完，陡然迎上他的目光。刚才茶水间的种种历历在目，誓言还言犹在耳，可她现在又要再一次伤胡亦成的颜面吗？

徐皎低下头，顿如一只泄了气的皮球。

她知道相比两百万，这对胡亦成而言已经是莫大的妥协了。成为金戈的手代言人，虽换了一种方式，但同样可以为她争取到权威的话语权。

说来说去，受益者都是她。可挟恩以报，又是怎样的虚伪？章意要怎么看她？

见章意没有表示，胡亦成内心也在打鼓，狐疑道：“看你们刚才说话的样子，交情不浅，只是举手之劳，不会连这点答谢的诚意你都没有吧？”

章意照旧没有回应，旁边的章承杨却炸锅了！这到底是什么经纪人啊？江清晨来访之前，他还不是这个态度，一口咬死两百万连协商的余地都没有，可转念之间态度就变了？

再一个，江清晨一进门就被章意迎到里面，就木鱼仔嘴快，同师傅们提了句“金戈”，他居然就能确认江清晨的身份？他是调查过守意，打定主意要讹他们一大笔吗？

章承杨不想再跟他绕弯子，直接开门见山地问：“你怎么知道金戈？”

“这周金戈有场新系列上市前的代言人试拍，原本皎皎要去试镜的，因为受伤取消了，说到底也是因你而起。”胡亦成径自看着章意。

章意却看向徐皎：“这也是你的意思吗？”

“我……”徐皎咬着下唇，过了好一会儿说道，“如果你方便的话，可以帮忙引荐一下吗？”

章承杨直接笑了：“好啊，还说不是仙人跳。今儿个是金戈代言的机会，明儿个又是什么？你们到底想干什么？”

安晓气得跺脚：“都说不是仙人跳了，你烦不烦？”

眼看两人又要掐起来，徐皎低垂着脑袋，泪水在眼眶里打转。不知道章意这会儿会怎么想她，她越想越委屈，憋着一口气，把眼泪往回逼。

章意沉默了一会儿说：“我可以帮忙推荐，不过金戈会不会采用你，这一点我没有办法保证。”

胡亦成抖抖烟蒂：“是没有办法保证，还是不想保证？”

“成哥。”徐皎打断他。

胡亦成看她一眼：“徐皎，你不是说金戈是你的白月光吗？这么个千载

难逢的机会，难道为了一层不值钱的脸面，你又要再次退缩？还是说，你只是想让我难堪？”

“我……”

对一个男人有好感的时候，方方面面都想呈现自己的好，漂亮的，可爱的，有趣的样子，想让他看到自己，关注自己，也想得到他的心动。可是她却狼狈的、羞耻的、无地自容的，把自己最糟糕的一面都摆在了他面前。

她攥着指尖，指甲几乎要断裂。

胡亦成也有点不忍心，可他已经不想再等了。等她长大，什么时候？天天念叨着的金戈，此刻就摆在眼前，作为一个受害者，为什么不帮自己争取权益？对方现在也有心想要报答，她究竟在磨蹭什么？

“徐皎。”胡亦成呵斥道。

“我答应。”不等徐皎开口，旁边插进一道声音，章意思忖道，“刚才那位确实是金戈的项目总监，据我所知她对钟情系列的上市方案已经有明确的考量，如何选择代言人不是我可以左右的，不过我会尽量帮忙推荐。”

章意的目光落到徐皎身上。

徐皎小心地绞着手指，声音却很急切：“谢谢。”

胡亦成见状也不好再多说什么，只冷笑一声。

章承杨一看胡亦成那张脸就气不打一处来：“谢什么谢？哥，你怎么能答应他们？你明明和金戈……”

“这件事交给我，你别管了。”章意适时打断他。

章承杨欲言又止，被章意看了眼才收敛，只还是愤愤不平，拳头捏得咯吱作响：“希望我哥帮了你们之后，之前的恩怨真的能够一笔勾销。”

他咬重“一笔勾销”四个字，意有所指地盯着徐皎。安晓挡在徐皎面前，朝他飞眼刀子。

胡亦成见事情初成定局，也不再多留，只道：“我等你好消息。”随后拍了下徐皎的肩，“走吧。”

徐皎从始至终没有抬头，盯着胡亦成丢在地上的烟蒂。

猩红被雨水浸透，逐渐失去生机。

上了车，徐皎终于抬起双眼。不远处的老店门前，章意弯腰将烟蒂捡了起来，扫去剩余的灰尘，又在廊下洗手。

雨水滴滴答答，敲打在未名的心弦上。

“不对劲，真的不对劲，我师父今天洗手的时间比以往长了至少五分钟。还没有泡煤油，曹女士也没有来揩油，怎么洗这么久？”

一号吃瓜观众说：“这几天糟心事太多，我看是心情不好。”

二号吃瓜观众摇摇头：“以咱店长的心性，会被这些凡人影响吗？”

木鱼仔附议：“确实，我师父什么人？泰山崩于前而面不改色，这点事算什么？只不过……你们真的没有发现吗？师父这两天总是在洗手。师叔，你说呢？”

章承杨盯着手机上刚才安晓发来的一通辱骂，哼笑：“小样儿。”

“师叔，咱说正经事呢，能先不撩妹吗？”

章承杨撇撇嘴，收起手机：“让你调查的事怎么样了？”

“我正要跟你说来着。”木鱼仔把章承杨拉到角落，左右看看，小声道，“那天我跟了跑车党一路，估计是被发现了，他们一个劲带着我绕圈，后来我就被绕丢了。”

“没用的家伙。”

“我还没说完呢你就骂人家！”木鱼仔不高兴了，“我去跟师父说得了，搁你这儿讨什么嫌？”

“哎哎哎，别介，看不到你师父正放空呢，回头师叔给你买好吃的。”一看木鱼仔还委屈着，章承杨笑了，“再传授你一套独门撩妹秘诀。”

“你说的哦？”木鱼仔将信将疑地掏出手机，“我托朋友到租车行查了查，还真让我查到那群家伙了，体校的一帮大学生，应该是收钱办事。”

“买家呢？”

“姓杨，其余的就不知道了。”

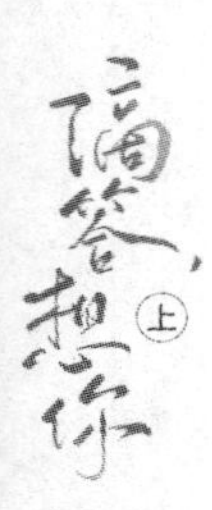

章承杨眉头一皱。如果是行家出手，不至于这么没脑子，搞这么一出，好像是故意来捣乱似的。姓杨，难不成是？

木鱼仔也想到了一人，两人不约而同道："杨路？"

正说着，章意走了进来，朝两人招招手，顺势把手机摆到桌台上。

木鱼仔凑过去一看，差点跳起来："杨路要请我们吃饭？"

"谁？"章承杨掏掏耳朵。

"杨路。"木鱼仔挤眉弄眼地重复，"咱杨师叔。"

"师叔你个大头，你就我一个师叔，懂吗？"一个栗暴砸下去，章承杨说，"鸿门宴啊？哥你要去吗？"

章意用手巾擦完手，打开抽屉，想了想，弯腰从底下柜子抽出一支护手霜来。小小的一支，有茉莉花的香气。

他挤出一小颗在掌心乳化开来，搓揉着指腹，好一会儿才说："你们跟我一起去。"

"啊？"

木鱼仔有点胆怯，章承杨一听吹了声口哨，趴柜台上对章意吹彩虹屁："哥，你真帅。"

对这种下流的对手，管他兄弟还是同门，就一个字——杠。

章承杨有时候觉得他哥太软了，可每每碰到问题，又觉得他哥还是刚。这人看着一团和气，跟面团似的随便搓揉，其实很清楚利弊，心里也有一杆秤，知道该怎么衡量顾客，以及制衡对手。

就因这么个事，章承杨半下午都没再跟安晓斗嘴，老老实实坐在板凳上练了会儿手艺。章意教他用橡皮泥取指针，尤其是黄金针。因为名表采选的黄金很软，用镊子直取会留下痕迹。

这活计看着简单，其实相当考验一个人的手劲，要稳，得扎实，还必须学会用巧劲。

折腾了半日，浮躁的心终归于平静。

雨停了，徐皎收回早已被打湿的衣服，重新放回洗衣机。两个舍友下午没课，都在补觉，拉着窗帘，屋内一片晦暗。

从守意离开后，她就感觉身体散架了似的，全身无力，难得胡亦成大发善心放过了她，她也想睡一会儿，可翻来覆去怎么也睡不着。床板咯吱咯吱响了好一会儿，于梦终于忍不住了，掀开帐子朝她喊道："徐皎，你能不能别动了？把人都吵醒了。"

徐皎小声说："对不起。"

"对不起有什么用，现在想睡也睡不着了。"

"我之前买了两支香薰蜡烛，有你喜欢的香橙味，我给你放在书桌上了。"徐皎笑一笑，"就当是赔罪了，别生气。"

于梦一听，讪讪道："好啦，我也不是故意凶你的，就是有点起床气。"

"我知道。"

旁边忽然钻出个脑袋："那我呢？"

"你喜欢的柠檬味，我也放书桌上了。"

梁小秋心满意足，又把脑袋缩了回去："好吧，饶你一回。不过你这两天怎么都没回来？上课老师点名，我帮你糊弄过去了，你可别忘记还欠我一个人情。"

"知道啦，回头买好吃的给你们。"

安抚了一阵，两个舍友重新进入梦乡，徐皎松了口气，睡意是一点也没有了，正好安晓喊她出去，她随便收拾了下就出门了。

上了车才知道，安大小姐最近找了份兼职，要拉她去陪班。

"你还做兼职啊？"

"喜欢嘛，钱不重要。"安晓冲她眨眨眼。

徐皎打量她的妆容以及夜店风的装扮，心下一沉："你兼职的地方不会是在酒吧吧？"

"哇，皎皎你好聪明！"

徐皎抬起自己打着绷带的胳膊："我都这样了，你还拉我去酒吧？你是

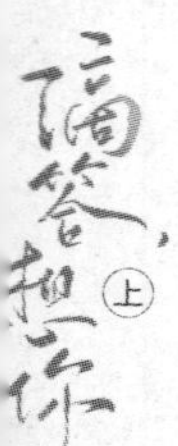

想让我被胡亦成打死好继承我的财产吗？”

“留你一个人待着我不放心嘛。”安晓抱住她的手臂，头靠在她肩上，“酒吧里灯光暗，哭得再丑也没关系的，你别忍着。我已经跟经理打过招呼了，到时候把你安排在我旁边的卡座里，那边不让上人，撞不到你，放心。”

徐皎鼻子一抽：“你怎么知道？”

“小样儿，你憋屈我能不知道吗？这事要搁我身上，我宁愿死了算了。说真的，胡亦成到底想干吗啊？至于这么逼你吗？”

“不是他的错。”

“那你怎么办？好不容易才又遇见，这算什么，棒打鸳鸯吗？”

徐皎被逗笑了：“哪儿来的鸳鸯？他都不记得我。”

“啊？所以你是单方面的？”

应该是吧？从他的反应来看，他确实忘了三年前的那一天。

“嗯。”

“完了。”安晓一锤子定音，“被这么折腾来折腾去，就算是个天仙，好感都要败光了，更何况你惦记了人家三年，人当你才认识三天。我看你也甭想了，大哭一场忘了他吧，天涯何处无芳草。”

徐皎本来已经忍住了，被安晓的三寸不烂之舌一搅和，眼泪又开始打转。好在车到“霓虹”门前，有酒保在等着，她不好意思再哭，跟着安晓熟门熟路地走到后台。

乐队几个大男孩冲安晓打招呼，连带着徐皎也一口一声“姐姐好”，叫得徐皎脸红。

到了台上才知道安晓这份兼职是什么——DJ，打碟的，所谓旁边的卡座就是让她短时休息的地方，确实很小，但很有安全感。

舞池人声鼎沸，安晓穿着紧身黑裙，描了一口大红唇，波浪卷长发跟着她的动作在胸前摇摆，频频惹来起哄声。

她本来长相就出挑，深眼窝，高鼻梁，皮肤又白又亮，加上身材火辣，不少男人拿着手机对她拍视频。她也很配合，偶尔朝镜头比心，飞个吻。场面一度失控，舞台四周热浪翻滚。

徐皎诧异：“你今儿不是第一天来上班吗？”

安晓抽空回道：“快一周了，怕干不下去丢人，就没告诉你。”

“你快别扭了，喝口水歇一会儿。”

“没事。”安晓冲她抛媚眼，“瞧见那个没？”

徐皎顺着安晓的视线看过去。

好帅一猛男，那胳膊上的肌肉都快比她大腿粗了。

“看我的。”安晓把水往她手里一塞，打着碟切换了一首劲爆的音乐。场上静了三秒，立刻涌向新一轮高潮，更加燥热，更加疯狂。

安晓忽然张开手，虚搭一张弓，一箭射向那个猛男。

浓眉大眼的猛男竟然当场害羞地捂住了脸，甜蜜蜜地享受了一会儿，从兜里掏出墨镜戴上，继续朝她拍视频，打灯摇摆。安晓每朝他看一眼，他就捂胸口一次，好像要被她万箭穿心了。

徐皎叹为观止。

知道安晓会撩男，但没想到这么会撩，瞧人家一五大三粗的猛男被撩成什么样了？就差她勾勾手指跟着走了。

徐皎忍不住给安晓发信息。

徐皎：真会玩。

安晓手指飞快：猛男帅不帅？

徐皎：还行。

安晓：比章意怎么样？

徐皎：……人家是你的迷弟，还是别伤人家的小心心了。

安晓：行，给你物色个更好的。

徐皎默默低下头。

还有更好的吗？

安晓以为她默许了，又换了首音乐，随之切换的是舞台灯光，在酒吧旋转。徐皎被吵得头疼，刚准备去后台休息会儿，就听安晓暴喝一声。

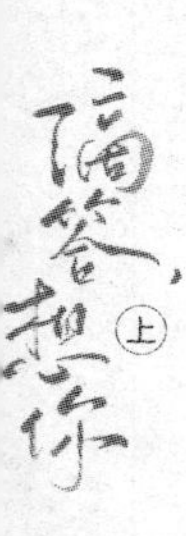

“怎么了？”

安晓：“碰到冤家了。”

知道杨路请客没安什么好心，料定是场鸿门宴也做好了心理准备，可谁想人家临时变卦，改地方到霓虹了。霓虹是新城最火的一家网红酒吧，消费不低，还得提前预约，就这样门口都排着长龙。

木鱼仔抱着见世面的心态亦步亦趋跟在章承杨后面。师门规矩多，他之前没来过这种地方，章承杨怕小孩胆小，任由着他抓着衣角，时不时回头逗贫一两句。

服务生把他们领到预约的桌号，一看杨路人还没到，章承杨乐笑了：“谱真大，是故意的吧？”

请客请喝酒，敢情今晚是场恶战？

章意把菜单推给章承杨：“木鱼仔饿了，点几份主食先吃着，等一等再说。”

章承杨翻了几页，给木鱼仔看。木鱼仔一看价钱，咋舌道：“这比咱们一周的伙食费都要贵了。”

“这才哪儿到哪儿？”想到人家一开口就索赔两百万，章承杨气还没消似的，顶了顶牙槽，又说，“反正杨路请客，随便吃。”

木鱼仔咽了口唾沫，正主都没到，还不知道什么情况，师叔心也太大了。

章意笑了一下：“点吧。”

一看有师父兜底，木鱼仔底气顿足，划拉几样交给服务员。

章承杨揉他脑袋：“怎么着，瞧不起师叔？师叔让你点，你不敢点，还得看你师父眼色？”

木鱼仔缩着脑袋讨好他：“哪里，我这不是不想让师叔破费嘛。”

“滑头。”章承杨说完起身，“我去趟洗手……”

话没说完卡住了。

木鱼仔想问怎么了，顺着他视线往舞池一看。再回头瞅自个儿师父，章意显然也看见了。

章承杨磨了磨牙，打算上前，刚一抬腿就见安晓收回了目光，继续朝着猛男放电去了。

等杨路赶到，现场氛围已有微妙的改变。章承杨虽然一直跟他不对付，但说话尚留分寸，偶尔也会照顾昔日同门的情谊，在小辈跟前给他留点面子，可这回话里话外酸他另立门户也就算了，还刀刀往他心窝子上戳。

“都说教会徒弟饿死师父，你还真是一点也没浪费这句老话，怎么着？在新城混得如鱼得水，连顿饭都落不着，就请师兄弟们干喝水？怎么还跟以前一样抠门？

“雇那帮小子来闹事花了不少钱，心里正在滴血吧？没事，跟弟弟说，弟弟给你补上窟窿，反正你是出了名的抠搜。整天扒拉着三毛五分，以为谁都惦记你那点臭钱？

“行啦，杨路，咱们老章家没亏待过你，是你心比天高，瞧不上咱们那破落户。既然要自己出去，就不能算是老章家的弟子。我爷爷对外不认你，你也甭记恨，怪就怪你自己，是你先坏了师门的规矩。

“怎么不说话？心虚了？丢面了吧？小木鱼来得晚了点，不清楚你做的那些龌龊事，不过他心在咱们老章家，是自己人，都说孩子的教育就得从小抓起，这不，反面教材就搁眼前，我不得提点提点他吗？”

杨路笑而不语，任他发泄。

酒过三巡，章承杨脑袋发蒙，章意让木鱼仔扶他去洗手间擦擦脸，醒醒酒。人一走，杨路才开口。

“承杨还是老样子，这臭脾气一点也没变，还跟小孩似的。”

章意点点头。

“这么大个人了，整天被押着学手艺也不是事儿，老章家有你，也不缺传承的弟子，至于捆着他吗？反正他心也不在守意，让他自个儿出去玩呗。”

章意晃动着玻璃杯，笑意很浅：“谁能捆得住他？”

“师兄，咱就别打马虎眼了，承杨是不是自愿留在守意，你比我清楚。

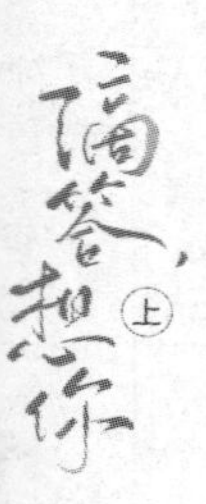

我今儿个请吃饭，也不是为了挑拨你们兄弟之间的感情，就是看承杨这副样子，有点于心不忍。”

“什么样子？”

“憋屈。”

章意放下酒杯：“出去了，就不憋屈了？”

“至少没有那些规矩、那些把式，也没有那么多双眼睛盯着了，整个人松快了不少。要我说，老章家就是要求多，这也不许，那也不准，把人管得够呛。现在是新世纪了，跟以前不一样，那些玩表的人比咱们还懂行，守着老一套跟不上时代了。”

“所以你开始倒卖古董表？”

“有什么不可以？”杨路讥笑，“我花钱收来的表，再卖出去，货真价实，没搞阴阳手段，你凭什么拦我的路？”

终于说到点子上了。

“师兄，上次的事只是一点小小的教训。”留着情分，才能互道一声师兄弟，杨路勾唇，“别做得太过分了。”

他跟师父学手艺十几年，跟章意是从小玩到大，情分脸面都各自揣着。老章家不认他这个弟子，他心里虽然不痛快，但也不愿意闹得太难看，毕竟都在一个行当里，抬头不见低头见，指不定哪天还要回师门求搭把手。

他是生意人，知道轻重。前面章承杨说的那些，不过是小孩子过家家的把戏，平时有的没的，章承杨要过过嘴瘾，由着他去，可挡了财路就不是小事了。

他的货每每倒到老城区就生了变故，要么谈好的买家临时变卦、讲好的价钱出现波动，要么直接被贴上赝品标签。他托人查了查，发现是“守意”在挡道。

“守意”如今是章意当家，章承杨担个二店长的虚衔一窍不通，不用说，拦截货源和下家这种内里的行当，肯定是章意动的手。刚才见章承杨一通搅和，他更加确定了，这事只有章意知情。

“其实你早就猜到了？”杨路问道。

章意说：“猜到什么？关于那群闹事的，还是你？”

“你知不知道你总是这副成竹在胸的样子，让人特别讨厌。一起当学徒的时候，有个什么事都显得我大惊小怪，师父还要说我坐不住，凡事得跟你学学。瞧你学得老气横秋的样儿，还有点年轻人的活力吗？”

章意平白被批评了一顿，耳朵有点热，下意识朝舞池方向看去，不知道什么时候安晓已经下去了，换了一个男 DJ。

章意抿了抿唇：“说正事吧。守意在长亭街一百多年，老城区的钟表市场都认它，经常有人拿表到店里来验。我验了几回，发现不对劲，才问起货源。咱们圈子不大，你能查到是我截了你的路，我也能查到是你那边倒过来的东西。有些表来历不明，我验不出真假，就只能实情相告。”

越是懂行的人，越知道怎么打擦边球，要想以假乱真不是难事。章意说：“至于价钱，守意有规矩，不能对在外流通的表作价值评判。”

倒卖钟表，尤其古董，炒作“收藏价值”，这一点在守意是明文禁止的。不管多少价值的表，首要得喜欢，想收藏，爱研究，沉迷时间，乐意消费且消费得起，基于这个层面，才能考虑其他的。

如果有人跟你说买表是为了增值，那一定是个天大的谎言。

杨路就是“守意”出去的，清楚守意的规矩，也清楚章意的为人。干倒卖的不止他一个人，这些年国内市场逐渐打开，经济快速增长，包和车已经不再能够满足富人的欲望，名牌表就成了紧俏的替代品。都说富玩表，这个圈子玩表的人实在太多。

有需求就有市场，有市场就有规则。

哄抬价值，赚取差价，是快速来钱的一种方式，但与此同时也破坏了钟表原本的价值市场，会让更多人对价值存疑。另一方面，加速了假表在市面的流动，几手一倒，连厂商自己都认不出真假。

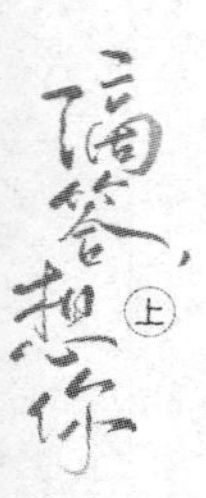

动辄几十万的表，买回来能不验一验吗？

杨路得了准，心里有数，嘴上却没饶人：“师兄，咱们同门一场，今天我就把话撂在这儿，君子爱财取之有道，守意教我的情义，我守着了。而你，哪怕提前知会我一声，也不至于让我这么难堪。”

要说不痛快，就是在此。十几年的兄弟情，至于这么果决吗？他章意是个讲规矩的人，可规矩之外，就没点人情了？

杨路胸口起伏，平复着情绪，好一会儿才说：“反正我出的都是真表，你信也好不信也好，以后别管新城的事，那里水深，跟老城不一样。”

章意只是问他：“出去了，真的就不憋屈了？”

杨路一顿：“守意有你在，你永远都是老大，咱们都得往后面排。出去了，我就是老大，混成啥样我都认。”说完一口闷掉大半杯酒，辛辣烧喉，通体舒泰。

杨路吐了口气，走到吧台结账时却被告知已经有人买单。回头看了眼章意，他还端坐在灯红酒绿间，像一棵压不倒的松。

呵，这家伙，累不累？

杨路也没客气，挥挥手径自走了。

章承杨一看不乐意了，冲章意喊道：“你为什么要帮他买单？他吃了咱家那么多年饭，不兴我吃他一回啊？几瓶酒而已，能把他吃穷吗？”

章意被醉鬼捶得背疼，还委屈：“我没买单。”

“那是谁？”

追出去一看，明白了。安晓和徐皎还在路边打车排队，临街一水的豪车和礼宾，有摩托车党在朝她们搭讪吹口哨，还频频抛媚眼。

章承杨大步晃过去，从后面拽住安晓的头发，在她转头的一瞬间迎上去。

一张放大的脸陡然出现在眼前，安晓吓了一跳，拍着胸脯骂他：“做鬼呢？”

离得太近了，香水混着洗发水的清甜，在夜晚肆无忌惮地挥散。章承杨盯着她眼皮上贴着的碎钻，像是被小辣椒呛了火，又不高兴又想笑，鼻尖哼哼：“不汇报就出来玩，知道错了？”

“错你个大头。”

“那你为什么帮我们买单？”

“没什么，就是小小地证明一下我们姐妹有钱，真不图你家钱。”

她说完得意地晃了晃脑袋，被章承杨一把扣住肩，整个人撞到他怀里。

不远处的猛男摇下车窗，刚鼓起勇气问要不要捎她们一程，就被章承杨给瞪回去了。

“有你什么事？当我是死的吗？”说完，章承杨还推了推后面的木鱼仔，那眼神就差把“别碍事”三个字写在脸上了。

木鱼仔可怜兮兮地松开手，跑到章意旁边。章承杨咧嘴一笑，虎牙都露了出来：“哥，那我二人世界去了，你自己看着办。”

“啊？”

“什么？”

徐皎还没反应过来，就见自己的好姐妹被拐跑了。章承杨眼见着是喝大了，可安晓一滴酒没沾，怎……怎么……也跟着走了？

徐皎望望天，有点徒劳无力地划开手机，怎么还在排队？章意看街道两旁都是在等车的，说道：“跟我们的车走吧，送你回学校。”

“不、不用了，我快叫到车了。”

“没事的，小姐姐，你一个女孩子大晚上回去不安全，再说你不是伤着手了吗？出租车哪有我开得稳。”

徐皎看着木鱼仔稚嫩的脸，心想你成年了吗？

可由不得她拒绝，木鱼仔已经跑去开车了。这会儿正是午夜最热闹的时分，摩托车党，跑车党，马路边上络绎不绝。章意上前两步，不动声色地站到她外侧。

“手还疼吗？”

徐皎下意识摇头，过了一会儿又点头，小声说：“疼。”

其实已经没那么疼了，可她还是觉得很疼，手臂疼，心里也疼。她低着头看脚尖，露出一圈乌黑的后脑，章意这么看着，忽然露出个笑来。

“别低着头了，把手举高一点，你那样血液会堵在一起。晚上睡觉方便

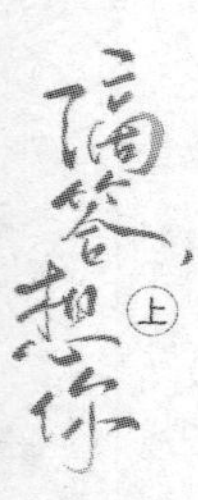

的话，把手放平了再睡。”一想到章承杨和木鱼仔的睡姿，可能小孩都这样？他又说，“要是夜里动静大的话，还是得固定好。”

“哦。”徐皎乖乖应下。

“平时护理也要注意点，石膏别进水了。”

“嗯。”

“看那里。”

“啊？”徐皎跟着他的手往对面一看，见他变戏法似的掏出颗糖，递到她面前。

徐皎接了过去，听他带着点笑意问：“不躲我了？”

在酒吧时，就算灯光很暗，他也一眼就看到了她。原本好好坐着的人，立刻跑没影了。

从下午到现在，他连她一个正脸都没看到。

“你在生我的气吗？”

“没。”徐皎揉着糖纸，“手代言人的事，对不起。”

“虽然这未必是我们都想要的方式，但真的没关系，我相信你可以做得很好。”

“可是……”

她看得出来，和金戈做推荐这件事让他为难了。他跟那个女人应该有什么关系吧？

“不要多想，之所以犹豫不是因为你，而是因为我自己。”

“嗯？”

章意回首看向繁华的夜市，眉眼间笼罩着一股淡淡的忧思。他什么都没有说，徐皎却更加难过了。

回去的路上，木鱼仔发挥话痨的优势，硬是把聊死的天又给扯活了。知道她过两天要去医院做复健，章意和她约了时间，准备陪她一块去。

徐皎心里的一头小鹿，跟着车晃啊晃，撞啊撞，似乎又活蹦乱跳了。

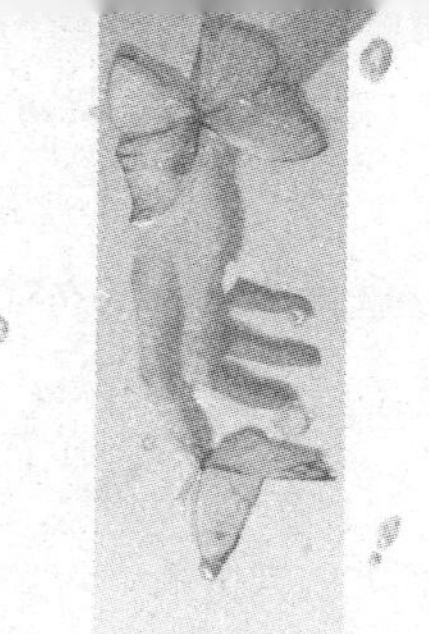

第三章

/

五月天的梅雨季和初恋

Dida, Xiangni

▼

五月里的雨一场接一场，老人家说今年梅雨季来得有点早，转念一想，天气这么个老祖宗，谁说得准。

安晓要补修上学期的课，徐皎陪她一起。两人挤在一群学弟学妹中间，明明只大一届，却已经感受到几分毕业前夕紧张的气息了。

午后窗外小雨淅淅沥沥，老教授正在解析一首古诗。

积雨空林烟火迟，蒸藜炊黍饷东菑。

漠漠水田飞白鹭，阴阴夏木啭黄鹂。

山中习静观朝槿，松下清斋折露葵。

野老与人争席罢，海鸥何事更相疑。

“这是王维的山水田园诗，描写的是辋川山庄久雨初停时的景色，前面四句主要写诗人静观所见，后面四句写他的隐居生活……”

台下，徐皎对着教案记录了几句话，见安晓还趴在桌上，戳戳她的手肘：“你有没有觉得，守意给人的感觉很……古朴？”

“你想说守意，还是章意？”

小心思被安晓毫不客气地揭穿，徐皎低头笑了起来：“不知道为什么，教授一讲这个诗我就想到他。”

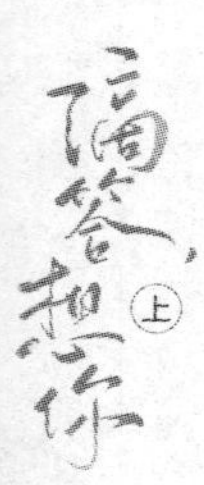

“教授现在讲什么诗你都会想到他。”安晓把头转了过来，“就是放个屁，你也会想到他。”

徐皎推她：“你能别这么粗俗吗？”

安晓哼哼两声，耷拉着眼皮睨徐皎：“行，那我斯文一点。你是因为一行白鹭，炊烟袅袅想到他，还是看木槿花开，和露水吃素食想到他？”

徐皎说：“都不是。”

“那是什么？黄鹂婉转？该不会是农夫耕田吧？”

见徐皎没说话，安晓勉强支起脑袋：“不会吧？真是农夫？他那个气质跟农夫有一点靠边吗？”

“我只是觉得日出而作日入而息也挺幸福的，每天在城市打拼，都没时间去做自己喜欢的事了。耕地不好吗？多简单啊。”

安晓摇摇头：“你这是想到胡亦成了吧？”

徐皎微微扬眉，不置可否。拧好护手霜的盖子，她把没有受伤的手放到桌下，套上手膜，整理好边角，摆在膝盖上。

安晓啧啧称奇：“你可真是身残志坚，都这样了还不忘护手。”说完凑过去闻了闻，“换了新的？什么味道？”

“果木香，最近换季，手有点干燥，这个牌子的护手霜有甘油和矿物质提取，比较滋润。”

“借我抹一点。”

徐皎手不方便，示意她自己拿。

安晓跟没有骨头的软体动物似的，一点点蹭到她旁边，拧了半天才把盖子给拧开。

“你怎么回事，昨天夜里去打家劫舍了？瞧你的瞌睡从坐下来就没停过。”

安晓没好气地瞪她一眼：“我干啥去了你不知道？章承杨是神经病，一有空就要拉人去看恐怖片。两场转早场，我看了整整三场恐怖片。他倒好，前两场光顾着呼呼大睡了。”

“那你怎么还陪着？”

“我……”安晓胡乱搓着手，“我这不是为人民着想嘛，这么个祸害，能随便丢那里给人民添乱吗？”

徐皎看着安晓笑。安晓被看得脸热，也跟着笑起来。

“说真的，看他闭着眼睛蜷在座椅里睡觉，安安静静的，不凶也不闹腾，我竟然觉得还挺享受。”安晓又问，“你呢？章意送你回来，你们就没说什么？”

徐皎说：“还有个小孩在车上，能说什么？”

“你想说什么呀？”安晓拉长了尾音，色眯眯地盯着她，“再说人已经十八岁，不是小孩了，就是长得显小。章承杨说，章意就这么一个徒弟，全店捧在手心里的宝贝疙瘩，你可别小瞧人家了。”

“啊……”

“啊什么啊？你到底想好没？”

徐皎看着她干笑：“想什么呀？”

“别跟我装傻，你这脑子就没停下过想人家吧？章意一天天的也不知道得打多少个喷嚏？这人到底是谁啊？这么不厚道，背地里惦记，明面上却不敢露脸啊？哎，那什么，我好像听说某人明天要跟债主一起去医院，这么好的独处机会，哎呀……”

安晓话还没说完，胳膊上就多了个挂件。徐皎只差在课堂上熊抱她了，眼巴巴地瞅着她，声音又软又甜：“师父，从现在起您就是我的宝贝疙瘩，求您传授我几招吧。”

“师父”老人家点点桌子，“徒儿”立刻将钱包双手奉上。

“师父”道：“得嘞，看你还算机灵，为师勉为其难收你两天，先试用一下。”

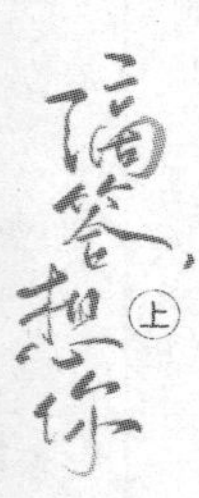

“徒儿”一脸泥腿子样：“谢师父，师父您的笔记我都做好了，晚上想吃什么，徒儿去给你买。师父神功盖世，举世无双……”

到后来，“徒儿”问“师父”：“师父，您不是说天涯何处无芳草吗？”

“师父”摸摸“徒儿”的脑袋，笑道：“天涯虽大，但惦记了三年的草，总归不多。”

“我可以吗？”

“不试试怎么知道行不行？”

可有些事，后来才知道不管怎么努力，不管老话说的“隔层纱”有多容易，不管电影里的哥特风情有多诱人，不行就是不行。

同样的午后，老城区却大雨滂沱。章意收了伞，拍拍身上的雨水，将伞放进伞架里。刚要推门，门就从里面拉了开来，木鱼仔捧着一杯热茶递过来。

“师父，你刚一出门雨就哗啦啦的，跟洪水倒灌一样，我说去接你，师叔还不让。蒋阿姨也是的，这么大的雨还让你上门维修，师父你也太好说话了。”

话说一半，对上章意的眼神，静静安然的，也没什么威慑力，偏让人后背发凉。木鱼仔立刻转移话题：“蒋阿姨那边情况怎么样了？”

章意接过茶，木鱼仔接过他的工具箱，两人一手一换，练就的是默契。章意说：“是座布谷鸟座钟，运输过程中激烈碰撞，鸟不叫了，三大针停摆不走，八音盒也不响了。”

“这么严重啊？好修吗？”

“齿轮变形，尖也断了。”茶温正好，章意浅啜一口搁在桌上，一路往里走，到自己工位也没停下。

木鱼仔一看这架势就是要检查他的功课，忙不迭小跑上前。

“那得矫正栽尖啊，调试起来估计得费点工夫。”木鱼仔拉开椅子，“师父你坐。”

半大的孩子，被师父考校功课难免局促，一张红扑扑的脸，笑得不自然，手还拧着裤缝。章意也不想太严厉了，神色一缓，笑道：“下午做什么了？”

“就跟老师傅学着制作零件。对了，师父，我刚自己刨了个盘游丝，你给我掌掌眼呗。”

“在哪里？”

“喏。”

章意看向他手指的方向：“这个？盘游丝？”

木鱼仔羞臊捂脸：“是有点丑。”

说丑都算夸奖了，章意盯着面前像毛毛虫一样的盘游丝，好半天才做好心理建设，拉开台灯，对照着光细细察看。

手活比较生疏，意思是有了，形还差得远，精细更是一点也算不上，仍需打磨。他说了几句，木鱼仔听得认真，频频点头。

木鱼仔十二岁来守意，不知不觉已经翻过六个年头，从开始学理论常识，到后来独立修复简单的钟表，现在不太难的问题基本都能上手。按照规矩，起码得再练个三五年才能自己制作零件，不过章意有心栽培他，时不时就让他在旁边学习。

店里几个老师傅轮流传授经验，他脑子灵活，学得也快，就连守意上一代传人——章意的爷爷章文桐也夸他有天赋。

只一个，心性不定。

章意放下盘游丝，拉开抽屉，手探到最里面。手机屏幕仍在闪烁，他一眼就瞄见个少儿不宜的画面。

章意问：“茶是谁帮你泡的？”

木鱼仔挠挠耳根，不敢吱声。

章意环视一圈，将视线定在另一个罪魁祸首身上。应该也是才溜回工位，灯还没来得及打开，就假模假样地摆弄着工作台。

章意不禁好笑，把手机拿了出来。一看是电影《布拉格之恋》，他问旁边的少年：“看懂了吗？”

“差、差不多吧，虽然有些地方莫名其妙，不过我挺佩服他的，家里红旗不倒，外面彩旗飘飘，这么爽了他还一副苦大仇深的样子。”

章意皱眉，木鱼仔赶紧改口：“我就是觉得他太花心了，娶了老婆还在外面瞎玩，这不工作也弄丢了。”

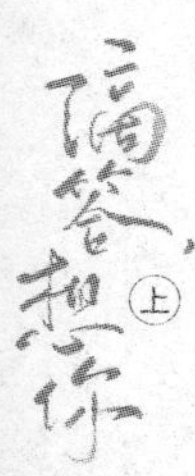

“你知道这是哪部小说改编的吗？”

“啊？我不知道。”

章意想起三年前在苏黎世第一次看这部电影，当时的自己也懵懵懂懂，不太理解主人公的选择，可这两年他似乎有点懂了。

“小木鱼，想不想去读书？”

木鱼仔一听，头摇成拨浪鼓：“师父，我就想跟你学手艺，读书有什么好？最后还不是得工作，我有手艺傍身就够了。师父你别生气，以后我不贪玩了。”

章意摸摸他的脑袋，没再说什么，只让他把电影看完。

晚上，章家兄弟出去打牙祭，两人坐在烟火蒸腾的夜市吃酸辣牛肉面，一个姿态优雅，一个狼吞虎咽。

不过面汤实在太辣了，饶是注重形象的章意也辣红了脸，额头冒汗。章承杨托着下巴看他哥狼狈的样子，笑得合不拢嘴。

章意让他别喝冰汽水，伤胃，他突然问：“下午在蒋阿姨家是不是遇见什么人了？”

章意动作一顿，看向章承杨。后者一副“我就知道”的神情，哼笑着说：“一回来就拉着小孩东拉西扯，可不藏事了嘛。”

木鱼仔不肯读书，这件事早已说烂了。章文桐认为在师门学艺，做人比读书更重要，兴趣比天分更值得珍惜，就没再勉强。

如今好端端又翻出来重说，以他对自家哥哥的了解，一定是遇见了什么事才会有感而发。

“让我想想，你该不会在马路上遇见一个老同学，由于当年不学无术，没有好好读书，现在在要饭吧？”

章意一哂，是自己高估他了。

“不是吗？那是什么？”

“出门看时间还早，就去了一趟金戈。”

“什么？！”

一晚上宿醉，他差点忘了还有个麻烦没有解决。章承杨心里在骂杨路坏事，嘴上也不忘嘲弄：“江清晨跟你说什么了？她是不是又请你加入他们公司的研发团队？这不是在搞笑嘛，我们国内的机芯是什么水平她没点数吗？也就够得着低端市场，想自主研发高级机芯，还要达到日内瓦原厂水平，做梦呢？”

之前江清晨来过守意几次，每次都一个团队全员上阵，大有三顾茅庐的架势，可她带来的样品，据说是团队多年研发的最理想的成果，也就勉强接近一流的前端技术，离世界公认的瑞士古老钟表还差了一大截。尤其要比肩日内瓦原厂机芯，得到天文台认证，更是天方夜谭。

要知道符合日内瓦印记标准的机芯几乎可以代表制表工艺的最高级别，只有少数顶级钟表品牌才能做到，譬如江诗丹顿、百达翡丽、罗杰杜彼。

江清晨为了获得核心技术的突破，自年前回国就开始走访钟表老店，拥有百年历史的守意成了她重点狙击的对象，而新一代掌门人章意，在圈内素有美名，更是瑞士老厂牌的宠儿，曾在日内瓦古老原厂“偷师”过好几年，是当之无愧的不二孔明。

见章意不为所动，还慢条斯理地吃着面，章承杨急了，猛一起身蹿到他旁边：“她许给你什么好处了？”

“加工厂优先使用权。”

做他们这一行的，每年从五湖四海来修旧表的客人不计其数，有些零件找不到，只能自己制作，可小作坊怎么能跟大厂牌比？以金戈在国内钟表市场的领先水平来说，车间流水线一定漂亮得没话说。

就这一点而言，确实很诱人。章承杨悄悄咽了口口水：“就这？”

章承杨放下筷子，抽出纸巾擦手。

“金戈要在国内上市。”

“所以？”

“可以内部认购股权。”

章承杨嘴巴开始涩了：“认购股权要给钱吗？”

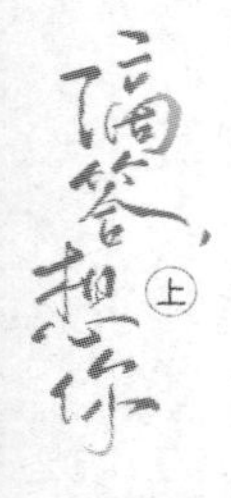

“不需要，他们会负责认购，转移给我。”

金戈的财报肉眼可见，将来上市等分钱就行，属于天上掉下的大馅饼，一分钱不用花就当了人家上市公司的股东。章承杨立刻掏出手机看了看金戈的市值，不争气地开始动摇了。

他拍拍自己的脸，让自己保持清醒。

“这算什么？咱们守意又不差钱。”他舌头顶着腮帮子，切切磨牙，“哥，你不会真心动了吧？”

“金戈给的条件很好。”

“可是……”

“可是加入他们的研发团队，等于牺牲掉一大部分时间，没有办法再守在店里。承杨，你可以吗？”

章承杨泄气地倒在椅背上：“爷爷不会同意的。”

这也是他为什么不想让章意去金戈的原因，章意一旦离开，掌门人的重担势必落到他这个二店长头上。先不说他有没有独当一面的本事，就算有，他也不想担此重任。

传承传承，两个字看似容易，实则重如泰山。

章意对他的反应没有太意外。

“你不想吗？”

“我哪有那个本事？”章承杨摸了把自己的寸头，“哥，我就一万年老二，属于炮灰类角色，一般就是当陪衬用的。有我在，才能凸显你的伟大！”

他没轻没重的口吻，让章意心里不舒服。章意把他的二郎腿拨回原位，思忖着问：“承杨，我记得你上大学的时候也拍过几条短片，那会儿天天嚷着要拍电影，这几年怎么没反应了？”

隔着昏黄的灯晕，他看到章承杨眼底一闪而过的晦涩。雨水顺着帐篷往下滑，啪嗒啪嗒，打在脚边的水洼里。

“那会儿年纪小，想法一天一个样，怎么能作数？”

章意问：“现在呢，真的不想拍电影了吗？”

章承杨看着被雨滴砸湿的名牌鞋子，拿起伞说："这破天气，龙王死了儿子吗？哭个不停，还好我有先见之明。哥，咱们快回去吧。"

等章意结完账，章承杨已经一溜烟跑远了，只留下一柄伞摆在桌角。章意抬起眼睛，看着巷子深处在水花里蹦跶的年轻男人，还像长不大的孩子似的，一股无言的酸涩涌上眼眸。

章意撑开伞。

面店的店长追出来把钱塞回他手里："就一转身的工夫，差点让你走了，那孩子新来的，不认识你，回头我教育他。你之前给我修那旧钟，费了老鼻子劲都没收我一文钱，我怎么能要你两碗面钱？"

章意说："江姐，一码归一码，这钱您收着，我才安心。"

"你安心了，我就不安心。多亏了你，老爷子临走前才闭得上眼，否则我们这家面店也……也传不下去了。"

一代代的，老父亲传给儿子，儿子再传给女儿，手艺没断，光阴的见证也在。这应当是最好的生活了吧？

"江姐，"他转而一笑，"没什么，您忙吧。"

徐皎第二天要去医院复健，于梦和梁小秋见她手臂受伤不方便，帮忙打了热水，还买了早饭。因赶着去上课，就没帮她戴手套，她自己试了试，好不容易才戴上，忽然想到什么，又摘了放进包里。

临出门前，她收到章意的短信：

我在宿舍旁边花坛，离约定时间还有一刻钟，不要着急。吃早饭了吗？

徐皎看着手里舍友帮忙买的早餐，犹豫了片刻，跑到窗台一看，果然不远处的花坛旁站着一个年轻男人。

五月天的早夏，下了一夜雨的清晨，空气清新而舒爽。章意穿着款式简单的白衬衣，像一朵风中摇曳的白梨花。

见他手里提着纸袋，徐皎果断把早餐放下，手指飞快地按着手机："我

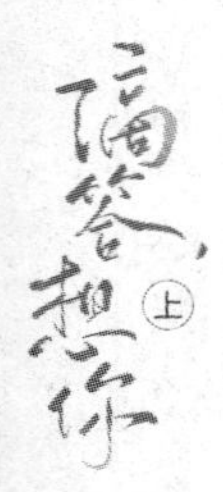

马上下来。”

发完也没急着下楼，她猫在窗台旁往下偷看，只见章意掏出手机，过了一会儿收到他的回复。

“好。”

随即一个好友申请发送过来，章意看着“叮当猫”的头像微微一笑，刚通过验证，就听见一阵急促的脚步声朝他靠近。他抬头看去，临近上课时分的宿舍楼前，女孩子们相继从楼道跑出，左拥右挤，显得十分混乱。

徐皎夹杂在其中，虽然没跑，脚步也不慢，尤其手还打着绷带，异常醒目。章意给她一个手势，让她停在原地，自己迎上前去。

先还行色匆匆的女孩子们，在看到他走过来后纷纷放缓步调，有好几个走过去了还回头看。

她们小声讨论着什么，徐皎不用听也猜得出来，心里窃喜，面上却不敢表露，缓着气儿朝他走过去。

“我没事，真没事，你看，没碰到。”她一边说一边抬手给他看。

章意无奈，虚抬了她胳膊一下：“扭伤手臂可大可小，有些伤短时间看不出来，过一阵才知道轻重。早上上课太拥挤了，你下楼一定得小心。”

“嗯嗯。”她点头如啄米。

刻意打扮过的女孩，穿着鲜黄的长裙，搭配帆布鞋，既青春减龄，又充满活力，是不会让人有距离感的一种美，乌发浓密，天然有机。尤其笑起来的时候，眉眼弯弯如月牙，透着股乖巧，怎么看怎么舒服。

一想到自己每次说教，章承杨就头皮发麻，木鱼仔也一脸胆战的样子，对比她认真听话的姿态，章意不禁觉得好笑。

他轻咳一声：“先吃早饭？”

“好。”

于是，两人找了个花坛边坐下。考虑她有伤在身，他买的早饭比较清淡，白粥配着小菜，还有水煮蛋和水果，营养全面。筷子和勺子都是他自带的，小小的纸袋好像叮当猫的神奇口袋。

徐皎好像泡在蜜罐里一样，喜滋滋的。

他又拿出酸奶：“想喝什么口味？”

“水蜜桃。”

“好。”

徐皎看着他忙活，又有点不忍，昧着良心说：“其实你不用陪我一起去医院。”

章意含笑道：“如果不是为了帮我，你也不会受伤。”

“可是……”

他这么周到，倒显得她小题大做，好像借着受伤在图谋不轨。不过看他的态度也拒绝不了，她只好坦然接受：“那你走开，店里不要紧吗？”

“没关系，早上没什么客人。”

听他这么说，她才定心。

两人解决了早饭，赶上上班早高峰，折腾了半天才到医院。等到住院医师查房回来，她已经在走廊上坐了快五十分钟，正百无聊赖地戳着手机，余光时不时偷瞄旁边的章意。

他好像在跟人发消息，照旧不紧不慢地打着字，手指干干净净，没有留指甲。

可能太专注了，章意没有留意她，她就又瞄了两眼，突然撞上住院医师的眼睛，她立刻站了起来。

看她这回不是一个人了，也不眼泪汪汪的，住院医师笑道：“男朋友没有跟人跑掉啊？”

徐皎脸猛地一红：“不是，没有，真的。”

小姑娘脸皮都薄，住院医师没再逗她，开了复健单，又叫那天的实习生带她去训练室。

实习生面无表情地把她交到专门负责康复的医师手上，交代几句医嘱就走了。临走前，实习生剜了章意一眼，那眼神，大有几分长恨绵绵不绝期的意思。

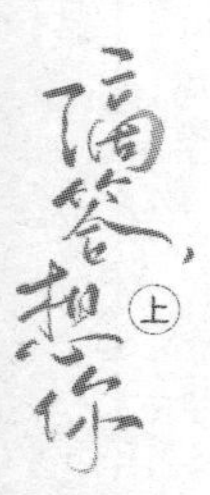

康复医师没忍住，直接笑场了：“瞧这年轻气盛的，火真大。”又对章意解释道，“今年刚分过来的实习生，还没毕业，医院里人多事杂，难免烦心，你们多理解理解。”

章意虽然无故被瞪了一眼，但还是说：“没关系，可以理解。”

徐皎闷头当鹌鹑。

医师让他们稍等一下，先去做准备。徐皎随即放下包，从里面掏出手套。

想要成为像豪沃斯一样的手模，要求非常高，必须让手时刻保持完美无瑕的状态。胡亦成千叮咛万嘱咐，千万不能为了加快康复进度而磨损手指，故而徐皎今天带来的是一副纯白色棉手套。

她一个人戴有点困难，得把受伤的手搁在桌上。

章意怕她吃力，上前一步站到她身侧，征询道：“我来帮你？”

徐皎踟蹰了一会儿，说：“不用了，我等医师过来帮忙吧。”顿了顿，偷觑他的神色，见他淡然自若，没有因为自己的拒绝而产生任何的情绪，她不禁有点懊恼，硬着头皮道，“你别误会，我是怕你女朋友知道了不高兴。”

章意愣了愣，转而笑了：“我来帮你吧。”说完接过手套，扶住她的手腕。

“我没女朋友。”他低着头，专注于她的手，浓密的睫毛上下翻动，“还以为你嫌我手笨，怕我把你弄伤。”

“哪有这么金贵。”

话是这么说，她却抑制不住上扬的嘴角。章意看不到她此刻高兴的样子，只觉得小姑娘的手软乎乎的，跟男人的手差别很大。

他又说：“吃饭的家伙什儿，就得金贵点。”

“你不觉得我矫情吗？”

“为什么？我是说，为什么会认为保护自己的双手这件事矫情？”

看她这双手，不难猜到她为了护理付出了多少时间和精力。职业没有高低，手模特和明星一样，需要时刻保持良好的状态。

对她而言，可能一道轻轻的划伤就会影响职业发展。

手艺人，手艺是招牌。手模特，手就是招牌。他说得再自然不过，徐皎眼眶有点发酸："换季敏感的时候，我一天护手三十次，走到哪都得备着护手霜。"

就跟现在人走到哪都得带着手机一样，是安全感。

"可是我同学们都不能理解，觉得我太夸张了，没有人觉得一双手需要这么呵护。"

她声音里透着一丝难言的委屈，章意转头看她。两人第一次靠得这么近，近到可以看清彼此脸上的毛孔，呼吸到对方的气息。

"女孩子拧不开瓶盖和不能用手拧瓶盖，是两种性质吧？"

一个是柔弱，一个是矫情。为着护手这个事，她被贴了不少标签。章意隔着手套摩挲了下她的掌心，像是安抚。

"因为特别，不被理解和认同，在这个社会是常态，人都有从众心理。当一个人对你有所评价的时候，心里未必那么想，更多时候他担心的是，如果他不这么想，就会跟你一样被孤立，被评价，被关注。可能他还没能像你一样有勇气接受别人的目光。"

章意很清楚在她这个年纪，最需要的就是同龄人的接纳，可手模本身就是一个小众的、尚未被熟知的领域。

"或许你可以给他们看看你的作品，作品会替你说话。"

徐皎点点头，笑到深处露出个小笑窝来，显得灵动可爱。

章意看着她有刹那间的失神，感觉身体在发热，明明很简单的一件事，只要小心点，凭他练了十几年的手下功夫，应该不至于搞砸，可他却莫名紧张起来，额头不自觉沁出汗珠。

偏偏徐皎不安分，手还在乱动。

"别动。"他带着点喘息。

"哦。"

徐皎觉得被他手碰过的地方快要着火了，不自觉缩了缩脖子，又不敢动。

章意察觉到，手下动作更轻，比修文物还要小心，一边说："我爷爷年纪小的时候，祖师爷为了锻炼他眼疾手快的本事，让他分拣红豆和绿豆，每

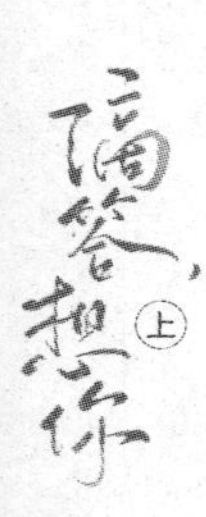

天要拣几盆豆子，就这么练了三年。别的师傅看见了都说夸张，不至于，修表匠而已，不是要上阵打仗。祖师爷就说，每个行当都有很多人，有些人是为了过得去，而有些人是为了一等一。”

终于戴好手套，章意松了口气，颇有点如释重负的样子。

他清俊的脸庞微微泛红，带着一丝潮热气，眼睛却很明亮，裹挟着笑意：“不想当将军的士兵不是好士兵,你真正热爱一份职业,不会只想要六十分。觉得夸张，是因为他们还没找到热爱的方向，而你很幸运，已经找到了。”

从来没有人用这种方式肯定她的努力，不单是为了成为一个专业的手模特，更是因为热爱。徐皎的心间鼓噪着未名的悸动，手指被包裹在纯棉手套中，舒适而又温暖。

“那你呢？”

她回想起那一日的午后，在班霍夫大街的湖边，那个专注地修复一座古董钟的男人。价值万金的文物在他手下浴血重生，光芒万丈，他用智慧与历史对话，亲手见证每一个故事的诞生。

她由衷道：“你一定也非常热爱古董钟表修复吧？”

章意不置可否，含笑点点头，可目光中却闪过一丝怅然，令原本华光溢彩的珠宝瞬间黯淡。徐皎疑心自己看错了，眨了眨眼，再想探究的时候，他已经恢复往日的一派温和。

以至于在后面惨绝人寰的康复训练中，哪怕痛得不能呼吸，只要一想到他此刻温和含笑的样子，徐皎就充满了力量，拼命管理着即将失控的表情。

章意看小姑娘牙关紧闭，心道坚强，却不知刚一结束训练就跑去洗手间跟安晓打电话的徐皎哭号成什么样。

好一会儿，安晓才把她安抚好，笑着问道：“战果怎么样？试探出来了吗？”

徐皎从疼痛中缓过劲来，剩下的只有甜蜜。

“嗯，没有女朋友。”

安晓啧啧嘴：“看来这顿折腾没白受。”

“可不是，再来个一百场我都没问题。”

“小样儿，还是伤势要紧。”

徐皎吐吐舌头，自然知道轻重。刚跟安晓说完，胡亦成就来了电话，问了问康复周期后，得知章意也在医院，就让徐皎把电话给他。

徐皎犹豫了一会儿，被章意拿过去。

胡亦成关心的无非是手代言人的进展，章意说他昨天已经去过金戈，在等对方的回复。

眼看马上就到周末的试拍了，胡亦成再三催促，被徐皎一把夺过手机，敷衍了两句后立刻挂断。章意瞅着小姑娘每走两步就朝他偷看两眼，笑道：“没关系，我不介意。”

徐皎心下一定，松了口气。

章意被她逗笑了：“你怕我吗？”

“不是。”她下意识否认，想想又道，“我是觉得你人很好，不想因为这些事破坏了关系。如果可以的话……”她鼓起勇气看向他，“我们可以做朋友吗？”

“朋友就不必了。”章意摸摸她的脑袋，“还是做妹妹吧。”

一个跟他一样珍惜双手的小姑娘。

徐皎绞了下头发，耳根发烫，低垂着脑袋嘀咕：“妹妹也很好，可我不想当妹妹。”

“嗯？”

“没什么没什么，你快回店里吧，我自己回学校就行了。”

章意一看时间，已经快中午一点，头顶乌云浓密，像是又要下雨了。小姑娘还没吃饭，章意看了看周围，说：“不急，先把你安顿好了，不然我不放心。”

于是，两人拐进附近的美食街，找了家在网上评价不错的餐厅。

临要出门，章意又从纸袋里掏出把伞，徐皎看他装备齐全真跟叮当猫的口袋似的，没忍住笑了场。

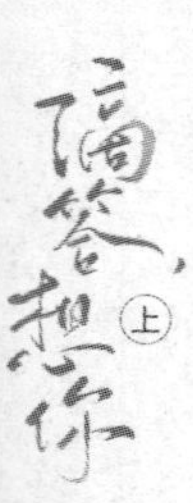

之后也没能回学校，章意临时接到章承杨的电话，店里好像出了事，他又不能把她一个人丢下，一合计只好先带着她一起回守意。

这次找上门的是一位头发花白的老爷子，从西藏坐了四十多个小时火车来到这里，背着个蛇皮袋，穿着略显邋遢，什么都问不出来，只显得非常着急。

“问他表是在哪里买的，什么时候买的，问题出在哪里，他都说不出来，就跟这表不是他的一样。”老师傅们其实已经看过表了，大概能猜出年份，90 年代出产的劳力士，市值不小，游丝内圈损坏严重。

只不过老爷子一问三不知，章承杨怀疑表的来历，拿不准主意才叫章意回来。章意就告诉老爷子：“这表我可以修，但是我们店里有规矩，您得告诉我们你跟表主人的关系。”

老爷子总算知道这事儿急不来，得讲清楚了才行，叹了口气说：“是我老伴的表。”

“您老伴的表，您什么都不知道？”

“离了。”

“啊？”

“早离了，这表是她再婚后的先生送的，不过那人走了好些年了，老婆子如今重病也要跟着去了，手里头就握着这块表，说还想再听听声音。孩子们在老家找了很多师傅，都说要更换配件，她不肯，说换了就不是原来的声音了。”

众人沉默了一会儿，章承杨问：“你们离婚多少年了？”

“二十七年三个月零八天。”

一听这数，大家伙就都明白了。

“我听说她快不行了，就去见她最后一面。她说不想麻烦我，可我看她走在我前面，要是不来一趟，遗憾就留给我了，心里不舒坦。”

他听说这事之后，也觉得更换配件不好，一方面配件价格高昂，另一方面表有些年头了，就算更换配件，也可能不是原装，就没敢交托，后来到处打听，听说这里有人可以原表修复，一高兴，当天就去了火车站订票。

老爷子说到这儿特别感慨：“你们这儿的票太难订了，我在火车站等了两天，跟窗口的人怎么说他们都不给我，后来有个年轻人跟我说可以先上车后补票，我才坐上车。”

“这么说，这一路您是站着过来的？”

“可不嘛，还好找着你们了。”

章承杨再次打量他一眼。老爷子虽然穿着平凡，但也仅仅风尘仆仆，跟邋遢其实挨不上边。

他朝章意看了一眼，正巧章意也看向了他，他霎时低下头去。

店里的老师傅问：“您老伴的孩子们呢？”

“都忙，都忙。”

老爷子前面讲了很多话，一直不卑不亢，唯独说这句话时露出了几分局促。

章意拍拍章承杨的肩，让他去烧壶热茶。

“这么远的路，您一个人来这里不容易吧？”

“还好，不修这表的话，我这辈子都不知道能不能出一趟家乡，也挺好。”

老爷子是爽朗的性子，万里迢迢为前妻修表，一点也不觉得苦，反而乐在其中。店里老师傅跟章承杨说，这就是人一辈子的修行。章承杨在茶室里转过身，见章意和老爷子谈笑风生，某个瞬间一股异样的情绪淹没了他。

得知老爷子买了当晚就回西藏的火车票，时间迫在眉睫，大家都各自忙碌起来。

这么多年，他们见过太多把感情寄托在一块表上的客人，也许在当今时代，这个已经渐渐被手机取代的快速消费时代，大家觉得手表的功能已经没有那么重要，可作为一份礼物，一份心意，一份念想，一份免于遗憾的相送，它仍旧有着超脱于时间的价值。

更甚至，因为齿轮的转动，它不再是一件死物。它参与了主人一点一滴的生活，见证他们的喜怒哀乐，将时间的每一分、每一秒都收藏了起来，成为珍贵的信物。

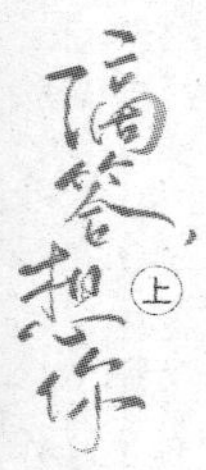

章意抬头看墙壁上的挂钟，时针刚过“2”，下午两点零一分。他问章承杨：“火车票几点？”

“好像是六点多。”

他卷起衬衫衣袖，章承杨拽住他：“赶得及吗？”

章意说：“我试试。”

水龙头下一串冰凉的水流穿过手指，屋檐下是滴答滴答的雨。徐皎站在一旁，看着有点混乱的场面，心却突然静了下来。

也许是章意洗手的姿态过于从容，也许是老爷子坚信期许的眼神让她感动，也许是守意一门湫隘下沉静的光阴叫人信赖，总之，她相信他可以做到。

章意擦干手，拉开台灯，将表置在金丝楠木桌上，指腹摩挲着寸镜，一边观察一边找思路。他还抽空让章承杨带老爷子去茶室休息，给他买在火车上的吃用，又招呼徐皎坐下。

徐皎左右看了看，柜台里外都有椅子，可她坐在外面，就显得特别生分，像是客人，可里面也不是她随便能进去的地方。她正踟蹰不定，章意招招手，指了指斜后方的座位。

她心下一喜，忙要跑过去，就听他道：“小心一点，有什么需要就找木鱼仔。”

徐皎点点头，压低声音道：“好，我不会打扰你的，加油。”

女孩子一双眼睛亮闪闪的，充满力量地鼓励着他。章意莞尔一笑。

时针在光影中流逝，阁楼上偶尔传来魔术钟鸣响的报时声，屋外的雨时大时小，闹着乌云晚霞翻来覆去，终于在时针转向“6”的时候，章意起身。

老爷子忙把表放在耳边听声音。“滴答”声再次响起，他高兴得合不拢嘴：“谢谢您，谢谢您！您是行家，是真本事啊！”

担心中途配件被更换，老爷子在茶室只坐了一会儿，时不时就到柜台边“监工”，因而亲眼见证了表被拆开又重组的全过程，欢喜之余，也为自己的怀疑而感到羞惭，一个劲夸章意手艺好。

“先前看您这么年轻，老头子不是没有想法，只是心里着急，说不出口，其实没多大成算。现在看来，是我老眼昏花了！”老爷子再三赔礼。

“没有的事，我们不也问过表的来历吗？做生意合该敞亮点。”

“是这个理儿。”

老爷子一边说一边从口袋掏出钱包，章意料想一文不收，老爷子恐怕会过意不去，因此只收了点工时费。老爷子一听，气得吹胡子瞪眼：“你瞧不起老头子吗？”

无奈之下，双方杀了几回价，总算把老爷子摆平。好在火车站离守意不远，章承杨取了车钥匙去送，应该能赶得上。临别前，章意给老爷子交代机械表的日常维护细节，老爷子终于忍不住眼里浮现泪花。

“说实话，这一趟来没怎么好好看沿途的风景，跟我们那儿不一样，应该很美丽的，下次我还要来。”老爷子握住他的手，郑重再三，“我一定要来找你买块表，别送了。”

章意心中也隐隐波澜微动。目送车尾离尘而去，他转身打算回守意时，忽然看到树下停着的一辆车。

迟疑之间，江清晨推开车门。

“看你在修表就没有打扰，刚好在车里处理点文件。”江清晨看向车尾消失的方向，又看向章意略有疲态的脸，心下一笑，“看来你又要拒绝我一次了。”

章意为她的聪慧折服，也笑了。

“老师傅们常常说，守意守意，守的不只是手艺，更是心意。”

老爷子不远万里来修一块旧表，就是为了送前妻最后一程。每每只要想到这里，脚下就沉重万斤，离不开寸步。

这些年不是没有热泪盈眶过，也不是没有辗转反侧过，只不过人生就是这样，得在选择中成长。

章承杨也是到后来才知道，那一晚在熟悉的老面馆，章意问他想不想拍电影，问木鱼仔想不想读书的时候，其实也在问他自己，想不想搞机芯科研？

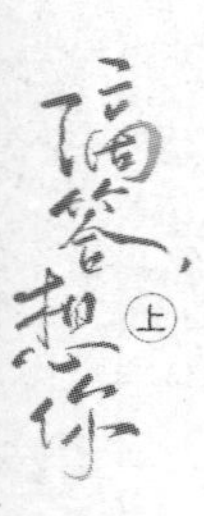

那个时候，真正想离开守意的人不是他们，而是他。

可这个念头才刚刚冒起，就被打缩回去，终究未遂。江清晨颔首称是，又道：“可我特地跑一趟，就算不能合作，也可以请我吃顿晚餐吧？”

章意当然没问题，转念想到什么，回到店里见徐皎还安安静静地坐在椅子上，正翘首等着他。他顿觉愧疚，上前几步道：“我临时有点事，让木鱼仔送你回学校，可以吗？”

徐皎一愣，瞥见他身后跟上来的江清晨，忙道：“没关系，我可以自己回去，不用送我的。”

“不行，路面滑，让木鱼仔送你吧。”

“就是，小姐姐，反正我也没事做。”说完正对上章意的目光，木鱼仔吐吐舌头，“中场休息，回来再继续干活。”

既然如此，徐皎也不好拒绝。木鱼仔临时要接个电话，徐皎站在屋檐下等他。有客人上门，木鱼仔一边接电话一边嚷着师傅接待，师傅们要么有手活，要么在接待别的客人，实在分身乏术。

章意无奈，只好让江清晨稍等一会儿。

徐皎离开的时候，章意还站在柜台里，正拿着一块表跟客人说话。

她恋恋不舍地回头，刚好对上江清晨的眼睛，职业女性明丽自信，全身散发着光芒。对方朝徐皎颔首一笑，徐皎点点头，飞快地钻进车里。

一到晚上老城区就堵车，章意干脆放弃了开车出行，带着江清晨在巷子里三绕两绕，来到一家私房菜馆，名叫——一汪水。

江清晨看着店名说：“真特别。”

章意轻声为她解释：“这家店老板姓汪，老板娘姓水。”撩开水帘洞的门，两人信步而入，店内装饰也与水有关。

江清晨会意：“那确实只能在一汪水了，多了汇不成海，分道而流就糟糕了。”

她偶现促狭的模样，惹得章意多看了她一眼。

江清晨随即正色道：“我是不是失礼了？”

“为什么这么说？”

“总觉得在你们手艺人面前，太放浪显得没规矩，会败好感。”

章意点点头，仿佛赞同的样子：“我也没想到你还会开玩笑。”

江清晨忍俊不禁，又笑了起来。

得，都不是仙人。

服务生递上菜单，江清晨一看上面有个特色菜叫“五谷杂粮”，更好笑了，和章意眼神一对，默契地低下头去。

章意自己重规矩，是行当里的要求，只对自家人严厉。在外面很随和，不摆架子，也没有富二代的跋扈。他给江清晨布菜，哪怕是拒绝加入她的团队，也显得周到礼貌，挑不出一丝错来。

江清晨感到遗憾。一边吃着五谷杂粮，一边思考人生难事，她决定先放一放，转而问章意：“那个女孩跟你什么关系？”

“嗯？”

“就是坐你柜台里面那个女孩吧？你说要给她一次手代言的机会。”

章意点点头，讲了之前和徐皎发生的事。江清晨诧异：“一个女孩子怎么会大晚上出去夜跑？”见章意面色微顿，她又道，“你别介意，我没有别的意思，就是随口一问，觉得挺不安全的。”

“我也不是很清楚。”章意道。

江清晨也不觉得奇怪，他给人的感觉就是这样，没什么防备心，也容易相信人。只不过是他提起，怎么着她都得破例一次：“我跟广告部打过招呼了，试拍那天让她按照原定计划去参加就行。不过先说好，公事上一就是一，不讲人情。”

她是爽快的脾气，章意喜欢跟这种人打交道，因下举杯：“我会转告她，谢谢你。”

“先别说谢，你虽然现在不肯加入我的团队，但我也没有说要放弃。下周抽个空，来参观一下我们的加工厂？”

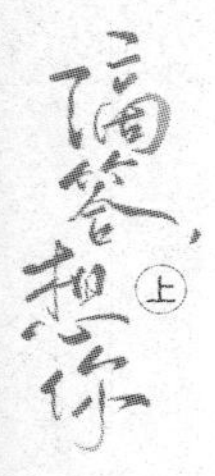

章意杯子还举着，不上不下。他想了一会儿，说：“我爷爷下个月就回来了，承杨还差挺多功课，这段时间得帮他补起来。”说完一口喝完杯中红酒。

言下之意就是没时间。自罚一杯，既是道谢，又是赔罪。

江清晨笑了笑，没再说什么。谈到尽兴的地方，她让服务生又加了瓶红酒，还俏皮地问章意：“章老板不会舍不得吧？”

章意劝不住，出门让服务生准备一碗醒酒汤，回来就听江清晨道：“你别看金戈表面光鲜，其实里面早就蛀空了。老一辈讲究人情，是个人就能往里塞，整个管理层全是亲戚，原本十年前就能上市的公司，硬是拖到了现在。”

偶尔市场口碑不好，都是没有专业化的体系给造的。

她摇晃着高脚杯，笑意晃动在红色的液体里。

“家庭式作坊，你来我往都要讲情面，有些话不能说，有些事不能做，束手束脚也就算了，偏偏还都是些老思想。现在时代不一样了，低端钟表市场将逐渐被淘汰。你知道的，从 2002 年开始，ETA 机芯开始在全球范围内逐渐缩减产量，到 2013 年对外销售，供不应求，因此加速了很多品牌自主研发机芯。金戈利用低端市场注满了资金池，如今面临上市，正是放手一搏的时候，可他们……保守派没有一个人赞同我推陈出新。”

包括她的父亲江一。

积弊太厚了，一笔扫不完灰，还容易破坏原来的形。老人家怕东怕西她能理解，可她一个在国外读了几年书的海归，太清楚家庭作坊的危害了，尤其钟表改革迫在眉睫，她不能怕。

江清晨忽而一笑，扬起明艳脸庞，一双烧着火的眼睛笔直地射向章意：“不瞒你说，整个公司主张新机芯研发的只有我，所以我一回国就忙着招揽人才。我团队有哪些人，之前已经给你看过了，那就是我的底牌，没有别的人了。”

她绕过桌子，走到章意面前：“给你看的最高的理想水平，不是这半年的成果，而是这几年我一直在努力的事。我已经在董事会立下军令状，不成功便成仁，项目总监这一职位是我用前途换来的，不是因为我爸是董事长。”

她的目光明亮灼热，身负万钧期许："章意，我现在就站在江边，必须要背水一战，胜了，金戈将是中国第一个自主研发高级机芯的品牌，是一个真正的创新企业，甚至可以借此打开世界钟表的道路，败了，金戈的数千员工将和我一样，逐渐日下。"

章意刚要开口，一杯酒送到面前。

"所以，章意，我真的很需要你的帮助。"

江清晨率先一饮而尽，随后才对他道："我知道守意对你很重要，我可以让步，你来我的团队，还是可以以守意为先。在你有空间和时间的情况下，请帮帮我，可以吗？"

章意说不出话来，胸腔间的酒意如万流汇涌，直逼喉头。

"我知道你担负的是什么，你不止要传承手艺，更要传承好不容易积攒下来的百年基业，老章家不能断在你手上。这一定是个非常艰巨的使命，至少现在，你还没有足够的时间去开拓别的事业，但这并不相悖，不是吗？我愿意给你机会，你只要挤出一点点时间来帮助我就可以了。章意，你也应该非常热爱机芯研究吧？"

想到当初拿着理想水平的机芯来给他看的时候，他专注研究的样子，绝不是一点点喜欢，而是热爱。得热爱成什么样，才能不释手？不疲倦？几天几夜不睡觉将机芯的测试报告交给她，告诉她哪里还需要改进，他们下一步要攻克的是什么方向的难题。

如果不热爱，在第一次去金戈找她的时候，他就应该一口拒绝了吧？那么今日，她连上门的机会都没有。

她期期艾艾地看着他，等了不知道多久，终于得到他的回答："让我再考虑一下，可以吗？"

江清晨粲然一笑："只要能等到你，没什么不可以。"

真正爱钟表的人，爱的是一心一意重组零件的过程，爱的是让死物重新活过来的一刻，爱的是历史和时间的鸣响，爱的是品牌传递的文化价值和手的创造。

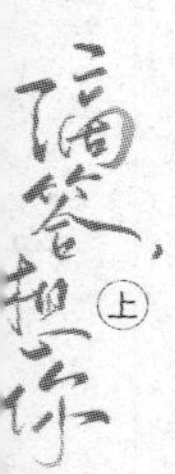

章意爱这些，同时也爱研究。

是什么擒纵系统让钟表可以日复一日不停地走动？是什么联动机构可以让复杂的系统宛如程序一般被设计、被制定，有条不紊地进行着操作？是什么材料让手表可以完整密封，免于水压的侵扰？又是什么可以让钟表打簧、上链的声音如此动听？

免磁干扰、震荡堵截、自鸣三问、双时区计时……这些经过多年历史发展的卓越设计，均从机芯开始。

名牌表之所以名贵，其首要原则就是——精准的、精密的、精良的高级机芯。

研究机芯确实是爱之所至，与修复钟表并不相悖，可在传递交接棒的使命面前，他得担起掌门人的责任。

“不可否认你们团队制作的机芯所达到的前端技术震惊到了我，拿到它的那一天我兴奋得睡不着觉，我也特别想跟你们一起探讨它诞生的全部过程，可我每天醒来的第一件事就是给手表上链，让它规律地、尽可能长时间地走下去，正如我的生活。”

章意说：“我不能给你保证什么，但我会慎重考虑你的邀请。”

“我明白，我也希望你能心想事成。”江清晨身子一晃，被章意扶住。只是再考虑一下，并没有答应她，可即便这么小的让步，也让她高兴得不成样子，“希望我们都能心想事成。”

章意欣赏她的努力与率直，说：“你会带着金戈越来越好的。”

江清晨微一挑眉：“借你吉言。”

她借酒壮势才说完上面的话，如今整个人一松快，酒意上头，脸开始泛红，脚底发软。章意把她扶到座位上，叫服务生送来醒酒汤，督促她喝完，又打电话给留在守意门口的她的司机，让司机过来接人。

直到把她安稳地送上车，章意才跟她道再见。

江清晨一眨不眨地看着他，不知想到什么又笑了。她勾勾手指，章意迎上前。她弓起身子靠近他：“章意，你这么好，应该有很多女孩喜欢你吧？”

热气混合着酒气，弥散在她的香水味里，章意往后退了一步。

江清晨笑得闭上眼，摆摆手：“再见。”

忙碌了一天的守意恢复短暂的宁静，木鱼仔正在煮茶，听见响动，回头见是章意回来，立刻给他倒了一杯茶。

章意接过放在一旁，木鱼仔亦步亦趋跟着，见他到工位坐下也没捧起茶，小心翼翼地问：“师父，你是不是生我气了？”

章意对上他的视线，拍拍他脑袋：“没有，我喝酒了，不能喝浓茶，你拿去给承杨吧。”

“这样啊，吓我一跳，我以为送小姐姐回学校，你嫌我贪玩了呢。”

“那你贪玩了吗？”

“没，我就……”他端起茶就要跑，“我就是去学校食堂溜达了圈，小姐姐还请我喝奶茶了。”

“你慢着点。”章意怕他毛毛躁躁烫着，帮他把茶端到章承杨的工位。

章承杨正在洗零件，腾不出手来，让师徒俩伺候着啜了口茶。

龙井的清香在齿间化开，章承杨精神一振。

章意又问：“奶茶喝了多少钱？”

“没多少，小姐姐说了，中午是你请她吃的饭，就当还给我了。”

“你还挺会承人情。”章承杨揶揄他。

“反正是我师父嘛。”

章意没说什么，转身回自己工位，木鱼仔不忘嘀咕：“就是不知道为什么，小姐姐好像有点累，我跟她说什么她都恹恹的。”

“搁你，让你一坐一下午，啥事也没有，回去正赶上下班高峰期，还挪不动车，你累不累？”章承杨示意他，“再来一口，小心点，烫嘴！”

两人打闹着，章意坐定，听那头章承杨说把老爷子送上火车，得亏他跑得快，安检的时候帮忙疏通了下，否则老爷子准迟到。临别之际，老爷子让他带句话给章意。

“什么话？”木鱼仔追问。

章承杨扬声道：“哥，老爷子说特别感谢你，将来有机会去西藏，他要请你吃牛肉串。”

“那敢情好。”

“哦，他还说，忘了替他前妻跟你道一声谢。”

隔着这么远，分开这么多年，还想着替奄奄一息的妻子道谢，可见其情意深重。店里的师傅感慨道：“老爷子是个念情的人啊。”

章意却渐渐听不清他们说话的内容。

坐守老店是这样的，店比人老，情比物深，义比天高。

他心里不静，盯着发亮的楠木桌愣了会儿神，随后拿起寸镜别眼睛上，开始修表。他喜欢机械表，可能玩表的人都更喜欢机械表，因为机械表和人的关系更加亲密，它需要人为上链才能保持日复一日的走动。

在忙碌的生活中，间或停下脚步给表上一次链，比习惯更让人舒心的是，听一听上链的声音，这一天都会很平静。

而在同一个城市的另外一个角落里，却有人正经历着不平静的时刻。

徐皎送走木鱼仔，浑浑噩噩地回到宿舍，两个舍友已经下课了，正在屋里吃外卖刷剧。听到她进门的声音，于梦把头往外一探，又缩了回去。

梁小秋靠门，看到是她，问道：“今天去医院恢复得怎么样？”

徐皎打起精神回道：“还好，就是有点疼。”

“伤筋动骨一百天，想提前恢复哪有不吃苦的？我之前看到二食堂中午有骨头汤，你想喝的话就去那里，受伤期间得多补充营养。”

“好。”

徐皎朝梁小秋感激一笑，梁小秋摆摆手，还要说什么，于梦打断她们：“徐皎，给你买的早饭怎么没吃？”

徐皎一顿，笑容凝在嘴角：“我……我出门的时候太着急，忘了。”

“那你还吃不吃？好几块钱呢，别浪费了。你要不吃的话给我，正好我晚饭没吃饱。”梁小秋圆溜溜的眼睛注视着她。

徐皎肯定吃不下了，梁小秋乐得高兴，拎着早饭回到自己位置上。于梦斜她一眼：“你就知道吃，看你多胖了！”

梁小秋扁扁嘴：“我吃完这一顿就减肥。”

“信你才怪，这句话说了几千遍了。”

“哎呀，我也想嘛，总得吃饱了才有力气减肥，不然我要抑郁的。”

“就你仪式感最多。”

听她俩斗嘴，徐皎微微松了口气。于梦转而问：“怎么出去了一整天？你下午的课请假了吗？老师认识你，就没敢帮你瞎签到。”

“没事，我回头拿病假单去跟老师说。”

“行。”

晚上安晓来找徐皎。

广告专业女生多，安晓在另外一个宿舍，离徐皎还差两道门，为这事当初闹到了校办，辅导员也没同意让两人住一起。好在大一、大二的时候集体大课比较多，两人还是能经常在一起，到大三才开始分开上课。

安晓和于梦、梁小秋都熟悉，随口打了声招呼就往里走：“发信息给你怎么没回？”一瞅徐皎蔫了吧唧的黄花菜样，她忍不住笑了，借口还没吃饭把徐皎拽了出去。

“谁惹我家小宝贝不开心啦？”两人一边朝食堂走，安晓一边飞快地按手机。徐皎还没答话，她就已经破了案，“下午你去过守意了？”

“章承杨告诉你的？”

“嗯，他还说金戈的那个项目总监下午也来过，让你按照原定计划去金戈参加试拍。”

“定了吗？”徐皎摸出手机看了看，没有消息，“他为什么不直接跟我说？”

“瞧你，想多了吧？可能看到章承杨在跟我发信息，图个方便就随口一说嘛。”

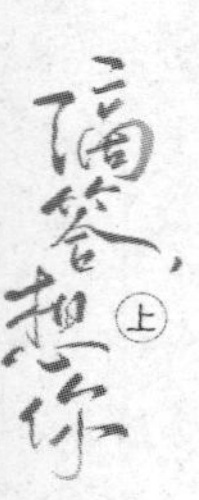

“他才不是那种人。”

正说着，手机叮了一声。徐皎忙划开锁屏，却是胡亦成的信息，也是说试拍的事情敲定了。安晓眼见她明亮的眼睛瞬时黯淡了下去，拍拍她的肩安慰道：“他跟胡亦成说是对的，跟你说，你要怎么表示？给他道谢还是道歉？”

“当然是道谢。”歉已经道过了。

“你看，也许他就是不想听到你说谢，不想让你为难，才公事公办地通知胡亦成。”

“好吧。”徐皎只能这么自我安慰了。

原本就像根黄花菜了，现在更像是被雨打过的黄花菜。安晓贼兮兮地盯着她：“说实话，你不高兴是因为那个总监吧？”

徐皎就把他们一起去吃饭的事说了。

安晓一听，乐得合不拢嘴：“我当是什么大不了的事，把你一个人抛下，跟别的女人去吃晚餐，你就失落了？吃醋了？”

徐皎小嘴一噘：“他还给她擦鞋子！”

安晓从没见过她吃味的模样，觉得新奇，拱火道：“晚上吃饭肯定还得给她布菜，吃完了说不定还要送她回家。咦，不知道有没有喝酒？”

徐皎哼哼，嘴翘得快能挂上油壶。安晓捧腹大笑：“徒儿莫慌，有为师在，定能为你扭转乾坤。”说完，她低头在徐皎耳边说了些什么。

徐皎脸热：“这不好吧？”

“近水楼台先得月，向阳花木易为春。古人说的哪一句不是至理名言？你是想质疑胸有乾坤的苏麟还是我们慧眼识珠的范仲淹大大？”

得，嘴皮子打架她从来没赢过。

徐皎认真受教。

于是接下来的几天，安晓就跟上了发条一样，比胡亦成还准时，每每康复一结束就打电话追问徐皎进展。徐皎每次都不争气地说“还没”“差一点”“快了”，可把安晓气得不轻，严词叱令她：“为师怎么收了你这么个榆木疙瘩的徒弟，今儿要再不成事，你就甭回来了。”

徐皎来不及解释就被挂了电话。

回学校前，徐皎特地打包了城南糕点去给师父赔礼，好一阵哄才把人安抚下来。安晓看她还多买了一盒，以为要给章意，不想是给于梦和梁小秋的，顿时翻了个白眼：“你别对她们这么好，人不能惯。”

“没，我手不是受伤了嘛，她们这几天都给我买早餐。”

“真的？”

“假一赔十。”

“哟，小朋友有进步，那你好好努力。”

转眼到了去金戈试拍的这一天，胡亦成一早来学校接徐皎。胡亦成个子不算高，加上这两年应酬多，啤酒肚渐显，好在他日常锻炼没有落下，皮肤也白，整个人看着还算精神，戴着一副圆框眼镜，不说话的时候有点斯文。

因为第一次去金戈，他特地拿出了压箱底的定制西装。得亏早夏，天还没热起来，正装也不显得隆重，他还给自己的皮鞋垫了增高鞋垫。徐皎笑得直不起腰，连说摔了没办法扶他。

胡亦成想到过去为了见合作方他俩没少闹出的笑话，埋汰她：“你第一次穿高跟鞋的熊样忘了吗？”

“你还说我，要不是你非说正式场合要比美，我至于第一次就踩高跷吗？”

“谁知道你一个女孩子高跟鞋也不会穿，差点没摔断我的腰。”

“好了，我不笑你了，看在你扶我的分上，我勉强扶你一下。”

“得了，还是我来扶你吧。”胡亦成上前，“哪一次不是我扶你？”

徐皎一笑，冲他眨眨眼：“你是我成哥嘛。”

胡亦成上下打量徐皎。她今天给自己化了个淡妆，穿一条红色长裙，黑色高跟鞋衬得双腿笔直修长，卷发柔顺地披散在肩后，整个人平添几分成熟，又显得浓淡适宜，不失清纯。相比一开始两人经常选不对服饰和妆容的狼狈，

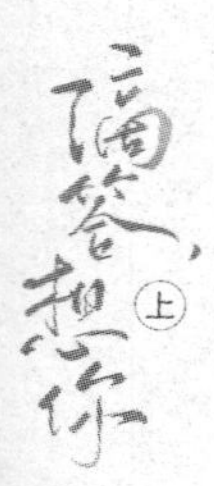

现在不需要互相通气，就已经有默契了。

胡亦成满意地点点头。

两人赶到金戈时，距约定时间还有半小时，现场已经坐满了来参加试拍的手模特。不大不小的休息室，几十张座椅没有一个空位，间或站在角落里跟人说话的和在外面等候的，加起来约莫有百余人。

受了伤，手臂打着绷带，还能破例拥有试拍的资格，一看就有后台。徐皎刚一进场，众人就都不约而同地看了过来。

胡亦成拍拍她的肩，让她不要在意，走到一旁跟负责人打招呼。

负责人起先没想起来，经胡亦成提醒才恍然大悟，翻开名单一看："她就是徐皎？"说完看一眼人群中的女孩，对胡亦成说，"你们先跟我进来吧。"

大伙儿都在外面等着，有的为了这次试拍提前两小时就到场了，眼看徐皎刚到就要被带走，场内有人不满："不是说这次试拍是全透明公开的竞演方式吗？怎么还给人特殊照顾？你们金戈不会搞内定那一套吧？"

有人发问，就有人附和。

负责人抬手示意安静，见他们不为所动，厉声道："还没开始试拍，急个什么？等不了直接滚蛋，你多少号？"

问话的人也不想因为这个事被"记恨"，嗤笑了声，重新坐回原位。

本是一个小插曲，徐皎以为过去就好，没想到临出门之际，听到有人说："别看她经纪人是个男人，那方面很厉害的。"

"哪方面啊？"

"你说呢？"

"笑死了，这年头还有经纪人搞上位？"

"怎么没有，你看他长得多白净，指不定……"

对方还没说完，只见面前出现一双脚，狐疑地抬起头，不知道什么时候徐皎折返了回来。

"怎么不说了？"复古红长裙拔高了女孩原本就不弱的气势，再加上双目冒火的俯视，此刻的她俨然脱去了学生的稚嫩，"就你刚才说的那些，我可以告你诽谤，你知道吗？”

“一没点名二没道姓，你知道我说的是谁啊？”

“就是，何必上赶着认领？难道心虚？”

徐皎没有退让：“在场男经纪人里面皮肤白的有几个？你是不是想让我报警叫警察来帮你数一数，确认一下？”

眼看现场又要乱起来，负责人不得不上前调停。徐皎走到原来的位置，对胡亦成说：“成哥，你去外面等我吧，我就在这里。”

胡亦成觉得她闹小孩脾气，拉住她的手往外拽：“不用在意。”

徐皎不说话，也不挪脚，还把他的手给挣开了。

胡亦成深知她的脾气，无奈朝负责人递了个眼神。对方却笑了笑，知道小姑娘不想让他们为难。

负责人走后，胡亦成刚要说徐皎两句，就听她道：“我在意。”她仰头看他，“他们污蔑你，我凭什么不用在意？我非常在意，他们抹杀了你的努力！”

胡亦成想笑：“别人的看法不重要，你自己握得住什么才重要。”

“对，虽然别人怎么想我们无法控制，也不必在意，但是听见他们那么评判你，如果我还像个没事人一样，你不会觉得寒心吗？不会觉得我这个人很可怕吗？”徐皎正色道，“每次我跟你说这些你都要笑，难道我的维护和在意，在你看来就是个笑话吗？”

胡亦成叹息：“我要怎么说你才能明白，皎皎，你不能感情用事。争一时的公平是小孩子玩的把戏，成年人唯利是图，不择手段才能过得好。你过得好，就是对他们最大的报复。”

“我不想报复他们，我只是不懂，为什么他们要对一个陌生的、根本不认识的人怀有这么大的恶意？我也不想用同样的手段回击他们，那我岂不是变成了自己最讨厌的那种人？”

胡亦成张了张嘴。

说不感动是假的，每每看到她为自己冲锋陷阵，他内心也会由衷感到暖

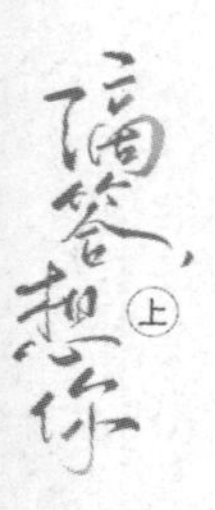

暖的，庆幸从公司出走，幸好遇见的人是她，可感动能维持多久？一时的新鲜哪能敌得过长远的利益？她还小，整天活在梦里，以为可以活成自己想象的样子，殊不知现实有多残酷。

他不一样，一个每天都在为生计担忧的人，已经害怕童话了。

胡亦成吸了口气，转头看向别处，好一会儿说道：“我出去抽根烟，有事打电话给我。”

徐皎低下头，闷声道：“好。”

胡亦成也知道她委屈，看她晃着脑袋声音跟蚊子一样，想说什么，话到嘴边还是咽了回去。他从口袋里摸出烟，径自走了出去。

徐皎的号排在后面，正式开始竞演一小时后才轮到她。

徐皎看了眼落地窗外，胡亦成已经回来了，正站在对面含笑招手，给她加油鼓气。

她松了口气，缓步走到镜头前。

为了体现竞选的公平性，金戈这次采用的是“全景天窗”考核模式，所有参与试拍的模特和经纪人都可以在透明玻璃窗外看全过程。另外室内在各个方向都布置了 GOPRO 相机，随便一扫就有七八个机位，可见金戈对这次新代言人的重视。

而今天的主角就是正中心的展示台上——“钟情”系列的全新腕表之一，一块表径 36mm，表壳为 18K 玫瑰金打造，外圈镶钻，搭配红色真皮表带的经典圆形女士手表，型号钟情 1314。

“钟情”是金戈旗下腕表系列中的历史畅销系列，据产品介绍，这块表搭载的是 ETA2824 机芯，经过改良打磨，走时精准，有天文台检验过的五方位调校，一次上链可动力存储 40 小时。表镜选用的材料是蓝宝石水晶，背部机芯透明可见，防水深度 50 米，是一块中端商务兼休闲用表。

在表盘 6 点方位，还特别搭载了十二星座的日期，结合塔罗牌的一些设计，显得更加新颖，年轻有活力。

徐皎仔细观察前面手模表现腕表时的侧重点，大多凸显表盘外圈的钻石和宝石红真皮表带，也符合女性审美的重点，可她带着伤，手腕力度不够，表现会相应减分，如果再选择同样的侧重点，就更加大打折扣。

她想了一会儿，深吸一口气，抬头面向镜头，将腕表托在手背上，指尖掠过美丽精致的表盘，直奔背透机芯。在ETA2824机芯原有的基础上，钟情1314增加了微调机件，以螺丝固定游丝夹，可以靠旋转螺丝达到调节快慢的需要。

金色大卷轮有放射纹打磨，平板有珍珠纹修饰，伴随着手背在激光灯下的转动，肉眼可见部位的精加工光滑且有质感，内嵌钻石闪闪发光，呈现一种精简的高级美。

回到表盘正面，她从旁边提供灵感的拍摄架上抽出一本关于金戈发展的历史图册，将其置放在厚实的书页中，吹风让书页翻动起来，手指则有一拍没一拍地敲打着表带。

每敲一下，女性纤细骨感的血管就跳一下，仿佛连接着腕表的血脉，在书的翻页中若隐若现。极具性感挑逗的动作与皮质斑马纹表带碰撞，野性与张扬在不经意间浸透了历史与时间，一种不言而喻的生活质感由此显现。

负责人喊道：“好，可以了。”

胡亦成立刻走进来，递了张纸巾给她擦汗。看她脸色苍白，他忙扶住她受伤的手臂：“还撑得住吗？”

徐皎点点头：“刚才我的表现怎么样？”

“在镜头前看非常漂亮，好像这块表就是为你量身打造的。”

“啊？那糟糕了。”

胡亦成诧异：“为什么？”

“对甲方爸爸得卑微，我的手专为它量身打造的才行。”

意识到徐皎是在逗贫，胡亦成瞪她一眼：“看来伤得还不够严重，都有闲情跟我开玩笑了。这回要是没选中你，我看你找谁哭去。”

徐皎低声哼哼：“我找别人。”

“你说什么？”

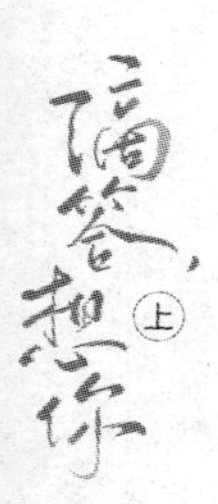

徐皎一缩脑袋："没什么，我们快出去吧。"

后面还有几位参加试拍的手模，按照序号一一竞演之后，负责人让他们稍作等待，会当场宣布"钟情"系列新一季度的手代言人。

徐皎跟着胡亦成坐下，胡亦成拿着手机发消息。徐皎瞄了一眼，居然是防偷窥屏，就问："接到新的活了吗？"

胡亦成没搭腔，徐皎也没追问，只道："你紧不紧张？"

"不紧张。"

徐皎点点头，过了一会儿没忍住笑道："不紧张你抖什么？"

胡亦成低头一看，才发现自己的腿一直在无意识抖动。他忙摆正，顺势收起手机。过了一会儿，负责人来宣布结果，徐皎当选了新一届金戈手代言人。

胡亦成对这个结果没有太意外。

场内静了一瞬，有人前来恭喜，有人心生不满，也有人当即离去。先前说酸话的几个眼见着没戏了，再度挑事道："还说没有黑幕？这不是内定是什么？敢情我们都是背景板，来走个过场，给你们写新闻稿提供素材的呀？"

"就是，她凭什么能获得手代言人的资格？没看她手腕都抬不起来吗？"

"搞特立独行就能获得优待的话，我也可以，不就是表现一下机芯吗？谁不会那几个动作？当我们都是瞎子吗？"

"不公平，必须给个说法！"

……

负责人双拳难敌四手，被堵得节节败退。徐皎求助地看向胡亦成，胡亦成却岿然不动。眼看火势越烧越大，围观看热闹的没有一个发声，徐皎不得不上前去帮负责人解围。

刚一靠近，就被人拎着胳膊推搡了一下，她吃痛不及，脚下一崴，眼看就要摔倒，一双手从后面扶起她。

"受伤的患者都能当选新代言人，难道不是对你们这些健康的手模特专业素养的吊打吗？有时间精力来质疑我们的选择，不如回家好好想想自己比别人差在哪里。"

徐皎刚一站稳就对上江清晨的目光。

“受伤了吗？有没有关系，我叫人送你去医院？”

“没事没事。”徐皎摆摆手。

那边闹事的几个不承想会被人这么羞辱，一个个都涨红了脸。为首的硬着头皮道：“那你说，她究竟好在哪里？”

江清晨也看向徐皎：“说说你的想法？”

“我、我吗？”

江清晨示意她不用紧张：“想到什么就说什么，没关系。”

过去拍摄的经验告诉她，如果品牌要听代言人的想法，多半是在考验她。徐皎缓了口气，整理思绪道：“我在看产品介绍的时候发现机芯上的刻字——170th anniversary，应该是为庆祝金戈成立 170 周年的特别款吧？而钟情系列是历史畅销系列，于是我就大胆地猜测可能是钟情某一代最畅销款的全新复刻，所以后面表现的时候借用了历史图册，是为了彰显复刻款式的品牌文化。另外我看到背透机芯在 ETA2824 的基础上做了很多改进，也有金戈自己的型号，和系列型号一样是 1314，结合 170 周年特别的复刻款，我想品牌可能想要重点表现的方向是机芯，是金戈在 170 年后技术上卓越的发展。”

现场的手模特听得一头雾水，“ETA2824”是什么？他们怎么没看到“170th anniversary”？其实这得懂表的人才能注意到，一般人确实很难发现机芯上细小的刻字。而且，就算是钟表企业的工作者，也未必都懂得机芯的打磨工艺和历史发展。

江清晨不由得多看徐皎一眼，又道：“还有一点，也是我们选择她的原因，她没有指甲。看看你们，有几个来之前做了准备，修剪过指甲？当然，对于手模特而言，圆润饱满的指甲也是一项资本，没有这个代言还有别的广告代言、商业合作在等着你们，可对金戈而言，哪怕是一点点轻微的划痕，都有可能是致命的瑕疵，我们的手代言人不能有指甲。其实只要稍微了解一下品牌历史，稍微做点功课，我们都不至于这么果断。”

“但你们还是破例给了一个受伤患者试拍的机会，这不是潜规则又是

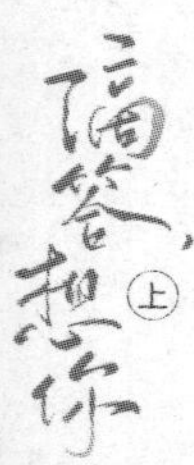

什么？”

“法外尚有人情，更何况事关企业的成长，好的人品也是关键要素，喜欢乱嚼舌根、把时间浪费在钻营上的人，真的能专注自己的领域比任何人都刻苦努力吗？”

“你……”

江清晨笑了笑，走到徐皎旁边拍拍她的肩：“为你们刚才说的话，请跟她道歉。”顿了顿，她扫视着前方，“如果不道歉，我会在业内封杀你们。”

“你、你怎么能说这种话？不怕我曝光你吗？”

江清晨抬手：“请便，一旦你曝光，我们将开始走法律程序，你今天在这里说的一切都将公布于众。”

“你凭什么？”

“哦，就凭我是‘甲方爸爸’。”

于是，前一秒还斗志昂扬的大公鸡纷纷变成了缩头的小乌龟，短短半分钟玻璃房内人走楼空。

江清晨让负责人和团队各自去忙，转头问徐皎：“你是提前做了很多功课，还是纯粹喜欢钟表文化？”

出于江清晨刚才的维护，徐皎对她好感增加，对接下来的合作也多了几分期待，少了几分忐忑。徐皎认真地说：“我特别喜欢钟表文化，能当选金戈的手代言人是我的梦想。”

小姑娘眼睛明亮，看得出是真的喜欢。江清晨莞尔一笑：“为什么会喜欢钟表文化？女孩子不都喜欢包包、化妆品，或者明星吗？”

“因为一个……”话到一半，徐皎忽然想起某一个雨天，一个男人在街口给一个女人擦鞋，苍劲有力的百年银杏在风中摇曳，雨珠打落在男人的背上。

那幕场景就像一根刺扎在心上，时不时阵痛一下。

江清晨还在等她的回答：“一个什么？”

徐皎回过神来，迎着江清晨的目光说道：“因为一座葫芦钟，特别震撼。”

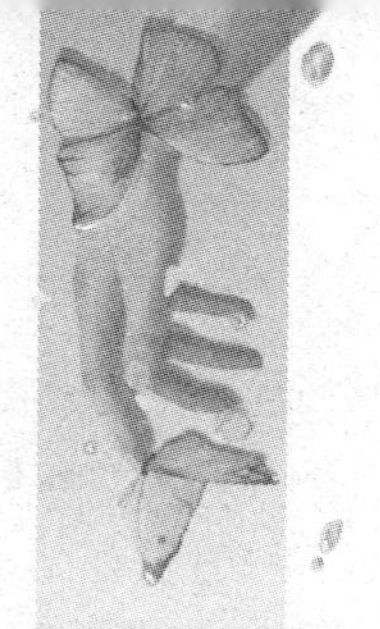

第四章

/

因为一座铜鎏金转花转水法葫芦钟

Dida, Xiangni

▼

从金戈出来，负责人一路将他们送到停车场。临别前，胡亦成让徐皎先上车，他有几句话要单独跟负责人说。

徐皎爬上车，偷偷拧开车窗锁，竖起耳朵，只听胡亦成说：“以后我家徐皎就请你多多照顾了。”

“别这么说，是请你们多关照才对。江总监可不是好糊弄的人，就为今儿个试拍，我前前后后忙活了一个月，还差点碰一鼻子灰，多亏了你家徐皎，表现太好了。”

“哪能啊。要不是你提前告诉我江总监会在监视器后面看全程，她也没有表现的机会。”

“这不是举手之劳嘛。哪回选代言人不得闹点事？这次还搞公开透明竞选，没意见才怪。领导做事嘛，向来走一看三，选了代言人不说，还在员工面前树立了威信，又给新品上市打了一针强心剂，我们这个江总监可不简单哪。”新官上任三把火，负责人左右看了看，确定车库没人才压低声音道，“你胆子是真不小，就任小姑娘自己说，也不怕她搞砸？”

“我对她有信心。”

胡亦成跟他你来我往奉承了几句，把负责人哄得笑不停，直说改天一起

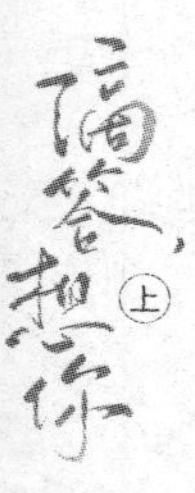

喝酒。

上车后，胡亦成接到电话，临时要赶下一场应酬，本想陪徐皎做完检查，可时间等不及。正左右为难的时候，徐皎背起包：“我这么大人了，去拍个片能有什么事？有结果我告诉你。”

胡亦成犹豫了会儿，说：“行，那你自己小心点。”

徐皎应好，下了车跟他挥手。

胡亦成摇下车窗，不顾后面车辆的催促，问道：“皎皎，拿下金戈的手代言，你不开心吗？”

“没有。”她扬起笑脸，“我超开心。”

“那怎么一路上都没说话？”

“可能这几天做康复太累了。”

是吗？胡亦成深沉的眼眸将她上下打量了一遍。因着时间逼近，没法再追问，他嘱咐了句注意安全，随即打着方向盘离去。

直到车汇入车流看不见了，徐皎才从树后面钻出来，在医院大门外做了个样子转身离开。她沿着院墙旁的小路挤入人群当中，还没走多远，忽然听见身后喇叭响起，她心里一个咯噔。

不会这么倒霉吧？难道成哥去而复返了？她大脑飞快地运转着，想着借口，后面喇叭又响了一声，车滑到前面来跟她比肩。

她假装没有看见，加快脚步往前走，却忽然听见一道熟悉的声音。

“小姐姐，真的是你呀，你要去哪里？”木鱼仔探出头来，“外面人多，你小心别撞着手，快上车吧，我送你。”

医院门口常年堵塞，不能停车，加上担心被胡亦成发现，徐皎左右一张望，立刻上了车。木鱼仔问：“你怎么在这里？师父说你今天去金戈参加试拍，下午才能结束。”

“哦，进展挺顺利的，上午就出结果了。你呢，来医院有事吗？”

“没，今天店休，师叔闹着要烧烤，少了木炭，打发我过来买，就在这附近。”

说着电话又响起来，章承杨在那头问他怎么还没回来，木鱼仔三两句话就把她“出卖”了。安晓也在那边，闹着让她一起过来。徐皎也不知道怎么的就上了贼船，被一路载到守意。

安晓早早等在门口，一见徐皎就先发制人：“你结束了怎么也不告诉我一声？”

“你来这儿不也没跟我说？”

被好姐妹当场抓包，安晓着实有点尴尬，干笑两声：“我这不也是临时被拉过来当壮丁的嘛，刚一直在弄菜。以为他们准备有多充分，谁知道临时起意，后厨干干净净，什么都没有。”

“就你，细胳膊细腿的，也好意思冒认壮丁。”

章承杨走过来帮木鱼仔拿木炭，一手敲在安晓的额头上。安晓疼得跳脚，他倒乐了，搂住她的肩低声说了句什么，闹得安晓脸红，这才看向徐皎：“刚听说金戈那边定了你，这回恩算还清了吧？以后再跟我提两百万，我可就要报警了。”

“你能不能好好说话？”安晓用力捶他。

章承杨痛呼一声“哎哟”，对上安晓警告的眼神，讨饶般笑道：“我嘴贱，我瞎说，你别在意。”

徐皎点点头，安晓拉着她往里走，一边走一边跟她咬耳朵：“看我把他驯得怎么样？是不是乖多了？”

“说实话，还是有点欠揍。”

“行，那我继续努力，宝宝你再忍一忍。”

徐皎特别配合：“且看师父这一回。”

安晓一听，顿时拿起师父的架子，晃了晃不存在的拂尘，说道：“徒儿，今日乃是你近水楼台的大好良机，切不可失啊！”下一秒立刻变脸，“我之前跟你说的还记得吗？”

徐皎忍俊不禁：“记得记得。”

以为他们会去公园烧烤，没想到就在守意的后院。徐皎还是第一次看到

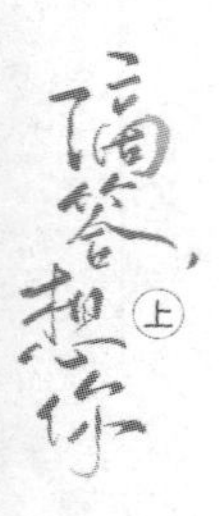

柜台后边、那面与墙壁融为一体的灰白色帘子后的“乾坤”，当真别有洞天。

一个小小的四合院，左边是厨房，右边是洗手间，天井铺着青砖，有座假山堆叠的小池塘，养了几条锦鲤，旁边搭着葡萄架和秋千，屋檐下是一整排绿植花草，北边角落有道侧门，应该直通外面的巷子。

另有东西两侧几间房，就是他们平时居住的地方。

守意一个月店休两次，下半旬的一次让徐皎赶了巧。这里面住着的除了章家两兄弟、木鱼仔，还有两位老师傅。一位姓严，单字穆，一位姓刘，名长宁，年纪都在五十上下。

徐皎进门的时候，正见两位老师傅在烤架旁串铁签，章意从厨房端了刚收拾好的菜出来，抬头见是她，笑着招呼：“来了？过来坐。”

安晓在后面推她一把，徐皎小步走过去。

“有需要我帮忙的吗？”

安晓埋汰她：“看看你的手，能帮什么忙？坐着等吃就好了。”

“你还真不见外。”

“美女不需要见外。”安晓冲两位老师傅笑笑，“叔，我说得对不对？”

“对。”老严说，“年轻人有活力，看到你们我就高兴。”

“就是，不打不相识嘛。”木鱼仔把炭拆分出来，说着还撞了下章承杨的肩膀。章承杨记仇，鼻子哼哼，眼睛却瞅着安晓。

两人眉来眼去，当院子里没有旁人似的。老严感慨：“眼瞅着马上要入夏，天气一日日热了，本来消暑就吃不下饭，这天天对着承杨，岂不是更倒胃口？小木鱼，你们年轻人那句话怎么说来着？什么粮？”

“狗粮。”

“对，我可不想被狗粮喂饱。”

安晓被说得脸臊，脸埋到徐皎肩上。章意拿了瓶水蜜桃口味的酸奶放徐皎面前，压低声音说：“自己坐着玩会儿？”

徐皎点点头。

旁边刘师傅眼观鼻鼻观心，朝老严推过去一盘菜：“一身的肥肉膘，还怕痒夏？正好给你减减肥。”

“长宁就是偏心，老跟年轻人站一块，也不说向着点我。”说完，老严朝已经走远的章意喊道，“哎呀，怎么我们没有酸奶？”

刘长宁一拍手，得，这老伙计就是个眼明心盲的。

被他一嗓子喊得转过来几双眼睛，徐皎手里的酸奶顿时有点发烫。章意站在屋檐下，微风吹动葡萄藤，捎来阵阵草木香。

因着店休都在后院，章意穿了身宽松的家居服，亚麻质地，跟苏黎世初见时的姿态差不多，淡淡的，静然而温暾。被这么多双眼睛盯着，他也不紧不慢，笑着说：“就剩一瓶了，你们也要跟伤患抢？”

老严摆摆手：“那我还是喝点小酒，那玩意儿酸牙。”

“酸牙你还要？”刘长宁啐他，“你少说两句不成？”

“你管我？我就喜欢跟年轻人聊天。”老严探过身来找徐皎唠嗑，得知她还在念书，已经开始工作，不停地咋舌，“现在的孩子真厉害，处对象了吗？”

徐皎耳根发烫，余光追随着在走廊上进进出出，现在正拿着水壶给花草浇水的章意，小声说：“没。”

“那敢情好，我们家正好还有两只单身狗，一个小木鱼，一个小章。”

店里有两个章家兄弟，他们是长辈，习惯了哥哥叫小章，弟弟就叫老二。老严热情地张罗道：“你看看有没有中意的？”

木鱼仔在前边忙得大汗淋漓，听到有人提他的名字，抬头看过来：“说我什么呢？”

“说要给你找个女朋友。”

木鱼仔两眼放光：“在哪里？”

老严冲木鱼仔挤挤眼睛，木鱼仔看到旁边头都快垂到胸口的徐皎，不自觉摸了下脑袋。老严说：“这孩子，抓头发干吗？快拿下来，发型不能乱。”

木鱼仔听话，立刻整了整头发。

“看来小木鱼没有问题。”老严又转过来对徐皎说，“俗话说女大三抱

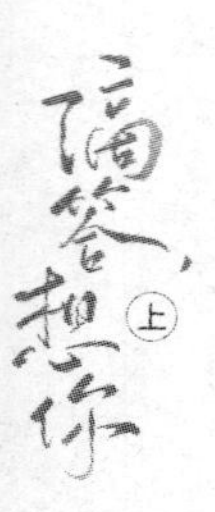

金砖，别看小木鱼比你小个几岁，这孩子可懂事了，又机灵，手艺活学得可比承杨那浑不吝快多了，最重要是嘴巴甜，会哄女生开心。”

安晓抢白道：“您怎么知道他会哄女生？”

“这不店里经常有女顾客嘛。”被人戳了一下，老严仿佛反应过来，轻咳几声道，“来，小木鱼把手机拿过来，年轻人加个微信，平常多联系，这感情不都是处出来的嘛。”

眼看木鱼仔愣得像块木头，老严直接上手去摸他的手机。

安晓冲徐皎竖大拇指，笑道：“人间真实，红娘老严。”

老严没抢到手机，急了，一拍桌子说：“你这个小孩怎么回事？平时一套一套的，怎么今儿个不灵了？我看你还小，这个机会还是先让给你师父吧。”

安晓快笑得喘不过气来，还要从旁添乱，对老严挤眉弄眼：“章店长早就加上我家皎皎了。”

“什么！”

老严啧了一声，咂摸里面曲折复杂的关系，看章意的眼神顿时变了：“什么时候的事？小章挺稳重一孩子，怎么……”话没说完，嘴里被塞了根大葱。

刘长宁说：“吃你的吧。”

老严瞪着眼睛闷吼：“你个老家伙，你快给我拿开，我腾不出手。”

安晓在旁边看戏笑个不停，煽完了老严的风，又朝徐皎点火：“仔细一看，小木鱼长得确实挺可爱的，他还小，还能再长几年，到时候铁定是一大帅哥，你要不要考虑一下？”

木炭燃烧起来的风飘过来，安晓和徐皎两人躲到葡萄架下，任由他们几个大老爷们瞎忙活。徐皎跟安晓讲了今天去金戈试拍遇见的事，安晓连连啧叹：“哇，江姐也太酷太飒了吧！”

“哪门子的江姐，你认识人家吗？”徐皎哭笑不得。

“你认识，章意也认识，等于我认识了。哎呀，这不重要，她居然帮你出头，还让他们给你道歉，也太有个性了吧！”

“是吧，我也觉得她特别……”怎么说呢？特别有力量，也特别让人安心。可与此同时，来自江清晨身上那种成熟自信的光芒，让她在羡慕之余，却平添了一丝迷惘。

安晓窃笑：“不是自卑吗？”

“就是有点羡慕，还谈不上自卑。我也很优秀好不好？只要以后好好工作，我也可以像她一样，腰板挺得直直的吧？”

“你不怕？”

“怕什么？”

安晓觑着那边忙碌的几个男人，压低声音道：“长得好看，性格大方，还是上市公司的项目总监，万一章意对她……”

“怕。”而且他们之间好像有什么。可即便害怕，也不能刚开始就认输，那她就不是徐皎了。“怎么着也得先让他知道我的心意，死也要死得明明白白吧？”

“不错，小朋友有志气！那你迷惘什么？”

“我也说不清楚，就是那几个手模特最后跟我道歉的时候，我忽然有点害怕长大了。”徐皎看着自己的手，仿佛透过它们，看到了无数个和胡亦成一样的影子，在这个社会上打拼，轻而易举就被甲方胁迫低头的影子，“好像一下子理解了成哥。”

就连他买通负责人，私下里搞一些小动作，哪怕自己往前冲要摔倒的时候，他也算计着什么，这些好像一瞬间都可以理解了，也可以假装什么都没发生一样。

安晓却觉得难以置信：“不会吧？他不是一直最宝贝你的手吗？如果当时现场情况再混乱一点，你这手再伤着了，后果他想过吗？”

徐皎摇摇头：“不会的，如果真到那时候，他会来救我的。”

“你确定？”

徐皎声音很低，像是确定了，又像是没确定。

一阵凉意顺风而来，安晓一回头，见章意正在身后浇水，瞳孔瞬间放大。

她张大嘴，无声地问徐皎：“什么时候来的？”

徐皎飞快摇头。

安晓又问：“听见了吗？”

她哭丧着脸：“不知道。”

不会吧？她的青春不会就此消亡吧？正想着，不远处的老严一声大喊：“各位，开饭啦！让我们来让刘长宁献诗一首！”

他洪亮的声音犹如一道穿堂风，瞬时被捎到耳畔，震碎了所有的平静。原本各自忙碌的小院，顿时发出一阵整齐的爆笑。

徐皎落后两步，章意擦了擦手，跟上她的脚步。

“等久了吧？饿不饿？”

徐皎摇摇头，不敢看他：“你刚才……”

章意了然，拂开她眼前的葡萄藤，一边说道：“对不起，我无意偷听。是跟经纪人闹不愉快了吗？有没有伤着手？”

“没事。”察觉到他正盯着自己受伤的手，她动了动，又问，“你就听到这些？”

她抬起眼睛，迎着细碎的阳光看向他，脸上有浮动的光斑，像流沙的画。他故作思量：“难道还说我的坏话了？”

徐皎“扑哧”一笑：“怎么会？你都没有不好的地方。”

小姑娘的信任过于直白，让章意脚步顿了顿，好一会儿，他才说：“不要把我想得太好，我也有很多缺点。”

“什么缺点？”

“譬如，我不太会哄女生开心。”

不远处的木鱼仔忽然莫名其妙打了个喷嚏，一个不停又是一个，对着空气大喊道：“谁在说我坏话？”

徐皎与章意对视一眼，不由自主地笑了。

刘长宁喜欢读诗，有个未竟的老师梦，被老严推到人群中间，看大伙捧场吆喝也来了兴致，当场吟了首诗，是王维的《终南别业》：

中岁颇好道，晚家南山陲。兴来每独往，胜事空自知。

行到水穷处，坐看云起时。偶然值林叟，谈笑无还期。

木鱼仔脑子活，拿了手机百度，回过头来笑话刘长宁："刘师傅是不是在暗示我师父，想退休了？"

刘长宁点点他脑袋，笑他淘气。老严说："这还没到退休年纪，我看你是想找个老伴了。"

"就你心思最正。"

"严叔不想找？"木鱼仔问。

老严挺胸："找，那必须得找，年轻人精力旺盛，咱也不能太落后。赶明儿我就带长宁一块去跳广场舞，跟老太太相亲。"话音一转，又道，"再带上小木鱼。"

"为什么带我？"

老严见不得孩子太傻，怜爱的目光投向他："带你去见识见识。"

"一群老头老太太，有什么好见识的。"木鱼仔犯了嘀咕，被老严逮着一通好说。

章家兄弟负责烤串，剩下的人负责空盘，木鱼仔正是长身体的年纪，吃得多，也没什么形象。平时师傅们让他注意吃相，是怕他伤了肠胃，老严总要维护，说孩子还小，吃饱了胃才踏实。今天也不知道怎么回事，看木鱼仔哪儿哪儿都不得劲，一会儿说他挑食，一会儿嫌他坐姿不端正。

反观章意，哪儿哪儿都顺眼，老严既是点头，又是摇头。

刘长宁见他内心波澜起伏，心道戏真多，悄悄藏了他的酒，未免他再生事端。可即便如此，老严还是喝大了，被刘长宁先扶回屋里休息。

章承杨去厨房拿饮料，安晓跟他黏得紧，两人一前一后去了好半天没回来。徐皎刚要去找，章意把一串牛肉放她面前。

"太瘦了，多吃点。"

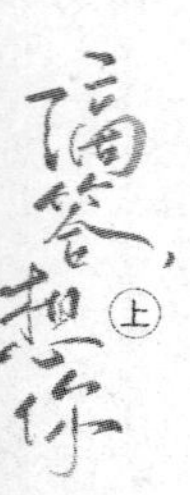

徐皎只好埋头吃肉。吃完一串刚要起身，又一串鸡翅放到面前，徐皎只好继续吃。木鱼仔在旁边嚷嚷：“师父，我的呢？”

徐皎要把自己的给他，章意却说：“你自己吃。”又对木鱼仔说，“你今天吃太多了，起来走两步消消食。”

“那我去找师叔。”

章意还没来得及阻止，他就一阵风似的跑了。没一会儿，他又一阵风似的刮回来，红着一张脸到处找水喝。

徐皎问：“怎么了？”

木鱼仔又是抓头发，又是挠痒痒的：“没什么，天太热，身上燥得慌。”

没一会儿，章承杨和安晓就回来了。两人去了半天，只拿回一瓶橙汁，徐皎刚要开口，就遭了章承杨一记白眼。

因为两百万的事，章承杨就没跟她对付过。徐皎还有点胆战，小声问安晓：“我没做错什么吧？为什么又凶我？”

“刚去翻饮料，他看到酸奶还剩大半箱，全是水蜜桃味的。”想到之前某人说的话，安晓撞徐皎的肩，“说好的最后一瓶呢？”

徐皎后知后觉，好一会儿翘起嘴角。

安晓啧啧嘴：“单向的就这么甜，等双向了不得齁死我？”

“你还说，你们俩刚去厨房做什么了？看看人家孩子！”

结束后，安晓和章承杨打算二人行，就把徐皎给抛弃了。本来是章意陪刘长宁去花鸟市场买乌龟，刘长宁非拽着木鱼仔，说年轻小孩眼睛毒，要让他挑只长寿的，不由分说就把人拽走了，最后只剩下章意送徐皎回学校。

两人收拾了残局，出门时已经过了四点。徐皎手不方便，大多时候都是章意在忙，她偶尔递个东西，就是打下手。看章意用了她送的护手霜，她心里喜滋滋的，把包里揣着的季度新品悄悄塞进他的抽屉。

两人锁上门，天气正好，半壁斜阳坠在屋顶上，便沿着老城一路走。有车迎面而来，章意护着她躲水坑，微微侧过头来。

小姑娘的脑袋刚好到他肩膀，从上面看圆乎乎的，透着股可爱劲儿。他想起什么，说道：“今天去试拍，听说表现很出彩？”

徐皎仰头看他，眼睛里带着一丝小朋友忽然被夸奖的惊喜：“是江总监告诉你的吗？”

章意走到靠马路的一边，提醒她看脚下的路。

小姑娘敷衍地低头看了一眼，又抬头看他。章意笑了：“她说你钟表知识很扎实，应该有研究。”

“我就是瞎蒙的。”

她晃了下脑袋，还在得意，就听见章意浅浅的笑声：“是什么样的葫芦钟？”

徐皎身体一僵，手指无意识地抠了一只绷带扣下来，章意又给她扣上去，问她怎么不说话。她想了一会儿，试探着说：“一座铜鎏金转花转水法葫芦钟。”

章意停了一下，有些诧异缘分的巧妙：“几年前我也修过一座转花转水法葫芦钟。”

徐皎心脏怦怦跳，镇定道：“是吗？”

你真的不记得我吗？一股强烈的冲动牵引着她，仿佛在告诉她，这是一个很好的话题，可以顺其自然地发展下去。她心跳如雷，鼓起勇气看向他。

章意说：“在瑞士，有好几年了，修那座葫芦钟让我归期延迟了半年，回来差点被爷爷打断腿。”

“不是三个月吗？”

“你知道？”

徐皎忙解释道：“我之前在网上看过报道。”现场有好几个华人记者，曾在当地杂志新闻报道过，虽然当时她没看到，但她后来在外网找过关于他的消息，很传奇，在日内瓦最为古老的钟表原厂学习过的华人，于全球范围来说都是凤毛麟角。

听说他离开的时候，类如百达翡丽、江诗丹顿、宝玑之类的顶级高奢钟

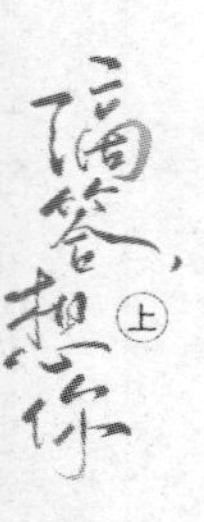

表品牌都曾想特别聘请他，更有传言有公司愿意出资，帮他成立以他名字命名的品牌，瑞士老厂牌，等同于业界的牛津哈佛，那种机会对华人来说不只是奢侈，更是千载难逢。

可不知道为什么，他回国了。

她又胡诌一句："就是照片拍得有丑，害得我没认出来，原来就是你呀！"

章意没有起疑，径自接下去说："完工最后一天接受了采访，有点匆忙，没办法讲得太详细。在博物馆的修复期是三个月，不过前期准备，调试走时功能、寻找试配材料和修复一部分保存相对完好的组织，也需要一些时间。"

"我看报道说，你是唯一一个在瑞士古董行修钟表的华人。"

章意忽略不了小姑娘灼热而崇拜的目光，抬手摸了下她的脑袋："媒体的噱头你也相信？"

"嗯。"她用力点头。

他一定非常厉害。

章意护着她："小心手臂。"

"后来那件葫芦钟呢？"

"去年在苏富比拍卖会上被一个收藏家买走了。"

"啊？"

"是香港地区的一位收藏家。"

"你故意逗我吗？说话还喘气。"徐皎拨开他的手，踩着水洼在原地跳了两圈，"被香港地区的买家买走算是回国了，毕竟是文物嘛。"

章意看她淘气，笑道："没想到你还挺有爱国情怀。"

"那是，念小学的时候，我是我们班红领巾戴得最正的，老师还夸过我呢。"

"拿过小红花吗？"

"我年年都是三好学生……"

她渐渐脱去了最初见他时的忐忑，犹如一株小草褪去青黄，开始变得青葱、明亮，富有生机。

章意看着她的笑脸，不经意间想到，如果她真的是自己的妹妹该有多好，这么好看，这么可爱。

而徐皎，一个高兴又把正事给忘了，落了“师父”一顿痛批，直说她难成大器。她哼哼唧唧，站在操场上独手一挥，颇有几分指点江山的意味，侃侃道：“且看徒儿这回。”

没想到第二天就碰了壁。

“章承杨亲口跟我说的，还能有假？徐皎同学，从现在起，你必须给我打起十二万分的精神，要知道这已经是江姐第二次找上门让章意请吃晚餐了！上回章意就喝得满身酒气，回了店没接木鱼仔的茶，可把孩子吓得够呛。就江姐那种酷飒范儿的，两次出马搞不定，还能折个第三回？你是不是想木鱼仔马上就多一个师娘？”

“不是！”徐皎马上又道，“是！”

“想师娘姓江还是姓徐。”

“徐！”

“那还不给我快点行动起来，现在，立刻，马上！”

徐皎拉开窗帘一看，该死的，龙王又在哭！她还想跟安晓再套点消息，打个商量，电话已经挂断了。徐皎望着大雨瓢泼的黑夜愣了会儿神，手机忽然振动起来，是胡亦成打来的。

她猛一起身，拿起伞往外走。

梁小秋喊住她：“下这么大的雨你去哪儿？”

“我很快就回来。”

她说完加快脚步，小跑起来。

梁小秋追出门一看，已经不见人影了。

“搞什么？手还吊着就这么跑，也不怕摔着？”

于梦戴上耳机：“你别管她了，她再怎么样都比咱俩好。”

一声惊雷划过天空。

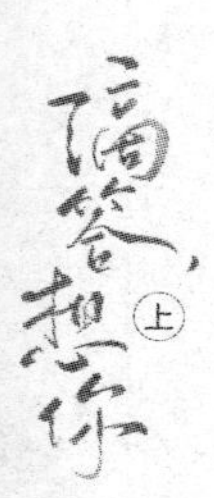

江清晨把“钟情”系列的上市规划和新品腕表往章意面前一推，其今晚邀约的目的昭然若揭。章意将她送上车回到守意已经十点多，大门落了锁，早过了打烊的时间。

章意走到屋檐下，收起伞，转身掏钥匙。雨水顺着发丝淌进眼角，弄得他睁不开眼，他只好放回钥匙，抬起手背擦眼睛，视野刚一清晰，余光就瞥见一道影子。

他猛地回头，屋檐的阴影下走出来一人。

天光暗沉，雨势磅礴，他竭力辨认，依稀是道纤瘦的身影。章意又擦了下眼睛才看清楚，忙走上前去。

“怎么这么晚在这里？”一靠近，凉意扑面而来。

章意上下一打量，小姑娘两边肩膀都淋湿了，帆布鞋也湿了大半，发尾拧成一股，湿哒哒地垂在胸前，晕染了她浅藕色的衬衫，细细的肩带若隐若现。

他别开视线，眉头微不可察地皱了一下：“为什么不给我打电话？”

雨水模糊了他的声音，让他在黑夜忽远忽近。

徐皎有点慌：“我……”

这一路过来，她什么思绪也没有，脑子乱哄哄的，虽然忐忑，但也兴奋，觉得这条路又长又窄，下了车却觉得时间飞快，就这么到了他面前。真正看到他，却一句话也说不出来，只暗恼自己冲动，支支吾吾了半天，只挤出一句刚好经过的瞎话，说完就恨不得咬自己舌头。

章意被她没有一丝诚意的谎话弄得哭笑不得，把她领进茶室，想了想又把门关上，让她擦头发，小心风蹿进来受了寒。

徐皎安安静静地坐着，看他来往后院进进出出，没一会儿茶座上水壶插上了电，茉莉花的清香四处弥漫，身上多了一件他的牛仔外套，整个人暖洋洋的，也不冷了。

只一个，当章意再次问她怎么出现在这里的时候，徐皎说不出话了。

“我……”她说，“我就是散散步，没想到走这么远。”

章意把茶推到她面前：“小心烫。”随后又道，“我们这里九点半打烊，以后过了时间就不要往这边溜达了，非要往这边溜达也行，给我打个电话，不要一个人傻傻地守在门外。我要是今晚不回来了，你准备等到什么时候？”

徐皎一急：“不回来去哪儿？”

“爷爷在城东还有一套房子，偶尔在外面太晚，也会看情况就近去那里休息。”

“噢。”

不是去江姐家里就行。徐皎默默地松了口气。

章意看着她：“我还没问你，上次夜跑是怎么回事？大晚上一个人跑出来，不怕遇见坏人？”

“我……”徐皎挠了下脑袋，“我睡眠不好，偶尔会出来夜跑。”

“年纪这么小，怎么会睡眠不好？”

徐皎盯着脚尖，有一下没一下地磨地板。

“不想告诉我？”

“嗯，这是我的秘密。”

小姑娘眼睛里装着心事，章意点点头，没有再追问。到底天太晚了，章意让她留宿一晚，后院有干净的房间。

脑子一热就往这儿跑，现在冷静下来整个人尴尬得恨不得钻地板缝里去。徐皎连忙摆手：“不用，不用。”

章意想了一会儿，没再坚持，取了伞，把门上锁，送她回去。

这里离学校近，不一会儿就到了。

徐皎磨磨蹭蹭，就是不进门。章意好整以暇地等着她开口，眼看时针要指向“11”，她还在对脚尖，他不禁笑了：“明天还要去医院康复，想睡过头连带我一起被骂吗？”

“不是。”

“那你想说什么？”

徐皎想着安晓千叮咛万嘱咐的创举，把心一横：“我……我今天表现这么好，有没有什么奖励？”她终于抬头，一紧张半吊着的手也跟着抬了起来，

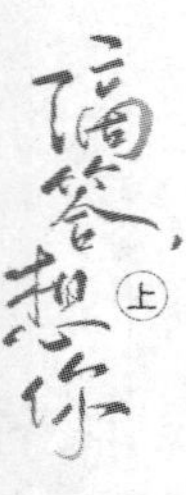

下一秒嘶痛声传来。

章意忙扶住她的胳膊。

弄得这么狼狈，也不知道为了什么。他拿不准小姑娘的心思，沉吟了好一会儿才问道：“想要礼物？”

给小姑娘的奖励都有哪些？鲜花？蛋糕？海洋馆？还是动物园？

没想到徐皎摇摇头，却说：“金戈的手代言对我来说特别重要，为了多了解品牌故事和钟表原理，我可以每天都来守意参观学习吗？我保证不打扰你们的工作。”

见章意沉默，她忙追加一句：“等我拿到代言费，我请你吃饭，再叫上小木鱼、章承杨、老严还有长宁叔。”

“店里还有几个老师傅。”

“都请，我全部都请。”

章意点点头：“这么大的忙，得去长滩吃海鲜才行。”

长滩是新发展起来的海滨沿岸，主打特色餐厅，海产丰富，最重要的是价格不菲。徐皎眼睛眨也不眨，拍着胸脯说：“没问题。”

看她这么好骗，拖拖拉拉一整晚还特地冒雨跑过来就为了这事，他觉得好笑之余，心里也泛起一丝异样的感觉。

“好了，不早了，快回去休息吧。”章意拧了下眉头，淡淡说道。

徐皎迟疑不定道：“那你算答应我了吗？”

“明天早上我来接你去医院。”

说完不再搭理她，他拎起伞往回走。

第二天，徐皎做完康复就直奔守意，在看到柜台后新置的一张小小办公桌椅后，笑得眼睛缝都快没了。

老严一拍手：“得，今后有得热闹了。”

别的师傅不明就里，私下窃窃：“小章这算是以公谋私？”

“谋什么私？多个女孩而已，有什么大不了。他性子好，对谁不是这样。”

“不一样不一样，别的都止步柜台前，这丫头直接跑柜台后了，瞧那位置，就在小章后边，当初木鱼仔想离师父近点都不成。听老严的意思，之前已经在后院吃过饭了？”

“你也别多想，照我说，咱们店长还没开窍。你瞅见承杨了吗？”

“啊？”

“最近一阵子骚得没边，每天都跟发情了一样，小木鱼被他弄得心不在焉，再看咱们店长，甭说心动了，这么多年他有意动过吗？”

“没。”

“喏，这不结案了，且看吧，我觉得最多就是一厢情愿。”

“说起来曹如意最近怎么不来了？她挺久没来了吧？也不知道身体怎么样，要是有心脏病的话还是甭出现了，怕是见到这情形吃不消。”

“你这人怎么这样，看热闹不嫌事大。”

就这么着，徐皎在守意暂时安定了下来，守意上下都把她看作是新来的小学徒，正好赶上新一年的学徒招聘，她帮着筛选材料，面试学徒，招待客人，帮了不少的忙。

金戈的正式拍摄在下个月，胡亦成给她传了金戈御用摄影师的资料，徐皎一边研究一边学习金戈的发展史，期间江清晨还带她去见了一回摄影师，跟对方讨论“钟情”的广告宣传方案。

徐皎这才知道，原来除了她，还有另外一个代言人。跟她手出镜为作品说话的性质不一样，对方是实打实的企业代言人，而且是目前国内最新出道的男团顶流。相比于手的表现，他个人的市场影响力更重要，徐皎作为手模特的配合就显得尤为关键。

由于钟情 1314 是情侣系列，除了试拍当天她所佩戴的女表，还有一款男表，在表盘星座上做了分割，凑在一起刚好一对，这就要求他们在宣传大片的拍摄中，得以情侣的身份迎合主题。

木鱼仔一听，已经脑补出拍摄当天的画面，直问徐皎要不要防狼喷雾。老严让他别捣乱，把人往旁边一推，坐到徐皎身旁笑眯眯地问：“知道是哪

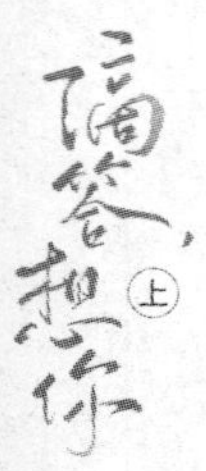

个男明星了吗？”

“我大概猜到是哪个团，但不清楚究竟是谁。”

“哟呵，保密工作做得不错。到时候给叔吱个声，要是方便，就帮叔要个签名照或者周边，我回头贴在工位上招徕客人。”

“老严你想得可真远，‘周边’是什么？”

“要不说我业绩比你好呢，连周边都不知道。”

几人随便扯了几句，刚招聘进来不到一周的小学徒忽然掀开帘子冲了进来，甩开身上的围裙，往脚边一扔，就头也不回地走了。

一看他的脸色，几人面面相觑，作鸟兽散。没一会儿，章意也出来了，木鱼仔硬着头皮上前问道：“师父，怎么回事啊？”

“坐不住，闹脾气了。”

“这……这才多大会儿工夫？”

章意没说什么，只让他去忙。

徐皎在旁看着，发现章意一整天都没怎么说话，偶尔开口，说的内容加起来还没超过一百个字。

下午快吃饭的时候有客人拿了表来修，是一块有将近八十年历史的老表，从客人的爷爷辈传到他爸爸手里，爸爸再传给他。适逢爷爷一百周年冥寿，老父亲忽然想起这块表，他才从家里翻出来。

老严看了看，把表传回章意手上：“这块表基本上已经不行了，里面大部分零件都锈掉了，机芯损害严重，有些老的配件也找不到了。你清楚这一天下来走时的误差吗？”

客人硬着头皮说：“差不多得有五六分钟。”

已经到这个地步？老严摇摇头：“不容易。”

章意问客人：“着急吗？”

“急，老头子要知道我把这块表压箱底了，非弄死我不可。”

“如果是这样的话，我看你还是别修了。”

费老大力气修好了，应付完爷爷的冥寿，还是继续压箱底，没什么意义。

再一个，他要得急，可修表是慢活，急也急不来。章意估算了下，怎么也要一个半月。

客人当即跳脚："要这么久？你们这家不是百年老店吗？街坊邻居都说厉害，不能给我加个急？"

小木鱼在后面犯嘀咕："百年老店也不能插上翅膀飞，一个多月已经是海绵里挤水了，也不看看你这块表都老成什么样子。"

章意转头看他一眼，整个人背着光，眉目间凝聚一股肃杀之气。

木鱼仔忙噤声，连带着旁边的徐皎也怵了一下，两人忙不迭地往后缩。

小木鱼用口型说："我师父心情不好。"

徐皎无声问："为什么？"

两人悄悄退到工位上，小木鱼说："还记得那天在酒吧吗？跟我师父坐一起的人，是咱们守意出去的。当初他跟我师父一起学手艺，两人各方面都不相上下，本来说好要一起传承老店的，章爷爷也特别器重他，结果他后来学成出去自立门户了。"

这一行当是这样的，感情深是一回事，前途又是另外一回事，要为自己打算，有时候不得不取舍。

"修复钟表这个活计看着简单，其实不容易，要坐得住，练手劲，还得练眼力，头几年根本不给碰表，就是打打下手，先练好基本功。你知道的吧？那发条都特别紧，手不给打烂几回，都不能算出师。守意培养了这么多年，只出来两个人，一个是我师父，一个就是杨路师叔。"

听着发展不错，想学一门傍身的手艺找上门来的学徒确实不少，可真正能留下来的特别少。这一部分里面能练出来，将来独当一面的就更少了。

"我记得我刚来那一阵子，章爷爷一天到晚长吁短叹，骂杨路师叔白眼狼，又气承杨哥不争气。"

徐皎笑他："你这辈分是不是错了？章承杨算你师叔吧？章老爷子算太公？"

"我们私下里亲，我老是喊他哥，而且我师父比我也没大多少，只差一

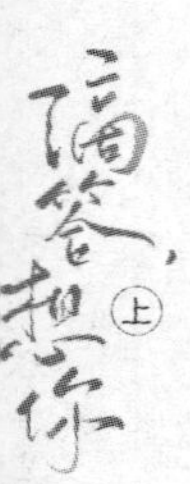

轮而已。我小时候想家哭鼻子的时候，也喊过他哥哥。”木鱼仔说，“太公多不好听，族谱上我算曾孙辈，平时就都一起喊爷爷了。”

徐皎算了算年纪，确实差得不多。

木鱼仔继续往下说，章承杨一个二店，虽说是老章家的孩子不能像杨路说跑就跑，但也主不了事。这么些年，守意里里外外全靠章意一人撑着。

徐皎听到这儿，忽然有点难过。

不远处的柜台旁，客人还在跟他对碰嘴皮子，磨时间和修理费。他对客人脾性是真的好，不生气，不急躁，一句句不厌其烦地同对方解释。

迎着夕阳的光这么看他，年纪轻轻的男人，背已经有点弯了。

木鱼仔也看着那里，耷拉着脑袋：“好几次我看我师父就坐在那张椅子上，什么事也不做，就是发呆，看着表针走动，听着老钟报时，滴滴答答，时间一直在朝前走，他却一动不动，好像陷进去了。”

小时候家里条件不好，父母托亲戚帮忙，走了好些关系才把他送到守意，他打小寄人篱下，心思敏感，感情细腻，对师父是又敬又爱，有些事即便不懂，也能产生感情上的共鸣。

“我就是觉得他不开心，好像被什么东西压住了。每次金戈的江总监来找完他，他都要站在池子旁边洗手，洗很久。”

提到江清晨，某处针扎的地方又痛了下。徐皎跟着耷拉脑袋：“江总监经常来找他吗？”

“也没有，最近时不时会来，也不知道什么事，听严叔讲好像是机芯研发的事。”木鱼仔闷哼一声，“没看我师父都忙不过来嘛，哪有时间去研发机芯。”

徐皎耳朵嗡嗡响了一阵，听不清木鱼仔在说什么了。过了一会儿，老严从前边柜台回工位来，背着客人翻了个大大的白眼。

木鱼仔没忍住笑出了声，把客人跟章意的目光都吸引了过来。

老严可吓得不轻，好在木鱼仔反应快，拿着黑屏的手机对徐皎说：“小姐姐，你快看，这家伙太搞笑了。”

徐皎被他们弄得也笑起来。

老严走近了说："拿时间说事，无非是嫌修理费高。我看他有点眼熟，估计不是第一次来了，附近的钟表店应该都转过了，没法子才来跟这磨嘴皮子。也就是小章，换了承杨早就火冒三丈轰人了。"

说话间章承杨进了门，老严一拍胸口："哟呵，吓了我一大跳，天还没黑呢，怎么回事？看来以后真不能在人背后说坏话。"说完又去闹章承杨，"老二还知道回家啊？这一天天的不见踪影，以为你不知道家门往哪边开呢。"

章承杨似笑非笑，端起老严桌边刚切好的西瓜，吃了个精光。

好不容易客人终于走了，章意也松了口气。

徐皎给他泡了杯菊花茶，小心翼翼地摆在桌边上。

章意正在灯下研究老表，听见动静朝她看了一眼。

"在这里学习得怎么样？"

他之前凶木鱼仔时的那个眼神，她到现在都还心有余悸。一被问到功课，她就跟条件反射似的，车轱辘话滚话："学到挺多的，就说修理老表吧，得先除尘清洗，洗的时候看看齿轮和轴有没有损坏，制定好方案，然后再进行下一步的修补，缺什么补什么，哪个地方差了什么，就得找找配件，或者自己手工磨锉，要分轻重缓急，坏得严重的得先弄，然后就是不停地调试，组装。"

台灯下昏黄光晕笼罩着他的眉目，仿佛黎明时分弥漫在江上的雾。

章意沉默了半天没有说话。

徐皎心下忐忑："我说错了吗？"

"没有让你背书。"章意摩挲着手中镀银掉漆的表盘，轻笑道，"刚才不是在凶你，是不是吓到了？"

"没有。"她偷偷地吁了口气。

章意听到小姑娘换气的声音，手下动作没停，继续拆卸零件。

"小木鱼生气了吗？"

"没，他怕你不高兴，正练手艺呢。"

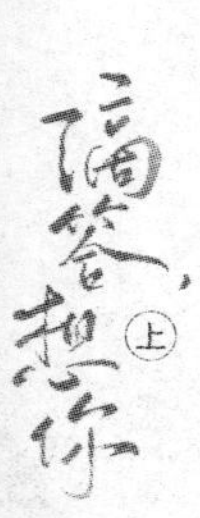

章意点点头。徐皎想到刚才木鱼仔说的话，又想到那个跑掉的新学徒，忍不住想要抚平他眉间的愁绪，让大雾消散。

“刚才那个客人也太抠门了，几十块钱跟你讨价还价了半天。要是我，我就不修了，你脾气真好。”

“不是脾气好。”章意低下头，转动着表盘，过了一会儿才说，“这人不是第一次来了。”

“啊？”

“两年前他来过一次，那会儿就说老爷子一百周年冥寿了。”

徐皎“扑哧”一笑：“他不怕露馅吗？还是觉得你记不住他？”

“修表的，每天都要遇见形形色色的人，记不住是正常的。我之所以会记得他，是因为当时他送来的是一块古董表。有几个轴不能用，他不肯出钱找原配件。我告诉他，这块表有些市场价值，放到现在来卖得十几万，他以为我故意诓他买原配件，好赚取中间差价，就说零件装配在里面别人看不到，是不是原厂的不重要，于是我做了新的轴代替，前前后后大概两个多月，最后结算的时候他借口说手工制作比不上原配件，硬是少给了五十块钱。”

徐皎张口结舌：“这什么人啊？修块表还谎话连篇，把过世的爷爷拿出来说事，就为了省几十块钱？”

“为了养家糊口，说什么谎话都不为过。”章意的口吻不乏一丝惋惜，“只是现在要再找当初的配件就难了。他父亲和爷爷两辈人应该真的很爱表，老表也好，古董表也好，能看出来主人的喜好。”

正是因为爱惜，才会不惜代价。徐皎终于懂为什么他会修这块表了，珍惜的是表，也不单单是表。哪怕这块表最后还是压箱底的命运，他也会修。

看他埋头专注听机芯上链的声音，她不由自主想到那一日在医院，当她问他是不是非常热爱古董钟表修复的时候，他眼底一闪而过的怅然，原来并非看错。

在用两百万的索赔换金戈的手代言人时，因为他自己而犹豫的那么一刻，到底正在经历什么，木鱼仔说不清道不明的那些，她好像懂了。

时间对他而言那么宝贵，可他仍每天陪她去医院做复健。徐皎注视着他低垂的后脑，忽然抬手，摸了摸他的头发。

章意身体一僵。

“有只小飞虫，别动，我帮你拣出来。”

她的手柔软而温暖，覆在头顶上，像一片小小的云朵。当她的手穿过发丝时，一种久违的震颤好似席卷了他。

章意回头，握住她的手腕。徐皎一愣，强自镇定道：“好像飞走了。”

“嗯。”

他把她的手放下来，听见她说：“成哥忙完前一段时间，最近开始空了下来，他说之后每天陪我去医院。”

她的手纤细柔弱。章意的触觉正在消退，思绪开始混乱：“之前不是说他很忙吗？”

“可能刚谈成一个项目吧。你不用担心，我很快就好了。”

她的口吻听起来轻快而松弛，章意点点头，小学徒又跑了，他得张罗招聘新人的事，确实有点腾不出空。

“那之后还来吗？”

“来，我让成哥送我来，只要你不嫌我烦，我就赖这儿了。”

章意微微一笑，思绪又开始明朗。店里很久没有来新人了，大家伙都喜欢她，老严总爱拿她开玩笑，小木鱼有事没事也喜欢缠着她说话，连长宁叔都夸她懂事。

有她在，平淡的生活仿佛变得温馨起来。

“位置给你留着，凡事注意安全。”

“知道啦。”

两人正说着话，章承杨换了衣服从后院出来。木鱼仔在后边工位问他：“师叔，怎么刚回来又要出去？你今天的活干完了？”

“没，我晚点回来干。”

木鱼仔神情微顿，下意识朝章意看来。章意也抬起了头，章承杨经过他

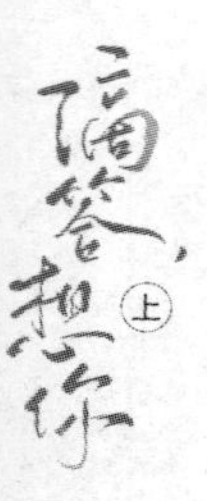

身旁，两兄弟视线相接了一瞬，章意率先低下头去。

章承杨不尴不尬地咳嗽一声：“哥，安晓找我有事，我去一会儿，很快回来。”

刚说完，魔术钟不合时宜地敲了几下。

安静的老店回响着清透的打簧声，六点了。

这个时间出去，多半是约会，晚上回来也不指望能干什么活了。老严推了下眼镜，跟刘长宁犯嘀咕：“老二最近怎么总往外面跑？”

刘长宁压低声音说：“躲小章呢。”

“为啥呀？兄弟俩吵架了？不会吧？小章还会吵架？”

“怕是小章对他太严厉了，这不每天都盯着他功课，把人吓跑了。”

“老二这不经事的，欠收拾。”

看章意没什么反应，章承杨脾气一上来，掉头就走。别说，瞧那背影，还真有点像小学徒离开时的潇洒且决绝。

老严忽然放声吟诗：“风萧萧兮易水寒，壮士一去兮不复还。”

守意众人静了三秒，全场爆笑。有人调侃老严乱吟诗，刘长宁替他描补，说是就章承杨往外走的架势，秦王怎么着也能再活个五百年。

众人一听，了然于胸，只要秦王不是章意，就不是大事，连章意也露出了笑脸。

晚上两姐妹谈心，提起章家兄弟“躲猫猫”这个事，徐皎倍觉纳闷：“章承杨是江郎才尽了吗？怎么老把你往影院里拐，还每回都是恐怖电影。”

安晓捧着奶茶一口一口地啜着，也有点惆怅：“他最近心里有事，整天拉着我一起，与其说是约会，不如说找个人陪他解闷子。”安晓转头看她，“你知道什么事吗？”

徐皎沉吟了一会儿，对上安晓的眼睛：“章意可能想把店交给他。”

“什么？”

安晓放下奶茶，双手撑着阳台深吸了口气。想到之前自己也问过章承杨，为什么每次约会都是看恐怖电影。他嬉皮笑脸地说，谈恋爱最快的升温方式不就是看恐怖电影嘛，可以有足够的理由抱自己的女朋友。

说完这话，他突然异样地沉默下来。

她觉得有哪里不对劲：“我们看了八场恐怖电影，你没有抱过我一次。”

只要一进入电影院，他整个人就会沉静下来，你不清楚他脑子里究竟在想什么。你揣摩不了，也无从揣摩，他不会给你这个机会。

“还不都怪你胆子太大，让我没有一点保护欲。”

安晓哭笑不得：“你还把锅甩我头上。反正今儿个你不给一个说得过去的理由，以后甭指望我再陪你一起来看电影了。”

章承杨的眼睛在黑夜中凝视着她，像一头黑豹。

仔细看，他浓密的视线中，仿佛带着湿意。

过了不知多久，他说：“我小时候很淘气，经常吓我哥，吓店里的师傅们，最夸张的一次老严拿着鸡毛掸子，追了我一条老街，就因为我差点吓得他尿裤子。我收集了好多素材，等着长大之后有一天可以把这些素材拍成电影给他们看。”

章承杨的声音冷静、克制，像一根紧绷的弦。

“你不知道修一块表有多难，有时候坐一天就是跟那些零件玩，你不静心，根本玩不过它们。我总觉得自己被耍了，当然不是我一个人被耍，守意来来去去走了好多徒弟，都是被耍的，没有几个能学成出师。现在的孩子，很少有愿意学这门手艺的吧？你看过《我在故宫修文物》吗？老祖宗传下来的宝贝，那些非遗的手艺，都没人愿意去学，更何况传承一家民间老店，先学出来，再留下来，多难啊？可我那个时候还很天真，以为拍个电影让大家看到，就会有很多很多人来学修表，这样爷爷就不用每天叹气，我哥也就不用整日坐在板凳上看天空了。”

“后来呢？”

“没有后来，我长大了。”

……

安晓转过身，静静地看着徐皎。

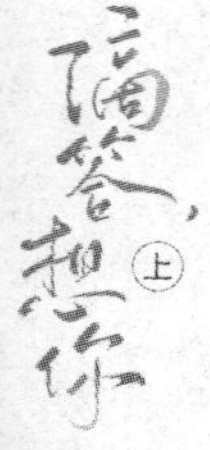

“不知道为什么，那一瞬间我觉得有什么不一样了。好像谈了这么多次恋爱，第一次走上了正道。”安晓垂下眼睫，带着英气的眉眼霎时柔和下来，“可能是因为，我陪他看了八场恐怖电影，他终于抱了我一次。”

徐皎瞅着她，张开自己的独臂：“过来，我也抱抱你。”

安晓走过去捏她脸颊：“得了，这个机会还是留给章意吧。”

“行，那我好好安慰他。”

赶上酒吧巡演季，安晓也忙碌了起来，每天一早就去排练，没空陪徐皎去康复。

胡亦成自从和金戈搭上线，就开始活络起来，应酬激增。得知徐皎将和流量小生一起拍杂志，积压在胸口多年的一口浊气吐了出来，胡亦成跟换了一人似的，精神饱满，干劲十足，到哪儿都把这事儿拿出来说一说，既是资本，也是噱头，半个月就帮徐皎揽了好几个活。

她还得瞒着，想尽办法营造章意每天陪她去医院的假象，在医院、守意、学校三点一线。临近期中考试，得加紧复习，有时候她走到哪儿都背着书。去医院康复的时候，再次碰到当初的实习生，对方见她一个人，好心帮她提了下书包，送她去训练室。

一回见她一个人，两回还是一个人，对方忍不住问：“你男朋友怎么不来陪你？你一个人能行吗？”

“我没事。”

“怎么没事？你脸都白了。”

徐皎说：“做康复哪有不疼的？缓一会儿就好了。”

她咬牙起身，把包甩到肩上。实习生目送她走远，及至门口，追上去问了一句：“你不考虑别人吗？”

徐皎愣了一会儿，摇摇头。

“我只喜欢他。”

喜欢到这么忙，这么疼，还是每一天都想要见到他。看到他，她的心才会平静，在那家老店听着时间流走的声音，生命里的每一天都很幸福。

临近打烊的夜晚，老师傅们要么已经下班，要么去后院休息了，只木鱼仔还在工位弄铜丝，把零件打混了练眼力。章意看着手机屏幕上不停闪烁的“江清晨”的名字，将手机翻盖在桌上，起身去帮木鱼仔调整台灯，又拍拍他的背，让他直起来，告诉他要保护眼睛。

指导了木鱼仔一会儿，他挽起袖子去屋檐下洗手。

小木鱼亦步亦趋地跟着他。

十八岁的男孩就像雨后冒出土的新芽，眨眼的工夫，说长高就长高了，站在身边无从忽略。章意侧过身来看他：“有话想跟我说？”

木鱼仔把藏在身后的一排娃哈哈递过去，神情认真：“师父，你给每一瓶都插上吸管，捧在手里这么喝，一口气干光四瓶，心情马上就好了。”他一边说一边演示，手忙脚乱地拆吸管。章意帮他接了一下，他动作忽然停住，声音闷闷的，“师父，你别难过，这批学徒不好咱们再招新的，小叔不争气，我帮你揍他，再不行你还有我，这辈子我一定会留在守意，帮你一起把店传下去。”

章意摸摸他脑袋：“傻小子，快回去休息吧，今天不是有你喜欢的动漫更新？”

“哎呀我差点忘了！师父你怎么知道？”

“还不快去？等我反悔吗？”

“别别别，师父你最好了。”

木鱼仔一溜烟跑没了，空旷的店里只留下一句话：“师父，我突然想起来一事，你帮我跟小姐姐说一声，明天去金戈拍杂志别忘了带防狼喷雾。”

章意愣了一会儿。

明天吗？

时间过得真快。

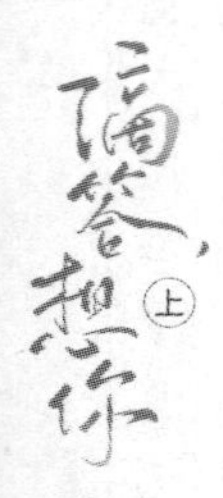

徐皎自己还没想起这个事，从一堆书里扒拉出木鱼仔不知道什么时候偷偷放进包里的防狼喷雾时，她不知该哭还是该笑。

宿舍里，于梦跟梁小秋正在讨论毕业后就业的事，于梦说："公务员挺好的，工作稳定，福利待遇都不错，我之后也不打算考研，就准备考公务员。"

梁小秋诧异："你已经定了？"

"差不多吧。"

"徐皎，你呢？"梁小秋转过来问她。

不等徐皎开口，于梦抢白道："你应该继续当模特吧？我看你最近早出晚归，也不怎么回来上课，是接到新工作了吧？"

"嗯。"

"什么工作啊？"

"就是拍个杂志。"想到之后钟情上市宣传时她们总会看到，毕竟广告行业都在一个圈子，现在告诉她们可能好过之后从别的地方得知，徐皎补充一句，"品牌方是金戈。"

"哇！金戈我知道，挺出名的手表牌子吧？给他家拍杂志酬劳是不是很多？徐皎，我好羡慕你。"

于梦说："你瞅瞅你的猪爪子，羡慕有什么用？有人家的基因和长相吗？"

梁小秋扁扁嘴，把泡面丢进垃圾桶里。

于梦转过头，看着徐皎说："刚才是你妈给你打电话吧？我看她也总提公务员的事，你怎么不跟她说清楚？"

不等徐皎开口，她又道："其实我能理解她的想法。"

梁小秋笑了："徐阿姨的想法你怎么会知道？"

"天下父母心嘛，不用猜都知道。她让你考公务员，肯定也是觉得当模特不太正经吧？没别的意思，就是觉得不太稳定。你看你手受伤了也不能好好休息，每天早出晚归。虽然赚得多，但圈子太乱了，我看现在那些网红，只要长得好看点就想出道当明星，哪有这么容易？看到的是那些，没看到的还有一堆死在半道上了，你说对吧？”

徐皎轻笑一声，没说什么，把刚才路上买回来准备分给她们的零食一股脑地塞进柜子里。梁小秋听到塑料袋爆裂的声音，吓得肩膀一耸一耸，缩着脑袋假装看电脑。

宿舍里陷入了死寂。过了一会儿，徐皎收拾东西去洗澡。

见她关上门，于梦轻笑一声，低声说：“你看她那样儿，还摔东西，我说错了吗？冲谁发脾气呢。”

“徐皎对我们挺好的，你别说了。”

“你以为她真想送东西给我们？反正都是多出来的，做做人情而已，真当我们买不起？太恶心了，也就你，随随便便就被收买了。”

“那你可以不要她的礼物。”

“谁稀罕，我还不是不想闹得太难看。”

两人说了会儿话，在徐皎出来后又再次噤声。

她的手已经恢复得差不多了，可以自由活动，就是力气比之前小了一些，还需要加强锻炼。

徐皎用橄榄油兑着温水浸泡了十五分钟后，照例把维生素 E 挤在手上，按摩手指关节和手腕，看看最新的电视剧，做一套手指操。考虑到明天要去拍摄，她又贴了张面膜，随后戴上手套，拿起安晓给她买的哑铃，在床上做运动。

听到手机在下面嗡嗡振动，料想不是胡亦成就是安晓，她就没着急理会。

梁小秋从旁边经过，飞快地瞄了一眼。想到刚才的尴尬，她主动开口打破：“徐皎，有个叫章意的找你。”

徐皎一听，立刻翻身下床，捞起手机解开锁屏，一套动作行云流水，身手迅捷堪比詹姆斯·邦德，惊得梁小秋傻站在原地。

徐皎干笑一声，说：“谢谢。”随后又爬上床，躲去床角摆弄手机。

章意：明天去拍摄？

徐皎：嗯，本来今天想告诉你的，看你一直在忙，就没好意思打扰。

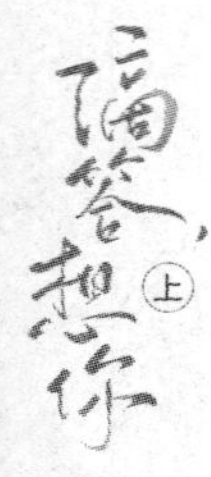

章意那边显示正在输入中，可半天没有新的消息。

徐皎：之前那块老表修得怎么样了？

章意：坏得挺全面的。

徐皎忍笑：看来是个硬茬。

这一整天就看他在拆卸那块老表，用改锥旋下螺丝，用镊子起下夹板，起针挑开组合在一块的齿轮，翻来覆去地折腾。他桌子旁有个装饰用的白瓷圆盅，外表面绘了青花，不仔细看以为里面养着鱼，其实盛放着机油，他把零件放进去仔细涮洗，又摆放到垫在桌面的 A4 纸上。

把零件摊开，开始和它们对话，有的黄金小齿轮只有牙签头大小，需要他特别呵护，有的则调皮一些，总是要从他手里跑开。

修老表就是这样的，一件件摊开，一件件检查，再一件件组装，急不得，也没法分心。每每看他专注的样子，迈出的步子就收了回去，到嘴边的话又咽下去，仿佛一重重山阻隔着，却没有意想的失落。

她喜欢和时间一起，见证那一刻他的样子。

章意一直没有新的消息，徐皎不知道他在想什么，老表的话题岔开之后，她开始寻找新的话题，手飞快地打了一串字，刚要发送，就见屏幕上出现新的一行字。

章意：明天结束之后，还来吗？

她猛地顿住。

这回换徐皎变成正在输入了。章意看着腕表上的秒针，大概转动了两个半圈，手机才发出嗡嗡的振动。

徐皎：你希望我来吗？

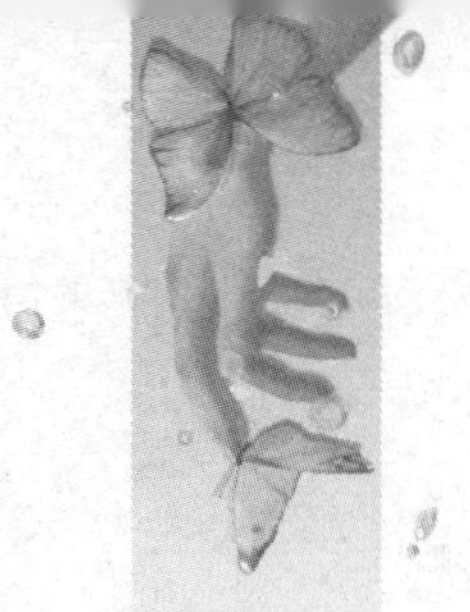

第五章

/

我不是小孩，你不是大人

Dida, Xiangni

▼

徐皎：你希望我来吗？

虽然下一秒就点了撤回，但章意还是看见了。他正犹豫的时候，看到微信提示“叮当猫拍了拍你”，他正诧异，又看到提示“叮当猫拍了拍叮当猫”。

于是，两个幼稚鬼玩了很久你拍我，我拍你。

最后章意说：有时间欢迎你随时过来。

徐皎：那么，明天见。

章意：好。

于是，徐皎捧着手机兴奋了一夜，第二天毫不意外遭到了胡亦成的痛批。

好在她只需要手出镜，顶着两只熊猫眼也没什么影响，只是在见到帅气的合作对象后，多少还是有点羞惭，让化妆师给眼睛补了补妆。

听大家都叫他小七，徐皎问化妆师为什么。化妆师说：“他们团共有七个人，他在里面年纪最小。”随后压低声音，捂嘴笑道，“长得最帅。”

徐皎会意一笑。

小七看着跟木鱼仔差不多大小，身上还有张扬的少年气息。他没什么架子，为人和气，就像邻家弟弟。中途助理离开，他还偷偷跟徐皎说：“我没

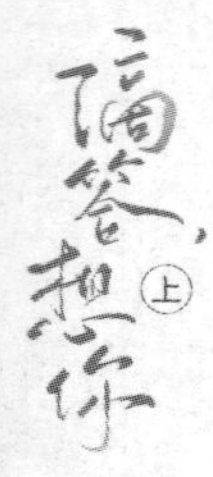

想过自己会一夜成名，到现在都跟做梦似的。”

徐皎虽然不懂这种感觉，但可以理解他十几岁离家外出闯荡的心酸，拍拍他的肩说：“我争取不搞砸你的饭碗。”

小七说：“那我争取让自己有多一点热度，可以帮到姐姐。”

头一次见到主动给人“蹭热度”的，徐皎笑了：“瞎说什么大实话。”

摄影师最后定下的拍摄主题是——Touch（触摸）。

他们之前对接过几次，但一直没有敲定具体的拍摄方案，直到今天在来的路上，摄影师看到路边两只小橘猫互相舔毛的画面，忽然有了灵感。

原始的触觉，结合手的语言，最好的表达就是触摸。

由于徐皎只需要手出镜，小七作为品牌代言人，得露正脸，所以摄影师最终定了一套以拥抱为交互、引发“触摸”的情侣动作，让小七穿一件宽松白衬衫，闲适地坐在草木旺盛、蓊郁茂密的花园中，徐皎从后面抱住他，一只手从他的锁骨探入领口，一只手摸他的脸。

摄影师说，如果模特表现到位的话，这将是一组非常有感觉的脸部照片，钟情腕表会成为重要的点睛之笔，瞬间吸引观众的目光。

重点就在于如何表现到位。

徐皎之前不是没有跟男模特合作过，拍汽车杂志的时候和男模牵过手，去年给国内一个品牌手链拍宣传片，也跟男模拥抱过，听到摄影师提出摸脸的动作，她只稍稍诧异了下，就开始调整心态，进入拍摄中。

五分钟后。

“对，手再往下去点。小七的领口怎么回事？有没有人来帮忙熨一下？又皱了！徐皎你别理他们，记住，你这只手得半露不露，不能进得太快了，要试探着，一步步进入。而且你要考虑小七是年轻男人，钟情这款表也是轻商务和休闲风，整体感觉不能太成熟，太有欲望，得清澈，最好带着一点勇敢，进去的部分也不能太平了。我说的什么意思你懂不懂？画面不能太平了，在白衬衫里面还是得有戏。”

徐皎点点头。

“手的部位跟刚才的感觉一样，要有感情，但是不能太色情。小七以露出半张脸为标准，你需要不停地调整动作，跟他交流，来完成腕表在这组图里面不管是从配色，还是配戏上面的使命，懂了吗？”

“好的。”

又五分钟后。

“怎么回事？小七你僵硬得像块木头，眼睛也没神采，你得把徐皎想象成是你的初恋、爱侣，甚至偷偷幻想的女人都可以。有人在摸你，你得有眼神的变化，知道吗？”

摄影师终于放下相机，大步走过来：“还有徐皎，你得配合小七，帮助他找感觉。是不是不熟悉？要不先停一下，你们再交流交流。”

小七点点头，助理跑来给他送水。

摄影师蹲在旁边跟徐皎讲话，一边说一边把徐皎的手放到小七腿上，拍了拍，问小七：“有感觉吗？”

小七一口水差点没喷出来。

“没感觉就换个地方，你哪边比较敏感？”

见这两人眼对眼闷头傻笑，摄影师急了：“笑什么？这么纯情怎么行？小七公司管得紧，可以理解，徐皎你也没谈过恋爱？”

见徐皎摇头，摄影师反倒没脾气了：“那有没有喜欢的人？把他想象成你喜欢的人，暗恋的人，幻想的人，学生时代的男神也好，喜欢的男明星也好，都可以。当你有一天可以切切实实地触摸到这个人时，那种感觉，你好好地揣摩一下。”

徐皎点头说：“好，我知道了。”

摄影师走开之后，小七说：“对不起姐姐，是我拖累你了。”

“没有，我也没有感觉。”

“那你有喜欢的人吗？”

“啊？”怎么话题转这么快？徐皎还没开口，小七好像也有点不好意思，

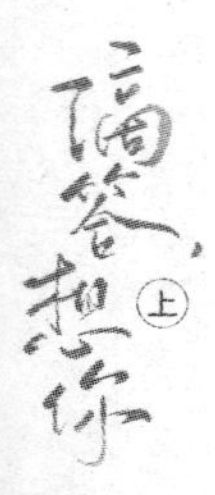

一口气喝光一瓶水，站起来跳了两下，“我也得找找感觉，不能砸了你的饭碗。”

徐皎忍不住笑。

两人很快重新上场，这回徐皎感觉到位了，很明显小七也有了感觉，身体却更加僵硬了，脸也红扑扑的，对着镜头直冒汗。

摄影师再一次喊停，把小七拉到一旁开小灶。

“有感觉了吗？有感觉就对了。你看徐皎，一点就开窍，肯定是想到什么人了。你呢？有没有暗恋的女神？”

小七诚恳地摇摇头。

“咱们圈子这么大，没一个你喜欢的？”

小七说：“有喜欢的男神。”

摄影师摸不着头脑：“你这孩子不是……”

“没，不是，我很正常的，但我还小嘛。”

“那就把徐皎当成你女神。”

“合适吗？”

“怎么不合适？心里想一想又不犯法。而且你现在就是有角色的，不能把她想成是一个合作伙伴，就得把她想成是你的女人，你得享受她的触碰，得迎合她的抚摸，得跟她有肢体上的交流。”摄影师一锤定音，“就这么着，待会儿拍了之后就按照我说的，把她想成……”

补完课再上阵的小七果然状态好了很多，入戏后，眼神渐渐深邃迷离，却还能保持着少年独有的青涩，交杂情爱的酣畅，整个画面层次感丰富立体。

一结束，没等摄影师开口，小七就抢白道：“等等，我先去下洗手间。”说完也不敢看徐皎，捂着脸就跑了。

摄影师轻咳两声，一副过来人的模样，对徐皎说：“年轻人，泌尿系统发达。”

徐皎知道他是在化解尴尬，极力忍笑。

摄影师又说：“表现力真的不错，你练手很多年了吧？”

徐皎揉了下手腕，点点头。

“上过专业课？”

“嗯。”

“光听人说，国内有各种类似的形体课，会教你保持仪态，认知色彩，还有乐器手法，反正学得挺杂的，还是头一回见识专门教手模特的。咱这圈子，演员也好，明星也罢，台前幕后都跟选拔运动会全能冠军似的，很辛苦吧？”

徐皎说：“还好，赚得也多。”

“那倒也是，以后有需要手出镜的地方，我再找你。”

“谢谢您。”

“别客气。”摄影师摆摆手，又笑她，“很喜欢心里想的那个人？”

徐皎脸一热，借口卸妆，匆匆跑向后台。

胡亦成跟摄影师交换了联系方式，对徐皎说：“金戈确实是块大肥肉，好多家都想吃。你还记得去年接拍的手链广告吗？有个短发的女生，经常跟你在试镜时碰到，每回都落选。我听说她经纪人也在接洽金戈，好巧不巧又让我们给截和了，气得不轻，发誓以后要跟我们对着干。”

徐皎记得那个女生，削得一头短发，看着非常有个性。

“我记得她艺名叫樱桃。”

胡亦成评价：“跟她发型不怎么搭。”

“现在还是短发吗？”

“谁知道。”胡亦成不知又在跟谁发消息，总之没有一刻是闲的，徐皎怕他身体吃不消，让他不要着急。

他笑了笑，没放在心上，忽然又说：“要不你也想个艺名？”

“我就是一个手替，需要什么艺名。”

“你不是喜欢叮当猫吗？叫徐梦梦怎么样？”

徐皎顿时如临大敌：“别了成哥，你可千万别破坏叮当猫在我心目中光辉可爱的形象，再说叠字好奇怪。”

“叠字叫着显亲昵，梦梦，你听听，多亲切。”

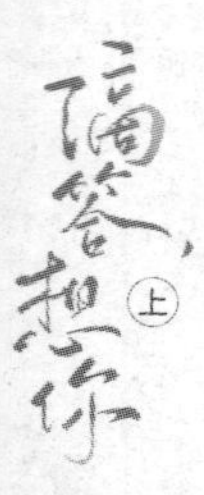

徐皎觉得后背发毛，摆摆手说：“我就叫徐皎。”

胡亦成不说话了。

估计又把他惹生气了，徐皎咳嗽一声，刚要开口，手机忽然振动了一下，她忙拿起来看。

胡亦成眼见她眼睛一亮，嘴角扯了开来。

“是谁给你发消息，这么高兴？”

徐皎下意识把手机一收，嗫嚅道：“晓晓。”

“安晓的消息，你藏什么？”

“小姐妹之间的秘密嘛，不能给你看到。”

“是吗？”

胡亦成没再说什么，低下头继续忙他的。徐皎略松一口气，这才把手机重新打开。

章意：结束了吗？

徐皎：刚结束。

章意：我来接你。

徐皎：不用，不用特地过来。

章意：我也在金戈，顺路。

徐皎：你怎么在这里？

再问下去他却不回了，应该是在来的路上，徐皎赶忙收拾东西。瞥一眼旁边的胡亦成，她忽然顿住：“那个，成哥，你不是说约了一个珠宝品牌的负责人吃饭？”

胡亦成一看时间，立即起身：“你不说我差点忘了，看我忙得乱七八糟。那我就先去了，你路上回学校小心一点。”

“好的。”

胡亦成低头收拾文件包，又说：“这个珠宝品牌最近很火，好不容易才接洽上，让你和我一块去，跟要了你的命一样，也不知道你什么时候才能懂事。算了，说了你也不听，我先走了。”

徐皎朝他挥挥手，他点点头，算是回应。

胡亦成走出大楼，正好看到一行人从廊桥尽头走过来，看方向是金戈的办公区。领先的是江清晨，她刚刚收到摄影师传来的毛片，眼中赞许之色一闪而过。

章意正在她身旁跟团队的人说话，见她停下来，众人也都不约而同地停了下来。江清晨表示歉意，把手机递给章意。

“看看我这组宣传海报怎么样？”

镜头下的男人身穿一件白衬衫，细碎刘海搭在眼睛上，迷离眼神中透着一丝忧郁，更显得他气质矜贵。被一双手臂勾着脖子抚摸脸颊，他嘴角微抿，带着一丝轻佻。在他身后是一条通向花园的小径，荆棘繁茂，草木幽深，让人急欲探索这双手的主人是谁，和古老花园有着怎样的联系，以及跟这个年轻男人又有着怎样的故事。

整个构图色彩明亮协调，凸显了腕表的同时，也描述了一段引人入胜的故事。

这是章意第一次看到“她的手说话时”的姿态，眉头不自觉一拧。江清晨没有察觉，笑道：“多亏你推荐了徐皎，摄影师非常喜欢她，一直在夸她。”

“她很努力，是她应得的。”章意收回视线。

“努力和应得可不是对等关系，还要看有没有人给机会。”江清晨莞尔一笑，“不知道我的机会在哪里？”

原本他不接电话，她已经猜到答案，可到底不甘心，想着再试最后一次，于是一大早就去守意门前蹲守。老城区的早上车海拥堵，各种小商贩流动，喇叭声喧闹不停，她想了一夜的说辞本就头大，被这么一吵嚷更是心烦意乱。

可偏偏一进守意的后院，整个人就静了下来。

看着那充满烟火气息的早晨，好不容易流畅的腹稿再次打了结。章承杨邀请她坐下来一起吃早饭，把新鲜出炉的烧饼、油条，以及馄饨、包子一齐推到她面前。

平时最反对她出现的人，今天却意外地热情好客，她心中狐疑不定，看

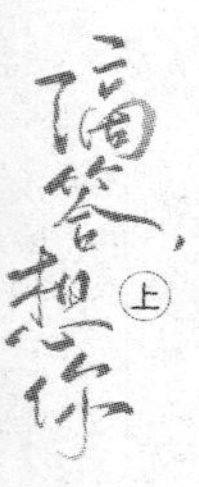

着热腾腾的早饭一时间无从下手。后来章意出现，请她去外边说话，章承杨却突然拦住她："你是来请我哥去参观加工厂的吧？"

她点点头，看样子估计又是一次草庐被拒，心里已经打了退堂鼓，不想章承杨却说："哥，你去吧，今天我来看店。"

老严在井边刷牙，刘长宁正在晾衣服，一听这话都顿住了。

章意也在想，今天太阳是打西边出来了吗？一看正在东边挂着，不觉笑了。章承杨被几双眼睛盯得不舒服，扯着后领子说先去前面开张。

章意给他递了一杯豆浆，让他慢点吃，别噎着。

不知道为什么，江清晨的心里忽然淌过一道温润的细流。她知道这个机会来之不易，是章承杨给他哥哥的，不是章意给她的。

"承杨好不容易放你出来一回，你可别吝啬，有什么想法尽管说，我们的设备确实很先进吧？"刚才参观工厂，他一直没怎么说话，只时不时停下来看设备。

金戈的厂区就在办公中心，左右连接着廊桥，把钟表从加工生产到上市的一整条流水线都绑在了一起，是他们成功的要诀，也是企业核心的文化，让所有员工参与其中，见证每一块腕表的诞生，看到时间，感受时间，和时间共生。

章意走完一圈，说不震撼是假的，恰恰因为太震撼，一时间才理不清思绪。被江清晨一问，忽然找到了关键。

流水线，机械化，这个企业的文化和设备一样精密高效，但是，未必适用于当代。

"我打个比方，一块价值二十万的江诗丹顿，更换零件需要返厂半年，还要支付五六万的维修费。不是所有客人都承担得起这个价格，愿意等待这个维修期，这就要求民间的老店可以自己制造零件。做一个江诗丹顿的纵横四海，上面的轴可能只比头发丝稍微粗一点，非常难，但是做成很有成就感，你会感觉跟它产生了交流，你更加清楚它的重量，粗细以及需求，而金戈把这些过程都省略了，高效的同时，却失去了交互的沟通。"

江清晨和她的团队再一次停下脚步。

“微滴注射和微喷射都是目前国际上对注射润滑油最先进的技术，不说守意这些民间老店，就是一些品牌的售后服务，尚且无法配备这样先进的设备，因此他们宁愿斥巨资，也要研发对润滑需求最小化的技术。欧米茄研发的同轴擒纵技术，把擒纵系统内的摩擦由滑动摩擦变为滚动摩擦。劳力士、宝玑等品牌联合研发了硅游丝和硅擒纵轮，卡地亚发布的两款概念表，都是期望免除对润滑油的依赖。金戈走在了当代制表业的前沿，甚至最前沿，就像你们说的，金戈拥有全球领先技术，远超于一些大厂牌，可你们忽略了最核心的一点，这些技术远不如手工凭经验注油效果好，一些旧表的设计也离不开润滑油。”

日内瓦古老原厂之所以屹立不倒，是因为他们舍弃了产量，一年只做几十块甚至几块表，用手工艺创造奇迹。

金戈为了注满庞大的资金池，在过去的 170 年里一直大批量地生产，到处购买先进设备，引进流水线，实现最高效的机械化量产规模。

可当代钟表市场反馈的数据，却是一个痛击。

他们都知道，伴随着电子产品的普及，手表已经逐渐被淘汰。新一轮的市场逐渐面向真正玩表的客户，而这些玩表的客户，玩的是机芯，是设计，是工艺，是文化，而不再是产量。

“按照厂区现在的发展走向，可能没有办法达到你的目标。”章意选择了保守的说法。

江清晨沉默了。

其实他在对理想机芯的评测报告里就已经提到这一点，关于手工艺的不可替代性，尤其要制作可以超越前端技术的高级机芯，就必须效仿日内瓦原厂，把节奏放慢，时间拉长，经济效益暂时冷却，然后再考虑在这种情况下至少一年以后的事。

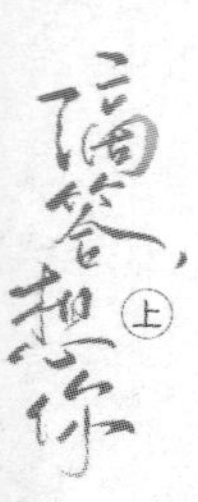

江清晨哑然了两分钟，在团队众人的目光中更加深刻地体会到这两分钟的漫长，最后她对章意说：“如果下个月董事会你能来参加的话，所有我能

给出的条件，你随便提。”

她话音一落地，团队众人不由得互相对视，章意不置可否。走过廊桥，他再次停下脚步：“我还有点事，就送到这儿吧。”

“那董事会？”

“很少有人知道帝舵和劳力士是同一个创始人，在文化概念上，有人称劳力士是王子，帝舵是臣子，它们有很多相似的产品，区别在于劳力士定位一线品牌，帝舵定位二线品牌。金戈创立170周年，一直主打低端市场，虽然曾经也出过一系列精良的产品，包括即将上市的钟情新款腕表，但是，它在买家市场已经形成了固有的印象。我不认为沿用金戈现有的品牌概念，可以打开全新局面。”

“你的意思是？”

章意沉吟了一会儿，迎面走过来几个人，朝他们点头打招呼。江清晨心里琢磨着章意的意思，目光一直追随着他，以至于走过的人都纷纷转头，将目光投向他。

章意站在廊桥尽头，透过玻璃窗看向刚才走过的那栋大楼上闪闪发光的——“金戈”二字，他背影坚毅，目光凝练，像是一柄亟待出鞘的利刃。

江清晨的脑海里忽然闪过什么。

她知道，她一直想要的机会来了，章意正在给她这个机会。她面上一喜，立刻表态：“我……”

章意却叫停了她。

他转头看向她，日光被侧影侵蚀，他眼中的凝练在刹那间冷却，变得宁静平和，一如他往日的样子。仿佛刚才的意气风发只是剪影做的一场幻梦，是她被日光迷了眼的一个虚无瞬间。

“过去那些年我一直守着守意，未来很长一段时间，可能在承杨，又或是小木鱼可以当家之前，我仍旧会守着它，对我而言那不是枯燥的生活，而是我一辈子的理想。小时候看那些老师傅们修表，一坐一整天，一坐一整年，总是在想一辈子就那样，会不会太无聊了？所以心里哪怕非常热爱，也害怕被这份热爱禁锢，拼了命想要飞出去，却在经历起起伏伏后才发现，一辈子只专注一件事，最幸福不过了。我愿意为了这份理想把独立创制的念头延后甚至埋藏。”

团队的人不知在什么时候已经悄然离去，空旷的廊桥只剩下他们两人。

江清晨不知道他为什么转瞬之间改变主意，也不能理解，追问道：“独立创制应该是每一个钟表人的终极理想吧？从设计到选材，亲力亲为，做自己挚爱的表，研究顶级机芯，让它走向世界最高舞台，这种理想不比一日日修表，看守一家老店来得更加热血沸腾吗？你真的可以打消这个念头？”

她口吻间满是质疑，而同样的质疑曾经他也有过。

他问自己，他真的舍得吗？延期，或者放弃。

章意可以坦然直言：“在今天之前，在承杨开口让我来之前，我承认因为他的不成器，因为小木鱼年纪还小，因为店里没有可以做主的人而有过一些自暴自弃的念头，我甚至抱有侥幸心理，希望自己可以平衡传承和创新之间的关系。”

那天，当他和徐皎提起三年前在瑞士，因为修一座葫芦钟而延迟归期，回来后被爷爷痛骂一顿的半年多时间里，其实他有想过延迟的不只是半年归期，而是强烈的做创制品牌的念头所带来的一个遥遥无期的时限，但最终，他还是臣服于一种宁静而幸福的生活，回到了守意。

这三年里，不是没有重燃过当初的念头，不是没有为此辗转反侧过，可每每推开门，看到清晨里弥漫的袅袅烟火，就又甘之如饴。

“你说得没错，独立创制的确是每一个钟表人的终极理想，可老店不止老店，老店里也不止那些人。比起热血沸腾的终极理想，守护他们才是我最渴望做好的事。”

要知道即便是孔明，遇见刘备也出现在了一个错误的时间里，而他既非孔明，江清晨也未必是刘备。

“这个时期加入你的团队，我要面对的不只是时间的分割，责任的分配，角色的改变，合作关系的融入，更多的是原有生活平衡的破坏。我不能破坏

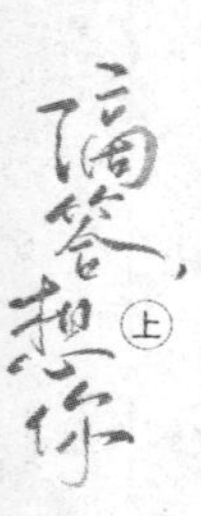

守意现有的一切，所以就得要求你，必须能拿出让我不得不为此承受风险的理由。”

章意双手撑着栏杆，他柔和的眉目在光影中更迭，逐渐显现出一种沉着的思量。江清晨从来没有把“咄咄逼人”这个词和他想象到一起过，可接下来的那句话，却让她深刻地体会到了这一点。

“如果你不能意识到，这么走下去是一条死胡同的话，那么董事会之后，就请不要再出现在守意了。”

江清晨静了三秒，脸上差点挂不住，但她还是忍了下来。她深吸一口气：“我明白，在董事会之前我会给你一份满意的方案。”

虽然这个机会非常渺茫，但他没有直接拒绝，对她而言已经是星星之火。

“知道吗？听你这么说的时候，我脑海里也在不由自主地思考我和金戈的关系，我为什么这么着急想要打破金戈固有的局面去做前端科技，是因为我爸爸是董事长吗？是因为我珍惜它跟守意一样厚重的历史吗？还是因为我不想搞砸自己的事业？其实都有。可即便我有这么清晰的想法和强烈的念头，在你的表述面前，我仍旧觉得自己不值一提。”

章意回首看她。

江清晨淡淡一笑：“因为我为此付出的努力还太少了。”

她从大学开始想要做这件事，组创新团队，做出理想机芯，为此奔赴全国到处寻访手艺人，一股脑地朝自己想要的方向前进，可在他今天这番话之前，她从来没有停下来试想着否定自己一回，因为她潜意识里认定这件事不会错，她不会错。

从小到大门门全A的她，没有被人这么“羞辱”过，她更加深刻地意识到，一个人想做一件事很简单，做成一件事却难，保持清醒的认知和自省的克制是难上加难。

而在今天，她仿佛看到了一个潜意识里一直不敢面对的自己。

她开始思考，不断回想他刚才的叫停，在自己踌躇满志要做一件大事的时刻忽然叫停自己，这样的时刻他经历过多少次？

好像能猜到她在想什么，章意说：“我常常告诉自己，只是把幸福延迟了。当你认定现在在做的事不是消耗而是积累的时候，你就可以忍受任何的求而不得。”

“会不会太理性了？”

“感性的后果往往更令人难以承受。”

“比如？”

“我贸贸然加入你的团队，之后，团队解散，你信心全无，而守意也鸡飞狗跳。”

江清晨忍俊不禁：“想一想确实后面这个更难接受，但我还是认为，你偶尔也可以感性一下，应该会……”她沉吟着，想象他感性的样子，“应该会让人非常心动。”

章意点点头，不予置评。

江清晨对他的选择也表示理解，只是一时没能接受他刚才叫停的姿态，利刃出了鞘，却对向同行的人。

“我过去当你是一个有天赋的手艺人，但我现在不这么想了。”

章意莞尔：“我意识到可能接下来是不太美好的评价。”

“你对别的女人说过重话吗？”

章意低头掩饰尴尬。江清晨被他局促的样子逗笑了，过了好一会儿才正色道：“其实是很好的评价，我欣赏你延迟幸福的勇气和预知成功的底气。虽然有点轻狂，对我打击也不小，但我会努力证明给你看，我也可以。”

两人聊完正事，后面就轻松了许多。江清晨给他介绍公司建筑设计的相关理念，到拍摄基地时，刚好看到徐皎背着包迎面走来。

临到跟前忽然被旁边蹿出的一人拽住，徐皎吓了一跳。对方是小七的助理，刚到公司不久，看小七在洗手间待了半个多小时还没出来，怎么叫也不答应，一时急慌了神，逮着个人就寻求帮助。

徐皎问：“怎么这么久？”

“我也不知道，一拍完就去了，到现在都没出来，会不会出事了？”

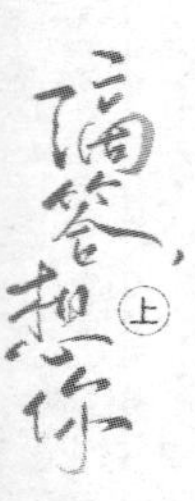

江清晨看了看摄影师传毛片给她的时间，也觉得不对劲。一行人正要过去察看，摄影师领着人过来了。

小七躲在摄影师后面，只露出半个脑袋，支支吾吾地说："我没事，让你们担心了，对不起。"

江清晨上前两步："真没事儿？要是不舒服得去医院，我让人清场。"

小七赶忙往后闪，不想让江清晨看到他现在的样子。

摄影师直发笑，挡着江清晨，说："没事，真没事，厕所没纸了，这孩子害羞，不好意思跟小助理说，就等着有人送，看孩子傻的。"他又朝周边的工作人员说，"你们都去忙吧。"

江清晨将信将疑，见摄影师郑重点头，心才放下来，把徐皎叫到一旁说话。小七踮着脚瞅了眼徐皎，被摄影师发现，笑话他道："你行不行啊？小男孩也不至于这么久吧？人家是你的助理，要点纸怎么了？"

"不是，她……她是女生，怎么给我送进来？"

"哦，也对，你也没其他人的电话。我拿个帽子给你？遮一遮，这脸太红了。"

摄影师一边说一边笑，弄得小七无地自容，直向他讨饶，末了结结巴巴地问他："你……你有徐皎的联系方式吗？"

摄影师一听，又乐了。

"我没有，不过他应该有吧？"说完，他手一指。

小七转头一看，只见章意站在不远处，看着像是刚从洗手间出来，也不知道听见了多少。

小七猛地捂脸，耳朵更红了。

摄影师还在旁边添柴加火："就他介绍徐皎来的。你们是朋友吗？"

章意点点头，从旁走过。小七被摄影师从后面推了一把，直撞到章意面前。章意停下脚步，带着疑惑看向小七。

"我、我想问一下……"对上章意的眼神，小七莫名咽了口口水，吞吐半天，活像个结巴，看得一旁的摄影师直跺脚。

时间就在尴尬的对视中流逝，小七只觉额头冒汗，全身发软，脑子也迷糊了，一种说不出来的压迫让他打消了念头，最后强行挤出一丝笑容，说：“没事了。”

摄影师大骂一声。

章意颔首示意，走到门口，看到徐皎正在树荫下等他，风吹开裙摆，露出她笔直修长的双腿。耳边还能听到摄影师撺掇小七的话，他的眉头再次不易察觉地皱了一下，而后快步上前。

到了徐皎面前，他也没停下。徐皎一路追，走得气喘吁吁，上了车才跟他搭上句话，还往车后看是不是有人在追他们。

一看没有，她眼神迷茫了，章意却笑了。

也不知道刚才怎么了，反正心口不是什么滋味，就越走越快，大概是那个年轻人有点孟浪吧？看着也不太稳重。

想了想，他解释道：“我怕承杨看不住店，着急回去。”

徐皎抚着胸口说没关系，顺势去拉安全带，章意把车熄火，倾身上前来帮她。前面几次她打着绷带不方便，都是他帮她，这会儿康复了不好意思再麻烦他，徐皎瑟缩着躲了一下。

章意说：“这是辆老爷车了，安全带有时候扯不出来，你小心别伤着手，我来吧。”

徐皎抿着唇点点头，看他圆圆的脑袋、乌黑的头发和领子下白皙的后颈，越看越乐呵。想到拍杂志时自己幻想的场面，她用手臂虚虚地比画了下，刚刚好够抱拢他。

章意不知道小姑娘在他上头做什么，很快退了回去。徐皎偷瞄他的脸色，试探着说：“你跟章承杨和好啦？”

章意打着方向盘，动作停顿了一下：“是严叔告诉你的？”

“不是，我猜的，之前看他总躲着你，不是闹别扭是什么？”

闹别扭这种词套用在自己身上，章意怎么听怎么不对味儿，但没否认，只是问她：“怎么看出来我们和好了？”

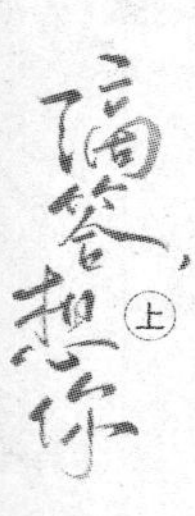

徐皎也是猜的，包括之前他想让章承杨继承老店，这回章承杨守店，他来参观金戈。这里面的关系一倒，她能猜出个七七八八，可是猜测归猜测，真正让她得到确定的是，他今天看起来心情不错。

“你没发现吗？你有心事的时候不常笑，就算笑，也是客客气气的那种，有点生分，真正想笑的时候就不一样。”

“哪里不一样？”

徐皎一边模仿一边说：“嘴角会上扬，眼睛会微微地眯起来，带着惬意，有点享受。”

她故意把动作放大，让章意不由自主地联想自己笑起来时的样子，怪丑的。即便被她逗得嘴角收不住，他也还是忍住了笑。

徐皎一看，更乐了。

“你看你，嘴角都合不拢，肯定就是和好了。”

章意点点头，没有人跟他说过，他有心事的时候不常笑，笑起来也生分，他以为只有他自己知道。他看着徐皎龇牙咧嘴逗乐子的模样，忍不住伸手摸了摸她的脑袋，叹一声气：“傻丫头，我没事，承杨就是闹小孩脾气，他还没长大。”

“他已经不小了，你别处处让着他。”

“我没有。”

“你有。”她倒豆子一般尽数章承杨的罪宗，“他逃班不请假，吃饭不洗碗，老是在后院抽烟，把花都熏死了几盆，还带坏小木鱼，拿水枪滋长宁叔的乌龟，偷喝老严的酒，公休打扫卫生每回都偷懒，只洒水不拖地，你全都睁一只眼闭一只眼。”

章意哑然了一会儿，缴械投降：“好，以后我注意点。”

“哼，哄三岁小孩呢？”看他一脸无可奈何的样子，她就知道他在敷衍，说到底还是偏心自家弟弟。

徐皎撇撇嘴，对上他讨饶的眼神，抿抿嘴角，笑了。

说到章承杨这档子事，让她头疼的还不止这些。章承杨每回都去安晓那儿躲清静，可酒吧哪里清静？两人是三天一小吵，五天一大吵。

他在守意受的憋屈，闹的别扭，祸水都引到安晓身上去了。

徐皎了解安晓，那天安晓说章承杨在电影院第一次抱了她的时候，她就知道安晓认真了。可安晓嘴硬，死活不肯承认，非说还要再游戏人间十年才考虑安定的事儿。加上在酒吧打工，每天进进出出都要待到很晚，她干脆在附近租了房子，也不回学校了。

有一回章承杨没联系上安晓，来学校找她，后来她就听安晓说两人大吵了一架，已经分手了。

徐皎仔细想了想，好像就是前天。

他们俩一个是当事人的哥哥，一个是当事人的好闺密，只能调解，不能参与。章意也知道章承杨一贯玩心重，交往过的女生不少，可领回来吃过饭的却寥寥无几。他当然希望这一回章承杨能和安晓好好相处，否则他也不知道该如何面对徐皎。

听徐皎说两人已经分手，他着实愕然了好一会儿："是什么原因？"

"晓晓工作的时候不太看手机，章承杨找不到她太着急了，两人都有火，就呛上了，而且他好像不太喜欢晓晓现在的工作。"

讲道理两人都没有错，就是情感上都需要对方的理解，偏偏安晓也是老虎性子，吃软不吃硬，吵架从来不低头。

你和软，她比你还和软。

你越是强硬，她越是块啃不动的骨头。

"我以前看过一则访谈，心理学家说人与人之间的相处有一套公式，就是道理和需求之间的博弈。我需要理解的时候，你跟我讲道理，那是行不通的，但是只要你给我一个拥抱，一个安慰，一个服软的姿态，我的需求得到满足，那么道理我就能够接受。不然光讲道理或是谁也不低头，就太伤感情了。"她琢磨着，"章承杨和晓晓恰好都是比较感性的人。"

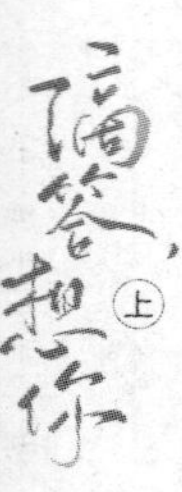

感性，其实是感情用事，有时候不是一个褒义词。章意也不知道为什么，同一天有两个女孩跟他讨论感性和理性这样的词。

只是看她说得头头是道，他觉得有意思，刚要开口就听她道："我是理性派，俗称有智慧的人，谈恋爱肯定不会吵架。"末了偷偷加一句，"你放心，我肯定会哄你。"

她声音太小，章意没听清，下意识朝她靠近："什么？"

"没什么。"

"嗯？"他显然不信。

还说是理性派，明明就是个没长大的小女孩，满脑子想的也都是这些。他无声发笑："小骗子。"

"我才不是！"徐皎用眼神告诉他，自己都听见了。

她清了清嗓子正色道："理性也好，感性也罢，哪有固定的角色？谈恋爱就好比做菜，需要调和，你加点糖，我添点醋，热热闹闹的，和美了才香，如果两个人都是化不开的盐稞子，那不齁咸了吗？"

章意头一回听到这种新鲜比喻，不免好奇："谁跟你讲的这些？"

"星座书上都有。"

"你……"

好像女孩子长大之后，就会慢慢关注星座、桃花运势这类东西。他家里有个亲戚，小姑娘也是一到年纪，很明显有了变化，开始注重外表，关注运势，向往恋爱。

而徐皎已经大三了。

这么多天，他好像一直忽略了一件事，她有男朋友吗？

徐皎沿着话题，适时地开口道："不过我说的这些都是纸上谈兵，我还没有谈过恋爱。"

她半捂着脸，露出一双亮闪闪的眼睛，灼灼地看着他，像是在期待什么。

章意笑了笑，脑海中一闪而过海报里相拥的男女，嘴角又收了回来。

徐皎说："虽然晓晓和章承杨老是吵架，但我很羡慕她。"

不吵架的时候，他们也会一起逛街吃饭，看电影，分享好吃的甜品，给对方准备礼物，每天如旧如新，都充满了惊喜。这些美好的时刻，一定占据了生命中绝大多数的时刻，比吵架多很多的时刻，才会让两个人在一起。

在过去的那些年里，她不是没有幻想过那一天，只是头一次身边那个人有了轮廓，她开始小心翼翼地期待，并且小心翼翼地靠近。

她变着法地告诉他，她还没有男朋友。她绞尽脑汁地让他知道，她想要恋爱。她害怕直接的方式会让他退缩，又担心委婉不够表达她的爱意。

一个话题拐了七八道弯，高考都没这么难过。

之后的一路，章意却仿佛心不在焉，不怎么再说话。徐皎的心跟着七上八下，渐渐沉入谷底。

临下车前，他忽然叫住她。

乌云在头顶汇聚，一阵强风吹扫满街的落叶，她背着装满复习书的书包等他开口，肩胛骨被压得生疼，却一动不动，而他琢磨了半天，最后只是上前帮她把包接过来，问一句："经纪人会让你跟合作方私下联系吗？"

驴唇不对马嘴的一句话，显得多么随意。

徐皎闷头回答："如果是工作需要的话，他会同意。"见他沉吟不定，她又追加一句，"不过我不经常加人。"

"嗯，你是女孩子，在外面工作也要善于保护自己……的联系方式，谈恋爱还是得找稳重一点的对象。"

"啊？"

"那个小七，要再多观察观察。"

徐皎小脸突地一垮。

原来他不是没有接收到她的信号，只是他思量了一路，重点完全跑偏了！徐皎气呼呼地扯了下裙子，在原地跺脚："怎么这么笨，这么笨，说好的天才呢！"

回到守意，木鱼仔追问她今天跟小七的进展，在看到摄影师私下发来的毛片后，他当场跳脚："也太、太亲密了吧？他有没有不规矩？喷雾呢，你带着没有？到底是哪个小子，我要仔细看看他。"

老严比年轻人还新潮，已经找到小七的社交账号，啧啧称叹："年轻人

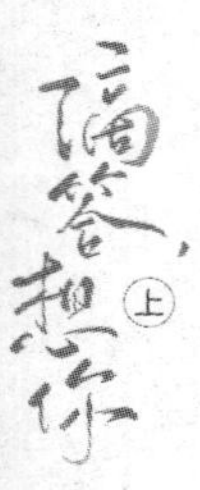

长得不错，皎皎啊，没加个微信？”

刘长宁瞪他：“你怎么就跳不开加微信这个事儿。”

“这有什么的？多认识几个优秀的男孩子，皎皎才有比较和选择的余地。”

徐皎给老严带了小七的签名照，他正高兴，变着法地夸她：“你看我们皎皎，善解人意，心思细腻，长得好看，又跟明星合作，前程似锦，多少人排队要加她，有些不开窍的傻小子就等着后悔去吧。”

老严一边说一边睨着木鱼仔，显然还为上次没掏着手机加上微信的事儿埋汰木鱼仔。刘长宁扶额，扯他的衣袖。

老严还不高兴：“你扯我做什么？”

刘长宁努努嘴，老严跟着看向前边柜台和章承杨说话的章意。对着兄弟俩左看右看，老严终于会意了，一拍大腿说：“你瞅瞅承杨，一年四季都是春天，这都一个窝里生活的崽，怎么就不开窍呢！”

旱的旱死，涝的涝死。他用眼神努力引导小木鱼：“喜欢春天吗？”

刘长宁一拍手，得，老伙计不仅眼明心盲，心还是偏的，一心偏向窝里最小的崽。于是等章意问完功课，就看到经过点拨的小木鱼蹲在徐皎的桌子旁，两人有说有笑。

木鱼仔教她设置拍一拍的后缀，只有当对方拍你的时候，才能看到你的后缀。她仿佛很感兴趣，低着头让他示范。

不远处的严师傅一脸老怀安慰。

不经意间撞上店长深沉的目光，老严还冲他比画了两下，用口型说：瞧，多登对，肥水不流外人田。

章意转头就进了后院。

老严后脖子一凉，摸摸脑袋：“怎么回事？起风了？”

刘长宁说：“暴风雨即将来临。”

说完也不搭理老伙计，捧着茶回工位，坐定了还听见前边老严的叨咕：“来什么来，马上入夏了，瞧这天，多火热。”

午后有一个戴着墨镜、染着一头紫发，打扮偏网红风格的年轻女人上门来，拿一块三问表，问章意能不能改成自鸣表。章意看完之后，和刘长宁交换了个眼神，说："可以做，不过要费些时间，没办法保证周期。"

"最快多久？"

章意征询似的看向刘长宁，刘长宁说："得要两个月，最近手边活有点多。"

年轻女人转向章意："不是你来做吗？"

章意说："我也可以，只不过我的时间要更久一点。"

这种一上门点名让他做改装的，一般都是熟客介绍。女人听完思索了一会儿，说："随便是谁，帮我加个急，一个月之后我来拿，价钱翻倍，行吗？"

刘长宁和气笑道："那不成，一个月真做不来，改自鸣太费事了，光调试听声音就得拆拆卸卸好多回。"

"怎么这么麻烦。"她抱怨道，"真不能加急？"

刘长宁一看架势，不说话了。章意接上去问："方便说一下，您为什么要改自鸣表吗？"

"你们开门做生意，还打探客人的隐私？"

"我没有这个意思，只是想跟您解释一下，三问改自鸣不仅费时费事，而且很多时候也吃力不讨好。"

改装腕表风险本来就大，有些客人听到别的表有什么功能，自已也想要，就来找他改装，可改完之后却未必喜欢。自鸣和三问都是打簧表，区别在于自鸣懂得自动打簧，而三问需要人手动打簧。

把三问改成自鸣，需要组装一个有足够动力的额外发条鼓，以此满足自动打簧的功能。

"原来也有客人来找我，改完之后可以自动打簧了，客人却说还是喜欢手动的感觉。而且他认为自动打簧的声音不如手动时弹簧片发出的声音动听，最后又让我把发条鼓拆卸。"

当时店里的人都觉得儿戏，可章意还是按照客人的要求，把辛辛苦苦装

了几个月的自鸣功能拆卸了。

“我尊重客人的喜好，一块可能要陪自己一辈子的表，尤其机械表，时不时就要上链，抓在手里把玩，还是不能太将就。不过对客人而言，我还是更倾向于形成确定的需求之后再找人改表，否则这么折腾对机芯也是一种损害。”

他说完之后，从抽屉里拿出一块表：“这是自鸣表，您可以看看有什么不同。”

“我不需要，你直接给我改就行。”女人看了眼时间，“我还赶时间，两个月就两个月吧，给我弄好就行。”说完从包里拿出一只信封，“这里面有一万块钱，就先当作押金，之后拿到表我再补剩下的。”

她来得快，去得也快，穿一条紧身黑裙，婀娜妖娆地从守意低矮的门帘下走了出去，上了路边一辆超级轿跑。

小木鱼吐吐舌头：“我连她的脸都没看清。”

“人戴着这么大一墨镜，不就是不想给你看清嘛。”章承杨从后面拍他脑袋，品了品车，勾起嘴角，“知道吗？这款车在论坛上有个美名。”

“什么美名？”

“小情人。”

小木鱼猛地瞪大眼睛：“你是说？”

“不要说客人的是非。”章意走过来及时打断这两人。他刚一转身，外头急急忙忙跑进来一个五大三粗的男人，花衬衫、紧身裤、大金链子，看穿着打扮在四十上下，也戴着一副大墨镜。

他二话没说，直奔主题：“刚才那个女的拿了块什么表过来？”

见刘长宁正在柜台边拿寸镜检查腕表，他大步上前一把夺了过来：“好呀，真敢偷我的表去养小白脸，胆子肥了！看老子这回不宰了她！”

说完拔腿就跑，得亏章承杨追得快，到路边把人拦住了。

章意好说歹说，把人请回店里，让小木鱼煮茶，和对方坐着闲聊。

对方眼看是追不上了，气势汹汹地端起茶一口闷，结果烫了舌头直跳脚，大骂他们是家黑店。

章意不急，任由他骂，老严就在后边给小木鱼和徐皎讲课，自鸣、三问与陀飞轮、万年历一样，都是机械表的一项复杂功能，其中三问最复杂，一块三问表有超过五百多个零件，自鸣更是复杂中的皇者。

“过去能制造自鸣表的品牌不出五个数,咱们店只有长宁和小章可以做，连我手里都还欠着点功夫。长宁也就罢了，毕竟练了这么多年，可小章才多大岁数，英雄出少年啊。”老严拍拍木鱼仔的背。

木鱼仔说：“我师父真厉害。”

“现在知道你跟着什么人学手艺了吧？小章要是自创个品牌，那就是能做自鸣表的，把自鸣做到极致，前面那五个品牌都得靠边站。”

小木鱼没接这话，总觉得老严夸大了。老严说完也摸了摸嘴，把话兜回去：“好好学着点，你师父手艺藏得可深。”

“如果这人把表拿回去了怎么办？”

老严屈指一弹木鱼仔的脑袋：“你瞅着你师父，像是能轻易让他走出这道门的人吗？”

小木鱼一听，得意起来，直冲徐皎飞眼神，一副与有荣焉的样子。那边的中年男人见自己一人唱独角戏，唱了一会儿没意思就歇了，把杯子递过去。

章意重新给他倒了杯茶，说道：“您才是那块表的主人吧？”

男人鼻子哼哼：“算你有见识。”

“刚才那位小姐给了一万块钱押金，请我们改装那块表。”

“什么？”男人霍然起身，“她不是来卖表的？”

章意含笑点点头，示意对方坐下说话。男人撇撇嘴，又重新坐下，将信将疑地把揣进口袋的表掏了出来，拿在手上看。

“她说怎么改？”

“这是一块需要手动打簧的三问表，她想加上自鸣功能。”

男人一听，眼神黯淡下去，短短几息工夫神色变了又变。章承杨担心他再次跑掉，不动声色地堵住门口，不想男人却啪嗒一下掉了眼泪。

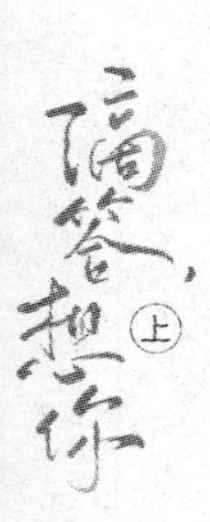

别说章承杨，就连章意也小小地吃了一惊。一愣神的工夫，徐皎拿了面纸递过来。男人瞅了瞅徐皎，问：“你多大了？”

徐皎有点拘谨：“二十二岁。”

“你看刚才那个像是多少岁？”

“啊？”

“别看她打扮成熟，其实她比你还小两岁。”

章承杨顿时翻了个白眼，看着就是能当人家爸爸的，没想到真是那种关系。他刚要感叹世风日下，就听男人道：“她是我女儿。”

“什么？”章承杨冲过去，“她、她不是你小……”小情人啊？

男人对着他嗤笑一声，语气放缓了许多。

“我们是单亲家庭，她是我一个人养大的，但她跟我不亲，我也不知道跟她说什么。瞧我，是不是很像‘暴发户’？我在她读高中的时候才发家，也就这两三年吧，以为日子好起来，父女关系也会好起来，没想到却更差了。她说同学们都嘲笑她有个‘暴发户’的爹，没文化，乱说脏话，还老是打人，我心想没道理能随便打人还不被抓吗？你说是不是这么个理？还不是因为欠揍我才打，他还得跟我和解。”

他一边说，一边拿眼角余光“怼”章承杨。

徐皎生怕男人一激动把章承杨揍了，悄悄挪了两步，挡住男人的视线。

男人笑了，摸了摸上衣口袋：“说岔了，能抽烟不？”

章意指向门外：“不着急，我们可以等您。”

“算了，不用了，反正不是一口烟的事。这丫头叛逆，老在外边跟人瞎混，这不前一阵又交了个男朋友，问我要钱。我不给，她就跟我闹，给了两千一天就花光了，我寻思不对劲，正好这几天有空就盯着她。中午打了个盹，一醒来发现抽屉被动过了，动了什么我也不清楚。”

男人手一摊，看着表，眼神里惘惘的。

“说实话，像这样的表我有一个抽屉，几万的，几十万的都有，就是充门脸用的，各自是什么功能我也不太清楚，不过就这块，我知道。”他略显粗糙的手掌摩挲着表壳上的按钮，轻轻一揿，手表发出一连串悦耳的声音。

先是低沉的“当——当——当”三下，而后是高低音配合的“叮当——叮当”两下，最后是高亮的“叮——叮——叮——叮——叮”五下。

徐皎看旁边的座钟，几分钟前也响过一次，现在的时间是下午三点三十五分。

章意在旁边轻声解释：“这是报时、刻、分的方式。”

徐皎对照一看：“中间那个怎么响了两下？”

“是刻的算法，两刻钟，就是三十分钟。”

“那为什么之前座钟一共只敲了两下？”

“那是自鸣钟，过了整点只报刻，不重复报时了，而且没有分的报时方式。”

徐皎张张嘴：“这么复杂啊？”

男人接话说：“复杂吧？我到现在也没怎么整明白，想想好像差不多就是这个时间点，我在一个饭局上，从十二点喝到下午四点，脑子都喝糊涂了。有个富老板就戴着一块这样的表，闹起来非让我猜时间，我听那声音一会儿叮叮叮，一会儿当当当，脑壳疼得快爆炸了，哪懂这玩意？那家伙就笑我土，没见识过三问表，扒拉着我手上的劳力士说，土老帽只知道劳力士。”

后面情形基本也能猜到，好巧不巧就被他女儿给撞见了那场面。

“平时谁要这么羞辱我，我肯定拎起拳头就揍了，那天主要是喝大了，脚软，没力气，被嘲笑也就嘲笑了，我没放在心上。哪想到这丫头就跟我杠上了，说我没骨气，没身板，没自尊。”

中年男人低着头，一连串的轻笑不停，可笑声里却隐约带着哭腔。

章承杨背过身去，“嘁”了一声。

“嘴硬。”

章意拍拍他的肩，把信封拿出来：“现在过来修表的，都是刷卡、电子支付，很少有年轻人随身带现金了。”

中年男人一看信封就傻了。

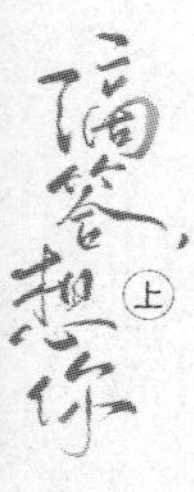

“这不是我给她的钱吗？”他这人传统，给孩子钱不爱转账，每回把厚厚一沓现金交到孩子手上的时候都会说教两句，希望孩子感受钱的重量，能知道赚钱不易，学会节俭。而且他每回去银行取钱，数额大，基本都是连号。

把钱抽出来一看，他就知道错怪她了。

中年男人眼眶尚且泛红，忽然又大笑出声。想了想，他把钱推回到章意面前。

“今儿个是我对不住了，赶明儿我让人送一车猪肉过来，都是新鲜的，放心吃，不够了再找我订。这块表就按照她说的来改，等我以后戴上自鸣表去饭局，看那帮肥波还怎么笑话我。至于修理费，问她少收一点，剩下的我来补。”

说完，男人抽出一张名片递给章意，郑重万分：“请您不要告诉她，今天我来过这里。”

章意微微一笑：“好，我们会尽快赶工。”

“一个月？”

章意转头看刘长宁，刘长宁想到这个四旬男人刚才既笑且哭，既哭且笑的样子，视线在众人面上一一逡巡而过，最后定格在章意的眼神中。

“不知道为什么，突然又想吟诗了。”

老严在后头大声吆喝：“来一首！”

稚子牵衣问，归来何太迟？

共谁争岁月，赢得鬓边丝？

说传承，说父辈子辈，说时间，可能没人能比他们更加深刻体会光阴的残酷。刘长宁点点头，说：“加点班，一个月应该可以。”

章意说：“我来帮您。”

刘长宁笑着摆摆手：“老伙计还没到老眼昏花的地步，真需要你的时候，你想跑也跑不掉。”说完喊一嗓子，“老严，我的茶呢？”

老严立刻双手捧着茶给他送到工位上。

中年男人这才正眼打量了一圈守意，也是像刚才刘长宁一样逐一在这些年轻的脸庞上掠过，最后道了声谢，跟他女儿一样雷厉风行地离去。

章承杨看着男人的背影感慨：“这卖猪肉的‘暴发户’，还挺有气魄。”

小木鱼凑上前来：“师叔，你刚才是不是被唬到了？多亏小姐姐帮你挡枪。”

“谁、谁被唬到了？要她帮我挡？猫哭耗子假慈悲，指不定有什么歪心思呢。再说我那是让着他，砸坏了咱们店里的家具谁来赔？”

小木鱼吐吐舌头：“你就嘴硬吧。”

“你！”章承杨一把勾住他的脖子，两个人扭成麻花。

难得看到章承杨吃瘪，徐皎没忍住笑了。不经意间对上章意的眼神，她敛起嘴角，跑回自己的位置。

小姑娘的心思不知道怎么回事，一会儿像晴天，一会儿像雨天，章意懵懂地摸了下脑袋。

这回轮到章承杨笑了。

“天道好轮回啊。”

因着店里几个师傅手上都有加急赶工的活，晚饭就交给了几个年轻人来张罗。小木鱼做得一手好菜，徐皎给他打下手，两人忙活了两个小时，呈上五菜一汤，师傅们心里宽慰，更是精神抖擞。

徐皎依稀记得那一整个六月，绵绵的梅雨季里，守意匾额下两道朱红木门内，灯总是亮到深夜。伴着早市的炊烟起，随着晚市的灯火熄。

大家伙开始松一口气的时候，时间已经不知不觉间滑溜到七月初，天气渐渐热了起来。

这天公休，章承杨找人在院子里搭了设备，招呼大伙一起看电影。初夏来得早，院子外已有蝉鸣的叫声，风吹在身上却还是凉快的。夜里天空明净，点缀着点点星光，像极了小时候广场上大家伙一齐搬着小板凳去看电影的情形。

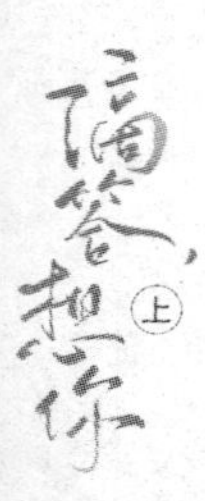

徐皎说：“记得特别小的时候在稻谷场看过一次，八月天，晒场上满是谷子的香气，还有白天没蒸腾完的暑气，蚊子到处飞，叮得我满腿都是包，

但是新鲜啊，没见过，我妈叫我回家我都不肯回，那会儿电影还是黑白的。”

她站在厨房门口，透过长廊看院子里的情形，分外感慨：“我以为这辈子都不可能再看到露天电影了。”

小时候的回忆总是格外珍贵，那些动画片，魔法棒，贴纸海报，磁带和辣条，已经是回不来的青春了。徐皎问：“你小时候都做什么？”

章意沉吟了一会儿：“下河摸鱼，钓龙虾。”

“就这？”

“承杨爱爬树，抓虫子，还喜欢躲草垛里看小书，一有闲钱就去街口的小卖部换游戏币。”

“那小木鱼呢？”

“早年木鱼仔老家有座灶台，他喜欢在里面烤红薯和黄梨，摘山上的枣和新鲜果子，一袋袋背过来给我们吃。”

徐皎听他这么说，越发觉得在一座繁华城市的中心看一场露天电影奢侈了。

“你们经常一起看电影？”

“也不经常，偶尔才会，家里还有点唱机，等下次拿出来给你玩。”章意把刚切好的水果装盘，递到她手上。

徐皎眼睛放光：“就是电视上那种老式的点唱机吗？类似卡拉 OK 那种？”

章意也不知道她说的是哪一种，但功能类型差不多，应该就是她说的那种吧？他点点头，徐皎羡慕得快哭了。

“为什么你们玩的东西这么多？”

“都是承杨折腾的，他自己爱玩，也爱拉着大伙一起玩。”

徐皎再一次感慨，章承杨真会玩。听到外面老严嘟囔着快饿死了，她耸肩一笑，正要出去，章意扯了扯她，不知道从哪里变出来一瓶酸奶。

一看还是水蜜桃味的，徐皎故意打趣他：“上回不是说已经空箱了吗？怎么还有？”

章意面不改色："又新买了两箱。"

"那我拿点给老严和长宁叔。"

"老严怕酸。"章意停顿了一会儿，"长宁叔不爱喝小孩的饮料。"

"你才是小孩。那木鱼仔呢？"

"你的手还拿得下？"

"哦。"

徐皎不说话了，就是盯着他笑。

章意摸摸鼻头，不知道为什么她今天这么多问题。他端起另外一盘水果，无奈道："走吧，再不出去老严要杀进来了。"

他走在前面，余光瞥见徐皎在踩他的影子，蹦蹦跳跳，好像很高兴。他掩唇一笑："小心点，有台阶。"

"嗯。"徐皎凑上来问，"那两箱酸奶都是我的吗？"

他们在走廊的阴影下，连接着天井，有一片微明微暗的光。章意闻到女孩子身上应该是护手霜的香气，带着花果的浓郁和草木的干爽，甜而不腻。

她一眨不眨地看着他，章意莫名觉得身体热了起来，那双眼睛仿佛在将他引向另外一处地方，陌生的，未知的，带着丝忐忑，更多的是期许。

远处老严忽然一声大叫："你们俩在那儿干吗呢？"

章意猛一转头，加快脚步走到院子里。老严问："承杨呢？怎么还不过来，说好七点开始，现在都快七点半了！"

刘长宁从屋里走出来，揉了揉腰，说："刚才看到他出去接人了。"

老严蓦地瞪大眼睛："又换了？"

刘长宁冲他摇摇头，眼神示意徐皎。徐皎也有点尴尬，想说没关系，就见旁边小门被推了开来，章承杨率先一步走进来。

众人翘首以待。

半分钟后，安晓被拽了进来，扭扭捏捏地叫了遍人。老严一跺脚："得，还是这个好，不用拘着了！"

这回刘长宁也笑了："晓晓好久没来，大家都想你了。"

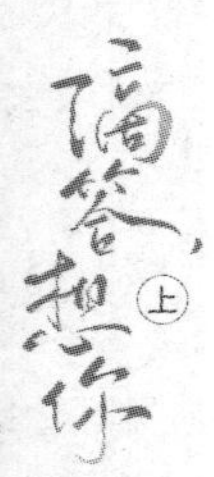

“就是，晓晓姐一来，师叔就老实了。你快瞧我的脖子，天天被他锁喉，都锁细了！”

“小萝卜丁一个，脖子能有多粗？还敢污蔑我。”

章承杨说话间就朝小木鱼扑了过去，临到跟前忽然刹住脚，回头瞅了眼远处的安晓。他轻咳一声，仿佛找到自己的形象，掸了掸衣服上不存在的灰尘，咬牙道：“你给我小心一点。”

老严招招手：“小木鱼，快过来，我给你壮壮酒胆。”

“你可别了，放过人家孩子吧。”

有老严在，气氛一下子就活络了起来。安晓把路上买的糕点拆开，章承杨在旁边帮她，张罗椅子给她坐下。在看到只有徐皎有酸奶时，他哼了一声，绕过去把果汁递给安晓，低声问她：“你想不想喝酸奶？”

安晓瞅着徐皎说：“我怕被打。”

章承杨打眼瞧过来，徐皎忙双手奉上酸奶。

“求放过。”

章承杨挑了一部《寻梦环游记》，老严一看片名，咂了下嘴：“怎么选了个动画片，还是英文的，让我和老刘怎么看？”说完又扯木鱼仔，“小木鱼，你看得懂吗？”

木鱼仔捧着碗扒拉里面的饭，头也不回地说：“有字幕，这个好看。”

“讲什么的？”

“追梦，还有亲情。”

老严撇撇嘴，不情不愿地把眼镜架到鼻梁上，没一会儿，又从后面推木鱼仔：“别光顾着吃，一个月了什么进展都没有，你还算年轻人吗？”

小木鱼缩了缩脑袋，正要朝徐皎旁边挪两步，就见她起身跟安晓去了葡萄架下。姐妹俩一人拿果汁，一人拿酸奶，捧着半个井里冰镇过的西瓜，并肩坐在石凳上看电影，徐皎时不时撞一下安晓的肩膀。

“什么时候和好的？”

“也没有多久，就上个星期。”

“已经一周了，你还不告诉我？”

安晓挽着她的手臂赔笑道：“我想给你一个惊喜嘛。”

“确实挺惊喜的，你没出现之前，我还在想要不要把章承杨交新女朋友的事告诉你，还在纠结该怎么面对她，结果一看，好样的还是原装的那个。敢情今天这局不是为大家伙组的，是为你组的呀。”

安晓被她调侃得怪不好意思，跺跺脚说：“还不都怪他，谈个恋爱尽人皆知，我这么久没来，大家都猜到我们分手了吧？我哪好意思再贸贸然上门来。”

“哎呀，你还知道害羞？”徐皎捏捏她的脸颊，“怎么和好的？”

安晓盯着脚尖对手指：“还能怎么和好？就是有一天喝多了，我打电话把他骂了一顿，他不解气，非要给我讲理，然后我们就老地方见。”

“什么老地方？该不会是电影院吧？”

安晓闷头发笑：“嗯，就是在电影院对骂，骂着骂着……咦，怎么就和好了呢？”

她故意犯傻的样子让徐皎一阵发酸，小拳头接连捶了她几下：“我就知道你放不下他，现在安心了吗？”

“嗯，就是怕你们笑话我。”

“除了我意思意思，谁会真的笑话你？你看老严和长宁叔，看到你过来不知道多开心，小木鱼又单纯，根本没别的心思。”

“嗯，我看出来了，这一家子的人都很好。”

屋檐下挂着一串灯，黄澄澄的，特别温暖。安晓想到什么，忽然问她：“老严和长宁叔为什么没有成家？”

“老严年轻的时候成过家，后来离婚了，老婆带着孩子走了，这么多年没有联系过。长宁叔是个孤儿，从小养在老章家，他不知道自己的父母是谁，也不知道他们为什么不要他。”

“难怪他一直没走，可也不影响他娶老婆嘛。”

徐皎压低声音说：“我也不清楚，听木鱼仔讲长宁叔身体不大好。”

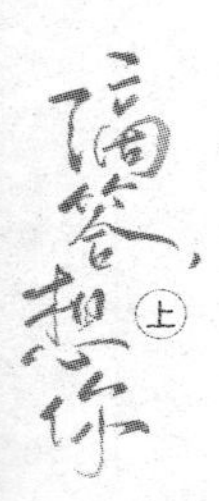

“啊？”

徐皎摇摇头，安晓也没再问。

姐妹俩肩靠肩，头靠头，吹着晚风，眼眸里熏烧着人间的悲欢。

总有一杯酒，未饮人先醉。徐皎看到老严一边酌小酒，一边替刘长宁揉腰，说：“有个小院子，还有个小池塘，养花养鱼，在井里浸西瓜和啤酒，院子里看露天电影，与其说他们是凑合着在一起住，不如说他们早就把对方当家人了。如果不是一家人，怎么可能把生活经营得这么好？”

安晓探过来脑袋：“羡慕？”

徐皎踢踢腿，闭着眼睛吹风。

安晓觉得她傻乎乎的，很多时候她都这样，对胡亦成，对于梦和梁小秋，对家里人，包括对守意，总是有点天真。

“你要真羡慕，快点让章意给你组个局不就行了？”

“你可别说了，本来气氛挺好的。”

安晓笑个不停：“怎么了？”

“你知道吗，他居然以为我喜欢小七！那天我去金戈看精修后的海报，大概两个多小时吧，后来我回了学校一趟，下午再去守意的时候，他就以为我跟小七约会去了，琢磨了好久，跟我说刚开始交往，要跟男生保持适当的肢体距离。可你知道吗？那天小七要赶通告，根本没去现场看照片！”

安晓听完前因后果，当即爆笑：“天啊，这男人到底有多傻？你告诉他了吗？”

“说了，他还半信半疑，以为我脸皮薄，不好意思承认。我再三强调，他才知道误会我了。”徐皎每每一想到那天的情形，就恨不得掘地三尺把他埋进去！

“你说说，都是一家的兄弟，怎么差别这么大？”

“就是！”

说话间刚从屋里找出花露水的章意，听到姐妹俩异口同声的愤慨之词，忽然打了个喷嚏。他原地犹豫了一会儿，还是把花露水摆到石桌上。徐皎看到他出现，惊得像只蚂蚱，旁边安晓也不知在笑什么，岔了气差点没摔下去。

章意不懂小姑娘们的乐趣，被徐皎用眼神拼命打发走后，来到章承杨身旁。见是他，章承杨捧着汽水，身体略僵了僵，而后往旁边挪出位置。

章意问："怎么不看恐怖片？"

章承杨吸了口汽水："今天气氛好，不想把老严吓哭了。"

前头专注电影的老严仿佛有雷达感应，瞬时回头骂道："瞎说，我什么时候被吓哭过？是长宁！"说完偷瞄一眼旁边的刘长宁，被刘长宁逮住，顿时像霜打的茄子，把头缩了回去。

刘长宁说："你也就在年轻人面前敢嚣张，卖卖老，等章老爷子回来，我看你怎么办。"

"别说，你这一提他，我后脖子顿时凉了一截。"

"亏心事做多了吧？"

"被你发现了？你那乌龟真不是我弄的，翻肚皮晒太阳这么幼稚的事，怎么可能是我？我真想逗它，铁定拿铲子去了。"

"你还说，不是你是谁？"

……

看他们斗嘴，章承杨笑开了花。章意看着他笑，自己也笑了。

已经记不清有多久，他们没有这样坐在一起笑过了。章承杨放下汽水瓶，看了章意一眼，转过头来继续傻笑，好一会儿才说："上一次好像还是三年前，那天我们在这里庆祝你学成归来，大家都特别高兴。"

"你高兴吗？"

"当然啦，你回来了，爷爷就不只盯着我了，我特别高兴。"章承杨反过来问他，"哥，你高兴吗？"

章意说："高兴，真的很高兴。"

在他经过很长一段时间的犹豫、挣扎后回来的第一个晚上，当他看到熟悉的他们，看到熟悉的他们以熟悉的方式迎接他的那一刻，他突然明白自己想要什么，也由衷地感到高兴。

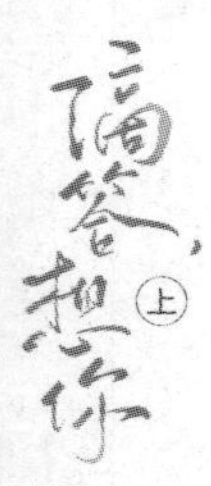

在他们告别了童年，已经长大后的这三年里，虽然也遇见过各种各样的问题，譬如生活习惯不一样，兴趣爱好差很多，老店每一天都会上演的鸡飞狗跳，以及伴随着时间不断地流失，包括激情、包括工艺、包括人等等，这些填满了他们的生活，但他从来没有后悔过。

“承杨，你知道我为什么会愿意把已经装好的自鸣表再次拆卸吗？”

章承杨的心忽然变得惶惶的。

“因为你尊重客人的喜好。”

“这只是一方面，另一方面是对艺术的敬畏。我问你，三问表的灵魂是什么？”

章承杨在黑夜中注视着章意的眼睛。他脸上是电影幕布里流转的光影，耳边是一时高亢一时低回的乐声，他的心在这一刻揪了起来，被一种他说不清道不明的东西，狠狠地绞住。

他仿佛可以预测到，这是章意最后一次给他上课。

“是音色。”

章意说：“制作一块三问表，需要细心调教敲锤的弹簧。弹簧片的张力，锤离它的远近，摆动的幅度和频率，以及透过表壳发出的音色，必须在把机芯装进表壳后听才能作准，决定一块成品表最终的音色需要不停地拆装和调试。打簧表是公认复杂功能里的皇者，世界上没有两块声音完全一样的打簧表。这就是为什么三问和自鸣表无法大量生产的原因，它仍然是很人性的东西，仍然需要手工清洁、打磨和装嵌，更需要用我们的耳朵去倾听。你听到的声音，连接的不仅仅是打簧表的灵魂，更是你作为钟表人创造和完成它的来自内心深处的一种感动。”

章承杨忽然觉得他不应该在这一天，在这样一个初夏的夜晚，选择这样一部容易让人流眼泪的电影，因为他感觉自己的身体正在一步步燃烧，眼眶正面临洪流的咆哮。

“积家创制出投石机似的双体式音锤，可以像双节棍一样摆动一节，另一节就能有力地、像皮鞭般挥出去。这样的设计既省力，又解决了以前单体式音锤在敲下簧条一刻后会轻微颤动从而发出微弱杂音的问题。为了获得良好的声学效果，宇舶大教堂三问表里使用钛做内表壳。你应该知道，在所有材质里，越硬越轻的表壳越好，钛金属比钢好，钢比金好，玫瑰金好过黄金，黄金好过白金，最差的是铂金。而形状也是决定音色的关键要素，圆形表壳好过方形表壳，一体式结构比多个部件组合而成的表壳在传导声音上有更好的效果。上述这些结论，你知道得经历多少次的实验才能得出吗？”

章意的声音仿佛暴雨夜的海上孤舟，在海浪起伏中深沉而钝痛：“这些集大家智慧的先进成果，当出现在你面前时，你必须欣赏它，敬畏它，尊重他们发自肺腑的感动，才能做到传承。而传承一家老店，更需要敬重对手，体谅客户，崇仰艺术，珍惜情缘，否则对你而言，只是生命的消耗。”

章承杨的拳头在不知不觉间攥紧了。

他浑身颤抖着，猛地起身：“哥，你什么意思？”不等章意开口，他忽然讥笑道，“不要我这个二店长了，是吧？嫌我碍事，还是看我不顺眼？我有哪里做得不好，你倒是跟我说，凭什么……凭什么突然……”

章承杨高昂着头，仿佛在与暴风雨对视。可他眼神闪烁，喉咙发紧，眼眶酸涩，强忍着鼻尖的抽噎才能保持不屈的脊背。

他高高地抬着头，不让挺直的脊背作半分让步。

章意看着他，就像看小时候的他，打碎寸镜弄坏机芯被惩罚，打得屁股开花也不掉眼泪的他，他的弟弟，任何一个时刻都不会低头的弟弟，心里某一处好像撕裂了开来。

“承杨，说完店长该说的话，现在说一些哥哥该说的话。如果你还想拍电影的话，我支持你的选择。我们是兄弟，都不要委屈自己做不喜欢不够热爱的事，不要互相去消耗对方的感情。哪怕你离开老店，我们也还是一家人。”

章承杨早已预料到这个结果，可当他亲耳从章意口中听到答案时，还是觉得无法接受。他抓狂地问：“为、为什么呀？！”

“三年才能见你像今天这样高兴一回，”章意的目光里仿佛流动着星河，他的声音像遥远钟声的回响，“太久了。”

“可我……”

“不想让你不开心，傻小子。”

章承杨一个没忍住，眼泪模糊了视线。他猛一转身，掉头就跑，安晓立刻追上前去。

原本热热闹闹的院子，一下子冷凄凄的。老严抿着酒，窖藏了好几年，好不容易狠下心拿出来喝，按理说应该十里飘香，此刻却只剩下浓烈与辛辣。

他闭上眼，刘长宁拍拍他的肩。

小木鱼低着脑袋给池塘里的乌龟喂馒头，有一下，没一下，水花时不时晕染一片涟漪，好像天上在下雨。他慢吞吞地用余光朝后头瞄，确认没人注意到他，飞快地用袖子擦了下脸，又继续喂乌龟。这乌龟叫家旺，别看它名字土里土气，却是守意唯一弄潮儿章承杨起的。

徐皎走到章意身边，看到他放在旁边的两听啤酒。他平常不喝酒，这两罐大概是要和章承杨一起喝的。

“跑得太快了，我还没来得及开口。”章意低头，笑意止于嘴角。

徐皎径自拿了一罐，拉开铁环说：“我陪你喝吧。”

章意刚要拒绝，就见她把拉开环的这一罐塞他手里，自己又重新开了一罐，和他碰了碰说：“今晚月色好，不喝一杯太浪费了。”

“徐皎。”

“章意，我不是小孩子了。”你要他高兴，我也不要你难过。

她笑一笑，抬头看天空。

月色真美啊。

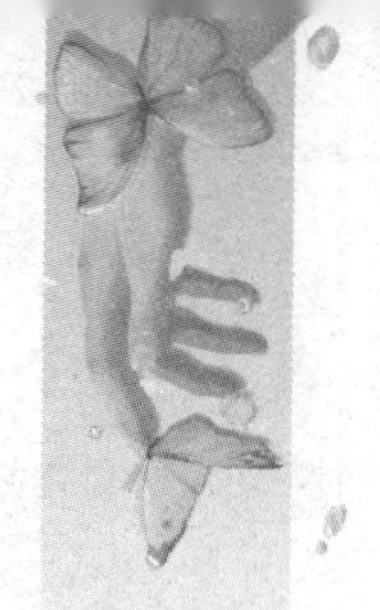

第六章

/

当我有幸遇见你

Dida. Xiangni

▼

于是，这一晚徐皎喝醉了。

第二天醒来的时候已经快到中午，脑子里盘旋着昨晚发生的一切，她一个激灵，冲下床直奔安晓的宿舍，硬生生把人从床上摇醒。

安晓打着瞌睡说："你等等，慢慢说，我脑子还没开机。"

徐皎不得不重新复述了一遍，安晓这回清醒了一点："你是说本来木鱼仔要送你回来，结果不知道怎么就变成了章意？你在路上发酒疯，他背着你走了一段路，你还跟他一起数了星星？"

"是，没错，但这重要吗？"

"怎么不重要？章意为什么要把你从小木鱼手里抢过来？还背你？背你哎！"

徐皎一听，好像是这么个理儿，刚要得意，就听安晓冷笑道："然后你到学校门口，被胡亦成抓了个正着。"

徐皎静了三秒："完了，这回我死定了，我被成哥发现了！"

"发现什么了？你都这么大人了，谈恋爱还要经过他同意吗？更何况你这还没谈，就是单恋，喝醉了，又认识，送你回来不是很正常吗？"

"你不懂。"徐皎顶着鸡窝头一屁股坐下，眼神中充满了宿醉的悔意，

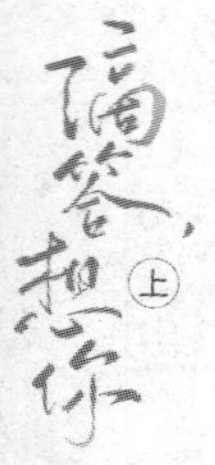

“我这一个月每回去守意，都骗他在学校图书馆复习，还跟他说专业课落了很多，挂科会影响毕业。他不想我今后被人知道连本科学历都没有，这才没有盯那么紧。平时除了一些广告拍摄和救场的活，其他的他都往后推了。”

安晓从上铺往下看，捞她的头发，硬是把她拽得抬头。

“我知道了，你们这是信任破产。”

徐皎捋了捋，估计这对胡亦成来说，不只是信任的问题，他可能会觉得她疯了吧？翅膀得长得多硬才敢骗他一个多月？

“那你当初为什么要瞒着他？”

“你忘了我是怎么认识章意的了？”

安晓抓抓头发，这事儿她怎么可能忘记？只要章承杨一天还活在世上，因为两百万而结下的梁子就一天横在他们中间，每回吵架都要拿出来掰扯掰扯。他一提起仙人跳，她就觉得他在侮辱她，明明知道她不是那种人，为什么总要拿出来说？章承杨则认为，如果不是误会她们仙人跳，他跟她也不会有今天的发展。

“难道两百万是一张阴魂不散的符吗？它就不能彻底离我的人生远去吗？”安晓在上面捶着被子欲哭无泪。

徐皎在底下捶桌子，叫天天不应。

换了别人，这事儿可能过去也就过去了，可她要面对的不是别人，而是胡亦成。

“两百万换金戈手代言，你觉得这是赔本生意还是赚了？”

安晓说：“我觉得没有用，得让胡亦成觉得他没有折本。不过我看挺难的，这不，摔了一下，你这只会下金蛋的鸡也折进去了，马上就要成为敌方人员。”

“你这是什么比喻！”徐皎脱了鞋爬上床，“好烦，不说我的事了，你呢，昨天跟章承杨去哪儿了？”

“我们还能去哪儿，老地方。”

“他心情好点了吗？”

安晓望望天花板，又低头看徐皎，思量了半天，长长地叹了口气："我不知道怎么说，他先开始有点气愤，可能太突然了吧？一时间没能接受，后来想明白了，看着挺高兴的，跟我说他计划先去买台相机，还打算到我们学校和我工作的地方取材。"

安晓转过脸，正对着徐皎，一字一句道："他想这些事情的时候脑子很清楚，知道自己先做什么，后做什么，我觉得这事儿在他心里应该琢磨挺久的了，不是一时的计划。能去追求儿时的梦想，去做自己一直想做的事，我觉得这是件好事，可莫名觉得他好像没真正高兴起来。"

章承杨平常无事的时候，挺像个浑蛋，爱讲骚话，还霸道，老是逗贫。高兴的时候是真高兴，会搂着她唱歌，带她去海边吹风，看她打碟，给她比心。

不高兴的时候，他喜欢说话，说一堆不着边际的废话，还老是扯有的没的，看似大大咧咧，其实谨慎认真，不会给自己留下漏洞。

他们相处没有太久，可从他抱她的那一刻开始，她就把他的每一刻都记在了心里。吵架的时候难过得要死，还是替他找理由，找借口，站在他的立场说服自己，让自己妥协，装醉给彼此找台阶下，只要他随便给点信号，她蹭一下就跳下来了。

爱一个人，会让人变得盲从，也变得敏感。安晓努力回忆昨晚在电影院的章承杨，发现他絮絮叨叨规划未来的时候，竟然比蒙头睡大觉的时候还让人难过。

"你说他明明不喜欢修表，为什么要留在守意？原先可以是因为家人的期许，因为责任，因为义务，那么现在章意放手让他走了，他为什么还是……不肯走？"

徐皎摇摇头。

"你说章意会知道原因吗？"

"什么？"

"章承杨为什么不肯走？"

徐皎心猛地一紧，仿佛有什么东西在那一瞬间与她擦肩而过。安晓让她

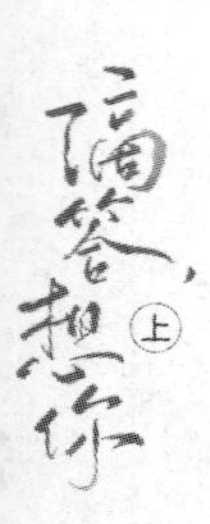

找个机会问问章意，她想起下午要去见胡亦成，慌里慌张地爬下床。

安晓在后头喊：“你听到我跟你说的了吗？”

徐皎躲回宿舍，关上门，心口仍旧突突的。

一直以来她好像忽略了一件事，章意为什么会梦游？老章家为什么要对他隐瞒这件事？看似幸福平静的守意，似乎还藏着许多不为人知的秘密。

下午，胡亦成约了客户见面，让徐皎一起去。平时这种应酬，能够拒绝的她都拒绝了，这次因为章意的事隐瞒了胡亦成，她心里发虚，一句话没敢多说就答应了。

到了约定的咖啡店，徐皎先是摘下手套，里里外外检查了下手，确定状态依旧满分后重新戴上手套，把包里准备的护手霜一支支顺排码齐，深吸一口气，推门而入。

不想胡亦成和对方已经提前到了，还洽谈正欢。

她忙看了看时间，快步走上前，一迭声地道歉。胡亦成对面的女人说：“不怪你，是我临时有事改时间了，没让小胡告诉你。”

胡亦成含笑点头，起身替她介绍：“这是梵刻珠宝的市场部总监，张总。”

徐皎忙摘下手套，伸出手：“张总，您好。”

“别叫张总了，生分，叫我美丽姐就行。”张美丽目光顺势往下，落在徐皎的手上。两人都很客气，轻轻一握就松开了。

张美丽笑道：“不愧是手模特，手好看，手感也让人惊艳。”

胡亦成说：“毕竟要吃这碗饭，不下狠功夫怎么行？咱们这个圈子，谁没有点傍身的看家功夫？我们这顶多就是三脚猫。”

“那可不一定，我看徐皎长得不错，将来不当手模特了，当明星也未尝不可。”

胡亦成拱拱手：“您可别取笑我们了，当明星这种事，我们哪里敢想。”

张美丽轻笑一声，目光轻轻地落在徐皎身上，从头到尾打量了一遍，而后说道：“已经搭上金戈这条线，你还跟我谦虚什么？”

徐皎调整了下坐姿，看向窗外。往常这种类似的局面，她只需要安安静静当一只花瓶，被点到名，装个乖巧，说两句话，也不必刻意讨好对方，做自己就行。甭管扁的圆的，到了胡亦成嘴里都是镶金的。

眼下也没有不同，唯一不同的是，张美丽说话更加直接。

她的直觉没有错，这是个精明的女人。

当然胡亦成也不差。他不紧不慢地喝了口咖啡，含着笑意，问张美丽这家店的口味怎么样。张美丽敷衍地点点头，开始进入正题："之前听朋友说，金戈新品发布会就在下周？"

"是呀，当场官宣代言人。"

"确定是小七？"

胡亦成忙左右看了看，压低声音道："姐，原本这事儿我不该跟您说的，坏了行内的规矩，可咱们也不是第一天认识了，您是什么人我还不清楚吗？这边也不跟您绕弯子，官宣当天，全球唯一代言人要不是小七，我就脱光衣服，上门去跟您负荆请罪。"

张美丽笑道："可别脱光衣服了，我不敢当。"

"小七现在有多火您是知道的，我怎么敢拿他的事胡说八道？除了您，我谁也没说，捂得死死的，生怕传出去网友瞎吵嚷，扯到我家徐皎。"

"你不希望徐皎扯进来？这可是一次大好机会，炒作得当，徐皎说不定一脚就能当上艺人了。"

张美丽了解胡亦成的为人，对他说的话向来是只听一半。胡亦成也不指望得到她的信任，给出信息，得到自己想要的结果就行。

他摇摇头，说："姐，这事儿急不来，更何况我家徐皎跟小七关系好着呢，没必要争一时的风头。"

张美丽挑眉："关系很好？"

胡亦成笑了，把手机递给张美丽看："喏，这不上次还问我要徐皎的联系方式？说跟她合作很愉快，想交个朋友。"

徐皎拿起桌上的果汁，装作不经意间看向胡亦成，眼神询问：什么时候的事？我怎么不知道？

胡亦成仿佛没有看见，没事人一般，说："我让人给你搭配了新鲜水果，你待会儿带回学校去吃，多补充点维生素。"

徐皎闷头不说话。

张美丽没仔细看他们之间的相处，也没仔细看胡亦成和小七的对话，只瞟了眼就收回目光，手指在桌面上敲打着，过了一会儿说："那行，这事儿就这么敲定了，金戈新品发布，一旦确定手代言人，我们就跟徐皎签约。"

胡亦成喜上眉梢："行，那我等着您的合同。"

张美丽沉吟着，又道："回头我请你们吃饭，方便的话，我也想邀请金戈的江总监一起。梵刻虽然是个年轻品牌，但我们的设计师款卖得一点也不比老品牌差，我看金戈也在寻找合适的珠宝品牌？相信这会是我们实现共赢的一次绝佳机会。"

听到要拉江清晨一起吃饭，等于把他滥用金戈招牌的事摆在台面上，胡亦成拧着眉头，有些为难。

张美丽笑意温婉："怎么，小胡不愿意帮我这个忙？"

胡亦成忙说："哪能呢，平时想帮您的忙都帮不到，难得姐肯开口，我就是上刀山下火海也要让您满意才行。"

"好，那我等着你的好消息。"

说完，张美丽朝徐皎微一点头示意，携着精致的小包款款离去。她刚一走开，徐皎就抓住胡亦成问："怎么能帮江总监答应她？"

蹭小七的热度也就算了，这事儿至少是虚的，可约江清晨吃饭却是实打实的，人家凭什么卖他这个面子？

胡亦成也有点飞机上弹琵琶，牛皮吹破的尴尬，朝徐皎望了两眼。他很快反应过来："我还没说你，整天忙得不见踪影，骗我说期中考试要复习，我怎么这么笨就相信了你？都快放暑假了，还有哪门子的期中考试？要不是正好被我撞见，你接下来该糊弄我期末考试了吧？"

徐皎被捉住痛脚，往后靠了回去，拿起果汁以作掩饰：“我……我怕你不同意嘛，而且我们不是在说江总监的事吗？”

“不用你管，我会想办法解决。”

“你怎么解决？”

胡亦成略带警告地看她一眼：“今后任何事情，不准再隐瞒我。你虽然只是个手模特，但我们的利益是相互的，我是你的经纪人，你有义务告知我你的行踪。”

徐皎也知道这回自己理亏，答应下来，却也强调：“虽然你是我的经纪人，但我也有自由，非工作时间我可以安排自己的去处。”

“你放心，我不会阻拦你去守意。”

“啊？”

未料到胡亦成居然这么轻易就放过了她，徐皎咬着吸管，愣在原地。

胡亦成把剩下的半杯咖啡喝完，叫服务生来买单，一边付款一边说：“要困住一只想飞的鸟，除非让它受伤，否则没有一根绳子能真正拴住它。徐皎，你有喜欢一个人的自由，也有恋爱的自由，关于这一点，其实从很早开始我就在防范了，我怕你一旦陷入爱河就完全放弃工作，为此也曾担惊受怕过一段时间，可相处这么久下来，我知道你不是那种人。”

哪怕天天躲着他，该处理好的工作还是一件不落。她对待自己的手，其用心程度也远比他想象的深。

“处理好学业、工作和恋爱的关系，我不会过多干涉你。”

徐皎莫名有点感动：“成哥，谢谢你，你真好。”

“注意影响，也不要太高调。”

“好，我要努力拥有甜甜的恋爱。”

胡亦成皱眉：“你们还没在一起？”

徐皎摇摇头，担心胡亦成会追问她跟章意的进展，她背上包，蹦到他旁边：“成哥，你什么时候交女朋友啊？你家里人都不催的吗？”

胡亦成冷笑：“我是不是对你太好了？”

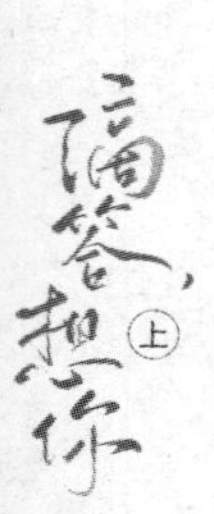

徐皎忙举手投降，借口还有事，一溜烟跑没影了。胡亦成看着她离去的方向，嘴角浮起一丝讥诮笑意。他打开手机调出一串号码，犹豫几秒后拨通。

“有件事，想再请你帮个忙。”

徐皎站在窗外，看着不远处那间老店。

午后天阴沉下来，屋内早早地亮了灯，壁橱格子里黄花木雕麒麟像在墙灯的照射下油光水亮，旁边一水的陈年老家具，摆着各式各样的钟和怀表，茶室窗边的铜炉里点着香，带着一点清苦味，经年的沉水香，沁人心脾。

柜台前后是如往日一般的忙碌，因为少了章承杨，似乎比往日的忙碌要多添一丝麻乱，可麻乱中有条不紊的节奏，却是来自这家店的历史与文化，以及一代代店长日积月累沉淀的一种无形的秩序。

小木鱼正拿着客人的表调时间，跟客人解释手表走快可能存在的原因。余光瞥见徐皎进门，木鱼仔忙一招手，把她叫到身边来。

徐皎以为他需要自己帮忙，放下包忙不迭上前，却不想他只是把表换了个面，一本正经地对她说道：“手表走快了一般有两个原因，不够链是最常见的原因之一，很久没戴，套在腕上，以为随便摇几下手就能替腕表上链，这是不够的。”

他端的是一副老师傅掌表时的架子，语气口吻都像极了老严，一边说一边朝不远处的章意抬了下下巴：“喏，你瞧我师父，他每天早上七点雷打不动给店里所有的机械表上链。”

“从来没有断过？”客人表示不信。

木鱼仔思忖了会儿：“肯定多少有断过那么一两天，生病或者一些特殊情况，但是只要他意识清醒，就会给机械表上链，已经养成习惯了，就跟每天早上起来要刷牙洗脸一样。”

机械表的运转完全倚靠人类。从技术观点而言，两者之间有完全依赖的关系，因为没有人戴，机械表就无法运作转动。无论要不要上链或者是否自动上链，腕表都需要佩戴者提供动力。

它不需要电池，这也是机械表和石英表的主要区别。很多人追求机械表，甚至是高端的机械表，为的不只是类似于三问、自鸣、双时区等独特稀有的设计，更多的是见证了它在光阴中的价值，比如威尼斯圣马克广场上的钟塔，已经有一千多年的历史，现在仍旧千年如一日地精准摆动！有些产自十四世纪的第一代古董机械钟，至今也仍随时间巨轮不停转动。

假设你拥有这么一块机械表，或许一百多年后，甚至一千多年后，它仍旧在转动，届时它所见证的将不再只是光阴。

有句话说，生命之火，永不熄灭，在机械表的世界里，保养得当的话完全可以实现。

“这也是我师父为什么每天坚持定时给机械表上链的原因，在同一个时间节点，会帮助实现机械表内部构造的稳定。”说完，他压低声音偷偷对徐皎道，“我们店里也有几块走了好多年好多年的机械表，可贵了，都是我师父的心头宝，很少拿给别人看。”

客人颔首一笑：“瞧你这孩子显摆的，还背着我说悄悄话。”末了，他故意打趣，“跑题了，还是先给我的表诊断诊断吧。”

木鱼仔又变作刚才老气横秋的样子：“一般情况下就是不够链。”

说完正要给表上链，客人阻止他道：“那我的肯定不是，虽然不比你师父每天定时上链，但我每周都会戴三四次，刚出门前已经上过链了。”

小木鱼动作一顿，脸唰的红了。他手足无措地看了眼徐皎，又对客人表示歉意。

客人摆摆手，大概猜到他是急于在喜欢的女孩面前表现，太紧张了。这不一结巴，刚才端着的气势和架子全都散了。

“没事，都要先排除大概率的原因嘛，还有个是什么？”

这回木鱼仔不敢拿乔了，仔仔细细地检查了遍，说：“有可能受磁了。我去帮您消磁，您稍等一下。”

“好。”

得了客人的准，小木鱼立刻跑到消磁机旁。平时看老严、长宁叔和师父，

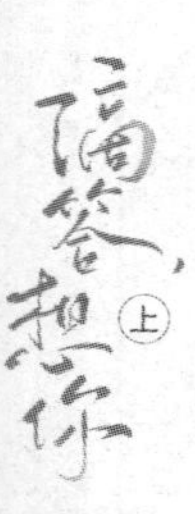

时不时给徐皎讲一些钟表的常识，难得有他擅长的，他也想让徐皎看看他的本事，谁知道竟然忘记问客人的佩戴周期？还要让客人帮他解围！真是丢脸丢大了。

他越想越不得劲，无声地长叹一口气。

忽然一双手拍了拍他肩膀，木鱼仔整个一惊，差点刮花客人的表。

一看是章意，他忙低头：“对不起，师父，我不是故意的。”

章意声音微沉：“工作的时候脑子不能乱，否则手下力道容易失准头。想事情就不要碰表，休息一下，转一转，想清楚了再碰也不迟。”

木鱼仔点点头。

客人趴在柜台上，见章意招待一名熟客，三两下就卖出一块价值不菲的表，啧啧称奇的同时，也忍不住同章意攀谈：“我平常也没太注意机械表上链这个问题，想起来就去上一上，想不起来也不知道有多久没给别的表上链了，这种情况一般怎么处理？”

章意给手边的客人开完票据，送走对方才对他道：“如果您不是每天都佩戴同一块表的话，还是建议您至少半个月上链一次，以保证手表的持续运转。当然如果您想形成规律，最好每天早晨起床给表上链。”

“我经常要出差，没法形成规律，电脑、电话也常年不离身，有时候还要在电厂这样的高磁环境出入。其实我这块表已经不是第一次遇见这种情况了，有没有办法可以解决？”

“那只能考虑免受磁机芯的手表了。”

“还有免受磁机芯？”

章意点点头。

一般机芯里面的摆轮游丝都是金属质地，凡是金属就有受磁的可能性。一旦磁化，受到磁吸引的游丝扩张幅度大减，就会使得秒轮加快。总体来说，机芯内部的构造是一个形成闭环的擒纵机构，牵一发而动全身，很难从个别零件的调整上解决受磁的问题。

唯一的可能就是选择免受磁的机芯。

客人仿佛来了兴趣："这个我倒是没怎么听说过，你帮我推荐推荐？"

"可以试试欧米茄的海马系列高斯手表，这一款是精钢表壳，表带可以选择钢表链或者棕色皮带。皮带适用的场合相对多一些，商务休闲都可以。最重要的是，它采用 8508 同轴机芯，有高达 1.5 特斯拉的防磁功能，出入电厂这些高磁环境也不会影响手表精准走时。"

店里没有现成的表，章意打开网页给客人看，一边冲徐皎使眼神。徐皎不搭理他，双手托腮趴在柜台上看表。

说是看表，其实看他更多一点，听他介绍手表的功能和设计，只是时不时借以掩饰地看看表，顺带和客人讨论两句。

客人对表的造型样式基本还算满意，询问了价位也可以接受，却没有直接拍板，反而问道："我看前面那位客人，前后不到半小时就定了表，你这边专门给熟客服务？"

章意含笑道："不管生人熟人，进门都是客。"

客人挑挑眉："你说的那些什么同轴擒纵系统，什么气压的，我都不懂，我就关心一个问题，假如我在你这里买了这块表，你能保证它精准走时多久？"

"只要维护得当……"

不等章意说完，客人径自打断他："那些都是虚的，没用，我是生客，对你也不了解，咱们之间缺乏个信任的基础。我想直接预订，但我需要您的一个保证。"

徐皎听他这么说，大致猜到他想要什么。有些客人是这样，明明不够相信你，偏还要找你买表，图的就是一个侥幸。侥幸买到一块真表，还能贪点便宜，最好这点便宜是能落到实处的。

他看到前边那个客人不出半小时就取走了一块价值不菲的表，内心有他的衡量，可他仍旧对此存疑。这是常态，也是越不过去的生意之道。章意遇见这种人，不会也不能把对方往外推，他深知老店的名声比什么都重要。

章意想了一会儿，说道："不如这样，今天您要是在我们店里订了这块

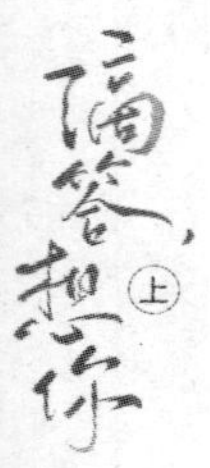

表，价格上面我再让一千块，三年以内给您免费质保，同时我向您保证这块表的真实性，一旦您检验出来是假表，我将以十倍的价格赔偿给您。您看怎么样？”

客人摸着下巴又挑了点刺，几番你来我往，终于一锤定音。

其实像他们这些选择老店的客人，尤其家里不止一块名牌表的，对表都熟悉，说不熟悉是假的，而且他们一般也不相信加盟的品牌店，市面上流通的假货太多了。

搞这么一出，图的就是个心里舒坦。

章意对小木鱼说：“他心里觉得自己被照顾到了，才会心悦诚服，认可你所代表的这家百年老店，也愿意相信你的推荐，不会太刁难，今后也许还会经常来光顾你的生意。”

“可这也太……”

刚才那位客人还充好人帮自己解围，小木鱼心里的感激尚且温热着，谁想一转眼就这样？人怎么变得这么快？

章意知道他在想什么，说道：“从明天起你站柜台，接待一个月的客人，练练自己的耐心和待客之道。”

这算是对他刚才失误的一个小小惩戒。木鱼仔立马哭丧着脸想求饶，可一对上章意的眼神，顿时一个大气不敢出，跑到工位上去干活了。

徐皎眼见着章意四两拨千斤就把一单签下，还给木鱼仔上了一课，顿时佩服得五体投地。她双手抱拳夸道：“店长好厉害。”

章意收拾着柜台，笑她：“酒醒了？”

舒意挠挠脑袋，小猫似的蹭到他旁边，低声问：“昨晚是你送我回去的吗？”

本是光明正大的事，不知道为什么被她这么一问，又是这么个姿态，章意突然觉得哪里痒痒的，有点不对劲。他往旁边走了两步，说：“幸好到宿舍楼下碰见你的舍友，不然等安晓回来，我恐怕就出不了你学校大门了。”

“你还碰见了我舍友？”

章意狐疑："怎么了？"

"没事。"

看他没什么反应，她们应该没说什么。徐皎问："那成哥呢？他有没有跟你说什么？"不等章意回答，她正了正色，又道，"不管他说什么，你都不要放在心上。"

见章意捡着零件在擦拭，有一下没一下，像是有事似的。她心里一个咯噔："他是不是跟你说什么了？你别介意，也不用理会，真的！"

她跑到他另一侧来，台灯下女孩子柔美婀娜的剪影倒映在楠木桌上，像壁橱上的窗花。那壁橱是光滑的，锃亮的，带着纹理的深色，那窗花是鲜艳的，生动的，希冀而心惊。

他忽而侧首，对上她的眼睛。

徐皎心猛地漏跳一拍。

她注意到他擦拭零件的动作停顿了一下，有那么几秒钟他就像寺院屋脊上的吻兽，静然地注视着她，她看不透他眼里的神采，是带着揣度的端详，还是犹豫的审视？她只是觉得，好不容易被她克服的一种强烈的羞耻感，好像又要回来了。

然而下一秒，他淡淡笑道："我不知道这么说会不会有点冒犯，你没有想过换一个经纪人吗？"

徐皎努力分辨他的脸色，确定那只是纯粹的疑惑而不是埋怨后，心弦渐松。

她知道他在担心什么，安晓和一些曾经了解胡亦成为人的朋友都曾问过她相同的问题，她自己也曾认真地考虑过，一直以来存在于她和胡亦成之间半遮半掩的矛盾，真的没有办法化解吗？只能这么消耗下去吗？

阴天的黄昏忽然冒出一缕霞光，坠在她身后，那窗花变得七彩缤纷。章意听见她的声音响起："想过。"

想过要换一个经纪人，但是，只是一个一闪而过的念头，连思绪都没有发散就被她打消了。她看着章意："你认为这个世上有绝对的好人或坏

人吗？”

这个问题很空泛。

“我之前看采访，有个医生说，他的病人里面有个父亲，为了给女儿治病到处偷钱，他以为那个父亲不是一个好人，可就在医院，他又看到那个父亲二话不说就背一个走不动路的陌生老人上楼，被那个父亲的举动震撼，因此他认为人性很复杂。”

他第一次看到她不同的样子，那是一种陌生的属性，带着一丝未知的迷人。

而她想到胡亦成，也是这样。

“看完采访之后我特别难过，因为我想象不到那是一个怎样的环境，才会把一开始明明也很乐天，很爱笑，会跟我一起把没有下限的合作方痛骂一顿，还会在大雪天陪我一起啃冰棍，等一个小时给我买红薯的原本很好的一个人，变成今天这个样子。”

但她可以预测到，应该是一场接一场看不到头的应酬，喝不完的酒，吐不完的苦水所带来的，应该是一直停滞不前的她的成长所带来的，应该是她的天真和可笑的坚持所带来的。

“每当我说我知道了的时候，他总会更加歇斯底里，说你知道什么？你根本什么都不知道。可是看他那样，想装作不知道应该很难吧？”

她一直悄悄回避、害怕长大的那一天，因为胡亦成的存在，其实已经在她心里演练了无数次。他所经历的那些痛苦，虽然无法感同身受，但她并非毫无共情，也努力学着理解。

敲诈两百万，蹭合作人热度，打着尚未官宣的新品牌幌子到处招摇，放假大空的消息，这些并不愿意认同和接受的事，因为是胡亦成，她选择了睁一只眼闭一只眼。

她经常会想到电影里的一句台词，也许我们无法改变这个世界，但可以选择不被世界所改变。

“我想让长大后的我们一起走在亮堂堂的世界里，虽然力量很渺小，但这么大的人海，总有人会看到那星小小的、努力发光的萤火吧？”

章意又开始擦拭零件，煤油洗后的旧零件，如同重获新生，焕发光彩，可以继续伴随着时间转动下去。它的转动，依赖于和它一样健康的成百上千个零件的协调统一，缺一不可。因为良好的系统循环，造就了这个死而复生的奇迹。

想要一个人从阴暗的角落走到光明的地方，所要依赖的是一整个良性系统，仅靠一个她，是天方夜谭。她年纪还小，想事情片面，记着过去的情，不愿意把人往坏的方面想。

理想和现实之间的差距固然可以靠人为去改变，可绝大多数人即便能抵抗残酷的现实一年两年，也无法抵抗三年五年，早晚有一天他们会被世界、被身边的环境同化，成为连他自己都不愿意成为的那类人，到那一天，她要面对的才是真正的现实。

章意珍惜她的童真，不愿意伤了她的心，说话委婉。

“听说过以身饲虎的故事吗？”

“你觉得我是那个僧人？”

“伴随着你的长大，你会发现身边的僧人会越来越少，而老虎则越来越多。这个世上绝大多数人所能考虑和照顾到的只有自己，有时候并不会因为处在善的环境而有所改变。”

徐皎听懂了他的意思，却反问道：“你是僧人吗？”

章意注视着窗花剪影，还是把心里的想法说了出来：“人的心很深，往往欲壑难填，你有没有想过，你们曾经共同守望过的理想国，可能早已不是他的理想了？”

徐皎低着脑袋，脚尖晃了晃。

那影子也跟着晃，晃得人心里突突的。章意察觉自己说过了头，才要安抚，却见她突然抬头，笑嘻嘻地说：“你肯定是僧人，对不对？”

章意摇头：“我不是，你也不可以。僧人没有好下场，一味地宽容忍让并不能改变现状，反倒会加速老虎的膨胀。”

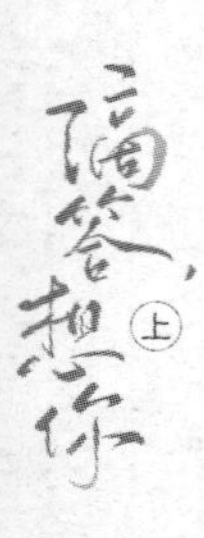

他的语气变得严肃起来，徐皎笑着笑着，眼神里掺杂了一丝苦涩。

“你一定也觉得我很天真，很可笑吧？”

“不是。”章意也不知道怎么把话题扯到这里，而他很明显感觉到她受了伤，可能是因为他们这些自诩是“大人”的态度，伤害了她。

他不由得弯下腰，找到她躲闪的眼睛，正视她说：“没出社会前，天真是一种常态。出了社会仍旧天真，就是傻。”

徐皎鼻子一抽，眼泪就要夺眶而出，却听他道：“但傻得很可爱，也很宝贵。”

她飞快地抹了下眼睛。

“跟你说这些，只是想让你明白，你可以选择不被同化坚持自己想要的活法，但一定要做好承受任何后果的准备。只要你能承受，就可以一直天真。”他的手覆在那窗花上，仿佛是在遮阳，又像是挡风，“但是，爱你的人一定不希望看到那个结果。”

他说完后心忽然沉了一下，旋即一股凉凉的刺痛穿梭其中。他撑开五指，按压在结实的楠木上，一直到窗影移开。

不知道为什么，某一个瞬间他居然有点羡慕胡亦成。他们曾经朝夕相处的那些日子，究竟有多美好，才能让她甘愿飞蛾扑火？

见她愣神，到嘴边的话终究还是咽了回去，他心道算了，笑着把零件递给她：“闻闻，是什么味道？”

徐皎眨眨眼，一颗晶莹的珠子在眼角化湿了。在她长大成人的这些年里，因为过早地开始接触利益社交，有许多人跟她探讨过这个话题。他们同样珍惜她的童真，也期许她的未来，可只有他，眼睛里好像比那些人多了一些什么。

她借着闻气味，抽了抽鼻子：“不就是煤油？”

“再闻闻。”

“是什么？”

章意含笑不语。她凑近了，一边拿余光瞟他，一边对着零件东闻闻西嗅嗅，突然转头：“我记得昨晚醉过去之前，严叔让木鱼仔送我回去，怎么……”

这是一种带着阴雨天潮湿气的铁锈味，但已经在沉水香、煤油味，以及不断擦拭的体温中变得温和，沉淀出一种金属原有的冷感，带着一点凉意，但不刺激。

不妨她突然转移话题，章意被问得毫无防备，神情顿了一下，耳颊微微热起来。

口口声声自称海量的人，结果两听啤酒下肚就迷糊了，呆坐在葡萄架下看着他，两只眼睛又黑又亮。

老严也醉得不轻，还记得招呼木鱼仔去送。天太晚了，他不放心，打发木鱼仔去照顾老严，自己送她回学校，一时间没叫到车，想着吹吹风散点酒气，扶着她沿老街走了一会儿。

她走到一半，忽然像小孩子耍脾气不肯再往前走，撒娇让他背。

他虽然迟钝，但不是毫无知觉，这些日子老严若有似无的撮合，以及小木鱼时不时的跃跃欲试，都让他意识到什么。她和木鱼仔年纪相仿，相处得宜，他作为师父不该阻挠，更该成人之美，适当的时候也要学会避嫌。

不过他还没来得及拒绝，她就已经顺杆爬地蹭到他后背，双手抱住他脖子。

人喝醉了会简单很多，变得像一张白纸。她傻乎乎地指着天空让他看，说最亮的那颗星星就是启明星（金星）。

“在希腊与罗马神话中，金星是爱与美的化身，被罗马人称作维纳斯。你知道维纳斯代表什么吗？”

他侧头看她。

她吐着气，小脸拱在他的肩窝里，脸颊红扑扑的，带着点羞涩：“绝美的画。”

那一刻她看着他，不知在想什么，不知是不是已经彻底醉了，总之他脑子里忽然涌入了许多乱七八糟的思绪，以至于他怎么理都理不清，却非常清晰地意识到，还好没有让木鱼仔送她回去。

为什么？

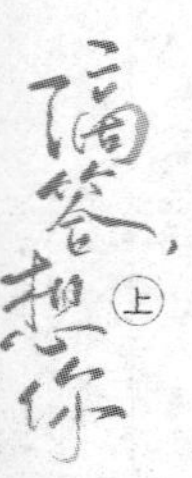

他想了很久，告诉自己，也告诉她："小木鱼喜欢你，他年纪还小，可能拿捏不好尺寸，你喝醉了，我不太放心。"

不远处的小木鱼忽然打了个喷嚏，嘟囔着："谁在背后说我坏话呢？"

徐皎一眨不眨地盯着章意。

继小七之后，他居然又认为她跟小木鱼有什么？世上怎么有这种大笨蛋？她真的要气死了！徐皎忍不住跺了下脚，气不过又跺几下，龇牙咧嘴地冲他凶完，二话不说跑回自己位置上。

章意是丈二和尚摸不着头脑，愣怔地看着她离开的方向，好一会儿才坐下来继续修表。

看他把零件一样样整齐地码在桌上，徐皎胸间堵着的一口气要上不上，要下不下，肝疼欲裂。

这一气就气了好几天，直到章意实在忍受不了小姑娘的视若无睹，琢磨了一个大夜，第二天清晨早早地在门口等她。水汽熏染的早市，到处洋溢着蓬勃之气，徐皎刚一下车就看到不远处屋檐下洗手的章意，撇了撇嘴角，蜗牛似的一步步挪上前。

章意也看见了她，微微咳嗽一声，寒暄道："今天来这么早？"

徐皎不应声。

"吃过早饭了吗？"

"……"

"后院有早餐，还是热的，蒸笼里还有你喜欢的南城小笼包。"

南城的小笼包？离老街挺远的，开车要一个小时左右，早上估计时间更久。

"你买的？"

他望着水龙头，支吾了声。

徐皎到底于心不忍，停下脚步看他，眼睛仍旧瞪得圆圆的。章意觉得好笑，低声说："别生气了，我今天教你打簧表的敲锤方式，好不好？"

"之前的表修好了？"

小姑娘仍没好气，像只战斗小鸡。章意点点头，一看她眼睛更圆了，忙摇摇头：“还要收个尾，不过不要紧，时间总是有的。”

徐皎哼哼，明明就是修好了才有时间来教她。

其实这几天她也非常煎熬，不跟他说话，生只有自己才知道的闷气，每一分每一秒都像是被架在火上烤，好像过了几个世纪那么漫长，好几次她差点忍不住搭理他，一想到他犯的蠢，又极力忍住。

心里头窝着火，都没睡好。

“你看我是不是瘦了？脸也蜡黄蜡黄的吧？”

章意瞅了瞅，还是挺白净的，但确实有点憔悴。徐皎盯着那涓涓的细流，看他的手有一下没一下地搓洗着，走上前道：“你不问我为什么生气？”

章意依稀叹了口气，是一种类似于无奈的包容：“虽然不知道你为什么生气，但每天看你这么低着脑袋，不肯跟我说话，就觉得自己很过分。”

“你也知道？”

“嗯，我很过分。”

徐皎心一软，顿时不气了。

“那好，我告诉你我为什么生气，因为我不喜欢小七，也不喜欢木鱼仔，我早就有了喜欢的人。”

章意怔住。

“我也不知道什么时候喜欢上他的，可能一开始只是有好感，后来看到他的好，才慢慢喜欢上他。他对我来说是个很特别的人，他身上有我喜欢的影子，跟他在一起是我唯一想要的未来。”

安晓经常说她跟别的女孩不一样，她不喜欢新鲜的事物，也不愿意花时间和精力去了解花花世界，她特别清楚自己想要什么，而且撞破头也会去追求这种生活，除了手模这份她热爱并且愿意当作一生职业理想来践行的工作以外，她唯一感兴趣的就是钟表世界。

她比他想象的要更加了解它们，只是她必须隐藏自己，伪装自己，才能寻求某种可以一直留下来的理由。

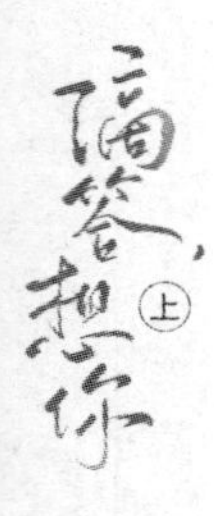

小时候第一次逛商场，妈妈要给她买个白雪公主的洋娃娃，而她却坚定地只要叮当猫的挂饰，妈妈嫌弃挂饰又小又贵，不肯给她买，变着法地劝她买洋娃娃，她坚决不肯妥协。大概从那一天开始，深埋于她内心深处的某颗种子就在发芽了。

这个，才是真实的她。

“你上次不是问我为什么要夜跑？”她走上前，昨夜的积雨正从屋檐下一滴滴掉落，正好一滴砸在额前，濡湿了眼睫。

章意盯着那雨水，听到心脏忽然怦怦的声音。

“因为我在一个夜晚遇见他，他美好得像一个梦，好像从来没有真正出现过。每当我辗转反侧的时候就会想到他，越是想越是睡不着。除了夜跑，没有别的办法可以让自己暂时忘记他。”她站到他面前，“后来，老天爷好像听到了我的心声，让我在一个夜晚再次遇见他。”

在苏黎世的初见，并不只有隔着柜台的一个对视，那一晚她跑遍大街小巷，最后终于找到了他。他们曾经非常近距离地接触过，但他把她忘了。

徐皎强忍心中的失落与难过，说：“遇见他之后，我一直很想问他一句——你真的不记得我了吗？”

章意停顿了半天才将那疑似盛暑的燥热气息从身体里平复下去，看了眼老街口的树，按理说枝头那么茂密，阳光也被遮去大半，怎么还这么热？

他想了想，说：“我知道了，我不该误会你。”他的心一点点、一点点地沉了下去，有些微溺水的窒息感。

“那你问了吗？”

徐皎摇摇头。

“为什么不问？”

“从第一次见面到现在已经三年多了，不记得也很正常，问了可能只是白问，还不如不问，留给自己一点希望。”

“他知道你的心意吗？”

徐皎轻笑一声：“看反应应该还不知道。”

章意吸了口气，神色有点冷淡下来："木鱼仔那边我跟他说，让他注意点。"

"不用了，我来说吧。"本来就没什么。

章意不知道她的想法，以为她还在生气，看她一眼，心里更不是滋味了。憋了好半天，他还是没忍住问："那个人，你很喜欢他？"

"嗯。"

她回答得不带一丝犹豫，他不易察觉地飞快地挑了下眉，声音低沉几分："也不要轻易就认定一个人，你了解他吗？也许他……"

徐皎抢白道："我特别了解他。"

"啊？"

"他是个笨蛋。"

章意微微张嘴。

徐皎和蔼地笑道："是一只还没开窍的猪。"

不知道为什么，他总觉得这个笑莫名透着股冷冷的气息。

徐皎看了眼时间，说："先进去吧，别忘了你刚才说的，要教我打簧表的敲锤方式。"

章意点点头，却见前面那人走了两步，忽然回头。

七月的天，日照时间逐渐变长，雨后出了太阳，一眨眼的工夫就烧到了心头。她迎着晨光，应和朝露一般美丽，却带着点俏皮，仿佛在跟太阳一起捉弄他。

"哦，忘记告诉你，那个人你也认识。"

"嗯？"

他认识的人？

有这么笨的吗？

是谁？

"请你猜到了也不要声张，我要一点点、一点点地让他知道，他有多蠢。"徐皎比了个封嘴的手势，目光中隐隐带有一丝恼羞的意味。

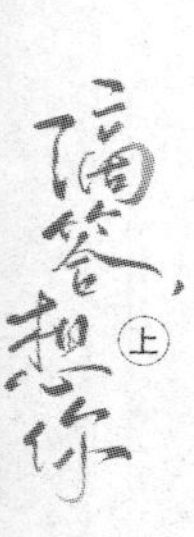

章意深感肩上的重担比往日又沉了一分，今后的日子，凡闲暇空隙他总忍不住琢磨一二，那个傻瓜到底是谁？

她说了吗？他知道了吗？

哎呀，怎么这么笨啊！

偏徐皎时不时还眯着眼睛冲他笑，现在这是他们两个人的秘密了。闹起来不讲理的时候，她逼他必须也分享一个秘密，这样才算公平。

他无可奈何，她便说：“不如你回答我一个问题，就一个，回答完我就再也不生气了。”

“好。”

徐皎沉吟着，见左右无人，问道：“你为什么会梦游？”

那时候街边一个母亲正带着孩子过马路，孩子东张西望，母亲紧紧拽住他的手，低声耳语着什么。在一辆车飞驰而过的瞬间，母子俩到了路边上。

章意沉默了很久，什么都没说，只是看着外面那对母子，直到他们消失不见才将目光转回。

她忽然意识到一个问题，在守意的这个大家庭，好像从来没有听他讲过他的父母，就连话最多的老严，也从来没有提过。

她心里泛起一起异样，这时听到他的答案：“我也不知道。”

怎么会不知道自己为什么会梦游？

“你没有看医生吗？”

“很少会出现这种情况，而且去看了，应该也是压力太大之类的原因吧？”

徐皎表示怀疑：“你不是这种会妄下定论的人。”

章意反倒笑着揶揄：“是不是也慢慢发现我不是你想象的那种人？”

“我想象的是哪种人，你才不会知道。”她反问道，“不看医生，怎么知道是不是压力太大？你压力很大吗？最近还有没有梦游？”

“说好只问一个问题的。”

为了堵住小丫头喋喋不休的追问，章意含糊着应了一句。怕她再沿着压力大的问题问下去，一眨眼天就黑了，他翻出一块三问表，拨了表壳上的按钮，问：“几点了？”

徐皎心思尚未归拢，哪里知道几点？余光偷瞄着墙上的钟，正打算作弊，被章意发现，挡住了视线。

她开始耍赖：“没听清，再来一遍。”

章意又拨一遍：“昨天教过你的，已经忘了？”

“怎么会？你忘了吗？我可是聪明无敌、智囊无限的哆啦A梦。”她一边说一边冲斜后方的木鱼仔使眼色，木鱼仔张大嘴巴用口型告诉她答案。她比对着，才有点苗头，眼睛就被遮住了。

是章意的手。

他被她的无赖弄得无所适从，一着急直接捂住了她的眼睛。徐皎怕他缩回去，忙抓住他的手，笑嘻嘻地说：“别动，让我再想想。”

章意的心就像串联的擒纵系统，弹簧绷得紧紧的。

“几点呢？”她拉长着尾音，一寸寸消磨他的耐心，“哎呀，给点提示嘛。”

章意的手开始冒汗。

他镇定道：“2011年精工三问，报时报分不报刻。”

“啊，我知道了，十分钟为单位是不是？”她回忆刚才敲锤的方式，三声低音，五声高低音，一声高音，“三点五十一分？”

章意还没说话，不远处木鱼仔先鼓起掌来。老严也掺和进来：“小章你先别松手，我再考她一个。”说完在抽屉摸索了一会儿，对着墙壁上的钟，走到一个节点才拨动按钮，随之安静的老店回响起一阵泠泠响声。

当——当——当，叮——叮——叮（十一声），三低十一高。

“不对啊，怎么一百一十分钟了？”徐皎喃喃两句，又琢磨了好一会儿，“怎么只有当和叮，没有叮当？”

老严笑得合不拢嘴：“这回猜不出来了吧？”

徐皎闷哼：“严叔您别得意，我要是猜出来了，有什么奖励？”

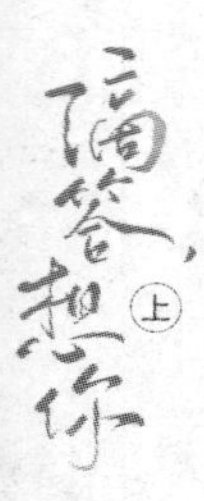

老严倒也爽快：“行，猜出来这周店休我就做东，请大家伙去对面的百福楼撮一顿，怎么样？”

“那敢情好。”

大家伙都过来凑热闹。

章意小声提醒她：“时、分。”

时、分？也就是说，只有两种敲锤方式，这是块两问表？她想了一会儿：“我知道了，三点五十五分，对不对？”

“不应该啊。”老严气不过，“明明两问表的小章还没教你，你是不是作弊了？”

“哪有，我自己猜出来的。刚才已经三点五十一了，我琢磨着十一的倍数，只有五十五分合适。不然我怎么会知道这是两问表，还是把刻改成了五分的报时方式，对不对？”

老严仿佛被说服了：“小丫头还挺机灵，是块好料子。小章要不是已经有了木鱼仔，指不定还能收你当徒弟。”

徐皎闷头笑：“我才不要当他徒弟，跟他一样变成闷葫芦。”

木鱼仔不乐意：“谁说的，我师父才不是。”顿了顿才反应过来，又忙表态，“说谁闷葫芦呢？我才不是。”

大家伙一齐笑，撺掇老严立刻去百福楼订位置。

章意把手拿了下来，徐皎还没放，趁着老严不注意，拉了拉他的手，低声说：“谢谢。”

刚才他表面上只提醒了时、分，手却在她脑门上画了个“五”，其他人都在她后面，看不到他的手在动，否则这种大型考核现场，以她逢考必挂的心理素质，怎么着都得再琢磨好一会儿，哪能这么轻松过关？

章意感受着小姑娘软糯糯的手在掌心留下的余温，指腹搓揉着，面上纹丝不动，心里的弦却越绷越紧。

徐皎看他转瞬之间没了笑脸，去找老严要来了两问表，请他指点。她假装不懂，一连问了好几遍，章意实在没法子骂了句“笨蛋”，说完一怔。

徐皎眼睛望着他，嘴角不受控制地上扬。

“也不知道谁更笨，我骗你呢。”

“啊？”

“啊什么啊？还不快笑一笑，不然我还得继续装不懂。”

刘长宁沏了杯茶从旁边走过，瞄一眼打情骂俏的两人，咳嗽一声，对章意说：“小姑娘一片好心，你怎么就不懂领会？”

徐皎脸一热，对上刘长宁的眼神，顿时感动得快哭了。

偌大个守意，终于有个明白人了！

刘长宁朝她握了握拳：“皎皎加油。”

“嗯，我会努力的！”

一头雾水的章意抿了抿嘴，不是在逗他笑吗？怎么一眨眼就跟长宁叔谈笑起来？他看着那场景，眼前一时好似打翻的颜料桶，红橙黄绿乱七八糟，一时又好似打翻的调味瓶，油盐酱醋混淆一气，哪哪都不得劲。

他掰扯着手里的表，越想越不得劲，对着平时最是爱重的零件骂道：“笨蛋。”

一声不够，又指着骂了句笨蛋。

零件好似听懂了，扭动着滑溜溜的身体从他手里逃走，刚捡起又掉下，夹个寸镜的工夫又跑得没影。章意像是撞了邪，从来稳重的人头一次不复往日，急得一起身，冲到后院去洗了个凉水澡。

徐皎捂着嘴咯咯笑不停。

到晚间，守意忽然忙了一阵，上班族们一般只有这个时间段有空，会过来看看表，询价或者修表。

有的客人不停地改装表，是为了彰显自己的品位，而有些客人守着一块表，是为了不让自己忘记过去的伤痕。每块表都有着它背后的故事，徐皎沉浸其中，或是沉浸在这个充满温情的老宅子里，内心深处充满了感动。

她帮老严打下手，给刘长宁跑腿，时不时陪小木鱼说说话，帮他一起练

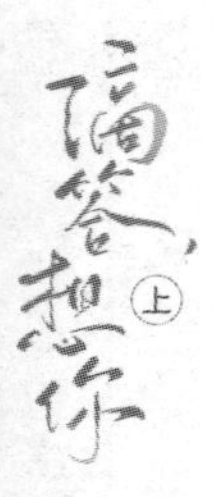

手活和眼活，抑或教别的师傅们护手操，为章意偷偷跑出去买他喜欢的小点心，让他空暇的时候补一补胃。

他们经常忙起来顾不上吃饭，倒也不差顿，就是不规律，时间长了多多少少有点胃病。他是店长，要更严重一些，碰到饭点如果客人上门，只能他接待，让师傅们先去后院吃饭，等他得了空，时间往往又无声无息地过去了大半。

她之前见过他吃药，兑着茶水，一边走一边拨药片，跟吃糖似的漫不经心，也没人注意。

其实守意的每个人都有着自己的小秘密，如果不留心，很难发现这一点。比如长宁叔有关节炎，之前梅雨季犯了病，每天都疼，五月天穿得严严实实，一点风都不吹，坐久了起来的时候腿都在打战，有时候手也发抖。

为了给“暴发户”改自鸣表，连着熬了几个晚上，愣是一天没有休假，结果就病倒了，烧了一整天。他们都以为他夜里睡觉着凉了，她觉得更像是累的，他也不说，就在社区医院打了两天点滴，又回来继续修表了。

安晓在守意的时间没有她长，所能观察到的有限，不过她想到刘长宁总是笑脸迎人的样子，也不觉得意外，就是眼眶不自觉酸涩。

“反正我每回跟章承杨闹个什么，感觉都逃不过长宁叔的眼睛，他也总给我解围，不像老严每次看不破还偏要说。”

徐皎点点头，表示赞同：“长宁叔活得最明白。”

“那老严呢？”

“老严看着一根筋，其实心思还挺细腻的，长宁叔生病那两天，他一早就去集市买了黑鱼，叫木鱼仔熬了汤，又让我送去医院。嘴上说长宁叔不中用，其实心里老疼他了。”

“他们俩在守意挺难的吧？”

徐皎叹了口气，反正她看着谁都不容易。

“小木鱼也是，我有一次听到他跟家里打电话，好像老家想让他回去，他不肯，求着家里人让他留下来，都急哭了。就这事儿，我估计他也没跟他师父说。”

木鱼仔虽然还不成熟，但知轻重。会让师父伤心为难的事，他不会说，也不会做。

安晓心里闷闷的，问她：“那章承杨呢？”

徐皎和安晓对了一眼，说：“你男朋友，你问我？”

“我男朋友虽然每天跟我耗在一起，但这心啊，好像还在你那里。”

徐皎猛一弹起：“你可别瞎说，是在守意还差不多。”

“就是这个意思。”

安晓说，自从章承杨得了章意的准话，可以离开守意后，他每天背着个相机到处跑，去采风，找素材，有时候就坐街头看来来往往的人，一想到什么就记录下来。别说，看他那样子还真有点干大事的架子。

就是太忙了，忙得让人发慌。

“他之前最反对我去霓虹上班，说那里鱼龙混杂，不放心我，绞尽脑汁偷空去逮我。现在有时间了，反倒一次也没有来过，还跟我说尊重我的爱好。”

“你不喜欢？”

“不是，不是不喜欢，是觉得这一下子变化太大了，我接受起来有点困难。”

徐皎咬着薯片问：“你难以接受的是他不去找你，不缠着你了，还是他突然学会了尊重你？”

安晓耸着肩，叹了口气：“都有吧，太认真了，我害怕。”

一个平常看起来玩世不恭的人，突然从外到里，从行为举止到精神世界都得到了升华，这种一夕之间的蜕变潜藏了太多的未知，是危险，还是机遇？她不清楚，也不敢碰触。

“而且，他这个人，我说过的，你猜不透他。”

看安晓一副苦大仇深的样子，徐皎忍不住拍拍她的肩，想了一会儿，到底是把一直藏在心底的话说了出来：“其实之前我见过他，但我想他可能不想让别人知道。”

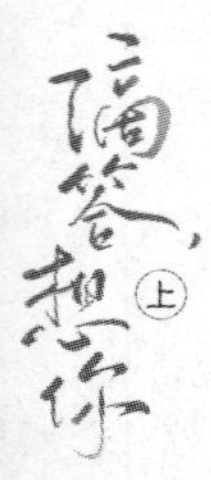

有一次天黑了，下着毛毛雨，看不清人，章意帮她叫了车，送她到门口。那一阵店里特别忙，有客人要改技术难度很大的表，还有客人找他们修古董钟，她好说歹说章意才没有坚持送她回去。

结果他刚一走，她就看到树下的阴影里站着个人，可吓得不轻。当时章承杨整个人都湿透了，也不知道在外面站了多久。

她到底存着个前嫌尽弃的心思，想要跟他和解，便上前问他："你怎么不进去？"

章承杨抹了把脸上的水，很久没有说话。就在她以为他并不想搭理她的时候，他开口了："里面在忙，我进去了，耽误事儿。"

"怎么会？"

这不是他的家吗？怎么会觉得自己耽误事儿？章承杨盯着脚尖看了一会儿，又看看守意，说："有没有我，其实都一样。"

他说完那句话，冲她点点头，转身又走进雨里。他身后背着硕大的包，她后来才知道那是他新买的装备，原本兴冲冲地跑回来，想跟他们分享他的喜悦，结果一看大家都在忙，井然有序，有条不紊，和往日没有什么区别。

这一切就被忙碌冲撞了，或者，冲撞这一切的并不是忙碌。

老街的夜晚，天光照得地面亮堂堂，那路灯的尽头影子越来越长，直到最后消失不见，像落叶，打着旋儿，找不到根。她留了心观察，之后又见过他几次，每次都是站在树下，一动不动地看着守意。

"你怎么没告诉章意？"

"我也不知道，但我觉得可能告诉你，会比告诉章意更让他好受一点。"

徐皎每每一想到那个画面，就开始恐惧，恐惧未来的某一个时刻，或许会像长宁叔、像老严、像木鱼仔、像章承杨、像章意那样，那样言不由衷、身不由己。

"这个时候他一定特别需要小情人的温暖吧？"

她冲安晓眨眨眼睛。安晓立刻会意，二话不说提包走人，给她可怜兮兮的男友送温暖去了。徐皎则不免想到，如果真的有这么一刻，她又该何去何从？

进入暑期之后，学生们一一离校，宿舍楼里冷冷清清，只有临近大四以及准备考研的一部分大三学生留了下来，宿舍统计相关信息时，于梦给徐皎打了个电话，询问她的意思。

徐皎上学期挂了科，借口要补课，登记了名录。于梦问她挂科的科目，说："我有笔记本，可以借给你。"

继上次不欢而散后，她们已经有许多天没有进行非必要的交流，难得于梦先低头，徐皎自然顺着梯子往下，道了谢，晚上回去买了一大包零食。

梁小秋一边吃一边抱怨最近找实习单位到处碰壁，于梦帮她重新做简历，徐皎刚好认识一家广告公司的 HR，可以帮她推荐一下。

梁小秋感动得眼泪汪汪："哇，居然是名匠，他们家香槟雪茄出口半个地球，还辐射包括外贸、旅游多个行业，是超级五百强公司，你怎么认识的？"

"之前校招会在路上偶然遇见，对方崴了脚，我借了一双鞋子给她。"

"天啊，这是什么好运气，我好羡慕你。"梁小秋戳着手机上新鲜出炉的名片看了好几遍，对徐皎郑重道，"谢谢你，你真好。"被于梦瞪了一眼，忙又道，"你也好，谢谢你帮我做简历，没有你们我真要完蛋了。"

于梦一笑，转头问徐皎："你呢？实习单位找好了吗？这事儿系里还挺重视的，明年要申报重点大学，咱们算撞枪口了，教务员说开学后会重点审查，记必要学分。"

徐皎戴上手套，拆了包薯片，一边找刮刮卡一边说："嗯，找好了。"

"哪里呀？"

"一家钟表店。"

"你对钟表真是情有独钟。"梁小秋问，"钟表店实习什么？修表吗？还是卖表？"

"我不是签了金戈的代言嘛，想多熟悉熟悉，而且实习表里不是要求我们拍一条创意广告嘛，我正好找找镜头的感觉。"

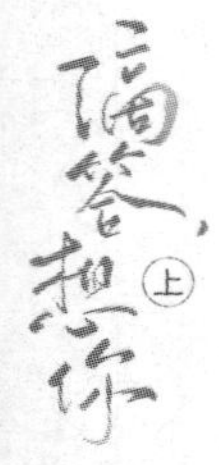

“人家钟表店能让你拍？”

徐皎支着下巴一笑：“不让拍我也要拍。”

明显是带着点任性的口吻，梁小秋嗅到其中隐隐约约酸甜的气息，凑到她旁边问：“是不是那天晚上送你回来的那个人？”

“什么？”

“就你喝醉那一晚呀，个子高高的，长得特别帅，说话也好温柔。”

看梁小秋一脸八卦的样子就知道憋了很久，徐皎哭笑不得：“你话题跳得也太快了，不是在说实习吗？”

“到底是不是嘛。”梁小秋说，“还有之前你受伤的时候……”

她话没说完，于梦忽然咳嗽一声。两人视线相交，梁小秋半是不甘地撇了撇嘴，止住了话题。

徐皎看她们好像有什么事瞒着自己，问：“怎么不说了？”

梁小秋摇摇头。

徐皎刚要再问，安晓抱着几个包裹冲了进来：“在门卫那儿看见你的快递，就顺手给你拿回来了。感动吗？”

徐皎上前帮她接东西：“你买的什么，这么多？”

“衣服、鞋子、化妆品，还能有什么？你快看看你的。”

“我记得最近好像没有买东西。”

安晓手上终于腾空，累得一屁股坐下，抚着胸口道：“国外寄回来的。”说完瞅徐皎一眼，“我是没仔细看，不过闭着眼睛也能猜到是谁。国外的，除了那谁还能有谁？”

徐皎没搭腔，翻出包裹一看，果然是从洛桑寄来的。洛桑是瑞士西部城市，毗邻日内瓦湖，距离跨国公司云集的日内瓦非常近。

至于日内瓦有哪些著名加工厂就不言而喻了，江诗丹顿专门为富豪提供定制服务的“梦之队”，就在日内瓦阁楼事业部。

安晓看徐皎发愣，催促她道：“想什么呢？快拆开看看，这回又送了什么东西给你？”

徐皎掂量了下包裹的重量，安晓嫌弃她磨磨蹭蹭，自己接过去拆开，一看顿时扫兴：“怎么还是书？”

徐皎早就猜到是什么。这几年他给她寄了很多只有瑞士当地发行销售或是博物馆馆藏的钟表类书籍，多是英文原版，偶尔里面会夹一两张明信片，以及他跟朋友一起的生活旅行照，这次也不例外。

唯一的例外是，多了一只“叮当猫”的卡通玩偶。

安晓眼尖，发现商标上的字样：“咦，日本原装进口的？”

徐皎所有社交软件的头像都是叮当猫，可见她对叮当猫爱得有多深沉了。安晓一边把玩玩偶，一边不忘揶揄她：“他还蛮会投其所好的嘛，书是你喜欢的，玩偶也是你本命萌物，虽说没什么新意，但合你的意最重要。怎么样？小心脏有没有一种被丘比特之箭射中的感觉？”

徐皎瞪她：“不要瞎说。”

“我怎么瞎说啦？当初迎新晚会一结束，他就出国进修了，我们这些学弟学妹脸都没认全，偏偏就记得你。留了你的电话不说，这些年隔三岔五可没断过联系吧？说是学长照顾学妹，谁信啊？你知道一本英文原版书多少钱吗？这跨国邮费也是烧得慌。”

说完见徐皎拼命使眼色，安晓才发现自己好像说漏了什么。一回头，见两双眼睛直勾勾地盯着她，她的内心顿时汹涌咆哮。

“哎呀，突然头有点痛，我先走了。”说完，安晓不管三七二十一，抱起包裹就溜，徒留徐皎一人面对宿舍里若有似无弥漫着的尴尬气氛。

徐皎放轻动作，把书放到书架上。

于梦点按着鼠标，对梁小秋说了几点做简历要注意的地方，梁小秋唯唯诺诺地点头，心思却仿佛早已飞到大洋彼岸的另一头。

于梦把鼠标一摔：“你到底有没有听我在说？”

梁小秋吓得往后一退，抵住柜门。

于梦也没心思再帮她改简历了，回到自己位置上。余光瞥见徐皎桌上的玩偶，双目顿觉刺痛，于梦不知不觉停下脚步，问道：“徐皎，刚才安晓说

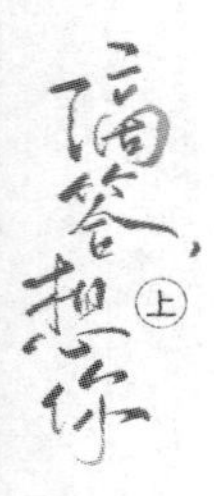

的那个人，是孔佑学长吗？”

徐皎收拾着书，停顿了会儿点点头：“嗯。”

“你们现在还有联系？”

“偶尔。”

于梦攥着桌角，手指发白：“当初迎新晚会是我张罗的，你知道我对他有意思吧？”

那会儿新生入学还没有多久，于梦就喜欢上了学生会主席——孔佑。打着迎新的旗帜组织了一场晚会，其意图再明显不过。连着几天在宿舍挑选衣服，她和安晓都知道。可孔佑很快就出国了，听说于梦跟他表白过，但被他拒绝了。

徐皎涂掉包裹上的个人信息：“嗯，所以我没有跟你说。”

“你们怎么联系上的？”

“我跟他只是朋友。”

“他为什么……”于梦说到一半顿住了，咬住唇，喉咙发紧，“他喜欢你？”

徐皎不想跟于梦讨论自己和孔佑的关系，但也不想让她误会，故而道：“我高中毕业的时候去苏黎世玩，就挺喜欢当地文化的，后来知道他去瑞士留学，就多聊了几句。他知道我喜欢看钟表相关的书，就帮我留意一下，没别的什么。这种事，好像也没有声张的必要。”

怎么没有必要？之前几次看徐皎收到国外包裹，听安晓捉弄徐皎，还以为是老同学，没想到竟是一走就再也没有消息的孔佑。

更没想到的是，在他拒绝她的那一天，却留下了她舍友的联系方式。

于梦越想越觉得讽刺，什么暂时没有谈恋爱的打算，原来都是骗人的。她往后退了两步，忽而想到什么，轻笑出声。

“他知道你已经有男朋友了吗？”

“什么？”

“别再装了，刚才小秋问你你还支支吾吾，其实我们早就知道了。你之前受伤的时候，每天都有一个男人在楼下等你，给你送早餐，陪你去医院。广告学专业大都是女生，什么事能瞒得住？徐皎，那个时候我们给你买的早餐，你都丢了吧？”

徐皎愣住。

“你那个男朋友很有钱吧？隔壁班的女生说他戴的是名牌表，一双鞋子几千块，每天给你送的早餐都不一样。原本我和小秋看你受伤，怕你去挤食堂不方便，好心想帮帮你，谁知道你这么虚伪。也许在你看来那几顿早饭不过几十块钱，可对我们来说却非常重要，你明明已经有人送，为什么不告诉我们？还要假惺惺地接受？”

徐皎不知道怎么短短工夫事情就发展到这个局面，但听于梦的意思，这根刺已经在她心里埋了有一段时间，不拔出来的话，只会越来越痛。

她想了想说：“如果我拒绝，你会怎么想？”

“我能怎么想？你以为我会怎么想？”

“我不说是怕你们多想，你们为我做的我很感激。”

“人前一套人后一套就是你说的感激？”

“你跟她解释个什么劲，惯得她。”安晓也不知道什么时候又回来了，门没有掩实，估计听了有一会儿了。她走进来挡在徐皎面前，“舍友的好意，拒绝一次不成，还能两次三次拒绝吗？反正她拒不拒绝，在你眼里都不是好东西，拒绝了你说不定还要觉得她装腔作势瞧不起你。你们给她买早餐，她心里不知道多高兴，特地跑城南给你们买糕点。除了第一天早饭没吃，后面哪一顿落了？没错，她是有别人给她带精致早餐了，可她浪费你们的好意了吗？她是不是隔三岔五就买点零食给你们？”

于梦被堵得没话说。

“而且孔佑早八百年就拒绝你了，他喜不喜欢徐皎，是他的事，皎皎没有义务要告诉你。知道为了维护你这敏感的、可笑的自尊心，大家装得有多辛苦吗？”

“你说我可笑？”于梦强忍着，泪水在眼眶不停地打转，“我的自尊心，

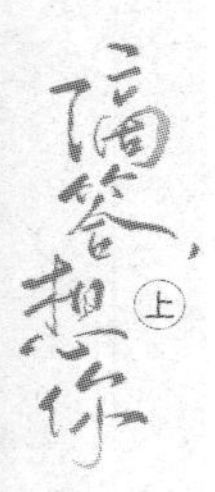

轮得到你来维护吗？”

“也是，我操的哪门子心啊。既然这样我就把话说开了，请你好好收拾你的自尊心，揣实了，别到处受伤，把过错推到别人身上。羡慕别人优秀是一回事，可嫉妒就是另外一回事了。”

梁小秋眼看事情不对劲，站到于梦身边：“我们不是舍友吗？你们明明知道于梦喜欢孔佑，三年了却说也不说一声，是有点过分了吧？”

“我呸，你们在背后跟人一起嚼她舌根的时候，有没有想过你们是舍友？”

“谁嚼她舌根了，你别污蔑人。”

“没有嚼舌根怎么知道人家有钱还戴名牌表？穿几千块的鞋？以讹传讹也动动脑子好不好？真见过他，不会没看到人家只开一辆五六年的旧车吧？人家根本不爱显摆，全身上下也没一件名牌，至于表，对人家来说根本不是牌子的事。你们这么好奇，要不要我开场茶话会把他祖宗八代都告诉你？”

眼看这两人再吵下去，准得惊动舍管，同层已经有人听到动静在外头张望，徐皎忙拉住安晓，冲她摇了摇头。

安晓一甩头发：“姑奶奶吵架从来没怯过场，我今天说的话你们最好给我记到心坎里去，笑话别人的人，总有一天也会被别人笑话，不要哪一天自己沦为笑柄还不知道。”

出了门，两人提着几罐啤酒，一口气跑到操场。

“都怪你，平时处处让着她们，看让她们嚣张的！舍友而已，合得来凑合着住，合不来就一拍两散，谁还欠着她们？你说说你，平时有的没的送了多少小东西给她们？指着她们念你的好，能跟你好好相处，做什么春秋大梦？这不，全都喂了白眼狼！”

徐皎听她一通发泄，乐得在旁看她。

“刚才要不是你拦着我，我非得撕破于梦那张虚伪的嘴脸不可。自己告白失利，还迁怒于你？关键时候不出头，装可怜让梁小秋出头，看着太恼火了！”说完，安晓瞪她，“你还笑得出来？”

“没事的，小事而已，别放在心上。”

安晓气不过：“怎么就是小事了？她们都欺负到你头上来了，你还一句话都不说，为什么要怕她们？”

“我不是怕她们，是觉得没必要计较。”她靠在安晓肩上，看着烧红半边天的操场，忽然想起苏黎世的那一晚，也是在这样一个绚烂的夜晚，有那么一个人给了她强烈的震撼。

他不记得她，才更让她耿耿于怀。

“你为什么不难过？我以为……”

“我也以为自己会很难过，放到之前，哪怕就一个月以前，我可能也会哭得稀里哗啦不能自已，感觉努力全都白费了，真心也遭到了背叛，可今天真正发生的时候，反而没有预期的心情，可能是因为我找到了不让自己难过的理由。”

其实在她受伤之初，章意就曾安慰过她。

“一个人人云亦云，是因为没有勇气做特别的那个人。而特别的那个人，不合群是因为找到了热爱的方向。因为热爱，所以不想只做六十分的普通人。”

“哟，这哥们有文化。”

章意是个很懂世故的人，难得的是，他本人却一点也不世故，所以她坚持认定他是一个僧人，会把自己的肉喂给老虎吃的那种僧人。

“以前我也经常问自己，难道是我错了吗？我不该念书的时候做兼职？不该大方，还是我不该把自己的手看得这么重要？”

“不是你的错，如果说一定有哪里错，就是长得太漂亮，太优秀了，遭人嫉妒。”

徐皎被安晓的“安式彩虹屁”给逗笑了，抬手捏她的脸：“跟你说正经的呢，就是觉得想不通，我明明已经很努力融入集体了，为什么她们还是把我排除在外？”

“那你现在想明白了吗？”

“嗯。”

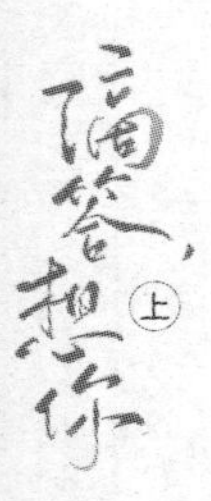

“为什么？”

徐皎晃晃脑袋：“大概就是太优秀了吧？”

安晓差点没从台阶上翻下去：“得，美女自恋起来确实挺讨打的。”

两人都笑弯了腰。

“说真的，我觉得你变了。”

“哪里变了？”

安晓说：“我也不知道，好像是心里的一种感受，你要是大哭一场，我不会觉得意外，说不定还要跟你一起哭。可你没有哭，我虽然有点点意外，但完全能接受，而且心里不是一种本该气愤、难过的心情，而是感动，觉得暖暖的，好像被你安慰到了。”

徐皎知道安晓说的“安慰”是什么，恰好也是这一点真正地安慰到她。

“你相信吗？我在守意这么久，没有泡过一次茶。”

安晓坐直了身体：“不会吧？我每次去都帮章承杨一起泡茶。”

徐皎点点头：“是真的，他们不让我泡茶，不让我烧水，也不让我端茶、切水果，平时打下手他们比我还注意，说是怕伤着我的手，影响我工作。”

她没有哭，不是不介意，而是被一种更深的东西打动了，就会发现，这种只有小孩子才渴求的认同感，比起那更深的东西，已经不值得她再奋不顾身和歇斯底里了。

就像她上次说的，那种你接触过，经历过，身处其中，就会特别有力量的一种东西。譬如小木鱼给她削苹果，长宁叔协助她锻炼手臂，老严在网上找她曾经手出镜的镜头，拿给店里的师傅们看，跟炫耀她得了什么了不起的大奖一样，章意在下雨天帮她洗手套，五月天烤炉火给她烘干，怕她路上摔跤磕碰到手，甚至想过给她买拐杖。

这些点点滴滴的东西汇聚到一起，让她觉得生活有一些坎坷、不完美，仿佛就是为了空出位置给他们，让内心得到更大的满足与治愈。

“他们每天都要练手活，特别知道手的重要性，比我还理解我自己，尊重我的职业。你会发现，遇见可能哪怕只有一个懂你的人之后，其余那些不是不重要了，而是不再那么重要了。你可以谅解，甚至宽容，因为你已经得到了最好的那部分。”

“你别说了，说得我都想去守意当学徒了。”安晓撑着下巴，望了望远处的天，又是一声叹气，“难怪。”

“嗯？”

“难怪有些人身在曹营心在汉。”

她过去谈过好几段恋爱，每每轰轰烈烈地开始，都惨惨淡淡地收场，时间一久，身边的人或多或少对她有些看法，虽然她表面不在意，但她内心仍旧珍惜和徐皎的友情，不希望自己在好朋友的眼里也是一个随随便便的人。幸好她们之间已经形成一种默契，彼此都不会轻易去碰对方的伤口，因为没有人能真的感同身受，只要徐皎不问，她就不说。可到了章承杨这儿事情好像就变了，她经常情不自禁地想起，又不由自主地放下。

她告诉徐皎，章承杨在电影论坛认识了几个女孩，其中有个女孩叫艾萝。

“听名字就很文艺，很有情怀吧？对电影的理解和他也有很多不谋而合的地方，我有一次去拍摄工厂找他，看到他们站在一起讲话，某一个瞬间觉得自己好像一个局外人。这种感觉可能就跟他在守意门外看着你们，某一个瞬间也觉得自己像局外人一样，被排除了出去，有没有自己好像都不重要了。”

安晓捏着易拉罐，手指发白。

她看着镇定自若，眼里却流动着徐皎看不懂的东西。这是徐皎第一次在她身上看到她对一个男人抑或一段感情，有思考和理解，并且努力地修复着什么。

“我和章承杨在一起，说白了就是见色起意，彼此互有好感，相处下去才发现我们俩性格太像了，都很倔强，不肯低头，经常看着对方，觉得离得很远。大概就是心走不到一起的那种距离感吧？”

他们俩的兴趣爱好天差地别，又各自非常沉浸自己喜欢的事情，一旦进入状态，常常忽略和异性之间的距离，又或者说在他们的观念里，那只是工作，没有别的，可在另一半的眼里却是不分轻重，没有分寸，是哪怕能够理

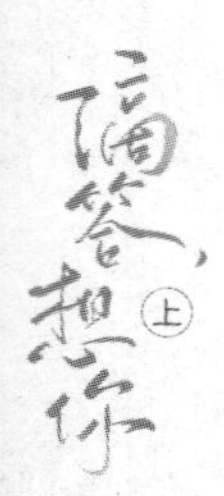

解也无法接受的一种状态。

“他一旦投入电影当中就不分白天黑夜，看不到我，可能满脑子也都是和艾萝灵魂碰撞的瞬间，这对我来说真的特别难以接受，是我太自私了吗？可他尊重我，我也想尊重他，但我知道这种尊重是虚伪的，我好像已经预料到将来分开的那一天。”

安晓长久地凝视着远方，晚霞连接着一望无际的草坪，迎来盛夏的狂热。她眨眨眼睛，努力将涌出的酸涩逼了回去。一回头见徐皎正充满怜爱地看着她，她忍俊不禁：“要不要像老母亲看女儿一样？”

徐皎扁扁嘴：“我心疼你嘛。”

“没事的，其实我们都没有错，只是不合适。”安晓反过来抱住徐皎，头搁在她的肩上，“不合适也想要在一起，是一种什么感觉？”

“应该就是爱吧。”

“有爱就可以一直在一起吗？”

徐皎摇摇头，她也不知道。哪怕她觉得章意很好，某种和安晓说的类似的距离感也一直存在于他们中间，就像她不知道他为什么常常独自一人坐着发呆，他也不知道她有多喜欢他一样，他们都有所保留。

“原来你说的身在曹营心在汉，是他身体跟你在一起，心却跟艾萝在一起？”

安晓捶她脑袋：“如果是这样我还坚持个屁，早分手了！”

“那你什么意思？”

“他现在正在筹备的不是恐怖电影，而是一个关于钟表修复的题材，讲的是一对兄弟传承老店的故事，很多素材好像就来源于他和章意。”

“真的？”

“不过他不准我告诉你，你一定要帮我保密，不然我就死定了。”

安晓又扯开一罐啤酒，送到嘴边，飞扬的眉眼下是一闪而过的惆怅。两人又闹了一会儿，先前的烦闷之气一扫而空。

和舍友闹得太难看，徐皎干脆收拾了行李去跟安晓长住，分摊一半房租。

安晓乐得高兴，叫了车连夜帮她把东西搬走。

她离开之后，梁小秋站在阳台上望着校门口的方向，小声对旁边的人说:“于梦，我们是不是太过分了？”

于梦抿着嘴角一言不发，转身回宿舍。

晚上，徐皎收拾完之后躺在床上，给远在瑞士的孔佑发消息。孔佑刚完成一个项目和朋友们在庆祝，看到手机振动，算了下包裹的时间，估计是徐皎的信息，他忙打断友人说话，走到一旁察看。

他猜到是和过去一样感谢的话，也做好准备借此机会告诉她，已经在当地找到了不错的工作，打算留下来发展，如果她明年毕业能够得到公派机会的话，以她对钟表的热爱，他们在瑞士相逢不是一件难事，届时他会告诉她自己的心意，可这些话还没酝酿得宜，就收到了她新的信息。

短短一行字，简单清晰:

学长，我找到了一见钟情的那个人。

妖艳的金发女郎从孔佑身边经过，拎着酒瓶对他发出邀请，他仿佛没有看见，匆匆给友人发了条消息，离开繁华的街市，回到自己的单身公寓。

打开电脑，他搜索最快回国的航班信息。一连半个多小时手忙脚乱地收拾行囊之后，他忽然力气全无，颓然地靠着床角坐了下来。

黄昏透过窗帘投下一道淡金色的光，落在脚边。

他忽而注意到，那里有一封来自国内尚未拆封的信，封底印着一个签章，是“金戈”二字。

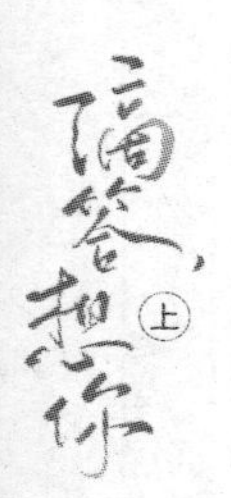

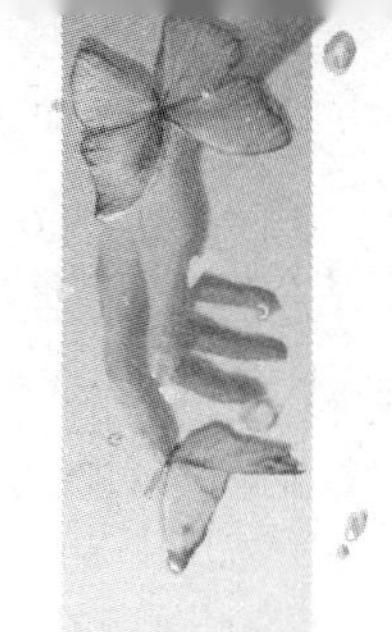

第七章

/

那个地方有片星空

Dida. Xiangni

一周后，“钟情”专项会如期而至，在此之前徐皎曾接到江清晨亲自打来的电话，邀请她出席专项会，会上会有重大决定宣布。

胡亦成认定这次的专项会有大批媒体记者到现场，光是采访稿就准备了好几份，连带着徐皎的两份，一份是公式化答谢，一份是对未来的展望，都让她背熟了，根据记者现场提问临时发挥。

由于是江清晨亲自致电，徐皎心里反倒不安，又说不出所以然来，胡亦成以为她紧张，不断安慰她。

两人到了现场，一看没有记者，胡亦成的心顿时凉了一截，之后小七和经纪人以及金戈相关代表陆续到场，胡亦成这才意识到，这场专项会和他认为的发布会有所出入，可他仍旧对此怀抱期待，直到江清晨一行进入大会议厅。

穿着职业套装的团队鱼贯而入，各自落座，当首是一个熟悉的男人。

徐皎第一眼就看到了章意，纵然有点诧异，可随即一想到他可能会加入金戈的研发团队，就也不算意外。真正让她感到震惊的是，江清晨团队最后进来的那个男人，戴着眼镜，身材高大，五官俊朗，微微颔首间，散发一股成熟的精英魅力。

江清晨为大家介绍说："从今天起，这位就是我们新上任的市场部营销总监——孔佑，毕业于洛桑国际管理学院，拥有 MBA 和 EMBA 等多个学位，曾为多家世界 500 强公司做过企业咨询管理，是我好不容易才邀请回来的大佬，大家欢迎。"

场内响起掌声，徐皎慢半拍地抬手，与他目光相接，轻轻地点了下头。孔佑表以一笑。随即，章意在她身边落座。

见她心不在焉，章意探过身来低声问她："怎么了？"

"没事。"徐皎忙收敛心神。

江清晨站在正前方，环视一圈后深吸一口气，说道："感谢大家百忙之中来参加今天的专项会，特地把大家聚集到这里，是想向大家宣布一件事。"顿了顿，她才道，"鉴于目前市场的不确定性和新系列的不完善性，我决定——钟情系列星座腕表将延期上市。"

"什么？"她刚一说完，厅内就有人问道，"延期多久？今年还能上市吗？相关广告宣传不都已经投入了吗？"

"期限未定，能撤回的撤回，不能撤回的做冷处理，违约的协商调解，赔付违约金。"

"这怎么行？这么大笔损失，你跟董事会报告过了吗？"

江清晨轻轻一笑："请您过来，就是想拜托您代为向董事会转达，这个决定经过我一个月的深思熟虑，不会再作改变。"

对方显然在公司小有资历，看年纪也是长辈，被江清晨堵到了喉咙口，一气之下摔了椅子当场离去。他一走，陆续也跟着走了几个人，剩下来的基本都是市场部的核心要员和江清晨机芯团队的自己人。

江清晨就此次决定向他们一一作出了解释与道歉，轮到徐皎和小七，她也非常坦诚："我们的合约可以继续下去，顺延到正式上市那一天。当然，如果你们想要就此解约，我方也会赔付相应的损失。"

小七和经纪人商量了下，决定继续合作。到胡亦成这边，他却迟迟没有表态，就在他准备开口之际，徐皎忽然起身说："对不起，我想和经纪人先

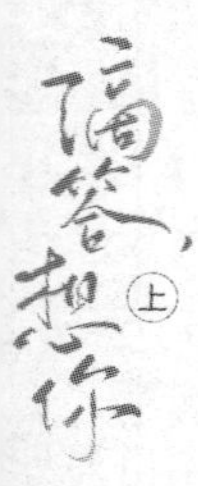

单独聊一下，可以吗？”

江清晨颔首表示同意，徐皎拼命拉着胡亦成走到外面。一到无人的楼梯间，胡亦成就撒开了她的手，低吼道：“你拉我出来干什么？”

“成哥，你先消消气，我想这种事情金戈也不愿意发生，一定有什么非推迟不可的原因，我们不着急，先听一听江总监的想法，再做决定好不好？”

她就是怕他一时控制不住自己的脾气，当场说了过火的话，才拉他出来冷静一下。不料，胡亦成却更加恼火：“这算什么？出尔反尔？我怎么能不生气，你知不知道我已经跟梵刻的张总约定好，只要今天公布代言人，我们就立刻签约，现在让我怎么跟人家解释？”

徐皎一怔：“我不是让你先不要告诉张总的吗？”

“我不说她就不知道了？哪家公司没有顺风耳？”

“可是……”她左顾右盼，一面担心有金戈的同事经过，一面害怕胡亦成失控，脑子跟卡壳了一般，机械式地往外蹦字眼，“成哥，其实小七都没问题了，我只是一个手模特，只有手出镜而已，换了我，多得是人抢这个位置，而我却不能失去这个机会。”

当初好不容易托章意人情才换来的机会，哪能说不要就不要？更何况天有不测风云，只是推迟而已，并非无故换人。

站在她的立场上，这件事完全可以理解和接受。

“我们跟梵刻好好解释一下，如果张总还是不能接受，我们就换别的合作，好不好？”

“你说得轻松，知道我搭了多少条线才联系上张美丽吗？我收到内部消息，梵刻正面临收购，赌赢了这一把，公司市值翻好几倍，你的身家也会跟着涨好几倍，你知道里面的轻重吗？”

胡亦成打着转儿，扯出烟飞快地吸了几口：“还有，你以为小七的经纪人这么好对付？我都打听过了，要不是当初他出道的时候江清晨刚好给过恩惠，他根本不可能成为公司练习生。同意无限期的延长，是因为要还当初的人情，不然以他目前如日中天的走势，何必放着那些国际时尚大牌不接，来接一个国内钟表品牌的代言？当然如果这个人情都不认，传出去他也不要在圈子里混了。可相反如果他还了这份人情，不仅能斩获好名声，以金戈在国内市场的影响力，还能获得更多国货品牌的喜爱。他做这个决定，一定是综合考量了多方利益的结果，你真当他傻白甜吗？”

“你为什么打听这种事儿？”

胡亦成喘着气：“我能不打听吗？不打听我连这人是人是鬼都不知道，怎么跟人打交道？”

不等徐皎开口，他又道：“算了，你懂什么？你只看得到你那点可怜的自尊心。不想让我当场发难，不就是怕面子上过不去吗？我还告诉你，今天这事儿他们不占理，就算我当场撂了脸，他们也不敢给我颜色看，否则消息泄露出去，记者随便乱写几句，知道金戈上市将面临什么吗？”

“成哥……”徐皎深吸一口气，笃定道，“你不能这么做。”

“我为什么不能这么做？”

徐皎静了三秒钟，说：“因为我们是乙方。”

胡亦成震住。

“如果我们以牙还牙，也去损害甲方的利益，那么以后没有甲方会愿意再跟我们合作，而且，我们会因此臭名昭著。”

胡亦成活动了下口腔：“只要做得隐晦一点，没有证据会指向我们。”

“成哥，你敢赌吗？”

胡亦成盯着徐皎，徐皎也盯着他。

过了好一会儿，胡亦成泄了口气，说：“你能想到这些，我确实没有预料到，不过你说得对。虽然我不敢赌，但至少得诈一诈金戈。只要利用好这次机会，就能换取我们想要的筹码，是直接的利益也好，人情也好，这些能握在手里的东西当然越多越好，不是吗？”

徐皎低下头，咬住嘴唇。

“我们一定要这么做吗？”

胡亦成似笑非笑：“怎么，又伤到你的自尊心了？”

“如果我只是在意自尊心的话，根本不会出现在金戈。”

“你什么意思？”

胡亦成掐着烟大口大口地吮吸，一根烟烧到手边，徐皎及时地提醒他，帮他抖了下烟蒂，他的情绪才稍稍平复。

徐皎说：“对不起，我不是那个意思。”

胡亦成移开视线。

意识到刚才一时被愤怒烧去理智，将火气全都撒到了她身上，他也有点后悔，正要说什么，金戈的员工跑过来提醒他，公司内部不能抽烟，说完直接抢了他的烟头掐灭，扔进垃圾桶里。

胡亦成看着那一幕直发笑。

“行，好样的。”他转头对徐皎说，“进去吧。”

“成哥。”

胡亦成打断她：“你放心，我知道该怎么做。”

每每只要示弱，不管胡亦成有多坚决，都会妥协一二。徐皎心稍定一些，走上前来拉他的手臂，他不动声色地打量她一眼，问道：“对了，章意怎么会出现在这里？”

加上之前在守意和拍摄那天看到的，章意出现已经不止一次，很显然他和江清晨之间有什么关系，只是不知道是什么关系。

见徐皎没有作声，想到她之前的隐瞒，他停下脚步，声音渐冷：“你是不是有什么事瞒着我？”

楼梯间的一门之隔被打开，章意出现在视野中。

章意曾说过，看见她低着头，委屈、难过，抑或生闷气的时候，就会觉得自己很过分。可现在有一个人，一再地让她低头，却毫不自知，他心中仿佛有什么火星子溅了起来，噼里啪啦地剥落着壳。

胡亦成察觉到什么，目光对上章意的眼睛，以及注意到他面容上不加掩饰的担忧与不快。

他这个人，在徐皎的事情上一贯拥有着属于自己的权威，还没有谁因为徐皎这么给过他脸色。他拍拍身上弥留的烟味，笑道："怎么，怕我把徐皎吃了？"

章意顿了一顿，神色稍缓："不是，怕她不懂事，惹您生气。"

"这倒有意思了，显得我好像外人一样。徐皎跟了我三年，我能不了解她？小孩子的脾气，要一要闹一闹，事后自己想清楚就没事了。"

"能想清楚的是道理，越不过去的是感情。感情一旦有了裂痕，便会越来越脆弱。"

"是吗？"胡亦成单手插兜里，一股强烈的想要抽烟的欲望再次升上来，他绷紧牙关，问道，"你们才认识多久？"

"人与人的相处不在时间长短，在乎时间的重量。每一分每一秒都有感受，比起三年甚至一生的虚耗，更值得拥有。"

胡亦成气极反笑，揉碎了口袋的烟，大步走回会议厅。徐皎抚着胸口，梗着的气还没顺下去，又被火上浇油的章意给提了起来。

她跺跺脚："这种时候你为什么要气他？"

"看到他刚才张牙舞爪的样子，一时间没忍住。"

"你怎么会忍不住？就是故意气他！"

章意轻哼一声，仿佛连自己都没有察觉："还说他不是老虎？依我看，即便不是老虎，跟狼也差不多。"

徐皎忍不住笑，从后面拍他一下，两人急急忙忙往回走，到门口正好碰见刚打完电话的江清晨。董事会一番狂风暴雨的轰炸，让她看起来略显狼狈，脸上有些讪讪之色。

章意询问道："还好吗？"

江清晨注意到他虚虚护着徐皎的姿态，眉宇间闪过思量。徐皎也表示关心，江清晨点点头，说："没什么，一点小事，进去吧。"

大概五分钟后，进入专项会的主题——金戈新品牌方向。

"这些天我深刻地反思了复刻的含义，为什么在我准备这么久，打算重拳出击抢夺中端钟表市场的这一年，我会选择做一款钟情系列的复刻腕表？

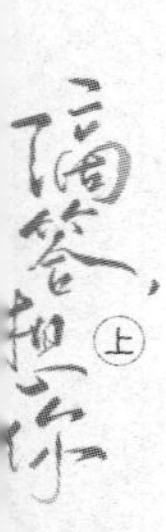

是因为传承。不止金戈这一品牌的传承，更是这个品牌背后文化历史的传承。万宝龙对计时表发明的复刻，把品牌与计时表的历史紧紧关联，欧米茄复刻的超霸表，则在昭示其作为人类登月表的同时，还传达着一种超霸欧米茄是品牌标志之一的信息。同样，豪雅表对摩纳哥计时表和卡莱拉计时表的复刻，也传达着品牌跟汽车运动精密计时的不解渊源。而金戈，最深层的文化是什么？是不断创新与超越的同时，保留中国最传统的文化底蕴，这让我不免想到 77 年前以牛郎织女为概念制作的鹊桥相会款和 38 年前极具中国代表意义的二十四节气款，都曾赢得不小的市场关注，可一块石头投进河里，为什么没有激起持续的浪花？因为资本忘记了初心。在今天，至少在目前这一块钟情系列的复刻表中，我没有看到来自这个团队强大的想要传达给受众的信念，也没有看到极具企业代表性的文化，它完全不具备复刻的深意，所以，我将它暂时搁置下来。搁置，不代表放弃，而是将期许延迟。”

江清晨的目光牢牢锁向一个人。

“金戈已经拥有 170 年的历史，在世人的心中，这是一个顽强的企业，同时也是一个面向低端市场的企业，这个形象和它的历史一样发人深省，刻骨铭心，所以，要从低端市场走向中高端市场，我们必须打破世人固有的印象，因此，我决定将钟情系列全新包装，更换为全新的品牌，今后我所带领的团队和市场，代表的就是一个崭新的生命。”

脱离金戈，成立子品牌，看似容易，实则千难万险。可于当下金戈所面临的局势而言，不可谓放手一搏。场内有人迟疑观望，也有人赞同期许。

徐皎已经顾不上照顾胡亦成的情绪，光是从江清晨的眼神里，她已经能够判断出这些举措和改变来自谁。

江清晨的声音在空旷的会议厅环绕，回响，发聩于耳穴，产生长久的轰鸣与震荡。她清清楚楚地听到江清晨说：“而新品牌的命名，将由一个人决定。”

那个女人的目光像火焰，炽热燃烧着什么。徐皎忽然感受到了什么。她的心不断跳动着，小心翼翼地捕捉着身边这个男人的反应。

章意只是坐着，一直笔直地坐着，倾听每一个字，每一句话。

“AHCI，相信在座的各位都有所耳闻，独立钟表创制人协会，殿堂级的钟表人协会，只有采用前人没有用过的方法创制手表才有可能加入这个协会，而截至 2018 年，中国的独立制表创制人，只有三人入选该协会。”

江清晨说：“这个协会有非常强的版权保护意识，在整个制表业也拥有相当的权威。如果金戈能够投资成功这样一位独立钟表创制人，哪怕只是一个新的子品牌，也会拥有想象不到的影响力。现在，让我们回到行业发展规律当中。”

江清晨每停顿一次，徐皎的心就伴随着她收紧一次，直到她再次停下，注视着章意。

所有人的目光跟随着投向他。

“章意，不管是像儒纳那样独立创立品牌，还是像罗杰杜彼那样得到投资，不管是做具有传统文化的金戈子品牌，还是做你想要的创新科技新品牌，只要一句话，我将唯你马首是瞻。”

这是一个投资人抑或一个合作伙伴最大的诚意，品牌的命名留给他，马首的权威交给他，她愿意遵从内心最深处的声音，试一次，相信这个男人。

只要他点头，她马上着手对钟情的改造，让整个团队去规划新的市场定位。她会倾其之力与董事会对抗，哪怕以个人股权为代价，也要成为这个风口的领头羊。

她要金戈不朽，也要历史长存。

她要破釜沉舟，也要功成名就。

全场再度寂静下来。

到这一刻，大家都明白了，所谓的专项会，对他们而言是一场解释说明，可对这个男人和江清晨而言却是一个战略未来。

而所有权，在这个男人手上。

章意沉吟了很久，沉吟到所有人包括江清晨都以为他不会接受，不会给这个机会的时候，他起身了，思虑良久，最终还是说想要再考虑一下，随后

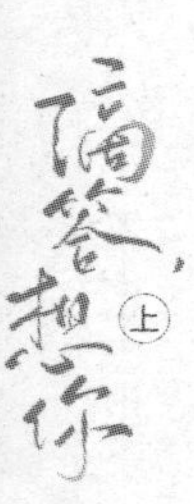

离去。江清晨立刻追了上去，徐皎刚要走，被胡亦成从后面拽住胳膊。

“我现在要去见张美丽，你等我消息，换新品牌跟延期上市可不是一个概念，具体的我们还要再聊一下。”顿了顿，他目光幽深，“徐皎，我们之间什么时候连最基本的信任也没有了？”

徐皎来不及解释，胡亦成径自抬手打断，大步离开。

看着两人越走越远的身影，她踌躇着，不知该往哪个方向去，最终长长地叹了口气。

“怎么垂头丧气的？看到我回国就算不惊喜，也不至于这么失落吧？你不好好解释一下的话，我可要伤心了。”孔佑走上前来打趣道。

徐皎强打起精神，回说：“我买了老干妈、火锅调料，还有一大堆零食，昨天刚给你寄过去，好大一笔国际邮费呢。”

“你怎么没告诉我？”

“你要回国也没跟我说。”

这就有点搬起石头砸自己的脚了，孔佑笑着说：“临时决定，有点仓促，想着回来给你一个惊喜，没想到就在这儿碰上了。你怎么接了金戈的手代言？”他看一眼时间，“不如一起吃午饭？”

他很久没有见到她，只偶尔在社交软件里才能看到她的身影，一日日在变化，变得越来越美丽，回来之前还怕认不出她，可走进来的第一眼就确认了，还是当初一见钟情的那个女孩。

现在跟她说话，看到她就站在自己面前，漂洋过海的一颗心才算安定下来。

不料，徐皎却有点犯难：“今天不行。”

“有事？”

徐皎点点头，满脑子都是小人打架的声音，只说：“金戈推迟新品发布，我经纪人那边……”

这三年他们时不时联系，偶尔借着他送她书，她给他寄国外紧俏的一些生活用品，两人会聊一聊生活。孔佑是个幽默的人，作为学长也很懂得分寸，他们在网上交流就跟好朋友一样，特别困扰时候，她也跟他提起过胡亦成。

即便说得委婉，孔佑也还是听懂了。想到刚才他们中途出去，不难猜到什么。

“那我送你出去。”

“不用。”徐皎摆摆手，“你刚到公司，肯定很忙，刚才又……”

她听到团队的人在说，董事会那边要求他们马上开会，他估计也走不开。

孔佑想了一想，今天确实有点仓促，便没有强求。

约好改天一起吃饭后，徐皎如同踩上一双风火轮，追风逐日赶回守意。

一进门，她就被木鱼仔拽去后院。

章意屋子的窗台下，正猫着一颗脑袋，徐皎和木鱼仔悄无声息地上前后，就变成了三颗脑袋。原本只是回来拿东西的章承杨，在看到自家哥哥坐房间里发呆后，步子就挪不动了。

观察了半天，见章意还是一动不动，他有点着急，冲徐皎嚷嚷道：“怎么回事？今天不是去金戈开会吗？”

徐皎忙用手指压住唇，示意他小声一点。

扒拉着窗台，小心翼翼地往上看一眼，她又缩回来。树荫下的光半明半昧，章意只有半张脸是清晰的，眼角微下压，带着点忧愁的弧度。

“你怎么也不说话？”章承杨等不到她回答更急了，“今天到底发生了什么？”

徐皎就把会上的事说了一遍，章承杨眉头一皱：“让我哥命名品牌？”

“嗯。”

“她疯了吗？给股权还不够？她知不知道好多钟表品牌都是以创始人或者创制人命名的？她怎么不干脆直接说新品牌就叫守意？”

徐皎心口发紧，嘴巴没味儿，一想到江清晨说的话就没底。

“叫守意还好了，我就怕新品牌直接叫章意，以后人走在大街上，都要互相问一句，哎，你买过章意表吗？怎么听都有点别扭。”

章承杨“扑哧”了一声：“你想得倒挺长远。”说完又瞅她一眼，“我

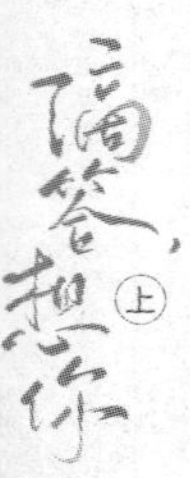

看你是不想让谁都叫我哥名字吧？”

徐皎的小心思仿佛被窥破，眨眨无辜的眼睛：“怎么会？”

章承杨吊儿郎当地扯了下后领子，嘴角挑起一丝意味深长的弧度。木鱼仔说：“让师父来命名新品牌不是好事吗？为什么他看起来不开心？”

“不是不开心。”

“那是什么？”

章承杨嘟哝着：“这么重的担子，让人怎么扛？”

徐皎和木鱼仔对视一眼，都不说话了。章承杨还要开口，头顶光线忽地一暗，他仿佛意识到什么，抬头一看，章意正站在窗边，一脸兴味地盯着三人。

没一会儿，人就跑光了，只剩崴了脚的徐皎，一时没溜得掉被章意逮到屋里。趁他去找红花油的时候，徐皎飞快地瞄了眼还亮着的电脑屏幕。

“年度制表人大赛？”

“嗯，协会主办的。”

徐皎留意到收信时间，是一个月以前。再看发件人，名字好像有点熟悉，想了想，居然是杨路？那个叛出师门的杨路！

“他为什么要发这个给你？”

章意坐在床边，让她把裤脚撩起来，检查她的脚踝：“又是木鱼仔跟你说的吧？”

“虽然那天在酒吧光线很暗，但我也看到了，那个人对你很不礼貌！”她着重强调“很不礼貌”四个字，牙关磕得紧紧的。

章意忍笑：“没有不礼貌，他是我师弟。”

“什么师弟？就算是，也是前师弟，现在已经不是了。”

“好好好，不是了，你别乱动。”章意摸了几个地方，挨个问疼不疼。见她哪儿哪儿都疼，脸上却笑嘻嘻的，知道她故意捉弄自己，偏无可奈何，倒出红花油在掌心搓热了，沿着脚踝四周都揉了揉，让她注意这两天不要剧烈运动。

徐皎盯着他乌黑的脑袋，里面有个小旋涡：“你要参加吗？”

章意一时没应答。

“特地发邮件通知你，不是挑衅是什么？还说是师弟，哪门子的师弟，都欺负到你头上来了！”

想到这一个月来他在金戈和守意之间的徘徊，面对师弟赤裸裸的挑衅，他内心一定充满了挣扎。可如果参加制表大赛的话，一个人的力量又太薄弱了，如果有团队作为倚靠，应该会更有把握吧？

章意也适时地开了口：“如果以新品牌的名义去参加这次比赛，对新品牌来说也是件好事。”

他语速缓慢，带着点谨慎思考后的笃定。徐皎气馁，往后一靠。

章意含笑：“怎么，不想当我创制表的代言人？”

“当然不是。”

她巴不得，这样就能跟他坐同一条船了。只是一旦他加入金戈，势必会经常和江清晨见面，到那时即便她天天蹲在守意，也未必能像现在这样朝夕相处。

近水楼台未得月，月已迁至他人前。

“你以后是不是得经常去金戈？”

章意见她耷拉着脑袋，眼睛里泛着楚楚的光，心下突地一跳，只道：“守意暂时离不开人。”

“那你一个人怎么照顾两个地方？”

“我打算把后院的杂物间改一改，支个临时的科研工作室，让金戈的人过来办公。”

“这怎么行？”

这不就引狼入室了吗？到时候她跟江清晨同一屋檐下，抬头不见低头见，多尴尬。徐皎猛一起身：“万一……万一他们偷师怎么办？”

章意轻弹她脑门：“想什么呢？”

把红花油重新拧好，章意起身，见小姑娘还一脸纠结，一会儿皱眉，一会儿叹气，一会儿哀号，一会儿又像是要哭了，他顿时如临大敌，想到什么

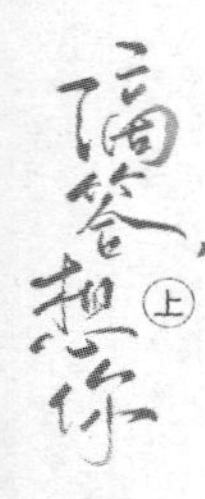

便说：“不是要写实习报告吗？”

“你又不肯让我拍！”

章意摸摸鼻头，没说话，可那样子却像是妥协了。徐皎觑着他的脸色，见他回避自己的目光，耳根有点泛红，顿时一蹦三丈高：“你同意让我拍了？”

“我没有不同意。”

“但你不让我拍你。”

章意有点无奈：“我不习惯对着镜头。”

“你不用搭理我，我可以偷拍。”反正也不是第一次偷拍他了，她捂紧自己的手机。

可是……章意忽然意识到，他已经习惯了寻找她的身影，在工位上，在后院里，在茶室中，在守意的每一个角落，她都曾停留过。

只要她看向他，他就会看到她。

这对他来说是一个身体本能发出的危险信号。他努力让自己摒除杂念，不去想这些可能只是一时胡思乱想导致的结果。

而徐皎此刻满脑子都是拍摄画面的构图，对创意广告的处理，没有注意他的神色。想到兴奋的地方，她拔腿就要往外跑。

“去哪儿？”

“我去找章承杨借专业装备。”

一出门，她就听到木鱼仔扯着嗓子喊：“太师父回来啦！”

话音刚落，一个须发皆白的老爷子拧着章承杨的耳朵大步走进来，把人往前一推，大骂道：“我临走前是怎么嘱咐你的，你都忘了？你哥生病了，不能让他一个人留在店里，晚上睡觉也要注意着点，你倒好，人没给我看住，自个儿还拍上电影了！当初你是怎么答应我的，都忘了是不是？”

章承杨揉着耳朵没吱声。

章意刚要出门，徐皎下意识挡了他一下。就在这时，章文桐再度开口。

“你说想学手艺，将来继承老店，把老店一直传下去，还说一定不会离开老店，会守着它，跟它一起进退……这些是不是都是你说的？现在反悔了？”

章承杨闷头答：“我学不好，就想拍电影。”

“店不要了？”

“不要了。”

“店长不想当了？”

章承杨翻了个白眼：“我算哪门子店长？”

“你说什么？”章文桐上前一步，“你再说一遍。”

章承杨本就是不能激的性子，一激整个人更加叛逆，扬起头就道：“我算哪门子的店长？一个替补而已！”

话音刚落，“啪”的一声，惊得落后几拍进来的刘长宁愣在原地。

章承杨捂着火辣辣的脸颊，瞪向章文桐：“难道不是吗？从小到大只要有我哥在，我就是老二，万年的老二，永远的替补，你眼里什么时候有过别人的存在？杨路也曾说要永远留在守意，但他最后还是走了。他为什么会走，你心里没点数吗？”

“承杨，快别说了！”刘长宁上前来制止，反被章承杨一甩手，往后退了两步，没注意台阶，绊住了脚。

一眨眼的工夫，刘长宁就没了意识。

章意立刻跑出去，张罗木鱼仔把人送去医院。来不及和章文桐多说一句，几个人就都冲出了院子，徒留愣在原地的章承杨，浑身颤抖地看着自己的手。

章文桐也未料到这个局面，缓了口气，抚着不断起伏的胸口，摸索着石桌边沿缓缓坐下。

他在国外接到杨路的电话，才知道章承杨离开了守意，而章意好像也在计划着什么。他一着急，直接订了机票回国，两兄弟谁也没通知，本以为这是杨路挑拨离间的阴谋，谁想回来一看，这小子当真背着个相机，正打算出门。

老章家到他这一代，眼看香火为继艰难，就剩孙子辈的两棵苗苗。章意天赋异禀，原本继承家业不在话下，却意外得了梦游的毛病。若只是个人也就罢了，可他代表的是这家百年老店的前程，心理病犹如定时炸弹，稍有不

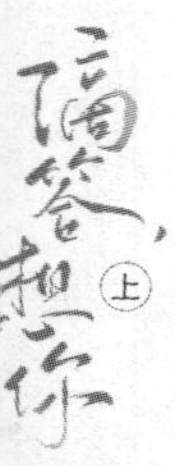

慎就会万劫不复，如此章承杨便成了他最后的希望。

他沉默了好一会儿才开口：“这阵子究竟发生了什么，你跟我详细说说。”

章承杨脚下一软跌坐在地。他心里慌着，不知道刘长宁怎么样了，满脑子都是刚才的画面，想追上去一起看看，脚却跟灌了铅似的动也动不了。

章文桐看他这样，心下更是大失所望：“瞧你这点出息！遇事这么不稳重，怎么看守一家老店？还说自己只是老二，你不当老二谁当老二？”

是啊，他不当老二，谁当老二？

章承杨的内心忽然被一股强烈的羞辱所召唤，这种羞辱感长久以来生根于某个黑暗的地方，一直被他用理智压制着，不让其壮大，可每每夜深人静的时候，他总忍不住会问自己，为什么他只能是替补？

为什么他不能得到完整的看待？这些年来他浑浑噩噩地活着，所不甘忍受的到底是什么？在这一刻，复杂的屈辱感夹杂着对刘长宁的担心一并朝他席卷而来，他抱着双膝蜷缩成一团。

他强压着胸间亟待爆发的那团火焰，沉声道：“别说了！”

年轻的身躯摇晃着，声音颤抖着。

章文桐不堪忍受眼前这一幕，大喝道：“章承杨，你给我起来，这么坐着像什么样子？我告诉你，你从小到大所拥有的一切都是守意给你的，不管你想不想，乐不乐意，都必须给我留在店里。现在你哥去医院了，前边没人看守，你擦把脸去外面招待客人，给我把心揣实了，再好好想一想你身为二店长的职责。”

“为什么？”

章文桐怔住：“什么为什么？”

“你到底是怎么做到的，在长宁叔被送去医院生死未卜的这个时候，满心满眼仍旧只有这家老店？你为什么这么冷漠？”章承杨强撑着起身，一边跌跌撞撞往后退，一边看着章文桐，眼里不断闪烁着什么。

“在你眼里，我其实就是帮你看家守店的一条狗吧？只有当主人不在的时候，狗才有价值。”

“章承杨！你、你……”

老爷子拄着拐杖，身体不住地颤抖摇晃，看着像随时就要倒下一般，可章承杨却只是定定看他一眼，就决然转身。

章文桐大喊道：“章承杨，你给我站住！今天你要出了这个家门，就别再回来了！”

章承杨脚步一顿，终究没有回头。

“莫道桑榆晚，为霞尚满天。”

刘长宁醒来后，用这一句诗就安慰了章意。他经过灾荒洪涝，也历过流浪孤独，幼年身体底子就差，长久伏于案头缺少锻炼，到了岁数精神不济，气血亏损，加上最近一阵实在太忙，一下子就给累倒了。医生嘱咐他加强营养，多休息，戒忧戒思，就没什么了。

章意得到宽心，刘长宁又跟他说了两句：“小章，老了要像我这么豁达乐观，年轻的时候可不能留下遗憾啊。”

刘长宁意味深长，章意点点头，说：“谢谢长宁叔。”

看到刘长宁睡着之后，他回了一趟守意。

木鱼仔已经先一步回来，和老严两个人看着店，一众师傅都在自己的工位上忙碌，守意跟往日一样井井有条。

章意给老严交代了两句，到院子后面去找章文桐。章文桐在他床边坐着，一言不发，电脑屏幕下的待机灯一闪一闪。

章意收回目光，说：“长宁叔没什么大碍，就是累的。”

见章文桐一双古井无波的眼睛盯着自己，他又道：“最近有客人要改自鸣表，着急，长宁叔就熬了几晚上。”

“长宁身体不好，以后这种活要么你来接，要么就别接了。改的时间太久，客人等不及，反倒落不着好。”

“我明白。”章意上前来搀扶他，“您身体恢复得怎么样？”

“我都好，在那边说是疗养，其实到处游山玩水，你安排的地陪细心周

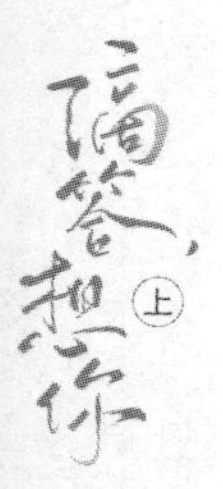

到，处处都照顾我。就是惦记着守意，总是放不下心来。”

“店里有我看着，您还不放心？”

“呵，就给我看成这样？”章文桐脚步一顿，目光严厉地看着他，“承杨要走，你怎么不告诉我？那个兔崽子三天不打就上房揭瓦，他那性子只有我才压得住。”

“跟他没关系，是我让他走的。”

“你说什么？”

章文桐霎时甩开他的手。

屋内一下子陷入死寂，爷孙俩离得不远不近，彼此无声地对峙着。章意也陷入了沉默，他双手搓揉着虎口的位置，如同无数次站在屋檐下洗手时的心情，一度悲伤起来。

他记不清从哪一天开始，承杨被迫留在了店里。当别的小孩被家长要求写作业的时候，他也被要求完成自己的功课，分豆子捡零件，练眼力和手劲。

最早的时候，爷爷把希望寄托在他身上，承杨偶尔还能偷偷溜出去玩，上树下河掏鸟窝，尽管每每被打得鼻青脸肿，仍咬着牙不肯低头。可后来爷爷似乎把希望也寄托在了承杨身上，从那之后承杨就变了，他开始学手艺，练功夫，坐住板凳，逼着自己磨砺根本不在守意的心志。

原本从不低头的人，忽然有一天开始低头了。

过去他经常想不明白，对电影还有着热爱的承杨，为什么要留在店里当一个无足轻重的二店长？是因为挑战不了爷爷的权威，还是跟他一样热爱着守意这家老店？

或许都不是。

“是因为我吧？”章意按压着虎口，清晰的疼痛传到大脑皮层，他却仿佛无知无觉，“因为我的病，您才会这么对待承杨，承杨才肯留下来，对吗？”

章文桐的手微微颤抖着，喉咙发紧：“我不知道你在说什么。”

他不断回忆刚才在院子教训章承杨时说的话，难道说漏了什么？章意走到书架前，在一排钟表书的夹层里抽出一张报告。

章文桐不想接，梗着脖子问：“这什么？”

章意说：“您不在的这些日子，我梦游过几次。”第一次恰好被徐皎看到，之后又发生过两次，一次早上醒来，他发现厨房多了一锅汤，显然是有人夜里熬的，询问无果后他仿佛预料到什么，之后一次，他发现前一晚没有修完的表，第二天居然修好了，检查监控后发现自己再次犯了病。

之后他去看了医生，医生无从解释梦游的科学理论，只告诉他多半与精神有关。在寻找病因的过程中，医生发现他对于童年的记忆并不完整，经过几次治疗，医生给他出具了诊断书——童年阴影所造成的创伤后应激障碍，导致部分记忆遗失，身体机制主动回避创伤，通过梦游的方式得到排解。

这也是他梦游的主因，因近期的精神紧张与焦虑而频发。

“医生说如果病情持续加重的话，我可能会在梦游中发生意外，但梦游不是完全无法攻克，您为什么不早点告诉我？”

章文桐嗫嚅着：“我……”

“是因为我缺失的那部分记忆？”

“不是！”章文桐下意识道，“哪来什么童年阴影，没有的事！我早就问过医生了，你这个情况只要遏制住就跟普通人没什么两样。没告诉你就是怕你多想，还精神有问题，这不胡说八道吗！”

“如果我可以跟普通人一样，您为什么还要逼承杨？”

章文桐叹了口气：“天有不测风云，人有祸兮旦福，我这么做，只是想让守意尽可能一代代地传下去。你或是承杨，今后你们的孩子，孩子的孩子，若都能顺利传承当然更好，可谁说得准？”

“承杨心不在此，您别再逼他了。”

“这件事你别管了，反正我不同意。”

“爷爷。”

章文桐打断他：“你也是，尽早收了那些乱七八糟的心思，哪有时间参加比赛，还是好好看店吧！”说完，由不得章意再开口，老爷子径自掀开帘子叫木鱼仔送他回家。

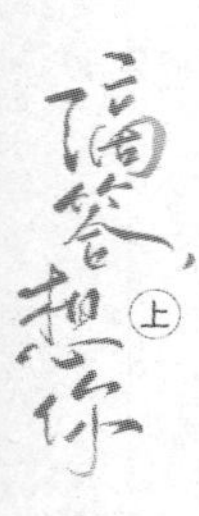

章意几番欲言又止，最终只是嘱咐了木鱼仔几句，安顿好一切又返回医院。

一通折腾天已经黑了，他洗不去满身的疲惫，在进入医院门口的刹那左顾右盼，看着华灯初上的夜，顿生一种盲从感。他脚步一转，去了旁边的便利店，买一包烟走回巷口。

烟雾缭绕间，他用成熟的方式平息了胸腔的躁郁。

准备进医院时，远远看到一道熟悉的身影，他刚要张嘴，对方也在同一时间看到他。两人目光相接，对方却不作片刻停留，拉下帽檐飞快地跑了个没影。

章意轻轻一笑，把烟摁熄了。

身后忽然有人拍他的肩，章意回头一看，下意识地揣了下口袋。徐皎凑过去脑袋："看什么呢？站这儿发愣。"

离得近了，闻到一股烟味，她眉头一皱："怎么有烟味？"话到一半，她仰头看他。

章意避开她的视线，转移话题道："不是说回学校了吗？"

"哦，走到半路上肚子饿了，想着也许你还没吃，就打包了一些。"

她往上提了提袋子。

包装袋上的地址离这里有些路程，却是他平常比较爱吃的餐点，打开一看果然有份鲜虾云吞面，热门招牌，光是排队就要半小时。

他眉宇间掠过一丝疑虑，静了一会儿笑道："谢谢。"

徐皎努努嘴："跟我还这么客气？快吃吧，待会儿就冷了。"

章意点点头。

两人坐在医院的花园长椅上，四周寂静无声，地灯在脚边连成一串，迎着风带来花草的香气。想到刚才那转瞬即逝的烟味，徐皎说："长宁叔还要再住院观察两天，我待会儿去帮你们买点洗漱用品吧？明天早上再来看他。木鱼仔说会煲汤带过来，到时候我再跟他一起去守意。"

"好，店里没什么要紧事，你别担心。"

徐皎撇撇嘴，她哪里是担心店里？

“我现在跟晓晓一起住，章承杨那边有什么情况，我帮你留意着，你也不要太担心了。”

章意一顿：“不住学校了？”转瞬想到什么，“跟舍友吵架了吗？”

“嗯，吵架了，闹得有点不好看。”她用平静的口吻说，“不过我在意了。”

“为什么？”

他把包装袋拆开放在脚边，一抬头对上她的眼睛。她的声音轻轻的：“因为有了更在意的人。”

地灯柔和了她的面孔，在夜色中描摹出柔和的线条，你注视着她，难以忽略她眼底的那些东西。章意心跳猛地漏跳一拍，只看到她的嘴唇一闭一合：“比起她们，长宁叔、老严、小木鱼，是我现在更在意的人了。”

“还有你。”她说。

他缓慢咀嚼着云吞，尝不出它原本鲜美的味道，仿佛味觉失了灵。徐皎小心留意他的反应，见他好似又没有接收到信号，好不容易攒聚的一口气当场泄了：“你怎么傻了？听见我说这话，太感动了是不是？”

章意放下筷子，淡淡一笑。就知道她又在玩小孩的把戏，只是为了安慰他吧？

“你能这么想，我替你高兴。只是你还没有毕业，她们不光是你舍友，也是你同学，今后还要相处，闹得太别扭也不好。”

“宿舍其实没有搬空，我还是要回去的。”

章意颔首，知道她留了分寸就不担心了。这么多天相处下来，他发现其实她跟他想的完全不一样。她看着比同龄人稚嫩，内心却并非毫无想法。

她身上有一股劲，跟野草一样，既要当胡亦成的僧人，也要守住理想国的灯，不单天真，更要敞亮。

只是难免令人心疼。

徐皎刚回完木鱼仔的信息，转瞬对上他的目光，动作一顿：“在看什么？”

“没什么。”章意收回视线，低下头继续吃云吞。

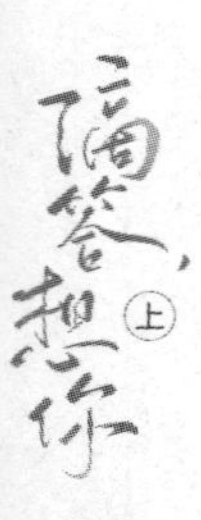

有徐皎看着，他吃不快，总要为了自己的胃做做样子。徐皎数着剩余云吞的个数，露出欣慰的笑，忽而想到什么："你知道吗？那天我缠着木鱼仔问了好久，他才肯跟我说实话，原来他家里想让他回去，是因为在当地给她找了个女孩。女孩很满意他的长相，想跟他见一面，如果彼此看对眼的话马上就能结婚。女孩家里有房有车，条件非常好。木鱼仔的妈妈说，只要他娶了女孩，下辈子就不用愁了。"

章意惊讶了半晌，挤出几个字："倒插门？"

徐皎笑疯了："这种字眼从你嘴里说出来怎么这么奇怪？你也知道倒插门？"

章意轻咳一声，其实木鱼仔的事他多少知道一些。小孩不愿意跟他说，可心里藏着事，老严和长宁叔都看得出来，两句话一套小木鱼就露馅了，转而偷偷告诉他，主要还是为了维护小孩的自尊。

"过去是年纪太小了，找不到更好的手艺生存，修表虽然枯燥，但不用风吹日晒，只是可能跟他们预想的前景有些出入，再加上这几年电子科技发展迅速，制表业确实江河日下，老家有更好的发展机会，想让木鱼仔回去也情有可原。"

"可是当初他们送小木鱼来的时候已经给了承诺，要一辈子让他留在守意。"

章意笑她："哪里还能搞封建那一套？小木鱼是自由身，他可以选择去留。"

"那你呢？"徐皎双手绞在一起，"今天看你爷爷的态度，他应该不会赞同你去金戈吧？"

章意目光落在她的手上。每到不安的时候，她就爱摆弄自己的手，又不敢用力，因此总是翻来覆去地折腾。

借着木鱼仔的话茬子兜了一大圈才绕到正题上，他有时候也不免觉得她心思重，不知道在衡量什么。他想了想，没有深究，只是抬了下她的手臂："是有点难度。"

现在这个社会，要传承一家老店确实很难。先不说民间的个体户，就是故宫、博物馆和文协非遗的一些手艺，到如今都维持艰难。千禧年之后伴随着国家日新月异的发展，当代人已经鲜少关注传统手工艺，不曾了解，何论传承？即便了解，这些行当里濒临灭绝的手艺，又哪是想传承就传承这么容易的，没个十年八载悟不出门道。

可有多少人敢搏上这十年八载去一个已经式微的行业？章文桐恰好站在这个风口，本就时局艰难，再加上子孙难为，就更显得无路可走。

“只是有点儿？”

“嗯，有一点儿，得花点时间去劝爷爷。”

说是有点难度，恐怕不只是“一点”，他的语言话术里好像从来没有类似“很”这样的字眼，譬如他永远不会说很累，很难过，很厉害，只会说有点忙，有点难，有点困扰。好像什么事情到了他那里都会打个折扣，让人顿时觉得压力没这么大了。

可事实上呢？徐皎吸了吸鼻子，一时没注意动作，手又放到了一起。章意吃完最后一只云吞，迅速地收拾完残局，拉起她的手腕。

“怎么老是绞手？你这毛病改不掉了？”

徐皎一愣：“我忘了。还好是你，被成哥看到准得一通骂。没事，我擦点护手霜就好。”说着要去翻包，却在他松手的一刹那，看到他虎口位置的伤痕。

他是疤痕体质，留下了印子一时间消除不掉。花园里灯光暗，乍一看像是条血痕，不长，大概只有指甲盖的长度。她挤出护手霜，习惯性地蹭了点在他手背上，借光看清了虎口，月牙弧度，更像是指甲抠出来的印痕。

是刚才回去发生了什么吗？她揉着手，嘴巴有点涩：“你爷爷看起来……”她思忖着，又换了个说法，“我看他对章承杨的态度，好像……”

“有点过分，是不是？”章意接了她的话说，“爷爷不爱笑，看起来可能有点凶。从小他对我和承杨就寄予了很多期望，但对我，他会更有耐心一些，对承杨就没什么耐心了。”

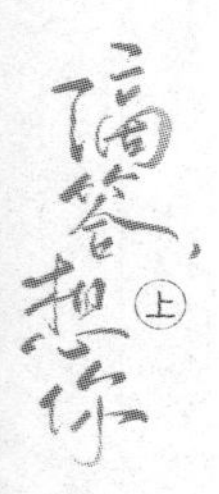

“为什么？”

“可能是因为我小叔吧。”也就是承杨的父亲，“他年轻时候满脑子都是风花雪月，不想继承家业，被爷爷逼得太紧，两人经常吵架，后来有一天小叔跑了出去就再也没回来，这么多年音信全无。”

这件事成了爷爷心里的一根刺，拔不出，咽不下去，如鲠在喉，对跟小叔一个模子刻出来的承杨就深怀芥蒂。每每看着他，总是会想到自己那个一走了之的孩子，多年以来耿耿于怀，好似这辈子都放不下了。

徐皎哑然：“那……章承杨的妈妈呢？”

章意低着头看脚下的光，黄澄澄的，像机芯里的金色齿轮。他沉默了很久才说：“承杨是小叔突然有一天抱回家里的，没人知道他母亲是谁。”

这还是徐皎第一次听他提起父辈的事。不是亲兄弟的两人，上边除了一个爷爷，居然双方父母都不见踪影。这事本身就很奇怪，再加上老严和长宁叔三缄其口，就更让她觉得意味深长了。

似乎猜到她想问什么，不等她开口，章意径自说道：“我父母也都已经过世了。”

“他们是怎么……”

章意摇摇头，金色齿轮的光晕一层层扩大，模糊了他的视线。他脑海里闪过一些零碎的片段，可是太短了，他抓不住。

“我忘了。”

他闭了闭眼，视野中逐渐出现徐皎的轮廓。她正满怀担忧地看着他。而金色齿轮还在扩张，一层层占据他的光明，车零件刨削时的“呲呲”声和钟表的“滴答”声汇聚到一起，仿佛要将他带到什么黑暗的地方去。

他本能地抓住她的手，声音发紧：“我忘了。我怎么会忘了？”

“章意——”

他耳边的声音忽远忽近，瞳孔下的光影一时大一时小。徐皎见他胸口不断起伏着，面上流露出痛苦的神情，始终呢喃着一句：“为什么？”

她心下五味杂陈，刚要起身，章意忽然松开她的手。他目光清明，平静地说：“对不起，刚才我失控了。”

她僵直立在原地,想说什么,话到嘴边只冲他一笑,只是这笑比哭还难看。

章意安抚她：“我没事，别担心。”

“你撒谎。”你根本就是有事。徐皎蹲在他面前，“我很担心你，你有什么可以跟我说，不要藏在心里好不好？”

章意心里充盈着温暖，徐徐笑道：“只是一点小事，都过去了，爷爷那里我会想办法解决，承杨也会回来的，刚才我看见他了。生活就是这样的，一个麻烦接一个麻烦，无休止的麻烦，让人一刻都不能清净。”

“什么时候才能没有麻烦？”

“等不怕麻烦的时候。”

徐皎凝视着他：“那你怕吗？”

“有了想要守护的人，就什么都不怕了。”

这一刻，徐皎的心里忽然非常难过，难过的不是可能她不在他想守护的人名单里，而是他把那些朝夕相处的一分一秒都珍重地收藏了起来，将他们视若珍宝去守护，这是一种比感动更深的难过，轻描淡写诉说的双亲故去，艰难时下背负的双重重担，只字不提的隐痛与压力，每个人都有自己不为人知的苦痛，可他们有他守护，那谁来守护他？

徐皎喉头哽咽，强行忍着：“章意，你一定要幸福起来，非常非常幸福的那种，你们都要幸福起来！”

他眼眶隐隐发热，心中震颤轰鸣，一种强烈的感知似乎正在召唤他。他说不清那是一种怎样的召唤，可他身体比意识更快地、狂热地想要靠近。

他说：“好。”

后来一直到刘长宁出院，章承杨都没有出现过，也没有再回守意。徐皎问了安晓才知道，她曾经预料的那一天已经提前到来了。

起因是艾萝在自己的社交账号上传了一张和章承杨在工厂拍电影的照片，照片中光线暗沉，构图模糊，隐隐约约透露出两人关系暧昧。

艾萝的朋友在评论区纷纷询问对方是不是她新交的男友，艾萝没有回应，刚好这条动态被有心人分享给了安晓。那一晚不管安晓怎么拨打章承杨的电话，章承杨都没有接，到最后还关了手机。

以为他跟艾萝在一起，她心灰意冷跑去霓虹发泄，正好遇见当初每天来给她捧场的猛男李维杰。李维杰自从知道她有了男朋友，已经很久没有来霓虹，因为朋友聚会才再次出现。见安晓闷闷不乐，两人就随便聊了几句。

见安晓情绪不佳，李维杰以为她失恋了，当晚就叫了一辆皮卡，装了满满的红玫瑰等她下班，好巧不巧被章承杨遇个正着。

“然后呢？”

安晓扶栏眺望这个城市阑珊的烟火，淡淡一笑：“没吵架，没对峙，没有老地方见，只是相互退出了。”

这种没有说结束就平平淡淡分开的方式，在她过去的经验里从来没有出现过，可她却出奇地接受了。她只是觉得很累，彼此虚伪地宽容着对方，小心翼翼地学着尊重，明明知道不适合还想要在一起的这种坚持，太脆弱了。

好比精美的瓷器，一碰就碎。

“完全经不起考验的感情，可能就是这样的吧？说白了我们本来就是见色起意，互相玩玩而已。”

“你别这么说。”徐皎抱住她，“我相信每段恋情的初衷都是出于喜欢，只是缺少了一点幸运，没能走到最后而已。”

“你不觉得我滥情？”

“我相信你。”

安晓红着眼笑了起来：“所以说要男人干什么？我有你就行了，只要你相信我，我就什么都不怕了。”

“可是，我还是得告诉你，那一晚章承杨可能没有跟艾萝在一起。”

“不重要了。”

“重要！”徐皎抢白道，“那一晚长宁叔生病住院，章意在医院看到了章承杨。”

安晓沉默了半分钟。

“我打了他一整晚的电话，从天黑到天亮，一整晚都没有一点回应。皎皎，如果他只是移情别恋，说不定我能抽身得痛快一点，可他最需要人陪伴和安慰的时候没有想到我，我在他心里才更没有分量吧？”

“晓晓。”

“别说啦，我死心了。”

她承认她自己认真了。在这场游戏里，她输了。

徐皎也没有想到，经得起轰轰烈烈收场的安晓，却经不起平平淡淡的再见，当天就辞去了霓虹 DJ 的工作，删除了所有和过去相关的联系人，包括章承杨，借口想出去散散心，转瞬逃离了这座城市。

而徐皎却没能逃得掉。

就在同一天有人找到守意，是两个月前徐皎作为钢琴手替出镜片场的副导演，这次带着导演的新戏邀约上门来，希望她能担任里面一个女茶艺师。

这个角色不仅有大量的手部特写，还是剧中串联男女主角的灵魂人物，虽然戏份不多，但角色设定讨喜，也符合她个人的气质。

副导演说：“当时在敲定这个角色时，我和导演第一时间都想到了你，就是你本人出镜的感觉。”

加上此刻就在守意的茶室里，她又穿着和章意他们差不多宽松棉麻的衣服，给副导演的感觉就更加强烈了。他唾沫横飞地说着：“我们这是个 S 级的项目，好多新人削尖了脑袋想挤进来，导演卡得严，不合适的都不肯要。也只有你，没有试戏直接定，可见导演对你的看重。”

徐皎有点受宠若惊，接连道谢，眉头却微微皱起：“这事儿不应该和成哥对接吗？您怎么直接来找我了？”

副导演一拍大腿：“这种事我能不跟你经纪人对接吗？他早同意啦，但他说做不了你的主，得让我自己来跟你说，这不，给了我地址我才能找到你嘛。”他啜了口茶，四处看了看，“说起来这茶室确实不错，挺符合道具需求的，改明儿我让美术过来一趟，看能不能借景。”

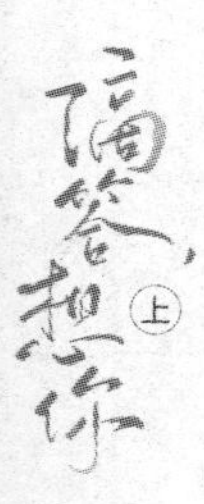

徐皎一听他已经想得那么长远，赶紧说道：“我没有学过表演，一下子让我出演这么重要的角色，合适吗？”

“合适！我们导演最会调教新人演员了，这点你不用担心，我们都觉得你有灵气，完全可以一试。而且这个角色戏份不多，手却很关键。你的手会说话，这比什么都重要。”见她还犹豫不决，副导演有点急了，“我就这么说吧，只要你接了这部戏，明年我保你三部戏的戏约。”

徐皎抿了抿嘴：“我真的很感谢您的青睐，但是……”

“三部戏还嫌少？”

“不，不是戏约的事。”

“那就是片酬的事？你放心，价钱我都跟成哥谈好了，包你满意。”

徐皎咬了咬牙，把心一横，说道：“是这样，我目前还没有演戏的打算。”

副导演把茶杯往下一放，水溅到茶海上。他看徐皎不像是说笑的样子，神情复杂：“说真的，新人我见过的多了，但没见过你这样的。你是真的傻，还是装傻？这么好的机会摆在你面前，跟我扯什么会不会演戏，你当手替不就是为了进娱乐圈吗？”

徐皎说：“手模特是份职业，它包罗万象，娱乐圈的工作只是其中一部分。”

她满怀诚挚地说出这句话，希望能得到对方的理解，可落到副导演眼里却是狂妄。他哼笑一声，霍然起身：“难怪胡亦成让我来找你，敢情是想让我难堪。行，徐皎，今天这事儿我说也说了，你好好想想，要是改变主意就让胡亦成来找我。我提醒你，就算我等得起，导演也等不起，最多三天，过时不候。”说完定定看她一眼，“别的圈子我不知道，但娱乐圈可能跟你想得不一样，那些武替、死替、水替和群演，你知道每天多少人为了抢一只馒头撞得头破血流？在这里，不争不抢不会得到尊重，只会被踩死。”

副导演前脚刚走，徐皎还没来得及喘口气，后脚胡亦成就进了门。

大概猜到他一直在外面等着，从他把副导演推到她面前来，她就已经做好准备面临再一次让他失望透顶的下场。果不其然，胡亦成一进门，连看都没看她一眼，二话不说直接扔过来一份合同："梵刻那边打算签你的对手樱桃，这是新戏的合同，没有三天，就三分钟，你想清楚。"

"成哥。"

胡亦成掐表："还剩两分五十八秒。"

徐皎愣住，过了一会儿，她缓缓地吸口气，扬起笑脸："我看到新闻，最近会有宝瓶座流星雨，我们一起去看好不好？你还记得我们刚认识那一年吗？有个骗子说去山里拍矿泉水广告，结果趁我们睡着偷光了我们的钱，还偷走了棉衣。十一月的天，山里还下了雨，我们俩冻得快晕过去了，结果意外看到了狮子座流星雨，那是我长这么大第一次看到流星雨，你还说以后要一起再……"

"还有两分半。"

徐皎神色一僵，卡壳了几秒钟，随即道："或者我们去景德镇吧？那里是陶瓷之乡，有个收藏馆的馆长一直邀请我去帮他们馆藏的艺术品做摆拍，虽然钱不多，但他承诺会在城市频道和栏目帮我们做宣传。现在不是很流行VLOG（微录）吗？我们想想办法，一定可以接到新的活。"

"一分钟。"

徐皎的心猛地提到嗓子眼，语速不由得加快："成哥，我记得你曾经说过，山里的星空最美丽，来到城市之后你就再也没有见过和以前一样明亮的星空了。"

王尔德说，我们都深处沟壑，但仍有人仰望星空。

渴望遇见星星的人能差到哪儿去？

她拉着胡亦成走到窗边，木格子的窗棂一支开，细碎的阳光从树叶间洒落一地。她从包里找出化妆镜，对着光折射到胡亦成的脸上。

胡亦成张开五指遮住眼睛。

璀璨的金光掰开指缝直往他眼里钻，伴随着树影婆娑，一闪一闪。

"你看，多好看的星星。"

胡亦成久久凝视着那片金光，可以想到此刻徐皎的样子。她拼了命想要

带给他的那些纯真与干净，这些年来没有任何一个人比他体会更深，每每只要他站在悬崖边缘，她就会用力拽住他，陪他彻夜走在街头，列表循环听他爱听的老歌，带他去往宁静的自然深处。

可一回到城市中央，他转瞬就又被各种喧嚣淹没。来自四面八方的声音，或嘲笑，或侮辱，或催促，或威胁，没日没夜地回响在他耳畔。喝不完的酒，看不到尽头的应酬，数不清的失意痛苦，无数次想要放弃的念头，这些渐渐填满了他的生活，堵住了出路。

他咬着牙坚持，胃出血，出车祸，发高烧，只能还活着，无不奔走在繁花似锦的路上。

是的，他以为的繁花似锦，他们曾经共同守望过的繁花似锦，这些好似触手可及的东西，每每一眨眼就又变得遥不可及。

终究还是抓不住啊。

胡亦成眼眶抽动着，将泪水逼了回去。他大步上前关上窗，“哐”的一声，惊动了茶室外的客人和守意众人。

木鱼仔刚要起身，章意抬手示意，和客人说了句抱歉，在门外挂上“暂不营业”的牌子。

门厅下一米阳光刚好延伸至柜台，他背对着茶室，取了架子上的怀表，拿在手里有一下没一下地擦拭着。

过了好一会儿，徐皎才反应过来，正犹豫着不知道怎么开口时，胡亦成说：“时间到了，你没得选了。”说完按了几下手机。

她心慌意乱，走到近前问：“你在做什么？”

“明晚约了张美丽和江清晨一起吃饭，这是你最后一次机会。只要赶在樱桃之前签下梵刻的合同，这部戏我就帮你推了。”

徐皎一惊，江清晨和张美丽根本不认识，怎么会一起吃饭？除非……

“你威胁江总监了？”

“是又如何，不是又如何？”

徐皎的手逐渐捏成拳头，身体微微颤抖着：“我不去。”

胡亦成并没有太惊讶，只是一笑：“你不去的话，一定会后悔。”

什么意思？等不及追问，胡亦成已经大步离开。徐皎追他到路边，急切地拽住他的手：“成哥，你可不可以……”

“徐皎，其实你的运气一直不错，每到山穷水尽的时候，总有人为你柳暗花明。”

“我不懂。”

胡亦成没说话，挣脱她的手上车。徐皎拍打着车窗，想要让他改变主意，他的目光阴沉地射向她，或者说是她所在的方向。

在她身后，守意老店的门口，章意不声不响地伫立着。

“你不用懂，但我还是要提醒你，为什么金戈会临时改变主意推迟新品上市？是因为谁的介入，你比我更清楚。难道他不知道这个手代言对你而言很重要吗？还是说，比起你来，江清晨更加重要？”

车子很快离尘而去。连日来的挣扎、恐惧和不安如潮水一般，瞬时淹没了徐皎。她捶了下阵阵发痛的脑袋，蹲下身抱住自己。

先还晴空万里的天忽然间狂风大作，豆大的雨滴往下砸，芭蕉叶噼里啪啦作响，亟待入秋的百年银杏也簌簌地飘着叶子。

过了不知道多久，她挪了下脚，让叶子顺着雨水滑到更深的地方去。她这才注意到身上没有雨，一抬头，一张大伞正罩在她身上。

她来不及擦眼泪，猛一起身，章意顺势扶了她一把。

“小心腿软。”

她反手抓住他的胳膊，借力站稳了脚，眼睛又酸又胀，应该肿了。她不敢看他，低下头说：“对不起，我耽误你做生意了。”

雨连着线打在伞上，章意的声音听着有点喑哑：“夏天雷阵雨来得快，去得也快，你再蹲一会儿就能看到彩虹了。”

“彩虹？”

“傍晚停雨的话，就留下来一起看电影吧，唱歌也行，今天是小木鱼生日。”

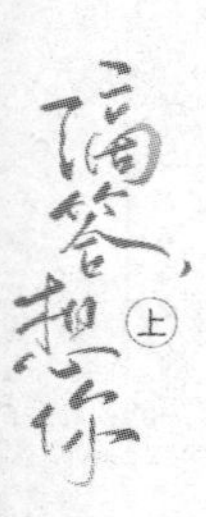

她一时间想不起来小木鱼的生日，摸了下口袋，像是在找手机和钱包：“我什么都没有准备。”

“你留下来为他庆祝就是最好的礼物了。”

“这怎么行？我订个蛋糕。”见他没有了下文，她愣了一会儿，眼睛再度泛酸，“怎么这么巧就过生日？你骗我的，对吧？”

他莞尔一笑：“如果能安慰到你的话，哪一天过生日不重要。”

“如果我明天比今天还要难过呢？”

他沉吟着：“明天就该长宁叔过生日了。”

“后天老严？”

“嗯。”

“大后天才到你生日啊？”徐皎嘀咕着，她得难过四天，才能等到他的生日，还是不要难过了。她一时又有点忍俊不禁，“安慰人居然自己说出来？你演技怎么这么差。”

“是我不好，下次我先练习一下。”

徐皎擦了下脸：“下次就不会给你看见了，太丢人了。”

“没事的。”他声音轻柔，像忽然慢下来的风，走上前将她纳入怀里，将伞倾斜全都罩在她身上，“这样我就看不见了，哭吧。”

她眼见着他的肩头霎时湿了，发丝拧成一股，水滴到下巴，眼泪顿时收不住脚。她张开手臂抱着他，喉头哽咽：“我错了吗？”

“你为什么不想拍戏？”

“或许在很多人眼里，手模特只是一块转型成为演员的跳板，但那并不是我想要的。”她的脸贴着他的胸口，彼此都能感受到对方的体温，在雨水的浸透中互相抵达内心深处，“在一个领域做到极致无法被取代，是我签约的初衷，可为什么曾经那么努力想要同路的人，现在却走不下去了？”

她的声音夹杂着哭声和雨声，好像交响乐的现场那些轻轻重重的节拍，敲打在他心上。

“人的一生，有幸同路的人已经很少，有幸同路一辈子的人就更少了，很多人遇不到这样的知交。”章意抬起手，几经思量，终究落在她后背拍了拍，“别怕。”

晚上一起唱歌的时候，当新裤子乐队唱到“你曾热爱的那个人，这一生也不会再见面，你等在这文化的废墟上，已没人觉得你狂野，那些让人敬仰的神殿，只在无知的人心中灵验”时，徐皎忽而侧身对章意说：“四号线，终点站在汉水，这是这座城市最晚的一班地铁，我曾经往返坐过四次。”

那一天也是个雨天，饭局上她喝了半瓶红酒，对方还想换场子继续，胡亦成为了一举拿下合作同意了，谁料对方所谓的场子竟是某酒店高级套房。她赴约之后才知道真相，幸好胡亦成及时赶到把对方揍了一顿，然而酒精发作弄得她身心俱疲，难过和委屈交杂在一起，和胡亦成大吵了一架。

后来她去坐了那班地铁。

到终点站的时候，车厢里寥寥无人，她再也忍不住哭了起来。她能清晰听到自己抽噎的回音，也害怕被人询问时的尴尬，可她还是忍不住地号啕，崩溃只是一瞬间。

现在回想起那个瞬间，她仍觉得热泪盈眶，却不再悲伤了。

“这首歌叫《没有理想的人不伤心》，是不是很应景？”她对他说，“章意，你是个好人。”

她的嘴唇离他的耳畔很近，近到可以清晰地感受到她的吐息，温热的，痒痒的，贯穿耳郭。他握着手里的水杯，送到嘴边喝了一口，才笑着回头：“想好再说。”

“我想好了，你是个好人。”

“为什么？”

“因为，太温暖了。”

午后那一场雨让两人都湿了，重新回到守意，木鱼仔煮好了姜茶，长宁叔给她放好了热水，准备了干净的换洗衣服，老严没事人一样问她晚上想吃什么。他们默契地选择了避而不谈，默默守护着她，如同他们彼此守护着对方。

他们把悲伤都变得可爱了起来。

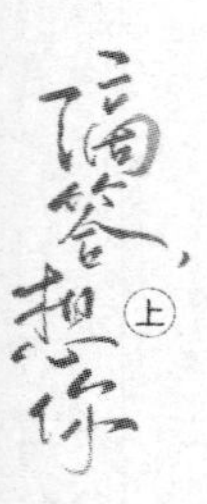

她感动得想哭，却又舍不得，小心翼翼地含着那份温暖，怕一不小心就化了。在这个城市，原来还有这么一个角落，可以看到这么大片星空。

章意循着徐皎的目光看去，澄明的夜，赤忱得像一张白纸，没有几颗星星，可他却好似看到了皎皎明月，星河如水。

银河里灿烂的群星，仿佛从大海的怀抱里涌现出来。他凑过去，附在她耳畔不知说了句什么，她耸着肩大笑起来。

“一言为定。”

“好。”

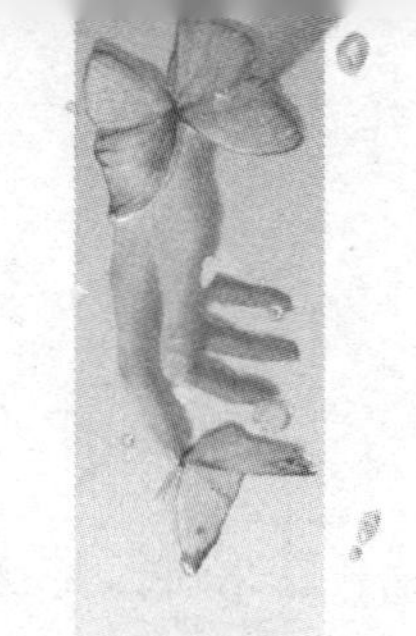

第八章

/

努力成为想成为的人

Dida, Xiangni

▼

人的一生，很多事情在转瞬之间就能得到落定，或清醒，或长大，或崩溃，或死去。

徐皎在象牙塔的碉楼上往外眺望，那个社会光怪陆离，到处都是青面獠牙的恶鬼，张着血盆大口的怪兽，描着月牙黑脸充当包公的圣斗士，可某一个角落,却有绵绵不息的烟火,流动万里的星河,以及比岁月还要古朴的情义。

她迷糊着睡去之前想到这一切，梦里好似开出了花。

然而一到天亮，还是得回归现实。口口声声说着不会去参加饭局的她，第二天晚上如期出现在约定的地点，一路忐忑进了包厢，却发现各自为营的三人已谈笑甚欢。

江清晨没有被威胁逼迫的冷嘲热讽，张美丽也没有临时被放鸽子的耿耿于怀，胡亦成往来于两个精英女士之间从容不迫，姿态安然。徐皎诧异地盯着眼前的一切，仿佛在看一场表演，每个人的演技都炉火纯青，唯独她格格不入，像个傻子。

中途她去洗手间，江清晨落后一步跟了出来。看江清晨在镜子前补妆，徐皎犹豫了一会儿，还是准备先行离开，不想江清晨却叫住了她。

“没见过这种场面？不习惯？”她用手指修饰着嘴唇的口红，一边笑着

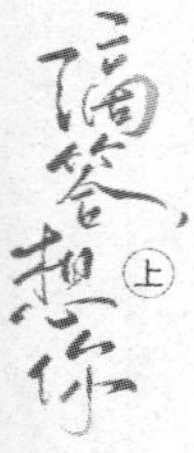

回头看她。

徐皎搓揉着手上还没完全吸收的护手霜，嗫嚅着：“我……”

江清晨很快补完妆，收了化妆包走过来：“没事，安安心心当你的手代言人，我知道这不是你的意思。你那个经纪人……”她似乎在考虑说辞，“夜路走多了，难免撞见鬼，还是提醒他小心为上吧。”

徐皎没听懂她的意思，江清晨却只是意味深长地挑了下眉。两人出了洗手间，江清晨忽然脚步一停：“你跟章意？”想到什么，她摇摇头，又是一笑，“算了，进去吧。”

门开了，徐皎若有所思地打量着她的背影，转而对上里面胡亦成如鹰般锐利的双眼，心中陡然升起一股异样之感。

这顿饭和她想象中的气氛完全不一样，一团和气，其乐融融。

散场后，张美丽把早已准备好的合同交给胡亦成，隔着车窗对他说道：“当初只是随口一提，没想到你真办成了。企业家的圈子说大不大，说小不小，江清晨在里面算是这个，”张美丽竖了个大拇指，“出了名的公事公办，谁的账都不买，这回也不知道沾了谁的光？”

能请动她，还这么客气，想来不是个便宜的角色。张美丽满含探究意味地朝胡亦成点点头，意思很是明了：“小胡，咱们现在也是合作关系了，有一就有二，将来的日子还长着呢，你说对吧？”

胡亦成弯下腰，上前握住张美丽的手，连声道：“可不是嘛，以后有得是机会。”

“那就这么说定了。”

张美丽一走，徐皎立刻抓住胡亦成：“她说的是什么意思？”虽然没听懂他们在打什么哑谜，但她隐约猜到些什么，“你请了谁来说动江清晨？

胡亦成说：“喝多了，想岔了，我能请得动谁？总不能堂而皇之地跟她说，我用金戈上市不能接受负面新闻这种事威胁了江清晨吧？”

徐皎拧眉：“真的？”

胡亦成捧着合同摸了又摸，浑然不在意她的态度，说道：“随你信不信。”

两人在路边等车的工夫，一辆低调的黑色幽灵从面前滑过。徐皎看到副驾驶上坐着的江清晨，本能地往前跑了几步，几乎冲到车流中。胡亦成手忙脚乱地拽回了她：“你干什么？不要命了？”

“刚才那个人……”

“江清晨吗？”

“不是。”她摇摇头。

驾驶座上的那个人，好像是章意。

这么想着，她踮起脚还要再找，车却早已消失不见。胡亦成一门心思在合同上，也没注意她嘀咕了什么，车一来就把人推上去。

徐皎扒着车窗，七月底的晚风余温未散，带着点烧灼的意味，直入喉肠。

另一边，章意把车开到江边，从车后座拿过来一壶醒酒汤。江清晨看着笑弯了腰：“要不要这么周到？”

“怕你胃不舒服。”

“没事儿，就喝了一点。张美丽是个花架子，看着精明，酒量浅得很，跟我这种在华尔街打拼过的比差得远了。”

章意拧开盖子，她捧着喝了一小口，立刻皱起眉头：“什么味道？太难喝了。”

“祖传的，良药苦口，一会儿就见效了。”章意盯着她喝了大半才收手，把壶重新收好。两人下了车，靠着车头看江边的夜景。

章意问：“毕业之后怎么没有直接回国？”

“那时候年轻气盛，满脑子都是干出一番事业的念头，结果吃了瘪，无路可走，才灰溜溜地回国。”

章意翘起嘴角：“如果从你回国后算起的话，研发机芯的时间线就对不上了。”

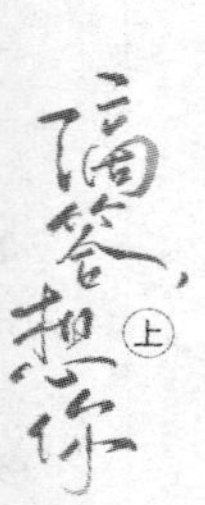

换言之，她在华尔街的时候就已经在组织团队研发机芯了，所以刚才那些只是玩笑而已。江清晨水汪汪的美眸瞪他：“不要拆穿我，显得我好失败，

研发了这么多年还是一事无成。”

章意刚要开口，她又道：“也不要安慰我，痛觉能让我时刻保持清醒。”

她身上有挥之不去的疲惫，放松下来之后，那种失意的状态不会骗人。章意想了下日子，说：“今天在董事会受阻了吧？”

江清晨摆摆手，一笑置之。

她越是云淡风轻，章意越觉得那背后艰难。虽然不知道会议上她经历了什么，但可以想象生死状下得背水一战，必定遍布无声的硝烟。

“爷爷那里，我需要一点时间说服他。”

“好，我等你。”江清晨拂开面庞上的头发，定定地看着他，“明天打算去一趟江州，约了制造飞球仪的许老师傅见面，你有没有想问的？”

许老师是 AHCI 独立钟表创制人协会的正式会员，得到来自全球顶级制表人的认可，这也是作为制表人的最高殊荣，是他梦寐以求的未来。

她的每一拳似乎都能直击要害。章意已经无法再拒绝：“2010 年他以候选人的身份带着飞球仪在巴塞尔钟表博览会引起了轰动，一眨眼十年过去了。当时官方公布的采访里缺少了一页，我想知道那一页的内容。”

“我会把答案给你带回来。”

“谢谢你。”

章意转身望向波澜起伏的江面，笑意一直延伸到眼底。江清晨可以想到他此刻安然幸福的心情，一定是和等待昙花一现一样的心情。

而她，正和他一起等待那一天。

她凝视着他的侧脸，心潮微微澎湃：“这次又欠了我一个人情哦，不过不想再邀请你参观工厂了。”她把头发别到耳后，目光落在车前盖上两人离得很近的手。

暖风熏陶着她，她仿佛沉醉了：“等这次从江州回来，请我吃饭吧。”

她强调：“以朋友的身份。”

章意静了一会儿，说：“好。”

没过多久，守意收到了“暴发户”送来的一车猪肉，采用冷链保存，从车厢卸下来时还都冒着新鲜的肉香。值得一提的是，“暴发户”单独为章承杨准备了一只猪头，希望他吃哪儿补哪儿，今后把眼镜擦亮点。

老严围着猪头转了两圈，笑呵呵地说：“幸亏承杨不在，这要看见了不得当场抹脖子？”

“你就不能少说两句？”刘长宁推他的肩膀，“大喜的日子，就你一张嘴说个不停，吵得人头疼。”

“得，反正那自鸣表是你改的，功劳全在你，你说啥就是啥。”

师傅们纷纷笑作一团，热闹得跟过新年一样。木鱼仔找了两个人把猪肉抬到后院去，回到前头就听老严说：“听说那‘暴发户’跟女儿的关系改善了不少，还找小章订了块表，准备生日的时候给他女儿一个惊喜。”

“哪个牌子的？”

老严啧啧嘴：“‘暴发户’能有什么品位懂什么品牌，只说要最闪的，最贵的。”

“我记得前阵子有人托小章带了块豪门世家的红宝石瓢虫，人来取了吗？那块表好看，挺适合小姑娘的。”

“用稀有的绿色贝母做表盘，红宝石雕刻小瓢虫，能不适合吗？甭说小姑娘了，就是我奶奶也喜欢。”老严转头打趣徐皎，“皎皎什么时候生日？”

徐皎眨眨眼：“怎么，严叔也要送我一块豪门世家？”

“小丫头跟谁学的，这种事能直接说吗？再说豪门世家是我送得起的吗？找小章去，别说豪门了，给你整块阁楼定制的都没问题。”

长宁叔适时地打断他：“别瞎说。”

江诗丹顿的阁楼事业部，创立于1755年，迄今为止已经有两百六十多年历史，专门为世界一流的富人定制钟表，这些富人包括埃及国王、印度大王、英国威尔士亲王，以及日本天皇等。

他们开发的电子三维显示器，内存四百多种表壳设计，基本能满足客人的任何想象和需求。

徐皎之前不是没有了解过，但头一次听刘长宁提起，还是不免咋舌。小木鱼在旁边小声问：“我师父这么有钱？”

老严捧腹大笑：“你以为老章家传了一百多年，就这么点私货？”他一边说一边环顾四周，眼珠子直打转，意思是除了守意，还有些别的什么。

小木鱼两眼放光。

老严压低声音道：“我问你，过去那些大户人家家里都有什么？”

“什么？”

“跟阁楼差不多。”

老严挤眉弄眼地暗示，小木鱼想着大宅院里的雕梁画栋，一时摸不着头脑。徐皎忽然想到什么：“暗道？”

“差不多了，意思很接近了，暗道都藏着什么？”

“私库。”

“没错，你看，还是皎皎聪明！”老严怜爱地摸摸木鱼仔的脑袋，又一脸扼腕地摇摇头，说，“听完就忘知道吗？除非你师父带你去看，否则不要问。虽然你师父不注重身外之物，但是，老章家的规矩不能破，这地方一般只有掌门人才能去。”

小木鱼点头如捣蒜。

刘长宁看着两个小孩三两句就被老严忽悠了，忍不住轻笑打断，目光落在徐皎身上却有些思量。不出意外的话，小木鱼这辈子肯定是留在守意了。至于徐皎，指不定会比小木鱼还更早见到老章家的地库。

当然，以老严的目光来看，是绝对不可能的。

“小章喜欢成熟女性，像曹如意那样的。”很久以后，老严依旧如此盖棺定论。

刘长宁感慨：“难怪你离异多年，依旧孤寡。”

老严双眼冒火：“总比你好，都没尝过那滋味！”

托了“暴发户”的洪福，中午木鱼仔煲了一大锅肉汤，大家伙吃了个酣畅淋漓，算在立秋前补足了气血。徐皎火急火燎地扒了两口饭，准备跑去前头替换章意。迎头和木鱼仔碰上，两人四目相交，他忽然别开视线。

“你、你也吃好了？”

徐皎有些尴尬：“嗯，你也这么快？”

木鱼仔摸了摸扁平的肚子：“我没吃饱，怕师父饿才……”顿了顿，立刻说道，“那你去替师父吧，我再吃碗饭！”说完也不等她开口，直接跑了。

不知道从哪一天起，木鱼仔好像有点在躲着她。她看向厨房的方向，没一会儿就传来木鱼仔的笑声。

她摇摇头，应该是多想了吧？

徐皎走到门边，悄悄揭开帘子，见章意正对着台灯调试那块旧表。午后的树荫下蝉鸣阵阵，梁上的风扇缓慢地旋转着，周遭的嘈杂好像已经离他远去。她放轻动作，蹑手蹑脚地上前，人还没到，就听到章意说：“吃好了？”

“嗯，有机猪肉就是好吃。”她作势抹抹嘴，趴到他桌边上，“这块表不是已经修好了吗？”

“嗯，想再看看。”

“有哪里不对劲吗？”

章意侧耳，认真倾听弹簧片的声音，点点头说：“走时还差一点点。”

腕表的校准工作，需要耳朵仔细聆听后再进行调整，一次一次又一次控制细小的平衡。

这个过程是一种近乎折磨人的漫长与枯燥，需要极致的耐心与谨慎。徐皎怕扰乱他心神，放缓了呼吸。

章意飞快地看了她一眼：“不要憋气，对眼睛不好。”

“哦。”她小声说，“当时客人不是说很着急吗？怎么到现在还没来取表。”

这块旧表的主人，就是之前那个为了五十块和章意磨破嘴皮子的客人，货比三家后选了守意，不惜用已逝爷爷的百岁冥寿来撒谎，好一番舌战终于达成一致，可这么多天过去了，连个人影都没有。

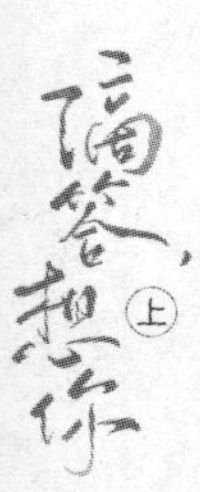

章意盯着表壳下复杂的机芯组织，说：“不会再来了。”

“啊？”徐皎满脸不解，“就这么点维修费，他、他还……”

“对他而言这可能只是一块可有可无的废品吧？为了块废品跑一趟，还要舍出去一笔维修费，不值得，还不如丢了。”

“可这是他长辈的收藏，也是他们的心爱之物，丢了不心疼吗？”

章意也无不遗憾：“钟表店有时候就像上帝的一双眼睛，见证来来往往的客人对钟表所倾注的感情，有些感人肺腑，有些则百转愁肠。我们无法干涉，只能旁观。”

徐皎垂下视线：“他家里应该还有很多像这块表一样被压箱底，适当时候为应付长辈而取出来的表吧？”

章意淡淡一笑：“想把它们都买下来？”

“我买不起，但是……”

“即便是上帝，也无法决定每一个人的命运，它们有自己的归处。更何况他家里的长辈尚且健在，我们怎好干涉？”

徐皎点点头：“那你打算怎么处理这块表？”

“一般情况下，没人认领的表我会继续保存半年，半年后为它寻找合适的主人。不会额外收钱，只要补个维修费就行。如果没人要，就只能便宜我了。”

他说这话的时候，眉宇间洋溢着一丝喜悦，带着点窃窃的傻气，好像没有长大的孩子。徐皎双手托腮盯着他，眼睛一眨不眨。

章意问她：“看什么？”

“唔，好看的人。”徐皎别开视线，“你不会懂的。”

原本有一点点懂了的章意，被这么一岔再次陷入不懂的僵局。他发现她经常在这种事情上面嘲笑他的反射弧，而他总是习惯性地接受，并且虚心受教。

“你那个……”

“嗯？”

“喜欢的人怎么样了？”

徐皎一乐：“他跟你一样。”眼神里带着一丝捉弄，“什么都不懂。”

这回章意可以确定，她确实是在“嘲笑”自己了，他莫名有种不甘：“说明白一点，我未必不会懂。”

她的心思弯弯绕绕，还经常缺少前因，他不懂是正常的。章意认为在这一点上，他应该和大多数男人一样。

男女思想差异本就是世纪难题。

徐皎眨眨眼：“你真要我说得明白点？”

“嗯。”

“那好，你听清楚了。”她站直身体，朝他走近一步。午后阳光洒在门槛下，是一道窄小的墙。他们之间隔着这道墙，在摸索通过彼此的桥梁。

“你问我在看什么，我在看你。你就是那个好看的人，听你说这些故事和经历的时候，我常常想不到别的，只是觉得眼前的情景好像一幅画，你在各种各样的画里，有各种各样的姿态，但都是好看的。”

章意的心绷紧了，耳根渐渐发烫。

“你特别好看。”

章意耳边是钟在走动的滴答声，一圈又一圈。他忽而看向座钟：“几点了？”

徐皎下意识往回看，章意说：“闭上眼睛。”

于是座钟开始打簧，一声低音，三声高低音，五声高音。

“一点五十。”徐皎睁开眼睛，含羞带恼地瞪他，“你看，你只有这一招，笨死了，难怪到现在还没交到女朋友。”

章意摸摸鼻头：“你教训得是。”

“那你懂了吗？”徐皎疯狂暗示。

“嗯。”

“懂什么了？”

他微微羞赧，厚着脸皮说：“我长得好看。”

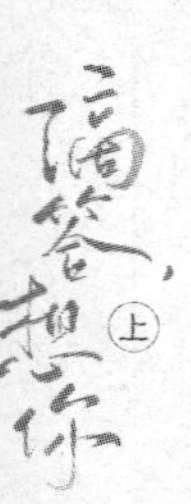

徐皎当场翻了个白眼，跺着脚说："你怎么这么笨！"

两人正说着话，门口光线忽然一暗。徐皎率先察觉，暂时放过了他，起身迎上前去："您好，请进。"

门口的女人定定看她一眼，绕过她，径自走向章意："小章章，这才多久，你就结识新欢不记得人家了？"

章意一听声音，手忙脚乱地把桌上零件归拢到一起，找地方藏表。曹如意眼尖，在他放到抽屉之前先一步抢了过来："呀！有些年头了，是块好表。卖给我成不？"

章意颇有点遇见宿敌的无奈，解释了一番由来，然后对徐皎招招手，向曹如意介绍："这是我朋友，徐皎。"

"朋友怎么会帮你招呼客人？该不会是女朋友吧？"曹如意霎时伤心起来，"你还说没忘了我，才三个月而已，只是出趟差的工夫，你就有了女朋友。"

"不是，不是女朋友。"章意不知是急的还是臊的，先前发烫的耳根，现下直接红到脖子，"是像妹妹一样的朋友。"

"真的？"

章意点点头。

曹如意不信，转而盯着徐皎，那眼神仿佛是在问：男女之间，还有只是像妹妹一样的朋友这种完全拎不清的关系？

徐皎顶了下腮帮子，鼻尖哼哼："谁是他妹妹！"说完朝自个儿工位上走去，一边走一边说，"我看你也不饿，就不让老严他们给你留汤了。"

章意一句话还没来得及说，人就拉下灯两耳不闻窗外事了。曹如意笑得前仰后合，轻声说："看到了？人家不想当你妹妹。"

章意朝徐皎的方向看了看，招呼她坐下。

自上次不欢而散，一眨眼三个月过去了，看她的样子像是已经消气，章意松了口气，说："这次是去哪里出差？"

"海南。"

“没有给我带特产？”

“带了。”

章意朝她后面看了看。曹如意拎起拳头往他面门挥过去：“这儿呢。”

章意吓得往后退了两步。

曹如意看他一副受惊的样子，满肚子的气顿时烟消云散，客观评价道：“章意，你真的不懂女人。”

“请您赐教。”

“没有一个女人可以接受男人在没有赔礼道歉甚至连示好的信号都没发出的前提下，主动下台阶。”

章意反思了一会儿，得出结论：“所以你今天来，是有正经事？”

曹如意始料未及，咂了下嘴，忽然有点同情刚才那位妹妹了。

她把事先为自己准备的“台阶”亮出来。章意打开一看，浅褐色的呢绒布包里装着七八块表，有硬钢材质的，有牛皮表带的，有特别工艺设计的，还有一块香奈儿的高珠宝表，表壳一圈镶了碎，还有工艺不朽的珐琅表盘。

一眼看过去不少价值不菲的玩意，就这么一股脑地被她装在不知道从哪里翻出来的呢绒袋子里，章意眼底的心疼之色不加掩饰。

曹如意见他吃瘪更加心满意足：“主要就是清洗保养一下，有一块泡过水了，但我不记得是哪一块了，你帮我检查检查，别的都要更换防水胶圈。”

“你这样太……”章意蹙起眉头，“太糟蹋表了。”

“所以这就是你不肯卖表给我的原因？”

章意一时没有说话，把表从袋子里取出来，一块块码在桌上。仔细看每块表都不一样，有的价格高一些，有的价格低一些，什么材质工艺的都有，像是在集邮，不同系列都要整全套那种。还有一块表看样子上了岁数，粗粗一瞥甚至连牌子是什么都不清楚。

“这是？”章意拿起那块表细细端详，将表翻来覆去地查验，有点像80年代的款式，挺大众的，就是刻字糊了，看不清商标。

“可能老严会清楚一点，待会儿我让他看看。”

“不用看！”曹如意原本懒洋洋地靠柜台坐着，还在发消息，听了半天不对劲，一看章意手上那块表，顿时起身去抢，“出门走得急，没注意把它也扫进来了。就是块废表，走不动了，看了也没用。”

一把没抢到，她踮起脚又来抢，章意往旁边一闪：“可以修着试试看。”

曹如意脸色一沉，高跟鞋嗙嗙作响，绕过柜台跑里面来抢。

“你给我。”

章意深沉的目光凝睇着她。

她强自道：“哪有老板抢客人手表的？你还想不想打开门做生意了？快还给我，不给我就报警了！”见章意不为所动，她拿起手机说，“我是认真的！”

章意对着台灯又看了两眼，放在耳边听声音，郑重其事道：“还可以走。”

曹如意猛一咬牙：“你！”话锋一转，“你就是我冤家。”

看样子是妥协了。

章意觑着她的神色，说：“不过难度有点高，不一定能修到原来的样子。”

曹如意看着他发笑：“把人的伤心事勾起来了才说未必可以保障，我看你是存心找打。也行，想要让我把表留下，给我一个理由。”

章意不说话，只是朝旁边看了看，示意她回到柜台外边去。

曹如意不情不愿地转身，视线刚好与斜后方一直偷瞄着他们的徐皎相撞，心情转瞬由阴转晴。

她朝徐皎眨眨眼，携着手包款款回到先前的位置上。

章意已经戴上寸镜，伏在台子上检查这块表，一边说：“钟表修复讲究一个修旧如旧，补新以新，遇见一块旧表，等同遇见一个故人。我看它还能走，舍不得就这么被你糟蹋了。”

“这就是你的理由？”曹如意手里捏着烟盒，想了想还是放下，“牵强。”

章意不是爱管闲事的人，过去她常常来守意，有时候一坐一整天，有时候就几分钟，看着他伏于案头的样子，心会异样地平静。她来了很多次，他从来没有探究过什么，别的师傅跟她搭话，她有时候说，有时候不说，他也好像毫不在意的样子。

过了几年两个人才熟一点，会说上几句话，但仅限于一些摸不着边际的话，吃过了吗？去哪里出差？最近天气不太好等等。

他从不过界，今天是第一次。

曹如意的神情变得冷淡：“你为什么要管我？”

“这些表打理起来费神费时，机械表还需要定时上链，如果你要出长差，出门前可以寄存到守意，我帮你保管。”

曹如意说：“我问你为什么要管我？”

“我这边有个客人，特别痴迷于给机械表上链。机械表上链的时候一般会发出咔嗒的声音，每个表芯的咔嗒声音各有不同，精致的表芯、多功能的复杂表芯所发出的声音和咔嗒声，比廉价表要更安静、更有规律，他对这种咔嗒声狂热无比。”章意向曹如意示范给机械表上链，“尤其是用手上链的时候，你会感觉到表冠与拇指、食指间的亲密接触，会产生一种妙不可言的感觉。”

类似于一种和生命体产生交流的悸动，需要人为地触摸与安抚，更需要倾注喜爱之心。

曹如意对此毫无兴趣，只道：“你到底想说什么？”

章意抬眼看向她。

“你根本就不喜欢表。”章意说，“如果你不能为它们耗费时间与精力，对它们而言就是生命的消耗。对于像你这样的客人，我没有办法售卖心爱的藏表。”

头一次被人直接点破，曹如意有点下不来台。

“所以，你只是可怜这些表？”

章意不置可否，曹如意猛地起身，掰开烟盒，在包里翻找打火机。不知道什么时候，守意其他的师傅们相继回到了岗位，也看到了眼前的一幕。

曹如意顿时有种如芒刺背之感。

她目光游离着，扫过章意干净整洁的桌面，扫过柜台下一块块码在呢绒

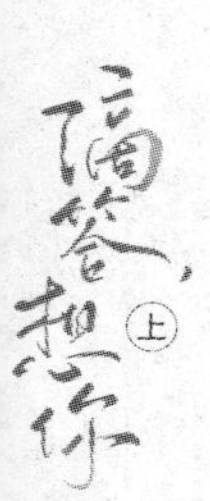

布盒子里的表，甚至扫过上一次不欢而散时她想要买的那块怀表，还挂在黑桃木的架子上，表壳上那朵烫金牡丹如往日般美丽沉静。

或许只有在这里，它才可以如此美丽、如此沉静吧？

曹如意找不到打火机，情急之下摔了包，从地上捡起想要的两样东西，转瞬往外跑。徐皎动作快，收拾了包追上前去。

到巷口，徐皎缓缓停下脚步。曹如意正靠墙站着，单手夹着一根烟，没有点火，把玩着打火机，目光转过来的一瞬间，面容有片刻僵硬。

“听到后面有脚步声的时候，不是没有妄想过，人大概就是这样吧？很清楚一件事的结果，却还是抱有期待。”她像是自说自话，“你喜欢他吧？”

徐皎迟疑了会儿：“嗯。”

曹如意早已猜到这个答案，只是有些费解：“这种榆木疙瘩有什么好喜欢的？一点情趣也没有。你捶他一下，他不疼不痒，反过来还要问你为什么捶他。你看他那么真挚，气都撒不出来，有什么意思？”

徐皎忍俊不禁。

曹如意看她傻乎乎的，也跟着笑了。

“其实笨蛋也挺好的，至少没有那么多花花肠子。”曹如意接过徐皎递来的包，在里面找到手机，像是松了口气，又说，“对付这种人怀柔政策可行不通，得正面强攻。”

“怎么正面强攻？”

“先让除了他以外的人都看破你的心思，成为你的助力。”

徐皎若有所思地点点头，听曹如意继续说：“然后，要学会欲擒故纵，不能做到性感迷人长驱直入的话，至少得先勾起他的心思吧？整天黏糊糊地在一起，两只眼睛看到你，哪还有时间想别的？看不见了，开始想念了，才会揣摩。这种事一旦揣摩上，基本就有定论了。”

徐皎一听还真有点道理。

安晓那招根本不管用，虽说近水楼台了，但月根本不开窍，光她一个人在使劲。整个守意只有长宁叔懂她的心思，可偏偏文化人骨子里含蓄，说话都要拐三道弯。

章意本就一根筋，再拐弯就打结了。

她慎重地总结了下前期作战失败的经验教训，还要向曹如意请教一二，曹如意却不肯再开金口，只是微微凝睇着她。

“其实我看不懂他。”曹如意想了很久，只是这么说。

她以为他们是朋友了，他才要管她，可他似乎更珍惜那些表。

徐皎看她手里的烟早就揉碎了，烟蒂落在脚边，转瞬被风卷走。夏日的燥热一直蔓延到人的灵魂深处，烧灼了皮肤，每个毛孔都在宣泄着不满。

曹如意说：“这破天气，让人想死。”

徐皎回头看向守意，飞檐上的鸱吻圆目肃静，端详着某处时，像极了工作时的章意。你在他旁边，常常会觉得打扰他是一种不敬。他让每一个人都感受到了他对钟表修复所倾注的心血，已经远远超出传承的意义。在这件事上，她没有任何评价的资格，只能说：“他应该是好心。”

曹如意勾唇：“情人眼里出西施，你的判断不值得参考。”

“那你为什么还要来守意？”

明明他不肯卖表给你，明明已经闹得不欢而散，为什么又给自己搭了台阶来这里？曹如意的记忆仿佛一下子被拽回几年前那个夏天，同样的燥热，同样的湿汗淋漓，妆被打得七零八落，她拎着精致的包，狼狈地走在街上。

没有方向，没有尽头，只是漫无目的地走，走了很久，最后她停在长亭街一棵百年银杏树下。隔着葱茏的树荫，她看到章意在屋檐下洗手，旁边站着个小女孩。

小女孩只有五六岁的年纪，头上扎着两个发鬏鬏，铆足了劲踮起脚，把手里的雪糕递给他吃。他起先一直拒绝，后来小女孩委屈得快哭了，他才妥协，把手晾在水池里，低下头迁就小女孩咬了一口雪糕。

她无法描述那幅景象带给她的震撼，就是一刹那间，满心的窟窿好似被修复了，得到了安慰。之后，她听见那个小女孩说：“哥哥，明年夏天还要吃我的雪糕哦。”

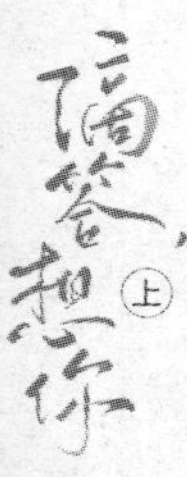

章意说："好。"

可是第二年的一整个夏天，她都没有见到那个小女孩，后来才知道小女孩走了。

"是白血病，走的时候还戴着章意送她的佩奇手表。那块表是他们用特殊的陶瓷材料做的，全世界只此一块，绝无仅有。"

小女孩使劲踮着脚的样子尚还历历在目，那是她最后一次吃雪糕。曹如意眼眶隐约有些红了："如果我走的那一天，也有人给我做这么一块表，证明曹如意曾经在这个世界上出现过，那该有多好？"

她说完朝徐皎一笑，走到路边拦了辆车，携着包离去。

徐皎回到店里的时候，大笨钟再次发出清脆的打簧声。

她默数着时间，三点一刻。一抬头对上章意的视线，后者眉宇微蹙，目光诚恳，又透着一丝傻气，她忽地莞尔，冲他点点头。

动作很小，别的人都没注意，章意却定了心，低下头继续手里的工作。拆开抛光表壳后，露出金黄色的机芯，镜子一样折射着光。镀金齿轮极其小巧，做工精细。

老严在旁边说："金表有很多，机芯也镀金的却很稀少。看样子和造型，像是欧米茄原工厂的最后一批机芯，大概是七十年代出厂的。"

之后工厂倒闭，机芯血统就不一样了。

有别的师傅从旁边走过，看了一眼说："看样子零件是补不齐，只能自己做了，这种程度得费点工夫。"

"没两个月成不了事。"

"市值大概多少？"

"已经糟蹋成这样了，最多万八千。"老严说，"没事，咱们小章就爱干这种脏活累活，跟钱多少没关系。"

徐皎看他们正在说表的历史，拿出手机来录像。她一边盯着镜头，尽量把旧表的轮廓造型都收入其中，一边找适合的采光角度，不知不觉间退到了门口。

忽然撞上一人，她忙回身，对上章文桐不苟言笑的脸。

“你是谁？怎么会在我们店里？”

徐皎吓得一磕巴：“我……”

“哦，她是我远房侄女。”老严率先反应过来，走上前挡住章文桐的视线，“这不前一阵没招到一个学徒嘛，店里有时候实在忙不过来，正好她要找实习单位，我就和小章商量了下，让她过来帮帮忙，打打下手。”

见章文桐眉头越皱越紧，老严忙道：“暑假工，一结束就走。”

章文桐转向章意：“是这个情况吗？”

章意放下手中的表，正要说话，刘长宁抢白道：“就为这事儿，老严还摆了酒席，请大伙出去海吃了一顿。你知道他的情况，跟老家人都不怎么联系，要不是情况特殊也不会把人招到店里来。小姑娘挺勤快的，脑子也灵活，帮了我们不少忙呢。小木鱼，你说是不是？”

木鱼仔忙点头，挽住章文桐的手臂细数徐皎的好，末了对老爷子撒娇：“章大爷爷，反正暑假时间也不多了，你就让人留下嘛。”

守意上上下下就木鱼仔这么一个小孩，章文桐最疼他，也对他寄予了不少厚望，听他这么说神色一缓，算是默许。

老爷子巡视了下店内的日常，便招招手，让章意去后院说话。

章意摘下眼镜，看向徐皎，徐皎也刚好看向他。两人目光相接，他示以一笑，轻声说：“没事，我会跟爷爷解释的。”

徐皎提到嗓子的心，转了好几个圈终于落了下去。她挨个向老严、刘长宁和一众打马虎眼的师傅道了谢，大伙都笑着安慰她：“别怕，老爷子就是看着吓人，其实心眼挺好的。”

徐皎干笑两声。

心眼要真这么好，也不至于合起伙来骗他了。她心里还是忐忑，跑到工位上摊开书，假装认真学习，一直到章文桐离开都没敢喘大气。

晚上吃饭时，她还念念不忘章文桐那个眼神，跟章意说：“你爷爷真有

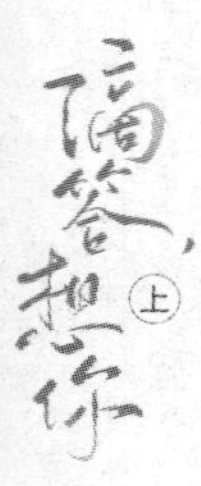

威严。”

章意给她拧开酸奶瓶盖，揶揄道：“孙悟空遇见如来佛了？你也有今天。”

“我都吓死了，你还笑我。”

“谁让你平时嚣张。”

“我哪里嚣张了？最多就是笑话你笨而已。”

章意作势拿手机：“我要打电话给爷爷了。”

她立刻做小伏低：“我错了，您大人大量，别跟小的一般计较了。”

不想自己还有仗势欺人的时候，章意被自己的幼稚行为逗笑了，转念一想，好像只有她，能让他这么笑。

徐皎心有余悸，连喝了几口酸奶压惊。章意看她沾了一嘴的瓶盖印，抽纸巾递给她。她不接，余光迂回了一圈，把脸送到他面前。

“我看不到，你帮我擦嘛。”

章意本能往后一退，看了看四周。

“长宁叔回房间了，老严去外面抽烟，木鱼仔在打扫厨房，没事，放心吧，没人看见。”

章意哑了一嗓子，有点结巴：“这、这不太好吧？”

“哪里不好？”

“我……”

“说不出来啊？”

章意心跳怦怦的，感觉已经到了喉咙头，被她逼得一路往后退，最后靠在葡萄架上。徐皎盯着他的脸，故作惊讶道：“咦，怎么脸红了？”

他赧然地移开视线。

徐皎忽而笑起来，食指勾起他的下巴，带着点挑弄的意味：“看你下次还敢不敢欺负我。”

八月的风带着白日的暑气，烧得人浑身难受，徐皎本来颇有点成竹在胸的气势，冷不丁撞进他幽深的眼眸，心突地一跳，脸红到脖子根。

下一秒，两人默契地撒开手，各自转开目光。章意拿起桌上两瓣西瓜，风卷残云地吃完，用纸巾有一下没一下擦手。

木鱼仔收拾好厨房，回到院子见这两人背对背坐着，有股奇怪的氛围在扩散。他摸摸脑袋：“怎么了？”

“没事。”章意起身说。

木鱼仔将信将疑，也没有多问，看了眼手表：“师父，时间不早了，你不是说要送小姐姐回家吗？”

“我……”章意摸了下额头，“我还有点事，要不小木鱼你、你送她回去吧。”

“我吗？”

徐皎也跟着表态：“没事，我自己打车就行。”

“还是让小木鱼送你吧。”

“不用。”

木鱼仔看着面前互相推托却没有眼神交流的两人，愣了一会儿，说：“我来送吧，反正也没什么事。”

徐皎之前就发现这小孩儿不对劲，送她回家沉默了一路更让她匪夷所思。临下车前，她犹豫再三，还是问道：“小木鱼，你是不是在躲我？”

“没。”

他反应极快，握着方向盘，头抬也没抬。徐皎还是觉得哪里怪怪的，想到他最近遇见的困扰，尝试着问：“是不是家里又打电话催你回去？”

“嗯。”他含糊着应了一句，“不早了，我该回去了。”

徐皎一看时间，确实很晚了。十八岁的男孩子，有心事未必愿意跟只比自己大几岁的人倾诉，或许对着老严或长宁叔会更容易说出口吧？她想着回头问问老师傅们，因此没再追问，只是说：“我这两天有点工作要处理，先不去守意了，你帮我跟章意说一声。”

木鱼仔这才看向她，目光里转圜着复杂的情绪。

“你怎么不自己告诉他？”

徐皎轻咳一声：“一点小事而已，说不说都不要紧。你路上小心一点，

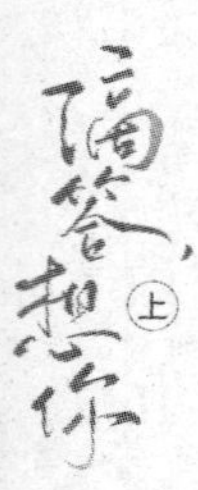

到家发个消息给我。”顿了顿，她想起什么补充道，“你有点散光，路口尤其要注意。算了，下次我陪你去配副眼镜吧，放心一点。”

她自言自语一般，像是不需要他的回应，挥挥手朝楼道里走去。木鱼仔定定地看着她背影，嘴巴张了张，终究无声。

徐皎突然又想到什么，正打算告诉他，一回头见车已经转出拐角，红色尾灯闪了闪，消失在道路尽头。她放下手，摸了下后脑。

安晓从后面扑过来：“大晚上的不进去在这儿站什么岗呢？”

徐皎被她一搅和忘记了要说什么，干脆放弃，从包里掏出封信给她。

“这是什么？”

楼道里灯光暗，安晓一时间没看清收件人，拿着文件翻了翻。徐皎说：“章承杨的，寄到守意去了，店里都联系不上他，怕是要紧的东西，就托我带回来转交给你。”

安晓反应过来：“他们不会还不知道我们已经分手了吧？”

“嗯，这些天他就没回去过，大伙都以为跟你在一起呢。而且你俩这情况，我要是提前昭告了，之后又想复合，岂不白让你尴尬一回？”

安晓像甩烫手山芋似的把文件扔回徐皎怀里，说：“不可能，我也不知道他在哪里，你把信带回去吧。”

“我是快递员吗？一会儿这里一会儿那里的，逗我玩呢？我每天都这么累了，你也不心疼心疼我。”徐皎一边说一边把信封又揣回安晓的包里，顺手拍了两下，“现在大家都找不到他，作为他的前女友，发挥你价值的时候到了。你就当做个慈善，把信交给他，顺便给捎带句话，有人送了猪头给他，再不回去就要臭了。”

“什么猪头？”安晓大笑，“谁送的？这人眼光也太好了吧！”

徐皎跟安晓讲了“暴发户”的事，安晓不住地点头称道，夸“暴发户”慧眼如炬，包里揣着那封信，到底没再甩开。

第二天见徐皎没有去守意，她直呼太阳打西边出来了，问徐皎：“这是怎么了？永动机没电了？”

“回场充电，补足能量。”

徐皎躺在沙发上敷着面膜，一边踢腿，一边给手做保养，也好不忙碌。余光瞥见安晓进了厨房，她扬声道：“我煮了桂圆红枣汤，还热着，你快盛一碗。而且我下午要去西郊拍摩托车广告，跟守意是截然相反的两个方向，太远了我就没去。”

“撒谎，西郊能有多远？之前长宁叔住院，也不知道谁城南城北两头跑，到处给人买好吃的。美其名曰给长宁叔补身体，谁不知道你那点花花肠子？”

徐皎撇撇嘴，朝她翻了个白眼。安晓捧了桂圆红枣汤坐过来：“还不快老实交代，你有什么能瞒得过我？”

“就是觉得天天见反倒不好。”

“哟，还学会欲擒故纵了，谁教你的？”

“跟你学的。”徐皎眨眨眼，把话题又岔到安晓身上，上下一打量，“穿这么好看，是要去找章承杨吧？”

安晓搁下碗，冷冷一笑，二话没说光速消失在她眼前。没有一会儿，胡亦成发来今天的拍摄细节，让她备好防晒霜，可能要在太阳下晒一下午。

徐皎皮肤有点敏感，经不起长时间的暴晒，里里外外喷了三层喷雾，临下车前又补了一次，真到现场拍摄的时候却比想象中好很多，有休息站，搭着遮阳棚，负责人还给他们都发了水。

品牌邀请的模特都是打扮新潮、身材高挑的帅哥美女，一个个骑着摩托车在郊外驰骋，烟尘漫天，黄土飞扬。导演跟拍了两个多小时补完基本素材，才让徐皎上场拍手部特写。

戴手套、戴头盔、握住手柄、抱住头盔、擦拭摩托车等，这些特别彰显手部表现力的镜头，她要全部补拍一遍。

中场休息的时候，她到休息站补充体能。一看手机某个平常不太会主动聊天的家伙居然发来了消息，她一时又惊又喜，背着胡亦成悄悄咧开嘴。

章意：今天工作怎么样？【笑脸】

就算偶尔聊天，他也没有发表情的习惯，大概只有特别尴尬的时候才会

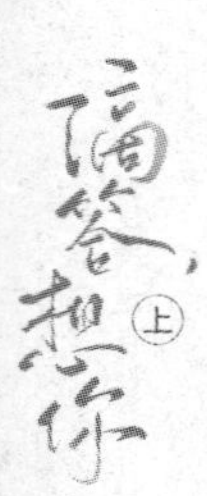

借表情包来遮掩吧？她想象着他在另一头对着表情拧眉的样子，一定是经过了很长时间的深思熟虑，才会选中只有中老年人使用的微笑脸吧？

她抱着手机直发笑，手指按不停，打了又删，删了又打，来来回回琢磨了好几次。

徐皎：在西郊拍摩托车广告，现场好多帅气的小哥哥，戴着面巾和墨镜骑摩托，好酷啊。

以为他不会很快回复，没想到下一秒手机就振动起来。

章意：西郊？

徐皎：嗯。

“小哥哥”“小姐姐”这种称呼，章意不能理解，但他忍住了，可她居然只回了一个“嗯”，怎么感觉有点冷淡？难道还在因为昨天晚上的事介怀？

章意一颗心七上八下，打字速度不由得快了一些：拍摄什么时候结束？

徐皎：还差一些素材，估计得天黑了。

章意：结束后直接回家吗？

徐皎：不行，要一起去聚餐。

章意蹙眉，她不是不喜欢这种场合的吗？

徐皎：不过我拒绝了，有个小哥哥想请我给他的工作室拍东西，我打算去看一看。

章意：去哪里？

章意：他的工作室？

章意：胡亦成在你身边吗？

章意：徐皎，你还在吗？

……

接下来就再也没有收到徐皎的回复，章意盯着手机看了大概有一分钟，把寸镜重新别到眼睛上。五分钟后，他把寸镜拿下来，打开手机浏览信息。

“西郊是不是有个摩托车俱乐部？”

木鱼仔不妨身边忽然出现一人，吓了一跳，抚着胸口说：“师父，你走路怎么没声啊？吓死我了。”

章意还看着手机。

木鱼仔回想他刚才的问题：“好像是有个俱乐部，最近在办比赛，那边挺乱的。昨天还看新闻说有个女孩去摩托车节，后来就失踪了，到现在都没找到人。”

章意声音一紧：“知道徐皎具体的拍摄地点吗？”

“怎么了？”

“是西郊那个摩托车俱乐部吗？”

“听她提过一嘴，记不清了。”老严说，“你有急事要找她？打电话了吗？”

“嗯。”

“没接？可能是在工作吧。”

章意点点头，回到工位上坐了一会儿，忽地起身，拿起车钥匙说：“我要出去一趟，店里有事打电话给我。”

难得见他这么着急，老严笑着说：“这不知情的还以为小章媳妇丢了。”把茶盖一掀，对上隔壁老王八卦的眼神，老严玩味道，“倒头一次见他风风火火，还挺新鲜。”

刘长宁瞪他：“反正你这张嘴从来没吐出过什么好话。”

“哎，文明人怎么能骂人呢？”

“我哪里骂你了？”

“你别以为我没听出来，不就是说我狗嘴里吐不出象牙吗？这还不算骂人？”

刘长宁倒被他给逗笑了：“没见过这么往自己身上套的，你非要当狗，谁能拦得住？”

这话一出，再有好奇的心思都被冲散了，全都笑成一团。老严咂摸着刚才和刘长宁的几进几出，伸手去拽木鱼仔的后领：“小木鱼，你说我是不是跳进老刘的陷阱了？他故意设障等我。”话音一顿，他声音沉下来，“怎么

哭了？”

木鱼仔强忍着眼眶里打转的泪水，推开老严的手，掀开帘子朝后院跑去。师傅们你看看我，我看看你，均一头雾水。

“这孩子怎么了？”

“不知道，刚还好端端的，受什么刺激了？”

“难道是被你蠢哭了？”

“我去你的。”

刘长宁笑而不语。

过了很久之后，木鱼仔才肯丢下面子承认，那一天当他看到章意跑出去的时候，他忽然意识到自己十八岁的初恋结束了。

虽然从未开始过，但他还是铆足劲挤了几滴眼泪，以此怀念逝去的青春。

中场休息之后临时加拍一个场景，徐皎被拉到附近的废弃工厂，拍了一组朋克风的摩托车特写镜头，回到俱乐部基地已经晚上七点。

夏日的斜阳烧红半壁天，胡亦成犯了老胃病，正倒在躺椅里休息。徐皎找了一圈抱回来几盒饼干，坐在旁边陪他吃了一点，这才有工夫打开手机。

一看消息列表，她猛地起身，大步朝外走去。

胡亦成问她：“你去哪儿？”

她边打电话边说：“我妈找我有点事，我去回一下。”说完朝门口的方向跑去，手机占线了一阵后终于被接通。

“喂，我在了，刚才去别的地方拍摄，手机落休息站了。”

近五个小时的杳无音信，他发来了一连串的信息，不断问她在哪里，需不需要帮助，满屏的担心溢于言表。

她喘着气说：“对不起。”

不该落下手机，也不该试探他，她后悔得肠子都青了。

电话那头风声似乎有点大，她一时没听清，喂了两声，背过身捂住话筒，章意的声音这才清晰一些。

"没关系，只是看你中途不见了人影，有些担心而已。"顿了顿，他又说，"你没事就好。"

徐皎舔了下嘴唇："我工作的时候通常没时间看手机，你以后找不到我也不要担心，我拍完就会回消息了。"

"嗯，我知道了。"

章意不知是在什么地方，风一时大一时小，远远近近似乎还夹杂着人声，似乎在问器材有没有都搬上车了。她一转身，门外一辆器材车正在发动中。

徐皎微微皱眉，朝前走了几步，章意忽而问道："现在打算离开了吗？"

她停下脚步："还没，成哥有点不舒服，我要先送他回家。"

"那个……工作室？"

原来他是因为别的小哥哥在担心她，她一时间又是开心，又是自责："没事了，成哥问了详细的情况，已经帮我推了。"

"那就好。"他似乎松了口气，声音里带着一丝笑意，"那你早点回去休息。"

"好。"

徐皎在原地徘徊着，尾音拖沓，似乎有点意犹未尽。章意等了一会儿，说："那就这样，我先挂了。"

"等等。"她的心几乎跳到了嗓子眼，声音也干涩起来，"章意，我……"

"嗯？"

"你明天晚上有空吗？"

他停顿了片刻，缓缓说道："抱歉，已经有安排了。"

徐皎的声音沉了下去，失望不加掩饰："这样啊，我还以为最近不忙了呢。"她琢磨了很久，鼓起勇气问，"不能改期吗？"

"怎么了？"

"没什么。"她笑了一下，"再见。"

电话挂断后，她捧着手机深吸了几口气，调整好情绪回到胡亦成身边。在她离开之后，她身后不远处的门外一道身影，也终于转身离去。

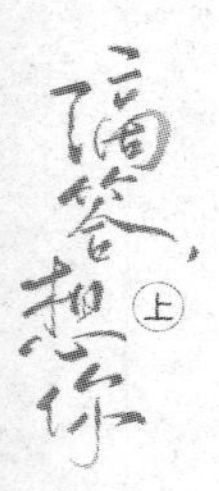

胡亦成看她似乎有点不开心，问道：“怎么了？徐阿姨说什么了？”

“没什么。”

她不说，胡亦成大概也能猜到，揉了揉胃坐起身道：“你明年就要毕业了，未来的职业发展确实得好好规划一下，先不说幕后转台前，至少得跟他们讲清楚你的打算，总这么拖着不是个事。”

徐皎家里条件不错，父亲是建筑承包商，母亲是机关单位的领导，她从小算是被呵护着长大，从来没为钱的事情发过愁，这也是她跟他之间最大的问题所在。不过这样的家庭，一般都不希望儿女去过于鱼龙混杂的圈子发展，尤其是女孩，找个稳定的工作，交个不错的男朋友，等到适龄结婚生子，才是常规的选择。

她念书的时候把手模特当作兼职也就算了，父母尚且能宽容，可将来择业事大，恐怕就由不得她随便做主了。

“要不这样，找一天我陪你一起回去，好好跟二老商量一下？”

徐皎忙摆摆手，母亲张蓉的性格她比谁都了解，是轻易不会退让的人。她父亲每次夹在母女俩中间左右为难时，都会笑她跟她母亲一样倔强。其实张蓉想让她考公务员的计划已经推行了很久，每年春节都要拿出来集中数落一顿，亲戚朋友一起发力，她根本抵挡不住，只能先找借口拖延着。

不过再怎么逃避，凡事都有终有尘埃落定的一天。今年算毕业前夕最后一个春节，她几乎已经可以预料到新春的情形，可不管是什么情形，都不能一下子把胡亦成拽进去。

做好决定后的通知和做决定前的商量永远都有着本质的区别，胡亦成贸贸然出现只会更加激怒张蓉。

她想了想，说：“今年过年的时候我好好跟他们说一下。”

胡亦成沉吟了一会儿，点点头，没再勉强。

从西郊离开回市区的路上，徐皎情绪低落，始终有点闷闷不乐。快到家时，胡亦成把车停在路口，忽然从后座变出个纸袋递给她：“明天我要去见张美丽敲定拍摄细节，恐怕没有时间陪你过生日了，今天就当提前为你庆祝了。”说完又笑，“今年到底和往年不一样，你应该有了更想一起过生日的人吧？正好我没时间，你们聚会时也能自在一些。”

徐皎翻开袋子一看，是一只名牌包。

“你现在代言广告比以前多了，出席活动得有几只能拿得出手的包。我知道你不在意这种面子工程，可合作方会在意，对手会在意，很多人都会在意。一只趁手的包，即便不能为你赢得尊严，至少不会让你太难堪。”

徐皎点点头，他的用意她都明白，包也是她比较喜欢的颜色和款式，看样子为了迎合她的喜好，他费了不少工夫。

她由衷道：“我很喜欢，谢谢成哥。”

“嗯，不喜欢也要装作喜欢才行，不然明年不给你买礼物了。”

“我真的喜欢。”她把袋子抱进怀里，注视着胡亦成，“明天不管多晚，我都等你一起。”

“不了。张美丽那个人你不是不知道，想从她手里抠点东西比登天还难，有一都要还二，我看明晚的饭局，轻易是脱不了身了。”

“可是……”

“没有可是。”吃了药，胃里隐隐还有灼烧后的痛感，四肢也在发麻，胡亦成能感觉自己已经到了精疲力竭的边缘。他咬咬牙，笑道：“我不可能永远陪你过生日，你的未来一定会出现比我更重要的人。与其等到那一天被迫退场，还不如提早开始演练，免得人嫌不自知，倒伤感情。”

“成哥，你别这么说。”

“你千万别难过，我这话既是说给自己听，也是在安慰你。等我成家立业，你就该退居第二了，到时候心里可别有落差。”

“才不会，我知道你对我好。”

胡亦成点点头：“你知道就好，彼此心里想着对方，在不在一起过生日不重要。反倒是跟最想庆祝的人在一起，生日才更有意义。”

徐皎还要再说什么，胡亦成抬手打断她：“好啦，你再说下去我看也别过生日了，明天直接来参加我的葬礼得了。”

“呸呸呸，瞎说什么。”

一旦胡亦成坚持，她知道自己很难改变他的决定。把他送回家后，她在厨房煲了一锅粥，又炒了一碟鸡蛋，给他留下便笺，叮嘱他按时吃饭后才稍稍安心，等到返回自己跟安晓的小窝时已经十一点半了。

距离零点还有半个小时，屋里漆黑一片。

徐皎放下东西，拧开灯，在玄关静静地站了一会儿，而后沿着厨房、卧室缓慢地转了一圈，确定没有任何惊喜在等她后，她回到客厅，关掉灯，点上一根蜡烛，在零点到来的那一刻，双手紧握抵在下巴，许了个心愿。

没能跟想庆祝的人在一起也没关系，今年不行就等明年好了，争取早日转正。

她对自己说：

徐皎，请不要犹豫，不要退缩，不要放弃，你一定可以成为自己想成为的那种人。

你一定可以。

然而很多事情的变化和转机是稍纵即逝的，此时的山穷水尽，未必没有柳暗花明。以为的康庄大道，也未必是最初想象的样子。

她永远不会怀疑自己的信仰，可就在这一年盛夏的尾巴，在即将来临的冬日，她却遇见有生之年最为寒彻入骨的冷。

长大，在弹指之间。

信仰，立危墙之下。

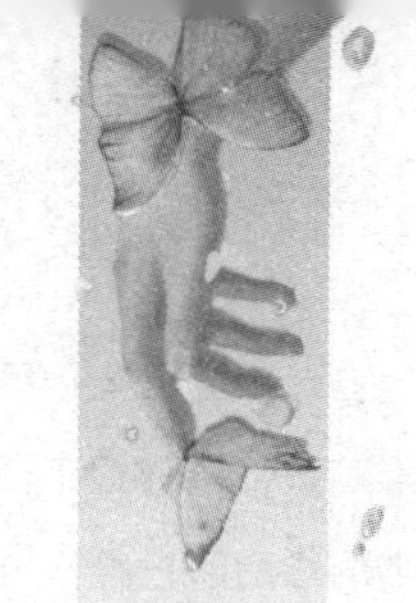

第九章

/

勇敢是一场梦幻泡影

Dida, Xiangni

▼

同一个深夜，在这座城市的另一个角落，也在上演着新一轮的悲欢。

霓虹炫目的灯光像街道两旁的树，不断在眼前倒退。安晓抬起手，点了点酒柜上一瓶伏特加，嘟囔着：“再给我倒满。”

酒保看她人都站不稳了，安抚了两句，对麦叫经理过来。她之前在霓虹当 DJ，和服务生都熟悉，一看动作就知道他要做什么。那经理之前挽留过她几次，这回要是再被逮住，少不得一顿说教。

她皱了皱眉，趁对方不注意，钻进吧台偷了一瓶酒，转瞬汇入人流沸腾的舞池。

震耳欲聋的音乐声在耳畔不断回响，她一步三晃穿过人群，跑到后面的包厢区。今天她是来找人的，人没找到，只好借酒浇愁，谁知这酒入愁肠，越喝火越大，她实在不甘心，挨着包厢一间间横冲直撞，忽然看见一道不算熟悉的身影。

虽然不熟悉，但委实记忆深刻。安晓随即追上前去，到了洗手间外，听见对方的笑声。

“你说章承杨？早八百年前的事了，还提他干什么？”

“不是，我看你那会儿挺喜欢他的，这才多久就移情别恋了？”

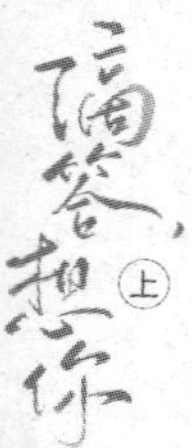

“是，我承认那个时候是挺喜欢他的。”艾萝没有否认，“长得帅，身材好，家里条件也不错，最重要的是还会拍电影，我怎么会不喜欢他？他这个人外表看着随便，其实心里高傲得很，要不是在电影方面有一些共同话题，我很难接近他。”

“那你们后来怎么分了？”

艾萝轻笑：“就没在一起过，谈什么分不分。”

“真的假的？那照片……”

“只是角度而已，他根本没放在心上。那个时候他说要拍一部讲传承的电影，这主题吧，看着不错，但是太沉闷了，我一开始就不看好，但他一力主张，我也不好说什么，只能陪他聊，聊到后面我才发现不对劲，他对电影的很多想法都太理想化了，按照他的思路根本进展不下去。不过我嘛，贪图的就是一个副导演的署名，能不能赚钱我不关心，只要他能把片子拍出来就行，谁知道后来他被家里切断了经济来源，一下子连场地都租不起了。看着穿金戴银的富二代，谁能想到是个假把式，里面空空的一点存款都没有，你说我再整天没日没夜跟他耗下去，还有什么意义？不如趁早收手，还有别的出路。”

艾萝抿了抿红唇，镜子里的女人单眼皮，薄嘴唇，一张高级文艺脸，摆明了将来是要直上云霄的，跟这儿虚耗不值得。

她眨眨眼，笑得漫不经心，刚要转身，门忽地被撞开。“哐当”一下，飞来的酒瓶砸到镜子上，碎了一地玻璃。

艾萝和她同伴吓了一跳，纷纷往后退。在看清来人是安晓后，艾萝骂道：“你神经病啊？”

“我神经病？”安晓点点头，笑了，“我可不就是神经病嘛，脑子被门夹了，才把那家伙拱手让给你。可你倒好，一转身就交了新的男朋友，到这里来花天酒地，还发朋友圈到处炫耀，知道他这一整天都在干什么吗？”

她拿起一块碎玻璃，指着艾萝步步逼近：“他在片场给人打下手，端茶倒水，干各种脏活累活。”

之前他们在一起的时候，安晓曾经去过他们取景的几个地方，在网上看到路透，刚好这两天有剧组在那里拍戏，于是就想去碰碰运气。一进摄制棚，她就看到他在搬一只一米长的木箱子，旁边人来人往，没一个上前去帮他。

摄像还在旁边催促："小章你动作麻利点，马上就要开拍了，早上没吃饭？"

隔壁导演也在骂人："都是从哪儿找的人，到底行不行？这主角都到位了，设备还没架好，像什么话？都给我快点，干不好直接滚蛋！"

安晓才知道原来他不是导演，甚至连助理都算不上，就是一干杂活的。午后导演拍晒谷场的戏，一众演员和群演都找了阴凉的地方休息，只有他扛着几十斤的摄像机，站在升降机上找俯拍角度。

那个机器不方便一时上一时下，底下的人要布置站位，主角要找戏感，群演要打配合，来来回回地排练，他就一直站那上面。

平时那么爱惜自己脸蛋的人，在太阳下暴晒几个小时居然一声没吭。她看着那张紧绷的脸汗如雨下，肺气得快炸掉了。

"我以为他跟你在一起，我以为你会好好对他，我以为你……"安晓抹了把脸上的泪水，突然怒吼道，"知道这段时间我像傻子一样看了多少场恐怖电影吗？知道我在电影院哭掉了几包纸巾吗？我一直以为两个人在一起，光凭努力是不够的，要性格相合，要有共同话题，要互相欣赏和尊重，可这些我跟他都没有，天知道我有多羡慕你，可你……你都没有努力过，就浪费了他的才华。"

她买通了场务，一直在片场远远地看着他。她无数次想要冲上前去骂醒他，拽走他，想要狠狠地抓起稻谷撒到导演脸上，想踹翻一直骂他的摄像，可她忍住了。

他自己都能容忍的事情，她又哪儿来的立场去指摘对错？

她更怕，怕一个冲动，彻底毁了他艰难维护的尊严和理想。

见色起意，爱到她这个程度的也是少见了。世上怎么有像她这么傻的女人呢？这么无能了，居然还想着替他出气。安晓深吸一口气，勾起唇道："你

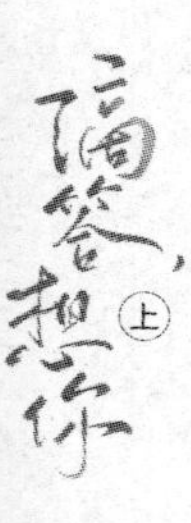

说，如果我在你的脸上这么左划一下，右划一下，你那个新男友会怎么做？”

“你疯了吗！”艾萝瞪大眼睛，不住地往后退。她同伴已经被吓傻了，像个呆头鹅愣在原地。艾萝连推几下让同伴去喊人，同伴都毫无反应，无奈之下只好大呼救命。

安晓满脑子都是烧灼的痛，理智已经飞上天空了，她扑过去。艾萝一把抓住她的头发，把她往地上扯。她吃痛大叫，与艾萝纠缠到一起。

安晓看着气势汹汹，其实力气早就在刚才的宣泄中消耗光了，被艾萝一个反扑，碎玻璃震落。她使劲要把艾萝从自己身上推开，艾萝却好像一座山那么沉，不管她怎么推都显得很无力。渐渐地，她失去了力气，失去了挣扎，也要失去呼吸，就在这时身上忽然一空，骤然而释的压力让她一个倒喘，大口咳嗽起来。

她一边喘气一边哇哇大哭，胸口不断地起伏，一切都像是生理本能，在寻找平复的出口。过了不知多久，她落入一个温暖的怀抱。

熟悉的气息向她包围过来，她才慢慢地找回了自己。

这时，经理和艾萝的朋友们终于都赶了过来。艾萝坐在地砖上，捂着被撕坏的裙子，咬牙道：“报警，我要让这个疯子去坐牢！”

经理忙上前安抚：“先不要报警，咱们私下协商一下，好不好？你看，打架不是单方面的事，肯定双方都动手了。你衣服破了，那人家也没好到哪里去。”

一看安晓蓬头垢面，脸整个都花了，经理到底还是护着自己人。不想艾萝态度坚决，她的朋友们得知是安晓先动的手之后，也不肯再退让。

经理正左右为难之际，一道声音插进来：“我来处理。”

这一看就是感情纠纷。起先安晓在这里上班的时候，经理就见过章承杨几回，眼下跟他视线一碰，心领神会地把人都赶出了洗手间，只留下三个当事人和艾萝的新男友。

新男友护着自己被欺负了的女友，扬起下巴挑衅道：“你想说什么？”

“开个价吧。”

“什么意思？这是钱的事吗？把我女朋友伤成这样还想私了？谁差你那点破钱！”

“能不能私了，得问她。”章承杨眼神示意艾萝，“我的情况你知道，多了没有，一般的我还能应付。”

安晓一听他要让步就开始挣扎，章承杨按住她的脑袋，满身的烦躁无处发泄，忍不住低吼道：“别动，再动我揍你。”

他一开口，安晓顿时不动了，乖乖地趴在他怀里。

艾萝朝他们看了一眼，转而对上章承杨的目光。洗手间里冷气十足，冻得她直发抖，然而比冷气更让她发抖的，是这个男人的目光。

她知道他的脾气和底线，也知道惹毛了他的后果。最初的愤怒过去之后，她渐渐冷静下来，思忖道：“不让我报警也可以，把你手上的表给我。”

章承杨二话不说，摘了“绿水鬼”扔她手里。

“还有你之前戴过的那块。”

章承杨愣了一愣，反应过来她说的是十八岁成人礼当天章意送他的那块旧表，一口否决道：“不行，那块是家里人送的，不值钱。”

艾萝忽而笑了：“章承杨，你知道我为什么在你身上看不到出路吗？你空乏的理想，脱离现实的主题，以及那种可笑的一生一世只做一件事的追求，根本不可能在电影世界成真，或者说，不可能在你的电影世界成真。你扪心自问，你曾真正信仰过它吗？”

……

霓虹不远处的24小时便利店外，章承杨单手拆开包装，沉声道：“手伸出来。”

安晓摊开手心，章承杨拿矿泉水给她冲洗了一下，仔细挑出玻璃的碎渣，检查了两遍，到底还是不放心，一边贴创可贴一边说：“得去趟医院。”

“我不要。”安晓下意识往后撤，“就是很小的伤口，没事的。”

“有事没事你说了算？感染了怎么办？”他不由分说拽住她的手，到路边拦下一辆出租车，直接把人甩上去。

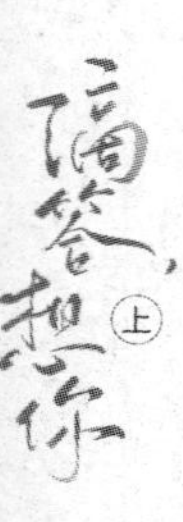

上了车，他一句话不说，只看着窗外。安晓捧着手，小心翼翼地觑了眼他的侧脸，低声问：“你怎么在这里？”

章承杨眨了眨眼，把帽檐往下拽。他没有说话，但他心里很清楚自己为什么会出现在这里。下午散场的时候，场务把一个信封交给他，他才知道她来过这里。

她什么都看到了，可她什么都没说就走了。这根本不符合她的作风！他思来想去始终不放心，后面设备器材还没搬完，在摄像的一片骂声中，他犹豫了片刻，到底还是跑了。

想想这一天，算白干了，可转念想到她在洗手间说的那些话，他又忍不住微微翘起嘴角。

安晓惦记着白天的事，到底心有不甘，问道：“你为什么要……”

“要怎么样？”他转过脸来。

一场祸乱将酒精挥发了不少，虽然胃里翻江倒海还是很难受，但她头脑很清醒，抓得住任何蛛丝马迹。章承杨那一转头，又是一副不肯低头的小贱样，好像只要她发起攻击，他马上就能进入战斗状态。

她忽然停住，冷冷一笑。

他们片场后面有一排平房，场务说是给剧组员工住的。那时她满心的憋屈无处宣泄，既舍不得他被人欺负，又看不惯他那副冲谁都点头哈腰的姿态，走不掉，看不了，就在平房那一圈转悠，后来一抬头，看到他那件骚包的花衬衫正挂在窗外的竹篙上。

一阵风吹来，衬衫鼓了起来，在空中翻飞着，最后掉到地上。

她的心也跟着掉了下去。

可这一刻，她居然有种死而复生的感觉，大概是终于认识到，这家伙还是以前那个章承杨吧。

“你笑什么？”章承杨不悦地皱起眉头。

“没什么，看你很搞笑。”安晓抚着手腕，挑眉道，“爬上爬下的像个猴子一样，玩得很开心，是不是？”

章承杨脸色一沉。

“没事，反正摔成植物人守意也养得起你，不会拔你氧气管的。”

“你……”

“今天谢谢你，那块‘绿水鬼’的价格我回去查一下，以分期付款的方式还给你，利息照算，不会亏了你。”说完，她叫师傅停下，打开车门。

章承杨下意识伸手拽她：“你大半夜的发什么疯？”

安晓自顾自从包里掏出一样东西：“喏，这是剩下的创可贴，给你。”

“给我干什么？”

安晓不说话，朝他的手看了两眼。大概是白天在片场搬器材的时候受的伤，掌下有一道约十厘米的划痕，血已经凝固了，看着却还是很吓人。

“毕竟你现在混得这么惨，还是把钱留着给自己打破伤风吧。”说完，她拨开章承杨的手，转瞬上了另外一辆车，只给他留下一道潇洒的背影。

司机在前头催促：“还去不去医院？”

章承杨爆了声粗口。

第二天徐皎醒来，看到安晓背着一根竹条在自己房门口负荆请罪，只是请罪的姿态瞧着不太虔诚，人瘫在地上，嘴里嘟哝着什么，睡得正香。

她重重地清了一声嗓子，安晓人还没清醒，反应倒快，双手举高两米长的特别定制叮当猫，铿锵有力道：“娘娘，婢子昨日出宫偷玩，忘了下钥的时间，没能赶回来为您庆生，实属大逆不道，望您宽恕。”

徐皎忍俊不禁，抱起叮当猫说：“算了，本娘娘宽宏大量，且饶你这一回。”

“婢子感动涕零。”说完这话，安晓游魂似的爬起来，“我再去补个回笼觉。”

徐皎跟在她后面：“你怎么了？夜里没睡觉去打家劫舍了？”

“喏。”她把手一亮，“劫富济贫，把自己送医院去了。”

“什么情况啊？”

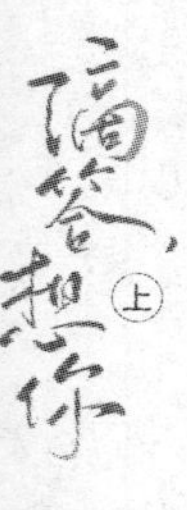

徐皎赶忙放下叮当猫，到厨房倒了杯水，给她送到房间里。

安晓趴在床上，有气无力地说："等我先睡一觉再跟你说，你今天也别出门了，我订了蛋糕，下午送过来，晚上陪你一起庆生。"

徐皎点点头。

难得这一年生日张蓉没有老生常谈，给她发了个大红包，让她在外面照顾好自己。往年这种时候，就是订个餐厅，晚上拉上安晓和胡亦成一起庆祝，吃完饭高兴的话还会去唱 K，今年也没什么不一样，只是胡亦成没时间，变成她和安晓两人行。

安晓早就在网上挑选了一家最近非常火爆的网红意大利餐厅，姐妹俩捯饬了几个小时，各自穿着漂亮的小裙子出门。

到了街口，徐皎忽然接到一个陌生电话。

她说不出来那一刻有什么期待，但她确实期待了一下，虽然还没来得及想这个期待背后的因果关系，电话就被接通了，而事实上，确实是个意外的结果。

"学长？"徐皎听出声音来，"你怎么会有我的号码？"

"想打听你的号码还不容易，忘了我现在是什么身份了吗？"孔佑笑着说，"晚上有什么安排吗？"

徐皎跟安晓对视了一眼，语速有点慢下来："嗯，正打算和安晓出门去吃饭。"

"回国这么多天，还一直没找到时间请你吃饭，介意今晚加一个人吗？"

安晓贴着手机听到他发出的请求，忙朝徐皎挤眉弄眼。孔佑说："给我一次请二位美女共进晚餐的机会，可以吗？"

"可以，当然可以！"安晓见她磨叽，一把抢过手机，"学长，我好久没见你啦，你还记得我吗？"

"当然记得。"

"哦，是记得我是安晓呢？还是记得我是徐皎最好的姐妹呢？"

孔佑浅浅笑着："是作为迎新晚会现场最漂亮的那个女孩这样记着。"

“最漂亮吗？这也太违心了吧。”

“请美女手下留情。”

“那行，我订好了餐厅，待会儿让皎皎把地址发给你，我们餐厅碰头。”

“好。”

电话挂断后，安晓噼里啪啦把地址输入进去，点击发送，挽起徐皎的手臂一蹦三丈高：“我就说嘛，女人过了二十，生日怎么可以没有男士在场？没有他们，怎么够衬托我们的美丽和优秀？”

徐皎拽她胳膊，气不打一处来：“你存心的吧？”

“我怎么存心啦？”安晓眨眨眼，“天涯何处无芳草，不吃怎知好不好？你也别光吃一棵草，别的草也可以沾一沾嘛。”

徐皎张嘴，刚要强调她和孔佑的关系，就被安晓抢白道：“我知道，你们俩只是普通朋友，他给你买英文原版书，你给他寄国内特产生活用品，是一种谁也不亏欠谁，彼此尊重友好的朋友关系，是不是？”

徐皎点点头，夸安晓觉悟高，岂料安晓话音一转，又道：“不过这种关系只是你单方面表态，我得看看另一位当事人的态度，才能表明我的立场。不过据我多年的生活经验和肥皂剧观察所知，这个世上没有隔着半个欧洲联系三年的纯洁的学长和学妹的关系。如果有，要么时机未到，要么自欺欺人，你说我说得对不对？”

“对你个大头鬼。”徐皎干脆放弃了跟安晓争辩，反正嘴皮子打架她一直是青铜，而这位王者，始终站在胜利的金字塔上，就连昨晚狼狈成那样，最后还是让章承杨吃了个瘪。

两人赶到约定的餐厅，孔佑已经到了，正站在她们预订的靠窗桌位打电话。他穿着一件休闲衬衫，下面是一条卡其色的直筒裤，脖子里有条小众品牌的项链，看似穿着随性，其实有刻意打扮的痕迹。

给人的感觉还跟大学时候的学长一样，没什么距离感，还有些邻家哥哥的亲切感。

安晓一双火眼金睛，上下扫视了半分钟，得出结论：“为师以为，这位

学长必暗藏祸心。”

“什么？”

“他这是要恃美行凶啊！”

徐皎无语地朝她翻了个白眼。

安晓忙给徐皎打理头发，捧着她的脸说：“翻白眼这种行为，从现在起就被打入了年度五十个美女自毁形象的招牌动作行列，请你切记，自己是个风华绝代的美少女。”

徐皎被安晓奇奇怪怪的仪式感弄得直发笑，为了让生日顺利地进行下去，她选择顺从：“好的，师父。”

安晓满意地点点头，携起徐皎的手款款步入罗马风情的意式餐厅。与此同时，孔佑转身看到了她们，眼中不乏一闪而过的惊艳之色，抬手示意后，对电话里的人说了句什么，匆忙挂断电话。

服务生上前为她们拉开凳子，孔佑俯身从位置上抱起一束花递给徐皎：“生日快乐，学妹。”

徐皎定定看着面前比自己大好几圈的花，静止了一般，被安晓推一下才反应过来，忙上前接过，连带着花还有一个纸袋，拴在花捧下。

她没好意思仔细看，放在一旁说：“谢谢。”

“前一阵忙着新工作的事，差点把你生日忘了。昨天才去挑选的礼物，有点匆忙，也不知道你喜不喜欢。”

“喜欢，肯定喜欢。”安晓眨眨眼，抢白道，“你上次寄回来的叮当猫她就爱不释手，每天都带在身边。”

“是吗？”

徐皎对上孔佑含笑的眼神，微微有点尴尬，说：“嗯，那个是日本限量发售的，应该挺贵的吧？你花了多少钱，我还给你。”

安晓正喝着水，冷不丁被呛到，转头拼命朝她使眼色。

孔佑一愣，眼里的光肉眼可见地黯淡了下去：“正好去日本有点事，看到就顺手买了，没多少钱。”

担心徐皎再说下去这天就聊死了，安晓轻咳一声，左右看看，说："这家店不错吧？我提前一周预订，已经没有位置了，好说歹说有人取消了位置才肯给我。"

夏日天黑得晚，此时落地窗外斜阳半坠，天边交接着深邃的蓝与红，屋内独具意大利风情的羊皮灯已经打开了，昏黄的光笼罩在众人身侧。来来往往的服务生穿梭在各个桌位间，现场位置几乎已经满了。

徐皎也意识到什么，把菜单递给孔佑，说："那今天我就请你大吃一顿。"

孔佑微一扬眉，笑着说："好呀，那我就不跟你客气了，回国这么多天一直忙着新公司的交接，还没好好吃过一顿。"

说话间，服务生按照号牌领着一对男女走到旁边，一看桌上已经坐了人，顿时有点摸不着头脑。正打算向他们询问预定的手机号码时，安晓站了起来。

"章意？"

她声音不大不小，带着点疑惑，更多的是震惊。

徐皎霎时从菜单里抬起头来，目光落到章意身上，转而又落到他身旁的江清晨身上，面容上洋溢的笑意转瞬凝在嘴角。

孔佑在这个地方遇见江清晨，也着实感到巧合。

"听你说约了人，还在想是谁值得你特地回家一趟，问你也不说，遮遮掩掩的，这不还是被我撞见了？"孔佑打趣道。

江清晨一个回击："上班时间偷偷订花的人，有什么资格说老板的不是？"

服务生松了口气："你们认识？那太好了，不知道怎么搞的，你们两桌预订的位置重合了，但我们今晚已经没有别的空位了，要不……你们拼个桌？"

江清晨看到那捧特别招眼的玫瑰花，笑着问："合适吗？"

对孔佑来说，其实没什么合适不合适，反正已经有了一只电灯泡，再多两只也没关系，倒是她，嘴上这么问，心里却未必这么想。

说是要请一个 AHCI 制表人协会的正式会员指点迷津，她这几天去了江

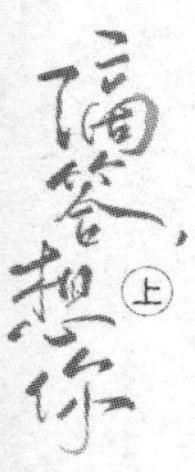

州出差，中途几次跟她通话，进展都不是很顺利，今早去公司才发现她已经悄无声息地回来了。她连家都没有回，满身风尘地躺在办公室的椅子上休息了会儿，一睁开眼，就拉着他聊了大半天关于新品牌推广的想法。

只到晚餐前，她才急急忙忙回家换衣服。

看这样子，若非要紧的人，怎么会花这么多心思？

他们一行都是俊男美女，杵在过道上分外惹人注目，已经惊动了餐厅的经理。经理上前询问过情况，得知是新来的服务员工作失职，把交接号同时给了两个人，一再致歉。

事情已经发生了，为难经理也于事无补，只是协商的过程里谁也没有先开拼桌的这个口。江清晨正犹豫不决，章意的目光忽而落在餐桌尽头的蛋糕上，转而又回到徐皎身上，喉头微微发紧："今天是你生日吗？"

徐皎手里还捏着菜单，愣怔了好一会儿，才点点头："嗯。"怕他想歪，又道，"是真的生日。"

不是为了哄谁高兴就可以庆祝的那种生日，是她真正的生日。章意神色滞停了一瞬，有些欲言又止。

安晓知道他今天没法为徐皎庆生的原因，但她没想到他的安排竟然是和江清晨一起，赶上这当口，好巧不巧还都选了同一家餐厅，可见是宿命之局。既然已经是不可预知的修罗场了，那就让暴风雨来得更猛烈些吧！

她适时道："要不就一起坐吧？反正都认识。"

她这话正中经理的下怀，一看对方两人都没拒绝，他忙叫人送上餐具，安排章意和江清晨入座。好在餐桌够长，对面坐了三个人也不嫌挤，只是气氛稍微有点僵持。

这个时候就体现出了安晓的重要性。这么坐近了看，她发现江清晨皮肤清透白净，属于天生的好底子，穿着一条米色针织长裙，周身没有精英人士的气势，颔首朝她微笑时，显得温婉且大方。

她不甘认输地回以一笑，对孔佑道："学长，你回国还没多久吧？可我刚才听你们讲话，好像很熟？”

孔佑点点头，接过服务生送来的红酒，一边说：“我们从小就认识，一起长大的。”

“这么巧？那你们是青梅竹马？”

“我可没有比自己小的竹马。”江清晨揶揄道。

孔佑正起身倒酒，临到江清晨面前顿了一顿，颇感无奈：“只大一个月而已，谁要认你做姐姐？同样的话说了这么多年，你也不嫌累？”

“累总比让人误会的好，谁让你总说我们一起长大。”

孔佑摇摇头：“说实话也不行？简直没有天理。”

“谁让你小。”

只是相差一个月而已。每次说到这种话题，他都要忍不住跟她掰扯一二。碍着今天有喜欢的人在场，他张了张嘴，到底咽了回去，没再跟她计较。

“算了，这种对青梅竹马美好的幻想，我还是留给未来的另一半好了。”

江清晨看他吃瘪，逐渐笑了开来。仗着比他大一个月，她多年以来以姐姐自居，这家伙从来没卖过她面子，今天终于让她扳回一城，她摇晃着酒杯，朝孔佑露出得意的眼神。

旁人看他们一来一往打机锋，有种置身局外的感觉。安晓说：“有青梅和竹马的人还在互相嫌弃，让我们这些羡慕的人怎么办？”

孔佑的酒刚好到她面前来，因此一笑：“待会儿我自罚一杯。”

“好。”

江清晨也在这时对徐皎举杯道：“不知道今天是你生日，没准备礼物，回头补给你，先祝你生日快乐。”

徐皎傻愣了半天，这会儿总算有点寿星公的觉悟了，拿起杯子说：“之前去金戈试拍时，江总监帮我解围，我还没来得及感谢你，怎么好意思再收你的礼物？今天正巧碰到一起，我请客！”

“不用这么客气，叫我清晨就好。”

徐皎点点头，把果汁一饮而尽，递酒杯到孔佑面前：“学长，可以给我

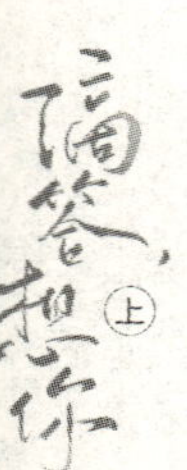

倒一杯吗？”

孔佑迟疑不定：“我记得你不会喝酒？”

当初迎新晚会的时候，她一杯啤酒下肚，三步就倒，那时才刚入学没有多久，大家伙都不熟悉，没法贸然送她回宿舍，就陪着她在会场醒酒，好几个小时才清醒一点。徐皎想到那时的窘态也脸热起来，不由自主地挺了挺胸膛：“我、我现在已经练出来了，不是当初的酒量了。”说完好像有点底气不足，她不敢随便乱看，只朝安晓发去求助的目光。

安晓忙帮腔：“是，她现在喝个半杯总没问题。”

于是，孔佑就给她添了半杯红酒。

安晓说：“来，大家碰一个，庆祝我的小仙女离三十而立又近了一步！”

玻璃杯相碰发出叮叮的清音，徐皎不经意间对上章意的眼睛，视线一转，低头喝掉大半。看她狼吞虎咽冒充酒量匪浅的样子，几人都忍俊不禁。

江清晨性格大方，孔佑又知情识趣，加上安晓在里面和稀泥，很快大家就都聊开了。提到这次去江州和许老先生的会面，江清晨说：“去之前在网上看了图片和报道，猜到实物一定会很震撼，但没有想到现场看会那么震撼，你能切切实实地感受到工匠的智慧。”

许先生在成为 AHCI 的正式会员之前，连续三年得以参展的作品，飞球仪、龙龟戏珠仪、龙凤呈祥双喜钟，都是带着浓浓中国风的动偶钟。

每台动偶钟完全由齿轮和链条操控，每一个零部件都经过了无数次精准计算和精准打磨，是手工机械技艺和多年匠人手底经验的完美结合。动偶钟从前是宫廷御用，寻常百姓人家几乎不可能拥有。

其中一座龙龟戏珠仪，从设计到制作耗时四年，总重约有 150 公斤，由龙龟、长城、鲶鱼等富有中国传统文化意蕴的部件，以及时钟、天桥组成。

仪器采用 24 小时制，每到整点，长城下的潜龙就会缓缓升起，同时，大转盘上的龙龟也昂首张口，随后，巨龙将龙珠吐入龙龟口中，再缓缓下沉隐没于长城中，龙龟则左转 180 度将龙珠吐入翘首等待的鲶鱼口中。最后，龙龟右转 180 度归位，龙珠进入天桥，滚入大转盘给时钟机芯补充动力，十多个动作通过机械联动一气呵成。

每个关卡衔接自然，可谓天衣无缝，她转头对章意说：“你真应该亲眼见一见。”

章意不置可否。一年前他曾有机会亲眼看一看许老的三个惊世之作，然而至会展门前他离开了。他说不清那是一种怎样的感觉，害怕且期待，可能是类似于近乡情怯的一种感觉吧，心怯怯的，像是久而归家的孩子。

对于那一天，其实他已经等待了很久。

江清晨懂他内心的恐惧和克制，适时地没再往下继续。关于他想要的那个答案，这次她也带回来了，只是她想单独展现给他。

徐皎察觉到两人之间隐隐流动的情愫，手在桌下情不自禁地攥紧了裙子。安晓似有察觉，握住她的手。她反手抽离，忽然起身道：“我去下洗手间。”

安晓也跟着起身，解释道：“她路痴，我去带带她。”

一路快步走进洗手间，徐皎背抵靠着门，胸口不断起伏着，目光在窄小的空间来回环视。忽然间对上陌生人的视线，她尴尬地擦了下脸，走到水池旁拧开水龙头，不断地搓揉着手，让水声流泻。

安晓见状忙拦住她：“梵刻的拍摄就在这几天，手还要不要了？”

她动作一顿。

过了好一会儿，水还在流泻，她已经抽开手，拿出纸巾擦拭。安晓把水龙头关掉，一言不发地盯着她。她察觉到什么，喃喃道：“对不起。”

“你跟我说对不起干吗，反正伤了手被骂的是你，丢掉工作的也是你，最终亏欠自己的还是你自己。”

“我……”

安晓看她指尖已经泛红了，忍不住叹了口气：“我知道你心里不好受，但也不能拿自己的手出气。”

她低着头，任由安晓挤出一颗豆大的护手霜，帮她按摩指尖。

“在想什么？”

“我也不知道。”

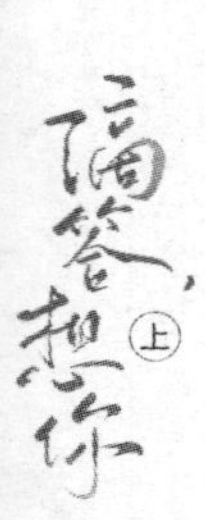

“不知道还是不想面对？”

徐皎眨了下眼，隐忍已久的酸涩冲破眼穴，泪珠打湿眼睫。安晓动作停了下来，徐皎哽咽着说：“我也不知道自己怎么了，脑子很乱，看见他们那么合拍有默契，我觉得自己好像、好像是多余的，就想离开那里。”

“然后呢？逃避有用吗？你现在冷静下来了吗？”

她摇摇头，眼泪啪嗒啪嗒往下掉。

“我知道我不该怪他，他不知道今天是我生日，可这里，”她捂着胸口的位置，“我控制不住它胡思乱想，我不知道它怎么了，就是很难过，它不停地问我，为什么不是别人？为什么偏偏是她？为什么刚好是今天？为什么……”

他给她擦鞋，为她撑伞，她为他推迟新品发布，以他之名创立品牌。这一次去江州，他们之间似乎有了更深的默契和无人得知的秘密。

她仿佛已经看到自己的结局。

安晓摸摸她的脑袋，放缓声音道：“宝宝，暗恋一个人就是这样的，会很辛苦，很多时候可能对方还不知道你的心意，已经无疾而终。你的伤心难过他无法体会，你想要的安慰陪伴他也给不了，他只是看着你，看你一喜一怒，好像一个情绪怪物，可只有你自己知道，你的心裂开了多大的伤口，在经历多么深刻的苦楚，在努力割舍着什么。”

“你要把自己完整的心打碎，再一片片粘起来，修复完好，历经时间的沉淀，让伤痕淡化。你一定无法忘记，你只能做到很多年后想起来，可以坦然自若地承认：我曾经暗恋过那么一个人。他没什么好的，但我非常喜欢他。”

说到后面，已经不知道是在安慰徐皎，还是在安慰自己。

“喜欢一个不喜欢自己的人，和喜欢一个喜欢自己的人，一看就知道哪个选项更容易吧？你不是没有选择的，现在放弃还来得及。”安晓说。

“那你呢？你真的放弃章承杨了吗？”

安晓淡淡一笑：“我跟你不一样，我顶多就是一时迷路了。而你，是扑到火苗上了，稍有不慎，小命不保。”

安晓过去常常调侃自己的朋友，平时最爱玩的人，一下子不爱玩了，不是没钱，就是心丢了。这话落到她身上同样是一百分的真理，可她只肯当作是迷路了。

因为只有迷路，心才能找得回来。

徐皎眨眨眼，泪珠子还挂在睫毛上，忽然抱住安晓抽噎了两声：“晓晓，你也别难过。”

安晓一乐：“你还是先照顾好自己吧，用不着操心我。”

“我没事。”

“真没事？”

徐皎噘起小嘴。

安晓给她擦眼泪，笑着说：“万事都是从两百万开头的，我现在真觉得那就是一道阴魂不散的符，章家一对兄弟就是我们的灾难。改明儿我们一起上山，把邪祟驱除就好了！”

她说完一锤定音，徐皎纵有再多的伤感，也忍不住轻笑起来。

可心里藏了事，再怎么努力应付也会被人看到破绽。回到餐桌没有多久，他们就各自找了借口散去。孔佑原本打算送徐皎和安晓回家，被安晓一口拒绝，反应过来后又满口跑火车地扯谎。

大抵猜到什么，孔佑讪讪地摸了下鼻子，没有勉强。

江清晨见两个男人一个落寞，一个心不在焉，唇边漾起一抹淡笑，言说还有些事要回公司处理，拉着孔佑先走了。

这两人一走，安晓忽然慧至心灵，把手机打开喂了几声，跳上一辆出租车转眼就消失了个没影。

台风过境，天气突然转凉，街道上落叶翻飞，一片凋零。章意上前几步，脱下外套罩在徐皎肩上，唇边噙着一抹浅笑：“刚才我一直在想，如果今天就这么让你离开的话，你会不会又好几天不理我？”

他走到正面来，把领口收紧，想到席间她几次躲闪他的眼神，也不怎么

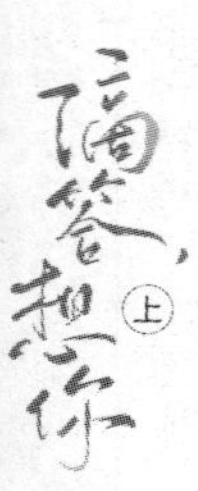

跟他交流，便说道："对不起，我不知道今天是你生日，如果早一点……"

"如果早一点知道，你会推迟和江总监的约会吗？"

不妨徐皎声音冷冷地打断他，章意一时愣住了。片刻迟疑间，她已然下了定论："你不会。"

他有些无奈，说道："我会。"

徐皎心猛地一提，却听他道："如果早知道今天是你生日，如果你需要，我会为你庆祝，我们都会。"

徐皎想笑，却笑不出来。他就是这样，你能感觉到他在照顾自己的情绪，但是那种作为朋友的照顾，有还不如没有。她强忍着眼眶的酸涩，说："原本我真的觉得我需要，可当我听到你这句话的时候，又觉得没必要了。"

她说完转身往前走，章意下意识跟上，把险些要滑落的衣服又罩了回去。为了搭配餐厅的风情，她今晚穿了一条红黑相间的V领紧身长裙，女孩子婀娜的身材一览无余，加上描了浓妆，这一晚的她看起来跟平时大不相同。

她忽然又停住，手按在他的衣服上，像是要还给他。他们彼此无声地僵持着，他看到她眼里涌动的泪花，眉头微微攒聚，刚要开口，她就将视线挪开。

她的回避仿佛一种带有杀伤力的武器，让他的心每一下都被揪住。

他放低姿态道："让我送你回家，好不好？"

徐皎说："不好。"

"为什么？"

说话间，他叫的代驾终于把车开了过来。徐皎一看，满腹无法言说的委屈转瞬被一种可笑的情绪所替代，一下子淹没于潮水中。

原来那晚她没有看错，驾驶座里的人真的是他。

这辆她只在车展上见过的黑色幽灵，全球限产，价值不菲，以往从来没在守意出现过，可两次出现，全都跟那个女人有关，仿佛只为她而存在。

她转过头深吸了口气，努力睁大眼睛，让凉风吹去湿润。见他好像还在等回答，她收拾好情绪，笑着说："别让人等了，先上车吧。这么好的车我还没坐过，这次算是沾江总监的光了。"

章意眉头皱得更紧了。

上车后，她直接说："送我回学校吧。"

"嗯？"

"有些东西我想把它收拾掉。"她这话带着一点赌气的成分，口吻凶巴巴的。章意感觉到她情绪有所好转，提着的心微微放下了些许。

想着小姑娘生气也情有可原，他应该弥补一下，便说道："要不要去长滩吃海鲜？"

"现在吗？"

"我看你晚上也没怎么吃东西。"

徐皎一口浊气堵在胸间，要出不出，梗得难受。她挣扎了一会儿，嘴硬道："不吃了，我怕长胖。"

"你很瘦，一点也不胖。"

"原本我也想过生日的时候请大伙一起去长滩吃海鲜的，可是……"临到这关头，她自嘲地笑了，"还好没请，章承杨不在，被章老爷子知道还要挨骂，长宁叔身体也不好，老严肯定放心不下他一个人，最后说不定就木鱼仔一个人能去，多尴尬啊。"

"徐皎。"

章意有心要哄哄她，她忽然扭头看向窗外，问道："几年前我看报道的时候，有一家瑞士古老的制表企业曾想为你注资成立公司，但你拒绝了。如果当时接受的话，可能现在你已经是个杰出的制表师了。"

章意看不到她的脸，心思犹如在浪海中浮沉，不安且焦躁。他双手交叠，无意识地在膝盖上摩擦："怎么突然想到这个？"

"刚好想起来，当我看到那则报道的时候，好像也是在这么一个夜晚，台风登陆，临海城市都在预警风暴的到来，而我……"

她像个傻子，高兴得快疯了，那是她第一次在网上找到他的相关报道。

台风把阳台的衣服全都刮走了，宿舍楼顶上回响着女孩子们失控的尖叫声，只有她笑得停不下来，安晓当时直呼她疯了。

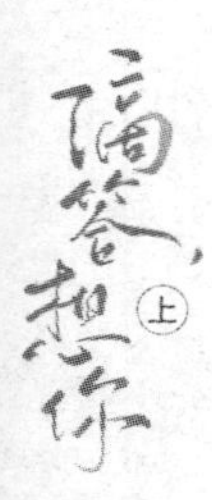

那个时候明明只是看到希望的一点微光，她就那么高兴，可现在明明希望还未完全泯灭，为什么她会这么难过？

她终于看向章意：“为什么当时没有留在瑞士？”

见她神色认真，章意也正色道：“没有成功的代表作面世，所谓的注资成立公司不过是资本的一场骗局。那个时候时机还不成熟，谈信心和理想都是空洞的，只是一个下意识想要挽留的念头而已，留下来只会适得其反。事实上回国后，他们也没有更进一步的表示。”

“那现在呢？为什么又接受了企业注资？难道金戈就不会是另一场骗局吗？”

章意摇摇头，这个答案显而易见。

“为什么？”徐皎说，“木鱼仔还不能独自挑大梁，守意现在离不开你，章承杨跟家里闹得这么僵，老爷子一点也不肯松口，这样的时机，难道是你口中所谓成熟的时机吗？为什么已经等了三年，却在这个时候突然……”

她话到一半微微有点哽咽，可她还是冷静地挥出了她以为很重的那一拳。

“是因为，对方是江清晨，对吗？”

章意凝视着她的眼眸，车窗外光影一一在她眼中闪过。

她在喘息间得到了平静，也得到了答案。

“为什么？为什么是她？”

“她不一样。”

“哪里不一样？”

徐皎从没这样咄咄逼人过，章意也不复往日的温和。他们像浪潮中两块对垒的礁石，在翻滚之间博弈，看谁率先经受不住山移水动，看谁先要投降。

终究，还是徐皎先动了。

她撩开眼前的头发，借机转向窗外，眼泪忽地呛了出来，一时没忍住，犹如开了闸的水库，转瞬之间泪湿了脸庞。

章意从旁边递过去面纸，她一边抽噎着，一边试图以笑来掩饰自己的狼狈。

“你看我，为什么要上车？我就不该看这车贵而松口，有那好奇心干吗？本来还可以自欺欺人，现在……”

现在倒好，一切徒然，还落下个庸人自扰。

章意盘桓了一整晚的心，却在此刻忽然沉静下来。他的视线里只有徐皎半张侧脸，那侧影在光影中浮动，如同杯中的酒一直在摇晃。她的裙摆被掩盖在黑色的外套下，幽暗的车后座只有那一截雪白的脚踝，带着锋利的光芒。

他忽然清晰地意识到什么，往后一靠，闭上双目。

她的呼吸声，抽泣声，忍耐声，包括平复胸口的窸窣声，在他的耳畔忽远忽近，他的喉头微微滚动。过了不知多久，他再度开口：“徐皎。”

徐皎后背一僵。

“你……”他思忖着，“你是不是……”

“是。”徐皎说。

两人之间安静了几秒钟，她说：“但是，好像已经来不及了。”

后来的半路，车内再也没有声响。

徐皎很久没有回学校，一开门倒把于梦和梁小秋吓了一跳。梁小秋赶紧上前，把放在她桌上杂七杂八的东西收拾了下，勉强挤出个笑容说：“徐、徐皎，你怎么回来了？我以为你不……”

徐皎在自己的位置上扫视了一圈，才发现她们是真当她不回来了，写字桌上、橱柜里，甚至床上都放满了她们的东西，显得这张桌子从来没有属于过她，她也从来没有属于过这个宿舍。

徐皎静了半分钟，把柜子打开，一把抱起衣服扔到地上。丁零当啷的衣架声在安静的宿舍回响，她置若罔闻，探到柜子最里面掏出一只盒子，在盒子里快速翻找着什么。

梁小秋杵在一旁问：“徐皎，你找什么？”

她一声不吭，把盒子翻了个底朝天，似乎还没找到想找的东西。她拎起盒子猛一倒扣，东西哗啦啦散落一地。

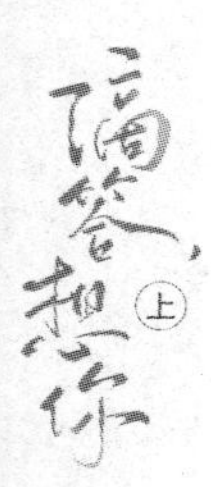

她趴在地上接着找。又过了一会儿，她扔掉手中的纸盒，走到于梦面前。

“我的网球呢？”

于梦神色一僵，随即沉下脸来：“什么网球？”

“我盒子里的网球。”

“我怎么知道你的网球在哪里？”

徐皎指着地上的衣服说：“这里面有一半都是你的衣服，你敢说你没动过我的衣柜？于梦，我再说一遍，把网球还给我，不然我就报警了。”

梁小秋一听她要报警立刻上前，神色为难地解释道：“徐皎，你听我说，我们以为你不会回来了，就稍微占用了下你的衣柜，但我们真的没动你的东西。”

徐皎没有搭理她，眼睛一眨不眨地盯着于梦。

见于梦不为所动，徐皎拿起电话准备报警，梁小秋忙扯了于梦一下，问她：“你到底看到没有？”

“你问我干什么？那几天宿舍里乱糟糟的，扔了什么我怎么知道？”

徐皎动作一顿：“什么时候扔的？”

于梦还不肯低头，别过脸小声嘟哝：“就是昨天，或者前天吧，老是下雨，湿漉漉的，就收拾了一下。”

“扔到哪里了？”

“楼下的垃圾桶。”

整个宿舍死寂了三秒，徐皎忽然不受控制地吼道：“你凭什么？你凭什么扔我的东西，凭什么？凭什么扔掉它？”

她绕过大半个城市赶回来，为的就是收拾掉那不值一提的暗恋。她本来准备亲自扔掉它，扔掉过去，扔掉幻想，扔掉对他的喜欢，可是……

她凭什么？

“不就是只破网球，至于吗？”

于梦被徐皎吼得一哆嗦，后知后觉地脸烫起来。她刚说完，就见徐皎冲了出去。窗外一声惊雷隆隆响起，伴随着闪电划过天空，雷暴预警再次拉响。

梁小秋气恼道："你为什么要骗她？"

"我就是看不惯她高人一等的样子，把宿舍当酒店一样说来就来，说走就走，我凭什么惯着她？真要这么在意那只网球，当初走的时候为什么不随身带着？"

梁小秋跺跺脚，见屋外狂风大作，声音不安："马上就要下雨了，她不会真去垃圾桶里找吧？"

窗台上衣服翻飞，眼看要被台风吹走。于梦烦不胜烦，冷声道："愣着干吗？快收衣服呀。"

"于梦！"

"梁小秋，我告诉你，所有人都可以说我，除了你，没资格说我。你要想帮她就下去帮，反正我不去。"

梁小秋咬住唇，冲到阳台上把衣服一件件从架子上拽下来，一回头见于梦正蹲在地上，收拾刚才被扔掉的衣服，她忽然有点想哭。

于梦知道自己犯了错，原以为徐皎没有带走的东西，即便装在盒子里也没有那么重要，一时兴起的恶作剧，不过是为了发泄被轻视和忽略的自尊而已，没想到徐皎反应会这么大。

人离开家乡太久，再回家乡时难免有种近乡情怯之感，既是羞怯，也有期待和恐忧，那样朝思暮想又触景生情的复杂情绪，难以用只字片语来描绘。

当章意离开瑞士，三年以来不敢轻易碰触独立创制的作品时，徐皎内心也在经历相似的感情，每当她对当初的错过感到遗憾、气馁、不甘，甚至于失落的时候，这只网球都会陪伴在她身边。

可当她轻易不想起他的时候，网球就会被她收藏起来，放在轻易不会看到的地方。

想，又不敢。

不敢，可又想。

人世间的爱恋大抵都如此吧？

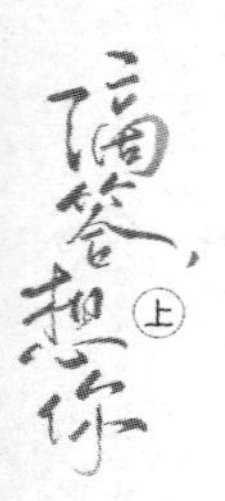

半个小时后，暴雨如期而至。

徐皎已经忘了那是怎样一个遥远的夜晚，仿佛也是盛夏的一个夜晚，不同的是那一晚整个苏黎世都在狂欢。七月的那一晚，总奖金额为1,340,000美金的WTA一级赛事瑞士苏黎世公开赛女双比赛结束首轮争夺。中国金花与美籍华裔姑娘搭档直落两盘，轻取持外卡出战的跨国组合，晋级四强。

散场后，体育场内外喧闹的狂潮挥之不去，球场上遍布散落的网球，沿街街道上全是游行车队，以及拎着酒瓶挥舞着旗帜在欢呼呐喊的群众。

一个十八岁的东方女孩，被这种狂野奔放的庆祝方式吓得逆着人群一路跑到球场后围。

起初她抱着不切实际的幻想，试图在班霍夫大街发散区域地毯式搜索，谁知会被一场网球盛事打乱阵脚，同伴均被冲散，最后她还迷了路，拿着地图不知身在何处。

她小心翼翼地进入人流散去的外围球场，那时的她已经走遍附近街区的大街小巷，累得几乎只剩半条命，可心却不敢松懈，一直提到嗓子眼。

身处异乡的恐惧不安时刻侵扰着她，她小口小口地咽着唾沫，一边观察周围的情形，翻过低矮的铁丝围墙，一边尝试着问道："有人在吗？"

说话间，一只网球笔直地朝她脸上飞了过来。她瞳孔骤然缩进，吓得一动不动，眼看那只网球越来越近，越来越近，最后擦着耳颊掠过，击中后面的铁丝网。

她刚要松口气，就见侧门走进来一人。那人一手推筐，一手握住瓶颈，将瓶子倒灌入口中。仅剩的一口酒被榨干后，他晃了两下瓶口，直到一滴也不剩了，才把瓶子扔到一旁，捡起球拍，取过一只网球抛到半空。

"啪"一声，网球再次朝她飞来。

这回她反应快了很多，一个闪身躲了过去，紧接着一只又一只网球朝她飞来。不知不觉间她早已躲到一旁，那人却仿佛没有察觉她的存在一般，仍然重复着先前的动作，目光专注地落在网球上。网球弹到钢丝网上，发出哐哐的声响。

他始终面无表情，像一台不会疲惫的机器，不停地往复、往复。汗水从额头滴落，浸湿了他的刘海，他拉起帽子拍打了两下，很快重新戴上。

那一刻，她清晰地意识到，他们是同一个人，可又不是同一个人。白天的他好像一个诗人，晚上的他俨然一个酒鬼。

又半小时后，一只网球以漂亮的姿态飞出围栏，他大力扔掉球拍，一个失重踉跄倒了下去。她立刻从角落冲到他面前，连续叫喊了几声，发现他好似不是体力不支而是醉了，才放下心来。

年轻男人皮肤细腻，五官立体，面颊酡红，眼睛微微眯起，眼角零星有光，不知在呢喃着什么，他周身的汗水晕染着草地。徐皎不清楚他现在的状况，才要离近一点观察，他忽地睁开眼，深黑色的瞳仁被球场的大灯照得发亮。

下一秒，他反手一推，将她压倒在地。她手足无措，下意识道："我、我我是中国人，没有恶意，只是看你好像受伤了。"

他不知喝了多少酒，一个多小时的暴力运动让酒精彻底发酵出来。他双眼迷离地望着她，胸口不断喘息着，汗珠一颗颗往下砸。

她急得语无伦次，拼命串联白天在班霍夫大街的橱窗外看到他的情形，试图唤醒他同为中华同胞的意识，谁知他眉头越皱越紧，忽然低喝道："别吵，头疼。"

她一下子闭了嘴。

他声音有些粗重，跟白天的样子实在差太多了，陌生到几乎让她害怕。她正摸索手机，打算拨打急救电话时，他骤然松开手，翻过身去："我不会伤害你，别怕。"

那时球场明亮，天空是一种近乎透明的蓝。她缓了好一会儿，才让自己稍加放下戒备。他的意识正在逐渐回笼，大脑却没有很清晰，她听见他竭力组织着语言问："你怎么在这里？"

"我迷路了。"

他停顿了好一会儿，依稀是笑："你胆子不小，这种地方怎么敢一个人脱单？"

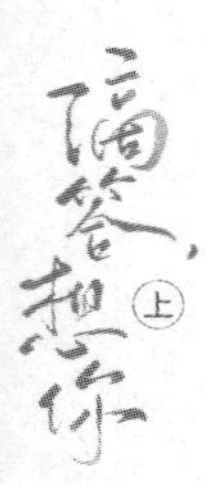

“我不知道今天有网球比赛，人太多了，我和同伴都被冲散了。”

他一时间没再说话，噙着“网球”两个字反复地笑了笑，仿佛睡着了。徐皎这才敢瞄他一眼，灯光下他一张脸褪去了潮热的红，转而被一种白皙的冷感所替代，有种说不清的距离感。

她轻轻地吹了口气，想试探一下他是不是真的睡着了，谁知他眼睛一睁，又笑了：“等我缓一下，送你回去。”

她忙摇摇头，掏出地图来问他：“你可以帮我圈下我现在的位置吗？”

他的目光扫过全是法语标注的地图，抬眼看她：“会法语？”

“不会。”

“怕我是坏人？”

“没、没有。”

他嘴角动了动。

大概是喝醉的缘故，男人的眼神里有些轻佻的意思，只是看她一眼，很快移开。过了好一会儿，他双手撑地，艰难起身。

“听到外面的声音了吗？”他揉了揉脑袋，“给你送到闹市区，你可以自由选择，看要不要告诉我酒店的地址。”

说完，他的视线在场上扫视了一圈，看到侧门入口被他扔掉的酒瓶，跌跌撞撞冲上前捡起。一晃，看早已空瓶了，他似乎有些遗憾。一回头见她还傻愣着，他招了下手：“再不快点走，街上那帮家伙喝醉就真要过来了。”

她忙收拾好随身的包，揣上地图。

后来的一路，她始终不远不近地缀在他身后。汇入主街道后，他到路边买了瓶酒，用着当地的语言跟几个大胡子交流了几句，大意是联赛万岁，而后一路到宁静的街区，就这样一边喝着酒，一边把玩不知道什么时候装到口袋里的网球。

快到她酒店附近时，她停下脚步，他也跟着停了下来。

他还是摇摇晃晃，没有太清醒的样子，但她已经确定他不是坏人。尤其当他笑起来的时候，那眼里的湖光山色还是明亮的，他还是橱窗里那个有着古老风情的匠人。

她只是想不通，为什么在同一天，他会突然变化这么大？

“我……”

她刚要开口，他转身把网球扔了过来。路灯下，他们的影子交叠着，他的声音依旧低沉，却不再粗重。

“应该快到了吧？”

她看着那颗网球滚落到脚边，再顺着地砖滚到路灯旁，胸口不住地起伏。她能感觉到那个男人正看着自己，不知道为什么忽然慌张起来，她道了声谢，飞快地捡起网球，转身就跑。

背后依稀又是一声笑，她的脸颊热乎乎的。

“再见。”他用德语说。

她停了一下，他接着说：“再见。”

这回是法语。

走到很远的地方，他好像还在一个人狂欢，用意大利语说再见，用罗曼什语说着再见，拎着酒瓶，用略显沙哑的音调吟唱着当地的歌谣。

很久以后，她每次想起，仍觉得那一晚像一场梦。关上门的刹那间，雨落了下来，拍打在屋檐上，窗下紫罗兰花蕊被打得七零八落。那句再见好像还是滚烫的，那浅浅的、温柔的吟唱好像还在耳畔回响，她的脸烧得比黎明的云霞还要红，以至于经年之后每每想起，仍会情不自禁地脸红到脖子根。

她没有想到，自己会无法忘记一个醉鬼。更没有想到的是，在她无数次后悔就那样错过他的三年后，会再一次错过他。

徐皎仰起头，冰凉的雨水顺着脸颊滑入脖颈，浸透她的身体。她望着周遭的凌乱，徒劳地张开手，什么都抓不住。

她哭着说：“我的网球丢了。”

我的网球丢了。

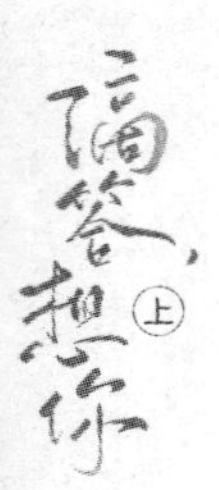

滴答，想你

禾中 著

下

江苏凤凰文艺出版社
JIANGSU PHOENIX LITERATURE AND ART PUBLISHING

愿至水穷处，皆见云起时。

有爱的青春陪伴者

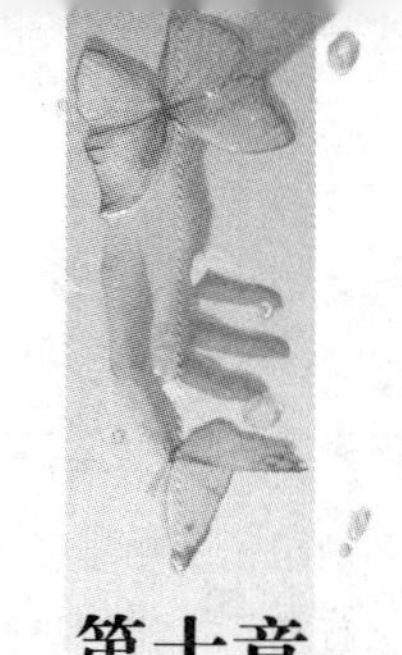

第十章

/

成长与成人礼

Dida. Xiangni

▼

人类的缘分错综复杂，但悲喜大多相同。同一时间在这座城市的另一个角落，金戈数十层高楼上，巨大的落地窗前也倒映着两道无法入眠的身影。

风至港口，一览无余。

孔佑与江清晨相视一笑，调侃道：“大晚上的拉我过来，不会真想让我在公司加一夜班吧？”

“外面风急雨骤，你下去不过是给拥堵的交通当分母，给警察叔叔添乱，还是好好待这儿，为公司做建设吧。”江清晨一边说一边递过咖啡，“再说这个时候任由你一个人独处，不会胡思乱想吗？”

孔佑扬眉，捧着纸杯深吸一口气，咖啡的浓香直入肺腑。他笑着说：“我一个男人能乱想什么，倒是你，心里不是滋味吧？”

他兴味的目光上下打量她，浅米色薄针织衫，成熟女人的温柔色，明显是二人行才有的选择。

“早上才从江州回来，晚上就约了人见面，至少提前一周预订情侣标配的网红餐厅，花了不少小心思？”

“你好意思说我？有些人，人在国外就已经提前一个多月预订香奈儿的新品，临到头来怕把人吓跑，还得藏在花下面送礼物，这心思一拐十八道弯，花得少了？”

“那也比你好，打着工作的旗帜私下约会。”

“你都跟人家网聊三年多了，还在原地踏步，好意思跟我比？”

“怎么，现在是比谁更惨吗？”

江清晨瞪他：“谁让你挖苦我。”

孔佑摆摆手，讨饶一般朝她碰了下咖啡杯。两人视线相交，颇有点同是天涯沦落人的伤感，怎么这么赶巧，青梅竹马同时遭遇恋爱危机？关键对方也正好是当事人。

孔佑摇摇头，咖啡有点苦了。他手肘支着窗台，转身问她：“你跟他认识没有多久吧？什么时候的事？”

“我也不知道。”

她说不清楚对章意是什么时候产生了一种只有对男人才有的想法，一开始只是觉得他涵养好，周到礼貌，即便几次拒绝她的邀约也没有让她感到难堪，而且相处起来给人一种舒服的感觉。真正对他的印象发生改观，大概是在金戈工厂的廊桥上，当他毫不客气地预判她的失败时，她的心脏忽然划过一丝别样的感觉。

她欣赏他的进退有度，也爱慕他的沉着内敛。

江州之行，与其说是为新品牌铺路，倒不如说是她以公谋私的一次示好。想让他开心，也想让他坚定，想跟他站在一起，更想跟他一起去往未来。

“想得这么长远？好像对你这种女强人而言还是第一次。”

江清晨没有矫情，点点头道：“我承认，没有预谋的心动最致命。”

“啧，看样子我这情敌有点东西。”

下一秒，江清晨警告的眼神扫了过来。他忙举手投降，说：“就是欣赏的意思，我跟他不熟，改天好好会会他。不过既然对他有想法，今晚为什么还要给他们单独相处的机会？”

“你不懂。”

“嗯？”

“感情里机会不是让出来的，是争取来的。我往后退了一步，是争取再一次见他的理由。况且就算我不让，他们就没有机会私下相处了吗？与其让自己胡思乱想，等着不知道哪一天给自己判死刑，倒不如帮他们一把，这样不论结果好坏，睡一觉明天就能知道答案了。”

她看似豁达，在这种事情上坦然又诚实，可他莫名觉得她有点紧张，否则连轴转了几天的人，这会儿应该早就哈欠连天，而不是大半夜不睡觉，非拉着他消遣吧？

作为竹马，他当然不会戳穿，只是忍不住想笑。

江清晨是什么人？多年的默契一下让她看破他的心思，手一抬就要捶他。

他终于笑出了声，被追赶着说：“江清晨，你也有今天！”

“反了天了，老板让你站住你还跑，不把老板的威严放在眼里吗？”江清晨随手把咖啡放在一张桌子上，脱了高跟鞋，赤脚去追他。

落地窗外电闪雷鸣。

她一惊，停住了脚。孔佑见她捂着肚子蹲了下去，想也没想冲到她身旁：“怎么了？是胃疼还是阑尾疼？”

她是工作狂，身上的毛病他比她还清楚，胃病调养了好几年不见好，慢性阑尾也是，每每让她去做个彻底的检查都说没时间。他左右张望，下意识找药，一回头撞见她促狭的笑，反应过来自己被耍了。

“你怎么这样？”

江清晨拽住他耳朵：“还跑不跑了？”

他气鼓鼓的，不肯搭理她，反手拍掉她的手。

江清晨轻咳两声：“我没骗你，胃真的有点疼，又是咖啡又是酒，在江州的时候加起来拢共没吃几顿饭。”

可即便知道她在装可怜，他还是无奈，把她扶到椅子上坐定，去她包里翻出药片，倒了热水送到面前。

江清晨笑着看他：“不生气了？”

“无聊。”

“你才无聊，明明是你先笑话我。”

“口口声声自称是我姐，这种事情上面怎么不谦让我一下？每次斗嘴你都不服输。”

“喂，你的绅士品格呢？被狗吃了？”

他甩甩药片：“嗯，喂狗了。”

说到底还是气不过，他又道：“就因为我笑你一下，你鞋子都不要了？”

他把她的高跟鞋捡回来，尖对尖摆在一起，看得直发笑，“明天早上员工上班一看，老板的鞋子居然就这么大剌剌地躺在过道里，一整晚的雨，外面道路堵塞，不知这里到底发生了什么。啧啧，这么一来我看办公室恋情是肯定坐实了，说不定还要传出你已经隐婚的消息，到那时看你还有什么威严。”

江清晨一想还真是，羞恼地捂住脸，拿脚踹他：“要你管？”

孔佑一把握住她的脚踝，目光沉沉地盯着她，放低声音道：“怎么不要我管？半个小时之前进楼刷卡的时候，你脚滑了一下，我扶住了你，你当旁边的保安是瞎子吗？”

江清晨忍俊不禁。

“怎么，跟我传绯闻还亏待你了？”

孔佑故作夸张地抱住胸口，义正词严道：“别以为你是老板我就屈服！”

“去你的！还是先管好你自己吧。”

“我怎么了？”

“我还没问你，你是怎么看出来的？他们今晚的表现有那么明显吗？”

孔佑背靠着桌子，双手抱胸，思量了一会儿，到底是骗不过自己低落的心，坦诚道：“其实在回来之前，我就已经知道她有喜欢的人，我怕再不回来就一点机会也没了，所以……”

“所以你是因为她才接受我的邀请？”江清晨的声音不自觉拔高了几分。

孔佑看她一眼：“算是吧。”

江清晨突然想要感慨一句见色忘友，可话到嘴边，又觉得自己幼稚，想了想到底没有对他的行为作出什么评价，只是问道：“那你怎么确定那个人就是章意？”

“喂，我看起来像是脑力低能儿吗？他们全程几乎没什么眼神交流，这种是正常的朋友关系吗？”

“那你觉得徐皎对他，是不是……”

江清晨迟疑不定地看向他。两人的目光在暴雨来临的一刻交接，彼此视野渐渐模糊。过了不知道多久，安静的空间响起一声叹息。

“应该是很喜欢的人吧，才会用那种眼神看他。”

是疑问还是笃定？

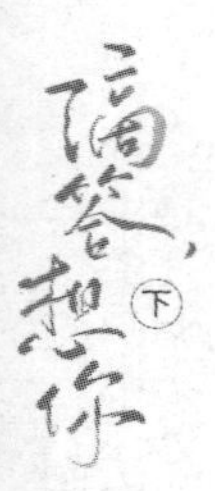

谁也不知道。

之后连着几天徐皎都没有出现在守意，老严先还天天和刘长宁嘀咕是不是生病了，到后来明面上不提，私下里一直戳木鱼仔，让他去看看徐皎。

刘长宁拦不住，朝老伙计吹胡子瞪眼，恨铁不成钢。

老严直嘬牙花子："你凶我也没用，我这媒人还没当成，怎么能说来就不来了？再说那丫头也不是虎头蛇尾的人呀。"

"你知道什么。"

"你知道？"

刘长宁压低声音道："你没看见小章不高兴吗？"

"是有点，不过小章本来就没什么脾气，高不高兴的我也瞧不太准。"

刘长宁从他手里夺过酒杯："你别喝了，成天这么喝，越喝越傻，眼睛留着有什么用？"

"别别别，我不喝了，你别摔坏我的杯子，古玩城淘的，好大价钱！"老严一手拿上蒲扇，逮住刘长宁不肯松手，"你的意思是，那丫头不来这儿是跟小章有关？"

刘长宁一脸讳莫如深，老严跳脚："这、这怎么行？小木鱼怎么办？"

师徒两个喜欢上同一个女孩，女孩为了不让师徒反目，因此一走了之？老严联想到这感人泪下的剧情，一连三叹。

刘长宁一看就知道他的脑袋思量不出有价值的东西，摇摇头，掰开他的手。

两人正在院子里拉扯，章意忽而走了进来。

像是刚洗完手，手还湿着，既没擦干，也没抹护手霜。老严一瞧顿时心虚得没边，摇着扇子假模假样地溜达起来。看章意进了房间，他用口型对刘长宁说："不高兴，这回我看出来了。"

"你别说话了！"刘长宁烦得朝他泼水。

没一会儿，章意换了衣服出来，说有事要出去一趟。刘长宁追上去问："已经下班了，有什么事儿？"

章意定了一定，好一会儿才说："凡赛克研究实验室还有点……"

刘长宁见他语速迟缓，显然是没找好由头，赶忙接道："哦，我想起来了，是给他们的计时码表做技术支持吧？评测还没结束？"

章意低下头，应了一声。

刘长宁说："快去吧，路上注意安全，早去早回。"

章意一走，老严立刻道："凡赛克的计时测试不是前几天已经做完了吗？怎么今天又要去？"

"你还看不出来？"

"什么？"

"就是因为你叨咕个不停，小章出去躲清静呢！"刘长宁望着阴沉沉的天，气得发颤，"这破天气，什么时候才能放晴？一个个的不着家，还像什么样！"

老严扁扁嘴，有些委屈，缩在一旁附和："就是，烦死了，这些年轻人就不能消停点吗？酒都没得喝了。"

刘长宁吼他："你又嘀咕！"

"好好好，我不说话了，你别生气，小心伤肝。"

"木鱼仔呢？"

"啊？"

"啊什么啊？别跟我装蒜。"

在刘长宁把刀取出来之前，老严吓得直接躲进了房间，还不忘抛下一句："我让他去找那丫头了……以你的名义！"

这个时间，木鱼仔已经坐在离徐皎学校不远处的一家餐厅里。过了一会儿，徐皎匆匆忙忙跑进门，一迭声道歉说来晚了。木鱼仔见她喘着气，脸色不见红润，反倒发白，忙追问道："你怎么了？生病了吗？"

徐皎捂住嘴巴一边咳嗽一边躲着他说："最近有流感，你别对着我，离远一点，小心传染给你。"

木鱼仔被她推到一旁去，她从包里翻出口罩戴上，两人这才面对面说上话。

"发烧了吗？"

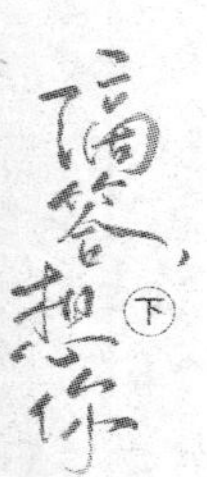

“没有。”说着，她又咳嗽起来。

木鱼仔气呼呼地瞪着她：“骗人，看你这样就是病得不轻。身体不舒服为什么不说？我可以去学校找你呀。”

“已经没事了。”为防木鱼仔刨根问底，她忙招手叫服务员过来，点了几样菜，看他还一脸不大高兴的样子，可眼里却满是担忧，不禁笑道，“好啦，真没事，就是还没好全。”

木鱼仔点点头，弯腰把身旁的袋子提到桌上来：“这是长宁叔和严叔让我带给你的，有姜茶、蜂蜜、红枣，都是马上入秋之后吃了对女孩子身体好的，还有一双羊绒手套。”

虽说台风登陆，但还是在盛夏。纸袋沉沉的，装的都是她自己还没想起来准备的东西。她随手翻了翻，又拿起与当下天气格格不入的羊绒手套，摸了摸针脚，像是手工编织品。

木鱼仔微微起身给她解释：“是长宁叔亲手绞的，绞了一个月，不过严叔也没闲着，绒线是他在网上买的，先没买到正品，还打电话把商家骂了一通，之后才买到正宗的羊绒。听说你生日过了，也没来得及送给你，他们都惋惜了好一阵。”

徐皎低下头，眼眶微微发酸：“你帮我和他们说声谢谢，改天我请他们吃饭，好不好？”

“还有我！那些鸡蛋都是我从老家背回来的，土鸡生的，可有营养了。”

徐皎想笑，他又道：“你也请我吃饭吗？”

“我这不是在请你了吗？”

“我说的不是这种请，是回到守意，累了大家伙一起去百福楼撮一顿，不累的时候我们可以一起做饭、烧烤、吃火锅，你来负责买食材，我来处理这种……你知道我是什么意思吧？”

徐皎愣怔了一会儿，陷入沉默。木鱼仔觑她一眼，也叹了口气，试探道：“你是不是跟我师父吵架了？”

徐皎摇摇头，照旧盯着脚尖：“没有，就是最近有点感冒而已，怕过去传染给大家。”

“我不信，你出门之前没照镜子吧？”木鱼仔掏出手机，对向她，“你看你，瘦了一大圈不说，眼睛又红又肿，肯定哭了吧？”

“哪有这么夸张。”

木鱼仔哼哼：“我师父这几天也跟丢了魂似的，在店里都不怎么说话，晚上还经常往外跑。我知道他是怕我们问起你的下落，不好回答。”他看着徐皎，神色认真，“我从来没见过师父这副样子。”

徐皎捧起杯子，想喝口水才发现还戴着口罩，一时慌乱弄得自己尴尬，又把杯子放下来。木鱼仔冷不丁地问：“你喜欢我师父，对吗？”

徐皎一惊，水差点溅出来。

“你……”

木鱼仔眼睛一闭，自暴自弃地说：“其实我都看见了。”

那天她和胡亦成在茶室争吵，章意一直不远不近地听着动静，后来她追了出去，章意也第一时间走到屋外。他们在大雨中相拥，在星空下说悄悄话，玩别人参与不了的打簧表的游戏，水蜜桃味酸奶的特供，以及他完全失控地去西郊找她，在她离开的日子彻夜不眠……那些点点滴滴的瞬间，木鱼仔都看见了。

过去不明白的，现在全都明白了。

木鱼仔笃定地道：“你喜欢我师父，从一开始就是，对吧？”

徐皎也反应过来什么：“所以你之前才处处躲着我？”

“我、我好歹也是第一次嘛，心里别扭，想不通你们俩怎么这样？为什么不说出来？不是故意躲着你，就是跟自己生闷气。”他抓抓脑袋，“不过你这几天没来，我自己想清楚了，师父好像不知情，你是单方面的吧？”

徐皎点点头。

“你没有告诉他吗？”

“我……”徐皎有些难以启齿，“我暗示过几回，他一直没什么反应，我以为是我做得不够明显。”

不知道是不是因为局中人的关系，木鱼仔之前好像也被蒙蔽了双眼一般，其实只要跳出一个圈，很难看不出她的心思。他说：“我也一直以为你只是崇拜他，没想到、没想到你居然……”他干脆破罐子破摔，“我把你当好朋友，谁知道你……你伤害了我！”

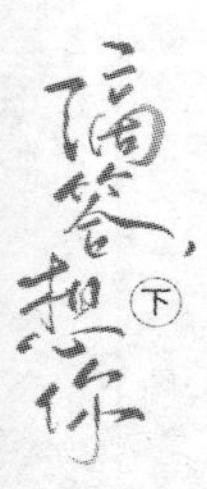

徐皎双手合十：“对不起。”

“你要是跟师父在一起，我们就差辈分了。”木鱼仔皱着眉头，白净的脸上满是不甘，“到头来我还是里面最小的那一个。”

徐皎特别想不厚道地提醒他，就算不差辈分，算年纪他也是里面最小的。不过她还没开口，就被木鱼仔飞来的眼刀子击退了。

“我不听，我不听！”他捂起耳朵。

徐皎忍不住笑了。

见她笑了，他也跟着笑，紧绷的心弦松了下来：“你看，笑起来多好看，别难过了。”

服务生上了菜，木鱼仔一番威逼利诱，徐皎不得不摘下口罩陪他一起吃饭。一看都是他喜欢的口味，木鱼仔又有点气恼了。

很小的时候离开了家，在守意当学徒这些年生活习性发生了变化，很多兴趣爱好都不比以前，连他家里人都不知道的喜好，她却一清二楚。不止他，对长宁叔和老严也是，她经常在网上给他们添置趁手的生活用品，有些护膝和护肩，他们几个年轻的用不到，就没有想过。就算想，也没她那么细心，翻来覆去挑选合适的功能。

因为喜欢师父，她好像把他们都当成了家人。

木鱼仔喉头滚烫，隐隐有热流窜动。

“我书读得少，但我觉得爱屋及乌，应该是这个意思。”

“嗯？”

“你对我们真的很好。”他由衷道。

徐皎笑着说：“你们也对我很好呀。”

木鱼仔点点头，知道她心里没有怨他们就宽心了。他夹了一筷子鸡丁到她碗里，鼓着腮帮子说：“不过我确实没有想到，你怎么会喜欢我师父呢？在我印象里，他就像一棵铁树，不会开花的。”

过去不是没有女孩子死磕守意，风里来雨里去地追求过章意，可他好像浑然不觉一般，客气不失礼貌，给人希望又常常一坐一整天盯着表让人失望。日子长了，姑娘们心灰意冷，桃花一朵朵败谢，到最后近乎干枯。

这几年除了一个曹如意，没别的异性生物可以“忍受”他师父这么长时间了。

“你不觉得无聊吗？他跟你在一起，没别的东西聊，除了跟你玩打簧表，就是给你讲博物馆馆藏和历史，要么就是坐一整天跟零件说话，难得店休也很少出门，偶尔钓鱼或是跟花鸟市场的大爷们下棋，除此以外没有别的爱好。可女孩子不都喜欢逛街、看电影、拍照、旅行吗？师叔曾经说过，我师父不是一个好的情人，他给不了女孩子想要的爱情。”

徐皎听懂了他的言外之意，说道：“也许是因为还没来得及靠近。”

“嗯？”

“雾里看花，什么都很美好。”

“现在呢？”

“应该要放弃了吧。”

这么多天没有出现，他仿佛已经默许了她的离开。在知道她的心意后，还是作出这样的选择，她应该已经没有机会了吧？

“那你不打算再回守意了，对不对？”

徐皎微微一笑。

木鱼仔吃着可口的饭菜，突然如味同嚼蜡一般，心里却泛起苦涩。本来跟她说这些，并不是想要她放弃师父，只是希望她不要太难过。一个未必是心中期许的好情人的男人，早一点看清现实，总比走近了再经历更大的伤痛好。

可看她潇洒放手的姿态，他又觉得不甘。

“虽然我还是认为师父不太可能开窍，但我觉得他对你，好像和对别的女孩不太一样。那天你去西郊拍广告，中途失去联系，他半个下午坐立难安，后来实在无心修表，跑去西郊找你，师傅们都调侃他当时的样子，像是丢了媳妇。”

铁树不开花，也许是还没遇见想让他绽放光彩的人吧？

“当天他很晚才回来，第二天我去洗车的时候，看到车里有好几张摩托车博览会的广告单，可他不肯承认前一天去找过你，我才觉得哪里不一样，至少对你有点特别。”

“那车呢？”

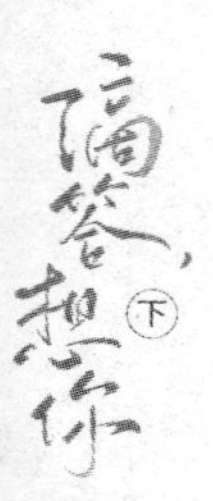

“什么车？”

“黑色幽灵。”

“你说那辆？那是章爷爷的车，平常店里都不怎么用，师父觉得太招摇了，不适合咱们这种修复手艺的店，容易招惹不必要的是非。也就前一阵车到了年检和保养的时间，师父开了两回，之后就没开过了。”

见徐皎久久不说话，木鱼仔问：“怎么了？车有什么事吗？”

“没事。”

他才不信，一拍脑门道：“我想起来了，有天师父开车去接江总监，江总监还落了只手包在车上，是我给她送回去的。你应该没见过这辆车，该不会是撞见他们俩在一起误会了吧？”

徐皎微微咬唇：“只是误会吗？”

看着她略带希冀的目光，他脱口而出的回答盘桓了下，又变得迟疑起来：“我也不知道。”

最近这段时间，江清晨确实跟师父往来甚密，也经常通电话，不过聊的大多是工作上的事。可真要说两人清清白白，他也没有把握，毕竟章意内敛，有什么大多藏在心里，不会同他们提起。

他想了想，又看向徐皎：“就这么淡了，你会后悔吗？”

徐皎微微一笑：“先吃饭吧。”

他说了半天，看她始终反应平平，识趣地闭了嘴。回到守意后，免不了被老严一通狂轰滥炸，他飞快地躲进屋里，从床底下抽出一只包装精美的盒子。

盒子里是一双粉白色、毛茸茸的兔耳朵手套。

他盯着那手套眼睛一眨不眨，看了一会儿，他猛一起身，将手套连着盒子一股脑地塞进衣柜最深处，夹在被子中间不见踪影，这才松了口气，往床上一摔。

老严扯着嗓子骂了几句，声音渐渐小下去，猫在墙头对刘长宁说：“我是不是又闯祸了？”

刘长宁已经气到淡定。

老大魂不守舍，老二离家出走，再加上个小的灰心丧气，老的还睁眼瞎，看样子守意要完犊子。刘长宁撩起袖子，高喝两句：

“一身转战三千里，一剑曾当百万师。

“试拂铁衣如雪色，聊持宝剑动星文。”

老严眨眨眼：“什么意思？”

刘长宁道：“是时候该我出马了。”

可饶是如此，刘长宁也没把徐皎请回来。旁观者说得再多，也没当事人一个明确的表态有用，可这当事人白天一丝不苟，晚上就不见踪影。

说是瞎忙活，倒也不尽如此，章意确实算摊上一不小的麻烦。

杨路倒卖古董表这个事，他先前已经提醒过杨路，后来有人再把西城的表倒手到老城来，他顾念往日的情义，私下又提醒过杨路两回。杨路没有听，被人举报到钟表协会。一层层审查下来，杨路吃了个大亏，连带着整个西城区都遭了殃。

就在徐皎生日的第二天，杨路在回家的路上被人蒙头揍了一顿，伤得不轻。不想因为这个事再惹章老爷子生气，也不想闹得大家都不安心，章意没有声张，到处奔走托人把事儿摆平了。

杨路出院那天，难得艳阳四射。稍不留神已经又是一年盛夏的尾巴，他感慨时光易逝的同时，也生出几许说不清道不明的愁绪来。

见章意似要旧事重提，杨路忙摆摆手，跟他约定好制表人大赛见，就又一头扎进西城区的深水里。

章意无可奈何，上门找了两回都吃了闭门羹，碰巧遇见钟表协会的监察理事和江清晨一起吃饭，才知道原来杨路能顺利迈过这道坎，里面有她的人情。

等到饭局散去，江清晨推拒了席间众人的好意，坚持独自一人回家。临到门口，遭着冷风一吹，她往后趔趄了两步，忽地撞进一个温暖的怀抱。抬头一看，整晚应酬的疲惫顷刻间烟消云散，她笑出朵花来。

她喝了不少酒，沿着江边走了一路，人才渐渐清醒。说起人情这回事，章意不知道欠了她几回，自觉已经还不清了。

江清晨一手撩起发丝，一面回眸看他，口吻间是几分熟稔，又带着几分暧昧：“既然还不清，就不要还了，反正今后要在一起……”

她故意顿了顿，观察他的反应，那男人果然对爱情这东西没什么敏锐的嗅觉，只是稍作疑虑，听她找补说“一起做事业”后便淡然一笑，承诺会以新品牌的名义参加制表人大赛。

她酒虫上脑，有些迟钝，好一会儿才反应过来：“大赛就在年末，现在开始准备还来得及吗？”

“创新杯制表人大赛通常每两年举办一次，我已经回国三年了。”第一次没能参加，这一次虽然在意料之外，却在长远计划的情理之中。盘旋着的念头久未能落地，手难免会痒，也怕生疏，因此他一有空暇就在房间里动手操作，偶尔还会画画设计图纸。

“已经有个雏形的半成品，再打磨打磨，年底之前应该可以完成，拿去参赛的话，大致能博个好彩头吧？”

“只是好彩头？”

“夸大的话我不敢说。”

江清晨面上一喜，带着丝埋怨的意味：“真谦虚。”

她知道他是有准备的人，不打没有胜算的仗。创新杯制表人大赛也好，一起合作成立新品牌也好，她总是可以轻而易举地相信他。也许在不知不觉之间，她已经让自己成为刘备，就看他要不要成为孔明，也将信任交付给她。

章意侧目看向她，江风吹乱了她的头发，可她依旧光彩照人。没有酒气，没有故作的优雅，只是这么双手撑在栏杆上，一种内在的自华发散出来。

他笑着问：“我想要的答案？”

江清晨说：“忽然不想告诉你了。”

“为什么？”

为了替他找到答案，她特地翻出了当年的采访。

十年前，为了能让飞球仪登上瑞士钟表展，吸引全球目光，许老先生可以说是倾尽身家。如果不是后来得到资助，他没有可能连续三年在瑞士展出作品，继而成为 AHCI 的正式会员，因此在当时的报道里，他是有许多遗憾的。

止步于候补，绝不是一个钟表人的终极目标，他将不甘都投注在作品中，令飞球仪大放华彩的同时，也希冀于得到社会更多的关注，更渴望得到国内企业家的支持。

可在缺失的一页报道中，他却没有渲染自己的成就，而是讲述了一个平凡制表人的日常生活，朴素且珍贵。很多时候，透过那一页薄薄的纸，她都可以看到章意的影子。

他在夕阳的光影下埋头擦拭零件的侧颜，与客人轻声交谈时的严谨平和的目光，在回廊上摸着怀表一步步丈量光阴时宁静的笑意，晨钟暮鼓守护着的情义和一生至死不移的心志，这些都让她更加坚定自己的心意。

虽未朝夕相处，但已一往情深。

可她却说不出来，为什么不想给他那个答案。犹豫的时候，她拨了下发痒的眼睫，朝他说道：“毕竟是合伙人，想给自己保留一点筹码。”

在未来某个时刻，或许当你摇摆不定的时候，我可以当作武器的筹码。

章意微一挑眉，未置可否。

“其实真心话是，如果你想通过那个答案坚定决心的话，好像已经没有必要了。章意，你清楚自己想要什么。”

章意笑了笑。

倒不是真的需要那个答案来达到什么，只是年纪小的时候，对“答案”这种东西都有些执念，这么多年过去了，也不知道那一页究竟缺失了什么，是心理上的一种空缺，补不上也没什么，只是想起的时候，还是难免有所动容罢了。

“既然觉得我不需要，拿作筹码好像也没什么分量？”

“那可不一定，看准时机出鞘，钝刀也能变作利刃。”

“你有什么担心或是顾虑吗？”

江清晨摇摇头：“如果没有你，我现在可能还活在自己的理想世界里，用不切实际的幻想描摹着金戈的蓝图，那是我离失败最近的时候。现在嘛，因为有你在，反倒没什么好担心的，再不济就是真的失败一次。”

章意凝视着她，心口氤氲着一团云雾。她的信任也好，人情也好，总是让他有诸多愧疚，总怕承不起这份重量。嘴上说着是玩笑话，可神色间透露的意思，好像又不只是玩笑。

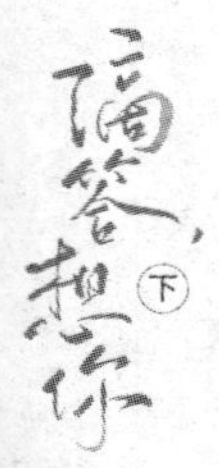

不知不觉间，他们好似不只是立场发生了改变，有别的什么也正在改变着。他让自己保持清醒的判断：“你放心，既然答应你会做好新品牌，我一

定会全力以赴。”

江清晨直起身子，朝他走了过来。两人的手皆搭在栏杆上，离得近了，隐约有熟悉的气息在交互传递。她身上是偏中性的香水味，不浓烈，留香却久，干爽之间带着一点烟熏过的木香韵味，伴着江风萦绕在周围。

“我不是那个意思，你可别误解我了。我相信你，你是知道的。”

“我知道。”

“就因为我想留个筹码，你觉得我不放心你？章意，你忘了吗？我们现在已经是朋友了，除了合作的关系，我们也可以是别的一些关系。”

她着重咬字“别的一些关系”，目光直接而大胆，赤裸裸暗示着什么。

他的目光微沉几分。

不等章意开口，江清晨转移话题道：“想好新品牌的名字了吗？”

他难得卖了个关子：“等过两日店里都收拾好，你带着团队一起去看就知道了。”

“有惊喜吗？”

“我也不清楚，但应该不差。”他唇间抿起一丝笑意。

江清晨就喜欢他这股子含而不露的沉稳自信，扬眉笑了。忽而想到什么，她状似不经意道：“梵刻的张美丽近来时常向我打听新品上市的动向，我想她应该有捆绑营销的意思，毕竟新品代言人是小七，多少可以蹭点热度。梵刻的珠宝倒是通过了工厂的质检，成色品质都不错。最主要新品上市时间不定，徐皎不比小七有的是广告代言，还得依靠这支广告来提升知名度，如果梵刻和金戈能达成深入合作，她今后的路应该能走得顺畅些。她是你朋友，你怎么看？”

章意凭栏望着江面，浮光掠影，浪涛起伏，风骤然大了，却挥不去他心口的那团雾。他语速有些慢：“市场营销这一块我不太懂，你自己做决定。”

“好。”

“只不过……”

“嗯？”

见他停住了，她才要扬起的嘴角又垂下去。自那晚分别后，一连多日未能见到他，留了心打探才知道西城最近的风波，处心积虑做了筏子向他靠近，不能说毫无心机，可也只是想免他困扰，让他舒意好过一些，别的没有多想，毕竟这对她而言只是举手之劳。

想要俘获一个男人的心，这点甜头怎么够吃？她心里门清，每每做这些事时不觉得有什么，偶尔还有点自得其乐，反倒孔佑“拈酸吃醋”地骂她重色，一番良苦用心都用到了外人身上。

说是外人也没错，到底心里没谱，不然总要据理力争一番。

照理说杨路出事，章意分身乏术，一时间抽不开身就算了，可徐皎一个大学生能有什么好忙活的？偏孔佑联系了几次，都被她委婉拒绝，看着口吻跟平时没什么差别，也不知道他们之间究竟怎么样了。

而今借酒兴头，江清晨有心试探，可临到章意真要表态了，她又有点退缩，目光转向一旁。等了一会儿，才听见一道温和的声音说：“谢谢。”

她立即转头看过去，那眉目还是如往常一样的平静，山水之间波澜不惊，看不出一丝情绪。

江清晨倒有点哭笑不得。

她平时不是沉不住气的人，眼下话到了嘴边，分明想问个究竟，又怕把自己后路堵死，无端扭捏起来。章意挡着风口，心思游移不定，有些旁骛，但还是问道：“有话想说？”

“替徐皎跟我说谢，就太见外了。”江清晨直言道，“我同她见过几次，她那个经纪人不是省油的灯，亏得她心志坚定，才没被带到阴沟里。而且她作为手模特确实很出色，我欣赏她，也将她看作朋友。”

她啰啰唆唆地解释了一番，说完才觉舌苔苦涩，笑意减了几分。

章意说：“我知道，只是很多事都要多谢你。”

“只有感谢吗？”她不依不饶，“那你对徐皎是什么感觉？”

章意的目光一瞬有点冷。

江清晨觉得好笑，一整晚看他云里雾里，心不在焉，到这会儿总算双目清明有了些神采，却不是她想象的好脸色。她话已经说到这个份上，再不开窍也该明白，最是公私分明的人放下了一贯的原则，为的就是能跟他站到一处去。

他明知道她处事的态度，却还是睁只眼闭只眼，说到底私心里还是维护

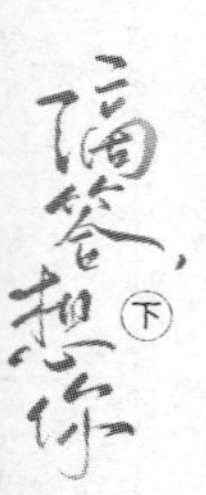

那个女孩吧？

越过了朋友的界限，江清晨却没有退缩，似笑非笑地对上他的目光。

章意静了一会儿，神色如常地说道："不早了，我送你回去吧。"

她轻轻一笑，见好就收。

回到家，原本已经歇下的刘长宁听见动静，披了件衣裳出来。章意大抵猜到他要说什么，自知躲不过去，硬着头皮给自己泡了杯浓茶，转手递给刘长宁一杯蜂蜜水。

刘长宁说："瞧你的黑眼圈，都快掉到下巴了还敢喝浓茶？我不渴，这蜂蜜水你喝吧。"说完把浓茶往台阶下一泼，吓得水池里熟睡的家旺直接翻了个身滚到石头缝里。

刘长宁忍俊不禁："你瞧瞧，这胆小鬼，一点动静就跟天塌下来似的。"

虽说是在笑话乌龟，可多少有点含沙射影的意思，章意闹了个大红脸，赧然地捧起杯子。刘长宁看他似乎懂了里面的关窍，不再遮掩，挑明了说道："你跟徐皎那孩子闹别扭了吧？"

"没有。"他下意识否认道，觑一眼刘长宁，含混不清地说，"我只是一时间不知道该怎么同她相处。"

"你讨厌她吗？"

他摇头。

"那你喜欢她吗？"

"我……"

他跟"喜欢"这个字眼虽谈不上有多熟悉，但绝对不陌生。喜欢这个家，这个院子，这种生活，喜欢长宁叔、老严，爱重木鱼仔，袒护章承杨，也十分偏爱徐皎，把她归纳为家里的一分子，真心盼着她好。

可这份喜欢，同她的喜欢好似不太一样。

男女之间的那种感情，说喜欢太浅薄了，他过去从来没有想过她会喜欢他。同木鱼仔一样，即便偶尔窥见她"越界"的心思，也只当是敬仰。

她总是夸他很厉害，总是用一种欣赏的目光端详他，总是毫不吝啬地陪他消耗大把大把的时光。他以为那是一种崇拜，而不是可以肌肤相亲的男人和女人之间的喜欢。

他一个母胎单身至今的大龄未婚男青年，拧着眉头一番正儿八经的挣扎与思量，可到头来不过都是纸上谈兵。刘长宁光是这么瞅着，就能猜到他在犹豫什么，笑道："还记得小时候你跟承杨一起抢玩具赛车吗？"

他有些诧异："我？"

"就知道你不记得了。"刘长宁凝视着远方，陷入了遥远的回忆当中，喃喃道，"这种稀罕事，怎么能忘呢。"

大约是从小担着"掌门人""大哥""师兄"等头衔，章意约束自己仿佛成了一个与生俱来的习惯。不跟兄弟抢玩具，不跟学徒们玩闹，不把心思放在别的地方，唯一一次称得上让大家跌破眼镜的"出格"行为，就是跟章承杨抢了一辆玩具赛车。

章承杨没抢得过，哭了个大花脸，跑去老爷子跟前告状。长辈们都觉得新奇，问到章意为什么要跟弟弟抢玩具时，他虽然有些退缩，但还是挺直了腰板，不卑不亢地说："这是我最喜欢的梅赛，说好一人一辆，凭什么我要让着他？"

就因为他是哥哥？因为他最稳重？因为他是默认的老守意下一任接班人，他就要处处忍让吗？他抱着最喜欢的梅赛，气呼呼地说："如果是这样，我不当这个店长好了！"

……

刘长宁笑意柔和，目光悠长："只记得那么一次，你特别像个孩子。"

章意抚摸着杯沿，齿间化开了一丝蜂蜜水的甜浆，丝滑的触感沿着喉头一直往下，连带胸口也被熨帖得暖暖当当。院子的藤架上缠着一连串的小灯泡，黄澄澄的，甚是可爱。

刘长宁沐浴在昏沉的光晕中，面容沧桑，眼角有细密的皱纹，眼睛也不复年轻时明亮黝黑，瞳仁间有些灰色的混浊，使他整个人看起来憔悴羸弱，不堪一击，可因为爱读诗的缘故，他举手投足间有种隐然的洒脱，嘴角常年含笑，面相一团和气，让人忍不住心生亲近。

这些年来，爷爷寄予了太多期望在他身上，把承杨也当成最后一根救命稻草，常疾言厉色，怒目圆瞪，使得兄弟俩都在压力下长大。

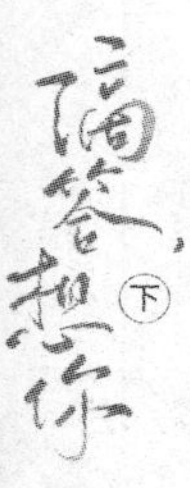

偌大的守意，只有这一方小小的院子，布满了温情。

“小章，我没有成家，老严成了半个家，不过这半个跟没有也差不多，两个孤寡的老头子跟你们住在一起，打心眼里把你们当亲生的孩子看待。你也好，承杨也好，小木鱼也好，都是特别好的孩子，我们都希望你们能幸福。承杨就不用说了，感情方面的事他比谁都通透，木鱼仔还小，但总跟在承杨屁股后头，也有这个年纪男孩子该有的胆性和气血，唯独你，最令我放心不下。”

刘长宁看着他，目光中透着怜惜。一个传承了百年有余的老店，为了不让香火熄灭，所有的匠人都在履行一个职责，修旧如旧，补新以新。

可一个孩子的心若是残缺了，该如何修补？

熙熙攘攘的人世，皎洁的月华也只一夜间，守住了时间与情义，却丢失了天性与自由，真的值当吗？

“你从小就很懂事，又听话，想着要继承家业，脑子里就没装过别的事，一心一意学手艺，用咱们的行话说，这些家伙什儿比老婆还亲，跟他们在一起的时间比跟老婆在一起久多了，老婆还能换，这些家伙却舍不得换。话是这么说，手艺人走到后头也大多这个结局，可长宁叔不想看到你这样，你还年轻，应该有年轻人的朝气，继承家业不能成为你生命的全部，你的生命一定有比履行职责更耀眼的时刻。小章，你已经让自己成为一个有担当的大人很久了，偶尔卸下担子，回归内心深处，追寻孩童时的烂漫无可厚非。叔想要你快乐，想要你自由，想要你无所顾忌，想要你飞出去，你懂我的意思吗？”

章意安然地注视着刘长宁，伴着夏日的雨，阴晦已久的心仿佛裂开一道口子，射进一缕阳光。

“那天我就坐在这里，徐皎给我打热水，细致地跟我讲中药包里的成分，让我注意保暖，我听着她软绵绵的说话声，心里很是舒坦。她是个很好的孩子，心里有广阔的天地，有干净的理想，有纯粹的梦，最重要的是，她很懂你。”

他想要守护的老守意的一花一草，她都爱若珍宝。

不知不觉间，刘长宁已经数不清徐皎为他们做了多少。梅雨季里用烘干机给他暖被子，知道他怕寒，屋里的抽湿机就没停过；老严嘴上说不想前妻跟孩子，屋子里却还摆着年轻时的全家福照片，她找人用最新的 AR 技术还原了孩子长大的模样，眉眼都跟老严一个模子刻出来似的，叫老严掉了好几颗金豆子；木鱼仔年纪尚小，对落后的家乡和固执的亲人始终无法释怀，她就经常陪他聊天，给他打下手，跟他分享小时候的趣事，有她在厨房总是能听到那傻孩子的笑声。

满院子的大老爷们想不到的事她都悄无声息地办好了，以往水电费都要催着缴，木鱼仔记性不好，时不时就忘，可这么个用电量巨大的盛夏，居然没再出现过隔壁催缴水电的老胖子的聒噪声。他们这条街有好些小孩子，往常一得空就会跑到店里来，扒着柜台东张西望，经常午休被吵醒，可记不清从哪一天起，每至午日，外面就安安静静的，连蝉鸣声都比往年小了许多，不用说就知道是那丫头的功劳。

对他们尚且如此，对他就更不用说了。

“小章，连老严那么迟钝的人都能看到的好，你怎么会看不到？”

刘长宁起来的时候身子犹如万斤沉重，脚下也虚浮着。他知道自己身体一日不如一日，稍一受凉恐怕又要病了。

为了不让章意担心，他咬着牙，脚趾抓地，稳住了身形。

“有女孩子喜欢是件多么幸福的事呀！不要被你的条条框框蒙蔽了眼睛。你思来想去，这不对，那不行，最后只会错失良机，追悔莫及啊。”

刘长宁点到即止，不再多说，转身回房。

照理说夏日总是晴天更多一些，有的时候烈阳高照，烧得人汗流浃背，身上黏滋滋的好不难受，这么一来就常常跟冬日形成对比，宁愿多穿一些暖和也不愿意少穿一些凉快，可这一年的夏日，留在守意人心中的印象却不再是那恼人的热天，而是无休无止的雷阵雨。

见黑漆漆的天吞噬了最后一丝月色，章意喝完剩下的半杯蜂蜜水，简单梳洗一下回到自己房间。电脑显示屏还亮着，上面是钟表协会发来的第一轮审核通过的表格。如要参加第二轮的比赛，需在下个月之前填写完参赛作品详细的设计思路、理念和制作过程，发送到组委会邮箱。

这些东西早就在他的脑子里演练了不下百次，默起来流畅而清晰，可他却没有急着填写，脑子里回旋着刚才在江边对江清晨的承诺，眼睛盯着表格，思绪却不知飞往了何处。

想起三年前这个时候还在苏黎世，七月的网球联赛期间，他曾史无前例地大醉过一场。

时间很巧合，赶上一座修了大半年的葫芦钟正式收尾，又适逢八进四中国女子网球入围，他和几个友人干翻了半个酒柜。如今追溯当时的心绪，说不清是高兴更多一些，还是不舍更多一些，隐约还交杂着别的愁绪，也在挣扎到底要不要回国。

可就在那一晚，盘旋了许久的念头尘埃落定，最终还是决定回国。友人问他怎么突然想通了，他说不出所以然来，满脑子都是网球拍打在铁丝网上“哐哐哐”的声音，间或一个女孩子柔柔的讲话声。他真的喝大了，断了片，友人笑他连艳遇都能忘，他摆摆手，脑袋里一片糨糊，只是再想起来的时候，还是会有一种回到故乡的期盼，仿佛是那场联赛的胜利带来的，又仿佛是那一夜的雨带来的。

如今一眨眼三年过去了，此时心境和彼时已大不相同，却不知道为什么突然想起那一晚，大约是同样愁杂的心绪带来的，大约又是同样想宿醉的冲动带来的。

他走到书架旁，一套英文原版的名表指南往下拉，里面赫然是一个暗格，不大，刚好能藏两瓶酒和几瓶看着像维生素的药瓶。他取了其中一瓶白兰地，就势坐在地板上。

这是干邑支的马爹利，有拿破仑商标，原产地法国，还是去年杨路去瑞士参加拍卖会时给他捎带的。店里上下机敏如长宁叔，也不知道他好这一口。之所以被杨路抓住这条小辫子，还是因为小时候两人偷喝过老爷子的藏酒，被逮住了好一顿教训，一直到出国前都心心念念那火辣的味道，想着再尝一尝。

可真尝到了，味道也不过如此。

章意有些自寻烦恼的嘲意，囫囵喝了几口，听见老严起夜的声音，忙摸索床头的开关。一时起得急，不妨脚下发软，灯关了，人却扒拉着被子摔了一跤。

这一摔枕头飞到地上，露出了压在下面的一只掌心大小的白色圆盒。

他头皮发麻了一阵，等到疼痛的劲儿缓过去，老严回了屋子他才又重新拧开床头灯，把小白盒打开，里面是像面霜一样的膏体，闻着有淡淡的柑橘香，酸甜适中，还带有一点柠檬的清新。

质地看似黏稠，可抹到手背上却细腻滋润，不一会儿就被吸收了。

小白盒包装简单没有雕饰，也没有 LOGO，看着不像是品牌方赠送的，倒像是手工制作的，而且柑橘加柠檬，交杂草木的香调，在他曾经试用过的护手霜里还是第一次出现。

他有了些许的酒意，眼角微微眯起，细长的手指捏着小白盒在光下端详，忽然目光一顿，视线定格在旋盖内侧的刻字上：Take care of yourself.

“你要照顾好自己呀，别让人担心。”他蒙眬的视线里，仿佛出现一张熟悉的面孔，脸小小的，眼睛很有神，一张小嘴不停地说，跟隔壁的老胖子不相上下。

他记起来自己曾经填写过一份调查问卷，表格里详细询问了在她赠送的品牌小样里每一支护手霜的使用感受、气味、留香、肤感和效果等等问题。

他以为那是她要交给品牌的功课。

马爹利后劲大，上头后肤色开始泛红，连带着指尖也透出些许绯意。他的指腹就搭在那一串歪歪扭扭凸起的英文字母上，嘴角噙着一丝笑意，有一下没一下地摩挲着，混沌了一整晚的脑子这才清晰起来。

过了不知多久，一声闷雷惊响，他猛地一醒，起身拿了件外套，顺势把小白盒抄进口袋里，头也不回地朝外跑去。此时天边已经泛白，抄手回廊的铁丝网格里，一座木钟正在敲锤，连响了五下，泠泠的回音回响在空寂的院子。

和梵刻珠宝的第一次正式合作，在月前就已经敲定。担心路上堵车，徐皎特地起了个大早，仔细拾掇了一番。胡亦成是个守时的人，六点不到已经在楼下等她。见她穿着条薄绒的裙子就跑了出来，他忙脱下外套迎上前去。

“夜里下了场雨，早上有点凉，你这病还没好全，以后出门记得带件外套。”

徐皎吸了吸鼻子，点头说好。

这个时间大部分人都还在睡梦中，不过夏日天亮得早，六点已经不是蒙蒙的亮度，天空要更透一点，像海水的蓝，只是路灯还没熄，照在地面上亮

堂堂的。她走得快，不小心踩到了水洼，险些要重新回去换双鞋，被胡亦成瞪了眼，忙缩着脑袋偷笑了声。

一直到钻进车里，她才想起什么似的，对胡亦成说道：“宿舍里还剩一些东西没收拾完，晚点收工可以陪我一起回去拿吗？”

胡亦成愣了愣，说：“今晚恐怕没有时间，明天我去帮你收拾，你别回去了。”

徐皎愣了愣，没有说什么。

胡亦成透过后视镜看了她一眼。她靠在椅背上，目光落在窗外，像是在数树叶上的雨滴。纵然化了妆，气色也不是很好，眼神里满是难掩的失意。

也不知道前一阵发生了什么，她先从宿舍搬了出来，却只带了一些随身衣物，看样子留了余地，可这回不一样，像是要彻底搬离了。想到那天她晕倒在宿舍楼前，要不是宿管阿姨及时打电话给他，后果还不知道怎么样。

一想到这儿，他就禁不住胆寒，觉着还是搬离得好，女孩子是非多，凑一块儿准没好事。

车子发动起来，轰隆隆的，随风而过，一串雨滴滑进窗户缝里。徐皎一个瑟缩眨了眨眼，这才想起出门时没看到安晓的随身背包，应该是一夜未归。

眼看着暑假就要结束了，梁小秋还在找实习单位，烧心急肺起了个大早，下楼还差点脚滑摔了一跤，正气得不行，打头迎上一人。她脚步一顿，缓缓地停了下来，迟疑着对来人说：“你……你是来找徐皎的吧？”

章意错目看向她。

梁小秋确认他就是那天送徐皎回来的男人，只不过今天头发湿了，刘海耷拉在眼睛上，有点狼狈，身上似乎还带了点酒气，看起来有几分落拓，一时间就没认得出来。她上前几步道：“徐皎不住学校了，早就搬出去了，你不知道吗？”

章意茫然地“啊”了一声，失笑道：“我忘了。”

之前送她回来的时候，看她说去学校收拾东西，以为她最近都要住学校。一路上跑得急，没有思虑周全，临到此时心沉静下来，突然有些后悔，太唐突了。

刚要说什么，就见梁小秋低下头，跺了跺脚面上的落叶，闷声道：“徐皎病了一场，也不知道她现在怎么样了。”

“她生病了？”

“有好几天了，你不知道？”

那天她在楼上看到徐皎淋了雨，也看到阿姨叫嚷着，招呼几个女孩一起把徐皎送去了医院，后来只听说烧得厉害。她心里有点愧疚，却拉不下面子给徐皎打电话，这么几天下来也煎熬得很，整个人都瘦了一圈。

“你不是她男朋友吗？怎么会不知道。”一想到当时徐皎回宿舍时的情绪，梁小秋揣测道，“不会分手了吧？”

章意摇摇头。

梁小秋说：“那一定是吵架了。”

跟这也没差，不过他现在没心情探究这个，想到徐皎病了，他心里忽然很急。梁小秋还在自顾自地说话：“早知道这样我应该拦一拦的，淋了那么久的雨，怎么可能不生病？”

“为什么会淋雨？”

他送她到学校时明明还没有下雨。梁小秋一震，神色有点慌张。章意知道徐皎跟同学关系一直不太好，看她的反应也察觉出了什么。

“你们做了什么？”

他声音有点冷意。

梁小秋摇摇头，嗫嚅道：“我真的没做什么，不是我。”转而对上他的目光，不由自主地往后退了一步。面前的男人满身有挥之不去的酒意，可一双眼睛却分外明亮，好像能把人看透一般，让人不敢直视。

章意从小跟人打交道，是人是鬼一看就知道，梁小秋本就心虚，一撒谎更是漏洞百出，只是她咬死了不肯松口，他也不好勉强，留下联系方式给她，让她想说的时候打给自己。

“每个人心里都有一杆衡量是非对错的秤，公众的态度，不代表你内心真实的想法。你现在站在一边，只是有点失衡，可如果一直往下沉，结果就不一定了。让自己保持心理的平衡，过得好受一点，一定比面子重要，懂我的意思吗？”

见他要走，梁小秋往前追了两步，到底没忍住喊道：“你等一等，我……”

章意揉揉眉心，安静地等着下文，只见她拧着衣角踌躇了好一会儿，才说道：“我有东西要给你。”

木鱼仔看着无人接听的电话，在屋檐下来回踱步。一听到刹车的声音，他立刻迎上前去，语速极快：“章爷爷过来了，正在后院。”

章意脚步一顿，见他神色慌张，抬手摸了下他的额头，已经发汗了，便道：“急什么，慢慢说。”

木鱼仔心定了一些，又道：“师叔也回来了。”

他这大喘气的，差点儿让章意以为老爷子专程过来找他兴师问罪，没想到后头还有个反转。可转念一想，这个时候章承杨怎么会无故回来？

“是刚好碰到一起，还是爷爷把他叫回来的？”

“都不是，师叔天蒙蒙亮就回来了，一直在等你。”

“有说什么事吗？”

木鱼仔为难地低下头，看样子应该是他不方便开口的事了。章意心下了然，不紧不慢地洗了个手，用毛巾擦干，在柜台边上还同客人说了两句话，叮嘱老师傅给客人拿新到的绒布包一包，这才往后院走去。

风吹开了帘子，隔着一道门槛，他看清了院子里的景象。

百斛明珠富，清阴翠幕张。葡萄藤蔓，绿野葱茏，迎来天井穿堂风，章承杨双膝贴地，正跪在老爷子面前。

同一时间，正在梵刻珠宝的拍摄现场进行最后一个特写镜头补拍的徐皎，心跳忽而漏跳了一拍，转头就见安晓被胡亦成带了进来。

安晓喘着气，脸颊微微泛红，看样子像是急着赶过来的，头发还略显凌乱，一贯自带英气上扬的眉角此刻耷拉下来，湿润而清亮的眼眸注视着她。

以徐皎对安晓多年的了解，特地大老远跑这一趟过来，一定是有非常要紧的话跟她说，她略显为难地瞄了眼旁边正在喝咖啡的代言人。

梵刻珠宝的唯一全球代言人名叫琪拉。三年前与梵刻签约的时候，琪拉还没什么名气，之后因为一部宫斗剧一炮而红，如今已经跻身三小花行列，市场影响力不能同日而语，身价也跟着水涨船高。这是琪拉与梵刻最后一年约，也是最后一次拍摄，张美丽有心续约，对琪拉客客气气，连带着棚里的工作人员都有些小心翼翼。

徐皎也一样，生怕惹恼琪拉坏了张美丽的计划，全程积极配合，务必让琪拉呈现在镜头的“手”完美无瑕。

好似发现了她的偷瞄，琪拉放下咖啡，若有所思道：“五分钟，结束这个环节，可以吗？”

摄影师一看时间确实不早了，忙不迭点头，加快进程将徐皎的手摆出了几十个造型，最后选到满意的，在四分五十五秒时比了个“OK”的手势，让大家收工。

徐皎上前向琪拉道谢，琪拉神情冷淡，让经纪人拿来一只印有梵刻LOGO的绒面锦盒。

“喏，梵刻送的定制珠宝。”

“给我？”

琪拉微一挑眉，眼神好像在说不然呢？

徐皎受宠若惊，琪拉又道：“你的手不错，今后有需要我会再找你，留个联系方式？”

胡亦成立刻上前加了琪拉经纪人的联系方式。

琪拉似笑非笑地看徐皎一眼，在一行人的簇拥下离开。主角一走，大家伙都松了口气，安晓跳上前来：“她为什么无端端送你这么贵重的首饰？”

徐皎摇摇头，随即把目光定在安晓身上：“你怎么来了？”

安晓看棚里都是人，拽着她的手往角落走。到了灯光暗淡的地方，连胡亦成都移开了视线，安晓才难掩激动地说：“皎皎，我、我好像又恋爱了！”

徐皎惊诧不已，就为这事？

“这么快？谁呀？”

“你认识的人。”

“我认识的？”她想了想，“是霓虹那个猛男吗？叫什么来着，李、李……”

“李维杰。”

“真是他？”

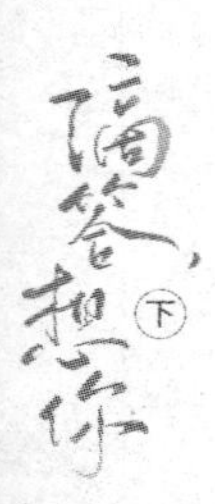

“不是！”

从城中心一路跑过来，安晓迫不及待想把这个好消息分享给她，可临到嘴边却害羞起来，捂着脸不好意思看她。徐皎还没见过安晓这样，乐出了声：“什么人啊？让你脸红成个大苹果，还特地跑来一趟，昨天晚上一夜没回，是跟他在一起吧？”

安晓蚊蚋般讷讷了声。

“这才多久，你们就……”她环抱手臂，正色道，“安晓同学，你已经勾起了我的兴趣，请你不要再遮遮掩掩，老实交代起因经过。”

“我说了你可不准打我。”

“我为什么要打你？”她下意识说完，又觉察出不对劲来。想到是她认识的人，她脑子里飞快地闪过一个人影，蓦然瞪大眼睛，“该不会是……”

安晓咧着嘴角说：“就是他。”

“章承杨？！”

安晓点点头：“惊不惊喜？意不意外？”

确实惊喜，确实意外，徐皎已经说不出话来。

而这时的守意，也陷入了死一般的沉寂。

过了不知多久，章老爷子终于开口，语调沉沉：“后悔了？离开的时候我是怎么说的？你当这是什么地方，想来就来，想走就走？”

章承杨抬头，与老爷子的目光对上，喉头一哽，说不出话来。他以为那不过是老爷子一时的气话，可跪了半个小时不见老爷子有所松动，才恍然明白什么。

守意曾经失去过一个得意门生，这是老爷子一辈子不容许轻易揭开的伤疤，纵然是亲孙子也无例外。

反倒因为是亲孙子，才格外苛刻。

他仿佛对老爷子的做派早已习以为然，扯着嘴角哼笑了一声。

午日里太阳火辣辣的，年轻男人浑身上下的皮肤都晒红了，剪得板寸的头皮间汗水不住地往下滑落。身上一件白色短背心也早已汗湿了，裤子皱巴巴地绷在腰间，双脚支撑着笔直的腰杆，细细看的话，不难发现脚尖在发抖，显然已经有些力不从心了。

老爷子仿若未察，别开视线道：“章承杨，你今天不给我一个站得住脚的理由，休想再进这道门！”末了，章文桐扶着椅背重重一摆手，手指轻微地颤抖起来。

这么些年的坚持，为的不过是子孙成器，家业得继。

屡教不改的孩子，强留又有什么意义？倒不如随他那个父亲一样走得干干净净，一了百了，他就当从没有过这一支的儿孙，省得隔三岔五气他一回，弄得家宅不宁。

只是他嘴上这么念叨，眼底却划过一丝不舍。

片刻的工夫，前院那面和墙壁融为一体的帘子动了动，一道身影被隐去了。

老爷子张口无声，哑然了一阵，到底放弃。章意在落地橱柜的架子上取了一块怀表，靠在墙边把玩。这是一块全手工制金表，由 900 个独立零部件组成，表壳镌刻着梅花三弄，内里仿照苏州两面绣，也是梅花的图案。

表盘是古老的珐琅彩手艺，巧夺天工，价值不菲。

从外观来看，这是一块适合女性的怀表，收藏、佩戴或是用作装饰都可以，也可当作重要场合的珠宝首饰。

女孩子的声音带着一丝惊讶：“怎么回事啊？你们俩怎么又……”

安晓一想这事儿吧，说到底还是她起的头。章承杨所在剧组的场务认识她，起先她收买过人家，想着今后也许还要再收买他，就加了联系方式，没想到当晚她就跟章承杨闹了个一拍两散，原也打消了念头，可就在前一天，场务突然急急忙忙打电话给她，连说出事了。

她到现场一看，才知道章承杨把导演打了。

“他们那是个古装戏，人多事杂，助理都跟牲口一样，他过去哪干过那种活？仗着年纪轻，身子骨结实，撑了一阵子就撑不住了，偷摸着休息的时候被导演逮了个正着。两个主演接不上戏，卡了几个小时，导演正在气头上，就把他当出气筒好一通骂。”

她赶到的时候，那导演捂着流血的脑袋，仍坐在地上骂骂咧咧。

“我说你窝囊废你还别不认，你要真是有钱人家的孩子，窝囊也就算了，

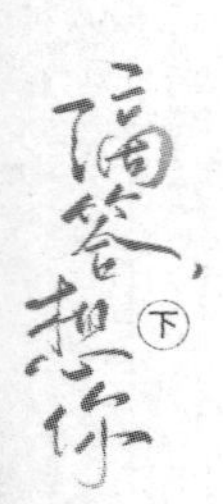

瞧你吊儿郎当的样子，像吗？真要有钱，谁到这破地方干苦力？”

章承杨一扭头，磨了磨牙，习惯使然地转动腕上的表。导演一看更是气不打一处来：“还每天戴着块破表，有意思吗？你瞅瞅这周围的人，哪一个干活的像你这样？装腔作势给谁看啊？”

“你说什么？什么破表？”

“要不然呢！你能戴得起真表？”

章承杨哪里是能被激的性子，二话不说撩起袖子就往上冲，好不容易才拦住他的一群人又忙不迭上前抱住他。那导演也是个一点就着的脾气，瞅着那块表只觉得碍眼，推开左右拉架的人，不由分说捋了他的表，踩在脚底下。

“嚓”的一声，全场寂静。

安晓忘不了章承杨当时那个眼神，跟要吃人一样，可火气消退之后，他却异样地安静下来，一整晚也没有说话。

“我当时都不敢上前，片场里那些人也不敢上前，真的很吓人，不过也幸亏他那身气性大，唬得住人，导演没两下就答应私了了，大概也怕这事传出去对他名声不好吧？可我气不过啊，凭什么他就戴不了真表？”

她知道章承杨骨子里有股劲，以前瞧着，就该离开守意出来闯荡，干出一番事业来，可从那段隐忍的沉默里，她却仿佛看到了另一个他。

出来了，想的还是那院子里的人和事，心就没踏实落下过。导演那一脚，算是把他的自尊心踩了个稀碎，也把他给踩明白了。

过了一个世纪那么漫长，静谧的院子再次传来声响。

“听说有人给我送了只猪头，再不回来恐怕就要臭了。”章承杨依稀还是玩世不恭的样子，惹得老爷子气血上头，拿了拐杖作势打他。

老爷子以为他会跟从前一样耍赖躲闪，不料他一动不动还高高扬起了头，那一棒子收不住，就这么不偏不倚地打在后背上，直叫他一个抽气下弯了腰。

好一会儿，章承杨还是克制不住地笑道：“我说真的，天然养殖的猪头，肯定不便宜，浪费了多可惜。”

“你再不正经试试？”

见老爷子动了怒，章承杨撇撇嘴，龇着牙齿道：“真疼啊！”

“你还知道疼？”

章承杨哂笑：“爷爷，我又不是罗汉金刚，怎么会不知道疼呢。”人家特地送猪头来嘲讽他，他也知道疼，面子上挂不住，才假装漫不经心而已。

章文桐略显不耐烦：“你到底想说什么？”

章承杨揉了下后颈，扯开嘴角笑了笑。

前一阵收到西藏老爷子送来的包裹，里面夹着张明信片，五彩经幡在雪山下迎风飘荡。后面写了几行字。老爷子看着不修边幅，字却写得整齐工整，笔锋之间隐约还有股豪迈之气。

“他说没能赶上送前妻最后一程，到底还是留下了遗憾。”

章承杨说到这儿忽而笑了一声，眼睛里惘惘的。

在守意的时候不觉得这样的时刻有什么，人走了，表还在，这家店见证了太多类似的遗憾。可真正去到自己心驰神往的地方，一股脑地挥洒积压的热血与青春，想着拍出一部惊世之作出来，然而却只能在片场给人打下手的时候，才忽然品出“遗憾”的味道。

如果当初他没有轻视老爷子，没有怀疑他在劳力士上的消费水平，也没有拿不准主意非得等章意回来的话，会不会结果有所不同？

理智告诉他，当天回西藏的火车就那一班，即便提前修好，也不可能挽回局面，可感性上他却认定，一定有那么一个时刻，他曾错过什么。

就好比送猪头给他的“暴发户”对女儿的拳拳爱护之心，好比那一晚他未能领会地将三问改成自鸣，又将自鸣改回三问的章意的匠心——敬重对手，体谅客户，崇仰艺术，珍惜情缘。

寥寥数字，情深义重。

章承杨扭着脖子，朝前院的方向看了一眼。

他知道章意就在帘子后面。

从小到大，那面帘子就像一座翻越不过的山，哥哥始终站在山巅上俯视着他。他担当着万年老二的配角，内心深处排斥对这门手艺的喜爱，说到底只是越不过卑劣的自尊心罢了。口口声声说要拍电影，到头来还不是懦夫找的一个借口。

章承杨摊开掌心，里面躺着一块精钢表。

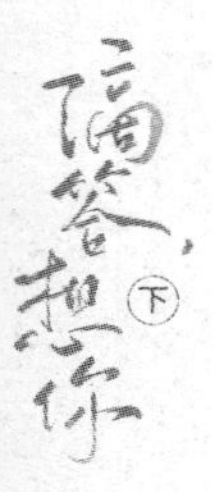

“这是你们送我的十八岁成人礼。”他声音干哑，眉峰间隐匿着一股锐气，“可我没能保护好它，已经碎得不成样子了，不知道还能不能修好。”

他再次抬头，这一笑，几分破碎，几分轻狂。老爷子对上那燎原的目光，竟一时间挪不开眼。

“我想再试一次。”他紧咬牙槽，扬声道，“哥，我们真正地比一场，怎么样？”

他想看看自己有没有本事修好它。

他也想攀越高山，看一看那山巅的风景。

他更想要见识一下，真正地信仰它，会是怎样一个结果。

章意在很长一段时间，始终想不清楚章承杨留在守意的原因，后来得知自己的病情，才明白过来是自己束缚了他。连同老爷子、杨路、刘长宁和守意里里外外的师傅们可能都这么认为，承杨留下来是因为他。

他们从小一起长大，说是长兄为父一点也不为过。

章承杨的性子属于软硬不吃，只吃章意的教训。脾气上头的时候谁也压不住，就是老爷子也不能免俗，可他会听章意的话。不管怎么被骂，被训斥，被冷嘲热讽，不肯低头认错，只要对上章意就是软和的，亲近的，带着些许羞赧，偶尔还会撒娇，长大了虽然内敛一些，间或远远近近闹着自己的那点小别扭，但始终很期待从哥哥身上得到宽慰。

而章意每每看着他心口不一地端坐在那处，眼睛望着工作台，心却好像还在很远的地方，就忍不住地自责，怕要拖累他，怕他不快乐，怕很多很多，长此以往只怕心越来越远。可直到这一刻，他忽然顿悟了。

承杨是自由的，谁也捆不住他，留下来只能因为他自己。

梅花三弄的怀表被旋开了盖子，反手托在掌心上，露出牵一发而动全身的繁复有如艺术品的擒纵机芯，底下有软针刻字：Zhang,1925。

金色大三针在光阴中流转，时至今日已有九十五年。午日光线一转，透光表壳上倒映出一抹笑意。

鸽子飞过的广场上，两个女孩肩并肩坐在一起。面前有片人工湖，正是傍晚时分，湖光潋滟，秋水与烟霞连成一片。

安晓的心仿若海上一叶扁舟，到现在还在漂浮着，觉得不真切，又好热烈。后半夜的时候，她与章承杨拥抱在一起，她问他是怎么想的，他还是什么也不说，早上天光一亮，人活过来了。

她也说不出个子午寅卯，就觉得他那样特别带劲，又特别迷人，颠倒了一夜这会儿才有点理智，还想着问一问徐皎：“皎皎，你说我要不要再试一次？”

徐皎说：“你刚才不是已经在恋爱了吗？”

她猛地搭上眼睛，喃喃道：“是啊，我太丢人了，这算什么！”

徐皎抱着膝盖，只是浅浅笑着。

看样子寺庙是不用去了，邪祟也用不着驱除了。安晓越想越觉得丢人，脸涨得通红，可转念一想，都是姐妹，谁还没有过丢人的时刻，就干脆豁了出去，一拍手道：“我决定了，再给他一次机会，也当作给自己一次机会。”

徐皎望着她，夕阳下她英姿勃发的身影，像极了打马出征的女将军。

“你呢。”不料，安晓一回头，对上徐皎的眼睛，“皎皎，要不要再试一次？”

要不要再试一次？

风吹过来，掀起帘子一角。梅花三弄的金漆表壳上那一抹好颜色，在日头倾斜一个角度后又平添几许柔雾般的静美，仔细一瞧，比之价值连城的藏品也毫不逊色。

老严抻长了脖子见后院没了动静，与木鱼仔同松了口气，刘长宁却是笑，假装没看见章意把怀表取下来揣进了兜里。他朝木鱼仔使了个眼色，木鱼仔忙不迭抱着两大瓶矿泉水冲到后院，拧开了盖子往章承杨身上倒。

暑气消解了一些，便又听到章承杨调侃木鱼仔的声音，懒洋洋的，透着股痞气，还是老样子。

老严一拍大腿，喜滋滋地说：“真好。”

刘长宁也觉得宽心，亲自送老爷子出门。两人交情深，说了几句话，老爷子难得露出了笑脸，章意才上前去告罪。章文桐一辈子就为一件事活着，只要这件事还有希望，凡事就都好说话。

“以前总想着把你们拴在身边就飞不出去，可真飞出去了，看看外面的世界也好。你呢，有什么想做的也可以试试，但一定记着，店里的生意最重要，手艺也不能荒废，这才是首要的。”

“我明白。”

老爷子肯松口，简直称得上一件幸事。

晚上，木鱼仔张罗师傅们一起吃火锅，找隔壁的饭店借了一台水空调，就在院子里摆开了架势，一个个吃得汗流浃背，却好不快活。只到最后老严多喝了两杯，咂摸出些许遗憾来。

“这时候要是那丫头在该多好啊！”

后来的一整晚，徐皎躺在床上，满脑子都是安晓那句话——要不要再试一次？左右脑的两个小人激烈地打着架，一个说再试一次怕什么？这么点小小的挫折就退缩，喜欢他也不过如此。另一个说你懂什么，都过去这么多天了一点表示都没有，摆明了就是不喜欢，何必再自取其辱？

她被吵得不可开交，却不得不承认，那句话真的太具备诱惑性了。想着又叹了口气，正纠结的时候，手机忽然振动了一下。

她仿佛有什么感应，一个鲤鱼打挺立刻坐了起来。

下一秒打得如火如荼的两个小人偃旗息鼓了。

章意：今天承杨回来了。

徐皎：你是不是很高兴？

章意：嗯，很高兴。

徐皎：我也是，晓晓在唱《情人》。

章意没回，过了一会儿，一个视频电话打过来。她忙跳到穿衣镜前整理了下头发，深吸一口气，小心地点击接通。一瞬间跳入眼帘的画面里，章承杨正在放 *Why Baby Why*，一口一声“baby（宝贝）”，气得老严骂他总弄些听不懂的音乐，却还是跟着他一起扭。

长宁叔戴着眼镜在井边看表，脚泡在木桶里，冒着热气，旁边摆着个包装袋，像是她之前买的中药包。木鱼仔捂着电话从镜头前走过，大声说：“我不要当倒插门，我想当店长！”

说完，他又退回来，目瞪口呆地盯着视频里的她，好一会儿笑嘻嘻地说：“小姐姐，你看我能不能当三店长？”

“谁？是徐皎吗？”老严耳尖，率先反应过来，顾不上飞出去的一只拖鞋，忙凑过来。

大家七嘴八舌地问她好，为这一刻的画面，她快要落泪了。

过了很久，她才看到章意的脸。

章意也看着她，眉宇间是春风化雨的温柔浅笑。

“身体好点了吗？”

她一时间没反应过来，好一会儿才点点头：“是木鱼仔告诉你的吧？”

“不是，我今天去你学校了。”

她一愣。

难怪早上出门的时候，看那雨总觉得一时有，一时无。

章意也没有说话。两人静静地对视着，身边各自流泻着轻快的音乐，可在他们的世界里，有什么东西好像静止了。

章意的声音很轻：“回来吧，好不好？大家都很想你，我……我也很想念你。”

徐皎刚忍住的眼泪唰地掉了下来。她闭上眼睛，努力不在他面前哭，好一会儿说道：“章意，我丢了一样很重要的东西，我以为找不回来了。”

“是什么？”

她摇摇头。

“不能告诉我吗？”

“不是，我想等找到了再告诉你。”

章意喉头微微哽了一下：“好。”

画面里一下子又安静下来，只剩座钟敲锤的声音。徐皎说：“让我猜一猜现在几点了。”只听那长短音交互，她报了个时，“十点五十五分，对不对？”

章意笑了。

“我没有作弊哦。”她小声说。

“嗯。”

“我只是知道哪座钟而已。”她俏皮道。

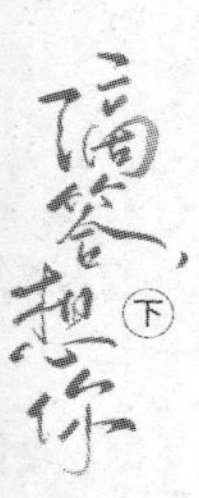

知道钟的打锤方式，猜时间就不难了。守意那些会报时的钟都被她猜了个遍，听声音就知道是哪一座。某一个瞬间他看着她，好像相识了很多年，其实不过数月间。

数月间，小到一砖一瓦，大到一屋一乾坤，都留下了她的气息。他彻夜地想，是啊，迟钝如老严尚且能看到她的好，他怎会看不到？她为他量身定制护手霜，给守意的每一个角落都种上绿植，为他选配喜好的茶，永远不会让他喝到凉茶，总是偷偷买糖果驱散来闹腾的小孩，站在门檐下为他挡太阳的光，为了不让他的手总是浸在冷水里，水池里总会有一盆温度刚刚好的清水。

小小的洗浴室里，摆满了护理乳、维生素、磨砂膏和柔软干净的毛巾。

白兰地味醇浓烈，烧灼了心墙。

这一刻风未至，雨未来，他却忽而体会到了当初她冒雨赶来守意时的心情。跑了小半个城，支支吾吾说想要一个奖励，却只是为了留在守意。

为了他，留在守意。

他的嘴角微微抿起，而后掀开一个弧度。

徐皎等了很久，听见他说：“明天我来接你。”

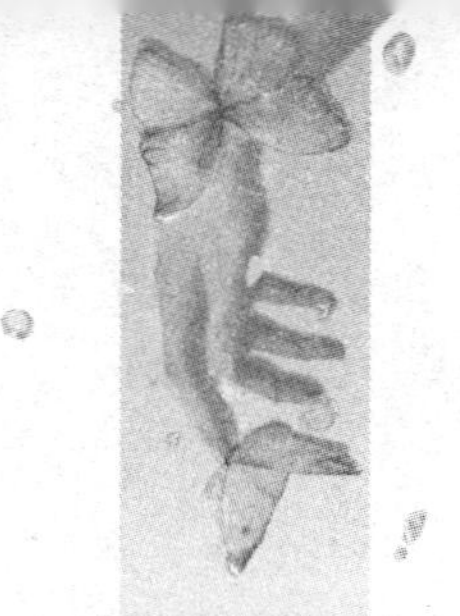

第十一章

/

一颗快要破土而出的种子

Dida. Xiangni

▼

第二天一大早，徐皎和安晓不约而同出现在洗手间。安晓捧着湿头发，徐皎咬着牙刷，两人大眼瞪小眼，无声地斡旋着。忽然，安晓捂住肚子说：“哎哟好疼啊，皎皎你快出去，我要拉臭臭了。”

徐皎说：“等一会儿，我洗个脸马上就好。”

“不行，等不及了。”她说完直接把人推了出去，门一合上就大笑道，“你为什么起这么早？”

徐皎这才察觉自己被小妮子耍了，气得跺脚：“你呢？不是不到日上三竿不起床的人吗？今天怎么回事？”

安晓不说话，对着镜子傻乐呵，手指飞快地把乳液、防晒和粉底液相继抹到脸上。徐皎手忙脚乱地去厨房漱了口，回到房间拉开窗帘，打开所有能照明的灯，对着梳妆镜化妆。

半个小时后，两人同时出门。

安晓率先一步冲下楼，徐皎紧跟其后。两人在楼道里互相挤来挤去，安晓眼神不怀好意：“有情况，还不老实交代？”

徐皎收不住上扬的嘴角，强自镇定道：“把我关到外面还没跟你算账，你还敢挤我？”

“哎哟，力气还不小嘛。”

安晓才被她挤到一旁，又把她撞了回去。两个人互不相让，临到一楼忽

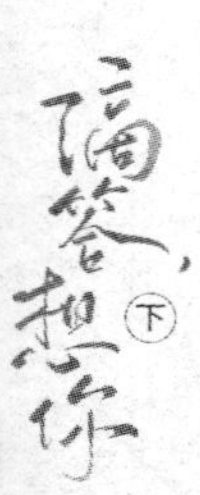

然罢战，各自打开手机相机照了照，忽而视线对上，都忍不住笑了。

晨光悄悄爬上树梢头，章承杨跨在摩托上，单臂夹着头盔，微微弯腰，敲了敲驾驶座的车窗。见里头的人没反应，他轻笑一声，掏出手机拨出一串号码。

“哥，躲猫猫呢，有意思吗？”

章意声音平稳：“我不知道你在说什么。”

“别装了好吗？我说你一大早去哪儿，还遮遮掩掩不跟人说，这不还是被我追上了？”他撩了下头发，目光觑着身侧，邪气十足地勾起嘴角，“什么个情况啊？”

章意鼻音淡淡的，似是笑了，反问道：“你呢？不是已经分手了吗？”

章承杨差点儿惊掉下巴。

“你怎么知道？”

这次分手他跟安晓都没声张，不用说肯定是徐皎通风报信！

章承杨冷哼一声，却听章意道：“不是她，我猜的，看你今天的打扮就知道了，前一阵没少受冷落吧？”

后视镜折射出一张硬朗的脸，浓眉深眼窝，鼻梁高挺，前一日还乱七八糟的胡楂，今天都剃干净了，看上去清爽干净。微微一挑眉，尽是大男孩装酷的潇洒与不羁。

“毒，真毒，哥你变了，以前从来不这么挖苦人的。”章承杨话锋一转，“不过弟弟大人有大量，不跟你计较。咱俩虽然不是亲兄弟，但比亲的还亲。感情这种事你是头一回，没经验，有什么想不通的别藏在心里，尽管问弟弟，看在兄弟一场的面子上，不收你咨询费。”

“是吗？”

“那可不。”

他正用手指顶着头盔转圈圈，半天不见章意有回应，正纳闷的时候，车窗猝不及防地降了下来。他立刻往后退，一时忘了自己还在摩托车上，重心不稳险些摔倒，幸而一只手及时拽住了他，他借力车窗站稳。

不想前一秒还在手上的头盔，已经被人罩在头上。

他张口结舌，捂着头盔道：“你耍赖。”

章意莞尔："兵不厌诈，傻小子。"

正说着，楼道的门"嘎吱"一声响了。章承杨率先反应过来，冲安晓吹了声口哨，拍拍后座。安晓见章意也在，悄悄地向徐皎比了颗心，随后爬上章承杨的后座。

章承杨把头盔摘下来，戴到安晓头上。安晓打开透明前盖，刚要跟他说话，一个热吻送上来，她蓦然瞪大眼睛，手足无措地抓紧章承杨的肩膀。

徐皎捂了捂眼睛。

好一会儿，章承杨挑衅似的冲章意挤了挤鼻子，摩托车轰隆隆地离去。一直到他们消失不见了，徐皎用手背贴了贴火辣辣的脸颊，迎着风来的方向悄悄吐了口气。

章承杨无疑是故意的，弄这么一出大概还是为了气她吧？她哪里知道章家兄弟俩之间幼稚的小把戏，满心以为还是当初的两百万闯的祸，心道章承杨小气鬼，真记仇，可不免又想他这么记仇的家伙，会不会是在替章意打抱不平？

这回闹得这么尴尬，僵持了好几天，连长宁叔都出动了，守意应该都知道了吧？

一想那场面，她恨不能找条地缝钻进去。

章意见小姑娘眼神躲闪，一会儿看看树叶，一会儿看看蚂蚁，就是不看他，不由自主地笑了。走到她身旁，他看了眼时间："还早，先去吃早饭？今天有工作吗？"

徐皎说："嗯，上午有堂形体课。"

"还有这种课程？"

"当然啦，你看我的手，缺点是什么？"

章意仔细地看了看，由衷道："没有缺点。"

徐皎按捺不住心中的欢喜："怎么会没有缺点？我的手指比一般女孩子要长一点，也细一点，骨头衔接的地方有点向外凸，构图或是角度找不好的话，看起来很容易像……鸡爪子。"她停顿了下，把手往袖子里藏了点起来，"不过也没办法，有的品牌方喜欢骨感，有的喜欢丰盈，我不可能一时胖一时瘦去照顾每个人的想法，只能通过后天的训练来弥补。"

即便是手模特，手也不是完美的，每个人都有自己的缺陷，需要手部保养、色彩认识、古筝弹奏手法、仪态仪表等课程的学习去掩饰不足的地方，突出手部美感。

手是有神韵的，你能否赋予手丰富的感觉，让手学会说话，这才是最重要的。而品牌方选择他们，也正是为了达到这一效果。

手模特的表演相比于演员，在形式和层次感上都不够丰富。人物可以依赖面部神情、肢体动作、语言和外部环境等来达到表演的目的，而手模特在镜头前大多是曝光的特写，是无声的，有的时候更是静态的，只能靠皮肤、骨关节、神韵等难以捉摸的细节来实现“说话”这一目标。

以前听她提起自己的职业，觉得新奇，有个性，认同且欣赏，可今天看着这双手，章意忽然觉得并不容易。

而他，对她的职业并不曾真正了解过。

“在想什么？”

徐皎在他眼前挥了下手，章意回神道：“没事，走吧，先上车。”

今天的形体课主题是托举，王母娘娘手中那插着一根翠柳的玉净瓶就是他们的道具，越是简单的器皿，越考验手的表现力。老师对他们的要求是，最终交上来的作业，务必让这些地摊上十块钱一麻袋的瓶子看起来价值连城。

通常在这些课程开展的时候，为了让他们能更好地释放自我，老师会选择在露天或是人流量密集的地方进行授课，今天也不例外。

艺体中心的舞蹈教室，落地窗，全透明视角，走廊外时不时还有各种好奇的目光停留。

老师挥着教鞭，冷笑着说：“上课已经五分钟了，这个教室大部分人心思还神游在天外，怎么，没睡醒，夜里做贼去了？都给我集中注意力，不要看外面，外面有什么好看的？”

老师话音刚落，旁边插进来一道小小的声音：“好看，有帅哥。”

全场哄笑。

“什么帅哥？”

“真的！老师，不信你自己看。”

老师不情不愿地朝外面瞥了一眼。走廊上就一张长椅，在教室斜后方位，想要偷看都得悄悄侧过身子，用余光努力瞟。老师就不一样了，可以光明正大地看，还可以走近了看。看清楚了对方的长相，教鞭不知道在什么时候被捏在了手心，老师眉头一挑。

男人端坐在长椅上，显得那张靠背可有可无。他姿势不算拘谨，怡然之间是一种多年练就的舒然通泰，旁人可能不太关注这一点，可对于常年需要形体训练的人而言，一眼就能抓住关键，这个姿势并不容易。要不做作还要自然，已经很难了，想要享受其中更是难上加难，可对方坐得实在可以称得上随性之至，一股冰清玉洁的气质由内而外发散出来。

尤其当他看过来时，那含笑的一颔首，简直就是小说里走出来的男主角。

说是帅哥太草率了。

以老师毒辣的眼光来看，绝对是下一堂课比艺术品还艺术的最佳主题。她笑着问："是谁家的家属啊？"

学生们纷纷转头，目光射向一人。

徐皎忙摆手："不是家属。"

老师会意："好好努力，争取早日转正。"

"真、真的不是。"

老师自顾自问："他也是模特吗？"

徐皎摇摇头。

"给你一个全 A，下次上课还带他过来，怎么样？"

全 A，尤其是业内出名的严师盖章，这意味着什么不用多说，同学们原本艳羡得快哭了，现在嫉妒得快疯了。

老师问："努力吗？"

徐皎抿了抿嘴角，小声道："努力！"

小插曲一过，老师恢复了往日的严肃。徐皎时不时窃笑一下，好不容易把注意力拉回到净瓶身上，旁边的同学忽然戳了戳她："快看。"

徐皎顺着她视线往后瞟了一眼，顿时抓心挠肺。只见她的对家樱桃不知道从哪个角落冒出来，此刻正坐在章意身旁，笑得像花儿一样。

"旁边教室今天也是形体课。"同学说。

徐皎咬牙："已经下课了？"

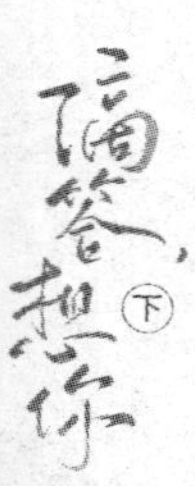

“他们老师管得松。”

“什么破老师！”

同学看热闹看得贼起劲，连声附和道：“就是！枉为人师，难怪业务水平不行，都是些小野鸡。不过你男朋友，是真帅。”

徐皎原来还扭扭捏捏，觉得怪不好意思的，一早上都没怎么敢跟章意对视，现在哪还顾得上颜面？曹如意说过，对待这种闷葫芦，藏藏掖掖迂回曲折只能是温水煮青蛙，唯有万种风情忽远忽近才能一击即中。

反正她已经丢脸丢大了，也不怕破罐子破摔。她对同学说：“你帮我掩护下，老师过来告诉我。”

同学眼神中跳跃着兴奋：“好，你要干什么？”

徐皎掏出手机，噼里啪啦一顿操作。

章意原本在看外文的钟表简报，每一周都会有各品牌最新的动向和钟表展展出作品的报道，这是他离开瑞士后最乐衷的事，每天都会花时间浏览一遍，有时候会反复看好几遍。被人搭话他摘下眼镜来，同对方交谈几句就知道了来意。

近来也不知道怎么回事，在这种事情上面他好像忽然有了天分。正艰难应付着，手机振动了一下，他忙示意对方：“我先处理点事。”

一看聊天框，是徐皎的消息。

徐皎：你快拍一拍我。

章意飞快地朝教室看了一眼，虽然不知道为什么，但他还是在她的头像上双击了两下。

于是，手机界面显示——

章意拍了拍我的头：恋爱吗？

他猛一抬头，看到徐皎发来一个Wink（眨眼），还拿手比了颗心，好像在告诉他：可以恋爱哦。

章意：你在做什么？

徐皎：看书。

章意：啊？

徐皎发来一张图片。

图片上赫然是一个女孩正捧着一本书，书名《如何让你喜欢上我》。

他愣了一会儿，后知后觉地明白什么，耳根开始发烫。旁边的樱桃看着两人眉来眼去，愤懑不平地瞪了徐皎一眼，拿起包疾步离去，走廊外响起一阵高跟鞋“哒哒哒”踩在地面上的重音。

老师手执教鞭说：“没素质。不过就是这些没素质的人，才能锻炼你们的心志，今后不管在什么场合，遭遇什么样的围观和干扰，都能像现在一样心如止水，完成工作。”

徐皎手机往桌下一揣，老神在在地捧起王母娘娘的玉瓶，摆出个仙女的姿态。

同学亲眼看见了“原配”以迅雷不及掩耳之势手撕“小三”的戏码，直竖大拇指：“佩服佩服。”

下课后，老师还特地夸奖了一番徐皎交上来的作业。徐皎很是心虚，生怕被章意听见，装作谦虚地把脑袋垂到胸口。老师误以为她害羞，拍拍她的肩膀，一副过来人都懂的表情放走了她。

她飞也似的蹿到章意身旁。

章意见小姑娘脸颊红扑扑的，眼神里闪烁着娇羞，却还是大胆地看向他，顿觉诧异，怎么区区一堂课的工夫，她就一改先前对他的态度？这不是形体课吗？

徐皎说：“等急了吧？”

“没有，不着急。”他一时想不通，从教室门前走过时还特地留意了下门上的课程表，确实是形体课无疑。

徐皎说：“那你再等一等我，我得给成哥打个电话。”

胡亦成说昨天在梵刻的拍摄漏了一些素材，找一天要去补拍。她答应下来，听胡亦成讲近期的工作安排，目光不由自主地落到身旁。

章意看似是在看简报，余光却徘徊着，一不留神回到徐皎身上。两人视线一撞，各自别开。没一会儿结束了通话，徐皎朝他走了两步，思忖着说：“好了，回守意吗？”

章意说好。

上车后，见他久久没有发动车子，徐皎投来疑惑的目光：“怎么了？还

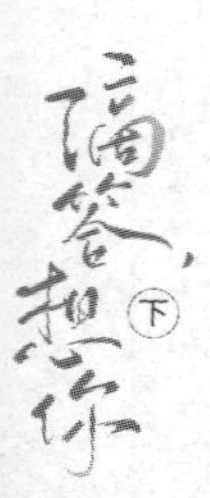

有什么事吗？”

章意轻咳一声，踟蹰着从后座拿出一只纸袋。

“给我的？什么东西？”

“虽然晚了，但还是想补给你，生日礼物。”

徐皎一愣，忙拆开包装，竟然是梅花三弄的怀表！她一眼就认了出来，是守意收藏柜里的藏品，看样式和制造工艺是个老物件了。

“这个应该不便宜吧？”

“还好。”

他总是还好、一般，就让人弄不清楚真正的价值。徐皎摸了摸表壳上的纹路，小声问：“为什么送这个给我？”

章意觉得那目光灼人得很，不敢和她对视，将视线投向窗外，一只黄鹂鸟正停在枝头。他忽而想到某一日的午后，院子里四下安静，唯有知了声聒噪不停。他伏在工作台上修表，那千篇一律的零件系统在他眼皮子底下晃悠，好像在嘲笑他的倦意。

他强打起精神，喝下半杯浓茶。

恰巧那时，一缕凉风袭来，她穿着一条浅黄色的过膝长裙从面前走过，到后屋的入口处忽然回头朝他笑了一下。

一瞬间，她在光影的浮动中，仿若一杯烈酒吞入喉肠，那倩影在他的脑海里挥之不去。

而后她陪在身旁，一边吃着冰激凌，一边窃窃低语，化解了每日中午困意浓重、最为煎熬的那段时间。想到那抹被风扬起的黄色裙摆，那在光影中一帧帧回眸定格的瞬间，他说：“觉得很称你。”

徐皎鼻头一酸。

这话要放在从前，她不知该有多高兴，肯定小尾巴要翘上天了，可经过那一晚和这些天的冷淡，她却不敢再自作多情，很多时候不心怀奢望，也许就不会那么失望。

她很清楚他的示好和给人的温柔是骨子里的天性，也有教养里的一部分。而多出来的一部分，仅仅可能是因为他们勉强称得上是朋友。

这份迟到的礼物大概是为了完成朋友之间的仪式吧？可即便如此，她还是小心翼翼地把怀表捧到胸口，忍着想哭的冲动说：“我很喜欢，谢谢。”

一路上，她故意讲有趣的事调节氛围，章意受到感染渐渐放松下来。两人还像以前一样说话，自然得好似从来没有过隔阂。

木鱼仔看着眼前的情形是喜忧参半，趁着大家伙都在忙碌的时候把徐皎拉到一旁，担忧地问：“你这么快就放下了？”

徐皎摇摇头：“哪有这种容易。”

“那你……”

看两人的样子好像什么事都没有发生过。木鱼仔摸摸脑袋，也不知道是师父心大一些，还是她胆子更大一些。

徐皎看他眉头拧成了麻花，笑着说：“虽然现在没有放下，但我会努力放下的，其实我不放下能怎么办？逼着他表态吗？倘若他不喜欢我，我再轰轰烈烈地闹一场又有什么意义？最后就这样离开，我一定会留下很多遗憾吧？”

在一场并不势均力敌的拉锯战中，在明知对方只是出于礼貌给台阶的前提下，她还是顺顺溜溜地下了坡，不只是因为她还没有死心，更因为昨晚那一通视频。

她曾经在一个创意馆里测试过将来想要的生活，而老守意的每一个人和每一声笑，都到达了她向往的宁静深处。

那就是她最渴望的生活。

“不是爱屋及乌，认识你们我真的很开心，也觉得自己很幸运。我喜欢守意，也很喜欢你们。在这里我喜欢的不止他一个人，就算他不喜欢我，也不影响我喜欢你们。之前那几天是我陷在了自我感动里，整天在那小小的一亩三分地垂头丧气，其实根本毫无作用，还浪费很多时光，与其如此，倒不如振作起来勇敢追寻自己想要的幸福。追寻不到也没有关系，还有你们爱护我。”

这应该不是一件很难的事吧？做好最终还是会被拒绝的准备，做好伤心难过的准备，做好这辈子老死不相往来的最坏准备，也就什么都可以接受了吧？

她冲木鱼仔笑道：“如果我跟你师父真的吹了，你还会拿我当朋友吗？”

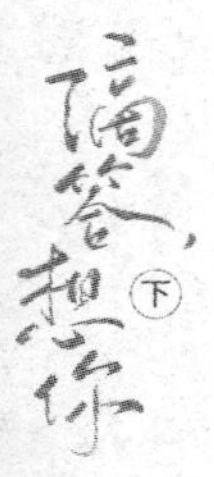

“当然！如果师父做得不对，我一定会指出来的。”木鱼仔说，“我们老守意最讲究公私分明了。”

徐皎说：“就是不知道长宁叔和老严……”

“你放心，他们不知道多喜欢你。”木鱼仔捂住嘴巴，左右看了眼，悄悄摸摸道，“老严经常抱怨这一大家子全是老爷们，看得心烦。不说你了，就是随便来个女顾客，只要年纪比他小，他都要撩丫子撒欢。”

“你居然敢这么挖苦老严？”

“这怎么叫挖苦呢？我说的都是实话。再说也就是当着你我才说！别人我能放心吗？”

徐皎煞有介事地点点头，一转身笑着跑走：“我这就去告诉老严。”

“你敢！”

木鱼仔一边追她，一边却钦佩她的豁达与天真。她总能把每件事每个人都想得那么美好，让人觉得很是温暖。

就这样，徐皎又回到了守意的大家庭。

晚上，大家伙久违地聚在一起吃烧烤，院子里到处洋溢着笑声。徐皎看安晓换了一个头像，是只张牙舞爪的橘猫。点击放大头像后，发现这只是图片的一半，大概猜到什么，她拿安晓的手机看到了另外一半章承杨的头像。

也是只猫，不过相比起来，章承杨的猫就显得温顺多了。

“情侣头是吧？小野猫是吧？”徐皎笑容凉凉的，“我看你能得意到什么时候。”

安晓正蜜里调油，甜得很是张狂：“羡慕吧？嫉妒吧？本来他也不同意，非要那只凶的，我说不行，太掉面了。他就梗着脖子问我，难道他就不掉面吗？”

“然后呢？”

安晓一脸幸灾乐祸：“刚才谁把头转过去，不要跟我说话来着？”

徐皎拼命瞪她！

“爱说不说。”

“好啦好啦，我告诉你还不成吗？”

徐皎这才把脸不情不愿地转过来，就见安晓一脸陶醉的样子：“他不同意，我就说分手，又去电影院吵了一架，出来的时候他就换上了，说到底他就是死鸭子嘴硬，不过我也答应他了，以后不能随便把分手挂在嘴边。”

“是该这样，你们分分合合的太儿戏了。”

“都是磨砺嘛，要不是有这一出，我还不知道他爱我爱得死去活来。”

徐皎鸡皮疙瘩掉了一地，想想也不知道这两人到底谁更拿捏谁。不过照目前的架势来看，章承杨有些妻管严的走向。她拍拍安晓的肩：“再接再厉。”

安晓继而调侃她：“你呢？”

徐皎淡淡一笑，深藏功与名。

实在看不了那两人腻歪在一起的画面，徐皎放下铁签，起身去厨房找饮料。原来酸奶都在储藏室，后来改了工作室，零碎的东西都移到了厨房。厨房由木鱼仔负责收拾，她不知道酸奶摆在了哪里，四处翻了一圈没找到，正准备去喊木鱼仔，身后忽然出现一只手，在柜子最高一层扒拉了两下，掏出几瓶水蜜桃味的酸奶。

徐皎在下面接了个满怀。

“喏，都在这儿了，喝完找我哥买，就摆在底下的柜子，不会有人偷你的。”章承杨没好气地说，“也不知道谁弄的，摆这么高？”

他这人寻常无事瞧着冷酷，倒也好相处，可一发起火来如狼似虎，直叫人发虚，徐皎对他一直敬而远之，不知道今天他怎么会突然进来，还突然做起了好人好事。

她点点头，道了声谢。

章承杨鼻子哼哼，眼睛斜视她道：“我知道了，一定是我哥怕你不在的时候被人偷喝了，才藏到上面来。呵，坏东西，平时没见他对我这么好过。”

徐皎一听是这个原因，忍不住抿紧了嘴角。饶是如此，章承杨看着，她那张嘴也快咧到耳后根去了。

这前后反应怎么差这么多？章承杨气得想笑：“一听我哥就笑，一看见我就垂头丧气。怎么，我是老虎吗？能吃了你吗？”

还不都怪你小气鬼，总是翻旧账，徐皎腹诽道。

“算了。”他拍拍手，从她怀里接过酸奶，“我帮你拿出去。”

徐皎刚要开口，他猛一回头：“别说谢，听得烦人。”

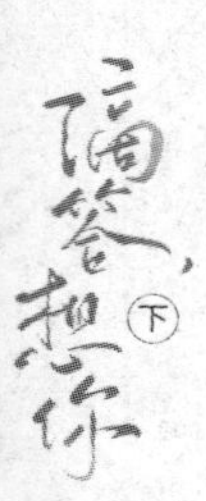

“哦。”

那就不说谢了，还是快点出去吧，跟他单独在厨房怎么想都感觉后脖子发凉。徐皎加紧往前走，却见他晃了两步，忽然拦住门不动了。

她心下一跳：“怎、怎么了？”

不远处的天井下，一帮人正忙得热火朝天，木鱼仔拿了炭点起火来，老严在旁边扇火星，长宁叔始终在串签子，安晓有一搭没一搭地陪老人家说话。章意拎着一只小水桶，正沿着回廊给花花草草浇水。

他用舌头顶了顶后槽牙，飞快地道：“是我该说谢。”

徐皎以为自己听错了，却见他别别扭扭地瞅了自己一眼，飞快道：“谢谢，之前的事一笔勾销了。”

徐皎傻了。

望望天，今儿个月亮又大又圆。老话常说人之将死其言也善，章承杨该不会吃错药了吧？

想着这个，一直到后来坐下一起吃烤串，她还时不时瞅章承杨一眼。章承杨被瞅烦了，狠狠地给了她一记眼刀子。

徐皎拍拍胸口，没病就好。

虽然不知道章承杨为什么会跟她道谢，但她隐隐地察觉到，他敞开心怀接受她了。在守意这个大家庭里，她成了真正的一分子，他们可以一起吃饭喝酒，一起唱歌看电影，可以每一天都过生日，也可以常常仰望星空。

她忽而觉得，这次回来有什么不一样了。

酒过三巡，老严偷偷摸摸又没了踪影，长宁叔禁不住说了句脏话。徐皎没听清，看了一圈见没人理会她，无奈把视线投向章意。章意也不想复述，可看她实在好奇，到底还是倾身过去靠在她耳边说：“狗改不了吃屎。”

徐皎“扑哧”一声，差点把酸奶喷出来。

章承杨忙护着安晓，安晓笑得前仰后合。

大概是这话太不像刘长宁说的，也不像能从章意嘴里吐出来的，徐皎反应了好一会儿才消化。章意给她递来一杯温水，下意识想帮她拍拍背，手到肩头又收了回去，只说：“缓一缓。”

这时，老严抱着个小酒坛慌慌张张冲了进来，嚷道：“不好了！”

“什么事？”

“那块梅花三弄的怀表不见了！”老严说，“我刚去前头找酒，本来没注意，擦边过的时候突然觉得哪里缺了点什么。这一看可不得了，别说表了，就是那槐木架子也不见了。这贪心的小贼，究竟打哪边来的？”

转念一想，他嘀嘀咕咕道：“今儿个也没生人到后边来啊。”

刘长宁差点没被他的咋呼吓出病来，原本半起的身子又坐了回去，瞥了眼章意说道：“兴许搁哪儿了，你再找找。”

见章意没有表态，刘长宁微微一笑：“你喝多了，先过来坐会儿，明天再说。”

“这怎么行？老章家的传家宝，好大价钱呢，这要丢了还算好的，要是被偷了不得报警吗？”他随即招呼木鱼仔并章承杨几人，“快，都跟我一起找找，边边角角一个不能落下。”

刘长宁根本来不及阻止，老严已经把前后院的灯全都打开了。先还围着桌子懒懒散散的一群人，此刻都站直了身体，高度紧张起来。

毕竟丢了传家宝可不是小事。

章承杨有一阵没回来，一回来就遇见这事，气堵得慌：“好好的东西摆在柜子里怎么会丢？别是给谁拿走了吧？”

“都是自家人，谁能拿那么贵重的东西也不说一声？”老严面带指责，“老二，你可不能瞎说，平白污了大家伙的清白。”

章承杨扯了扯衣领：“我不是那个意思，就是一时口快。”

“行了，先别说了，还是找吧。”

大家各自发散到不同的区域，章意在院子里僵硬地绕了一圈，几度张口结舌，最后停在水池旁，翻了翻家旺的龟壳。忽而身旁一暗，他心下一抖。

待看清来人是徐皎，心中滋味更是……一言难尽。

徐皎听那潺潺的流水声，心里也找不着北，好一会儿低声道：“真是传家宝吗？”

章意脸臊得慌，好在背光，彼此都瞧不清脸上的神情。他闷了好一会儿，点点头：“嗯。”

徐皎心里乐开了花：“你没有跟家里说吗？”

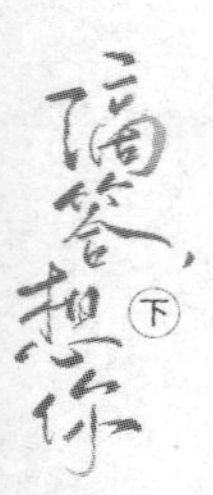

“还没来得及说。”

“哦。”

两人静了一会儿，章意觉得那过程漫长得仿佛正在午门公开处刑。徐皎攥着手指，指腹微微泛红。她爱绞手的小毛病还是没改，窸窸窣窣的，弄得人心慌意乱。

“那给我了，老爷子不会打断你的腿吗？”

章意脸更热了。

一时间没有想得那么长远，只是觉得很衬她，想要送给她，别的没想过。他以前做事不会这么毛躁，一向有头有尾。第一次遇见眼前的情形，整个人还是蒙的。仔细想想，也不知道究竟哪个环节出了错。

说一千道一万，还是该怪老严。谁要偷喝他的酒？每次都藏那么深，大晚上黑灯瞎火跑前院干什么！这葡萄架下不就埋着好几坛花雕吗？早知道帮他挖出来得了。

徐皎难得看他一副天塌下来的表情，心下忍不住起了捉弄的心思：“其实如果是送给孙媳妇的话，应该就没事了吧？”

“啊？”

他的手不自觉地把家旺翻来翻去，溅起的水花打湿了徐皎的鞋面。她提醒道：“家旺可能要吐了。”

他忙收回目光，把家旺摆到石头上，摸了摸家旺的头。

徐皎忍俊不禁。

身后忽然传来一声大喝：“你们俩在这儿干啥呢！”一回头，只见老严拿着个鸡毛掸子，正目光炯炯地盯着他们。

刘长宁霎时捂住脸，拍了下大腿。

场面一度凝固起来，正当章意开口准备解释时，刘长宁“哎哟”了一声：“我这老毛病怎么又犯了？老严，你先别找了，快扶我进屋吃药。”

老严狐疑地扫了眼面前两人，到底还是担心刘长宁的身体，把鸡毛掸子往石桌上一搁，还一步三回头瞅他们，被刘长宁催了又催，才跟老伙计吵嘴去了。

后来的一整晚，院子始终弥漫着若有似无的尴尬。

章承杨和安晓都是情场里几度摸爬滚打的老手，一看刘长宁的态度，什么都猜到了，偏偏笑而不语，旁观那两人顾左右而言他地解释，结果一地稀碎。

回到家，徐皎第一时间冲到房间把门反锁，安晓在外面拍门大喊：“现在主动上交还能饶你不死，要是被我自己拿到，可就后果自负了。”

在安晓面前徐皎从来没赢过，没撑多久就缴械投降了。姐妹俩凑着脑袋在台灯下仔细看传家宝，背透机芯处的一道钢印显而易见，时间显示是1925年。

“还真是……章承杨跟我说，这块表是他太爷爷亲手制作的，在那个时候，市面上还没有太多背透机芯。之前有位收藏家出这个数诚心购买，守意的老爷子都没肯卖。”

安晓比了个数字，徐皎揉了揉眼睛再三确认，才相信章意真的送了件价值连城的礼物给她。

“这男人呢，就算送再贵重的礼物，也不能代表他有多喜欢你，可是不送，就一定不喜欢。这么看的话，章意对你兴许是有些喜欢的。”

徐皎眼睛一亮。

安晓捏她的脸颊：“除非他不知道这块表价值几何，不过以他的稳重性子来说，不可能不知道，却还是送了这么贵重的表给你，应该是喜欢的。如果不喜欢，那就是缺心眼了。”

徐皎维护道：“别这么说他。”

她小心收好怀表，忍不住摸了摸表壳上精湛绝伦的手工浮雕梅花三弄。在她又一次把手伸过去的时候，安晓阻止道：“好啦，再摸下去手汗出来，表就要发锈了，你还不快点找个整洁干爽的柜子给它供起来。”

徐皎点点头，飞快地收拾出了半个书柜，连带着槐木架子一起，选了个一眼就能看到的位置摆放整齐。

安晓咂嘴：“你是生怕贼看不到才摆这么明显吗？”

徐皎摸着下巴审视了好一会儿，说：“我明天买个保险柜放里面。”

“我是这个意思吗？”

“难道不是吗？”

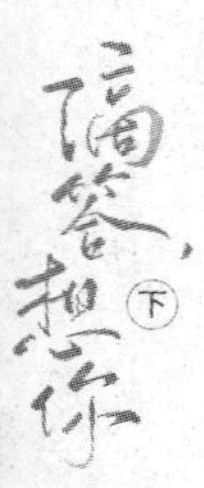

安晓愣了好一会儿：“行，你就继续想入非非吧，我看你今晚是睡不着了，还说什么要保持平常心，一点甜头就让你找不着北了。”末了拍拍她的肩，“不过呢，万事还是以你喜欢最重要，享受当下。”

她只希望章意这回是真的开窍了。

另一头守意后院里，两个长辈已经入睡了，三个年轻人却还头脑清醒，甚至有越来越清醒的趋向。

宽大的电脑显示屏映照出一张白净的脸，不知是喝了点酒的缘故，还是心理作用，男人两颊颧骨位置的红晕久久没有消去。

表格已经填了一半，还剩一半，都是重要的参数和工艺过程。

他几度尝试输入，又几度放弃。

身后的大床上躺着两个年轻高大的身影，正挤在一台平板电脑面前。那两人看得痴迷，只电脑里时不时传来人类的喘息声，此起彼伏，一而再再而三，仿佛不会衰竭。

章意放下鼠标，转过身看着那两人道：“夜深了，还不回去睡觉？”

章承杨摆摆手：“等等，马上就结束了。”

章意眉头紧锁：“回自己房间看。”

“不行，正看到关键的地方！哥你也一起来。今时不同往日了，你以后总要实践的，先长长见识。”章承杨这话一撂地，章意还没反应，木鱼仔先跳了起来，神色复杂地看了兄弟两人一眼，匆匆跑开。

章意揉揉眉心：“立刻给我消失。”

平板电脑里再一次传来旖旎绮丽的声响，章意只觉全身血液倒流，脑袋越发昏沉。章意看也不看章承杨，捡起平板电脑往他怀里一扔，把人推出门去。

章承杨不甘心，觍着脸说：“哥，别不好意思，这有什么的？每回叫你你都不一起，看人家小木鱼仔，才十八岁就已经是男子汉了……你都快奔三的人，是时候普及下生活常识了。要是不好意思，我就把平板留这儿，你自己看。”

说完不等章意拒绝，他顺着门缝直接往床上一扔。

“爷爷那儿我给你打马虎眼，你别担心，传家宝这事儿就算翻篇了，没人知道，我今儿个就把店里的监控销毁了！”

好一会儿，院子里重新恢复寂静。

章意盯着那烫手山芋似的平板电脑，心里怦怦怦跳个不停。他不断回想晚上大家看他的眼神，有种无地自容的羞愧感。这么多年克己复礼谨守的规矩，练就的稳重，仿佛一夕之间全都丢到黄浦江里喂了鱼。

他将门闩好，重新坐回电脑前，被闪烁的白光一照，清澈透明的瞳孔里浮现几许笑意。像那起伏的江水，又似那连绵的山脉。

第二日，徐皎果然买了一个保险柜，把怀表放进里面收藏了起来，还特地跑遍大半个城，高高兴兴打包了守意师傅们爱吃的糕点，一进门却看到江清晨正在葡萄架下和章意说话。

他们身旁人来人往，正在搬办公用品和成箱的文件，给工作室安装电子防盗门，录入每个人的指纹。

看样子团队的人要搬过来了，这么快？她的脚步滞了一下。

江清晨正为章意上次卖弄的关子而感到惊喜，小小的工作室，看似简单，其实布置得很温馨，最重要的是门墙上挂着一面木牌子，木牌子上赫然是新品牌的 LOGO——钟情。

“这个图案是我自己设计的，可能不太专业，希望你喜欢。”

“我很喜欢。”江清晨抚摸木牌上凸起的轮廓，是两只环扣在一起，既符合手表的外形，还紧扣主题，“为什么叫钟情？”

章意说：“钟情是金戈名表系列中最年轻、富有生命力的一个系列，曾经创造过历史最高销量的奇迹，是作为金戈子品牌的佼佼之选，而且它有很多中国传统元素的设计，独具特色，也容易让人铭记。”

“可我以为应该以你，至少是守意来命名。”

“品牌名固然重要，但不是最重要的。这个阶段给你信心才是我最应该做的事。”章意诚恳道。

作为交付了全部信任给他、正在背水一战的合伙人，他相信“钟情”这个品牌会由衷地让她受到鼓舞。不止她，包含她在内的团队主心骨，一起同她站在风口的创新人才，都应该被这样一种力量感召。

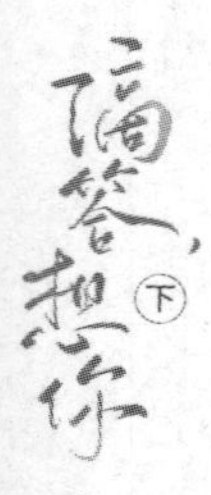

这是一种团结向上、朝着微光前进的力量，而不该是他个人的秀场。事实上守意只是一家民间老店，记载着手艺人的漫长时光，枯燥无聊，毫无惊喜，很多时候还会被贴上庸碌的标签，实在不适合一个品牌的新生。

这些他考虑的东西，江清晨不是没有考虑过，但她还是把决策权交给了他，而他又一次让她的心剧烈跳动起来。

她仰视着他。

确实很钟情。

就在这时，章意看到不远处的徐皎，忙上前接过她手里的大包小包。他的动作就像是下意识的反应，自然而然地检查她的手有没有受伤。当着这么多人的面，徐皎有点不好意思，直说没事。

江清晨敛下嘴角，朝她颔首示意。

守意的四合院本就不大，一时人来人往好不热闹，还吸引了胡同里的几户人家，纷纷向章意打听有什么喜事。厨房里，徐皎扒在窗台上，奋力地踮起脚尖朝外瞅，见章意抓了一大把奶糖给胡同里的孩子，她撇撇嘴，有些羡慕。

幸而今天买的糕点多，一盘给师傅们，一盘给新团队的工作人员，应该刚好够分。她一边数数一边装盘，忽而旁边伸过来一只手，指着抹茶味的酥饼说："可以给我也尝尝吗？"

她冷不丁吓了一跳，刀尖一刺，贴着指腹划了过去，差一点点就切到手了。

江清晨忙说："对不起，我吓到你了。"

徐皎摆摆手，是她自己心不在焉，还想着失去的大白兔奶糖，道："没事，是我走神了。"

江清晨说："我来吧，你看看手有没有关系。"

被刀尖蹭了下，多少有点疼，好在没有破皮，不然被胡亦成逮住又要说教。

就这一会儿的工夫，刀已经被江清晨接了过去。看她握刀的姿势和熟稔切片的速度，应该经常下厨。

江清晨察觉到徐皎的目光，说道："念书的时候一个人在国外练出来的，我刀功还不错。"

窗外阳光正明媚，她将橙子一片片码齐，随手取了一片递给徐皎。徐皎咬了一口，汁水丰富，一路甜到心坎里。

江清晨含笑看着她，忽而道：“控制自己不去喜欢上他才是一件困难的事吧？”

“啊？”

“意到浓时情不自胜，喜欢上他能有多难。徐皎，我们公平竞争，可以吗？”

徐皎愣住。

猜到江清晨忽然进来也许有话要对她说，但没想到对方居然如此直接。可一想江清晨的做派，确实是单刀直入不会拐弯抹角的人。

好一会儿，徐皎扬起笑脸，说道：“好啊，那以后就请老板多多赐教了。”

她是金戈的手代言人，江清晨是金戈的项目总监。严格说来，江清晨代表的是甲方，跟她没有直接的雇佣关系，充其量只是合作，谈不上老板。可她这么俏皮，江清晨自然也不会太较真，伸出手道：“也请你多多赐教。”

两人目光交会，相视一笑。

从团队进入工作室之后，他们就在争分夺秒地开小组会，谁也没有午休，就连木鱼仔给他们准备的午饭，热了两回仍未见有人出来。

徐皎隔着帘子和座钟上的秒针赛跑，秒针转一圈她转两圈，几分钟就没了耐性。眼见又半个小时过去，后头还是没有动静，她不由得急了，心道饭菜冷了不说，这么下去胃怎么吃得消？

以往只有章意一个人，她使出浑身解数盯着他按时吃饭，碗里剩一粒米都不行。现在这么多人都在，她却没法再像以前那样了。

该怎么办呢？

木鱼仔看她像只无头苍蝇一样转来转去，被老严气得拽回工位上也还是心神恍惚，人在这儿，心早就不知道飞哪里去了。在她又一次抬头看向座钟的时候，他一把摘掉袖套，跑到后院催章意一行吃饭。

一帮人呼啦啦涌出来。看他们狼吞虎咽的样子，早就饿得发慌了，偏没人来叫，只能随老板一鼓作气，好在木鱼仔手艺好，饭做得香喷喷，每个人都吃了不少。

木鱼仔回头朝帘子的方位悄悄比出一个“OK”的手势，徐皎感动不已，借着给他们倒水的由头悄悄给章意添了半碗米饭和她特地为他留的半碗虾

仁。旁人有胆大的打趣徐皎偏心，木鱼仔抢先道：“这自家人能不偏着点吗？”

江清晨没有说话。

徐皎捂着嘴偷笑，一再叮嘱章意必须全部吃光。他觉得好笑，又有点受用，点点头说好。

江清晨在旁边看着这一幕，手机在掌心里翻来覆去。

她随即道：“今天辛苦大家了，晚上我做东，一起去吃日料，怎么样？”

众人齐欢呼，她又看向章意：“你是主角，可不能迟到。”

章意点点头，也说好。

徐皎和江清晨的目光在半空中交会，刹那间雁过无痕，只留下淡淡的硝烟气息。被人抢先一步约了晚饭，徐皎气得直跺脚。

木鱼仔看着徐皎的背影，掩去眼底一闪而过的落寞。

临下班时，孔佑来到守意。

江清晨和章意还在开会，半个下午没有停过，前院基本交给了章承杨来主持。金戈的人来得突然，他起先完全没有准备，好在多年浸淫表行，早已熟悉章程，待人接物虽不如章意波澜不惊，也有自己大刀阔斧的本事，一本正经的时候特别有谱儿，能唬得住人。加上刘长宁在一旁帮衬，即便一开始有些磕磕绊绊，后面也都迎刃而解了。

孔佑进门时，难得他还上前迎了迎。得知是金戈的市场总监，还是徐皎的学长，章承杨嘴角就挂了下来，面无表情地把人交给徐皎。

原本以为孔佑来了，后面就能暂时歇歇，不想他却摆摆手：“既然还在开会，就先不去打扰了，这儿有地方可以给我坐一坐吗？”

徐皎一时间不知该哭还是该笑，领了他去茶室等待。左右不知道还要等多久，她翻出茶具来：“学长，你喜欢喝龙井还是普洱？”

孔佑顺势朝竹编的茶笸箩里瞄了一眼，好像什么茶都有。

“我不太会品茶，你给我推荐一下？”

徐皎说：“龙井味道清爽一些，普洱回甘更久。”

“那就普洱吧。”

徐皎手一顿，把起先准备打开的龙井放回了笸箩里。她在守意很少煮茶，一方面大家都爱惜她的手，另一方面她自己也不喜欢喝茶，不过时间久了慢慢养成了习惯，偶尔会陪着章意和长宁叔喝几杯。

刘长宁喜好普洱，更讲究余韵无穷，章意偏爱龙井，更享受清香馥郁。其中茶道精深，她不谙门法，这么久下来只懂个皮毛而已。只是以她的眼光来看，木鱼仔和章承杨包括她在内的“小孩们”可能都会倾向于齿颊留香的龙井，没想到孔佑会选择普洱。

“怎么，里面有我不知道的故事吗？”孔佑没有错过她的动作，下意识朝笸箩里的龙井看了一眼。

徐皎摇摇头：“没有，我只是在想不知道一半普洱一半龙井会是什么味道。”

“下次可以试试。”

“糟蹋了好茶我怕被骂。”她缩着脑袋朝外张望了眼，确定老严没在偷听墙脚后松了一口气，又道，“普洱趁热时闻香，芳香沁鼻，一点也不输兰菊，只是茶汤会有点苦涩，我怕你喝不惯。”

“总要比立顿的茶包好喝一些？”

“那倒也是。”

他笑着说：“在国外没法讲究的时候什么都喝过，本就不挑剔，更何况是你亲手煮的，一定不会太差。”

他这话带着一些分寸，又不乏试探，徐皎装作没有听见，把杯子递给他。

茶汤色重，看着苦，入口却是百转千回的香韵。孔佑眼神清亮，赞许道：“好喝，味道细腻，也很新鲜，是今年的新茶？”

“嗯，昨天刚送过来，都是长宁叔买的。”她把茶座调整了一下，对着窗口，“普洱不能喝太烫的，要温一点，你再放一放味道又会不一样。不过马上要吃晚饭，不能多喝。”

见孔佑拿着热茶又抿了几口，举止之间好像还有几分学生时期的稚气，她忍不住笑道：“那就再喝一杯吧。”说完用木夹烫了烫茶杯。

她摆弄这些工具，说起这些茶的由来，以及看她行走坐卧，在这个地方无不游刃有余。孔佑看着她，仿若在看一个主人接待客人，而他就是那个客人。原本苦涩的茶汤才刚回味无穷，霎时又平添几许艰涩。

他放下茶杯，循着她的视线朝外看去：“长宁叔？”

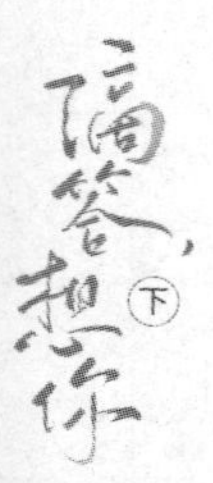

“哦，我忘了你不认识，是这家店的老师傅，他很爱喝茶。”

“哪个是长宁叔？”

“那个。”

茶室与外头隔着一面黄梨木的长屏风，上面有镂空雕花。徐皎手指一个方向：“长宁叔特别好。”

“哪里好？”

她支着脑袋想了想，忽而有点局促：“说不出来，就是哪里都好。”

他又问：“那个呢？”

“那是老严，他好酒。”她特地朝他靠近了一些，压低声音说，“别看他年纪大，耳朵可灵敏了，谁也不能背着他说悄悄话，尤其说他的坏话。”

他又指了一人，徐皎便带着他将守意的师傅和学徒都认了个全。她对他们每个人都非常熟悉，习惯喜好张口就来，有些不易观察到的细节也能张口就来，好像生来就是这个老店的一分子。

可实际上，她来这里还不到半年。

不知不觉间，他的目光从屏风外的热闹，转移到屏风内的一室寂静上。看她侃侃而谈，看她从善如流，看她狡黠慧洁，看她万种灵动，看她低头煮茶，看她一颦一笑，他齿间化开浓浓的涩意，心中更不知什么滋味。

“你很喜欢这里吧？”他是有些笃定的口吻。

徐皎愣了一会儿，没有否认，说道：“学校让我们找实习单位，你知道我的，我专业课平平，也没有打算往专业方向发展，平时还要拍广告，没有太多时间真正找一家单位实习，这里的师傅知道后就让我在店里实习。”

也就是说，这个暑假大半的时间她都在守意度过。徐皎紧接着说：“他们每个人都很热情，也很朴素，接待客人时和私下完全是两个样子。你别看老严整天笑嘻嘻的，好像长不大的老顽童，但一说到自己的专业就跟变了个人一样，严谨又风趣，常把客人逗得合不拢嘴，心甘情愿地买单。要数店里的销售冠军，可非他莫属。长宁叔就不一样了，他总是润物细无声，可以让每个人都信服他，敬佩他的技艺，但其实那些看似上手就来的炉火纯青，都是他一日日熬出来的。”

从事着这份至死方休的修复工作，他们被时光消磨得没了棱角，如同一块宝玉变得温润起来。每当他们拿起表，戴上寸镜，拧开台灯，就像一帧定格的电影画面。

不需要滤镜，不需要光影的锐化，每一个镜头都美得让人窒息。

那是专业的魅力。

也是百年老店的魅力。

孔佑听着徐皎的阐述，透过此刻的审视，也看到了一些过去他不曾留意的风景。他心中隐隐有股热流在翻滚，仿佛要受此感召也变得温润起来，可他尚有一丝理智，知道自己所作所为的目的，不管是选择这个时间段回国，还是选择此刻来到这里。

“再怎样实习都有结束的一天，你现在已经开学了，总不能还每天往这里跑。越是临近毕业，学业越不能松懈，论文课题都要好好做，否则答辩的时候有你受的。要是遇见了什么困难可以来找我，毕竟是学长，可以为你想想办法。”

后院那一场小组会，在她没有离开前恐怕是不会结束的，而他要做的，就是带她离开。

“前几天我回了一趟学校，发现那里变化很大，以前临街的小店都不在了，原来北门也重新改建发展了条商业街。本来想请你作陪带我一起逛逛，哪想到你比领导人还忙，每次约你都没有时间。”

他着重“没有时间”四个字，意味不明地扫视了一圈守意。

徐皎忙低下头，捧起茶啜了一口。

“说好等我回国要一起吃饭，你是不是早就忘到九霄云外了？”他打定主意不再放她跑掉，笑意里带着一丝埋怨，“不知道为什么，总觉得你在躲我。”

“没有，我只是……”她不好意思说前一阵单相思遭遇滑铁卢，大病了一场，并非存心躲着他，可一时间无从解释，只好硬着头皮认了，又道，“要不就今晚吧？你有空吗？小吃街有家新开的烧烤店，特别好吃，之前晓晓带我去过一趟。”

“就你和我吗？”

徐皎顿了顿，瞥了眼后院的方向，低声应道：“嗯。”

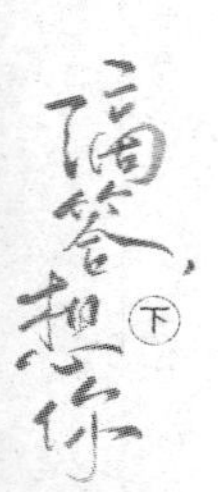

“好。”

普洱茶放了一会儿，味道果真又不一样了。木鱼仔一听徐皎要跟人出去吃饭就不同意，拽住她道：“情敌当前，你还有心思去小吃街？”

徐皎无奈道：“您去后院瞅瞅，有我插得上嘴的地方吗？”

木鱼仔一摸后脑勺，别说徐皎了，就是他在旁边听也一头雾水，什么前端后端，还有一大堆市场数据。他纳闷地望了望天：“你说，江总监听得懂那些原理参数吗？”

徐皎气闷：“你忘了人家之前三顾茅庐带来的机芯了吗？”

据说那块机芯，江清晨和团队一起研究了好几年。为了达到日内瓦古老原厂的水平，她还曾实地学习和考察过一段时间，其醉心程度比之守意的师傅们恐怕也不遑多让，跟章意交流更没有外行的感觉。

不知道为什么，她忽而又想到某一个雨天，男人在车前为女人擦拭鞋子的画面。

他们之间确实有不为外人道的东西。

“你在想什么？”木鱼仔问。

“没什么。”徐皎收回思绪。

木鱼仔本来不想让她跟孔佑单独约会，章承杨说了，一看那小子就知道不怀好意。可她一脸失落，再留下来只怕更加触景生情，他立时又把人往外推。

徐皎便坐上孔佑的车离开了。

没一会儿，江清晨一行从后面出来，招呼店里的师傅们一起去对面百福楼。木鱼仔老大不高兴，章承杨嘴巴也挂油壶，刘长宁借口身体不舒服推辞了，老严左右看看，把想凑热闹的心吞回肚子里，到最后还是章意来请，他们才肯给面子。

冷不丁自己家被陌生人攻占了一角，哪怕理智上知道这是为章意好，可情感上还是有亲疏远近。章承杨还给木鱼仔拱火：“早不结束晚不结束，徐皎一走就结束了，呵，在老子眼皮子底下玩里应外合？”

木鱼仔这才反应过来，说什么都要打电话把徐皎叫回来，被刘长宁瞪了一眼才作罢。

“家里已经够乱的了，你就别搅浑水了。”刘长宁对章承杨说。

章承杨摸摸脑袋。

老严在旁凑趣："咱们老二不就是搅屎棍子吗？唯恐天下不乱。怎么，让你当一店心里还不痛快？"

"倒也不是不痛快。"他现在心境不比从前，从副到正别提有多爽了，也是一鼓作气想要拿出点本事让他们瞧瞧的，可真正去到那个位置才发现并没有他想得轻松，顶着满头包自然看谁都碍事，看什么都想搅和一下。

刘长宁知道他在想什么，拍拍他的肩："这才刚开始可不能泄气，晚上多吃点，养精蓄锐明天再战。"

老严说："待会儿给你张罗个十全大补汤！"

木鱼仔偷笑："师叔这阵子确实需要多补补。"

"你小子居然敢笑话师叔了？"

为了争取章意的加入，前期为确定新品牌而耽搁了近两个月，好在孔佑带人做的市场调研数据为他们打了一针强心剂，研发团队自从入驻守意就火力全开，接连加了好几天班。

白天守意客人流量大的时候，章意会在前面看店，一边教章承杨百年老店该有的待客之道，什么话该说，什么话不该说，心里都要有个谱儿，不能摆在脸上，一边锻炼他的手艺。

章承杨性子急，耐心有限，木鱼仔天天炖补汤，老严和刘长宁时常在旁鼓励，可即便抱着巨大的决心，很多事情也难以一蹴而就，现实往往叫人力不从心，时间长了难免控制不住自己的脾气，外头屋檐下常常一地烟头。

除此以外，店里简单的活都交给了师傅们，有些实在着急、困难又无法周转的活，章意就留给了自己，其他时候基本都耗在工作室，徐皎几乎找不到两人单独相处的空间。

即便偶尔有那么一会儿只有他们两个，可看他专注工作的样子，她就舍不得打扰了。

耽误了时间又得熬夜，眼睛下的乌青越来越重，她在一旁看着干着急，什么忙也帮不上，除了心疼，还是心疼。

这么发展下去身体肯定吃不消，她和木鱼仔计划下一个店休的时候去爬

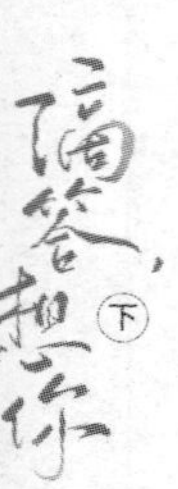

山，怎么都得拉上他和章承杨，出去换个环境，也让身心都放松一下。

可还没等到下一个店休，平静的生活就被打破了。

这天，徐皎和胡亦成去梵刻补拍上次未竟的部分镜头，早上紧赶慢赶到摄制棚时，还是晚了张美丽一步。瞧张美丽脸上的黑眼圈和略显褶皱的衣服，像是没有回过家，彻夜都在棚里，一问还真是。

张美丽说："昨晚江清晨总算回信了，有意向跟梵刻达成战略合作，我高兴得睡不着，回去也是干等天亮，干脆就来棚里了。"

胡亦成一听，自然喜上眉梢。这是件美事，对徐皎只有好处没有坏处，他当然乐见其成，只徐皎一想到和江清晨公平竞争的约定，就有点说不出来的滋味。

本来还担心迟到会惹得张美丽不高兴，哪能想碰上这么个好消息，一切不足为道的责备都被免去了。张美丽甚至让助手去订了经常光顾的西餐厅，准备开瓶封存十年的红酒，晚上请江清晨一起，不料江清晨却拒绝了她。

她稍稍愣了一会儿，转而又满是笑意，邀请胡亦成共进晚餐。胡亦成当然不会拒绝，一箩筐的好话往外抖，拍张美丽的马屁，哄得她眉开眼笑。

"不知道这回是沾了谁的光，江清晨那个眼高于顶的臭脾气，居然好言好语，还跟我解释了两句。"张美丽略带兴味的目光在徐皎和胡亦成之间来回逡巡，说话也带着些捉摸不透的意味，"小胡，什么时候跟我引荐一下你那位朋友？"

张美丽似乎认定了胡亦成身后有人帮忙，徐皎怕她多想，刚要解释什么，就被胡亦成拽住了手，随后胡亦成和张美丽单独去了一旁说话。

看着张美丽离去前欲言又止的模样，徐皎总觉得哪里怪怪的。

原本补拍镜头并不需要琪拉亲自到场，可她还是来了。

一起在摄像机前看特写镜头的时候，琪拉难得高抬贵眼瞅了瞅徐皎，说道："之前找过几个手替，没有你好。"

琪拉是当红小花，能自己出镜当然更好，只是早年出过一场车祸，手背上留了道疤痕，对她的时尚资源影响很大。这件事媒体曾公开报道过，不算秘密，徐皎之前还听说过她花重金寻找手替的消息，不知是真是假。

"你在看什么？"

徐皎忙收回视线，向琪拉道歉。琪拉这才注意到自己的手，拿到眼前看了一会儿，问徐皎：“很丑吗？”

“不丑。”

“撒谎。”

“为什么不去掉？”

“你说这道疤痕？”

徐皎点点头，琪拉轻笑道：“因为那场车祸，全国人民都知道手上有道疤的女明星叫琪拉。可如果我把疤去了，谁还记得我？”

“也许你可以通过别的一些方式让大家记住你。”

“你在开玩笑吗？”

“我……”

琪拉摆摆手：“也对，像你这种幕后工作的人不会知道想要被人铭记是一件多难的事。你愿意来我身边工作吗？”她几乎在问出口的刹那就后悔了，不说徐皎，就是一些根本入不了眼的手替，也不会甘心只为一个人工作。

现在是幕后，将来指不定就是台前。

琪拉看到一旁正跟张美丽相谈甚欢的胡亦成，话锋陡然一转：“那是你的经纪人？”

徐皎顺势一看，更加不安了。

“他是不是收买张美丽了？”

“啊？”

“你不用太惊讶，张美丽那个人无利不起早，你看他们说话的样子，他肯定收买那个女人了。”她仿佛不需要回应，自顾自说完得出个结论，“算了，他不会同意你来我身边工作。”

见徐皎像要说什么，她忙道：“不用解释，我不想听。”

听烦了，都是一样的原因。琪拉顿时有些兴致缺缺：“有好的产品可以推荐给我。”顿了顿，她摊开手两面翻看，跟徐皎的手一比，简直一个凤凰一个鸡。

“虽然没什么必要性。”

“我可以教你手指操，也许能加速疤痕的淡化。”

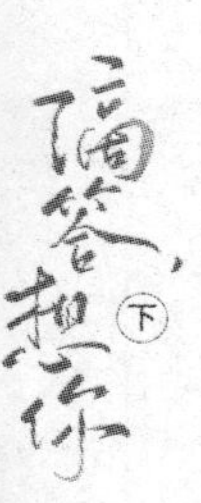

“手指操？”

“就这样。”徐皎示范了一遍，琪拉跟着学。

两人练了一会儿，琪拉又高兴起来，说：“你还不错。”

徐皎已然发现这是朵傲娇的小花，夸人仍带几分骄矜，反正轻易不会把自己的善意显露出来。

临到散场时，胡亦成提醒徐皎离琪拉远一些。徐皎觉得好笑：“以前我不跟人打交道，你总是说我，现在我跟人打交道，你又怀疑人家目的不纯。我一个手替，无名小角色，所有广告费加起来还不如人家一个一线代言贵，一穷二白的，人家能图我什么？”

胡亦成一想确实是这个理，却还是说：“防人之心不可无，你当她两年就跻身小花行列是吃素的？总之小心点，别傻乎乎的什么都跟人家说。”

“你是指什么？”

胡亦成说：“譬如你跟小七的合作，金戈跟梵刻的合作，这些在未公开前都属于商业机密。你们同行竞争，信息敏感，要学会保护自己的价值。”

“那你为什么还……”

胡亦成无奈：“适当地透露一些是为了达成更多的合作，况且我在说的时候都会筛选信息量，要让对方相信我们，又不能说得太明显。算了，这些话术我跟你讲了你也不明白。”

“跟张美丽也是话术吗？”

胡亦成脸色一僵：“徐皎，你在发什么脾气？我做这些还不都是为了你好？”

“为什么张美丽总是认为你背后有人？”

“做生意的哪个没有防人之心？她会多想我一点也不觉得奇怪。”胡亦成顾左右而言他，“你呢，就过于直率了，怎么这么久还不知道同人相处，肠子要多绕几个结？”

跟你也是吗？徐皎下意识想要反问，脑海中不断回闪他跟张美丽站在一起的身影。为什么每次提到金戈，他就会避开她？

转念一想，琪拉以为胡亦成收买了张美丽，胡亦成怀疑琪拉不安好心，张美丽却要讨好琪拉，人人都在互相提防和怀疑。而她，不知道什么时候也变得跟他们一样了。

她叹了口气：“我知道了。”

胡亦成原本打算晚上让她一起应酬张美丽，想到刚才的种种，最终打消了念头，把她送到守意。

徐皎刚要下车，胡亦成忽而问道：“最近进展怎么样？”

她眨眨眼：“你是指我跟章意？”

胡亦成笑了：“不然呢？还有什么别的进展吗？”

“没有。”

“没有进展？”

“唉，一团乱，你先去忙吧，我之后再告诉你。”表白失利就算了，好不容易重拾信心又赶上情敌对阵，她现在真是焦头烂额。

胡亦成看似有些惊讶：“怎么会没有进展？”

“应该有什么进展吗？”

胡亦成停了一会儿说：“不应该吗？追求你的人可不少。”

徐皎想笑：“你把我想得也太厉害了。”

“那就继续加油。”

“好的，加油！”她给自己鼓了鼓气，一转头就听见店里传来吵嚷的声音。

徐皎三步并两步跑上前，拨开门口看热闹的人群，挤到最前方，只见一个烫着鬈发、打扮贵气的中年女人正在破口大骂。

“什么百年老店，都是骗人的吧？我这表才修了三天居然又停了，当时加急付了两倍的维修费，时间是紧张了一些，可也不能糊弄人吧？反正今天你们要不给我一个合理的解释，我就不走了！”

就因为这块表说停就停，弄得她跟几个朋友打麻将的时候丢了好大的脸。她挤开柜台旁一个客人，二话不说抢了凳子坐到门口，让大家帮她评理。

“我家女儿特地在国外给我买的，十来万呢，戴几年了都没有问题。之前不知道什么原因忽然不走了，听人说老城区有家修表店有一百多年的历史，我特地从西城跑过来，结果把我的表搞得乱七八糟！本来走走停停至少还能动，现在彻底坏了，走都不能走了！”

她抬起手腕给围观人群看，临到徐皎面前特地停了下来，转动手腕子让

她看清楚。

是积家约会系列的响时腕表，表壳一圈镶钻，配蓝紫色牛皮表带，应该属于高奢珠宝。

“小姑娘，你看是不是不走了？那时针、那秒针，是不是一点也不动了？刚才这家店的小孩还不承认呢，以为我故意把表弄坏来陷害他们，我图什么呀？十几万的表说戴就戴，有这闲情陷害他吗？太没道德了！”

木鱼仔忙解释道：“阿姨，我不是这个意思。手表停走有很多原因，您这块表第一次修理时是我师叔接待的，他比较清楚您的情况，但是他今天不在，我照例得询问一下您的情况，而且我看这表磨损程度有点严重，之前应该修过好几次了。”

“你究竟什么意思？还说没有冤枉我！修过几次，不就怀疑表是我故意弄坏的吗？”

“真不是。您说您去医院看个病，医生还得问一下情况不是？”

“你咒我？”

“没有没有，我就是说这表呢，表坏了我们就是医生，得先诊断一下，对吧？平时有哪里不舒服，发生过什么情况，都是为了能够准确地找到病因，对症下药。”

“我不听，你把之前给我修表的那个人叫出来。”

木鱼仔瞅了徐皎一眼：“真对不住，师叔今天不在。”

“是不在还是不敢出来？”

“您相信我，是真的不在。”

“也是奇了怪了，上次过来明明店里有好些老师傅，怎么今儿个就你一个人？”

她不说徐皎还没发觉，这一看还真是。她立刻对木鱼仔使眼色，问人都去了哪里。木鱼仔余光往后面瞟，用口型无声地说：“开会。”

徐皎有些气短。

怎么连老师傅们都一起拉过去开会了？再怎么着前头也该有人留守吧？随即，木鱼仔给了她答案：“师叔，偷溜。”

徐皎扶额，上前帮木鱼仔说道：“阿姨，您看您今天来了也是想让表恢复健康的，这么着也不是个事，不如您脱下来给师傅们检查一下？”

中年女人打量她：“你也是店里的？”

“我是店长的朋友。”

“原来是朋友，那你当然向着他们说话。已经把我的表修坏了一次，我哪里还敢轻易交给他们？”

木鱼仔一看外面都是看热闹的，顿时有些急了：“那您说怎么办？”

中年女人一噎。

双方正僵持不下的时候，一道声音从旁插进来：“阿姨，我是这家店的店长，我来帮您看看好不好？这个位置有我们店的监控，什么动静都能拍得清楚，修表途中有任何情况您都可以报警。”

“你就是店长？”中年女人打量着面前的男人。

年轻，稳重，眉宇间有股凝练之气，瞧着确实比之前的孩子有说服力多了。

章意这一来，闹哄哄的人群安静下来。他后面还跟着几人，刘长宁、江清晨等都揭了帘子不远不近地看着此处。

中年女人神色一缓。

“既然有监控，那就更好说了，上次是谁给我修的表，怎么修的，也都有了凭证。你是店长，在你的店里出了问题，你是不是该负全责？”

章意说：“应该的，我来帮您检查问题。如果真的是店里师傅的失误，我一定会给您一个公道。”

徐皎这才发现他的袖口一边高一边低，并不对称，显然来得匆忙。加之态度恭谨，又有这么多人看着，中年女人不情不愿地褪下手表递过去，还不忘交代：“你仔细点，别再弄坏了，否则我一定饶不了你们。”

章意笑着称好，双手接过来。转身时，他给木鱼仔一个眼神，木鱼仔忙走到一旁给章承杨打电话。

徐皎凑上去，见木鱼仔握着手机犹犹豫豫，压低声音道：“怎么了？还不快把章承杨叫回来？”

木鱼仔神色为难：“师叔走的时候说，两个小时内不准任何人打电话给他。”

“为什么？”

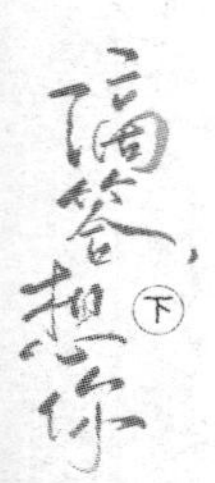

“他……”

“嗯？”

木鱼仔眼睛一闭，豁了出去：“他在酒店！”

徐皎蓦然瞪大眼睛。

“他大白天……他是不是疯了？”

“不是，真不是。自从师父把店交给他，他已经很多天没有出去过了，今天真的是第一次，再不去女朋友都要没了。”

而且师父临时把老严他们都叫了进去，看样子有大事要商量。一看人都去“偷懒”了，师叔哪还坐得住？理直气壮地翘了班，还威胁他保密遮掩。要不是有人来闹，这个时候恐怕还无人知晓。

徐皎也了解安晓的脾气，说风就是雨，谈起恋爱不管不顾，一时有些语塞。

木鱼仔悄悄往后看，见章意已经坐到工位上打开灯在检查手表，不由得脚底发虚：“怎么办，我好怕师父生气。”

“打吧。”

“啊？”

“都什么时候了，犯傻也要看情况。”

木鱼仔吃了颗定心丸，立刻打电话给章承杨，然而电话已经关机了。徐皎便给安晓打电话，也关机了。

两人面面相觑，心沉到谷底。这时，徐皎感觉到一抹视线投了过来，拍拍木鱼仔的肩膀：“你在这儿，我去说吧。”

章意见是她过来就猜到了大概，神色自若地点点头。他越是这样，木鱼仔越是心慌。

半分钟后，章意把表放下，对中年女人道：“阿姨，上次您来店里时，我们的师傅应该有跟您解释过，您的表之所以走走停停，后来长时间不走动，是因为机芯没有镶嵌牢固，所以他帮您安装了防震装置，对吗？”

世界上没有两块一模一样的表，任何工艺过程都会出现失误。倘若机芯一开始就没有牢固地镶嵌下来，碰撞便可能令它移位，轻则破坏摆轮的重力分布，改变游丝原先经五方位调校的长度，这样表就不准了。如果零件大幅度移位，就可能令擒纵叉的宝石卡住急轮的齿牙，这样机芯就会停止运作，腕表就会停走。

他刚才已经检查过，原本的机芯增加了一个包着宝石轴承的金属架，从而避免把震荡传到宝石轴承，再继而避免宝石轴承下的摆轮轴心移位。这个防震金属架的形状是他设计的，只有守意的师傅才会做。

中年女人听得一头雾水：“什么机芯、防震的我不懂，我只知道这块表戴了三天就坏了，彻底坏了！”

“阿姨，您别着急，表是好的，没坏。”

“没坏怎么不走？”

“您这几天有没有剧烈运动？”

“什么？”中年女人下意识摇头，“我这么大岁数，还做什么剧烈运动，我……”说到一半，她忽而停住了。

章意问：“您是不是想起了什么？”

她坚持道：“没有。”

“真没有？您再想想，我说的剧烈运动也不单指高强度或是极限运动，手臂不停甩动，腕表振频过大，或是让您喘息都算是。”

中年女人像是不信，眼珠子转了转：“你搞清楚了没有？这样就能把表弄坏？我以前怎么……”

她一时情急差点说漏嘴，章意还要再问，她却死活不承认，咬定这块表就是他们弄坏的。

老严看她耍赖，在后头高声喊道：“老太太，你是不是跳广场舞了？”

“什么老太太？你别瞎说好不好？我……我女儿年薪上百万，家里住着大别墅，有好几台跑步机，用得着上街去跳那乱七八糟的广场舞？”

“以防震装置的磨损来看，这三天您经历了非常高强度的剧烈运动，以至于防震装置再一次受到冲击。原先您的机芯没有镶嵌牢固，也有可能跟您常年戴着手表运动有关系。”

“我不信，照你的意思那些运动手表算什么？”

章意微微一笑，解释道：“手表有很多分类，如果按照功能来划分的话，确实有运动型手表，还有专门的潜水手表和特殊功能手表。您佩戴的这块，”他说到一半停住了，将机芯左右看了看，还是道，“对高强度运动而言，这

块表确实先天不足。”

中年女人脸色一沉：“我不知道什么是先天不足，反正后天都是给你们这些人搞坏的。”

“老太太你别不讲道理，都说这表是您剧烈运动才弄坏的，怎么就不信呢？”

这时，人群中走出来一个短发女孩，来到中年女人身旁，一把挽住她的手臂，眼眶飞快地红了：“妈，您是不是还在广场中心当陪练？”

“哎呀，你怎么跑出来了？”

中年女人忙把女儿往外推，好似不想让女儿暴露于众。女孩没有理会她，只问道：“是不是？”

“没有。”

“没有你怎么老是喊身上疼，不舒服？”

见四周围观的人群开始窃窃私语，中年女人态度有些松动：“就陪着一起跳一跳，不打紧。”

“什么不打紧？您早也跳晚也跳，每天要跳几个小时，手甩开甩去，表能不坏吗？我问你，张阿姨和赵阿姨是不是也经常一起去跳舞？”

“那可不，我当领舞她们不知道有多羡慕，每次看见我跟小韩一起眼睛都红了。哦对，你不知道小韩是谁吧？他就是我们团的团长，二十来岁，长得可帅了。”

“妈！您为什么还要去跳舞？为什么要加那些团？”

“有什么为什么，我以前不也经常去跳舞吗？想去就去了。”

“您身体不好，医生说过运动要适量，而且去跳舞为什么戴着表？”女孩转瞬想到什么，瞪大眼睛，“您故意显摆，想气张阿姨和赵阿姨？”

中年女人眼看自己那点心思都被女儿公然抖搂出来，满面羞愧，梗脖子道：“怎么能是显摆呢？她们也戴项链和戒指，老张那把岁数了还每天涂脂抹粉，那个小赵还穿高跟鞋来呢，也不怕扭断脚！”

“妈！”女孩一声大喝，“您跟他们能一样吗？”

“怎么不一样？我比她们漂亮，比她们苗条，比她们有吸引力，年轻的时候还当过舞蹈演员，我怎么就比不上她们？”虽是这么说，可中年女人的声音却越来越小，也不敢同女儿对视。

女孩深深凝视着母亲，忽然眼泪涌了出来：“妈，我们家已经没有钱了，爸爸也去世了，您不要再这样了，好不好？”

“你胡说什么？”中年女人一个劲把女儿往里拽，扬头对外面的人吼道，“看什么看？有什么好看的，都给我走！”

在外人面前被扒了个底朝天，她面子上挂不住，转眼一瞧店里还有这么多人，干脆破罐子破摔，和女儿哭到了一处。

“你说你在国外好好的，回来干什么？”不回来，也就不会跟着她一起丢人了。中年女人一想到这么优秀的女儿被人评头论足，心痛得不能自已。

“乖囡囡，别哭了，都是我不好！你说我跳什么舞啊？我以后都不跳了好不好？”

刘长宁把外头的人打发走了，章意看她们情绪稍缓，才上前说道：“如果阿姨真的很喜欢跳舞的话，我还有一个办法可以解决问题。”

“什么办法？”中年女人瞬间来了精神。

“安装震荡堵截。”

简而言之就是加强表壳的刚度，就好像汽车有一个坚固的车架和车壳一样，一开始就把震荡拒诸门外。

“波尔这个品牌，每一块表都可以承受5000gs的撞击力，就是在表壳上下了狠功夫。而格拉苏蒂会在表壳与机芯之间加装吸震弹簧，由外开始减低传至机芯的震荡。卡地亚过去也曾开发过一种新的金属，能够借着变形来削弱撞击力。”

中年女人虽然听不懂，但觉得很靠谱，张口就要让章意安装，不料她的女儿抢先道：“不用了，谢谢您。”

“囡囡，我……”

“妈，你刚才还说以后不去跳舞了，那也没有必要装这么强的功能是不是？”

这话确实是她说的，可她是为了安慰女儿才一时口快，如今明明有办法可以修复，还能完成她在老朋友们面前卖弄的使命，何乐而不为？尤其当老严在旁边说：“这个技术一般人可没有，您去了别家指不定表真就坏了。”

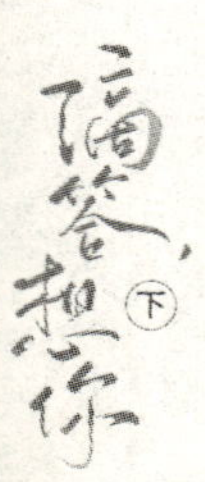

中年女人心思一动，咬牙道：“修吧。”

女孩刚要说什么，她便冲女孩摇摇头：“乖囡囡，你就让我去吧。我在那里不会经常想起你跟你爸，心里会好受一点。”

“可你的身体……”

女孩仿佛又要哭了，中年女人安慰她道：“你觉得我经常跟那些人聚在一起是为了攀比，爱慕虚荣，其实也不单单只是这个原因。想当年我们家风光的时候多少人围着我转，你爸一出事就人走茶凉，现在碰见我要么当作没看见，要么假惺惺地过来踩两脚，我要是像你说的那样躲在家里不出去见人，恐怕早就抑郁了，可我能被他们打败吗？囡囡，妈妈没有你想的那么脆弱，我去跳舞是因为自己想跳，嫁给你爸之后就没怎么跳过了，现在当领舞不止能赚钱还让我找回了原来的自信，我不知道多开心。就这块表，每次戴出去我都底气十足，我要让他们看看，就算我家现在不行了，我也始终站在山顶上，她们只是过眼的风景。”

“可是……”女孩抿紧嘴唇，神色间有些为难。

她悄悄抬眼觑了眼章意，见章意也在看她，脸颊忽地红了。章意用眼神给她鼓励，笑道：“跳舞是一件美丽的事，为自己而跳，想跳就跳，戴名牌表和珠宝首饰，穿公主裙和水晶高跟鞋，都无可指摘，只要您喜欢。”

“这话说得好，阿姨爱听。”中年女人擦擦眼泪，拉着女儿上前，“刚才是我闹了笑话，你可别放在心上。”

章意点点头，又给她仔细讲了讲震荡堵截的原理。

见他说话不紧不慢，谦逊有礼，周身气质温和，中年女人听着听着就把目光放到了章意身上。

表的问题还没解决，中年女人已然等不及了：“小伙子，你结婚了吗？有对象了吗？你看看我女儿怎么样？”

女孩原本就有点害羞，被母亲强行安排更是羞愧交加，下意识想逃。迎头遇上徐皎拿了工具箱过来，两人差点撞到一块，章意忙道：“小心点。”

女孩及时往旁边让了一步，与徐皎四目相对，好像察觉到什么，一回头见章意也正盯着徐皎，就明白了过来，冲她低声道：“对不起，我不是故意的。”

徐皎摆摆手："没关系。"

一场闹剧这才收尾。约定好取表的时间后，中年女人就带着女儿依依不舍地离开了。临去前，那女孩还朝章意看了一眼。

老严啧啧称奇："我们小章真是人见人爱，花见花开。"

"瞎说什么？"刘长宁给他使眼色。

老严这一瞅才发现，不大不小的店里前面站着个徐皎，身后还站着个江清晨，他顿时头皮发麻，捂紧嘴巴不敢说话。

刘长宁走到章意身旁，拿起表看了看，神情有些异样。

"怎么了？"

"这块表？"

大家都围了过来，看向章意。章意点点头，木鱼仔第一个沉不住气，讶然道："假的？高仿表吗？做得这么像真的。"

"还是有细微差别的。"刘长宁给他指了几处，"表壳没有砂眼和明显划痕，棱角对称，后盖与上壳的旋合处也很严密，不过耳璜的孔应该在表壳脚尾部的位置居中，这块表的精度有点偏了，孔的深度也不对。"

最致命的问题是机芯，没有积家的明显标志。

"所以那个女孩最后看你是因为……你帮她保密？"

"万一她妈妈最后发现是假表，又来找我们算账，怎么办？"

"不会的，那个女孩，"徐皎说，"这个秘密她会一直守住的。"

章意笑了。

人流散开后，就刚才没有开完的会，章意找到江清晨道歉。

安装震荡堵截不是一个轻松的活计，要耗费不少时间，原本为了迁就他，把工作室设立在守意后院，一个窄小的屋子勉强可以容纳团队拍档，可到底不如宽敞的办公室和随便自取的下午茶条件优渥，再加上这一遭，时不时就要腾出手来解决客人的困扰，时间上就显得难以协调，对金戈的科研进度也会产生影响。

江清晨这些日子听到了他太多感谢和道歉，才刚受此感动，深深赏识他的专业素养，此时又听他说抱歉，到底有些不耐烦了，吼了一嗓子："你是人工智能机器人吗？我摆明了不要你道谢，也不要你道歉，对能在守意工作

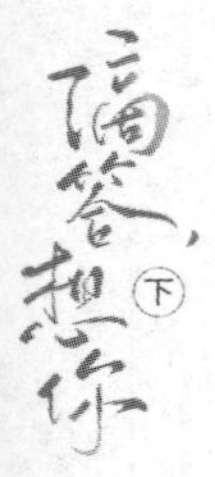

也高兴得很，你看不到吗？你的眼睛为什么就不能看看我？”

她之前来过这院子，满满都是市井的生活气息，想着长留却没有理由，如今可以理直气壮地耗在这里，心里不知有多熨帖。先还喜欢看他满怀亏欠的样子，逗一逗总是很好笑，而今心思变了，就说什么都觉得生分。

回想他和徐皎之间的默契，那样相视一笑，好像谁都介入不了。江清晨难掩失落道：“不要再对我感到抱歉，好吗？你知道我需要的不是这个。”

那是什么？章意脱口就要问，话到嘴边又离奇咽下肚子。

他是锯嘴葫芦说不出好听的话来，嘴角一抿，十足的委屈意味，倒显得她仗势欺人了。

她又觉得好笑，觉得徐皎挺不容易的。

“算了，跟你计较什么，你要是早早开窍，恐怕也轮不到我了。”

徐皎原本打了温水想让章意洗洗手，把袖子理一理，喝杯茶再开始修表，转头一看江清晨正伏在他桌边，眉眼带笑，一股说不出来的风情在眼波里流转。

徐皎远远地停住脚，过了一会儿转头走到屋外。檐下有风铃捎来泠泠的清音，她把手探入水池中，看着水波荡漾的涟漪，浅浅地叹了口气。说好的公平竞争，可她好像因为突如其来的改变，无所适从地被推离了他的身边，变成一个局外人。

徐皎想了想，偷偷找到木鱼仔要来了曹如意的联系方式，抱着不成功便成仁的决心拨通了她的电话。曹如意在电话里笑岔了气，直说要找个时间来看章意的笑话。

“他那个人，要知道现在两个女孩都喜欢他，为了他还要公平竞争，指不定心里有多想哭。”

一想到那场面，曹如意就觉得大仇得报，也不计较上回和章意的不愉快了。

“你也是傻，没有机会要给自己制造机会，你说那表，多一天少一天能影响什么事儿？他哪天不是在修表，一块又一块，你等着他拨时间给你，还要他有所觉察？他现在连吃饭睡觉都顾不上了，能想到你吗？你也别怪他，别生气，别觉得没意思，想要跟他在一起就得适应这节奏，自己给自己创造快乐，也别跟别的女孩比，比了容易失衡，说实话章意这样的修表匠，对修复和科研已经到了疯魔的程度，对比那戏痴，总有些人在自己喜欢的领域全情投入，忘乎所以。我估摸着这辈子他都要疯下去，你要么理解他，尊重他，要么趁早放弃他。自己想清楚能不能接受这样的男人，再去撩拨他。白天没空你就等晚上，总要洗漱睡觉吧？男人疲惫了一整天，睡前要是有个暖乎乎的抱抱，别提有多舒坦了，心动也就一瞬间。”

徐皎听明白了曹如意的意思。她只是不明白，为什么曹如意和木鱼仔都担心她不能忍受那种平淡的生活？或者说为什么他们会害怕她不能接受他的世界，钟表永远占有一席之地，而她很可能在那之后。

“你能告诉我为什么吗？是我表现得不够明显吗？是我还没有很喜欢他？”

曹如意思考了很久，只是说：“不是你的问题，是现实。徐皎，你要明白你是一个渴望被爱的女孩，而章意，在他的世界里，他所有的热情和热爱可能都投注到了钟表世界里。我这么说也是为你着想，你真的做好准备去接纳他了吗？”

“我……”

“你想过将来吗？当有一天对他的喜欢被一成不变的日子渐渐消磨，当你生病时、伤心时，需要他的陪伴时，他不在你身边或者在你身边却无法察觉你的心情，你真的不会因此受伤吗？”

徐皎张了张嘴，曹如意说：“不要把爱情想得太美好，更不要把爱情美好的期待寄托在章意身上。”

“为什么？”

为什么她不可以对他寄托美好的期望？爱情是相互的，倘若她对他视若珍宝，他会完全无动于衷吗？纵然他的时间精力都投注在理想世界里，可也不代表他不能好好地爱她。

更何况她从来没有想过跟他的理想进行比较，因为那是他的理想啊。

虽然他说的不多，但她知道他有多热爱他们。

真正的热爱，不会允许自己只拿六十分。这句话还是他曾经告诉她的，她曾受此鼓舞，学着欣赏自己的独特，而今她又怎会因此而责怪他？

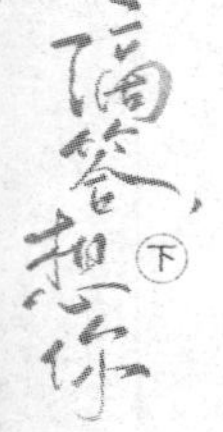

她那么不舍，那么小心，那么努力守护的心上人，怎会让他受到一点伤害？

曹如意不想把话说得太绝，也不能只一通电话就伤了她的心，道："你会明白的，只希望到那一天你不会后悔。"

"你好矛盾，既要我努力，又让我退缩。"

"徐皎……"

"我相信我可以的，我一定可以。"

她要当他头顶上的屋瓦，遮那斜风细雨，挡那烈火骄阳，让他一生随心而至，到达理想之地。

为了让自己的计划顺利进行，徐皎在守意对面曾经住过的宾馆开了一间房，打算死磕。金戈的人一离开，木鱼仔就给她打来电话。

"师父送江总监出门了，他们正在树下说话，有人跟江总监打招呼，她上车了！他们居然还在说话，有什么话说了一天还没说完，不能明天再说吗？好了好了，我看他们真的要结束了，你可以过来了，我去把汤热一热。"

木鱼仔躲在门口，眼看车子发动离去，章意也准备回来关门，他像一只敏捷的豹子，飞快蹿到后院。等汤加热好，他盛了一小碗准备放桌上放凉，等章意洗完手过来温度正合适，不料刚一出去就遇见了章意。

章意正在锁后院的小门。木鱼仔一看架势不对，忙把他拦住："师父，我热了汤，你先别忙活了，快过来喝汤。"

木鱼仔打开门，抻长脖子朝外张望了一下。

"在看什么？"

"没什么。"木鱼仔回身把章意往葡萄架下推，"师父你先坐一会儿，我去前面看看门有没有锁。"

"还没，只是掩上了。你累了一天早点去休息吧。"

"我没事，师父你辛苦了，最近天天加班到那么晚，也要保护好自己的眼睛呀。"

章意拍拍他的肩。章意胃口不佳，喝了两口就放下碗来，叮嘱木鱼仔不要偷偷躲被子里玩手机，伤眼睛。

木鱼仔脸一热："师父，我早就不躲被子里了，我现在都光明正大地玩手机。”

这种事居然还能理直气壮？章意哭笑不得：“游戏也是，少玩点，我去前面了。”

“师父你还要加班啊？”

“表壳外的堵截还差一点，我做完就去睡。”

见木鱼仔亦步亦趋地跟着，到了前边不止转了一圈，还把门敞了开来，章意摘下寸镜道：“怎么了？睡不着还是有人要来？”

“没有，月亮好圆啊，我看看风景。师父，快中秋了吧？”

“嗯，想回家吗？”

“不想，回去了也没意思，还不如跟你们待在一起。”生怕章意再问下去会耽误他的事，木鱼仔把门重新掩上，飞快跑回后院。

一打徐皎电话，居然是占线，木鱼仔又拨了几个，一直没有打通，到临睡前才收到她的信息，说是临时有事，先不去了。

而此时的徐皎，已经在回老家的路上。

一进医院，徐皎就飞扑到父亲徐永林床前，眼泪汪汪地问旁边的母亲：“怎么回事啊？为什么会突然病倒，到底发生了什么事？”

张蓉怕她胡思乱想，打电话的时候没敢多说，只让她回家一趟，现在人就在医院，情况瞒不住就说了实话。

“承包商跑路了，你爸亏了一大笔钱，每天都有人上门催债，家里你就先别回去了，待会儿跟我去酒店。”张蓉看着床上睡着的丈夫，背过身偷偷擦了下眼角，“昨天还好好的，后来说头晕，我让他上床歇歇，到晚上的时候他就说自己腿不能动了，我怕是中风就立刻送到医院了。”

“检查结果呢？”

“脑栓塞。”

“严重吗？”

张蓉盯着床畔，神情有些恍惚：“要看恢复的情况，恢复不好，这腿可能就废了。”

“怎么会？”徐皎忍不住哭了起来。

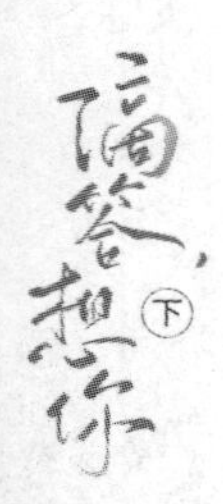

眼看徐永林嘟哝了一声像是要醒，张蓉忙压住嘴唇，把她拽到门外。

墙边倚着个人，看着有点眼熟，张蓉打量了两眼。徐皎抽噎着向她介绍：“妈，这是我的经纪人成哥，之前跟您说过的。”

胡亦成上前打招呼：“阿姨，我是胡亦成，您叫我小胡就好。”

张蓉没有握手，只是瞥了他一眼，转而拉着徐皎到一旁。徐皎连忙解释：“我的证件一直在他那里，出差订票都是他在处理，昨晚一时急昏了头，他担心我路上出事才陪我一起回来，我怕您多想，才没告诉您。”

张蓉面色不豫，却也没有追究，只问：“只是经纪人，你们有没有别的关系？”

“妈，您说什么呢？我、我还是单身！”

张蓉说：“你还有一年就要毕业了，这个时候要遇见好的男孩子想谈恋爱，妈妈不会再像以前那样约束你，只是你是女孩子，得拿捏好尺度和分寸，男孩子人品最重要，当然家庭也不能太差，最好工作也体面一点，不要随随便便跟娱乐圈的人来往。”

“妈。”

“好了，现在不是说这个的时候，你爸这边不用太担心，医生说了，好在送来及时，没有生命危险，只要他自己不放弃，还是有很大概率可以恢复到从前的。”

“真的？”

“我什么时候骗过你？”

徐皎不敢回嘴，讷讷道：“那就好。”

张蓉点点头，又看徐皎一眼。徐皎见张蓉像是有话要说，却又欲言又止，母女间的默契让她瞬间明白了什么。

“妈妈，我这几年工作攒了点钱，可能不多，有几十万，先给爸爸拿去还债吧。”

张蓉眼眶一酸，握紧她的手：“怎么能要你的钱。”

“妈妈，这钱给我也是乱花，家里现在这种情况，还分什么你的我的？先拿去救急吧。”

张蓉想了想，没有再拒绝，朝她挤出一丝笑容来：“好孩子，这钱就当是借给你爸的，等之后款项归位就还你。”

徐永林为人老实，生意做得不算大，加上建筑工程项目回款时间长，前期投入又多，手上实在没多少周转资金。

仅有的也已经都拿去填工人工资的窟窿了。

“没关系，我们一家人不说借。”

“不一样，这是你自己辛苦挣的钱，爸爸妈妈也从来没想过靠你养老，你有自己的生活。你那个工作我大概了解过，没有太多发展前景，能攒下这些钱肯定不容易。”

徐皎拉着张蓉的手轻声撒娇：“妈妈，不是您想的那样，手模虽然不比国外的前景，但我还是很抢手的，前几天还有个女明星想让我专门当她的手替呢。您之前还觉得我兼职工作是过家家，现在知道小瞧我了吧？”

张蓉看她卖乖，也露出了笑颜：“你呀，就是不经夸。好了，先回去看看你爸吧。”

母女俩往回走的时候，徐皎忽然想到什么，忧心忡忡地看着张蓉：“妈妈，爸爸出了这个事，你的工作……”

“没事，影响不到我。”

张蓉不过单位的一个小主任，职位低，工资薄，出了这种事也拿不出什么钱来，还要靠女儿帮衬，单位里能拿她怎么样？她一向要强，如今在女儿面前丢了人，颜面上有稍许的尴尬。

“真的？”

张蓉拍拍她的手，安慰了两句，旋即移开目光。

好在徐永林情况尚有回旋的余地，各项身体参数稳定，加强运动康复不无可能，工地那边也有其他负责人正在周旋。

徐皎陪张蓉在酒店住了几天，临到开学不得不赶回学校报到。离开前她回了趟家，本来想收拾一些冬天的衣物，却意外看到楼道和门上红油漆大写的“还钱”等字样。之前听张蓉提起时她已经有了心理建设，可没想到是如此触目惊心的一幕，邻居们看到她也纷纷躲闪，眼里不乏责备和叹惋。

她一再地低头把自己藏到角落，心中却难掩悲愤，恨不能把这一切都抹掉。胡亦成看她提着水桶冲了出来，拿起刷子费力地在门上摩擦，上前一把

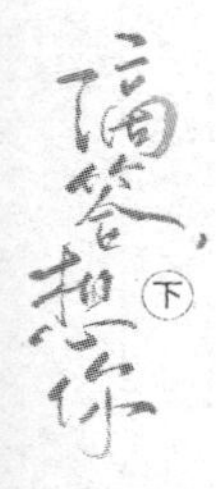

拽过她的手。

“还想不想当手替了？”

徐皎咬住唇：“我会注意一点。”

“这么大片墙壁，凭你注意点就能洗刷掉了？洗完之后你的手还能工作吗？徐皎，你看到这些是不是觉得耻辱？”

徐皎转瞬瞪向胡亦成。

胡亦成的眼里跳动着火苗，仿佛等待这一天已经很久了。

她难以置信地问：“为什么？”

胡亦成说：“一直以来你都不懂、不明白、不知道我们之间的差距究竟在哪里，现在，你看到了，就是你面前这面墙壁。”

鲜红的字体，赤裸裸的侮辱，不分青红皂白的报复，碾压一切自尊的无力，胡亦成说：“有些东西是洗刷不掉的。”

徐皎强忍着抽搐，咽下眼泪：“这不是我们选择急功近利的理由。”

“是吗？”他把擦洗的工具都放回屋里，给徐皎抹了护手霜，戴上手套。

去机场的路上，胡亦成说：“我给你接了一个美甲广告。先别急着拒绝，想想你的家人，你爸爸到现在还躺在病床上，你母亲也好几天没有去工作了，就算能挺过这道砍，将来呢？你爸爸还能工作吗？以后长期复健不需要人照顾吗？是你妈辞去工作还是另找保姆，这些你都想过没有？”

徐皎张了张嘴，终究无言。

那一面血红的墙壁在她脑海里挥之不去，强烈的震撼始终冲击着她的心理防线，她知道张蓉向她隐瞒了债务的真实数据，情况一定比她想象的还要严重。

可就像胡亦成说的，现在回去她也帮不上忙，唯一能帮他们的就是尽快把欠款筹齐。

“别看这只是个美甲广告，对方开价却不低，之前获得战略资本投资十个亿，也准备在纽交所上市了。”

“是哪一家？”

“选创名品。”

徐皎不由得坐直了身体，压低声音道：“这家不是被查了吗？指甲油致癌物超标一千多倍。”

胡亦成挑眉睨向她：“给你的试用品会选相对合格的产品，我也会把控试用量，不会对你的手和身体产生伤害。”

“你说什么？”

胡亦成抬手抚了抚她的背：“徐皎，你什么都没有听错。”

徐皎眼里涌动着万千的思绪，想到江清晨，想到张美丽，想到琪拉，又想到自己，看着他陷入了沉默。

胡亦成说：“这笔代言费非常可观。”

“但是产品质检不过关。”

“不重要，大家都知道，买不买是消费者的事，新闻也已经报道过，能不能允许面世是相关部门的事，而你只是一个手模特，作用是展示指甲油的颜色，仅此而已。”

徐皎闭上眼睛，长长的眼睫在黑夜里轻颤。

华灯初上，车水马龙，她的心寂寥得只剩下一丝光亮。就在胡亦成以为她会就此沉默下去的时候，忽然看到她扑到窗口，把玻璃窗降落下来，拼命地仰头看向天空。

胡亦成大喊：“徐皎，你这样很危险，快把头缩回来。”

徐皎不为所动。

“你到底在看什么？”

“星星。”她说。

胡亦成攥紧了手，虚握成拳头摆在腿上，又松开来抓住裤子，只喃喃道：“黑漆漆的，有什么星星，别傻了，快坐回来。”

他猛地一拽，徐皎跌落回座位上。风灌入车内，两人彼此安静了一会儿。

胡亦成松开手，捋了捋裤子上的褶皱，这时身旁传来一道声音：“我还有别的选择吗？”

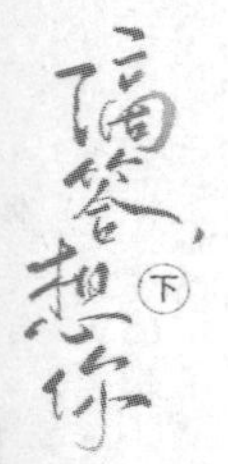

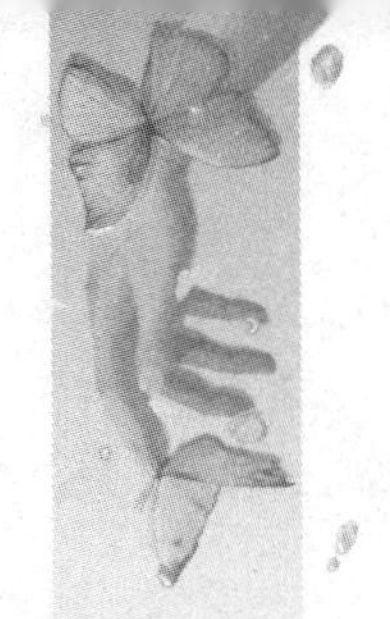

第十二章

/

当心墙出现裂缝

Dida Xiangni

▼

一周后，凌阿姨和女儿取走了完成震荡堵截的表。凌阿姨很高兴，当场在守意的店里给他们跳了段舞，末了还不死心地问章意有没有女朋友。

老严看不过去，拉着凌阿姨说了几句话。凌阿姨这才作罢，却还是将信将疑：“你说有个小姑娘，那人呢？”

章意这才后知后觉地发现，徐皎已经一周没有来守意了。木鱼仔埋怨他：“师父，你只知道工作，别人不说你就想不起来，这样哪个女孩能受得了啊？”

章意被批评得无地自容，老脸微臊，问道：“怎么回事？是生我的气吗？”

“倒也不是。”木鱼仔说，“就是忙，说是最近工作很多，开学了学业也重。我听别人说，大学不是很轻松吗？”

“她大三，马上要毕业，怎么能一样？”章承杨提到这茬就觉得怪异，怎么徐皎忙得团团转，他家那个却闲出屁来？有事没事就找他的麻烦，弄得他满头包没个清净。

可转念一想，安晓家里条件好，本来就没什么学习向上的心，闲也正常。章承杨放下心底的一丝疑虑，转而对章意说：“不过就算她忙得脚不沾地，你也喘不过气来，这种事还是得男人主动一点。”

章意哑然地望着他们。

老严捧着瓜子走过来：“什么时候成的事？怎么没人告诉我？”

章承杨大笑：“对哦，应该还没成吧？”

木鱼仔本是襄王有意，神女无心，为徐皎打抱不平，章承杨那一嘴接得，仿佛已经确认他们俩的关系，被老严一问，几个人才反应过来，都笑了起来。

原来不知不觉间，他们都已经认定了她。刘长宁却不免忧心，叹道：“都这么忙，可怎么办呢？”

章意环顾一圈，店里闹哄哄的，和往日没有什么区别，后院里头的团队也逐渐走上正轨，大家的时间和默契在慢慢同步，可不知道为什么，他心里好像有一块地方空落落的，三五日不觉异样，就算察觉也不痛不痒，可时间长了却好像生出疮来。

平时她在自己周围，哪怕不说话，不交流，只要她在心就是安定的，如今她不在，自己过了这么久才发现，一股沮丧涌上心头，竟然叫他难受起来。

他把表格剩下的内容填完，原本打算再检查一遍，注意力却始终难以集中。章承杨因为白天工作外出关机被老爷子狠狠地教训了一顿，最近又反骨丛生，一到晚上就开始卖疯，满院子乱窜，一会儿唱歌一会儿跳舞，一会儿吟诗一会儿打球，不到半夜绝不睡觉。

章意知道章承杨压力大，还有闲情闹腾就是撑得住。老严偶尔会陪章承杨一起疯，刘长宁总是很包容，被吵得睡不着也不会生气，小木鱼就更不用说了，就算有怨气，也不敢当着章承杨的面说什么。

满天的喧闹，好像只有他这里是寂寥的，不参与，不受影响，不喜不怒，却只是惘惘的，又置身江上浓雾之中。

一种异样的失落让他水深火热，他辗转了又辗转，还是没忍住打开手机。

徐皎刚跟张蓉打完电话，最新的一笔款项已经汇入徐永林的账户，张蓉说是收到了，让她别再挂念家里，一切都已经在往好的方向发展。

徐皎还是担心，絮絮叨叨说了不少，被张蓉严词勒令去睡觉才不情愿地挂断电话。刚一放下手机，就收到消息。

章意：睡了吗？

徐皎：还没。

章意：这几天很忙？

徐皎：嗯，有点。你呢？

章意：客人的表修好了，等你过来给你看，机芯很漂亮。

徐皎过了很久才回：我可能看不到了。

章意：为什么？

徐皎：接下来有段时间不能去守意了。

章意：学业很重吗？是不是得开始准备毕业论文？

徐皎：嗯，我专业学得一般般，要从现在开始恶补。

章意：需要帮助吗？

徐皎：不用了。

章意：好。

两人之间莫名有点隔阂和冷淡之感，虽然他未能敏锐地感知到源头，但他可以窥探到结果，徐皎好似有跟他一样的失落。

他停顿了好一会儿，换了只手拿手机，没有就此退出，而是盯着聊天界面反复看了好几遍，正打算给她发一句“晚安”的时候，手指忽然停住。

他鬼使神差地拍了拍她的头像。

紧接着，界面显示——

章意拍了拍我的肩并抱住她安慰：别难过。

徐皎看到这条消息的时候，忍不住抽噎起来，她把头埋进被子里好一会儿才平复，在他正在输入的时候，飞快地发送消息。

徐皎：章意，我很想你。

这些天来不是没有失望过，不是没有期待过，也曾无数次让自己做好心理准备，更是在前不久才向曹如意信誓旦旦地承诺过要像爱惜自己一样爱惜他的理想，可真正发生的时候，一种迟钝的痛感还是不断侵扰她，她将此归结于对家里的担忧，让自己保持平常心，想着等这件事过去再努力靠近他，可他却突然毫无预兆地发来消息。

她强撑着崩溃的意志，强忍着暗恋的心酸，平静地跟他对话，她以为他们之间会就此不温不火地延续下去，却没想到——

他发现了她的难过，他感受到了她的低落。

她控制不住地对他说，很想他。

“对方正在输入”的提示停止了。过了不知多久，才又开始出现，然后再度停止。她可以想象出他在那一头绞尽脑汁的模样，一定是和她想的一样憨，一样可爱。

而此刻的章意正围着床头不停地踱步，一会儿抬头看天花板，一会儿低头长吁短叹，一会儿起了酒兴，一会儿又坐到电脑桌前冷静。

窗外屋檐下两颗脑袋碰在一起，一个说："完了，我哥疯了。"

另一个说："师父是不是也要发泄一下？这么憋在心里能行吗？可别憋出病来了。"

一个说："病了更好。"

另一个说："啊？"

就在此时，章意忽然站直了身体，精神奕奕地看着手机屏幕，一秒后，他整个人倒在床上，发出了如释重负般的喟叹。

聊天框里，徐皎说：我先睡了，晚安。

章意也回复了一句"晚安"。

他握着手机翻了个身，背对窗口。半分钟后，他的嘴角悄悄地扬起。

结束选创名品的拍摄后，徐皎的手指毫不意外地过敏了，胡亦成有些自责，徐皎却没什么反应，趁着过敏暂停了工作，让胡亦成不要来打扰她。胡亦成知道她心里有气，没说什么。

好在徐永林身体已在康复当中，半身不遂的噩梦终究没有降临，徐皎大松了口气，整个人如释重负。孔佑给她找来了许多专业的论文资料，她一边学习一边不忘关注守意的动向，每天都会跟木鱼仔联系。

这一天，胡亦成去外地出差，她独自一人从医院出来，按捺不住心里的蠢蠢欲动，又偷跑去守意。

木鱼仔见到她很高兴，追问她最近去了哪里。她把手套摘下来给他看："还能去哪儿？每天都在棚里，喏，手都快废了。"

老严打旁边经过，瞄了一眼："呀，都肿成胡萝卜了！"

刘长宁说："这不跟从前一样吗？就是有点红，女孩子爱漂亮，你别净说瞎话。"

"我这不是在逗徐皎嘛。你怎么回事，最近老跟我不对付？"

"嫌你笨。"

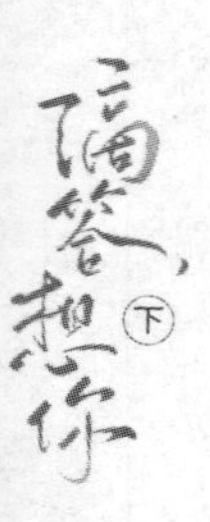

“你聪明？你再怎么聪明还不是跟我一样给人打工，最近有个流行词叫什么来着？哦，打工人，你个老家伙。”

“不想跟你说话。”

“我也不想跟你说话。”

两个老顽童还跟孩子似的口不对心，说吵就吵，说和好也就和好了。

木鱼仔把徐皎拉到一旁说悄悄话：“你来得正好，快去后边吧，今天休息，里面就师父一个人。”

“真的？”

徐皎眼睛直放光，再三向木鱼仔道谢，俏皮话说了一箩筐。

木鱼仔觉得好笑，一边推她一边说：“这些好听的就免了，还是来点实际的，说好的游戏手办呢？还有你已经欠我好几顿饭了。”

“等我……等再过一阵子我请你去长滩吃海鲜。”

“马上入秋了，还吃什么海鲜？你要么现在就请我去，要么就是没诚意。”他佯装生气道。

徐皎挠挠头，不好说最近手头不宽裕，讨饶似的向他告罪：“你可是三店长，怎么能跟我一个学生计较呢？”

木鱼仔看得心烦，挥挥手道：“快去吧，别啰唆了。”

话是这么说，他神色之间却有点欲言又止。

徐皎刚一走，章承杨就无声无息地飘了过来：“给他人做嫁衣的感觉怎么样？”

木鱼仔惊得跳脚：“师叔，你怎么一点声音都没有？”

“呵呵。”章承杨冷笑道，“谁说初恋总是很美好，我看十有八九催人老。小木鱼啊，你瞧瞧你，这么年轻的一张脸，怎么就僵住了呢。”

章承杨光挖苦还不够，还上手捏木鱼仔的脸，疼得木鱼仔暴跳如雷。他捂着脸说：“都被扯松了！”

“松点好，松点显成熟。”章承杨意味不明地哼哼两声，又无声无息地飘走，“老子在这里累死累活，你们倒好，还有心情谈情说爱，我一锤子捶死你们的种子，让你们发不了芽！”

木鱼仔在后头号哭：“师叔，你是人吗？”

徐皎走到一半，忽然打了个喷嚏，还没反应过来，又一个喷嚏。她摸摸鼻尖，谁在骂她？还是有人想她了？

于是，她偷笑两声，自动过滤了前面那个可能性。

外胡同一阵沸腾的人声过后，四下里寂静无声。章意正在做最后的参数计算，一边对照设计图纸进行细节勾画，一边誊抄参数，忽然一片叶子打着旋儿落在图纸上。

秋叶已经微微泛黄，带着点萧索的意味。他目光专注于密密麻麻的参数，神色间不为所动，只片刻间，叶子便被吹落在地上。

忽然又一片树叶飘了进来，转瞬被风卷了回去，章意神色一顿，喜上眉梢。

“还不出来？”

徐皎尽量往窗台下藏，不让他看到，却没想门锁响了一声，他直接从里面出来了！她急忙左右张望，一时却找不到躲藏的地方，下意识往相反的方向逃，却撞进了墙角，一回头正迎上他的目光。

章意好整以暇地看着她，嘴边噙着一丝笑意。

“躲好了吗？”

徐皎摸摸头：“几天没来，有点生疏了，而且你太突然我都没做好准备，再给我一次机会一定让你找不着我。”

四合院拢共就这么大，还说找不着她？他觉得好笑，招手道：“外面凉，快进来。”

看她穿得单薄，这个天气仍旧一条薄薄的长裙，他语气重了一些：“这两天降温了，怎么不多穿点？”

徐皎朝他小跑过去：“因为要来见你呀。”

裙摆荡了起来，露出笔直的小腿。章意动作一顿，本想把热茶递给她，再一看是他喝过的，便要放下，却听徐皎说：“我不介意。”

章意垂下眼睑：“茶凉了，你等等，我去前面泡杯热的给你。”

徐皎看他要走，伸手一拦：“我坐公交车来的，绕了好远的路，喉咙好干，你给我喝一口吧。”她声音软软糯糯的，眼睛却清亮逼人，里面闪烁着他无法回避的光芒。

她是在对自己撒娇吗？

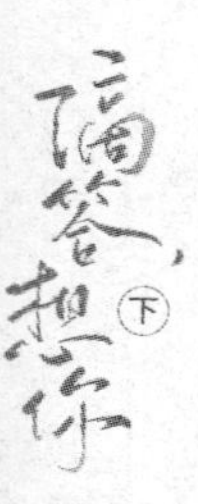

章意无可奈何地擦了擦杯檐，把茶杯递过去。徐皎就着他的手囫囵喝了好几口，证明自己真的口渴，末了还打趣他：“明明没有凉嘛，骗我干吗？”

章意心脏快要跳到喉咙口了，站也不是坐也不是，满心要逃，借口给她倒热水飞也似的跑了，过了好一会儿才磨磨蹭蹭端着杯热茶过来。

徐皎看着他直发笑。

他轻声问：“笑什么？”

“没什么，看见你就很开心。”

那些不开心的，都可以暂时变成泡泡飞走了。章意在走向她的这一路里，脑子也盘旋着五颜六色的泡泡。

自从他们之间那层雾消散之后，他就发现她变了。

笑还是那般笑，眼睛一样亮闪闪，可里面的神采却变得浓烈了，一切肉眼可见的爱欲都变得放肆起来，不可预见的部分也张牙舞爪地等待着契机。往常在一起说话也会有两个人的亲密无间，偶尔一个小动作就能知道对方在想什么，可现在却局促起来，躲躲闪闪，有点奇怪的感觉。

可问自己讨厌吗？却不讨厌。非但不讨厌，好似还很欢喜。因为她的重新出现，先前积郁在心底的难受已然一扫而空。

这么多年他一直是个情绪内敛的人。爷爷说当家做主的掌门人，哪怕不是在店里，私下也要行事稳重，这样才能从一而终。他一直很听爷爷的话，也这么要求自己，可这些日子他好像朦朦胧胧地穿过了那层桎梏，见到了别样的风景。

他回想那一日午后倒映在桌上的窗花，看她倚靠在门边，捧着茶杯娴静地冲他微笑，那掀起的裙角，翻动着，鼓噪着，心忽然悸动了一下。

“在想什么？”她喊了声他的名字，“你刚才走神了。”

他大步上前：“对不起。”

“那你告诉我刚刚在想什么？”

他说：“好像做了个梦。”

“是美梦吗？”

“嗯。”他声音温润，含笑道，“我从来没有做过这样的梦。”

他说得徐皎来了兴趣，刚要追问，忽然听见一串笑声。帘子被掀开来，江清晨正搀扶着章老爷子走进来，尾随其后的木鱼仔拼命地朝徐皎使眼色，可到底晚了一步，老爷子已经看到了她。

章文桐一双深不见底的眼眸在她身上掠过，转而向章意问道：“还没开学？”

章意正要解释什么，江清晨率先开口道：“老爷子，徐皎是我公司的代言人，新品牌上市有许多事要接洽，今天是我叫她过来的。”

“代言人？”章文桐拧眉，“是模特吗？”

江清晨神色微顿，小声应道：“算是吧，不过是手模特。”

章文桐脸色不太好看，像是对徐皎又或模特这个职业有点意见。徐皎可以理解，即便是张蓉也经常对她所处的行业抱有偏见，更何况是从事传统手工技术活的老人？有先入为主的想法是正常的，只是什么时候江清晨跟老爷子这么熟了？

“刚才清晨跟我说了新品牌的事，你们进展到哪一步了？给我详细说说。”

看他们有正事商量，徐皎旋即放下杯子找了个借口离开。

木鱼仔已经回到自己工位上，戴着放大镜，正有模有样地拆一块机芯。

徐皎走到木鱼仔旁边，低声问道：“我这几天没来，是不是发生了什么？”

章老爷子一直不赞同章意把重心调整到科研创新上，即便有所让步，也要视章承杨的情况而定。如今章承杨才接手店铺没有多久，凡事还没上正轨，三天两头出岔子，老爷子再怎么宽容，也不大可能在此时接受金戈，可看他跟江清晨说话的态度，却好似很赞成他们一起合作，还刻意提及新品牌，这是为什么？

木鱼仔装作没有听见，一眨不眨地盯着镊子与游丝，忽然手下一抖，零件都散落在桌上，他手忙脚乱地把零件分拣出来，一抬头，对上徐皎若有所思的目光。

他笑道：“能有什么事？你不要乱想。”

“为什么老爷子忽然改变了态度？”

“什么态度？”

“我上次在的时候，老爷子看到后院里面人来人往还老大不乐意，觉着

打扰了你们的生活，要让他们搬出去，今天却跟江总监有说有笑，这还没有发生什么？”见木鱼仔神色躲闪，她越发狐疑，“你有事瞒着我？”

“没有。”

“小木鱼，如果你骗我，我们就不是好朋友了！”

她作势往外走，木鱼仔一急，忙扑到桌上拽住她。

老大的一个动静，将店里师傅们的目光都吸引了过来。木鱼仔缩着脑袋冲大家伙笑笑，把徐皎拉回到跟前。她一句话不说，只盯着他看。他本就是不会说谎的人，被她这么盯着更是舌头打结，一句遮掩的话都想不出来，到最后还是老实交代：“你不在的时候，师父又梦游了。”

凌晨两点，章意打开角门跑了出去，要不是刘长宁睡眠浅听到了动静，第一时间把他跟章承杨叫醒，后果真是不堪设想。

“我也不知道怎么回事，从来没见过师父那样，他好像变了一个人，不认识我，也不大记得师叔。我们追到巷口，他就像傻了一样站在马路中间动也不动，那个时候街上已经没什么人了，就一辆车开得飞快，刹也刹不住，不停地按喇叭他却听不见似的，好在车及时拐了个弯，撞到路牙子上师父才没事，可把我们吓得不轻。”

难怪刚才过来的时候，她看到门前马路有一块被圈起，正在重新修建。

“他怎么会这样？”

“我也不知道，一直在说比赛的事，什么太极拳、跆拳道，还有网球联赛，奇奇怪怪的，我和师叔都不懂。”

偌大的守意也没人能给他们解释，事情闹得太大，惊动了老爷子，老爷子连夜赶了过来，连同刘长宁、老严和几个店里的老师傅们一起闭门商讨了一个多小时，之后宣告由章承杨正式接手守意。

章承杨一直被挡在门外，不知道他们说了什么，冷不丁一盆冷水浇下来，他几乎傻了。之后章文桐单独和章承杨聊了一会儿，章承杨就接受了那个决定。

这不，章承杨被师傅们围作一团，时时刻刻耳提面命，整天阴恻恻的，看谁都不顺眼，哪里都想插一脚，恨不能天下大乱。

徐皎悄悄往旁边觑了一眼，正对上加工间里章承杨恶狠狠的目光，她猛一回神，抚了抚胸口。

“那章意呢？”

“师父很平静。”木鱼仔垂头丧气道，“他真的很平静，好像早就预知到这一天。”

章意已经知道自己有梦游的毛病，这次差点出事，瞒是瞒不住的，就算可以瞒下来，看到大家伙对章承杨态度的转变，也能猜到什么。

得到了多么严峻的时刻，才会在他还好生生活着的时候，就培养下一个掌门人？徐皎忽而觉得有些残忍，他的病真的已经到了那个分上吗？为什么他们不多给他一点时间？

“很严重吗？我是说他梦游的情况。”

木鱼仔摇摇头：“也许只是防患于未然吧，师父也觉得这样比较好，万一出事，至少守意不会……呸呸呸，我瞎说什么！”

那种可能性不是没有，只是他们都不愿意面对，想到这里，木鱼仔懊恼地捶了下桌子。

“不会的，只是梦游的话可以通过临床干扰来克服，我之前查过很多资料，都没有这么夸张，除非……”

她忽而想到刘长宁生病住院那一次，在医院的长廊上，章意曾提及章承杨的父母，继而想到自己的父母，却失控地表示忘记了他们。当时他的精神状态完全不像一个正常人，而那种表现并不在梦游的范畴里。

仔细想想，这些并非无迹可寻。三年前在瑞士，网球联赛当晚他曾喝得酩酊大醉，以她对他的了解，他并不是好酒的人，相反他对自己一直非常克制，可那一晚的程度却已经接近于酗酒，他还执着于网球，似乎在发泄着什么。

三年后再遇见他，他正在梦游，回到了儿时，满嘴也是比赛，可那时他的母亲分明还在，对他的比赛也寄予厚望，他记忆里根本就是有母亲的！

开学后梁小秋找过她一次，支支吾吾地问她东西拿到了没有，她完全不知道梁小秋在说什么。梁小秋似乎也难以启齿，只提了一点，那天章意来找她的时候满身酒气。她完全不敢相信，还以为梁小秋认错了人，现在想来应该就是他。

他还偷偷躲起来抽烟。

她忽而想到什么，迅速打开手机，搜索章意头像的公仔，果不其然，是世界顶级网球赛事的吉祥物，难怪她觉得眼熟，三年前在瑞士曾经看到过。

她猜到一个可能性，绕过木鱼仔，径自跑到刘长宁桌边，深吸一口气问道："他梦游是不是和网球比赛有关？或是他母亲跟网球比赛有关？"

店里静了三秒。

徐皎可以感受到所有的目光都在这一刻投向了她，他们未必听得到她在说什么，可他们仿佛都猜到了她慌慌张张背后的隐情。

刘长宁正在绞游丝，手下停也不停，只道："徐皎，这件事我不能说。"

"为什么？"

刘长宁摇摇头。

徐皎回头对上木鱼仔的目光，他同她一样什么都不知道，也搞不明白为什么他们要守口如瓶。

徐皎得不到答案，也不再强求，转而问道："他的真实情况严重吗？"

"我也不好说。"

"为什么不去看医生？"

刘长宁手下一顿，看着她笑了。他照旧笑意温和，有着长辈的无限宽容，可眼里的东西却第一次让徐皎说不出话来。

"小章一直在偷偷看医生，我以为别人不知道，至少你是清楚的。"

……

梦游没有太多的临床医学支持，所有的归结点都是压力，情绪，噩梦，创伤。

她曾问过他为什么不去看医生，他说医生说来说去无非让他不要有太大压力，当时她还认为他草率，以为他不敢面对自己，谁曾想他竟一直背着他们偷偷地看医生，治疗自己的病情。

为什么他不说出来？为什么他总是什么都藏在心里？

为什么他那么努力想要改变现状，他们还是轻而易举就否定了他？

徐皎强忍着眼眶里打转的眼泪夺门而出，她不知道自己是怀着怎样的心情一直等到章文桐离开，再等到章意送走江清晨，然后来到章意面前。她只知道那层平静美好的皮囊，让她很难受。

“对不起。”

章意看着她冲到眼前抱住了自己，茫然无措地抬起手臂。他本能地笑道：“好端端的为什么道歉？”

徐皎摇摇头。

他没有说，应该是不想提起吧？她现在问只会唤起他的伤心事，他也未必肯说，等到他想说的时候应该就会告诉她了吧？

“因为太喜欢你了，有点抱歉，刚才我让你为难了吧？”

她这么直接，这么坦率，章意脑袋炸开花一般，傻傻地愣住了，支吾半天也挤不出一个字来。徐皎看他傻了，也不禁笑了。

“章意，如果你也喜欢我该有多好，我一定百倍千倍地对你好。”她旋即想到什么，“算了，还是不要了，我现在还不够好，等我很好很好，好到可以保护你的时候，你再喜欢我吧。”

章意凝视着她，沉默了很久。

饶是徐皎再怎么给自己心理暗示，让自己勇敢一点，也还是不禁烧红了脸。尤其当他对此毫无反应的时候，她不禁开始动摇，甚至开始后悔。她懊恼不已地跺了下脚，有种迫切想要咬舌自尽的冲动，出于羞愧她正在想要不要装作体力不支先晕倒。可就在这时，章意忽然开口：“你等我一下。”

他飞快地跑进屋里，顺手关上门，门没掩实，留下一道窄窄的门缝。

光晕透过门缝投射出一颗颗金色斑点，章意盯着电脑上的表格，脑子像糊住的面团。他拼命地搅和，却越搅越糊。

徐皎怔了好一会儿才反应过来，她是把他吓跑了吗？

她踟蹰地上前几步，又停住，隔着一米多远没有上回廊，只在天井里站着。水池里家旺翻了个面，肚皮朝上，懒洋洋地掀起眼皮子，嘲笑似的和她对视了半分钟，而后以看淡人世间情情爱爱的姿态闭上眼。

徐皎顿时有种五雷轰顶的感觉。

她刚才表白，居然把他吓得落荒而逃？她现在要怎么办，是等他出来还是自觉离开？怎么会这样？她平生第一次这么勇敢地示爱，居然把人吓跑了？她脸颊好烫，全身僵硬，想笑不敢笑，想哭哭不出来。

挣扎再三，她还是准备离开。就在此时，身后响起一道声音：“徐皎。”

她停住脚步。

“你会潜水吗？”

“啊？”

章意终于翻出了前一阵同城会发来的邀请，像这样的邀请他每年都会收到，不过一般都没有时间参加。他知道同城会的一般流程，无非是精英们坐在一起打机锋，不动声色地攀比，他对此没有任何兴趣，但他忽而想起，她曾经说过很想潜水，刚好这一年的活动是在海上。

“从长滩出海去钓鱼潜水，晚上还有一顿丰富的海鲜大餐……要一起去吗？”

徐皎不知不觉攥紧了手。

“几天？”

“两天。”

她状似平静道：“要在船上过夜吗？”

徐皎看着他，他在窗边，目光游离了一会儿，回到她的视线里，那是山涧里的清泉，在石头缝里跳跃着，无比生动，又无比可爱。

“嗯。”他低低应道。

夕阳洒落，他的剪影映照在脚下。徐皎的裙摆挨着那影子蹭啊蹭，希望风永远不要停。她轻轻地点了下头，怕他没看见又道：“好啊，一起去。”

章意松了口气：“我送你回学校。”

“不用了。”她现在太开心了，怕开心得语无伦次，便道，“我们明天见。”

章意的身体也麻麻的，心里悸悸的，怕不知道说什么，怕冷场又怕她生气，应下道：“好，明天见。”

徐皎从来没有过一刻像此刻一样，无比炽热地期待过明天。

她在床上打滚，抱着梅花三弄的怀表又亲又笑，把衣柜搬了个空，翻来覆去挑选漂亮的衣裳。

安晓被她感染，一晚上也笑不停，给她选了又选，最后一拍她的屁股：“就这件了，明天甭说章意，现场所有男士都要为你垂涎三尺。”

“太夸张了你，吓得我不敢去了。”徐皎拎起薄薄的几块布，左看右看，“合适吗？”

“怎么不合适？你们俩好不容易出去约会一次，你还不趁此机会一举拿下？等着回来让江姐给你下马威吗？”

“别瞎说。”

“我怎么瞎说啦？她故意在老爷子面前说你是模特，不是下马威是什么？”

徐皎不理安晓，拿着泳衣比画了又比画。安晓在旁拼命游说：“平时穿得舒服自在，可可爱爱就算了，千载难逢的机会你不给整得惊艳一点，我都要替你着急。如果因此没能有实质性的发展，你以后一定会后悔的。”

“真的？”

“相信我，姐妹我是过来人。这男人呢，再怎么不开荤也是视觉动物，没有不喜欢好看的。更何况他主动约你，不明摆着在发信号吗？你一定要珍惜这两天独处的机会，知道吗？”

徐皎点点头，抿住嘴角。

九月下旬的天午日仍有暑气，早晚却开始凉了，为了今天出行，徐皎特地挑了一条薄针织长裙，雾霾蓝色，用安晓的话说是最衬大海的颜色。安晓还帮她夹卷了头发，选了一对珍珠耳环，搭配整体着装抹上一支奶茶色的口红，显得整个人温婉动人。加之裙子是露肩的款式，配上一条细细的锁骨链，又平添几分性感。

介于少女与女人之间半熟的风韵，让她如秋日漫山遍野的红枫树下的果实，虽青涩，却诱人，散发着她浓郁独特的香气，既可观赏，又可品用。

她为此做的精心打扮不加掩饰，任何一个男人都没有办法做到游刃有余的表情管理，包括章意。他在看到她的刹那间，眼眸瞬间变得明亮，愣了很久才反应过来，笑道：“很好看。”

徐皎微微地松了口气：“谢谢。”

她这才敢正眼打量他，也注意到他今天的穿着和平常在店里有些不一样，大体仍旧以随性舒适为主，可衬衫的款式明显更加正式一些。

察觉到徐皎在看他，他有些不自在，摸了下后脑勺翘起的头发：“早上出门急，没来得及吹干，是不是乱了？”

“没有，只是一点点，我帮你捋一下。”她踮脚帮他理了理被风吹岔开的几撮头发。

仔细看，才知道他哪里不一样——他第一次早上洗头。头发蓬蓬松松的，哪怕穿了相对正式的衬衫，也显得特别有朝气，忐忑地朝她看过来时，眼睛一眨一眨的，透着些许娇憨。

实在太可爱了。

她转头看向窗外，掩饰性地握拳抵住下巴，忍不住弯了嘴角。

两人从城里出发，去长滩码头有近一个小时的车程，章意准备了早饭，徐皎一边吃一边和他说话，时间也过得飞快。

他掐算着时间，在登船前半个小时递给她一盒晕船药：“不知道你会不会晕，先准备了，可能有些副作用。”

徐皎眨眨眼：“不会吧？”

“我也不知道，因人而异。”

“好吧。”

徐皎想了想还是剥了一颗吃下。她平时为了保持身材会定期锻炼，身体素质比一般女孩子要好，不过之前淋雨生了场大病，搞得他们都以为她比较娇弱。她也不解释，悄悄地享用着他的贴心，总之这一路脸上的笑就没消失过。

临下车了，她忽然想到什么，从包里掏出小镜子照了照，急急忙忙地补口红。

章意盯着她那小小的包，满脸诧异：“里面可以塞这么多东西？”

“这有什么？你可别小瞧了女孩子的归纳能力。”

“可以借我看看吗？”

徐皎把包往他腿上一放，姿态娴熟，一点也不显得生疏。章意看了看，里面还有一块粉饼、一瓶香水和一瓶看着像喷剂的东西。

“这是什么？”

徐皎瞥了一眼，耳根立时红了：“没什么，就……就是香香剂。”其实是口腔喷剂，她怕吃了海鲜味道重。

章意似猜到什么，放下喷剂，掩唇轻笑起来，看她一张小嘴抿了又抿，觉得煞是可爱。

徐皎被他看得不好意思，背过身去随便抹了两下，自说自话道：“所以为什么要当女孩子呢？每次化了妆出门都要带这么多东西，少带一样都觉得哪里不对劲，真是太奇怪了。”

看她嘀嘀咕咕，章意更想笑了。她瞪他：“笑什么？下车啦。”

“等等。”他指着她的嘴角，“这里没有擦好。”

徐皎下意识要拿镜子出来，转而眼珠子一转，凑到他跟前：“是吗？那你帮我擦一下。”

“我？”

“镜子刚放进去，重新拿出来又要整理，好麻烦。”她有些烦恼的样子，“算了，你要不愿意就这样吧。”

看她就要推门下车，他忙拽住她：“我来吧。”

一抬头就撞见她得逞的笑，章意有些后悔提醒她了。他一手捏住她的下巴，一手压住她的嘴角。奶茶色的口红在她饱满盈润的唇瓣上呈现出诱人的色泽，偏偏她还不老实，他的手刚一压，她就抿起嘴角来。

这是一双常年与零件对话的手，灵动、细腻，舒展得像自由飞翔的鸟儿一样，可在她面前却变得完全没有章法，僵硬、无措，又笨又重。

徐皎眼睛一眨不眨地盯着他，眼波里不停流转着什么，他无法与她对视，却又逃离不掉。他艰难地在意志力的驱动下完成了这项高难度任务，猛地退回驾驶座，像是松了口气：“好了。”

他身体无端地燥热，嗓音也哑了，迎着海风吹了好一会儿才恢复如常。

徐皎神态自若地冲他一笑，唇瓣亮闪闪的：“走吧。”

同城会的主办人是一家文化公司的合伙人，早年创业，如今身价翻了不知多少倍，这次举办同城会，邀请的大多是企业精英、创始人和同行合作伙伴，算变相的商业聚会，用私人游艇出海，全程宾礼规范，服务周到，又不乏年轻人的大胆创新，请了摇滚歌手在甲板上开演唱会，连接着蔚蓝大海，一片欢呼雀跃。

徐皎一路看过去，当真是群英荟萃，衣香鬓影。章意问侍应要了杯香槟递给她，叮嘱道：“抿一抿就好，不要贪杯。”

她的酒量他是知道的，酒品也不是没有见识过，徐皎看他促狭，忍不住用胳膊肘撞了他一下。

“我知道的，在这里怎么能乱喝。”她环视一圈，几乎谁也不认识，“他们为什么会邀请你？”

“我不算精英吗？”他揶揄道。

“你嘛，勉强也算精英。”她含着下巴仔细端详，“不过怎么看，你跟这里都有点格格不入。你瞧那些人，来了这里还都是西装革履，就没几个穿着休闲的。”

章意看了一圈，赞同地点点头。

“所以到底为什么请你？”

他微微弯腰，附在她耳畔说：“守意接待过这座城市半数以上的名流。”

她惊讶地抬眼：“为什么我在店里的时候没见过他们？”

“可能是因为比较低调？”

她瞅着他的神色，半信半疑：“你是不是在糊弄我？”

章意忍不住笑了。

确实是在糊弄她，还以为她很好骗。

徐皎哼哼两声，他解释道：“都有联系方式，他们需要什么，就让人送过去，如果要修表，也大多上门服务。”

“啊，这么好？”

“可能这就是阶级的优势吧，即便像我们这样的老店，有时候也不能不遵循社会规则。而且定制服务一直存在于各行各业，VIP 制度是相应为需求而生的，服务费也会跟着增加，对双方都有保障。”

徐皎由衷道：“羡慕了，我以后也要赚很多很多钱，让你为我上门服务。”

章意看着她，她在人来人往的宴会厅游弋，灵活得像条美人鱼。忽然船身一个倾荡，她重心不稳，朝旁边倒去。

“小心。”章意拽住了她。

惯性将他们送回原地又晃了两下，徐皎半靠在他怀里惊魂未定，想着如果刚才摔倒，可就出糗出大了，却冷不丁听见他低回的嗓音，在头顶响起：“你需要的话，我随时可以为你服务。”

徐皎的脸腾地红透了。

这话说得太有歧义了，她忍不住往那种方向联想，借着东张西望掩去了眉梢的喜悦，只是说："好呀，希望你说到做到，可别不作数。"临时变卦再跑了。

他点点头，松开手，一瞬的温软离他远去，他仿佛才清醒一般，好一会儿才道："好。"

章意不常参加这种活动，难得露一次脸，几个主要承办人都来调侃他。看他身旁有美女作陪，言辞间更加大胆露骨，说得他脸热，连连讨饶。

徐皎倒是挺受用，巴不得和他攀上些说不清道不明的关系，只是她一个女孩子被这么多人看着，难免要害羞一下。看章意涨红了脸都快逃之夭夭，几人不再笑话他们，抓着他去隔壁的包厢，说要给他看个好东西。

徐皎跟在后头，进了包厢才发现里面别有洞天，布置得宛如一个小小的展览馆。领头之人说："我收了几块表，你帮我掌掌眼？"

章意摆手："轩哥，难得一天休息，也不肯放过我？"

"就是因为你难得休息，才要抓紧机会，我这边有现成的工具，你就给随便看两眼。"被称作轩哥的男人不由分说将章意拽到陈列柜前，"就算你今天不来，我也准备找个时间去找你，反正你是逃不掉的。"

激光灯笼罩的光晕下，白色旋转平台上躺着一块钛金属材质的运动型腕表，表带使用天然橡胶，整体风格轻快明朗。

章意与他对视一眼："你到底还是买了。"

"你知道的，我好奇心重。"

章意不置可否，侧过身对徐皎轻声解释："这是宇舶的深海探秘，专业潜水手表。"

"我听说这块表放在密封的箱式水槽，加压到4000米深海的压力，密封性仍然无懈可击。光是这么听就非常感兴趣了，心痒了好久，托人给我找了一块，放在水下面玩了几次，确实密封性不错，不过我不是行家，看不出真假。"

章意戴上白色纯棉手套，拿起放大镜靠近陈列柜，问："买入多少？"

"十六万。"

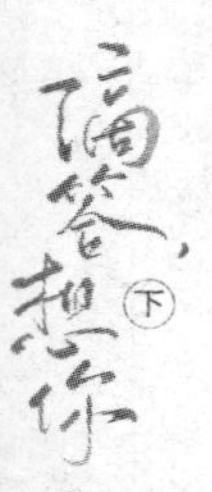

“价格还算中肯。”

他好像不是第一次帮人鉴表，姿态熟练，也有自己的章程。不需要拿出来，只是在周围略过了过好像就有了判断。

依据官方公开的标准参数，为确保防水性以及极限状态下的抗压能力，这块表的蓝宝石表镜约 6.5mm 厚。为成功到达此深度，表背部必须旋入一颗螺钉，并由极其坚硬的二级钛金属制成，绝对防腐蚀。

其次要达到深海黑暗的环境下，在 25 厘米以内距离阅读时间仍然清晰可见，深海探秘 4000 米的表盘、凸起以及指针大面积地使用了 Super Luminova TM 夜光涂层，这是附着在钛金属元素上可以发出绿色冷光的材料，两者条件都要满足，缺一不可。

章意给程轩一个眼神。

程轩打个响指，全场霎时陷入黑暗。

“徐皎。”章意低声唤她，“看这里。”

徐皎顺着他的声音朝陈列柜看去，只见一道幽幽的绿光在黑暗中犹如极光乍现，光芒四射。那光束不算明亮，却十分清透。她难掩惊艳之色：“好好看。”

章意微微一笑，对身旁的人说道：“是真的。”

“真的？”

他摘下手套，展馆内恢复光亮，旋转的激光灯刚好投来一束高强度的白光。徐皎下意识偏头，刺痛却没有如期袭来，她睁开眼，才发现一双手正覆在眼上。

“这块表不算难得，对方肯定不好糊弄你。”他等激光灯转了过去才放下手。

程轩没有错过他的动作，打趣道：“有了女朋友果然不一样，居然会开玩笑了，不过有你这话我就放心了。来，给我看看另外一块。”

“还有？”

程轩大笑：“不然怎么体现得出你的价值？你瞧瞧我身边，这么多人都等着你给开眼，免费打广告还不珍惜？”

“那今晚的海鲜大餐我要随便点了。”

“尽管随便，只要我有，没有也给你下海捞去。再说就你那潜水技术，不得亲自下海讨点彩头？”他意有所指地瞥了眼章意身后。

章意无可奈何，把他的脸转回正前方。

程轩的底章意多少了解一点，看到宇舶的深海探秘时，他已经猜到那块是前菜，不过再怎么想也没有想到接下来的正餐，居然是堪称亿万富翁入场券的顶级A货。

看外形是一块透明的类似塑料材质的廉价手表，实际上却是全球限量发行仅有10块的理查德米勒十周年纪念款RM056，市场价格至少在1700万左右。

这块表曾经出现在国内最有钱的富二代之一手上，是专门为亚洲打造的高级蓝宝石陀飞轮腕表，制作工艺非常复杂，需要数千小时才能完成，可以说有钱也不一定能买到。

别看游艇是程轩的，同城会是他组织的，其实他是个实打实的旱鸭子。就算装备齐全，有专业潜水员保驾护航，程轩也不敢下海，属于天生的畏水者。因此先前程轩让章意找宇舶深海探秘的时候，章意没有同意，主要还是怕他剃头挑子一头热，冲动劲儿过了之后后悔，没想到他找别人买了进来。

这块理查德米勒的表也是。实在扛不住程轩的软磨硬泡，章意曾帮程轩找过，倒是有人肯出，是二手的，价格不低，程轩没肯收。以为程轩就此作罢了，却不料今天在游艇上看到了实物。

章意不禁来了兴致，仔仔细细看了几遍，神色却越来越凝重。

程轩看他眉头一皱就猜到不好，不停摸下巴掩饰紧张的情绪，偏围观的人一听价格就往前凑，这一凑就凑出了麻烦。

章意顾着程轩的面子，没有直说，只给程轩一个眼神，示意他外面去说。

奈何旁边有眼尖的看热闹不嫌事大，猛一吼道：“难不成是高仿？”

四周顿时炸开了锅，交头接耳讨论起来。

程轩扬声道：“怎么可能是高仿？”

程轩起先已经有了准备，就等章意一个确切的回答。章意虽然没有直说，态度却表明了一切，被人这么一捅，程轩更是无颜见人。

1700万居然买了块假表，传出去他的面子往哪儿搁？程轩下意识道：“不可能！证书签章都齐全，还有品牌的钢印，全新刚出的货，要说假的，也太

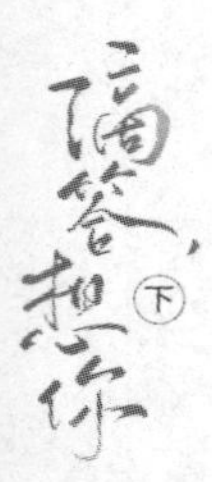

天方夜谭了。”

“不对啊，我上网查了，这块表几年前就有人戴了。”

程轩解释道：“中间人说因为有人订货后来取消，所以才让我捡了个漏，确实是全新的！”

“这中间人靠谱吗？”

“是啊，轩哥，别叫人骗了还不知情。”

“要不你把那个人叫过来跟这位行家聊聊？”

这些人里不乏跟程轩不相上下的富豪，平时经常在一块玩，也不怕得罪他。程轩特地找人把表运到游艇上，改造出一个展览馆，为的就是今天这场同城会，想借此机会秀一秀收藏，不料闹了个大笑话，一时间骑虎难下，不得不给中间人打电话，然而电话却无法接通。

他又打开聊天软件，才发现自己早就被拉黑了。

在拿到这块表后，对方积极维护了三个月，有任何疑问都第一时间解答，他这才慢慢打消了疑虑。他面容僵硬地朝众人比了个手势，说：“我再试一下。”

这一回电话接通了。

他说了几句之后对章意道：“中间人刚向我打包票，如果是假表，可以去警察局当场对证。章意，我想你是鉴错了。”

徐皎就站在程轩斜后方，清楚地看到那通电话根本没有拨出去，他在说谎！

章意与程轩对视了半分钟后，竟然淡淡一笑，默认了自己的失误。

章意什么都没有说，放下工具准备离开。擦肩而过的一瞬间，程轩又道：“你平时工作忙，没什么时间休息，今天来了游艇会就好好放松玩一玩，这种千万级的表，我想你也没见过，看走眼是正常的，不必放在心上。”

这说的什么话？已经不同他争执了，竟还反过来踩一脚？徐皎气不过，想要上前揭穿他的把戏，章意拉住她的手，用眼神制止了她。

“轩哥，是我眼花了。”

“真眼花了吗？还是卖咱们轩哥面子？”

程轩笑道：“这种事可不能随便卖面子，你要不信跟我一起去警局对证？”

“那倒不用。”

程轩轻哼一声，拍拍章意的肩。

章意不着痕迹地往旁边一闪，躲开了程轩的手，拉着徐皎离开展览馆。

一出门，徐皎就狠狠地跺了下脚。呼吸着新鲜的空气，她的胸口不断起伏，嘟囔道：“再不出来我就要被臭死了。”

她冲章意挤眉弄眼：“真是令人恶心的铜臭味。”

这哪里是同城游艇会？分明就是“凡尔赛”大会！从一登船开始，肉眼可见都是名利场的缩影，各色精英皆隆重出席，在男人的角斗场里名表成了身份地位的象征，十多万的欧米茄复刻比比皆是，为了响应游艇主题，方便潜水的劳力士蚝式恒动也屡见不鲜，除此以外积家深海计时和百年灵海狼竞相出场，为跳上更高的踏板而争奇斗艳。

徐皎一想到程轩假惺惺的笑脸就浑身发毛，效仿老严的口吻骂骂咧咧了好一阵才消气。

章意看着她，忍不住发笑：“怎么不问我为什么？”

“什么为什么？为什么没有驳回去？其实我都明白。”

在她所窥探到的娱乐圈一角也有无数个这样的缩影，像他这样委曲求全的时刻，她在胡亦成身上见过很多次，她自己也不是没有低头过。

“在场的除了他还有很多潜在客户，你今天把他的面子驳回去了，那些人也会担心今后有同样的场合，你会让他们下不来台。说得太直白肯定是伤人的，你代表的不仅仅是自己，还有守意，肯定不能随心而欲的。”

个人的颜面、荣辱算得了什么？难道因此就会伤及老店的信誉吗？不会的，在场都是人精，那块表是真是假大家心里都有数。

今天要是换了章承杨，恐怕不会这么轻易收场。也就是他，他的性格可以允许自己受这份委屈。

“换成是我，我也不会甘心的。当着这么多人的面把脏水往我身上泼，我肯定气死了，你怎么一点也不气？”

“习惯了。”

这种事又怎么可以习惯？章意摇摇头：“你还小。”

“这跟年纪有关系吗？我到你这个岁数，还是不会忍受的。”徐皎说，“因为是你，只有你会忍受这种习惯。”

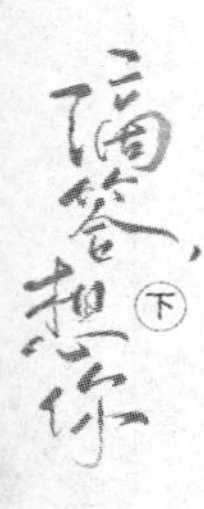

章意忍俊不禁，像她说的，实在气不过非要为自己挣个清白和公平也不是不可以，只是那样年少轻狂的时刻，早已在他的生命里消失了，或者说从来没有出现过。

“我是商人，商人利字当头，别的不重要。”

他之前说过，他不是一个心地干净的僧人，她不信，现在她看到了。他不知道她会怎么想他，可他必须要让她知道“身不由已、言不由衷”的背后，往往并不都是善意的谎言。为利益驱使，才是人性根本。

可让他出乎意料的是，她没有迟疑，没有犹豫，第一时间攥紧了他的手，坚定地说：“没关系，以后我陪着你，你的里子、面子我都会好好守住的。”

章意看着她的手，小小的，柔软的，生长在他的掌心，连着经脉好似开出了繁花锦绣。他转而看向大海，倚着栏杆笑了。

午后游艇行驶到开阔海域，专业潜导下测过风速和水流后，大家开始放心地玩水。

昨天试衣服的时候安晓强行往她行李里塞了件三点式的比基尼，徐皎原以为现场人少，太醒目了不好，来了之后才发现她想多了。船上有很多女孩，没有人注意到她，她尝试着把衣服换上，在镜子前转了一圈。

试衣间里女孩子的娇笑声此起彼伏，从镜子看去，身后不断有白花花的大长腿掠过，徐皎深吸一口气，转头往外走。

章意早已换好了潜水衣，在试衣间入口等徐皎。大概五六分钟后，他听到一阵急促的脚步声，抬头看去却只见一道纤细的背影。

由于走得太快，对方好似还踉跄了一下。

他不由得起身靠近了一些，此刻一群女孩穿着性感暴露的比基尼出来，他忙低下头，退回原位。

又过了一会儿，徐皎才出来。她把头发绑了起来，深蓝色潜水衣将她的皮肤包裹得严丝合缝，先前一闪而过的纤细后背和枣红色丝带仿佛只是他眼花看错了。

徐皎局促地拧了下手腕：“在看什么？”

章意摇摇头，拿起潜水装备和她走到甲板上：“会游泳吗？”

“会，不过没在海里游过，有点害怕。”

“怕什么？我陪你一起。”

离开了守意那间古色古香的百年老店，他好似把自己的壳打开了一些，不止促狭捉弄她，还有点孩子气。徐皎看得出来他很高兴，听程轩的意思，他应该很喜欢潜水。

他教她气瓶的使用方式，先在游艇四周让她熟悉洋流和潜水的换气方法，等她适应后，他试潜了一次。

潜水这项被称为美感和危险并存的勇敢者运动，具有强烈的特性。当人潜入水底受到水压的影响，生命的节奏在不断减慢，重力、向下的加速度、色彩层次的递增，都不断向潜水者发出挑战。

他享受失重的感觉，可以自由舒展四肢，去往宁静深处。此刻海面风平浪静，洋流舒缓，他不断被深海召唤，眷恋那纯粹的深度和透明的世界，脑海里却有一个理智的声音让他不要贪恋深度，尽早返回。

他恋恋不舍地回到水面。破水而出后的一两秒内，他的瞳仁干净得只有原始的黑白，没有焦点，似把灵魂留在了深海里。

好一会儿他才反应过来。徐皎有点紧张：“你刚才那个是正常反应吗？”

他笑着说：“时间长了大脑会有一点点惯性延迟，不要紧。”

“嗯，要不要休息一下？”

“不用，现在下去正好。”

他让她仰面躺在海上，以头先入水的姿势下潜。徐皎深吸了几口气，还是有些紧张，临要翻身忽然打起退堂鼓，连连摆手：“我不行，再等等。”

心里空空的，没有底，她脚下一软，下意识抓住他的手。章意双手半托着她，两人的身体靠在一处，有种陌生而刺激的感觉传入大脑皮层。

章意抹去她脸上的水珠：“放轻松，不要怕。”

“我是不是很胆小？”

“说是的话你会勇敢一点吗？”

“不会。”她冲他哼了一声。

“哦，那还是不胆小好了。”他笑道。

人在大自然面前是渺小的，有种天生的畏惧，她害怕无可厚非，他只能不断安慰她、鼓励她，唤起她对大海的向往之情。

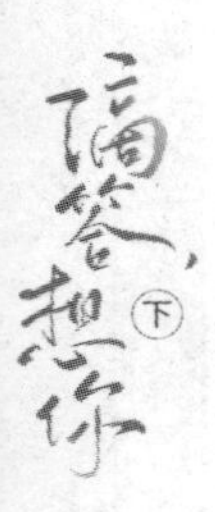

他将腕上的潜水表摘下来，戴到她手上：“这块表是潜水表历史真正意义上的开端，在ISO的潜水表标准还没出来之前就已经面世了，但基本都符合之后ISO的要求。是军用级专业潜水表，美国和法国海军都用它，而且，它是我的幸运表。”

每次只要戴着它，不管去到多远的地方，他都能安全返回到水面。

“现在给你，安心点了吗？”

她点点头，杏眼乌浓，一眨不眨地看着他：“可是给我了你怎么办？这是你的幸运表呀。”

“我跟你一起，它一定会给我们俩带来同样的幸运。”他忍不住摸了下她的脑袋，额前的几缕头发都湿了，他替她理了理，“教你的手势还记得吗？”

“记得。”

“我们再对一次。”

她忙又比画了一遍，心里总算安定不少。

章意看她差不多准备好了，对着她的掌心拍了一下：“我们先试一次，有任何不舒服就给我打手势，我们立刻返回。”

“好。”

潜导在一旁为他们计时，安全员也做好准备同他们一起下潜，徐皎看左右都有人，深吸一口气。章意给安全员一个眼神，下一秒两人推着徐皎钻进海里。

温暖的洋流转瞬从四面八方向他们包围而来，成群的七彩小鱼啃噬着海藻，互相嬉戏玩闹，间或有激流如一道白光从眼前掠过，五颜六色的珊瑚群让人心旷神怡，在其中漫步惊奇而快意。

进入海下十米后身体开始失重，变得像一叶浮萍，任由洋流推来推去，上下翻滚。越是往下，越是有一种无穷的力量，吸引和拉拽着他们。

徐皎试了几次后逐渐找到状态，也喜欢上潜水的感觉，可以一步步朝更深的地方探索。章意扶着她的身体仍旧自由灵活，就像生长在海里的生物。

“我看《山海经》里有种妖怪叫鲛人，你就是鲛人吧？不然你怎么可以这么灵活？”她忍不住雀跃地问他，“你是不是经常潜水？”

“嗯，有时间就会来玩。”

他表现得太专业，太沉稳，太有魅力了，在水下也游刃有余，让她好不心动。她的目光从始至终没有离开过他，出了水面仍旧情难自已。

“你考过潜水证书吗？”

“嗯，勉强算是个合格的潜水教练，教你还够格吗？”

“可太够格了。”她仰起头，“章意，我觉得你今天很开心，是因为心爱的潜水，还是因为……有我和你一起潜水？”

他说不出来，只是羞红的脸暴露了他此刻的心思。他长长的睫毛上挂着水珠，让原本立体深邃的眼睛，在大海里显现出一种异样的深情。

“要不要再试一次？”

她的心随着洋流不断起伏，身体和灵魂也向他无限地靠近：“好。”

章意帮她把面镜整理好，手指无意识擦过她的脸颊，皮肤的冷感传递回来，他略顿了下，说：“再玩一次就上去，喝点热水，不然你要感冒了。”

徐皎听话地点头，收紧表带，拉着他迅速下潜。

潜导趴在甲板上计时，掐算他们回来的时间，突然听见一道巨大的撞击声，心一下子跳到喉咙口，咯噔咯噔震个不停。

游艇上的人跑来跑去：“我的天，三米多长的大鳄啊！刚刚从我们船下游过去了！”

“在哪里？我说刚刚那一下是什么，还以为被大白鲨咬住了。”

“你兴奋个什么劲？水下还有人呢。”

“什么鬼运气，这家伙吃起人来可不留情的……”

因为这话，原本哄闹的游艇霎时安静下来。这时，游艇下方又来了一条鳄鱼，与先前的那条会合，一直徘徊在船身四周。

计时器显示已经过去了五分钟。

显然章意和徐皎也遇见了这两条鳄鱼。章意与安全员对视一眼，后者露出一个倒霉的表情，表示这也出乎他的意料。

与鳄鱼周旋是件非常艰难的事，因为它们是戒备心相当重且攻击力很强的动物，在水下时，它们通常会睁着眼睛。章意还在思考该怎么躲开鳄鱼的时候，安全员给他比了一个手势，开始往鳄鱼的后上方游过去，那是它们最为提防的后背位置，通常不会留给任何敌人。

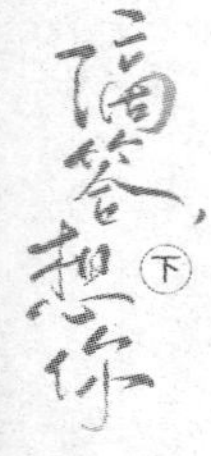

意识到安全员是想吸引鳄鱼的注意力，章意连连摇头，没能拦得住，便给徐皎一个眼色，顺势将她往上推了一把，自己跟上安全员。

徐皎立即反应过来，放缓呼吸，小心翼翼地寻找机会上游。

游艇上大多是外行，只有章意和几个潜导有深海潜水的经历，不说大鳄、蝠魟，就是鲨鱼也曾遇见过，因此可以镇定自若，其他人就不一样了，有些吓得在海面扑腾，差点没有淹死。潜导第一时间下海营救，拉了人就往回跑，至于海面下的人就只能任他们随机应变了。

好在章意和安全员都有经验，他们不太紧张，鳄鱼也就感受不到攻击气息，很快放松下来。在它们将目光转移到别处时，徐皎尝试着回到水面，可她毕竟还是新手，加上紧张不敢呼吸，身体始终不可控制地在海水中被浪流推来推去。

几分钟后，两条大鳄的注意力完全被吸引走了，追着一群小鱼跑向了珊瑚礁里，很快钻进一根长木后头失去了踪迹。

章意彻底放下心来。

这时，他们已经临近水面了，徐皎甚至可以看到趴在船头挥着手的潜导。章意与她对视一眼，托住她的后腰往上送，忽然一股浪流冲撞过来，阻止了他们的动作。

避开急流的瞬间，徐皎整个人急速往下坠落，章意一个翻身抓住她的手，安全员从身后游过来，顺势推了他们一把。

几个人迅速钻出水面，潜导都快哭了："我吓死了，差点以为你们要成为那两条大鳄的下午茶了……"

"闭嘴。"安全员瞪潜导一眼，忽然想到什么，回头一看呆了两秒，随即暴喝，"人呢？"

他这一声喊有如惊天炸雷，船上的人都吓了一跳，很快他们就意识到一个严重的问题——徐皎和章意掉队了。

这时的章意，已经敏锐地察觉到不对劲。

前后相隔不到两小时，海水明显在变冷，洋流一拨拨地撞过来，越发强劲。他整个人左摇右摆，刚想往下潜，就被洋流拍进了珊瑚礁里。借着珊瑚礁挡流，他定睛一看，海底飞沙走石，天昏地暗，一股巨流正朝他们扑过来。

好在这个平地并不深，及时返回的安全员已经发现了徐皎的踪影，迅速朝她游了过去。然而下一秒，章意和徐皎就被卷进一个漩涡中。

这个漩涡肉眼根本看不出来，只是进了漩涡之后，他们的身体会被急流控制，不由自主地旋转起来。他们失控了，随着旋转速度加快，身体在海水中搅动冒出了很多水泡。

章意意识到他们是碰上了十分强劲的“洗衣机流”，漩涡会不断把人往海底方向拉扯。安全员有力气，拽住了离自己最近的一块大石头，但徐皎的情况就差太多了，她没有足够的速度抵抗激流，很快就被卷进了另一股大流中。

章意紧追下去，几乎到了这块平地的最深处。

洋流就像一把大扫帚，要将地上的垃圾都扫走，章意和徐皎成了他们要送走的东西。章意几乎喘不过气来，每次旋转都会产生巨大的冲击力，几乎要将他的呼吸二级头夺走，他死死咬紧牙关，一只手拽住徐皎，另一只手按住她的咬嘴。

他们在漩涡中持续不断地往下旋转，忽然章意感受到一股推力在将他和徐皎往上送。他顺势喘上气来，找到平衡点，用尽全力将徐皎往上一推，安全员在上方正好接住她。

洋流好像划出了一道界限，一边将徐皎迅速地往上卷，一边又激烈地将章意往下拉。很快，他们互相失去了对方的踪迹。

突然一个大流撞过来，章意的背包被撞散了，肺脏受到了强大的挤压，根本无法呼吸。也不知过去多久，他的意识越来越浅，仿佛坠入了一个巨大的窟窿。

远远地，他又听见“滴答——滴答”的声音，指针不停地旋转，旋转，音锤在时间长河里机械地摆动，无声无息地吞噬着什么。

他感觉到一股莫名的熟悉和亲近，仿佛听到了温柔的呼唤：“阿意，妈妈在这儿，快过来……”

“妈妈……妈妈，我输了，对不起。”

“傻孩子，比赛第二，友谊第一，交到好朋友了吗？”

“嗯，可是我给你丢脸了。”

“为什么这么想？”

“妈妈你拿了好多冠军，而我却只拿了季军。”

“你还小，身体没长结实，再说妈妈让你练拳的初衷只是想让你强健身体，比赛是次要的，只要阿意身体健康，妈妈就很开心啦。”

“嗯！妈妈你真好，我去告诉爸爸这个好消息。”

“别去找你爸。”

“为什么？”

“你爸忙，别去打扰他。”

“爸爸怎么总是这么忙？”

滴答——滴答，呲——呲！

车零件的刨削声和指针转动声相互交会，此起彼伏，灌入他的耳穴，引来嗡嗡的耳鸣。他痛得想要破开脑袋，不断捶打耳穴，口中呼唤着：“妈妈……”

然而记忆里那个人却离他越来越远，他的身体彻底失去平衡，沉入海底。

忽然之间，他睁开眼睛，另外一个声音唤醒了他的灵智。刚刚在洋流最汹涌的地方，是谁推了他们一把？徐皎呢？

他一瞬间清醒过来，双手不停地划水，脚蹼大幅度地摆动，他感觉到来自海水的压力正在减小，身体逐渐积聚了一股力量，但呼吸仍旧困难。他努力平衡耳压，尝试睁开眼睛。

面镜漏水了，镜面灰蒙蒙的什么都看不见。当他从鼻梁上方一道窄小的细缝，捕捉到一抹清澈的蓝光时，他欣喜万分，这意味着他已经逃过了刚刚那股巨流，被海浪卷到了不知名的地方，但他并没有因此感到一丝轻松，因为他的胸腔还在持续不断地发胀。

他痛得难以忍受，拼命想要往上，身体的抽搐却阻碍了他的动作。就在他再一次被水流拉扯着往下坠落时，一双手从后面托住他，将二级头塞进他嘴里。

章意大口地呼吸，将身上最后的力气都积聚到胸口，蹬直双腿，拉住她一起往上游。在跃出水面的瞬间，他甩掉二级头，热烈急切地吻住她。

徐皎的情况并不是很好，她很狼狈，身上的装备零零散散掉了许多，只剩一个呼吸二级头，气瓶中的含量也几乎告罄。可饶是如此，在刚刚那生死存亡的几米之间，她还是将呼吸器给了他。

她的潜水衣破了几处，脸上有明显的刮痕，原来被藏得毫无破绽的皮肤暴露于眼前，白得发光的胸口，枣红色丝带若隐若现。

因为长时间浸泡在海水里，章意的身体冰冷得快要僵硬了，手指关节不停地颤抖，但他还是尽可能以温柔的姿态捧住她的脸，一遍一遍摩挲她发白的面孔，后来他发现这样不够，远不够让她冰凉的身体回温，让昏迷的她恢复意识，于是他拨开她脸上交叉打结的头发，再一次吻住她，贴着她的面孔不断摩擦，手掌按压她的胸口。

又过了一会儿，徐皎猛地呛了口水，睁开眼睛。

她喘了几口气，彻底回到现实当中，动情地与他对视，目光透露着渴望："章意，我好冷，你可以抱抱我吗？"

他低下头将她拥入怀里。

徐皎贴着他的面颊，无声地流着眼泪。她太害怕了，刚才那样惊险的时刻，她差点以为他们都要死了，好在老天眷顾，她没有死，朦胧的意识里，他好似还吻了她。

虽然那个吻可能只是为了救她，但她还是情不自禁地哭了。她紧紧贴住他的面颊，冰冷的唇摩擦他的耳鬓，不断在向他靠近，靠得更近。

章意身体的每一寸肌肤都在叫嚣，在强烈的不安中，一种情不自禁的情绪占据了心房。

他退开来捧住她的脸。

徐皎看着他。

他的手指温柔地拭去她脸上的泪珠，一个吻悄然落到她额头上，紧接着转移到她泛红的眼角、俏丽的鼻尖、抖动的嘴角以及敏感的下巴。

她红着眼，被亲到发痒，笑着往他怀里钻，再一次被他紧紧抱住。

章意喉咙干涩发不出声音，他尝试了几回，只能挤出几个生硬的字眼，于是他放弃了，盯着那轻轻颤抖的唇，再次俯身靠过去。这一次所有感官都变得清晰可以捉摸，他可以感受到那是一种怎样的感觉，仿佛比蔚蓝的深海还要吸引他，将他拽下去，陷入不可往复的境地。

他痴迷地捧住她的脸，舔舐她唇瓣的每一寸肌理。

这时，他的声音竟然畅通无阻地跑了出来，他惊喜地发现一起跑出来的还有他的灵魂，正雀跃万分地对她倾诉衷情。

“徐皎，对不起，你愿意吗？”

徐皎的眼泪不曾干涸，又再度上涌。天边出现了火烧云，整个海面都被染上了烈焰的色彩，那些云在碧海蓝天中漂移，忽然拖着长长的尾巴坠落在水面，炸出了整片汪洋的火花。

徐皎遥望着无边无际的大海，抽了下鼻子：“你看。”

在他停住转过脸的时候，她啄了下他的脸颊，用行动回答了他。

“好美。”

这是她有生之年见过最美的黄昏。

很快，黄昏过后，夜幕来临。

章意不知道他们现在距离游艇有多远，刚开始他们尽量不再被浪冲走，可是在等待了两个小时没有看到一个人的踪影后，他们意识到现在的位置可能已经超过了搜救范围。

海水冰冷，他们的身体正在逐渐变得麻木。

天色彻底暗沉下来之前，他们决定顺浪流漂，希冀能看见海岸。整个海面漆黑一片，只有遥远的海的尽头，泛着微弱的星光。

他们在一望无际的大海上失去了方向。

徐皎的体力在快速消耗中，到最后几乎是被浪推着走，章意一直紧紧抓住她的手，不管浪流多大，被冲到多远，最后都会回到她身边。当又一道巨大的浪花打过来时，两个人都被推搡着向前翻滚。

就在这时，徐皎的脚背撞上一块坚硬的石头，她抬头一看，在退潮的黑夜里，前面不远处有块石壁露出了尖尖的头。她欣喜若狂，拉着章意游过去，爬到石壁上面，迫不及待地躺下来，让身体接触到平地，感受那种真实又踏实的肌肤相亲，就此没了力气动弹。

脱离困境之后，沉浸在寂静的深夜里，就会发现时间走得很慢很慢，同时饥寒交迫的感觉就会越发强烈。徐皎再一次看向手表，发现才过去两分钟。

她转头看着章意，发现他也正在看她，两个人相视一笑，都转动身体面向彼此。

“你冷吗？”他的声音很低。

她不由自主地靠过来。

章意想笑，也朝她靠近了一些，伸手抱住她。

其实这种感觉并不舒服，他们的湿衣破了，海水渗透进去，一阵又一阵的寒气钻进皮肤，即便抱在一起也无从取暖，再这样下去可能等不到救援就被冻死了。

她想了一会儿，舔了下唇：“你跟我说会儿话吧？”

要保持体力，也没有水喝，应该尽量少说话，可是不说话就会睡过去，夜里降温不知会发生什么。章意点点头：“我来说，你尽量听着，不要睡着了。”

“好。”

“说什么呢？”他想了一会儿，“我给你讲讲‘五十噚’的故事？”

“是这个吗？”她抬起手腕上的表。

章意点点头。

“噚源自莎士比亚的名著《暴风雨》中爱丽儿的歌声——五噚的水深处躺着你的父亲，他的骨骼已化成珊瑚。‘噚’字是用来测量水深的单位，于是 Fiechter 先生便将‘噚’字前面加上了五十，为这块表命名……”

他语速缓慢，讲述着古老的故事，仿佛把人也拉回那个时代。徐皎强撑着困倦，有一搭没一搭地和他说话。

“还有劳力士蚝式恒动 Deepsea Challenge，因为被人认定为‘暴发户’品牌，他经常受到一些莫须有的指责，其实在 1960 年，劳力士 DepSea Special 作为一块实验性的手表，被安置在里雅斯特号深海潜水器的船体上，下潜至 6.78 英里深的海底，就已经证实劳力士手表在海底巨大压力下依旧能正常工作的精准度和可靠性，2013 年研发的新实验性手表 Deepsea Challenge 刷新了 52 年前该品牌在里雅斯特号上所创造的领先纪录，是迄今为止最深的潜水记录保持者……”

徐皎想起他家里成堆的历史文献，为了修复已经失传的古老工艺所付出的努力，不禁问道：“你有想过吗？未来的某一天，世界钟表舞台会出现一

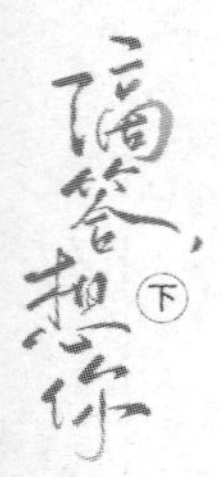

个名叫‘钟情’的独立创制品牌，它会因为你的创造、设计和卓越的研究，同宝珀、劳力士一样创造世界纪录，被记入史册，永远被人铭记。”

因为这样的希冀，她对江清晨始终怀有复杂的感情，她多么感谢江清晨投资了他，又多么害怕偏偏是江清晨。

她太小了，想要的和正在做的都是他心里遥不可及的自由。过去他不曾随心所欲，将来更不可能予取予求，严谨的科研态度也让他失去了对幸福的怀想，他从不敢轻举妄动，不管是在光明中，还是在黑暗里。

“为什么不说话？你没有想过吗？”

他摇摇头：“可能有过吧，但我不记得了。”

不切实际的未来，他总怕一旦想起，就会忘记当下的使命。徐皎扁扁嘴：“那 AHCI 呢？已经有越来越多的中国制表人加入这个协会，不久的将来说不定你也可以。”

“我吗？”

“是啊，你为什么不幻想一下？”

“我不知道。”

可能他想过吧？不过生活留给他幻想的时间总是稍纵即逝，他来不及想，就被拽入了日复一日的工作当中。这份他无比热爱的工作，占据了他生命绝大多数时间，与此同时也蚕食了他的青春年少。

徐皎不禁有点难过，他在太小的年纪就背负上了传承的使命，都没有好好地为自己活过一场，不曾任性妄为，竟然连幻想未来这种不会造成任何伤害的事都不敢轻易碰触。

为什么要活得这么累？他明明可以歇一歇，去旅行，去潜水，去自己向往的地方，去谈恋爱，去听演唱会，去到世界任何一个角落都不能代表他不负责任，不能表示他抛下了家族和老店，因为他是一个有血有肉的人！

她要怎么做，才能让那封闭的壳打开得再大一点，更大一点？

徐皎捧住他的脸，冰凉的温度让他清醒：“反正现在没事做，你幻想一下吧，两年、三年还是五年，某一天你来到瑞士钟表展，里面有一个陈列柜专门为你而留，你把精心设计的作品放到其中，身边来来往往的人都停下脚步，对着它七嘴八舌，用惊艳和惊喜的表情告诉你他们有多喜欢这个作品，你享受着大家的赞誉，温和谦逊地与学者们交流经验，跻身那个你憧憬了很多年的舞台。你之所以从善如流，是因为你发自内心热爱自己的作品，热爱这份职业，热爱这一生都将刻骨铭心的古老工艺，而不是使命、责任，不是别人的希望，仅仅是因为你自己。”

你必须要抵抗所有来自外界的阻力与压力，才能剥除杂碎的附加，窥见热爱的本心。

“章意，你不属于任何人，只要忠于你自己。”

他目不转睛地看着她。

不知过去多久，她松开手臂，直起身来。章意伴着她的动作也坐了起来，有些困惑地看向她。她好似正在鼓起勇气，好一会儿才说：“我……我想亲亲你，可以吗？”

于是，章意在全身麻软酥痒的异样刺激中，看着她潜水衣的领口那条细细的拉链像是用肥皂打滑过一般，一路顺畅无阻地被拉到底。

没有一丁点多余的美丽躯体呈现在他眼前。每一次呼吸吐气间，她的胸口会协调地上下起伏，红色丝带在夜风中飘扬，性感得让人窒息。

章意不由得转过脸去。

“你、你在做什么？”不是只亲亲他吗？

“我……我想让你看看我，其实我长得还可以，对不对？我每天都会运动，身材也不错，你为什么不看我？章意，你还是男人吗？”

“我……”

“你是男人吗？”

他怎么不是男人？就因为是男人，他才要转过头去，否则他真的不知道自己会做什么。他的手牢牢抓住岩石缝，强忍着寒冷的入侵，咬牙道：“快把衣服穿起来，你会冻死的！”

“我不要，你看我，只要你看我，我就穿衣服。”

“徐皎。”他深深叹息，“你为什么要逼我？”

徐皎眼眶一红。她鼓起了多大的勇气才做出这种事，是为了证明自己美丽吗？才不是，她只是想要他也勇敢一点，大胆一点。如果他也喜欢她，为什么他不敢面对她？那些礼貌，那些分寸，真的有那么重要吗？

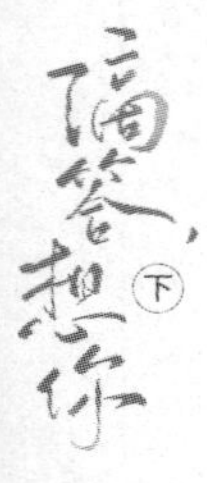

她只想证明，他喜欢她，他想亲近她，可他却当她是逼迫。她忍不住哭了，抽噎了好一会儿，还是把衣服拉上，躺了下来。

她把自己蜷缩成一团，紧咬着嘴巴强忍委屈和难过，冷得一直发抖却不让自己发出半点声响。忽而一只手从后面绕过来，将她放平，手臂撑在两侧，对上她的眼睛。

“为什么要这样？”他低头吻她，“你让我好难受。”

身体难受，心里也难受，听着她窸窸窣窣的声音，理智全都被烧光了。

他的吻很轻，像羽毛掸落浮尘，像野猫挠人，一下又一下地撩拨着她。像是做好了打持久战的准备，他秉持了十足的耐心，次次试探又克制万分，每深入虎穴又及时退出，故意惹恼她一般，将她弄得心烦意乱，不得不在他新一轮的进攻中丢盔弃甲，忘记娇羞，拥住他，攀住他……

他意乱情迷地抚摸她的身体。她浑身战栗，却又贪恋这份温暖，手扶在他的背后，指甲仿佛要嵌进他的血肉中。

不知道什么时候，她湿衣的拉链再度滑到小腹，内衣在拉扯中松开了系带，只堪堪遮住一半胸口。他的目光充满侵略性，凝视着那片凹凸有致的肌肤。

她在喘息，在起伏，在连绵的山峦间，一时光滑白皙若刚煮沸的汤圆，嫩滑得想让人尝一口。一时又透着明亮的光，美丽耀眼，让人战战兢兢，不敢直视。徐皎几乎要溺毙在他的目光中，他却忽然长吐一口气，浑身颤抖地将她抱紧在怀中。

“对不起。”他喉咙嘶哑，快要哭了，“对不起，我不该那么说你。”

徐皎伸手抱紧他。

这一夜，章意在亘长累赘的梦中追索温暖的来源，反复做着同一场梦，最后还是被惊醒了，全身都出了一层汗。

他将自己的潜水衣盖在徐皎身上，自己裸身贴着石壁，听海浪声。凌晨四点半，夜还在将睡欲睡中，海面上灰蒙蒙的，将他们圈在孤独的中心，宛如一只大铁笼子。

那场几近于真实的梦，已经纠缠了他很多年，但人这种感性的生物很奇怪，因为身边有人陪伴，那些难以启齿的痛楚忽然好像被一双无形的手抚平了，尽管他在梦中无处可逃，可醒来的那一瞬间仍旧心安。

他轻柔地抚摸徐皎的脸颊，声音低得仿佛不存在："其实我知道了一个可能真实存在的故事，关于网球和葫芦钟……徐皎，对不起。"

那天去学校找她，得知她淋了一夜的雨只是为找一只网球的时候，他已经猜到什么，后来梁小秋拿出了那颗黑黢黢的网球，那一年联赛特别定制的网球材质和品牌，基本让他确定，她曾经讲述的葫芦钟的故事，里面的葫芦钟就是他修的那一座。

有一瞬间，他完全控制不住自己的情绪，可他到底还是忍住了。

他的过去并不完整，残缺的那部分是一抔灰烬，无风无浪时相安无事，可稍有点风，火舌就会重蹈覆辙。

他真的怕了。

"但是谢谢你，没有放弃我。"他低头亲吻她，"我上辈子一定是个好人吧？"

徐皎睡得浅，迷迷糊糊中听见他的声音，下意识向他靠近。他将她抱在怀里，这个夜晚月凉如水，他的心却鼓鼓的，揣了个小太阳。

天边缀着寥寥数星，一艘小船漂在海里，摇啊摇。

徐皎再次醒来已经在医院里。

她猛一弹坐起来，见章意正伏在床边睡意安然，阳光笼罩在他身上，耳郭被晒得染上淡淡的红，毛茸茸的短发又软又可爱。

她忍不住摸了一下，回想起前夜种种，简直要羞愤欲死了。

秋风送来一缕丹桂清香，看章意动了动似要转醒，她忙躺下闭上双眼，仔细聆听身边的动静。好一会儿屋内仍旧针落可闻，她悄悄睁开一条缝，正对上一双含笑的眼眸。

她忙又捂住脸，咿咿呀呀了一阵，最终把锅都推给那两颗晕船药："一定是起副作用了我才会那样，天啊，我怎么会那样？好丢人，我没脸见你了。"

章意掩唇轻笑："我也吃药了。"

"对，肯定是晕船药的问题。"

"你只想那么认为吗？"

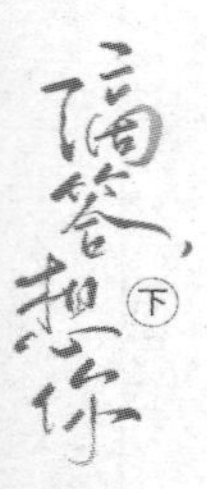

“我……”

她当然不想就这么含糊过去，可她也实在无法面对那一晚。她的脸好像在热油锅里，烫得快要化掉了，磨磨蹭蹭好半天才挤出两个字：“不想。”

“那就听我说，徐皎。”

他拉住她的手，稍微一使劲，被挡住的脸就露了出来。

“我也喜欢你。”他认真地说。

徐皎嘴角一翘，旋即抿住，又忍不住上扬，好一会儿点点头：“嗯，那你一定要好好喜欢我呀。”

“好。”

两人四目相对，眼波脉脉，火星四溅，情浓时自然怎么看都看不腻，只是多少都有些不自在，很快移开视线，过了不知多久才又对上眼，徐皎躲到他怀里蹭了蹭脑袋。

这一趟回来，大家伙明显感觉到两人之间有了什么，火苗滋滋地噼里啪啦个不停。章承杨直叹江河日下世风不古，安晓倒是开心，自觉和章承杨的关系更加牢固了。

老师傅们给店长面子，不好直接打趣，谈笑间却都乐见其成，其中以老严最为夸张，恨不得敲锣打鼓昭告天下，给自己开坛新酒找到了一个有力的理由；刘长宁却一反常态有些忧心，只是嘴上不说，揣在心里，每每站在前后院交界处唉声叹气。

刘长宁自然也喜爱徐皎，赞同他们在一起，只是这个时机说不出来哪里不对，加上后院里头还有个伺机而动的，一定不会任由事态发展而坐视不管。

然而江清晨的反应却出乎他们所有人的意料，她仿佛什么都没有看见，还跟之前一样，每日和团队开会，推进钟情及新机芯的改良与开发。

章意也恢复如常工作，照旧很忙，可不管多忙，每天都会跟徐皎打电话，临睡前的那一段时间是属于他们的。

好几次说着说着他就睡着了，夜里好似也不会再梦游，徐皎伴着他的呼吸声和寂静的夜月，心中十分安适。

唯一把平静生活弄得鸡飞狗跳的就是章承杨了。

自从老爷子把他提到一店的位置，他每天都要接受来自守意所有师傅们的监督，除了开门应对客人，还有做不完的功课。章意去完同城会回来，他就鼻子不是鼻子，眼睛不是眼睛，在看到章意和徐皎有了实质性的发展后更加不平衡，跟没长大的孩子一样到处寻找存在感。

前几天有个女客人非要买一块暴露在外的陀飞轮腕表，老严、刘长宁相继劝说无果，他二话不说撩了袖子冲上前去，直接调出陀飞轮的腕表大全给对方选择。女客人一边选，他一边做文章，把陀飞轮装在外面的坏处细数了几千个字。

诸如一直暴露在外，长时间日照，摆轮和游丝会受温差影响而出现不稳定的表现等等，他讲起来流畅自然，倒第一次让店里的师傅们看到了他的专业水平，简直叹为观止。

女客人也微微张着嘴，惊叹不已，最后看在他那张脸的分上鼓了鼓掌，他这才把满身的脾气压下去，好言好语解释道："那种的就是好看，没实用价值。"

女客人眨眨眼："可我就喜欢好看的呀。"

"真的，我说真的，如果你钱多非要当个傻子我不拦你，可这玩意……"

"我有钱。"

章承杨满腹大论，倒回肠子里。

"然后呢？"

徐皎听木鱼仔给她转述，笑得停不下来，直追问结果。

木鱼仔左右看看，压低声音说："幸亏是个女顾客，这要是个男的，你看拳头会不会招呼到师叔脸上去，最后加了师叔的微信总算妥协，但还是非陀飞轮不要，不过呢，是订了一款陀飞轮装在表壳背面的款式，多少好一点。"

老严他们都笑章承杨以色侍人，这水平也就那么点，直把他气得咬牙切齿，偏偏说不出个理来，不然就他那个处事方法，客人不投诉才怪。

徐皎对章承杨的魅力已经见怪不怪，只希望这事别传到安晓耳朵里，不然又要天下大乱。

陀飞轮装在外面确实没什么益处，实用价值不高，老守意的师傅们看透了商家本质，在推荐的时候大多遵循本心实话相告，一方面也是避免将来出了问题，客人上门来闹，另一方面还是不想客人吃亏。不过既然打开门做生意，

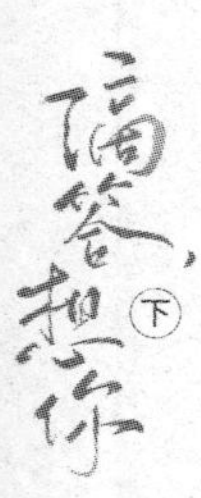

就要讲究分寸，客人若是坚持，还是得以他们的喜好为先。

“我也觉得陀飞轮挺好看的，尤其装在正面。”

“你们女孩子就图好看。”

“女孩子不为好看为什么，反正人家有钱。”徐皎把一包薯片塞给木鱼仔，冲他挤挤眼，转而又问，“最后选了哪个牌子？”

“别告诉她，让她猜，猜中了我今天一天不发脾气！”章承杨眼尖，一眼看到那两人在用零食交易他的糗事，不由得嚷道，“别吃光了，给我也留一包！”

徐皎忍俊不禁，冲他一笑：“你说的？作数吗？”

“我好歹也是一个一店，怎么不作数？”

徐皎和木鱼仔面面相觑，彼此心领神会，也不知道谁经常耍无赖，这种话自不必当真。不过他近来心情不佳，他们都不敢惹他，徐皎就给他面子答应下来。

“那个女孩一看就是颜控，应该会选积家的吧？”她想了一下，“我猜是积家的翻转陀飞轮，好看，实用性强，也比较经济适用，对不对？”

章承杨拿着铁棒子号叫了两声：“你作弊！”

“我找谁作弊啊？”她朝章意的方向努努嘴，拿手虚虚地比画了几下，意思是三四米远呢，大家都看着，怎么作弊？你还是不要强词夺理，趁早认输吧！

谁知，章承杨却臭不要脸地说：“呵，谁知道呢，说不定你们俩有心灵感应。”

章意正给章承杨磨称手的锥子，听到这话头也不抬道：“锥子还要吗？”

章承杨满脸震惊：“这还是我高风亮节的哥吗？”

木鱼仔啧啧嘴，咬着巧克力味的棒棒糖感慨道：“师叔你也有今天？”

章承杨独自一人在小小的操作间，环顾四周看戏的笑脸，突生一种英雄末路的壮烈豪情：“算了，我不入地狱，谁入地狱？”

“还入地狱呢，地狱哪敢收你这种暴躁狂？可别给自己加戏了。”老严端着杯茶老神在在地从旁走过，指着他的铁棒子说，“还不快点磨？要我打电话给老爷子？”

“你——你还是不是人？你想看着我被爷爷的口水淹死？”被人合起来欺负，好不容易才咽下这口气，老严就撞枪口上来，章承杨提着棒子快步冲上来，抓住老严一阵推搡，直把老严推得眼冒金星，再三求饶。

章承杨凭武力制伏一个老人，多少有些心虚，想着以理服人，便道：“看来我必须得做点什么才能彰显威严了，这样吧，你们每个人考我一个问题，我答对了以后就不准再随便告状，都多大人了，好意思吗？”

“你说的？”

“怎么回事？就我说的！怎么老是怀疑我的承诺？”

“还不是你信誉值低，大家都当你放屁。”

章承杨平时嚣张惯了，冷不丁被压一头，谁都想闹他一下。徐皎看得直发笑，悄悄跟安晓发消息，说他人缘差。

“那行，我来想一个。”老严啜了口茶，眼珠子转过来转过去。

章承杨看得心慌：“用得着这么深思熟虑吗？”

“别打岔，我想到了。”老严得意扬扬地瞅着他，“F1 圈的第一个非汽车赞助是豪雅，还是万宝路？”

“当然是万宝路！”章承杨想也没想脱口而出。一看众人脸色，他立刻话短，“不可能！难道是豪雅？”

老严大笑，故意卖关子，指着章意说：“小章，快给老二背背书。”

章意轻笑：“不要随便讲一个品牌的八卦。”

“为什么？”徐皎抢问道。

章意本来不想说，看她很感兴趣，颇为头疼地捋了下其中的关系：“很复杂，严格说来的话，万宝路进入 F1 圈还是豪雅指的路。”

“豪雅这么厉害？”

“保时捷的 911 车型在 1954 年赢得了墨西哥比赛，也是它最后一次登上冠军舞台，为了纪念这次比赛，三年后推出新车型时取名为卡莱拉，豪雅在六年后也就是 1963 年推出卡莱拉计时表，而万宝路从 1924 年问世，一直到 20 世纪 50 年代始终默默无闻，早期更是女士烟的市场定位，及至 70 年代才开始赞助 F1 赛事，与豪雅进入 F1 赛圈差了近十年。”

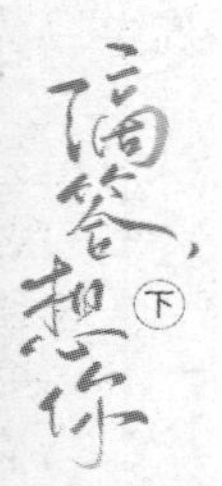

卡莱拉的命名来自北美地区传奇赛事，足以彰显豪雅在 F1 不可撼动的地

位。老严笑眯眯："你别看万宝路赞助了法拉利这么多年，早期豪雅跟法拉利合作都不要花钱，你说呢？"

"真的假的？法拉利是傻子吗？"

"你才是傻子！"

章意解释道："豪雅负责提供技术支持，他们的计时系统比F1官方计时都要精确。法拉利至少两次获得世界冠军是依靠他们的计时系统。"

"那你上次给凡赛克做技术支持，也是类似这种的吗？"不知道什么时候，徐皎已经凑到他旁边了，满眼期许地看着他。

他点点头，毫不意外听到她的夸奖："哇，你好厉害！"

章承杨眼睛都红了："就这？也值得你们公开秀恩爱？"

才刚要拿出店长的威严以理服人，谁料第一个问题就遭到了滑铁卢，章承杨几乎想要原地爆炸。老严冲他冷笑："背了篇陀飞轮的文章就以为自己一步登天了？论背书，你还差你哥一大截呢。"

木鱼仔也与有荣焉似的："那可不，我师父可是公认的百科全书。"

"老二怎么想的？居然想出知识问答这种蠢方法为自己挽尊？"

"他可不蠢嘛。"

"主要还是小章一骑绝尘。"

徐皎两眼放光，拍起马屁毫不嘴软："你怎么这么厉害？会修表，还会自己做设计，制造机芯，什么都不在话下。你简直就是天才！"

章承杨心口被插了无数刀，做出一个仰头吐血的动作，捂着胸口老老实实回去磨棒子了。

众人大笑，谁也没有看到帘子后方悄然隐去的一道身影。

晚上为了庆祝章意脱单，老严张罗大家伙一起吃火锅。院子里一片欢声笑语，木鱼仔被支使着去拔葱，才刚拾掇好，又被派去扔垃圾。他不情不愿地提起袋子朝外走，一边嘟哝还一边大喊："你们先别吃，等等我。"

"你一个小奶娃子身强体壮的，少吃一顿不打紧。"老严已经等不及了，招呼徐皎和安晓落座，又拍拍身旁的座位，"长宁快过来，我给你留了位置！"

木鱼仔一听，脚下飞快，拉了门闩往外冲。垃圾袋在空中划开一道漂亮的抛物线，稳稳掉进垃圾桶里。

他拍拍手，正要回身，忽然视线一定。

“江……江总监，你怎么来了？”

江清晨有些尴尬。原本孔佑来接她一起去见客户，走到半道上忽然发现戒指不见了，思来想去应该是落在守意洗手间的窗台上了。

如果是别的戒指也就算了，偏偏是她过世的母亲送她的生日礼物，也是唯一的念想，总是放心不下。孔佑看她这样，去应酬恐怕也心不在焉，就带她回来找戒指，谁想大门已经落锁了。

他们抱着试试看的心态走到胡同侧门，远远就听见老严的笑声，心道有人在家还松了口气，转瞬看清情形，却变得进退两难。犹豫了一会儿，他们已经打算先离开，不承想木鱼仔跑得飞快，一点机会都没留给他们。

江清晨一时间有点语塞：“我……”

“也没什么要紧事，就是她戒指落在这儿了，我们回来找找看。”孔佑上前一步接了她的话，把她挡在后头。

“啊？落在哪儿了？”

院子里老严高声喊道：“小木鱼，你是去丢垃圾还是把自己也丢了？磨叽啥呢？”

江清晨来不及阻止，就见他跑回门口，冲里面喊道：“江总监来了。”

大家伙皆是一愣，木鱼仔又道：“她戒指落在这儿了。”

“还不快把人请进来？”刘长宁是里面最年长的，扯了下老严，给几个小的一个眼色，大家都搁下筷子起身。

章意也走过去：“放在哪儿了？我帮你找找。”

江清晨对他们颔首一笑，说道：“对不起，打扰你们吃饭了，我记得不见的时候，应该是在洗手间的窗台下。”

木鱼仔拍拍手，立刻跑去找了。

刘长宁说：“这有什么好道歉的，吃饭了吗？没吃一起留下来用点？家常便饭，刚弄好的，我们也还没吃。”

院子里装点着一闪一闪的小灯泡，连成黄澄澄的一片，撑在头顶上像是满阙的星，石桌上火锅正嘟嘟冒着热气，年轻的男男女女站在一起，分外养眼。

只是这么瞧着，心中就生出一股向往来。江清晨已经不记得什么时候跟

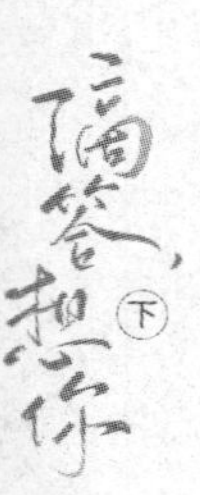

家里人一起坐下来开开心心吃火锅了，记忆里好像从来没有那样温馨的画面。

看大家都热情相邀，她不由得上前一步，转而却是笑道："不了，大家的好意我心领了，只是晚上约了客户，再不过去要迟到了。"

她很清楚，在面前的这份热闹里，自己只是一个局外人。

孔佑站在她后方，一手按着她的肩安抚似的拍了拍，一边说："是啊，要不是这客户太难约，我真要放他鸽子了。这火锅闻着就不错，我口水都要流下来了。"

刘长宁笑道："那也不着急，我盛碗汤给你们喝。你们年轻人每天白天上班，晚上还要应酬，少不得喝酒熬夜，平时要注意保养，可不能大意了。"

"年轻人都这样，不得病的时候都以为自己是金刚，得了病才知道自己身子有多薄。来来，快过来，我们这锅汤是用药材熬的，老章家祖传的配方，对年轻人身体好。"老严手一抬，徐皎和章意转身就要去搬凳子，章承杨去拿碗筷。

江清晨忙摆手："不了，今天真的不行，下次一定叨扰。"

"可别再挽留了，我怕今天留下来，明天客户去找我算账，工作都要丢了。"孔佑打趣道。

徐皎抿了抿唇，才要说什么，孔佑朝她递来一抹笑，意思是让她尽兴，不用同他们客气。木鱼仔找来江清晨的戒指："江总监，是这个吗？"

江清晨点点头："谢谢，那我们就不打扰了。"

她转头跟孔佑对视一眼，两人齐齐往外走。忽然，一道声音在背后响起："等等，好不容易聚到一起，也是难得的机会。江总监，今天是我哥的大好日子，没有工夫喝汤，喝杯酒的时间总是有的吧？"

老严一听到酒就兴奋："小章第一次铁树开花，确实难得。"

"什么叫第一次？你还想他开第二次第三次啊？"章承杨乐道。

"呸呸呸，我说错话了，打嘴。"老严乐呵呵一笑，冲徐皎拱手，"那就祝愿小章和徐皎百年好合，早生贵子。"

"噗——"安晓看这两人一来一往，忍不住笑了场。

老严可真是，结婚的祝词都用上了，还有章承杨，不说故意都没人信。刘长宁恨铁不成钢地瞪他们一眼，老严还摸不着头脑。

章意也朝章承杨警告似的皱了下眉，想着给江清晨搭个台阶，不想她却一笑，大大方方地回头：“如果是为了庆祝这个，那确实要喝一杯。”她把包塞到孔佑手里，独自一人上前，“还要开车，他那一杯由我来代劳，可以吗？”

这种事没有不可以的，章承杨本意只是想替章意解决感情上的困扰，希望借此机会可以让江清晨知难而退，并非刻意为难他们。

江清晨看懂了这台戏，坦荡地喝了杯白酒，又让老严倒了一杯，对徐皎和章意抬手道：“恭喜你们。”

她的目光在章意身上停留了一会儿，转而落定在徐皎眼中。

院子里忽然变得十分寂静，只有火锅沸腾的声音。这沸腾的人世，犹如眼前对视的两个女人，也正沸腾滚烫。

既欣赏，却互为对手。既嫉妒，却彼此相惜。

江清晨的高跟鞋踩在秋叶上，来到徐皎身旁，一股与之而来浓烈却不令人讨厌的香气，是江清晨独有的气息。

“徐皎，我总算知道你为什么会喜欢他了，这个地方……很温暖。”

那一页缺失的报道里，一个平凡修表人的日常，所述朴素而珍贵的情谊，大约就是眼前这种情景吧？让他一生至死都要守护的人和物，如同一幅浓墨重彩而又浓淡皆宜的画卷铺陈开来。她只是窥其一角，就已经心驰神往。

她不免会想，如果看到那画卷的全貌，她又该如何意难平呢？转瞬，她又开始难过，为什么这个城市留给她的不是眼前的画卷？为什么是她，不是她？

“这一局算我输了。”江清晨声音很低，低到只有徐皎一人可以听到。

徐皎知道，这杯酒是她敬自己的。杯子摆在石桌上，发出清脆的一声响，徐皎仰头也喝完一小杯白酒，火辣的灼伤感直入肺腑，她冲江清晨一笑。

江清晨微挑了下眉。

孔佑上前揽住江清晨的肩：“好了，要来不及了，现在是你喝，待会儿估计就是我喝了，唉，打工人不容易啊。”他好不头疼的样子，给大家伙告了罪，拉着江清晨出门。

两人一路无言穿过狭窄漆黑的巷弄，青石板路在脚下延绵着，尽头是如此漫长。待到路边，江清晨忽而回头：“要不要去喝一杯？”

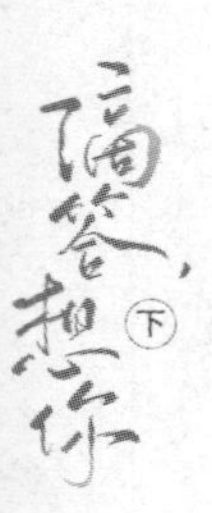

孔佑笑道：“我可就等着你这句话呢。”还没表白就已经失恋，他心痛难耐，捂着胸口说，“刚才光让你出风头了，我都没有表现的机会，晚上你请。”

江清晨嘴角一勾：“行，去哪里？你的场子还是我的？”

这是他们俩才懂的暗号，小时候在一块玩，江清晨的场子大多是偏运动型的游乐场、滑雪场，而孔佑则偏安静的海洋馆、书店。长大了之后也无不同，江清晨在国外最爱去钢管舞表演的酒吧，喝到兴头还会上去扭两下，孔佑则偏好小众有情调的酒窖，安安静静，听会儿歌，喝再多好似也不会醉。

而今晚，似乎更适合浓烈。

“你的场子吧。”

“行，那我来挑地。”

两人都抱着一醉解千愁的心，喝起来就没有节制。孔佑以为经过这一晚，她应该放弃了，而江清晨也以为他知难而退了，可两人一对上眼，却都笑了。

从小到大即便不是最万众瞩目的资优生，也从来没有像现在这样挫败的时候，枪子上了膛居然先走火了，把自己烧了个七零八落。肉眼可见的开始，好似已经变成结束。要说甘心吗？肯定不甘心。

非但她不甘心，孔佑也不甘心。

“小时候每次考试不是你第一就是我第一，说实话还没被人这么伤过。”

“那是因为你没碰到厉害的。”江清晨看他磨牙轻笑，“男人的自尊心，可真是……”

“真是什么？”

江清晨扭过头去，只笑不说话。孔佑一看就知道她在腹诽他，反正这个口口声声以姐姐自居的家伙，从来没有表现过身为姐姐的大度，遇上别人尚能风度翩翩，一碰到他就原形毕露，小气又记仇。

但凡落了下风，后面一定要追击反超，嘲笑根本不在话下。他吊着眉毛气得说不出话来，只觉得在爱情跟前丢了面子也就算了，偏偏这个“姐姐”还总是笑话他。

章意就这么“厉害”？

他有这么“差”吗？

“我长得不帅吗？”孔佑忽然板起脸说道。

江清晨神色一怔，酒差点喷他一脸，忙拿纸巾遮掩，想解释什么，他已经奓毛了，高举着手臂嗷嗷直叫。

“江清晨，你太过分了！”

这小子，一看就喝大了。江清晨忍笑：“对不起，你很帅。”

“你很假。”

“我是真心的。”

“信你才怪。”

“好吧，你非要我昧着良心……”见他脸沉了下来，看似真的生气了，江清晨忽然有点打鼓，小声骂了句幼稚，可脱口而出的却是，“那你说，怎么样你才相信我。”

“叫我一声哥哥。”

江清晨瞪大眼睛：“你做梦！”

孔佑冷笑一声，隔着长桌扑到她面前，一把抓住她的手腕：“今天不是势必要你说，但你说的每一句都将作为呈堂证供。江清晨，今晚还想回家吗？”

酒吧灯光炫目，音乐声震耳欲聋，他这么横在桌上，两人即便躲在角落里也格外引人注目，旁边人来人往纷纷向他们投来好奇的目光。江清晨也不知是什么缘故，忽然脸有点热。

她躲开孔佑的视线，低骂一句：“你胆肥了？”

“你就说叫不叫。”

江清晨怕被人认出来，一把拍掉孔佑的手，不想力道太大，孔佑一个不察下巴摔磕在桌上，痛得脸都变形了。江清晨忙放下杯子察看，却被他再次握住手腕。

男人的手宽厚有力，灼热的温度传递到大脑。他眼神微有些迷离，借着桌子的支撑仰头看她：“姐姐，我要是毁容了，你得赔我下半生。”

江清晨只觉手腕发烫，心跳加速。

也不知道他是真喝大了还是存心闹她，她一时间手足无措，傻愣愣地盯着酒杯，里面的酒还在晃动，打着旋儿盘桓着。她抿了抿唇：“你酒品真差。”

孔佑哈哈一笑，捂着吃痛的下巴起身：“姐姐，被我吓到了是不是？我

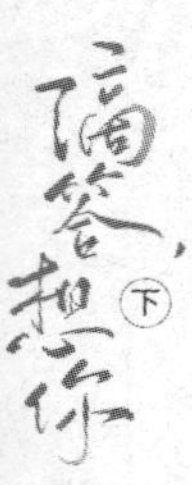

演技可真好，你都不知道刚才你什么表情。”

江清晨眉头一皱，见他灵活地蹦跶了几下，摇头晃脑一副得意劲儿，憋屈整晚的沮丧顿时烟消云散，气恼似的捶了下他的肩。

“你竟敢捉弄我！”

“我哪敢，逗你笑好不好？”孔佑哼哼两声，“倒是你，下手真狠！我疼死了，还说什么姐姐，哪有姐姐这么对弟弟的？”

“我看你演得那么逼真，想必疼不到哪里去。”江清晨到底内心发虚，想了想还是丢了酒瓶子陪他去看医生。

“现在知道关心我了？真毁容了可怎么办？”

“就磕那么一下，至于吗？我以前怎么没发现你这么娇气。”

“你才娇气！不解风情。”

“谁要解你的风情。”

“反正你最过分。”

两人笑闹着，酒兴未尽，已至深夜。而此时此刻的守意，众人吃饱喝足，各自找了舒服的姿势或躺或坐靠在一起说话，银幕上是一部经典老影片《霸王别姬》。

小豆子被当妓女的母亲切掉左手上畸形的指头后，进入关家戏班学戏。关师傅为人严厉，训练残酷，动辄打罚，小豆子饱尝艰辛，幸好在这偌大的戏班子里，还有师兄小石头对他爱重有加，他对师兄也情深义重。

看着画面里两个小兄弟相互取暖的画面，老严不禁心生感慨：“想我们当年学艺的时候，师父也这样严厉，打罚是常有的事，不过手要做工，还要练手艺，通常都不打手。”

“那打哪里？”

“还能哪里。”老严拍拍后腰，“屁股蛋遭罪呗。”

刘长宁嫌弃地道：“你别一口一个屁股了，还有年轻女孩在这儿呢。”

“这怎么啦？长得再漂亮，屁股也是屁股！徐皎我说得对不对？”

徐皎假装没听见，脸埋到章意的肩上小声道：“严叔又喝多了。”说完一串泠泠的浅笑，也不知道是被哪句话逗笑了。

章意看她反应就知道她离醉也不远了。

老严转头一瞧，两人肩挨着肩，章意正低头整理徐皎脸上的头发，染着酒意的脸庞微有点赧然。他翻了个白眼，嚼着花生米道：“哼，现在的年轻人，一谈恋爱就浑然忘我。那个呢？是不是还在逗小黄？”

被提到名字的“小黄”喵了一声，躲到水池旁的假山上。安晓头也不回道：“严叔，我都跟您说过好几遍了，它叫财旺，和家旺是兄妹。就算按照毛发颜色来取小名，也是小橘好不好？不是小黄，小黄好像土狗哦，人家明明是小奶猫。”

“我管它小黄、小橘还是小蓝，不就是只野猫嘛。”

“是财旺！”安晓说。

“就是小黄。”

“财旺啦，您再说它，它更害怕了！”原本已经躲到假山后头，被老严一声吼，它差点脚滑摔到水池里。

老严就喜欢看小姑娘发脾气，躺在摇椅上乐呵呵地眯起眼来：“让它跟家旺睡一晚就好了。”

刘长宁瞪他：“你信口胡诌个啥？家旺睡在水池里，财旺能睡水里？”

“财旺是猫，家旺是鱼，这猎物就在眼前，还怕个水？”

“你才是鱼，家旺是乌龟。”

“水里的，四舍五入都是鱼。”

“你可真是……多有意思的小动物，被你说得四不像，我看你就是个酒鬼，除了酒什么都不放在眼里。”

老严笑得肚皮一起一伏：“瞧瞧，老家伙生气了。”

刘长宁不想理会他，转过头自动关上“耳朵”，只留下眼睛盯着电影幕布，不跟一个喝醉的老家伙扯皮。

老严自找没趣，转而投向安晓和章承杨。章承杨看他越说越不着边际，把财旺抱回屋里躲清静，安晓捂着嘴直笑，也跟他一起溜了。

老严双手一叉腰，气鼓鼓道：“这小子，先还叽里咕噜埋怨晓晓给他送只猫来，死活不肯要，这才多久就宝贝疙瘩似的宠着护着了？小木鱼，你们那个网络流行语叫什么来着？”

“打脸。”

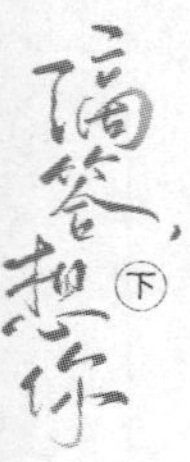

“对。”

“还有真香。”

章承杨进了屋还能听到老严的嘲弄，连带着一串笑，不觉气堵，望着床上瑟瑟发抖的小橘，哦不，财旺，眉头紧锁：“它怎么老是抖？是不是饿了？”

安晓仰头大笑：“你这么盯着它，它能不怕吗？”

刚才在院子里也是，大家图个新鲜，个个都来盯一会儿，把财旺吓得差点尿家旺的池子里。小猫刚到新环境还需要适应，让它自己玩一会儿就好了。

安晓说：“财旺胆子挺大的。”

“就这？胆子大？”

“你看着吧。”

章承杨翻了个白眼，走到窗边，不知道从什么地方摸出根烟来，正在手里把玩。安晓一个箭步冲上前去：“不知道你们这种手艺人是不是都有职业病，手就闲不下来吗？那你撸撸财旺好了，别整天抽烟了，臭死了。”她说着就把烟取了下来，摆在一旁。怕章承杨再去拿，她还偷偷往角落推了一下。

章承杨没错过她的小动作，勾着嘴角，眼神在她身上游走：“现在是我抽烟，你也要管？”他整天忙得自己都快顾不上了，哪有时间照顾小动物？可她偏要买只猫送给他，也不知安的什么心。

“你别这么看我，我能对你做什么？你脾气差，嘴又坏，一只小奶猫而已。”她说着说着声音小了下去，“每次跟你见面，你都跟炮筒子一样，难道我们以后要一直吵架吗？你看财旺多可爱，只要你温柔一点，耐心一点，它会感化你的。”

“就它？”章承杨看出了她的良苦用心，这事要是放在从前，她才不会管他怎么样，先杠上再说，现在倒会怀柔政策了。他心里不知多受用，嘴却还是一如既往地硬，“要靠它来感化我，还不如让老爷子直接打死我。”

“你又瞎说！章爷爷还不是望孙成龙，你怎么老是不懂事？”

“呵，我不懂事，你懂事？懂事得到现在还没什么规划，现在可以理直气壮地花家里钱，毕业之后怎么办？你想过就业的事吗？”

“我……”她扁扁嘴，往床边一坐，有点不高兴了。

老章家家风严谨，规矩森严，章承杨虽然是个名正言顺的富三代，但经济有限，和店里的师傅们一样每月拿工资和奖金，完全没有自家人的优势，顶多逢年过节老爷子多包个大红包。可安晓就不一样了，家里做生意，从小养尊处优，干什么都三分钟热度，学习不上心，未来也没仔细想过，实打实一个纨绔。

这俩人除了性格上总是针锋相对，对生活的很多看法也大相径庭。

花家里的钱，做什么都没规划，是章承杨对她最不满的一点，可她就跟没长大一样，每次左耳朵进右耳朵出，从没真正放在心上过。

这次也一样，章承杨看她嘴巴噘得老高，叹了口气："算了，难得在一起，我们不要吵架了。"他招招手，"过来，让我抱抱。"

安晓心里有气，一动不动。

他倚在桌边冲她微抬下巴，笑容又痞又邪："再不过来我就去抱别人了。"

"你敢。"

"我怎么不敢。"

说是这么说，还是他先上前把人抱在怀里，狠狠地亲了一口。安晓扭扭捏捏地搂住他："外头还有人呢。"

"没事，小声点他们听不到。"

"又不干吗。"

"那你还怕？"

"我不是怕那个，就是……我们总是吵架，我怕他们不喜欢我。"

他们都是不肯轻易低头的人，情浓时自然看什么都美，连麻烦都别有情韵，可过了那热恋期，头脑渐渐冷却下来，看待周遭又不一样了。平常有点头疼脑热，要么关心不到，要么力不从心，偶尔想约会也没时间，章承杨每天忙得像只陀螺不停地转，难得休息还总是吵架，她心里也不舒服。

不知道从哪天起，一向恣意任性的她，也开始顾虑他家人的眼光。

大概这就是爱情原本的样子吧？并不完美，可每一份残缺都很美，美到不忍心亲手打碎。

有了困难也不会退缩，反而更加有勇气面对了。

"撸猫可治愈了，你平常觉得干不下去的时候就去看看它，抱抱它，它会一直陪着你的，就像我。"

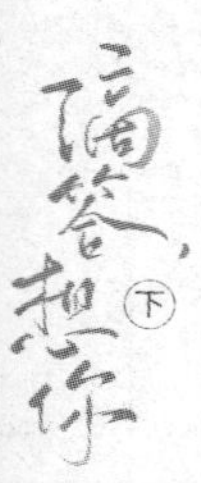

章承杨被她的话说得心头软乎乎的，朝她亲昵撒娇："对不起，刚才我不该那么说你。"

"好啦，我大人有大量，不跟你计较，不然不知道被气死多少回了。"

"你以为你的小暴脾气好到哪里去？"

她盯着脚尖，不愿意承认："我没有进步吗？"

"嗯，看到了，很棒。"

好不容易凑到一起可以安安静静地说会儿话，章承杨也不想做些别的，就是抱着她，和财旺一起躺在床上。

财旺熟悉了环境后胆子逐渐大了起来，上蹿下跳。章承杨看着看着笑了起来："别说，确实胆子不小，像你。"

"哪里像我？"

"又调皮，又可爱。"

安晓咻地红了脸。

刘长宁一看屋里头没了动静，重重咳嗽一声："早点散场吧。"

他这话是对场内除他以外唯一清醒的章意说的，就连木鱼仔都有了醉意，趴在藤椅上看电影，眼睛都闭上了，还狡辩说自己正在看。一旁的老严也抱着酒坛不肯松手，叽叽咕咕念着诗。

刘长宁一听就头大，忙招呼章意上前来。木鱼仔动作更快，小跑过来搀住老严，白皙的两颊飘着绯红，眼睛眨巴眨巴，好奇道："严叔枕头下那本古诗集还在？"

"你没拿去丢掉？"

他指指自己："我？不是您拿去丢的吗？"

刘长宁一拍脑门："我忘了。"

章意把徐皎安顿好过来帮他们，一边关窗一边调灯光："就让严叔陶冶陶冶情操吧，难得看他有向学的心。真要把他诗集丢了，闲得无聊，还不知道做出什么事来。"

刘长宁想想也是，反正这老家伙三分钟热度，说不定转头就忘了。

"还是念诗好，要跟承杨学唱什么摇滚，这院子的屋顶恐怕都要揭了。"

"谁？谁要揭瓦？"老严忽地一声大喝。

几人都吓了一跳，赶紧退出房外。小木鱼抱着衣服去洗澡，走到门口忽然回头，只见电影已经到了最后一幕：蝶衣抿嘴一笑，自刎于台上。

虞姬是真虞姬，霸王却非真霸王。

刘长宁举目望去，章意正提着一壶水，从长廊的尽头走来，风在游走，天光愈暗，他一步步走着，步伐稳健，身姿卓然，却影影绰绰看不真切。刘长宁似是眼花了，透过他看到另外一道影子，趔趄着往后退去，直到撞上房梁才停下脚步。

章意随即上前来："怎么了？"

刘长宁摆摆手："没事。"

怎么可能没事？章意分明感觉到刘长宁哭了。他的耳边回响着蝶衣自刎的悲怆乐声，心思不知飘到了什么地方。

"是不是……"

"不是。"

"我还没说。"

刘长宁一噤，转过头去，千言万语涌到喉头，却不知该怎么开口。

半个小时以前这个院子还充斥着欢声笑语，眨眼间好似冷得凄凉。虞姬可以为霸王而死，蝶衣能为段小楼而死吗？他入的究竟是虞姬的戏，还是自己的戏？

"小章，你是不是想起了什么？"刘长宁问。

章意目不转睛地看着他："我不知道您说的是谁。"

"你知道。"刘长宁说，"是你爸爸。"

月影倾斜，遮去大半的光，章意虽然没有说话，但刘长宁知道自己猜对了。他刚要开口，就听见章意说："爸爸去世之后你们就再也没有提起过他，不过有一次我看到爷爷在家里看电视哭了，当时电视上放的也是《霸王别姬》。"

他静了一会儿，再度开口："长宁叔，我爸爸是自杀去世的吗？"

"小章，你别误会，安青不一样，他只是、只是……"

"只是什么？"

被章意灼灼的目光盯着，刘长宁眼神躲闪："他只是一时想不开，和其他人没有关系。"倒是章意，究竟记起了多少？

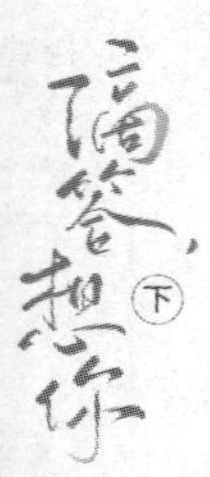

“你什么时候想起来的？最近这阵子还在看医生？”刘长宁来回踱步，缓缓道，“我看这事儿还是得知会你爷爷一声。”

“不要告诉他。”章意的语气重了一些。

刘长宁抬头：“为什么？”

“我不想让他担心。”

“小章，你……”

“长宁叔，我没记起来，只是看你们的反应猜到而已。老是梦游也不好，您看上回，差点就出事了，你们每天锁三道门，把钥匙全都藏起来，让小木鱼看着我睡觉，这个能应付一时，能应付一世吗？如果医生干预可以避免这种情况再次发生的话，爷爷会更加安心，你们也都可以省心，不是吗？”

话是这么说，可是刘长宁知道，存在于章意身上的问题并不单纯只是梦游。过去那些对章意打击很大的事，既然已经忘了，何不忘得一干二净？可如果任由梦游的情况发展下去，恐怕结果也好不到哪里去。

刘长宁想了想，叹了口气。

章意就像一只生活在笼子里的兽，不管笼子有多大，都改变不了他在里面出生，甚至将在里面死去的现实。他的每一次成长，都脱离不了牢笼。

电影早已结束，入秋之后没了蝉鸣，院子里万籁俱寂。刘长宁的心陡然漏跳了一拍，接着手放到章意肩上虚掸了掸并不存在的灰尘。

“小章，忘记我刚才说的话，别的都不重要，你最重要，明白吗？”

章意点点头。

“好了，不早了，快去睡吧。”刘长宁三步并两步进屋关门，合上门缝的一刹那，手突然顿住。

章意还站在原地。

黑夜中，他像一尊雕塑，与墙角的座钟融为一体，嵌进岁月里无声无息。

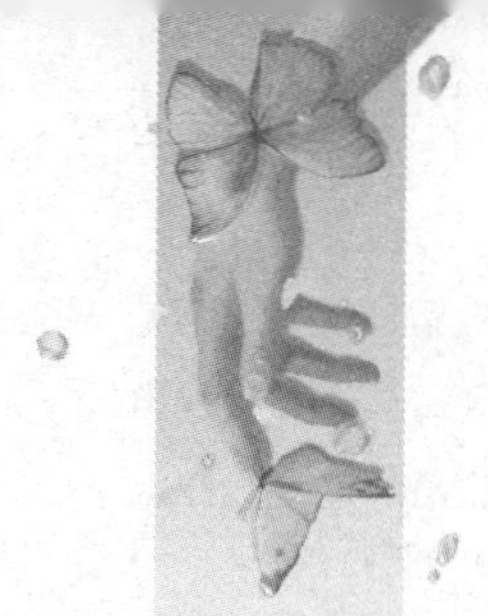

第十三章

/

情人在左，情敌在右

Dida, Xiangni

▼

徐皎跟章意在一起后，生活似乎没有发生什么改变，唯一要说改变的是他们比之前更忙了，见面的时间和机会都少了不少。除此以外，守意还是老样子，一如既往的平静安宁，每每在午后会忙上一段时间，之后更长一段时间会在“缓慢”中度过，师傅们相继伏在桌上修表，偶尔打个盹，练练手眼，喝杯茶，说话声音很低。

时不时有金戈的同事在前后院穿梭，会给大家带来一丝身在繁华都市的不真实感。

老店里接待的大多是老客，有时候就跟老朋友一样。他们把表送来维修和保养，有些每次送来的表都不一样，而且动辄价值数万。有些则每次送来的都是同一块手表，一块可能都看不出牌子的表，这些故事构成了“守意”，而故事里的人都在小心守护着这份情意。

刘长宁留了心观察，发现章意没有再提那一晚的事，悬着的心稍稍放了下来。

随之而来的是制表人大赛的第一轮筛选，将现场公布通过初选的制表人名单。徐皎特地推了一个活动来等消息，和木鱼仔两个人坐在电脑前等倒计时。超时还没刷新出来，章承杨也加入进来，加上金戈的同事在院子里，脑袋都挤到一起，七嘴八舌闹成一团，忽然不知道谁大喊一声：“出来了，我刷到了！”

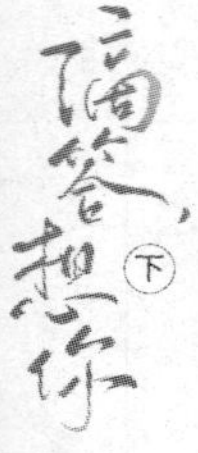

众人齐齐噤声，屏息看向屏幕。

不知道名录是怎么整理的，刷了两页还没看到章意的名字。章承杨在裤子上擦了下手汗，转而捏成拳头。

木鱼仔年纪小，沉不住气，着急问道：“怎么没有？是不是漏了？”

“瞎说什么？这不还没翻到底嘛。”

“怎么有这么多人参赛？”

“你当小孩子过家家哪？这次表协算大出血了，面向全球招募制表人，没看到这些老外的名字？”

木鱼仔被训了两句，莫名也有点火气，正要回嘴就听旁边徐皎说：“按首字母排序的，应该在最下面。”

果然，鼠标往下滑动，拉到最后章意的名字赫然在列。

章承杨松了口气，笑道：“我就说嘛，我哥这种水平，怎么可能首轮就被刷下来？”

“刚才不知道是谁紧张得都奓毛了。”

“说谁呢？”章承杨一把搂过木鱼仔。

“谁奓毛说谁。”

“小气鬼，还跟我杠上了？”章承杨的手掌在木鱼仔脑袋上一阵“兴风作浪”，忽然视线一定，“别动。”

徐皎正点着鼠标查看名单，身后不期然压过来一人，一身凌厉的气势，让她不自觉放下鼠标。章承杨自然而然地接过去，把鼠标往上拨动了一下，画面再次定住。

木鱼仔显然也看到了那个熟悉的名字，不安地扫视周围一圈。外头动静闹得大，章意在里头自然听见自己入选的消息，眼下正跟金戈的几个同事在讲事情。

木鱼仔喉头一哽：“杨、杨路师叔也参赛了？”

章承杨说：“你是瞎子吗？没眼睛看？”

“我当然看到了！就是、就是好奇而已。”

“这有什么好奇的？摆明了这小子故意要跟咱们守意打擂台！”章承杨顶着后牙槽，捏了捏下巴，“从他离开守意的那天起，我就该猜到的，哥从来不参加这种比赛。”

“今年不一样。”参赛或许是为了新品牌发布。

“有什么不一样？”一定是杨路那个家伙挑衅在前。

木鱼仔扁扁嘴：“你冲我凶什么？”

“我……”

章承杨满肚子的火无从发泄，抓着头发在院子里乱窜，吓得财旺东奔西跑。徐皎看情形有点不对劲，压低声音问：“他反应怎么这么大？”

“你不知道，前阵子杨路师叔遇着点麻烦，是我师父帮他摆平的。”

这就难怪章承杨火冒三丈了，先是叛出师门，再就忘恩负义，新城的那些人自来不把老城的规矩放在眼里，历史矛盾由来已久，加上杨路与守意的恩恩怨怨，这回打擂台铁定不简单。

“什么麻烦？我怎么不知道。”

“就你生病那次，不是跟我师父吵架了嘛，师父每天往西城跑都上火了，我熬了好几天凉茶。”

徐皎张了张嘴，哑然无言。

章承杨动静闹得大，章意给同事打了个手势，走到外头正好接住章承杨迎面踢来的球。那球本是买给财旺的玩具，被章承杨三下五除二踢了个稀烂。

兄弟俩走在葡萄架下说话。

家旺照旧懒洋洋晒着太阳，财旺跑累了，躺在旁边的假山上舔毛。章承杨被章意说得抬不起头来，浑身散发着“休要惹我”的气息，忽然视线与财旺在空中交会，财旺猛地弓起身子，他却扑哧一笑。

章意说了句什么，章承杨振奋起来，撩起袖子冲向前院。徐皎趁机上前，从后面拍了下章意的肩。

“你跟他说了什么？”

章意早就在留意她，自然没被吓到，拽住她的手说：“先下来，小心摔着。”

徐皎借势跳下假山，往他怀里一扑。

两人抱了个满怀。

旁边不知是谁吹了声口哨，章意还没反应过来，徐皎这个始作俑者倒先

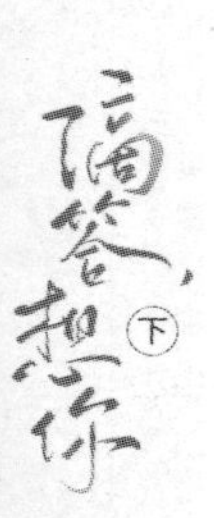

脸红了，撇开他的手忙站稳，又问一句：“到底说什么了？”

“刚才躲旁边没听到？”

起先看她藏在梁柱后缩头缩脑，就知道她又淘气。这些日子她时不时就在后院廊上溜达，生怕他看不见似的，也弄得他常常三心二意。每次被他逮个正着又不肯承认，拿着水壶一本正经地浇花。

花都快被浇死了。

“瞎说，谁偷听了？”

好吧，她说没偷听就是没偷听。章意便认认真真地回答道：“第二轮评选会展示参赛作品，我跟承杨约定，只要他能完成一块自主机芯，不管好坏我都会带他一起去现场。”

“他这就不闹了？不像他的脾气呀。”

章意淡淡一笑：“承杨最近稳重了很多。”

“他现在确实有点店长的样子了。”也有点他的样子了。

一想到章承杨现在所做的一切，是为了未来某一天将他取而代之，徐皎就高兴不起来。她缠着章意的手，翻来覆去地摆弄，偏就不说话。

章意低头看她：“怎么了？有心事？”

“还记得我生日那天吗？”

章意神色一怔：“记得。”

那一晚的情形，想忘都难。女孩子与他并肩坐在车后，裙摆就挨着他的腿。

“之后你为什么不来找我？”她委屈巴巴地挂在他手臂上，“那天晚上我淋雨生病了，发烧的时候还在想，如果一睁开眼你就在身边，那我就原谅你所有的冷淡，可是我醒来之后才发现，只是在做梦。”

“对不起。”

“你当时在犹豫什么？”

章意忽然有一种浓醉的眩晕感，不知是她撒娇的姿态过于让人抓心挠肝，还是他太享受这一刻两人相偎的温暖。他想到那一年的网球联赛，雨后的街道泛着丝丝凉意，那个女孩头也不回地走在前面，可每至酒鬼聚集的地方就会停下脚步，有意无意等着后面他这个酒鬼。

同样都是酒鬼，难道就因为他是同胞就更加相信他吗？还是因为白天的时候，他们曾在葫芦钟的窗格里见过彼此？

她又为什么会喜欢他呢？

章意垂下头，将纷乱的思绪摇晃出去。他不想骗她，却也不好意思说实话，可对上她期待的眼神，又忍不住克服那一点点羞赧：“我当时还有点笨，没看清自己的心意。”

就知道根本不是因为杨路的事情。

徐皎抿了抿嘴：“好吧，你确实是颗榆木脑袋。”顿了顿，“不过我喜欢。”

章意反过来拉住她的手，两人十指相缠，目光对上。他低下头，忍不住问：“你喜欢我什么？”

“哪里都喜欢。”

“这个答案好宽泛。”

“你不满意？”

“也不是。”

“哪里都喜欢还不行，非要我做个比较嘛，是喜欢你内在多一点，还是外在多一点？那好吧，你非要我说的话，我就勉强排一下序吧，最喜欢的肯定是你的脸了，老实说我第一次看见你，就对你有意思了，皮肤也好，摸起来好软。其次嘛，就是你的身高，每次你低头看我的时候都特别帅。还有就是……”

她一边说，手指一边在他的后背画圈圈。

章意猜到她要说什么，不禁有些心猿意马。在察觉到此刻是光天化日，他立刻捉住她的手：“不要乱动。”

“没乱动。”

“你……”

“哎呀，你怎么脸红了？我刚才没说什么吧？你这样显得我好不正经。”

章意简直羞愧难当，年近三十的大男人被她弄得跟毛头小子似的，动不动就被牵着鼻子走。

“你自己知道，刚才就是、就是……”

“就是什么？”

章意把心一横：“就是不正经！”

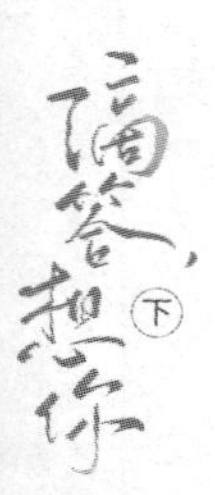

徐皎笑得眉眼弯弯：“不是你让我说的吗？”

他这回总算知道什么叫搬起石头砸自己的脚了。

徐皎左右看看，见没人关注这边，踮起脚飞快地亲了他一下：“好啦，我不欺负你了。也就这种时候我才能尝点甜头，以前可都是你欺负我，我都没跟你计较。”

章意张口结舌，不是，他没有。

“你接收不到我给的信号，就是欺负我。”

好吧。

“你还故意冷落我，呜呜。”

对不起。

“要抱抱才行。”

章意摸了下发烫的耳垂，也顾不得看四周了，飞快而用力地抱了她一下：“我要进去工作了。”

“等等，我还没恭喜你进了初选，你真棒！”她悄悄竖起大拇指，然后在上面印了个吻，盖在他唇上，“等只有我们两个人的时候再奖励你。”

是什么奖励不言而喻，章意心脏一紧。

徐皎又捉弄了他一回，自己也有点害羞了：“总决赛的时候就不要带章承杨了，带我去好不好？”

“好。”

“那你快去忙吧。我下午还有活动，明天再来找你。”

话是这么说，两人却都没有松手。徐皎拉了拉他，手指在掌心勾了勾，意思是让他先松手。章意要松手的时候，她又不肯，弄得跟生离死别一样。

章意忍俊不禁，转身之际忽然倾身上前，揉了揉她的脑袋：“乖乖的，不要让我担心。”

听他一句情话可比登天还难，徐皎心里熨帖，笑得跟花儿一样：“好，我会注意保暖，多喝热水，走路不玩手机的，你放心吧。”

不远处门帘动了动，不知是人走过，还是风在作祟。

木鱼仔刚送完客人回来，与江清晨迎面相遇。见她解了车锁像是要离开，他赶忙迎上前去：“江总监，不是刚来吗？又要走？”

江清晨脚步顿了顿，把蛋糕递到他手上。

“分给大家一起尝尝。”

“这个……”

“就当庆祝你师父首轮顺利吧。”

“你早就猜到了？”

难怪她刚才不在，原来是去买蛋糕了。木鱼仔一看，还是师父比较喜欢的口味。

“你不一起庆祝吗？”

江清晨拨了下额前的长发，含笑道：“不了，来日方长，一定有机会的。”

她这话似乎别有深意，木鱼仔没有搭腔。正要跟她挥手告别，不想她再次停住，回头对他说道：“对了，我打听到刻花机的下落，即刻就要出发，你替我跟章意说一声吧。”

“刻花机？是、是我想的……”

江清晨点了点头。木鱼仔面上一喜，迫不及待地提着蛋糕冲进店里向大家宣布：“太好了，江总监找到刻花机了！”

“我没听错吧？是刻花机？”

“在哪里？”

“直线还是玫瑰的？”

“我也不知道。”

“你怎么不问问清楚？”

重要吗？不管是直线还是玫瑰刻花机，都是稀罕的玑镂器械，古老而复杂，全球范围内会使用这种器械的工艺师屈指可数。饶是见识丰富的刘长宁，也只在江诗丹顿于日内瓦的工厂见过一次，洒满阳光的工作室里，就摆放着这样两台泛黄的旧机器，看似平平无奇，实则历史悠久。

要知道那可是江诗丹顿，数一数二的顶级钟表品牌，在日内瓦的工厂里也只有两台。

而玑镂，作为一个有着一个世纪历史的刻花形式，却正在逐渐消亡。仅一小批匠人还保持着手工的传统，用古老的机器和稳健的手法去创造一种世上非常稀有的表盘装饰。

徐皎听得满头雾水：“市面上那些刻花机，跟你们说的不是同一种类型吗？”

表盘的花纹虽然千变万化，但她以为工艺都是一样的。

老严跟她解释：“都是刻花机，不过传统刻花工艺是作品固定，依赖刀具移动从而刻出各种图案，而玑镂工艺则是刀头不动，被刻的作品根据图案需要来移动，但作品怎么会移动呢？移动的是工匠的手，或者更确切地说是工匠的拇指在控制着图案的均匀度。就像这样，”老严手蘸着茶水，在桌上比画手指和刻花机相互着力的作用，“机械不动，手操纵表盘移动，明白了吗？”

徐皎似懂非懂，却还是看出了两者的差异：“好像很难。”

“废话。”

刘长宁还记得那年去参观瑞士工厂，江诗丹顿的客户经理用不啻眼睛长在头顶上的态度对他们说，只有屈指可数的几名瑞士人和德国人可以承接客户含有玑镂工艺的订单。过了这么多年，这个数字可能非但没有增加，兴许还在减少。

这个工艺远比廉价的批量复制要难，目前绝大多数手表的装饰，虽然看起来像是玑镂工艺，但其实是一种快速且昂贵的模仿，只有训练有素的工匠使用玫瑰引擎和直刻机才能雕出纯正的玑镂花纹。

徐皎以为的“刻花机”，以及近一个世纪以来“刻花机”所创造出的花篮波纹、大麦粒平头钉、砖垛、Z 字花纹和丝绸波纹等等，可能都是“仿品”。

而真正的匠心，无法复刻。

“一切仅凭感觉。”

徐皎愣了一会儿反应过来：“刻花机是不是很难找？”

“老爷子包括上面几代人都找过，每次听到消息赶过去都是一场空，也不知道江总监这回运气怎么样。”

刘长宁说：“金戈毕竟是大企业，真要找台机器，肯定比我们容易一些。”

说到这里，章承杨不禁纳闷起来：“我当是什么，不就是台机器，搞得这么紧俏，让金戈制造几台不就行了？”

老师傅们一听，纷纷笑起来。

“你小子，别把无知当饭吃，走出去丢咱们守意的脸。真要量产，岂不都是仿品了？一台古老的机械，从精度到制造工艺，甚至润滑原理都极其复杂，怎么可能实现量产？最初制造刻花机的师傅们可能都已经去世了，想再制造几台都难，更别提量产。就算可以量产，那人呢？懂玑镂手艺的匠人越来越少，耗时久，不讨好，除了江诗丹顿、宝玑那些品牌，有几家敢投入庞大的人力物力，一年就为几块手工制表？”

“可以学嘛。”

他说得小声，明显气势不足。

老严打趣他：“要都是你这种笨手笨脚的学徒，十年还没出师，别说学玑镂手艺了，企业恐怕早就倒闭了。”

众人捧腹大笑。

章承杨鼻尖哼哼：“别说我，您老也好不到哪里去。”

他碰了一鼻子灰，不等老严埋汰立刻逃之夭夭。徐皎却仿佛看见了什么希望，小心翼翼地问：“如果江总监找到刻花机的话，守意有师傅会使用吗？”

“你是想问里面那个会不会用吧？”老严大手往后院一指，毫不客气地揭穿了她的小心思。

徐皎点点脑袋，眼睛放光：“他会吗？”

“你不担心吗？”

“担心什么？”

老严乐呵呵一笑，两手托着茶底与茶盖，一步三晃地回到工位上，笑意间满是深藏功与名的高深。倒是木鱼仔先反应过来，拽着她往外走。

到了路边等车的时候，木鱼仔才把自己的猜测说出来。

“你想想看，师父上头几代人都没有找到刻花机，江总监这次能打听到消息，一定费了很大的力气。她为什么这么做，难道只是因为新品牌吗？”

还有她精心准备的蛋糕。

徐皎出门时也看到了，低头踢小石子：“这是好事，我要是拈酸吃醋，岂不太小气了？”

“不是。”木鱼仔下意识觉得不止这么简单，可要说有多复杂，他也不清楚，只是隐隐约约觉得老严说那句话的目的不在于此。

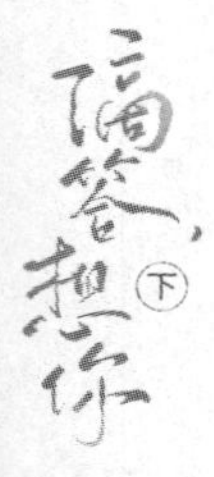

江总监对师父有意，明眼人都看得出来，只不过大家谨守着礼貌与分寸，都装作不知情而已。可除了他们，还有旁的人，未必会跟他们一样。

“章爷爷好像很喜欢江总监。”木鱼仔心思敏感，观察力也好，“他老人家最近经常约江总监一起喝早茶，有时候还会带上师父。”

见徐皎没有说话，他忙又解释：“你别误会，也许只是我想多了，而且师父那个人你是知道的，他很孝顺。”

“我知道。”徐皎点点头，“没事，我相信他。”

等到上了车，她又重复一句。

我相信他。

这时的徐皎完全没有想过，其实“相信”这个词也有许多前提条件。

她相信爸爸的身体会好起来，但她没有想到也许那只是一个善意的谎言。她相信妈妈的工作没有受到影响，但她忽略了一个中年女人在丈夫和女儿面前竭力维持的自尊心。她相信只要她和章意互相喜欢，就不会被任何阻碍打败，但她不知道“喜欢”和“在一起”并不是因果关系。

之前因为选创名品的事，她跟胡亦成冷战了一段时间，最近胡亦成为了同她缓解关系，在网站找了几个视频博主给她做手替专访，还联系了之前一直有意向邀请她为陈列品拍摄的收藏馆馆长。双方意向一经敲定，胡亦成就飞去景德镇谈具体事项。

毕业论文有了思路，初步阶段一切顺利，徐皎心情松快不少，刚好学姐在校外开了家宠物店，邀请她一起拍 VLOG 做宣传用，她就同意了。没想到这条视频上了热门，在学姐的精心剪辑下，她抱着小猫露半张脸的一张照片竟意外走红，全平台都在疯狂扩散寻找“半脸小姐姐”。

还是徐皎的同学刷到视频后认出了她，网友得知她是一名专业手替后，更引发了大范围的讨论与关注，短短三天学姐的信箱里就塞满了来寻求合作的平台的信息。

学姐便与徐皎商量，打算再剪一个视频，放上她与小动物玩耍的正脸，这样既为宠物店做了宣传，也能为她个人增加热度。本是双方互利的好事，不想却遭到胡亦成的大力反对。

他人还在景德镇，什么也不说，只让她暂缓此事。

徐皎不得不拒绝了学姐，却一直没有等到胡亦成的解释，直到馆长联系她，她才知道此前景德镇一行，胡亦成并未同馆长签署合作协议。

挂断电话后，她立即打车去胡亦成的住处，一进门扑面而来浓烈的酒气。脚下的酒瓶撞到桌角，骨碌碌滚到远处。

徐皎掩了掩鼻，在沙发尽头的地板上找到烂醉的胡亦成。

屋内光线晦暗，他衣衫凌乱，蓬头垢面，下巴有一撮胡楂，看起来喝了一整晚，身边七倒八歪横着十多个空瓶。徐皎走到阳台上，先把窗户打开来透气，又去厨房煮了壶热水，听着茶壶吱吱的声音，她才重新回到胡亦成面前。

“成哥。”

胡亦成紧闭的双眼动了动，斜眼看她：“你来了。”

因为宿醉而沙哑的嗓音，掩盖不了平抒直叙的语气，不带一丝惊讶，分明早就猜到她会来找他。徐皎搞不清楚眼下的情况，开口不免有些着急：“你怎么又喝醉了？发生什么事了？”

她一边说一边扶他。

成年男人的身体重量远比她想象的要大许多，她咬着牙用力把他往上拽，想让他自己也使使力气，却是徒劳。他只是漠然地看着她，在被她托离地面的一瞬间忽然大力推开她。

徐皎始料未及，后背撞到书架，哗啦啦掉落一地杂物。她的肩膀被一本硬壳书砸中，条件反射地护住手，最后被一个滚动的摆件绊倒，好在手肘着地，抄在怀里的手没有擦伤。可如果不是为了保护手，但凡敢借力一下，也不至于摔倒了。

她只觉莫名其妙，回头瞪向胡亦成：“你干什么？”

“梵刻跟我们解约了。”

胡亦成面容平静，语调平平，她甚至一时没有反应过来他说的是梵刻，好一会儿才平复下来。她想了一会儿，问道：“梵刻的合作不是进行到最后阶段了吗？怎么突然解约？”

“因为你露脸了。”

胡亦成扶着沙发，踉踉跄跄地起身。他手里还提着半瓶酒，身躯半是倾斜，

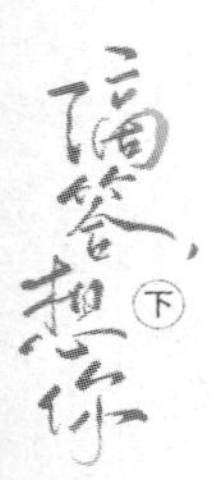

仿佛站不稳的样子，就这么俯视着她，重复道："因为你露脸了。"

徐皎心里猛一咯噔。

"可是我只是帮学姐的忙，并没有违反合作条例。"

"那又怎么样？"胡亦成拔高声音道，"一旦你火了，你作为手模特给梵刻和琪拉带来的影响将会放大十倍，甚至数十倍，琪拉需要的是正面形象，而不是一个随时都有可能被扒出来用了替身的定时炸弹。你想想看，一个正值上升期的女明星，作为珠宝代言人居然还要用手替，她的手是没有表现力还是见不了人？事情接着发酵下去，伴随着伤疤的过去说不定还要被媒体记者挖出来炒作，他们重新考虑用不用你，有什么问题？"

徐皎胸口不断起伏，努力消化着整件事。只是短短几天而已，梵刻竟然不声不响地解了约？她立刻打开手机找到琪拉的联系方式，想要同对方解释一下，却发现自己被拉黑了。

"怎、怎么会这样？"

"我早就跟你说过了，不要太相信她。"

"可这不是我能控制的，我们签了保密协议。"

"徐皎！"胡亦成一声大喝，"你到现在还不明白吗？那些契约，那些所谓的互利条款，都是当你有话语权的时候才会作数，而你！至少到目前为止还没有任何还手之力。如果他们想要息事宁人，或许会赔你一笔违约金，以此来封你的口。如果你不同意，也大可诉诸法律，但你要知道这么做的后果，不仅得付出大把的时间精力，最重要的是你的名声就此毁了，以后还有谁家敢用你？"

徐皎脸色发白，五指渐渐收紧。

"徐皎，你还记得我们的约定吗？三年了，不管我怎么说，你始终不肯露脸，口口声声不忘初心，只要守好幕后的一亩三分田，可现在呢？你知道这几天有多少人在背后笑话我吗？就因为你所谓的无心之举，我这三年来苦苦经营的一切全都被打破了！"

"成哥，我……"

"我知道，你只是想帮学姐一个忙，没有想到自己会意外走红。别说你，连我也没有想到。怎么会呢？我努力了三年，胃都喝穿孔了，好几次醉倒在马路上，人家当我是流浪汉，朝我吐口水，就这样我们才走到今天，没想到……三天，就一张随随便便的照片，竟然把一切都颠覆了，可笑吧？

“每当有人跟我说，胡亦成你只是一个经纪人，何必又当又立？我都要耐心地跟他们解释，不是的，手模特是一份正当职业，在国外是像豪沃斯一样的存在。他们大笑着问我豪沃斯是谁，谁认识？我又要耐心地跟他们解释豪沃斯的工作性质，可我嘴皮子都说破了，他们还是不能理解，手模特算什么？跟明星能比吗？进这圈子的有几个不想出人头地？你整这些有的没的，是不是不肯卖我面子？呵，我哪里是不肯卖面子，我自己都没有这份脸面！

“徐皎，你可以为了替你爸爸还债接指甲油的广告，可以无法拒绝学姐的请求而出镜，可以为了维护章意甚至江清晨的颜面，忍受金戈的违约行为，那么我呢？你说，你说啊，我到底做错了什么你要这样对我？”

胡亦成手颤抖着，猛地扬起酒瓶。他满脸通红，因为嘶吼脖颈青筋暴跳，全身透着无以复加的怒气，就在徐皎以为那只酒瓶会朝自己扔过来的时候，“哐”的一声，酒渍在墙壁上晕染出朵花来。

胡亦成低吼道：“走！我不想看到你！”

“成哥……”

“徐皎你别逼我，我现在只想一个人待着！”胡亦成一把抓起地上的玻璃碎片，凌厉的尖朝向她，“你走不走？”

碎片割伤了他的掌心，血珠一颗颗往下掉。徐皎担心他会伤害自己，一边靠近一边解释，希望他能冷静下来，却不想他忽然拽住她的手臂，将她半拖半拽地扔出门外。

“你给我滚，快滚！听到没有，我不想见到你，你给我滚！”他的胸口剧烈起伏，眼神中涌动着复杂的思绪，说完用力甩上门。

空荡的楼道回响着邻居大骂神经病的怒吼，徐皎捂着嘴，蹲在门外渐渐蜷缩成一团。

怎么会这样？

徐皎迷惘地想，怎么会这样？

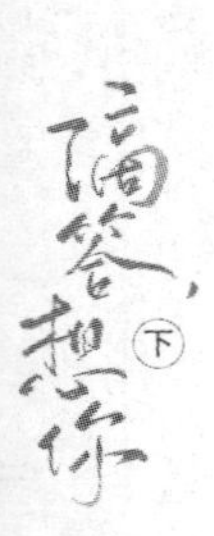

胡亦成一整天没有出门，后面不管她说什么他都不再理会她。徐皎等到

天黑，下楼买了些饭菜放在他门口，又劝了他很久才依依不舍地离开。

当她一个人游荡在街头时，忍了很久的眼泪终于滑落。

她从来没有想过伤害胡亦成，可事实是，她似乎总是用自己所谓的底线，一次次伤害他。连她自己都忍不住责怪自己，徐皎，你好自私……

入秋以后，天气时冷时热，有时还有夏天的错觉，有时看着落英缤纷，又深觉秋天已经来临，而入冬仿佛只有一瞬间，只要冷了，就会一直冷下去。

在这一夜的某个时刻，冬天好似悄然而至。徐皎不想去找章意，也不想让安晓担心，一个人沿着街头漫步目的地乱走，不知不觉间来到了全然陌生的夜市。大小的流动商铺林立，叫卖声此起彼伏，香气四溢。

她一天没有吃饭，此刻总算察觉到饿。

徐皎默默吞咽了下口水，买了一大杯关东煮，来到花坛边坐下。身边已然坐了一人，正大口吃着臭豆腐，一边吃还一边吸鼻子。

她犹豫了一会儿，没有选择离开。

就在她收回视线时，对方忽然转过头来。徐皎与她对上目光，惊愕不已。

“曹、曹姐姐？”

曹如意这才确定自己没有看错，用纸巾擦了擦嘴，稍微收拾了一下此刻的狼狈后才开口道：“这么晚了，一个人？”

徐皎点点头。

曹如意看她眼睛肿得跟核桃一样，眉头一皱：“章意欺负你了？”

“不是。”

“那就是失恋了？”

“没有，我俩好着呢。”徐皎噘噘嘴，吃了一口鱼蛋，又问曹如意吃不吃。

曹如意下意识想拒绝，可看她吃得香，又有点心动，碍着自己每次出场都是成功女人的形象，到底还是拒绝了。

徐皎忍不住一笑，夹了颗鱼蛋送到她嘴边，神色间有些心照不宣的通透。

曹如意清清嗓子，吃了颗鱼蛋。

“不错，味道挺好。”

“我以为你不会吃路边摊。”

“我也以为你一个乖乖女，不会大晚上一个人在外面闲逛。”

徐皎默不作声。

曹如意瞅了她一眼，正色道：“发生什么事了？不想跟章意说的话，可以跟我说。像我们这样的关系，陌生之上，朋友未满，最适合倾诉了。”

徐皎捧着热乎乎的关东煮，再三思索后看向曹如意。曹如意冲她一笑，眉宇间沉着安然，哪怕身处乱糟糟的夜市，也别有一番说不出的风情。

徐皎就把她和胡亦成的事都说给曹如意听。曹如意始终安静听着，时不时点头，并不插话，等她说完怀着一丝不安、一丝期许看向曹如意时，曹如意才开口：“你知道职场 PUA 吗？”

职场 PUA 会交付给你巨大的“压力”，下级无论怎么做都会被上级领导批评打击。员工逐渐否定自己的价值，从而被迫服从领导的权威和羞辱，扛不住的人甚至会自杀。通常对社会经验不足的职场新人非常奏效，让其深受折磨。

“我刚开始工作的时候也有过这样一段时期，大家默许的办公室文化和领导至上心理，让我完全无所适从，每到下班必要开会，每到聚餐必要喝酒，每发奖金必要拍领导马屁，这都是什么规矩？谁定的规矩？就因为领导喜欢，我们就要服从？凭什么？我工作是为了自己，如果连我自己都丢了，我又在为谁工作？工作的意义在哪里？”

曹如意说：“虽然你跟经纪人不完全属于上下级的关系，但不管是什么关系，在职场或是在恋爱关系里，你的精神都应该是独立的，要学会分析思考，千万不要急着否定自己。”

她年纪小，初入半职场，面对狂风暴雨的考验与鞭打，价值和信念感都不够坚定，轻易被别人的想法所左右，这是正常的。

章意曾经宽解过她，在获取同龄人认可这一方面，她已经学会放下。唯独面对胡亦成，她始终没有找到一个平衡点。

“你们明明说好要成为像豪沃斯一样的手模特，这是你们最初的约定，是他变了。他为什么变了，是迷失了，还是扛不住生存压力先向现实屈服了？凭什么他屈服了，也要你一起屈服？或许他从一开始就是在骗你，先把你捆绑到经纪合作中，再一步步逼你就范，你只是想做好自己，有什么错？至于

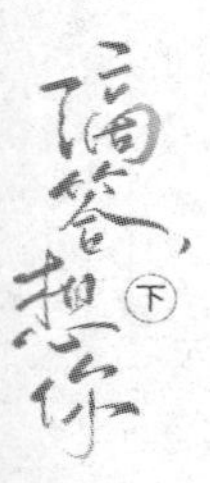

帮你爸爸还债，也是他逼你接的指甲油广告，不是吗？作为经纪人他没有履行好自己的义务，帮你接更有商业价值的合作，反而利用经济压力向你打击报复，伤害你的手，你完全可以告他！而帮学姐这事儿就更不用说了，世上没有人可以对抗意外，短视频的崛起让多少人一夜之间红遍大街小巷？而网络的飞速发展又让多少人一夕间声名狼藉，一无所有？这就是意外，根本不受人为掌控，你能有此际遇，完全是命运。欲加之罪，何患无辞？他这是干不过老天的安排，拿你出气呢，你怎么就听了他的胡扯，还跟自己较上劲了？”

“我……”

曹如意一番舌灿莲花，徐皎根本毫无招架之力。听着都不无道理，可细细一想，人与人之间的博弈又怎可能只有“道理”？

她垂下头，签子里的鱼丸正探头探脑朝她张望。她咬了一口，鱼丸已经凉了，炸过的酥皮有点油，肉质不够Q弹，可饶是如此，也还是很好吃。

她吃完一颗鱼丸，又吃了两串豆干，鼓着腮帮子好像有了勇气，才对曹如意道：“如果真像你说的，那今天晚上，你为什么会出现在这里？”

曹如意一愣。

“要找到自己，更要守住自己，很难对吧？”徐皎说。

我们每个人不都是这样吗？时而清醒，时而糊涂，拧巴地活着，好辛苦，也好幸福。法理之外，尚有人情，更何况一路相伴，风雨兼程，相惜的又何止人情。

曹如意真挚地点点头，靠过来搂住她的肩膀。两人依偎在一起，再冷的寒冬好似也不畏惧了。

“你说得对，这很难，但我们会守住的。”

很多年后，曹如意回想这一晚，不知究竟是谁照亮了谁回家的路，但她很确信，一定是徐皎照亮了章意生命里的路。

那个男人才能逆流而上，无往不胜。

之后一连几天，胡亦成还是没有搭理徐皎，听邻居说有外卖送过来，她才稍稍放心。知道他心情不好，需要时间调整，每次她都站在门口对他说话，说完放下东西就走。

与此同时，她一直尝试联系张美丽，张美丽却始终没有接她的电话，有几次她去梵刻，都被拦在外面，唯一一次在车库截住张美丽，还差点把自己撞伤，张美丽这才见了她一面。

“徐皎，事已至此，我不妨跟你说句实话，要不是指着胡亦成牵牵线，拉近跟金戈的合作关系，梵刻根本不会用你。现在要放弃你，也不是单方面的顾虑。”

张美丽说，做这个决定的不是她，公司必须要为长远考虑，更要为琪拉打算。她今后会怎么样尚且未知，琪拉却板上钉钉，与梵刻的利益捆绑在一起。

“虽然我跟江清晨接触不多，但我看得出来，她肯卖面子和梵刻合作，绝对不是胡亦成的功劳。你与其求我，不如跟金戈打好关系，我听说新品牌蓄势已久，亟待发布？”

事关金戈的战略布局，徐皎不方便透露，只摇头说不清楚。

张美丽淡淡一笑：“既然如此，你也不必吊死在梵刻身上。公司会给你一笔赔偿，你可以去找之前帮你的人，或许他能帮你想想办法。”

“帮我的人？”

“你不知道？”

看她神色错愕，张美丽笑道：“看来你是真的不知道。胡亦成没告诉你吗？徐皎，我刚才说过了，能把江清晨拉进来，胡亦成没有那个面子。”

那会是谁？

原本她还不相信胡亦成背后有人，可张美丽已经不是第一次提起，还言之凿凿，以张美丽的社会阅历与经验，应该不会随意揣测，那么会是谁呢？能说服江清晨卖面子，还要胡亦成瞒着她，这个人……应该只有他了吧？

徐皎一时间五味杂陈。

这些天，因为担心被章意看出来她和胡亦成之间有问题，她一直躲着没去守意。中途几次打电话，不是他临时有事，就是她心不在焉，说不上几句就匆匆挂断了。

知道他忙，不想他为自己挂心，可原来他早就在默默帮助她了。

守意的师傅们见她过来都很高兴，围着她讨论突然走红的事。她一边应付着，一边在人群中搜索章意的身影。

木鱼仔发现她的动作，往她面前一站：“别找了，师父不在。”

“去哪儿了？”她说着就去看手机。

“夜里突然被人叫走，怕你担心才没告诉你。”

“怎么回事？”

他语焉不详，徐皎没听明白。见他神色有些为难，一直藏于内心深处的某种不安再度破土而出，几乎是下意识的反应，她已经联想到什么。

“是被江总监叫走的吗？”

“是，但也不是，师父没细说，好像是江总监那边出了点问题。”

“没找到刻花机吗？”

木鱼仔几经犹豫，还是说出实情：“来的人很急，看着不像这么简单，不过你也别担心，师父不是一个人去的，金戈那边还有人一起。”

徐皎点点头，走到一旁给章意打电话，忙音持续了三十秒后，没有接通。

“应该在山区，信号不好，你晚点再试试。”木鱼仔说，“师父说有什么情况会联系我们。”

“好。”

木鱼仔这才发现她气色不好，黑眼圈都快掉到下巴了，往边上一坐好像魂都没了，跟她说话也没什么反应。

“你怎么了？是不是这几天太忙了？”

大家知道她火了，这段时间肯定抽不开身，打心眼里为她高兴，长宁叔还让他们最近不要打扰她，怕耽误她的事儿。想到她以后肯定不能再常来守意，老严打趣师父，要他趁热恋的时候多拍几张合照，多留几张签名，指不定哪一天人就成了大明星，以后想见都见不着了。

木鱼仔有点惆怅：“徐皎，以后你会成为大明星吗？”

徐皎慢半拍地反应过来。如果放在从前，她肯定斩钉截铁地告诉他不会，可经过这么多事，她再也不敢轻易下定论了。

“哪有这么容易。”

互联网有记忆，同时忘性也大，造一个神和吞食一个人都太快了。她只是不想把话说死，不想木鱼仔却误会了她。

“你以后还跟我做朋友吗？”

“瞎说什么，你是我一辈子的好朋友。”

“真的吗？”

木鱼仔又重新燃起希望。

徐皎被他傻乎乎的样子逗笑了，连日积攒的郁闷之气一扫而空。她扬起脸说：“那当然！生活不止眼前的苟且，还有诗和远方，我一定要振作起来，努力冲向未来，打败这些来捣乱的小鬼！”

她拉起木鱼仔的胳膊，和他击掌：“我们一起加油。”

此时此刻，在西南某片山区。

司机兼向导拿着扳手从引擎盖下钻了出来，对搭载的客人，也就是站在正前方的男人说：“不行，缺零件，修不好，得徒步回城里找人来修车。”

“没有别的法子了吗？”年轻男人看着信号全无的手机，微皱眉头。

向导摇摇头。

他们一行五六人于早上进城，分好几拨，雇了好几个向导，分散在周边山区，说要找人。可人在哪里丢的，却一问三不知。赶巧碰上雨天，车子又抛锚，前不着村后不着店，说不倒霉他都不信，可也没办法。

男人低头看表，已经下午三点四十二分，眼看天要黑了，如果回城，今天一天就白费了，而山间失联，每延迟一分钟，人就多一分危险。

“师傅，我不能回去，这样吧，你……”

他话没说完，忽然听见一声大喊：“章意！”

一道身影从一片雨后泥泞的矮坡上冲滑下来，几次脚底打滑都磕磕绊绊地稳住了，一路喘息着朝章意跑过来，及至跟前二话不说抱住他。

章意被惯性冲得往后退，双手扶住来人的肩膀才站稳脚步。他这才发现江清晨全身上下都是污泥，身体还在瑟瑟发抖，虽然一句话也没说，但看得出有多害怕。

他停顿了一会儿，反手抱住她安慰道：“别怕，没事了。”

江清晨平复了好一会儿才开口：“你怎么会来这里？”

“他们跟我说你在山里不见了。”

说到这里，章意觉察出一丝不对劲。照理说她出了事，应该第一时间通

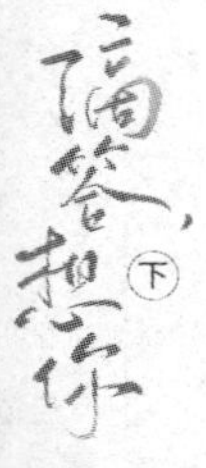

知家里，孔佑怎么会去找他？当然，她此行为刻花机而来，不管情况如何都和他脱不了干系。

“幸好你没事，不然我会很内疚。”他神色认真地说。

只是内疚吗？江清晨笑容一僵，缓缓松手。

当下不是好好说话的地方，经向导指示，他们往东走了三四里路，找到一户村民家里暂时落脚，等待向导回程找人来将车子修好。村民家里只有一对八旬老人相依为命，看到生客有些意外，却很热情。

到下午一场泥石流不期然降临，好在没有人员伤亡，不过大山暂时封锁了，一时间无法通行，章意尝试给徐皎打电话，信号却时有时无，好不容易接通一次，还没说上话就又被切断了。

江清晨在村民家里洗了个热水澡，换了身干净衣服，出来时见他站在山前小道上，便回房拿了件风衣外套从后面给他披上。

“山里风大，小心着凉。”

章意顺势接过外套，对她道谢，转而又道：“你好点了吗？”

“嗯，喝了两大杯姜茶，算缓过来了。”她吸吸鼻头，故作轻松道，“幸好山里没有野兽，不然这会儿说不定我已经尸骨无存了。”

她一路打听刻花机的下落找到这片山区，不想碰上大雨，与向导失散，又在山里迷路，一整晚没敢合眼，生怕一不小心就被野兽拖走了。当时越想越后怕，从来不甘软弱的她甚至已经写好了遗书，万幸一夜风平浪静，清晨时分停了雨，她稍作休息后便凭着微弱的阳光，一路向东找到了出口。

当时她还在想，如果这一次能侥幸脱险，她一定要告诉他自己的心意，没想到他就这样奇迹般地出现在眼前。

奔向他的时候，她满心涌动着雨后初霁的喜悦。

章意劝她不要多想，她也不是时常感性的人，只是没有找到刻花机难免失落。

“这跟你没有关系，刻花机本就稀有，如果国内有的话，应该早有风声。”

江清晨还是遗憾：“可是没有刻花机，就无法雕刻出玑镂花样了。”

章意在来的路上已经想好了对策：“用珐琅吧。”

“珐琅？可以吗？”

"珐琅一样可以非常漂亮。"

不管珐琅还是玑镂，其实都是美化表盘的一种艺术，因手工制作而增添了不少匠心的价值，但用作比赛的话，再漂亮的表盘也只是一部分，想要脱颖而出，机芯制造和联动设计也非常关键，每一个细节都值得考究。

章意说："我有办法烧出景泰蓝。"

要知道珐琅表盘的众多颜色里，黑白色较为常见，中国红已经是极大难度，而景泰蓝更是难上加难。景泰蓝珐琅表在当世非常稀有，说是珍宝一点也不为过。

"你真的可以烧？"

"我没试过，不知道行不行。"都是祖上一代代传下来的手艺。

为了保证百年老店一脉相承，生生不息，守意祖师爷们在授业时，不管儿辈孙辈，只要有心向学都抓过来一起学。除了不传外人，老章家的孩子都见识过祖师爷们的高超技艺。

当然，章承杨算个例外，那泼猴儿从小就坐不住板凳。

不过守意家风严谨，掌门人大多低调行事，显少外露，更不会刻意张扬，因此并没有多少人知道，当世民间还有懂得这些几近失传工艺的匠人。

"金戈跟北京的珐琅工厂有合作，你需要的话我可以带你去。"江清晨说，"烧制陶瓷的珐琅技艺也可以作为参详吧？等回去了我找师傅去打听打听，看能不能给你请个帮手。"

"好。"章意点点头。

说完正事，他的视线转向空山远处，眉宇间盘桓着一缕淡淡的忧思。江清晨没有察觉，失望之后随之而来的希望，又让她振奋起来。

"章意，你相信缘分吗？"

章意掌心握着手机，随时留意着电话短信，可惜一直没有动静。江清晨很快反应过来，笑着说："我忘了，你是理性主义。"

"不全是，我只是觉得缘分这个词，可能要看时间、地点和人，在某一种特定环境下才会让人想要相信吧。"

"你的意思是，现在这种环境，你不愿意相信它？"

章意莞尔一笑。

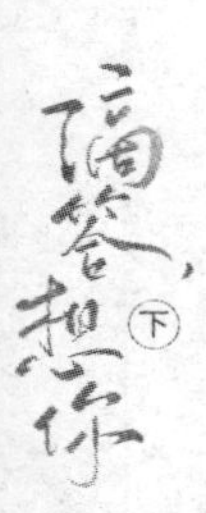

“也对，现在这种情况确实算不上太好，还不知道封山到什么时候。”江清晨总算看出来他心神不定了，“徐皎的事我听说了，这几天想要找她合作的人应该很多，以她经纪人的为人，遇见这种好事肯定乐开了花。我看他就没有打算让徐皎一直当替身，有机会走到台前，这次确实是个好机会。你不用太担心，她的经纪人是个精明的人，不会让徐皎吃亏。”

而这恰恰是章意最担心的地方。

如果胡亦成乐见此事，那么之前几天徐皎一定会征询他的看法，高兴地跟他说个不停，可她却一反常态，不仅随便说了两句就把话题揭过，甚至还有点躲避。他怕她一时脑热还没想清楚，就没问她，原本打算过几天再找她好好聊聊，不想山里出了事，现在联系不上，也不知道她怎么样了。

风声渐涌，章意的目光变得有些深邃，让人无法捉摸。

“胡亦成……过于精明，不是善茬。”

“你会不会想多了？”

他不置可否。

江清晨吸了口气，故作玩笑道：“我很好奇，如果今天换作是我被人架在火上烤，你会像担心徐皎一样担心我吗？”

“为什么这么问。”

“只是好奇，我想听真话。”

看她执着，章意想了一会儿，答道：“不会，你跟她不一样。”

“哪里不一样？”

“你应该可以承受。”

什么叫应该可以承受？这是什么措辞？他明明有考虑过，可还是这么说了。江清晨慨然一笑，已经谈不上有多失落，倒更像是被气笑了，神色间满是无力。

“章意，我不能承受。”

她不能承受的不是那簇火焰，而是他赤裸裸的偏心。也对，她们怎么可能一样？

徐皎可以得到他的心，而她不能。

“你这么聪明，别告诉我没看出来章爷爷的心思，还有……我的心意。”

山间空旷，她的声音不高不低，被风吹散了，虽形不成回响，但足够让他无法回避。

“难道真的不愿意给我一个机会吗？也许这场缘分，并不如你想的那么糟糕。”

“我……”

“你先不要急着拒绝我，听我说完。你应该明白章爷爷为什么会选择我，在他看来，我可能是个再好不过的结婚对象了吧？金戈是我的家族企业，钟表事业将陪伴我终生，我不会厌倦它，更不可能背叛它，以我的决心来说，这辈子我都将追崇它，仰慕它，为它而奋斗，你也一样，你是守意的继承人，你热爱钟表修复和机芯科研，一生都不会舍弃它，我们是最相配的，最合适的，可以互相理解，共同成就，不是吗？你不用将我看得和徐皎一样，我可以接受你为一个漂亮的女孩心动，和她恋爱，同她山盟，甚至想要跟她永远在一起，但是，你必须考虑清楚恋爱与婚姻的关系，你也不想……”

“不想什么？”

江清晨咬咬牙，说道：“不想婚姻的不幸，让悲剧再一次重蹈覆辙吧？”

在江清晨说完这句话后，山里的风忽然停止了，四方寂寂，一时静得可怕。唯有乌云从天边渐而逼近，向他们预示着一场暴风雨的到来。

章意艰难地开口：“是爷爷告诉你的？”

“是。”

“什么时候？”

“在我出发之前。”

章意攥着肩后的风衣，十指几乎发白。

他知道了，是长宁叔。

长宁叔没有遵守与他的约定，还是告诉了爷爷。他们怕他独自一人无以承受这段被尘封的真相，所以自私地按照他们的意愿，安排一个最合适的人选，一段最稳妥的婚姻，试图帮助他渡过难关吗？

为什么？

为什么长宁叔一口一句“你最重要”，却还是自作主张背离他的选择？

为什么爷爷宁肯擅自安排他的人生，也不愿意开诚布公地和他聊一聊？

他们究竟还要掩耳盗铃到什么时候？

“章意，我不知道你想起了多少，又猜到多少，不过我想，你知道的一定比他们以为的更多。虽然很残忍，但你必须面对，我不敢保证徐皎会怎么样，但我一定不会让悲剧重演。”

老爷子担心她得知他的病情会有所顾虑，事先告知真相，也是为了给她打预防针。今天在这里说开其实并不是她的本意，也可以算是女人的一点意气之争，说冲动，确实冲动，但她并不后悔。

缘分，他可以不相信。

火焰，他也可以偏心。

可是真相，永远无法回避。

江清晨看着风吹掉章意肩上的风衣，如同吹掉他们之间那层薄薄的窗户纸。她没有上前去追，只是拢紧领口，朝屋内走去。

这些日子与守意的大家庭相伴，她亦有所察觉，守意看似团圆美满，然而每一个角落都写着残缺。被掩于唇齿的章安青和妻子凌荭，章老爷子和章承杨之间说不清道不明的爷孙关系，缺失的一整个“父辈”链，章意的梦游和章承杨的使命，以及无言的孤独。

想来越是残缺，才越想要守护这份圆满吧？

她还记得在金戈的廊桥上，他们第一次坦诚相待，他说独立创制的确是每一个钟表人的终极理想，可老店不止老店，老店里也不止那些人。比起热血沸腾的终极理想，他最渴望做好的事是——守护家人。

一直到今天，她才体会到那句话的分量，而她却亲手打碎了他的圆满。

江清晨加快脚步，冷风裹挟着细雨朝她脖子里钻，她进了屋，关上半边门，抬手抖落零星的雨，并拭去眼角的泪痕。

这一夜，章意仿佛回到了在海上的一天。他在海浪中沉浮，被水波推着往前走，身边是没有根的浮萍，柔软的藻叶穿过他的手臂，缠绕在脖颈上。他的口鼻充斥着腥咸的海水，胸腔被挤得酸胀，四肢无力仿若一只软体动物，在海中自由舒展，彻底失去自我。

隐隐约约有呐喊声在向他靠近，他知道那是一股无比温暖的力量。他想靠近，可一股更大的力量却将他往下拽。

忽然，他听到爸爸妈妈吵架的声音。

“你总是忙忙忙，忙得没有时间照顾孩子，更别说照顾咱们这个家。你还当我是你老婆吗？我病了你也不管不问，我去参加比赛，拿了奖你要通过别人才知道。安青，你能不能把你的时间分一点给我和孩子？”

“凌莛，我手上还有块表要修，客人急着要，我们晚点再说。”

“我不！我刚从国外回来，你不去接机就算了，连跟我说会儿话的时间都没有吗？”

“对不起，你等等我，我晚点陪你好不好？”

“你总是这样，总是道歉，总是不改，总是让我等，等到最后又总是不了了之。我刚在门口摔了一跤，膝盖都磕破了，你没看见吗？”

“在哪里？我刚才……”

“够了！章安青，你的眼里除了这些只会滴答滴答的死物，还装得下别的东西吗？一个大活人就在你面前，你却视若无睹，简直太让我失望了。”

“它们不是死物！”

“不是死物是什么？它能跟你说话，为你做饭吗？你怎么总是不明白我到底要说什么？”

“凌莛，我发现你变了，你以前不是觉得它们很有意思吗？”

“是，我变了，我后悔了，我要收回以前的话，这些，还有这些，这家店的所有东西，一点也不可爱，我恨死它们了！”

“嘘，你别吵，别吵着孩子，阿意已经睡了。”

“你还怕吵着阿意？我问你，上个星期家长会你为什么没去？”

“当时有点忙，好几个老客一齐上门，我怕长宁招呼不过来，就、就让爸爸替我去了。”

“呵，又是刚好几个老客上门，怎么回回这么巧？难道守意离了你就不能转了？去参加个家长会而已，店能倒闭吗？”

“凌莛，你说话太刻薄了，这要是被爸听见，又该不满意了。”

“是爸不满意还是你不满意？”

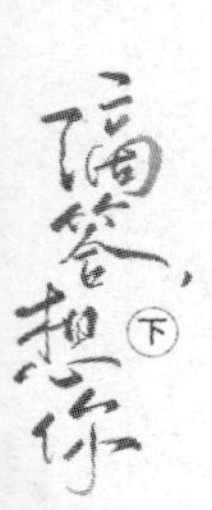

“算了，我不想跟你吵，每次吵架不管有的没的，你都往我身上推。我知道没去参加家长会，阿意不开心，后来我不是送了他一块表吗？”

“你还敢说？从小到大所有的礼物不是怀表，就是表配件，一点新鲜花样都没有。”

“要什么花样？阿意喜欢不就行了？”

“阿意根本不喜欢！只是因为你把所有的时间都耗费在这上面，他想跟你亲近一些，才勉强自己喜欢它们，难道你想让阿意长大了也跟你一样吗？”

“跟我一样有什么不好。再说了，我也不是什么都没做，阿意有哪一个手工作业不是我陪着他一起完成的？他在这方面真的很有天分，爸爸也说他应该从小就培养起来。”

“你闭嘴！我绝对不会让阿意步你的后尘！”

“你、你蛮不讲理！”

“我就不讲理！我不想讲理，讲理有什么用，能让你明白我需要什么吗？章安青，今天我就要一个答案，如果守意和我们的家只能选一个，你选哪一个？”

“我为什么要选？”

“你今天非选不可！不选我就……”

“凌荭！你别拿我的表，那是客人珍爱的收藏，快还给我！你、你到底要我怎么做才行？非要个答案是吧？行，那我告诉你，我要守意，你明明知道的，守意是我的命根子！爸爸说得对，我当初就不该跟你结婚，你根本不懂我！你——你怎么可以砸碎客人的表？”

一声凄厉的尖叫声后，世界再度恢复安静。

“妈妈，妈妈，你在哪儿？”小小少年冲出了黑夜，朝着山下一路狂奔而去。

如果江清晨可以预料第二天再见章意会是那番情形的话，她想，她一定不会任由女人的嫉妒心作祟，对他说出那番话。

村户阿奶用拗口的方言普通话说：“下冰棍的天咯，要不是娃阿爹夜里起来撒尿看到他跑出去，就冻死在外头喽！”

章意还穿着前一天的浅灰色毛衣，脸是苍白的，没有一丝血色。在梦中，他仍痛苦地呼唤着“妈妈”。

阿奶说：“真可怜，叫了一夜，都烧糊涂了，把娃阿爹当爸哭个不停。你是他婆姨吧？晓得发生什么吗？他阿娘去哪里咯？”

江清晨仿若未闻，走上前抓住章意的手。

他体温非常高，高得几乎让她害怕。她将他的手臂贴住自己冰凉的脸颊，试图为他降温，又怕他在寒冷中病情加重，一边降温一边温暖他。她反反复复做着毫无章法的努力，哪怕徒劳也还是不停，一句话不说，眼圈却是红的。

阿奶见状摇了摇头，先出了房间，留下他们两人。门合上的一瞬，阿奶听到那女孩说：“对不起。”

她本来可以有更大胜算，更多筹码，如果她步步为营，没有失控，这一切会按照计划来到，可面对他的偏心，她情难自禁地失控了，带来的却是无力改变的现状。她突然后怕起来，直到这一刻才明白，爱他是多么辛苦，又多么心甘情愿。

而徐皎，对这一切一无所知。

一场猝不及防的高烧，仿佛将他们推入了另外一个无从选择的境地。

章意在梦里沉沉浮浮，不知外面发生了什么，难得有一丝清醒时，他好似看到徐皎。他努力想要展露笑颜不让她担心，拼命抓住她的手，想把她留在身边。可他说不上一句话，就又被拽回无止境的黑暗中。

海水四面八方朝他涌来，顷刻间将他湮没。

不辨面目的凶兽，张开大口吞噬了他。

“你看到了？医生说他不能再受刺激，需要静养，这段时间我会送他去疗养中心，你快走吧。”章文桐面无表情地说完，下了逐客令。

徐皎擦擦眼泪，再三确认：“他真的没事吗？”

“只是魇住了，这两天已经在退烧，有清晨照顾他，你不用担心。”

徐皎仍依依不舍，小声辩驳：“章爷爷，让我留下来好吗？他病得这样严重，需要有人在身边，我、我时间很多……”

“够了，我以为你是聪明人，不需要我把话说得太明白。既然你不懂，

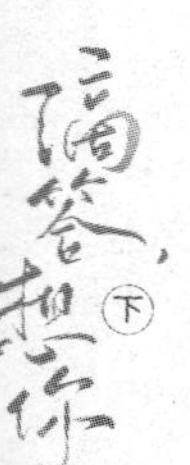

那我就再说一遍，章意从小到大所有的事都是我安排的，包括婚姻。之前我的态度可能不够明显，让你误会了，以为你们之间会有可能，现在我明确告诉你，只要我活着一日，就绝对不会同意章意跟你在一起。”

“为什么？”

到底发生了什么？为什么才几天不见，他就变得这么憔悴？为什么江总监会睡在他床边，他们之间究竟……

徐皎深吸一口气，鼓起勇气看向章文桐：“章爷爷，你为什么不喜欢我？”

章文桐愣了一愣，却没有回答，只是自顾说道：“等他醒来，我会告诉他你已经决定朝演艺圈发展。”

“章爷爷，我……”

“你也不想给他带来过多关注吧？”

“可我……”

章文桐根本不给她说话的机会，抬手再一次打断她：“我知道现在说这些还早了一点，不过你要明白，你和他不是一个世界的人。章意好静，而你，还是年轻女孩，二十出头，未来有无限潜力，不可能就这样跟他一起每天守在店里，过一眼就看到头的生活。也许一时半会儿还有点新鲜劲，时间长了呢？外面的世界多姿多彩，你都还没见过，甘心为他留在这个巴掌大的地方吗？”

徐皎攥着书包肩带，脸上腾地升起一股热意。

她竭力将目光从窗间移开，或是从章意与江清晨十指相缠的手上移开，抿着颤抖的嘴唇，抬起腿，越过章文桐。

今天是周末，金戈的同事不用上班，院子里静得针落可闻，只有她和老爷子两人。可是哪怕只有他们两人，她也仿佛无地自容，连呼吸声都不敢放大，只能用力、紧紧地抓住肩带，把手抓出痛感来，才能找到一丝真实感。

她原以为她可以有很多勇气去对抗生活中的阻碍，同学们的异样眼光也好，胡亦成的咄咄相逼也罢，只要她想，她一定可以做到，可真正发生的时候她才发现自己有多无力。

仅剩的一点理智化作两个小人打架，驱使她在离开和留下之间不断挣扎。

就在她快要走到胡同口的小门时，章文桐忽然叫住她：“等等。”

徐皎面上一喜，才要回头，就听见老爷子一如既往严苛的口吻说道："从前面走吧，把你落在店里的东西收拾干净，一起带走，今后就不要再来了。"

徐皎顿时傻在原地。

"怎么，没听见？还要我再重复一遍？"

"我……"

徐皎不敢说话，她一张嘴好像就会泄气般任人宰割。

木鱼仔一直躲在帘子后面观察院子里的动静，眼看徐皎被老爷子说得都快哭了，赶忙冲进来。他跑得飞快，老严想拽都没拽得住。

"爷爷，您不能这么做！徐皎是师父的女朋友！"

他一心为好朋友伸张正义，完全没有留意老爷子的神色。老严和刘长宁却都是明白人，知道老爷子有什么顾虑，可还是跟着一起劝起来。说到底徐皎也是他们一路看着过来的，人品怎么样他们再清楚不过，最重要章意喜欢。

以后是个什么情形谁也无法预料，就算按老爷子的心思，把江清晨安排给章意，他们就一定可以长长久久吗？

扪心自问，老爷子自个儿也不敢打包票。

男女之间的感情事，哪有绝对的？眼看他意志松动，老严立即上前，贴住他耳朵说："你也听医生说了，心理病，就需要亲人在身边，更需要爱人的陪伴。这种时候你怎么能打发徐皎走？要是小章醒来想见她怎么办？不如先这样，等小章好一点，你跟他好好聊聊，再做打算也不迟。"

章文桐怒目圆瞪："你还敢说，当初谁骗我她是你远房侄女的？"

老严撇撇嘴，换了刘长宁来求情。

他最懂老爷子，一句话就能打蛇七寸。

"你别看小章懂事，其实跟我们都不亲，要真亲的话，也不会什么都藏在心里了。老章啊，别把孩子逼急了。"

章文桐已经失去了两个儿子，无法接受自己再失去孙子。面对章意很少外露的心，他不敢赌。

"万事急不来，先等小章渡过难关吧。"

听刘长宁这么说，章文桐神色渐缓，转而看向一旁安静的徐皎。大家争先恐后替她说情，她不插嘴，也不为自己辩驳，瞧着性格软乎，确实比他想

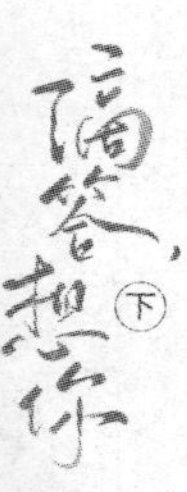

得要好一点。

徐皎也在等他表态，努力挤出一丝笑容来。

章文桐拄着拐杖徐徐起身，才要开口，就听见一阵吵嚷。

“怎么回事？”

几个师傅们正在守意的门额下挡人，一见老爷子过来，立刻解释道：“不知道打哪儿来的，非说催债，可我们店里明明没有他们要找的人，不让他们进就吵起来了。”

章文桐朝外看去，来人六七个，穿着统一的水洗蓝工装，戴着头盔，灰扑扑的，一看就是建筑工人。不管师傅们怎么解释，他们就是不信，认定他们把人藏了起来。

刘长宁上前做和事佬，客气地问道：“你们要找谁？”

“徐永林！”

老严说：“我们这儿就一个姓徐的师傅，叫徐大头，你瞅瞅是不是你们要找的？”说着就把一个师傅推到他们跟前，让他们瞧仔细了，“甭说欠债，咱大头哪有那贼胆？”

对方一看，摇摇头。

章文桐说：“你们快走吧，再不走我就报警了。”

打开门做生意最忌讳不清不楚的纠纷，尤其涉及债务。章文桐在类似事情上的处理态度一向果决，说罢就要赶人。

对方面面相觑，神情有所迟疑。就在师傅以为他们会离开、防备松懈的时候，他们忽然大力往里冲，一边冲还一边嚷嚷：“不可能，我们收到消息，徐永林的女儿就在这里！我们一家老小能不能活下去就靠这笔钱了，今天就算是被抓起来，我们也要找到她！”

老爷子好些年没见过野蛮的人，被几个莽汉撞得连连往后退，一时怒上心头，吼道：“你们敢！”一边说一边叫木鱼仔报警。

木鱼仔的电话正要接通，忽然被人劈手夺了过去。

“别、别报警。”徐皎哆嗦着说。

木鱼仔目瞪口呆地盯着她，见她脸色发白，神色紧张，猛地反应过来。

民工们此刻也发现了人群中的她，互相对视一眼，狐疑地朝她走过去。

“你就是徐永林的女儿吧？”

徐皎唇瓣微抖，尽量让自己声音平稳：“是，我是。”

“看吧！我就说在这里，找到你就好了，你爸爸欠了我们二十万。他联系不上，你是他女儿，就替他还了吧！”

“二十万？怎、怎么会？爸爸不是说已经还完了吗？”

“他骗你的！那么大个工程，砸锅卖铁都不够还，除非他去死。我不想跟你废话，快把钱掏出来。”

徐皎被对方的气势吓得往后退了一步：“我、我没有钱。”

“别开玩笑了，小姐，我们也不是好骗的，来之前已经打听过了，听说你是小明星，不可能二十万都没有吧？”

领头是个五大三粗的男人，深秋里还穿着短袖，露出结实的臂膀和狰狞的青筋。他的目光大胆而充满敌意地在她身上来回打量，与之伴随的还有更多的目光，或诧异，或震惊，或愤怒。

徐皎只觉如芒刺背，根本抬不起头来。

偌大的守意，一下子静得吓人。

就在她快要喘不过气来的时候，木鱼仔跑到她身边，急声道：“快打电话给你爸爸问一下情况。”

徐皎这才反应过来，手忙脚乱地去扯书包。书、画册、护手霜和各色物件散落一地，也没有找到手机，她急得不知道手该往哪里放。

老严都看不下去了，提醒她道：“口袋找找。”

徐皎这才想起手机在外套夹层里。

她飞快找到那串熟悉的号码，在木鱼仔鼓励的目光下拨了出去，然而电话没有接通。她又拨打张蓉的电话，居然关机了？

“我没骗你吧？你爸从三天前就联系不上了！看来他们也没怎么把你这个女儿放在心上，跑路也不通知你一声。”

“不可能！你别瞎说，我爸不会跑路。”

徐皎无声地对自己说，不要慌，不要急，顶着数不清的注视重又拨打徐永林和张蓉的电话，一遍又一遍。对方没有耐心同她耗下去，眼看就要在守意闹起来，章文桐蓦然开口道：“出去。”

徐皎心猛地一抽，手机滑落在地。

“守意还要招待客人，无关紧要的人请立刻出去。”

“老章。”

刘长宁刚要开口，就与章文桐的目光对上。章文桐环视一圈，眼神如淬寒刀，用毋庸置疑的口吻说道：“谁要再为她说情，就跟她一起离开。徐皎，我给你两分钟，收拾好你所有的东西，以后我不想再看见你。当然，我也希望你能为章意考虑一下，不要让无谓的麻烦加重他的病情。”

无谓的……麻烦吗？

徐皎蹲下身，把护手霜、指甲刀、手套一一收进书包。半分钟后，她提着书包走到原先自己的工位上，将所有东西一齐扫到包内，合上拉链，一气呵成消失在守意。

今天是小雪的节令，早上出门时安晓说北京下雪了。她们很久没有一起街拍，约好今年初雪一起去长亭古街拍照，安晓还说到时候要拉上章承杨和章意一起，给兄弟俩拍一套古装。

章承杨剑眉星目，穿明制飞鱼服，肯定帅得惨绝人寰。而章意风流蕴藉，指点苍穹，羽扇纶巾，就很绝美。

从那一刻起，出了门，到车上，穿过新城来到白墙黑瓦的老街，这一路她无不在憧憬初雪的到来。

可是现在，初雪不会来了。

徐皎头也不回地大步往前走。不理会身后追逐叫嚷的声音，她尽量让自己的身体摆动起来，以一种看起来可能没有很狼狈的姿态加速逃离，及至街口人流密集的地方，她猛地停住脚步，双手撑住膝盖，大口大口地喘息起来，眼泪顺着猩红的眼眶不争气地滑落。

章承杨早晨临时被客户抓过去赶修座钟，回来就发现气氛不对劲，店里空荡荡的一个客人也没有，师傅们都坐在工位上，不工作，也不说话。

章文桐一动不动地站在橱柜前。那里摆着的怀表、时钟、各种古董和收藏摆件与他无声对峙，他双目微垂，不知在看还是在听。

“怎么了？”章承杨不自觉放轻脚步，用口型问木鱼仔。

木鱼仔把头转过去。

章承杨又去找老严，一向没轻没重的老严，表情是从来没有过的凝重。而刘长宁表面虽还是一派温和，眼里却藏不住无奈。

章承杨心口慌慌的，绕了一圈又回到老爷子身旁。离得近了，他才看清老爷子的脸，眼角抿着，有淡淡的水痕，像是哭过一样。

可他知道不是，章文桐不会哭。

“老二，你还记得咱们这家店哪一天开张的吗？”

“记得，1821 年 3 月春分。”

“不错。”章文桐搭住他的手臂，缓缓回身。

守意自 1821 年开业，迄今为止已经 199 年，只要度过这一年的寒冬，就是整整两百年。他呕心沥血，经营三代，矢志过半，鹤发如丝。

未可始终。

“如果你们不想阿意跟他爸落得一样下场的话，谁也不准将今天的事告诉他。”

此时，睡梦不深的江清晨，忽而被一声呓语惊醒了。她靠上前去，听见章意唇间呢喃：“好冷，你可以给我唱爱丽儿的‘五十哷’吗？徐皎……”

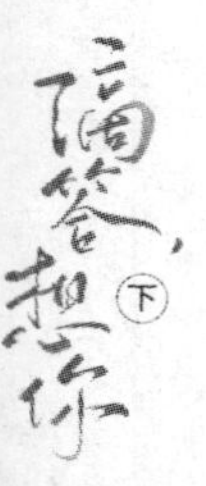

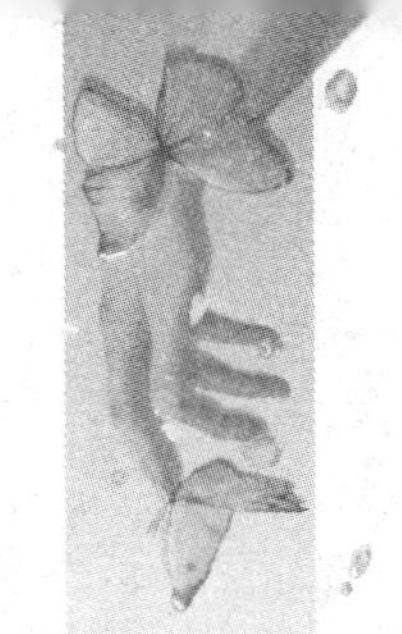

第十四章

/

那片星空陨落了

Dida, Xiangni

▼

转眼到了十一月下旬，冷空气骤然降临，接连几日阴雨绵绵，寒气直往骨子里钻，刘长宁又犯风湿的老毛病，疼得几乎下不来床。

老严将伞收起，拂去肩上的水珠，一边朝后院走一边说：“王丫头那家面店歇业了？怎么好几天没开门，害得我又白跑一趟。”

“你给长宁买了什么？”

“杨记牛肉汤。”

“哎哟，今年这么早老杨家就开张了？闻着可真香，有我的份吗？”

“你个徐大头，除了吃还有点出息吗？”老严打趣了两句，从身后变魔术般把一碗牛肉汤递过去，又叮嘱道，“你去院子里吃，别在店里。”

“没事，不打紧。”

老严说多无用，怕汤冷了，赶忙提溜着去找刘长宁。两人在屋里说话，老严担心他的身体，想带他去看医生。刘长宁摆摆手：“家里现在这个情况，孩子们心思都不在，我别给他们添堵了。再说就是老毛病，熬一熬就过去了。”

“可你……”

手脚都开始变形了，明显跟之前的情况不一样。

“你呀，这凡事为他人着想的坏毛病能不能改改？年轻孩子要磨砺，受点挫折算什么？倒是你老胳膊老腿，都是要罢工的老部件了，还不好好修理？我看你哪一天彻底坏了修不好的时候怎么办？”

“修不好就听天由命吧，已经这把岁数了，还想什么？”

“呸呸呸，我瞎说的，童言无忌。”老严还是怕，背过身打自己的嘴巴。

刘长宁含笑不语。

一碗汤还没喝完，前院好像起了争执，只听见徐大头咋呼的声音。老严起身对刘长宁道：“你先吃着，待会儿等我来收拾，千万别自己动！我去看看。”

约莫五分钟，老严步履匆匆地回来，往凳子上一坐，二话不说先是长叹了声气。

“怎么了？”

“徐大头又闯祸了。”老严手搭在膝盖上，向刘长宁解释，“前儿个客人送来一块有误差的万历年表，小章交给他来调校。也不知道他脑子里整天在想什么，居然把时间往前调了整整一天！你是没看到当时小章那个脸色，要不是一贯脾气好，又念着大头是咱店里的老伙计，铁定当场发难。你说就这样，大头还不警惕，刚才喝牛肉汤就把表摆在桌上，这水蒸气进去也就算了，他一边喝汤还一边打电话，手机掉进汤里，直接把汤打翻了！我就怕他麻痹大意，还特别跟他说去院子里吃，他不听，你看，这下闯祸了吧？”

老严一脸难言的表情。

“闯祸也就算了，偏偏还当着小章的面。也不是第一次了，是个人都要发火，难怪小章一点面子都没给他留，直接在店里训斥了。”

“承杨和小木鱼他们都在？”

“可不，大头脸都青了。”

刘长宁把汤碗递过去，老严默契地接住碗底，放到一旁桌上，拿纸巾给他擦嘴。

说实话，当着大家伙的面在店里训老师傅，这种情况还没出现过。徐大头那个人本就不仔细，在老爷子手下当学徒，近二十年才出师。里外找不到更好的工作，只能留在守意，大家念着情分，平时对他多有照顾，只把相对简单的活计交给他。

你也不能说他是老油条，不过他的工作态度确实有待商榷。

“倒是老二最近让我有点刮目相看。那只倔驴，没想到性子沉下来竟能坐得住，底盘也稳，还出奇地有耐心。就你生病那天，晌午有个小阿姨看不

懂万历年表，他半下午都在教人怎么看时间。今早还遇见个傻老帽儿，戴潜水表去蒸桑拿，表坏了，找承杨算账，非要他赔一块一模一样的，那脾气叫一个差，我在旁边看着都捏把汗，可你知道吗？他忍住了，非但没发火，还把客人说得服服气气，一毛钱没多花就把麻烦解决了。”

老严笑着笑着，有些唏嘘：“这兄弟俩，跟换了人似的。以前老二动不动就脸红脖子粗，现在倒好，变成小章把不住自己了。”

他虚拍了拍裤管。

“我还没见过小章发这么大的脾气。过去这么久了，心情还没调整过来？”

刘长宁摇摇头。

恐怕不单是心情的问题。

自打醒来，就没见他笑过。他是多聪明的孩子，不用人说发生了什么，凡事都能猜到。拦不住，也不想拦，老爷子亲自送他去找徐皎，赶巧碰到她上胡亦成的车，原来那辆老破旧的桑塔纳已经换成了新车。

老爷子具体还说了什么谁也不知道，不过章意回来后就没再提过徐皎。

这么些天，两人就跟断线的风筝一样，越飞越远。

而此时的徐皎，已经忘记上一次睡到自然醒是什么时候了。自从跟胡亦成达成协议，她连喘口气的时间都没有。

胡亦成把她的日程安排得满满当当，从早到晚连轴转，三天内辗转五个城市，各种直播活动接连不断。一夜爆火确实给她带来了巨大的商业价值，也缓解了她的经济压力，可与之而来的却是与过去截然不同的生活。

有时候在车上醒来，她甚至不知道自己身在哪里，又将去往哪里。满世界浮光掠影，她浑浑噩噩，不知所以。

到了拍摄地，胡亦成风风火火地拽她进入化妆间，把衣服递给她。

“换好出来就拍，半个小时后还有下一场。”

徐皎一句话还没来得及说，门已经合上了。

不远处的大厦上，时针走过四分之三的圆盘，逐渐指向“九”，锤音响亮，伴着夜归人。她展开包装，发现里面是一套比基尼，薄得几乎没几片衣料的黑色胸衣，连内垫都没有。

徐皎轻笑了一声。

十二月的天，室内恒温游泳池，可能需要跳水十几次才能找到一次甲方需要的“出水芙蓉”的感觉，而这则必须身穿比基尼拍摄的广告，真正的焦点却是为了在下水后给手做一次护理的护手霜。之所以有此创意，大概是为了完成某种“醉翁之意不在酒”的暗示吧？

收工回到家已近凌晨，地面全都湿了，月光照在上面亮堂堂，不知道什么时候又下了雨。还有半个月房子就到期了，如果续租，得先交一年的房租，虽然距离毕业还有半年不到，到时候还是得租房，可哪怕只算半年，这笔钱也不是小数目。

电梯故障，楼道里的灯也时好时坏，碰上倒霉的时候，喝凉水都塞牙。

徐皎抬头望了望黑黢黢的楼梯间，深吸一口气，认命地往上爬。手机电筒在脚下投下一束光源，她心里默数着“一、二、三……”给自己加油打气。哪怕夜深人静，周遭伸手不见五指，竟也不觉得害怕，反而浑身充满了力量。

一口气爬上八楼，她单手撑膝，气喘吁吁地从包里掏出钥匙。正要开门，忽而听见安晓说话的声音。

“妈，就十万而已，你至于吗？皎皎不是那种人，她是我最好的朋友！不会骗我。小明星怎么了？你以为小明星赚很多钱吗？要接活动、广告、代言，还要打点中间关系，层层剥削到她手里已经不剩多少了，而且好多款项还有回款周期，你又不是不知道。而且她每天早出晚归都快累死了，瘦得跟竹竿一样，风一吹就倒，你还这么说她，太过分了！好了你别说了，我不想听，反正皎皎不是那种人，她根本没有向我借过钱！你不给就算了，别再说我朋友的坏话，房租我也自己去赚，不用你给！”

“啪嗒”一声，电话拍在桌上。

徐皎缓缓起身，把钥匙放回包里。想了想，她再次推开楼道的门，朝楼下走去。

起先她步子慢，还带着一丝犹疑不定，后面听见若有似无的窸窣声，不知道是心理作祟还是自己吓自己，她突然害怕起来，越想越怕，走到楼道中段，上也不是，下也不是。

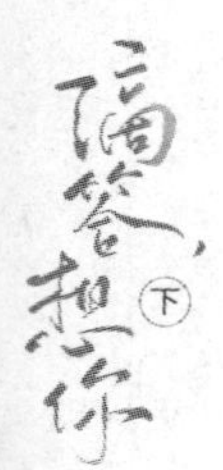

就一会儿的工夫，她的小腿开始打战。

徐皎闭了闭眼，咬紧牙关，飞快冲到一楼。

木鱼仔在车里等得都快睡着了，重新睁开眼，半是惺忪的时候，突然看到对面马路牙子上站着个女孩，正提着一瓶 1.5L 的矿泉水咕噜咕噜往下灌。

车窗起了雾，后视镜上都是露水，瞧着地面未蒸发的雨水就知道外头有多冷，可瞧她牛饮的模样，好像一点也不冷。

木鱼仔搓了搓手，拉上帽檐一溜烟地跑过去。

“你可算回来了！我等你等了好久，这都几点了你才回来？”

旁边冷不丁冒出个人来，看情形还是在跟自己说话，徐皎差点没摔下路牙子，不过还是把自己呛到了，猛地咳嗽起来。

“你别怕，是我。”木鱼仔上前给她拍了拍背，声音放缓了不少，可还是藏不住满腹的幽怨，“电话不接，短信不回，说好要做一辈子的好朋友，你怎么这样？

“看看，零点二十八分，外头连个鬼影都没有，你一个女大学生不知道有多危险吗？还敢在外头瞎逛，不要命了？

“怎么不说话，心虚了？我就知道你是故意的！”

徐皎被他接连几嗓子吼得笑起来。

“我刚回来过了，你没看见。”

“啊？”

木鱼仔抓抓脑袋，才想起来她换车了，而且刚才自己确实睡过去了。他轻咳一声：“那不重要，你还没跟我解释呢，为什么不接我电话？”

“我最近有点忙。”

“呵，借口。”

“真的，你不也看见了吗？都零点了。”徐皎左右看看，“喏，街上除了你这只鬼，一个鬼影都没了。”

“你还敢笑我？刚才也不知道是谁说之前就回来了。算了，看在你辛苦的分上，这次我就先心不甘情不愿地原谅你了，之后一定得接我的电话，知道吗？”

徐皎点点头，一副听话的样子。他瞧着就觉得敷衍，仔细看看，才发现她瘦了很多。

“你没好好吃饭吗？姓胡的怎么搞的，是不是为了保持身材不让你吃饭？你看你，本来就没几两肉，现在就剩皮包骨了，脸色跟菜色一样白得像鬼，丑死了，你这样怎么上镜嘛！”

徐皎说：“上镜都要胖三斤，现在这样刚刚好。”

“刚好个屁，你差的何止三斤？”

他一着急都快老严上身了，不由分说就要拉她去吃夜宵，徐皎忙拦住他。

“我得回去了，收拾收拾已经一点，早上四点又得出发了。”

“你就睡三个小时？”

“嗯，车上还可以补一补。”

木鱼仔忍不住爆粗口：“四点就出发，你出国啊？什么不得了的大业务，不让你吃饭还不让你睡觉？我真要气死了，你能不能好好照顾自己，别老是这样好不好？”

哪样啊？徐皎不说话，静静地看着他。

木鱼仔一肚子的火瞬间灭了。

他跟在章意身边学习多年，比一般孩子有分寸，“糟蹋自己”这种如人饮水冷暖自知的话他说不出来，说出来才是对她的伤害。

徐皎也不逼他，转而问道：“你怎么来找我？”

木鱼仔拧了下手，低头踢马路牙子，好似在整理说辞。这个说辞他已经反复演练过好多次了，否决了无数开场白，最后还是觉得实话实说是最好的方式，可真正开口时还是不免结巴：“我有个客人是收藏家，最近在找陈列品手模特。他出手很阔绰，所以我想、我想……”

“你想介绍给我？”

“嗯。”

见她没有说话，木鱼仔忙解释道：“我、我没有别的意思，就是……”

“我知道，你只是想帮我。”徐皎说，“他什么时候需要？”

“看你方便。”

“好，那我安排好时间告诉你。”

“你这就答应了？也不问问酬劳之类的吗？”

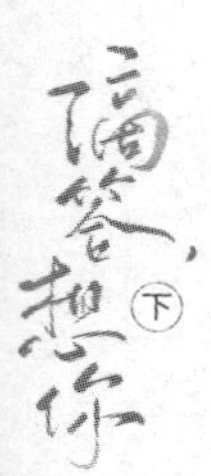

他还担心她会因为自尊心太强而拒绝他的帮助，没想到她这么轻易就答应了。答应得过于爽快，反倒让他担心起来。他仔细观察徐皎的神情，她在某一个瞬间好像露出了微笑，虽然只是转瞬即逝。

“你介绍的我放心。木鱼仔，谢谢你。”

木鱼仔摆摆手：“你不用谢我。”

两人沿着街边走了一会儿，眼看时间不早了，木鱼仔说：“别跟我耗着了，你快回去休息吧。”

徐皎点点头，想起他手上帮忙拎着的半瓶矿泉水。

木鱼仔说：“别喝了，夜里喝太多水容易睡不好，你要不想浪费，就给我喝吧。”说完，三下五除二就解决了剩下的半瓶水，因为喝得太急还打了个嗝。

徐皎忍俊不禁：“我是不想浪费，但也没有必要现在就喝掉嘛，看你今天晚上怎么办。”

木鱼仔嘟哝：“没事，反正最近就没睡好过。”

“啊？”

“没什么，你快进去吧，我看着你走。”

“好，小区安保很好，你放心。”她挥挥手，转头朝门卫室走去。夜里风大，凉气重，她感觉手脚都是冰冷的，拢紧衣襟把自己藏起来。

木鱼仔看她消失在绿化带的尽头，胸口积压的一块大石算卸了一半。他转身回到车上，正要发动，忽然听见“砰”的一声，车窗上压着一团黑影。

他忙把窗户摇下来。

徐皎的声音带着几分急喘，裹挟着黑夜挥之不去的凉意：“他还好吗？”

木鱼仔静了一秒，眼眶酸了。

“师父挺好的。”

“好，那就好。”徐皎轻笑起来，“快回去吧，小心开车，注意安全。”

话音刚落，她就穿过马路跑向小区，根本不给他一点开口的机会，生怕他多说一句似的，跑得飞快。

木鱼仔怀着说不出的心情回到守意，整条老街都已在沉睡之中。他蹑手蹑脚地从胡同小门进了院子，匆忙打了盆热水，用毛巾捂了捂脸。

帘子下隐隐约约泄出一丝光来，他立在天井下，心思转圜了一会儿，到底还是放下毛巾，揭开了帘子。金丝楠木桌边伏着一道背影，正对着台灯修理被徐大头一碗牛肉汤泡坏的机芯。

满室寂静，只有钟表滴答滴答的声响，无时无刻不在与时间进行博弈。

“师父，还能修好吗？”

下午的时候老严已经检查过，本就是块伤痕累累的旧表，加上新伤，就算第一时间抢救，多半也是无用功。当时章意没说话，他还以为他已经放弃这块表了。

章意目光未移，专注于指腹间小如蚂蚁的零件，说道：“再试试吧。”

每块表都是一个生命，钟表修复师和医生一样，这是他们的使命，只要还有希望，就不能轻言放弃。这样一种执着的近乎苛刻的精神，哪怕他从不言及，木鱼仔也能感受到。

“现在已经很晚了。”

“你先去睡吧，我再修一会儿。”

说是修一会儿，看样子又是到天亮。木鱼仔叹了口气，拖过来一张凳子，陪在章意身旁：“我不困，师父我陪你吧。”

章意看他一眼。

木鱼仔又说：“师父，你是在等我回来吧？那你为什么不问我？你主动问一句又不会少块肉，为什么不问我啊？难道你不想知道她的情况吗？”

章意低下头，没有说话。

木鱼仔无可奈何地摇摇头，跟闷葫芦比缄口，没有人能赛过他师父。就这种无聊的“闭嘴”游戏，他以前还跟章承杨玩过，章承杨最长三个小时没有说话，而他撑了四个半小时，可章意，却能一天一夜都不说话。

好像只要章意手里有这些零件，他就能沉默到天荒地老。

“算了，还是我来告诉你吧，她没有拒绝，接受了。”

“好。”

章意语气淡淡，似乎早就猜到了。

“我到底哪里露馅了？为什么师父你总是能猜到我的心思？”

章意放下螺丝，转而用镊子夹住游丝。木鱼仔立刻将台灯转过来，不用

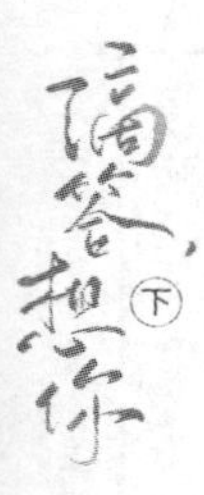

章意开口，眼神一动，木鱼仔就知道送什么过去。

两人无声打配合，默契无间。

这就是答案。

“你有什么心事都会摆在脸上，藏也藏不住。”而且就算她没有接受，以他们的关系，他也会想办法让她接受。

“好吧，我被师父看透了。”

“这没什么不好。”

“师父，我想问你，就前阵子家里催我回去那件事，你担心过吗？”

国内制表业江河日下，家里几次三番催他回去当上门女婿，为这事他确实发愁过一段时间。木鱼仔眼神真挚：“其实我动摇过。”

章意说：“因为徐皎？”

木鱼仔不好意思地脸红了。

“你心情不好的时候我确实担心过，不过不是担心你会离开，而是担心我们之间的关系。我会想是不是我平时太严格了，以至于你从来不跟我说心事。”

“不是的！你不严格，只是我……我别扭。”他闷头抓了下耳朵。

章意轻笑道：“那就好，以后我把眼睛闭起来，不猜你的心思，等你来找我说，好吗？”

“不好。”木鱼仔说，“不要总是等我来找你说，偶尔你也找我说说话吧，不管是我的心事，还是师父你自己的心事，我们都可以说给对方听。咱们都是大男人，没什么不好说的，就算师徒也没关系！”

他说得慷慨激昂，其心昭昭，章意已经被他循循善诱，没有回头之路了。

“对了师父，你给徐皎介绍的是哪个朋友啊？我之前见过吗？一出手就二十万，靠谱吗？”

“梁丰的何总。”

“何总？就那个挖矿的？”

木鱼仔在脑海里搜索了下何擎的长相，煤矿起家，家底丰厚，祖上有点书香底子，气质温平，长相虽不出挑，但也不难看，人近中年横肉相加，笑起来还有点弥勒佛的意思。

何擎这个人什么爱好都没有，唯独钟情美玉，家里的玉石收藏没有成千也有上百，都是一等一的稀罕品，随便拿出来一样都可能价值连城。

前几年何擎找章意给自己的名表镶嵌了一圈玉珠子，每颗玉珠只有鱼眼大小，呈雪碧色，晶莹剔透，夜间在完全黑暗的环境下还会发光，比之钻石毫不逊色。这块玉珠表在他私人展会陈列公开的时候，引来了不少媒体的关注，文物协会和钟表单位都为他开了专访。

之后他用一块完整的和田玉让章意定制了一面玉钟，挂在自家客厅，来往宾客无不啧啧称奇，直接把自己送上了某财经杂志年度人物榜单TOP前三。

以他的身家，想要给陈列品找个展示模特根本不是钱的事，只关乎专业和素养。起先章意找到他，他还有些惊讶，同章意开玩笑说：“从来只有我找你，还没见你主动找过我，突然驾临，寒舍蓬荜生辉啊！”

得知章意的来意后，他瞬间明白过来：“你是喜欢人家小姑娘吧？”

章意没有否认，何擎便说：“那行，你推荐的人一定错不了，叫她过来试试吧。”

约好时间后，徐皎按照何擎秘书发来的地址，找了个借口撇开胡亦成，坐上何擎派来的专车。而此时的木鱼仔，也正准备出发前往何擎和徐皎约见面的私人住宅。

章意站在不远处注视着他，眉宇间凝结着一股思绪，不知在想什么，这让木鱼仔想到那一晚，当他打听到对方是何擎时，师父忽而停下动作，露出了一个跟此刻相似的神情。当时他没有注意，现在再想，似乎有了答案。

师父在担心徐皎。

“师父，你在担心什么？”木鱼仔终于还是问道，“不会是何擎有什么问题吧？”

章意摇摇头。

何擎在商界风评甚好，从来没有花边新闻，跟妻子鹣鲽情深，一度是业界佳话。若一定要说他有什么让人诟病的地方，大概就是几年前传出的一个消息，一个年轻的玉石雕刻师在家中自杀，系何擎所为。当然只是传闻，没有证实，后来何擎还亲自出面解释，自证了清白。

当时章意还不认识何擎，认识的是那名玉石雕刻师。如果他没记错的话，

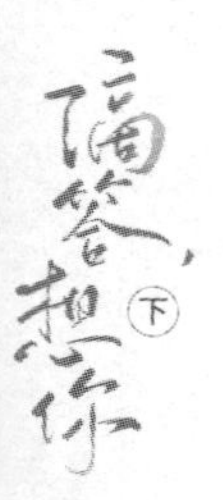

那个女孩有着跟徐皎相似的一双手。

章意也说不准自己在担心什么，可就是心神不宁，甚至还产生了一丝悔意，不该看酬劳丰厚就急于推荐给她。

章意再三思量，还是说道："去附近等着，两个小时还没出来的话，就进去看看。"

"可今天是何擎跟徐皎的私人会面，我贸然前去会不会不太好？要是被何擎发现的话就尴尬了，师父，你会不会关心则乱？"

章意低声道："我就是太关心则乱才……"他的目光转而投向远方，那思绪淡了，化作悠长的思念，"她还好吗？"

就为这句话，木鱼仔其实已经在心里赌气了大半个月，就等着章意哪一天撑不住先开口。可终于等到这句话，气消了，却还是高兴不起来。一个自欺欺人，一个粉饰太平，就这样放弃，还以为他们有多甘心，明明彼此都挂念着对方，为什么偏偏要靠他这个中间人来传递关心？

师父是这样，怕她承受不了债款，想帮她，又不肯出面，非要以他的名义故布疑阵。她也是，明明已经快要扛不住，大半夜站在路边喝凉水发泄，却还强颜欢笑说什么一切都好。

一个人究竟好不好，任外人怎么看都是弄虚作假。

只有自己知道疼不疼。

木鱼仔说："师父，你知道吗？那天她问了跟你一样的问题，我告诉她你很好，这应该是你想让她知道的答案吧？可我多想说你不好，一点儿也不好，这样说不定她就会来找你了，可是这么做对她公平吗？一直以来，都是她在走向你。"

木鱼仔义正词严道："她或许怕拖累你，不敢来找你，可这么多天了，你为什么不去找她？师父，这个答案你可以不用告诉我，但你必须告诉她，否则你们就真的不可能了。"

说完，木鱼仔发动车子离开。

何擎的私人别墅隐蔽性极高，普通物业跟他这里的安保防卫可谓天壤之别。木鱼仔不敢靠得太近，在半山找了个避风口等待，手机里有半小时前徐皎到达之后给他发来的消息，之后就没有了音信。

别墅是连排两栋楼，高五层，前后都有花园，还有片小鱼塘，光是保姆和司机就不下二十人，秘书简单介绍了些情况，告诉徐皎需要注意的地方。

提到何擎这个人时，秘书格外认真。

“何总不喜欢别人随便乱碰他的东西，你一定要注意，不让你动的千万别动。里面藏品很多，我会在旁边配合你，让你展示哪一件就哪一件，哪一个角度就哪一个角度。记住，不要自作主张，更不要自以为是，尽量少说话，知道吗？”

徐皎点点头，跟秘书坐电梯到五楼，一进去她就被眼前的景象惊呆了。

如果说班霍夫大街湖边的老字号 Atelier Werenbach 是一间小型钟表博物馆的话，那么何擎别墅五楼这层展厅，不啻国内任何一间大型博物馆，入目所及不只是玉石类收藏，各种珍奇古玩应有尽有，按照标签陈列在大大小小的橱窗里。

对这些初次到来的参观者脸上的震惊、讶异，甚至于惊艳与不怀好意，秘书早已见怪不怪，何擎想要看到的也是这一幕，没什么新鲜的。秘书昂首阔步走到最里间，向徐皎展示传说中真正富可敌国的“玉库”。

金色大门一展开，里面星河浩瀚，流光溢彩，没有任何一幅画卷可以将此描绘。

徐皎总算相信业内报道，何擎是痴爱美玉到极致的藏家。

何擎已经在里面等了一会儿，手中拿着一块软布正在擦拭玉观音，听到动静从羊皮沙发间抬起头来，微微眯眼打量徐皎。好一会儿，他动作轻柔地将玉观音搁在架子上，朝徐皎招手。

徐皎以为他是打招呼，赶忙伸手：“你好。”

何擎动作一顿，注意到她的手，瞳孔骤然一紧，竟往后退了两步。在徐皎诧异的目光下，他用软布擦了擦并不存在的手汗，这才伸手碰了下她的指尖，蜻蜓点水般一触即离。

“对艺术品要怀有敬畏之心。”何擎笑着说，“请原谅我的不礼貌，我只是觉得，你的手很漂亮，我不想冒犯了它。”

徐皎缩回手，说道：“您过誉了。”

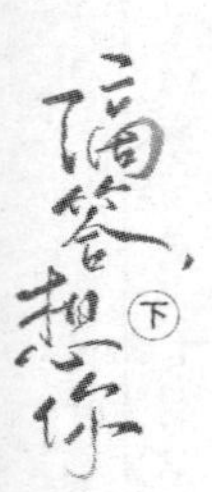

“不，是你太谦虚了，我已经很多年没见过这样的手了。”灵慧奇巧，神韵天成。他显得有些兴奋，匆忙回到沙发旁拿起相机。

馆内拍摄环境都已经布置好，何擎的双目一眨不眨，透过镜头聚焦徐皎的手。

当柔和的光晕笼罩在那双比美玉还纯净的手上时，它像是活了一般，呈现出一种具有强冲击力的美感。

何擎突然低喝了一声，激动得语无伦次：“太棒了，太棒了，我终于又找到它了！”

他亲手把玉观音捧到徐皎面前。

“你会喜欢它的。”何擎如是说道。

徐皎一摸玉观音就知道价值不菲，触手即是凉意，过了一会儿就变得温润起来，看它色泽统一，呈现一种无瑕的碧色，让人忍不住喜欢。她以为何擎只是对艺术藏品有一些特别的喜好，并没有多想。

何擎对秘书说：“你先出去，有事我再叫你。”

秘书以为自己听错了，之前每每有人来拍摄，她都全程陪同，今天怎么回事？何擎正拼命寻找角度，忙中抽空看了她一眼，神色已有不耐烦：“还不走？”

“何总，我……”

“嘘，别说话，我快有灵感了。”

“可是……”

“对了，别让任何人进来打扰我。”

秘书无可奈何，向徐皎投去一个自求多福的目光，关上门离开。

徐皎本来不觉得有什么，突然闭塞的空间只剩下她和何擎两人，某种安全的平衡被打破，就忐忑起来。好在何擎没有废话，一下子进入状态，她也表现出自己的专业。

拍了大概有一个多小时，何擎总算让她放下玉观音休息。

“太完美了，你的手简直就是为它们而生！你看，画面是不是很美？”何擎走到身边来给她看原片，徐皎发现每一张照片都只有手和藏品的特写，没有一点她个人多余的部分。

看来他热烈的目光并不是专注于她，徐皎心中最后一丝疑虑就此打消。

何擎沉浸于对这些照片的欣赏当中，自说自话了一会儿，忽而想起什么："我下周有一场展会，你到时候可以来参观。"

"好，谢谢您。"

徐皎看了眼时间，晚上还要跟胡亦成去一场饭局，已经要来不及了。

她说："何总，不好意思，今天来得匆忙，以为只是来试拍一下，没有安排太多时间。如果您满意的话，我再找一天过来为您拍摄，好吗？"

"你要走？"何擎猛地起身。

"抱歉，耽误您这么久，怪我一开始没有说清楚……"

"你不准走！"何擎仿佛没有听她的解释，重点只落在她要离开这件事上，"你要去哪儿？参加活动吗？对方给你多少出场费，我给双倍，不，三倍五倍随你开价，只要你留下来……你必须留下来，我真的很喜欢你的手，它太美了，美得我心醉。"

这是多么令人血脉偾张的画面！

"你瞧这些小家伙多兴奋，它们都在夸你，叫你不要走，留下来陪它们。"

何擎完全不给她开口的机会，已经完全进入自己的世界。

"那些人总说这间展馆是星星、是宇宙、是银河，他们错了，银河算什么？这些小家伙才是无价之宝。好多年了，我差点以为不会再见到那双手，呵……"

"不是，何总，我……"

"这样吧，你跟我签约，做我公司的独家签约模特，我要买下你所有的时间。价格你报个数字，我马上让秘书打钱。"

徐皎总算察觉到哪里不对劲。以前她不是没有为藏品拍过照片，不过大多数人选择手替，是为了在手的衬托下，让藏品更加立体鲜活，具有多维的美感。而手再好看也只是陪衬，是绿叶，不是花。而何擎的照片，不管从比例和表现力来看，手和藏品都是不相伯仲的，是花和绿叶，却缺一不可。

他追求的是一种更加深远的高级的美感。说得直白点，是一种极致疯狂的个人主义。

何擎目光痴迷地盯着她的手，就像在看一块美玉，时而癫狂大笑，时而悲悯怅然。他在自我世界挣扎、交锋，激烈斗争，最后变得平静。

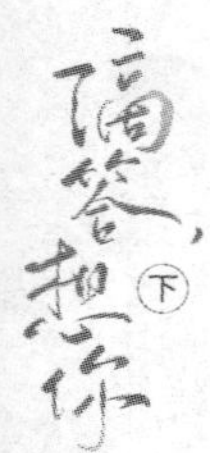

他平静地对她说：“把你的手留下来。”

徐皎的脸唰地白了。

“何、何总，对不起，我今天真的还有事，必须要走了，改天再向您赔罪。”她朝何擎微微弯腰致歉，强行绕过他冲向门口。

何擎却更快一步挡住门，大声喝止道：“你别走，别逼我！”

秘书在外面听到动静：“何总，发生什么事了，需要我……”

“滚！”何擎怒吼道。

徐皎双腿打战，几乎站不稳脚。她尽量让自己看起来没有那么慌张，脑袋转得飞快：“何总，我真的要走了，经纪人还在外面等我。我跟他说好两个小时就出去，看不到我他一定很着急。不如这样，你先让他进来，合作的事宜我们再商量，好不好？”

“你的经纪人根本不在外面。”何擎不是轻易能被糊弄的人，他斩钉截铁道，“如果他在外面，你一开始就不会急着走，这只不过是你想拖延时间的伎俩而已！”

他无法接受她对他撒谎，双目泛起红光，显然已经失控了。

徐皎心下惊惶，顾不得太多，大声向秘书求救。秘书也慌了，不断在问发生了什么。而何擎正四下逡巡，寻找着什么。

忽然，他扛起灯光设备，猛地朝橱窗砸去。玻璃碎片飞溅的同时，徐皎猜到他要做什么，不管不顾地撞开门朝外冲。何擎拿起玻璃碎片追上来，叫秘书拦住她。

秘书吓得三魂不见七魄，下意识挡住徐皎的去路。

徐皎哭着推她：“你还看不到吗？你老板已经疯了，快让我走！”

秘书迟疑的片刻工夫，何擎已经追上来。他像一头巨兽，从后面欺身靠近，玻璃碎片在明亮灯光下折射出一道白光，掠过空旷的展厅。徐皎无力挣扎，闭上眼睛。

就在此时，一道疾风靠近，将何擎挥了开来。

“你疯了吗？”木鱼仔眼睛瞪得比铜铃还大，一把夺过何擎手里的玻璃碎片，将他按在地上。

随之而来的一众保安都被面前的场景吓了一跳。

一摊血从地板上晕染开来。

何擎仍在疯狂反抗，狂笑不止："章意，我知道你为什么喜欢她了！你也跟我一样吧？想要永远把她留在自己身边？我没有看错，我没有看错，这是个孤品，孤品！"

章意仿若未闻，径自抱起徐皎大步往外走。

"你还好吗？哪里受伤了？"章意的声音透着无法掩饰的急切。

徐皎用力抱住他的脖子，嘴角牵出一丝笑意："我没事。"

是秘书受伤了，在何擎冲上来的时候帮徐皎挡了一下，那碎片扎进了她的手臂里。木鱼仔留下报警善后，章意先抱着徐皎上了车。

徐皎接过章意递来的热水，小小地抿了一口，问道："你怎么来了？"

"木鱼仔说你一直没消息，担心你出事，保安不让他进，他才打电话给我。"事实是木鱼仔打电话给他的时候，他已经在来的路上，到底还是不安占了上风，没想到真被他猜对了。

"对不起。"

"因为什么？何擎，还是你？"徐皎放下水杯，安静地望着他。不等他开口，她已经给自己搭好台阶。

"如果是何擎的话，没关系，我知道他是你朋友，是你让木鱼仔来帮我的。"

"我跟何擎有些交往，他是个执念很深的人，但我以为那只针对美玉，没想到……"

徐皎摇摇头，也不禁看向自己的手。她左看看，右看看，露出一丝笑意来："决定要当一个杰出的手模特时，没想过会有这一天。原来一个人的手也有这么大的魔力，章意，你喜欢我的手吗？"

章意想到初次见面那一幕。

事实上第一眼吸引他的，确实是她的手，而非她这个人。骨肉匀称，灵气逼人，不可否认他的心上掠过了一丝惊心动魄的感觉，让他这个每日都在把玩手表也爱手如命的人，忍不住心生向往。

他虽然没有开口，但徐皎已经从他的表情里猜出答案。她一时间不知是该高兴还是难过，手也好，腿也罢，都是她身体的一部分，总比没有可吸引

他的地方好，第一次见面能了解什么呢？可是，那隐隐的失落是怎么回事？

“大概女孩子都喜欢听假话吧？哪怕明知道那是假话。章意，你能喜欢我的手，我很开心。”可能艺术家对完美与残缺都有那么一点奇怪的心理吧？这不重要。

“我更在意的是，你喜欢我吗？”

这么久以来，除了扮演好一个优秀的掌门人和善解人意的合作搭档以外，她以为他也有好好扮演徐皎的男朋友。虽然他总是话不多，情绪也不外露，心思大多藏在心里，但她还是能感受到他的喜欢。

在没有外人在场或是她存心闹腾的时候，他也会因为她而面红燥热，情难自已，那眼里的欲望与热烈根本无以掩藏。

她以为那一切都是真的。

是真的，对吧？

“章意，我们之间有默契的，对不对？我以为只是现在有点辛苦，等我努力还完债就可以回去找你了。我以为你会等我，会因为想要维护我的自尊心不想让我知道，所以像现在借木鱼仔的名义给我介绍工作一样、像之前给梵刻牵线金戈一样，默默地在背后帮我，对不对？”

她小心留意他的反应：“你看，你没有否认，我猜对了，你果然在背后帮我。”

可是，为什么他们明明心有灵犀，哪怕不用过多的解释也愿意相信彼此，他却还是让她产生了动摇？她要怎么样才能找到一个强有力的理由让自己相信这些日子他的缺席？

“我甚至想好要找一天跟你说，以后别帮我了，不是因为自尊心作祟，只是我想试试靠自己，靠自己度过人生中可能一定要经历的坎，这样未来跟你走在一起的时候才不至于那么单薄，也可以为你挡风遮雨，给你生命中无数的感动和心动。我想得很天真对不对？可我真的想过很多，从我第一次遇见你就已经开始憧憬未来，有我们的未来，那是非常美好令人向往的蓝图，我每天都会在梦中遇见，有时候还会傻傻地笑醒。可我现在面对你忽然没有信心了，我不敢再那么狂妄，不敢再自作多情，你告诉我为什么好不好？”

她一直在等他，等他出现，等他表态。没有表态也没关系，至少给她一个拥抱，一个安慰，可她坐在车里这么久，被不知是寒意还是害怕引起的战栗一直没有停过，除了开始将她抱到车里以外，他却再也没有过任何动作。

她的男朋友，消失了吗？

“为什么这么多天，你都不来找我？”

徐皎咬住唇，满怀希冀地看着他。

章意与她对视了一会儿，忽然往后靠到座椅上，避开了她的视线，一如生日当晚。

外面天色擦黑，车内无光，陷入一片死寂。

连日来从不敢掏出来细细揣摩和分析的那个结论，在一个世纪漫长的沉默中好似得到了验证。徐皎双手覆上面颊，轻轻地吸了一口气，再展开时已然恢复如初，嘴角噙着淡淡笑意：“那你告诉我一个答案吧？‘五十嘚’，是我们的秘密吗？”

章意放在身侧的手逐渐握成拳头。

“之前你生病了，我很担心你，可章爷爷不想让我留下来照顾你，我很难过，很生气，但我放心不下你，我真的没办法让自己心安理得地抛下你不管，所以我又偷偷回过守意。小木鱼、长宁叔、老严和章承杨都帮我隐瞒，给我打气，我很感动，好像就算厚脸皮、不要尊严也没关系，鼓起勇气来见你这一面是非常非常值得的，这辈子我可能都不会再做出同样的事，但我一点也不后悔，我不后悔喜欢你。”

章意冷肃的面容在黑暗中终于开始松动。

“我真的很挂念你，完全控制不住这里。”她指着胸口的位置，那里一点也不好。她不顾一切地重返心之所向，不想迎来的却是当头一棒。

“为什么江总监会唱‘五十嘚’？我以为……那是只有我和你才知道的秘密。”

他们在大海历经生死，“五十嘚”见证了他们的开始。漫长彻夜，海水如潮，“五十嘚”一直萦绕在周围，在梦乡里，在迷途中。

章意的眼睫颤抖了几下，目光捕捉到她分外消瘦的身影。

“你真的没有什么要向我解释的吗？”

徐皎想，如果他现在可以抱一抱她，亲一亲她，她可以不要解释，甚

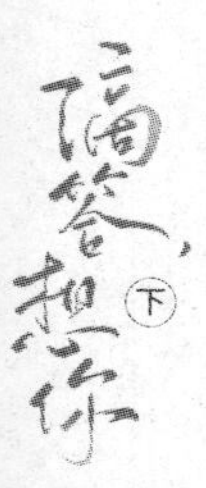

至当作什么都没有发生过。然而，他沉默了好一会儿，却只有三个字：“对不起。”

对不起算什么？凭什么甚至没有一项罪名，就给她判了死刑？徐皎想笑，笑不出来。她强忍着打转的眼泪，睁大眼眶，将酸涩逼回喉头。

木鱼仔已经解决完后续，正朝车边走来。

她的声音带着一丝垂死挣扎的凉意，格外低，又格外沉：“章意，你又一次因为看不清自己的心意而犹豫了吗？”

章意也看到了木鱼仔。

正如木鱼仔所说，他可以不告诉他为什么，但必须告诉她，再拖下去也许只会两败俱伤。

他的眼睫上挂着湿润的珠子，正沿着眼窝无声无息地往下流淌。这是她不能发现的痕迹，他可以有恃无恐地拿出一个老店掌门人应有的果决，快刀斩乱麻。

“生病的时候清晨一直在旁边照顾我，她很体贴，也有耐心，原来她不穿黑白色套装也这么好看。我们身上有许多相似的地方，相处起来轻松愉快，没有一点压力。她了解我的一切喜好和习惯，重要的是，我们有永远聊不完的共同话题。也许爷爷说得没错，门当户对的合适要比一时喜欢更为长久，所以……”

“我明白了。”

那些所谓长不长久的担忧与顾虑，都是他们自以为是强加给她的，从来没有问过她。章文桐如此就算了，可他竟然也不问，也从来没有了解过她。如果他真的了解她，怎会不知她早已把守意当成自己的家？

小心翼翼，如珠如宝。

没想到到头来只是一场笑话。

徐皎说：“章意，我喜欢你三年，现在……一切结束了。”

几天后，章意收到一份徐皎寄来的包裹，里面是梅花三弄的怀表，随之而来的还有一句话：承蒙厚爱，不足以配。

寥寥数字，字字诛心。

当夜疏窗细雨，章意在房中独坐，数不清是第几个这样的夜晚，无以入眠，只能枯等天亮。

一闭上眼，脑海里全是加工零件刨削的声响，指针滴答滴答走个不停，偶尔出现机械表上链的卡断音还会耳鸣一段时间。那段时间往往是他最为舒心的时候，整个世界万籁俱寂。可过不了多久，又会循环往复。

往复，往复。

而人生，可以往复的常常是痛苦，快乐却不常来。徐皎没有告诉胡亦成那一晚发生了什么，无故放鸽子为她带来的是胡亦成又一次的雷霆之怒，到了现在她已经不再声嘶力竭同他谈什么理想，谈什么初心。

过去撞了南墙仍不回头的自己，已经死了。

徐皎穿上鲜艳婀娜的裙子，再裹上一件和遮羞布相差无几的大衣，用以抵御寒冷的严冬。她知道一件大衣不足以抵挡严寒，但这已经是她能做到的极致。

应该是极致了，对吧？

胡亦成说：“我不管你心里怎么想，既然答应听我的，就不要再给自己立牌坊。”合约过半，经纪事业仍旧不温不火，却因为一个滑稽的意外让他们立场突变，胡亦成一改以往“于心不忍”的态度，强硬地对她提出几点要求，她全都接受了。

她没有选择的权利。

徐皎点点头。胡亦成看她日渐消瘦，眼睛里早已没了当初的神采，心头掠过一丝不忍，可转念一想，宿醉的痛楚和被人屡次踩在脚底的羞耻感再度袭来，他咬咬牙，把脱口而出关心的话咽了回去，只公事公办道：“上次你临时撂挑子，张总等了你足足半小时，非常不满，我谎称你生病了，病得很严重，好说歹说才把他安抚下来。今天是你最后的机会，待会儿进去好好赔罪，多说点好听的话，说不定你第一部女主戏就稳了。”

现在小成本网剧很多，风险小，观众还喜欢，起用新人往往是投资人的第一选择。这些新人有些是科班大学生，有些就是跟徐皎一样一夜爆火的网红。

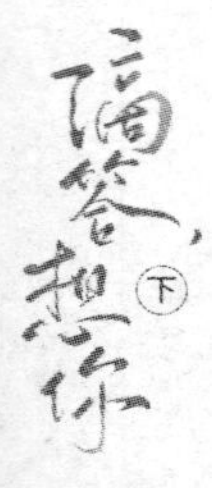

胡亦成东奔西跑忙活了好一阵儿，才把张总说活了，动了用徐皎的心思。他对徐皎说：“这一次只许成功，不许失败。”

徐皎肩上仿佛有千斤重担，压得她喘不过气来。

她努力扬起笑容，跟着胡亦成东绕西绕，进了一间“曲径通幽”的包厢，一开门就听见女孩娇滴滴的撒娇声。

徐皎正要脱衣服，手猛地顿住。

樱桃？她怎么在这里？

樱桃也在第一时间看到了她，从张总怀里起身，拉上敞了半胸的皮草外套，笑着说：“你们总算来了，再晚一会儿张总又该以为谁生病要放他鸽子了。”

胡亦成快步上前，赔笑道：“真不好意思，路上堵车，还碰见个不长眼的，差点没把命豁出去。张总您大人有大量，别跟小弟计较，待会儿我自罚三杯赔罪，您看好不好？”说完不忘招呼徐皎，“还不快过来，在那儿傻愣着干什么？你要是有人家一半的机灵劲，我也不至于事事都跟老妈子一样，让人张总看笑话。”

他意有所指地觑了眼樱桃。樱桃轻笑一声，并不搭腔。

徐皎犹豫了一会儿还是把大衣脱了，不紧不慢地放在衣架上挂好才走向张总，含着笑意说：“张总，前几天我生病了，睡得迷迷糊糊忘了时间，对不起，请您原谅我。”

如花似玉的小美人正正经经向自己道歉，再大的气也消了。张总握住徐皎的手，将她拉到身边来。

“快坐，一点小事而已，不必放在心上。”他转而对樱桃说，“房间里怎么有点冷？你去叫服务员把空调温度打高一些，别再把徐皎冻病了。”

樱桃不情愿，被张总瞪了一眼，气呼呼地踩着高跟鞋走远。

胡亦成试探道：“她怎么……”

“哦，也是巧了，就小徐生病的第二天，樱桃经纪人托关系找到我，知道我打算投资拍部甜宠剧，也想把人塞进来。我瞧着反正还有好些角色没定下来就答应了，今天听说我要跟小徐吃饭，非要一起跟过来。”张总四两拨千斤把事儿圆了过去，“听说你们早就认识？应该不介意吧？”

胡亦成是个人精，怎会不知道这是场面话？一般的角色用得着他本人出面吗？樱桃想要的肯定是女主角。

“哪能啊，张总的人我巴不得多认识几个。说来樱桃也算我家徐皎的老对家了，每次杀到最后一轮筛选都能碰上，好在这几年整顿悬浮之风，大家都看中实力，浑水摸鱼是吃不香了。”

言下之意一目了然。张总扬眉，拍着徐皎的手笑问道：“是吗？”

“重点是……”胡亦成刚要开口，就听见张总抢白道：“重点是人还要长得漂亮，文文静静，是大学生吧？”

徐皎点点头。

“难怪又乖又懂事。”

他着重咬住“懂事”的字眼，让徐皎不安扭动的手霎时停了动作。

樱桃一回来就撞见张总捧着徐皎双手的场面，嘴角掀起一抹讥诮的笑意，随即扭着水蛇腰朝张总小跑过去。偌大的圆桌，哪里不好坐？可她非要从两人中间插进去，胡亦成皱了皱眉，徐皎却不动声色地松了口气。

“毛毛躁躁地干什么？”张总摸不着美人也很不满。

“人家刚出去跑了一圈也冷嘛，您怎么不给我捂捂手？”她把徐皎往旁边一挤，半坐半倒在张总臂弯里。本就温香软玉，还是个醋坛子，任哪个男人心都化了，也舍不得再同她置气。

张总点点她鼻尖：“你呀，就是淘气。”

“哼，我即便淘气点，心也是向着您的，可不像某些人睁着眼睛说瞎话，随便糊弄您。”

胡亦成看到樱桃本就不高兴，见她含沙射影更是气不打一处来，皮笑肉不笑地冲她说道：“樱桃妹妹这是什么意思？咱们张总可是聪明人，商场征战，叱咤风云，谁敢随便糊弄？”

“反正我是不敢。至于你嘛，可就不一定了。”

“樱桃妹妹，饭可以乱吃，话可不能乱说。”

“是吗？既然你非要刨根问底，我就不替你们遮掩了。”

明明是她先挑起的话茬，反倒把锅甩给他了。胡亦成倒要看看她能说出个什么花来，就见她不慌不忙地掏出手机，点开一个页面递过来。

胡亦成一看，当即脸色铁青。

“喏，虽然脸有点糊，但还是能认出来，是徐皎吧？被人抱着从何擎的别墅里出来，还让记者拍到了照片，铁证如山，应该跑不掉了吧？”

樱桃双击一下，生怕张总看不清，把照片放大数倍，指尖若有似无地在时间上打圈圈：“可不巧嘛，明明病得都起不来的人，却出现在煤矿大亨的私人住所？莫不是其中有什么不便告人的隐情？还是……看不起我们张总？”

“你住嘴！”到底伤及自己的颜面，张总也不可能任由樱桃拿着鸡毛当令箭使唤。男人温柔的时候十万分温柔，不想温柔的时候翻脸不认人，樱桃被一把搡开，撞到旁边的椅子，脸霎时惨白如雪。

张总浑然未觉，双目死死盯着手机，脸逐渐黑了。

“胡亦成，你到底几个意思？”

胡亦成事先对此事一无所知，看到照片自己都惊住了，诧异之下本能地向徐皎求证。徐皎咬了咬唇，正要解释，胡亦成忽然打断她：“是！对不起张总，我撒谎了，那晚徐皎确实在何擎家里，不过不是她一个人，我也在场。您看，抱她出来的这个人明明是年轻人，何擎保养得再好，也快四十了，都是媒体记者瞎写。”

“那这个人是谁？”

“这……”胡亦成沉吟了半分钟。

这半分钟对在场所有人而言都是煎熬的，每个人的脸上相继闪过不同的神色。相同的是，在听到胡亦成作出的解释后，他们都或多或少地流露出了惊讶。

“算了，事已至此我就不瞒您了，他是何擎的儿子，正在追求徐皎。您也知道年轻人听风就是雨，全凭心情安排行程，根本没有计划可言。”

他这是把脏水都泼到“何擎的儿子”身上，言语间满是身不由己的无奈。成年人不用把话说得太明白，知道是善意的谎言就可以了，继续说下去弄得太明白，也就伤人了。

张总面色稍霁，眉头仍然紧锁。

“何少性急，灌了徐皎不少酒。她喝多了，何少送她回家，我就留下跟何擎多聊了几句。”得亏他经常关注金融圈的新闻，知道何擎是谁，更知道他有个今年刚满十八岁的儿子。他打赌以张总的身份地位，接触不到何擎那种大人物。

一番话似是而非，真假根本无从求证，胡亦成以为自己一顿编排天衣无缝，却忘了张总就算不是万年的王八，也是只千年老狐狸，一下子就抓住了他话语间的漏洞。

“是吗？若真找到何擎这棵大树，何必还屈就我这尊小庙？”

胡亦成不疾不徐道：“张总，大树底下虽能乘凉，但未必遮得住雨，还是庙好，风吹日晒都不怕。”

“怎么，何擎不肯给你遮雨？”

胡亦成没说话，轻飘飘地瞥了徐皎一眼。他在想，如果何擎真的想做什么，徐皎不可能瞒得住他，既然没有下文，应该就是未遂。

“人不可能一口气吃成个胖子，就算何擎想，我也不敢冒险。年轻孩子的喜爱能维持多久，不过三五天的新鲜而已，等过了这个劲头还不是抛在一旁？哪有张总高明远识的本事。丹青不知老将至，富贵于我如浮云，焉知曹霸在丹青上的造诣，不会高于书法大家王羲之？”

这根本就不好比较，可还是哄得张总眉开眼笑，既没故意谄媚踩低何擎，又没强捧于他，连带着还夸了徐皎，寥寥几句话不露锋芒，却无比高明。

张总道：“胡亦成，你可真是长了一张巧嘴。来来来，今晚我们不醉不归！”

后面就是酒桌上的一来一往，徐皎既能被乳臭未干的小子灌醉，就不可能不卖张总的面子。她知道那是胡亦成对她的惩罚，他要让她知道自己阳奉阴违的下场。

到后半场，徐皎已经喝糊涂了，樱桃什么时候离场的也不知道，只知道张总那只肥硕的大手一直在她身上游走。

徐皎强忍着恶心找到一丝清醒，跌跌撞撞地冲出门外，扑到路边绿化带吐了个干净。

樱桃带着一丝讥诮的声音冷不丁在旁边响起：“徐皎，我真不知道该不该羡慕你。你有个非常厉害的经纪人，像这种局，虽然很恶心，但你至少还有人陪着，不像我一个人孤零零的，只能靠自己。”

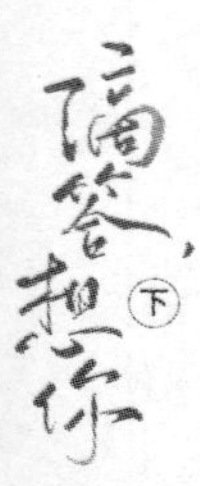

樱桃递来一张纸巾，徐皎又吐了一回才接过，才要开口就听见樱桃道："不用跟我说谢，看见你这样，我忽然又有一点庆幸，幸好我的经纪人不是他。"

看到胡亦成把黑描白的本事，她突然之间望而生畏。

这种人，深得像一潭水，太令人害怕了。张总未必猜不到他在弄虚作假，可人不正是这样吗？只相信自己愿意相信的，不管是真还是假。

"好笑吧？使出浑身解数我还是输了，你现在是不是在心里笑我？在你面前我好像是个天生的失败者，难道这就是我的命运吗？不，徐皎你等着瞧吧，总有一天我会胜过你，以堂堂正正的方式。"

徐皎抿了抿嘴，低笑道："你至少一直在做自己，而我……早就输了。"

她说得很低，更像是自言自语。

路边车水马龙，城市万家灯火，人间的热闹仿若一场梦幻泡影。徐皎吐得胆汁都要出来了，总算好受一些。她抚着胸口缓缓抬头，空旷的街头早已没了樱桃的踪影，有的只是胡亦成站在不远处，面无表情地与黑夜融为一体。

"吐完了吗？张总还在等你。"一句话，瞬间又把徐皎拉回地狱。

在庸庸碌碌的一生里，你是否有过这样的感觉？闭上眼，深渊正凝睇你。睁开眼，人间正蚕食你。你慌不择路地往前走，万丈悬崖在等你。

你不会摔得粉身碎骨，因为那张无形的网早已缚住了你。

凌晨三点，耳畔手机忽然发出叮的一声响，章意睁开眼，双目清明，没有一丝睡意。他起身拿起手机，然而翻遍上下，没有发现一丝迹象。

他重新躺下，喃喃道："又魇住了……"

而此时在城市的另外一端，徐皎正扒在马桶边上吐得昏天黑地。安晓一边抽纸巾给她，一边焦急地打转："到底扛不扛得住啊？要不要去医院？我打个车吧，很快就到了。"

"没事，吐完就好了。你快去睡吧，不用管我。"

"怎么能不管你？"安晓了解徐皎的性子，以前都未必肯去医院，更不用说现在。前一阵还为了房租的事跟她吵了一架，两人才刚刚和好。

安晓不想谈钱再伤感情，话到嘴边打了个转儿，委婉道："不看医生总要吃药吧？吐成这样胃都空了，要是病了不更耽误后面的工作吗？"

徐皎一时没说话，刚要开口就再次被翻江倒海的吐意淹没。

安晓不由分说道：“好了，你别倔了，乖乖在家里等我，我去给你买药。”

她拿上钱包，在地图上搜索离家最近的 24 小时药店，一边盘算着回来的路上再买份热粥，毕竟空腹吃药可能会胃疼。转念一想外面的粥或许会加黏稠剂，更加对肠胃有害，她纠结了一会儿还是决定去超市买点米，回家自己熬粥。

她没有下厨的天分，都是徐皎做饭给她吃，眼看家里的电饭锅都快落灰了，可见徐皎有多久没有下厨。

想起徐皎这些日子的变化，安晓的眼睛忍不住发胀。

也不知道倔个什么。

临近天明时分，徐皎总算睡下了，一夜折腾掏空了她的力气，这会儿抱着被子，透着股说不出的乖巧劲儿。安晓给她掖了掖被角，又守了好一会儿，确定她睡沉了才放下心来。

窗外灰蒙蒙的，偶有几只麻雀扑棱着飞起，簌簌落下一堆枯黄的树叶。大地笼罩在一片黑色雾霭中，于沉睡与苏醒间进行着神秘的交接。

安晓戴上绒线帽再次出了门。半个小时后，她推开一家早餐店的玻璃门，叮叮当当的风铃提醒店家有客上门。老板正要出来招呼，安晓指了一个方向，老板又退回后厨。

她很快摘下御寒的防护落座，对面的男人推过来一杯豆浆，说道：“还是热的，驱驱寒气。”

“不用了，我不冷。”

她眉峰上扬，有股女孩子少见的英气，章承杨跟她亲热的时候总会若有似无地摸她眉角，想要她柔和一些，可她偏偏学不会柔和。

此刻的她面容凝肃，眉宇间酝酿着一股气势，这股气势让她不想被任何东西转移注意力。她直接开门见山道：“我就不绕弯子了，今天来找你主要是为了徐皎。她为了还债，最近每天凌晨才回家，多数时候烂醉如泥，吐得不成人样，什么业务都接，连穿比基尼拍护手霜广告都可以忍受，这还是我最初认识的徐皎吗？现在的她，已经不是她了。”

虽然不知道他们之间究竟发生了什么，但她以为他至少曾经真正喜欢过她，可他居然在听完她的一席话后，眼神里流露出近乎冷漠的凉意？

他还是人吗？

“为了不让我一起担心，每天都在强颜欢笑故作坚强的她已经快要让我心疼死了，可你……一点感觉也没有吗？”

怎么会没有感觉？章意也快要心疼死了，可他跟她不一样。不被允许的光明正大，该怎样掩饰自己的心？

他忽而想起凌晨三点那一声“叮”，胸口猛地抽搐了一下。

那天爷爷载他去找徐皎，指着胡亦成新换的车告诉了他一个已经了然于胸的答案。关于她的选择，他无可指摘，换作是他可能也会做同样的选择。她还那么年轻，那么努力想要守住自己的心，却因为无法抛却的亲情，不得不承受额外的债务，他多么感谢那家宠物店成就了她，可以让她稍微不那么辛苦。

站在风口猪都能飞起来，更何况还有互联网造势，他相信她一定可以功成名就，实现自己的价值。

出于对她自尊心的维护，他用沉默压下了守意为之讨论的声音。他知道过程一定不易，也想方设法要帮她，可他以为再怎么难，至少她会走在自己选择的道路上，没想到……

“她的债务不是只有二十万吗？”

“怎么可能只有二十万？找上门的是那么多，还有很多没找上门，开发商跑路只是其中一个环节，徐叔叔还被人骗了不少钱，欠下一大笔债款。对方要求徐叔叔半年之内清债，否则就去法院起诉他，徐叔叔一气之下再次脑溢血，现在还在ICU里，每天耗费着巨额的医药费续命，徐妈妈的工作也丢了，一家子现在就指着徐皎过活，可是她一个人怎么扛得住？”

安晓想起徐皎睡着的样子，巴掌大的脸已经没几两肉了，以前还能捏一捏，现在一碰全是骨头。她甚至很难想象，就在一个月前徐皎还是家里庇护着长大的、无忧无虑的小公主，一夜之间被捧上神坛，又跌入地狱。

现在的每一天，徐皎比任何人过得要快，走路更快，吃饭更快，工作更快，身体在快速消耗中，那么灵魂呢？失去恋人还不让朋友帮助，疲倦的身体可以在床上得以安歇，那么疲倦的灵魂又该停歇在哪里？

“徐叔叔现在的情况，说得难听点，与其生不如死，还不如一了百了，至少徐阿姨可以重新开始，把自己先养活过去，徐皎的压力也会小一点，否则、否则……”

“所有债务相加，大概多少钱？”

安晓比了个数字：“她这些天赚了不少，那些催得紧的都已经还了，剩下这么多应付过去，后面的应该可以慢慢还，我现在最担心的还不是债务，而是……”

看安晓欲言又止，章意已然猜到什么：“是胡亦成？”

安晓点点头，到底没扛住还是喝了口豆浆。身上暖了，话顺溜了，看章意的态度并不如想象中那般绝情，她身上凝聚的气势渐渐消散。

“胡亦成知道她缺钱，抓住这一痛脚，把她当成赚钱工具疯狂圈钱。你应该不知道吧？因为宠物店的事，他们几乎闹得决裂，胡亦成以违约行为逼她，否则就要按照合约要她赔偿，这不雪上加霜吗？要不是我看到胡亦成寄来的信件，我都不知道这些事，可徐皎一次也没有跟我提起过，到现在为止她还以为我不知情。”

安晓义愤填膺地列举了胡亦成多项罪宗，又道：“她那个人，你不是不知道有多倔，念情还认死理，被胡亦成一步步逼到绝境，根本没得选。”

天光渐亮，有赶早班的客人进店吃早餐，看到角落里竟然还有比自己更早的人，不禁多看了两眼。

安晓停了一会儿，见章意始终没有说话，拿不准他的想法。

“你、你还好吗？”

章意放下已经不知不觉中被他捏得变形的豆浆杯，勉强牵起一丝笑意：“嗯，我……我可以去看看她吗？”

安晓犹豫片刻，递出一串钥匙。

“出门放鞋柜下面就行。”

“谢谢你。”

章意离开后，安晓把一整杯豆浆都喝完了才出门。外面有了些微的光亮，却仍旧灰蒙蒙的，被不期而至的大雾阻住了去路。

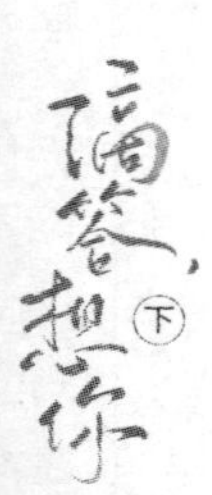

安晓跺跺脚，才要戴上帽子，一双手忽然从后面抱住她。她猛地转头，眼珠子直往外蹦：“你怎么在这里？”

章承杨冷得直哆嗦。

“快别说了，我要冻成冰棍了，给我捂捂。”

安晓立刻把手套、帽子都给他戴上，双手抄在他的口袋里，和他拥抱在一起。她现在在一家广告公司当设计师助理，一周要去三天，还要上课，两人原本就没太多时间相处，现在更少了。章承杨想起上回见她还是半个月前，颇有点不是滋味。

“工作还顺利吗？”

章承杨想跟她亲近亲近，却腾不出手来，只好蹭了蹭她的鼻子，又去吻她。

安晓躲到一旁说：“我还没刷牙呢。”

章承杨瞪她一眼，她立刻投降，凑上去亲了他一下。

“老大挺照顾我的，经常给我带早饭。”

“呵，你老大是男的吧？”

就知道他要拈酸，安晓得意地在他怀里拱来拱去：“你乱想什么？人家是女的，家里也有家早餐店，我和同事们都跟她订餐而已。”

“那你说话大喘气。”

“就想看你急赤白脸。”

“我看你是找打。”

安晓乐得一直发笑，章承杨忽然又问她：“怎么临到年关了，忽然想起来去工作？”

他的口吻有些谨慎，像是在试探什么。安晓说：“不是因为你，也没有想跟你较劲，只是……看皎皎现在的样子，我怕再不努力的话，有一天也会跟她一样无路可走。”

她也怕章老爷子会拆散她跟章承杨，在表现得云淡风轻以外的时间，恨不能狂奔起来，好把这几年浪费的时间都补上。

“我底子太差了，学东西都比同批实习生慢。”

“别怕。”章承杨拍拍她的背，“早点接受现实。”

还是正经不过一分钟！安晓气得掐他的腰。

章承杨怕痒，隔着衣服仍被弄得左右不是，扭成条水蛇往旁边蹿。安晓追上去问：“你还没说呢，怎么会来这里？我明明只约了章意。”

“我哥现在离不了人。”

“啊？”

章承杨言辞含糊：“别问了，有些事你还是不知道为好，也别让徐皎知道，徒增烦恼。”

晨间的雾似一片云中飞雪，袅袅茫茫不见来时的路，安晓仔细盯着潮湿的青石板路，竟一脚踩到水汪里，气得像只蚱蜢。等她反应过来，早已忘了章承杨说的话。

刘长宁醒得早，靠在床头看窗边水雾缭绕，隐约见对面拉了灯。老严摸出枕下的诗集，清了清嗓子。

少年不识愁滋味，爱上层楼。爱上层楼，为赋新词强说愁。

而今识尽愁滋味，欲说还休。欲说还休，却道天凉好个秋。

当你已经在一种生活里找到自己想要的快乐，那么换成任何一种别的生活，都无法忽略“适应”所带来的割裂感。而当两种生活差别越大，割裂感就越强，你会常常在独自一人时怀念曾经的快乐，在陌生的城市、空无一人的地铁、人来人往的街头，抑或梦里，情不自禁地流泪。

哭什么呢？章意贴住女孩的额头，温柔抚过她的眉心。

别哭了，好不好？

不好。

徐皎太想哭了。她没有别的可以发泄的途径，只有在梦里可以随心所欲，想笑就笑，想哭就哭，想离开就离开，想留下就留下。老街的早市，儿时露天电影和卡拉 OK 的回忆，慢悠悠的午后，林荫下的蝉鸣，雷阵雨的夏日，滴答滴答的长夜，整天偷懒的家旺和除了家旺谁都不敢招惹的财旺，只有在梦里她才能遇见了。

她难受得不能自已，把自己蜷成小小的一团。

在梦里，她变成一缕透明的影子，投在后院窄窄的墙根下，跟秋日枯萎的葡萄架做伴，偶尔老严泼过来一盆井水，凉得她大呼小叫。老严没有听见，

只朝年年结不出硕果的葡萄藤翻了个白眼，骂它不争气便自顾自离开。风吹过，藤椅不断地摇晃，长宁叔或躺或坐，或是看书或是小憩，那张藤椅仿佛只为他而生，有时老严想坐一下，木鱼仔会第一时间冲过来，美其名曰替长宁叔守住位置，转头却在老严的骂骂咧咧下，得意地跷起了二郎腿。

经转的回廊，花开花谢，云卷云舒，总有清风明月一闲人，不厌其烦地打理着每一天的色彩，黄澄澄的棣棠，粉嫩嫩的六出……

而在不算宽敞的办公间里，有着一群偶然来到世外桃源的年轻人，他们为着生活每天早出晚归，奔波在城市的每一个角落，却意外撞进这片天地，偶在闲暇午后又或晚来雨时，不自觉放慢脚步，听着钟表滴答的白噪音，浮躁的一日仿佛顷刻被治愈。

未至仙境，而已神怡。

哪怕就在这样一个院子，前后相隔不过一道与墙壁融为一体的帘子，你也能看到两种截然不同的生活。

而她，不在任何一种生活里。

徐皎醒来时天已黑了，肚子咕噜咕噜叫个不停。她强打起精神下床，趿拉着拖鞋来到厨房，一进门就闻到一阵浓郁的清香。小火慢炖的东北小米粥，配上一碟完全是守意风格的酱汁小菜，勾出了她肚子里的馋虫。

她咽了口口水，忍住饥饿四下张望。

屋里空无一人，她的心忍不住咯噔一下。

就在这时，安晓卷着一阵风从阳台外跑进来，一边跑一边嚷嚷外边有多冷，旋即瞧见她在厨房傻愣着，不禁笑了。

“怎么了？睡了一天把脑子睡糊了，不认识我了？”

“没有。”

安晓放下衣服，一路小跑着走进厨房，揭开锅盖一看：“呀，都熬成糊糊了，要不要撒点盐和葱花？”

徐皎挤出一丝笑容。

她到底在想什么？怎么可能是他？又不是只有他会弄酱汁小菜。梦里那若有似无的触摸，应该都是她的臆想吧？

她摇摇头，把杂念驱除出去。

“你见过谁喝粥还撒盐？”简直是往她心口上撒盐。徐皎推开安晓，“你去外面等着，我来吧。”

“好吧，那你小心烫。”安晓没有强求，拿了餐布帮忙擦好些天没用的餐桌，一边擦还一边偷偷看徐皎。看徐皎好像没有起疑，她舒了口气。

章意听到两个女孩谈笑的声音，料想她身体应该好了一些，嘴角也扬起丝丝笑意。徐皎后来下去丢垃圾，回来还跟安晓念叨楼道里的灯修好了。

老小区没有物业，一旦基础设施出现故障，维修起来就很麻烦，房东不想承担维修费推三阻四，一般的租户又多是上班族，平常没时间处理，一拖再拖往往解决完已经过去了十天半个月。徐皎眼见自己所在楼层的灯泡上还印了一个卡通猫咪的图案，心情不知好了多少。

她大声喊道：“晓晓，你是我的天使！”

安晓尚未察觉，就又被扣上一顶好人的帽子。她苦笑着低喃：傻子，你的天使不是我。

歌里唱“某个不知名的地方，某个月光萦绕的小巷，有着某人莫名的悲伤，正悄悄地被月光拉长”，听到门铃声时，江清晨恍惚了一下，下意识看向时间，闪烁的电脑显示屏上“11”的数字分外明显。

她觉得奇怪，迟疑了一会儿方才摘下眼镜起身，快步走到玄关。

一开门，她直接傻眼了：“怎么是你？”

章意将伞柄收好放在身侧，嘴角噙笑道：“有点事想找你帮忙。”

她的诧异过于明显地挂在脸上，好半天都没反应过来，这让章意有点尴尬，卡在门口处进退两难，原先的笑意也在局促间淡去。

“很惊讶吗？”

“不是。”江清晨回过神来，坦诚道，“只是这个时间，这个地点，会让我有点惊讶。”她不知道外面在下雨，看那细长的水线，想来雨还不小，否则一路电梯上来不会有太多积水了。

她回想起来，这是他第一次主动地来家里找她。

深夜冒雨前来，应该是很要紧的事吧？

“没有选在办公室，而是来家里，是为了表现你请我帮忙的诚意吗？”

“如果我的准备能更充分一些，顺路买点夜宵或者提前给你打个电话的话，或许诚意会更明显。”章意放松下来，打趣道。

“那倒不必，夜宵是女人的大忌，不过可以陪我喝一杯。”江清晨让出门口位置来。

她一人独居，平时还经常出差，家里冷冷清清没什么烟火气，装修风格也偏极简主义，透露着与她相符的利落，唯独鞋柜旁有双男士皮鞋，显得格格不入。

章意装作没看见，换好鞋子进屋。开放式厨房外有一张艾叶青大理石吧台，挨着酒柜，江清晨藏酒甚多，专心挑了一瓶去年在勃艮第问酿酒师收的特调葡萄酒，开了放在一旁醒酒。

“要等一会儿，不如先聊正题？”

章意盯着两只空的高脚杯神色犹豫。江清晨笑道：“怎么，怕聊完我直接把酒摔了？”

“有点担心，毕竟是好酒。”看她心情不错，他一路上的不安、挣扎有所缓解，也露出笑意来，“你猜到我的来意？”

“不是很难，能让你这么着急大半夜来找我，除了她应该没有别人。”

他不是性急的人，凡事能等到第二天解决，不会一定要在前一天完成，就更不用说深更半夜独自前往一个女人的家里了，这完全不是他的行事风格。

她了解他，并且单刀直入，这让他的冒昧有所缓解，将知道的情况大致说了。江清晨也没料到徐皎的债务情况有这么严重，转念想起什么，说道：“那天工人们闹到守意我就觉得不对劲，你都不知道徐皎的父亲是谁，他们又怎么可能知道徐永林的女儿是谁？联系不上的人更不可能把自己女儿卖了，就算想也未必知道守意的情况，想来应该是她那个经纪人捣的鬼。”

她和胡亦成几次交锋，早就发现这个人不简单，奸猾老辣，不择手段，还有超乎常人的忍耐，徐皎短短三年就能在手模特这一行站住脚跟，和他绝对脱不了干系。

江清晨穿过客厅走向吧台，取了酒返回，一来一往间已然有了条理。她把杯子搁在桌上，看向章意：“你来找我，是已经想好解决办法了吧？”

章意顺手接过酒：“我知道一个擅长打经济纠纷官司的律师，现在就服务于金戈。”

“这点没问题，我可以安排。”

徐永林的债务问题本就不大，难的是胡亦成。章意沉默了一会儿，江清晨也没有催促，安静地等他酝酿说辞，摇晃着酒杯，一派娴雅之姿。

章意没有考虑太久，直言道：“我想请你出面给徐皎一份钟情未来五年手代言人的合作协议，签约金由我个人支付。作为交换，我可以为金戈提供免费的终生技术咨询服务。”

江清晨的喉头动了动，酒滑入小腹。

涩了，是她心急了，再等一会儿喝或许滋味有所不同。

“用一个免费的终生咨询换五年手代言人，还不用公司出钱，这笔生意看着倒挺划算。不过，就算这笔签约金可以帮徐皎暂解经济上的燃眉之急，那么胡亦成呢？你想好怎么解决了吗？”

“我会和他商量。”

“商量什么？”

章意双手交握换了个姿势：“我会解决好。”

他并没有正面回答她的问题。江清晨直觉不对，眉头一皱：“那种人你想怎么解决？该不会……想用钱打发他吧？”

章意没有说话，算是默认了她的猜测。

江清晨一口喝光了酒，往桌上一搁，清冷的碰撞声彰显出她此刻的烦躁。即便她表现得不明显，也与半分钟前的娴雅姿态相去甚远。

她很快猜到章意作此打算的顾虑。一方面徐皎正当红，如果由她提出解约，于她名声不利。另一方面，以徐皎的为人恐怕不会轻易提出解约，更何况她现在确实需要胡亦成帮她承接工作。

可他忘了吗？胡亦成是什么人。

“当初为了跟梵刻达成合作，他就曾利用徐皎威胁过你，现在徐皎这么火，这么值钱，你觉得他有可能轻易放手吗？”

“我知道。”

“你什么都不知道，以你个人的名义，支付五年签约金不够，还要再砸

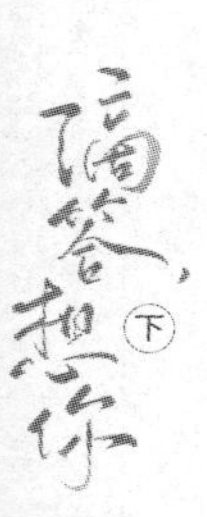

出一个无底洞来吗？”

“我……”

“我只知道你已经急昏了头，否则怎会想出这种烂招？”江清晨一口气说完，火消灭不少，语速渐缓，“一个人的欲望怎么可能用金钱填满？没有任何一笔数字可以，尤其当你已经被抓住软肋的时候。”

而徐皎，就是他的软肋。一次利用，百次不爽。

“章意，我敢打赌，你今天就算给胡亦成一个他根本拒绝不了的天文数字，今后他还是会来找你，找徐皎，像挥之不去的噩梦一直追随着你们。”

章意放下食髓无味的红酒，收回微微颤抖的手，低声说道：“对不起，我不知道该怎么办。”

江清晨从来没见过他这副样子。

她没有猜错，从今晚他出现在门口的那一刻起，所围绕“章意”展开的一切情节都将是大写加粗的“慌不择路”，否则他怎会贸贸然大驾光临？又怎会突然想起她？

她是否该感谢自己实力尚存，能让他在遇见困难时想到的不是别人，而是她？可乱了套的他，表现又是如此明显且拙劣，缺乏诚意，选择她应该只是刚好有合适的身份立场吧？而不是把她当作朋友。

就连朋友，也不是吗？

江清晨忽然有点后悔，白白糟蹋了一瓶好酒，根本品不出苦涩以外的任何滋味。她也没有考虑太久就有了决断：“交给我吧，我来解决。”

章意对上她的目光。

两人在相距不过二十厘米的矮桌旁进行着无言的交锋。

“作为交换，”她的声音卡了一下，再开口时又穿上娴雅的外衣，比之前更添一股自信从容的锋芒，“我要你娶我。”

电梯门在江清晨眼前缓缓合上。

她没有动，而是想象着电梯下到一层，他带着略显踉跄的步伐来到车边，路灯照亮他的脸。那是一张和往日没什么区别的温润的脸，只漆黑的瞳仁里闪烁着些微迷茫和痛苦。满城风雨，霓虹闪烁，他抬头仰望面前的大厦，继而无力垂首。

那一幕一定充满了戏剧效果。

不知过了多久，电梯忽然叮了一声，江清晨陡然回归现实，转身回家。

关上门，她仔细听外面的动静，确定对方并不是来这层楼后，说不出什么心理作祟，居然松了口气。

一回头，她就被吓了一跳。

“你怎么一点声音都没有？”她拍拍胸脯，自顾自走到工作间重新打开电脑，孔佑亦步亦趋地跟着她。

“酒醒了？厨房有热水，冰箱有矿泉水，想喝什么自己拿。”

他不说话，带着点拧巴的眼神一眨不眨地盯着她。大抵宿醉后反应神经迟缓，蓬松的头发加上皱巴巴的衣服以及呆滞的眼神，让他看起来像某个卡通玩偶，傻气十足。

江清晨随口说道：“刚才你都听到了？”

“嗯。”他终于有了反应。

“想说什么？”

“我嗓子疼。”

“谁叫你喝那么多酒，睡了整整十七个小时，你是猪吗？待会儿离开的时候请你帮我把床单一起收走，以后在外面喝多了也不要让我去接你。”

“哼。”他走到她对面，拉开椅子大剌剌地坐下，又恢复成刚才的表情，一动不动地看着她。

江清晨抽空瞅他一眼：“这什么表情？”跟便秘一样。

他咳嗽一声：“你怎么……”

“我怎么了？”

他舔了下嘴巴，像是非常为难，说不出心里想的话。

江清晨停止手头的工作，再一次把眼镜摘了，靠在旋转椅的背后，口吻轻松：“觉得我卑鄙？”

“不是。”

“那是什么，趁火打劫？不还是卑鄙吗？”

孔佑眉头皱得更紧了：“你会这么说，是因为心里也这么觉得吗？”

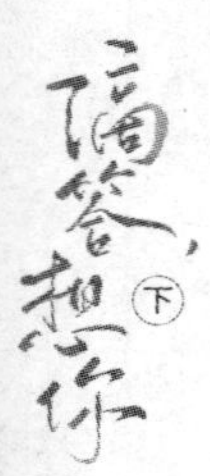

“不可否认有那么一点不舒服，在这段竞争关系里我确实不够磊落，徐皎正是艰难的时候，我还在逼他，看起来是我强人所难了，不过他来找我就应该猜到我不会轻易让他离开。”

至于结果，选择权仍旧在他手上。

孔佑这会儿彻底清醒了，眼神清亮，带着几许试探。江清晨大方地任由他看，有条不紊翻看手下的文件。过了好一会儿，他才开口：“他那个时候在生病，迷迷糊糊认不清人，只是把你当作徐皎才会……”

江清晨牵起嘴角：“你是想提醒我那些拥抱、牵手、唱歌的亲密行为，都是我自以为是的假想？”

“我不是那个意思。”

“哦，那我就更不清楚你的意思了。”

他叹了口气：“你不要对一个生病的男人抱有过多的幻想，况且他今天是为谁而来，你不清楚吗？强扭的瓜会甜吗？”

“不扭一扭怎么知道甜不甜。”

“你就是狡辩！”

“是你先开的头，说不过人又要耍赖是不是？”

“你才耍赖呢！”

看她这副油盐不进的样子，他就知道她完全没把自己的话放在心上。自打西南回来，章意大病了一场，守意的老爷子打发走徐皎，她就好像失去了理智，完完全全被一种执念所凌驾。她换下衣柜的黑白套装，开始穿鲜艳色彩的衣服，不再浓妆见人，整天素着一张脸，没日没夜地守在章意身旁，为的是什么？不就是那点可耻的小心思吗？

章意可以把她错认为徐皎，她能自己把自己错认为别人吗？难道以后两个人在一起，她还要处处寻找徐皎的影子，以期换取章意的“另眼相待”吗？

“我真想不明白，你以前不是感情用事的人。”

江清晨莞尔一笑：“何必来说我？不如看看你现在的样子。”

孔佑低头看向自己，把半截小腿暴露在外的西裤拉了下去，顺道整理了衬衫领口，随手抓了把头发，做出一个造型来。

“这样好了吗？”

江清晨冲他翻了个白眼，他微哼，理直气壮道："没良心，你以为我昨晚喝醉是因为情伤？你把我想得也太脆弱了吧！我承认之前去找徐皎碰了一鼻子灰，心里很难受，可我也不至于天天买醉吧？"

说起这件糗事，还是因江清晨而起，要不是她去找刻花机半道走失，章意也不会连夜赶去找她，这样他也就不会心存侥幸地以为可以从徐皎那里得到些什么安慰。虽然难以启齿，但他确实抱有过类似龌龊的想法。

趁着章意不在，他约徐皎一起吃饭。本想借着这件事表明自己的心意，不想徐皎早就猜到他的来意，大大方方地表态——她会一直一直像相信自己一样相信章意。

那个时候，那个女孩坐在学校外面烟火缭绕的小吃摊上说出这句话的时候，他忽然之间有种说不出的感动和羡慕，同时也听懂了她的拒绝。

她会一直像相信自己一样相信章意，可他们这些人却在做什么？

"你能理解我心里那种挫败感吗？从小到大第一次尝到事情完全不受自己控制的滋味，确实很受打击，也确实让我沮丧了好几天，不断地检讨和质疑我自己。每当我想起那一幕的时候，我都会狠狠地扇自己一个耳光。"

所以，他不想有一天她也跟他一样落到颜面尽失的地步。最重要的是，还逃不过自己对自己的谴责。

江清晨没有说话，只是低下头，故作遮掩地察看起手机消息。

孔佑知道她听懂了自己的话外之音，不再多说，转而道："就那阵子稍微有点丧，过了就好了，我昨晚喝通宵，其实是为了百灵鸟。"

江清晨立刻放下手机。电脑幽幽的白光照在她素颜的脸上，眉目分明，带着一丝锐气。

"查到了什么？"

"和你想的差不多。"

作为金戈近年来最强有力的竞争对手，百灵鸟与金戈的关系可以说是势同水火。之前不知是谁走漏了星座系列新品延迟上市的消息，百灵鸟趁此机会放出烟幕弹，直指金戈出现重大财务漏洞。

星座腕表作为钟情系列下的历史畅销款，一度是金戈的头牌和营收的保障，加上历时三年的潜心研发和巨大资金的投入，承载了无数工作者的期待，

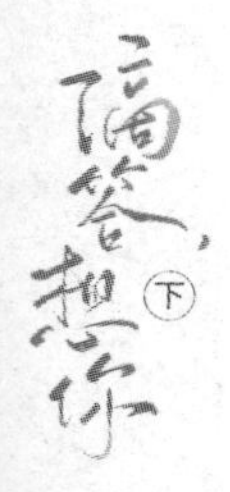

更是金戈在当下低迷市场打出一场翻身仗的唯一希望，可临到上市前期忽然被江清晨紧急叫停，不知动了多少人的蛋糕。

数不清的眼睛在背后虎视眈眈。当初她背水一战在董事会立下军令状，而今已过数月，公司一再给她施压，催促她早日拿出新的进展。

就在前不久，经过章意改良开发的前端科技机芯，被正式命名为“钟情520”，已经通过专业测评。这块机芯有别于市场上任何一块机芯，采用多种特殊材料，纹绘了中华园林的图案，具有非常强的独创性，不仅打磨精致，走时精准，一次上链可动力存储52个小时，还获得了天文台认证，无限逼近日内瓦原厂水准。

它将搭载在原定作为金戈主品牌推出的钟情系列星座腕表上，改头换面，以全新的姿态，作为钟情新品牌的一生一世系列隆重出击。

这一决定尚未通过董事会，百灵鸟却再次放出新消息，将此事暴露于众，惹得媒体记者竞相报道。集团面临上市的关键时期，核心机密竟然一而再再而三地泄露，江清晨无言以对，被董事会严肃申饬。

她认为这背后一定有“内鬼”。于是，孔佑被委以重任前去调查整件事情的始末。

“百灵鸟人事部那个胖经理是真的能喝，叫了一帮姐姐妹妹，喝光我三瓶茅台，幸好最后让我套出话来了。他们公司最近新来了一个市场部总监，对方你也认识。”

他微一挑眉，止住了话头。江清晨瞪他：“别卖关子，快说！”

“你先跟我道歉，就前述买醉一事你显然误会了我，伤害了我为工作鞠躬尽瘁的小心脏，现在我觉得四肢无力，头重脚轻，想……”

一本书兜头砸了过来，不留情面地正中下怀。他捂着小腹呻吟了一声：“你好狠。”

“说不说？”

他咬牙道：“是张美丽！”

“梵刻的张美丽？她跳槽了？”江清晨一连三问，“什么时候的事？”

“入职是上一周，不过我想跳槽可能是早有预谋，之前说不定就是故意打着梵刻的旗帜接近我们。”

江清晨摇摇头：“张美丽确实向我打听过新品的事，我也透露过一点星座腕表的情况，不过成立新品牌，以金戈的历史畅销系列钟情来命名新品牌，包括开发前端机芯，和星座腕表结合，这些核心机密我没有向任何人透露过，张美丽不可能知道。”

她不禁怀疑，难道研发团队里还有内鬼？

“那都是跟着你好几年的人，你在乱想什么？”孔佑循循善诱道，“百灵鸟挖了一个张美丽，短期内应该不可能再安插另外一颗棋子，能套出这些事来应该还是张美丽使的诈。你仔细想想，有没有可能谁介乎于你和张美丽之间，既可以接近守意打听消息，又与张美丽有所联系？”

江清晨拧着眉头细细地想，不一会儿就有了答案。

“有。”

“是谁？”

“一个刚刚需要我去解决的人。”

半个月后，张总敲定新戏女主角，正是徐皎。连日提心吊胆的胡亦成总算松了口气，徐皎也跟着喘了口气。

第二天就要去签约，前一晚徐皎莫名有点紧张，躺在床上辗转反侧。临近十二点，胡亦成发来消息，提醒她明天穿好看点，可能会有记者在现场。

老板要拍戏搞投资，找记者放风声是常有的事，哪怕不是正经的发布会，选在类似酒店套房这种地方也是合理的，可以布置化妆间、换衣间，以及采访间。徐皎面无表情地看完之后，拉开灯坐起了身。

联系人列表里的数字与日增加，却没有一个人会再陪她玩无聊的“拍一拍”游戏。她不断给自己做心理暗示，强迫自己不去点那个熟悉的头像，可还是没忍住点了进去。

想着看一看就好，于是看了又看。

看了又看。

人的心大抵就是在一场场自欺欺人的骗局中沦陷的吧？她觉得好笑，竟然只是看着空荡荡的聊天界面和一点生机也没有的头像，也会觉得喜不自胜？不知不觉中眼泪再次打湿了脸庞，已经记不清是第几个这样的夜，这样

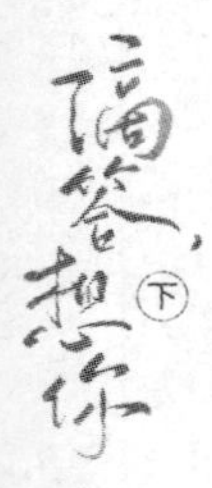

重蹈覆辙，打湿了，干涸，再打湿，再干涸。

她不想继续下去，急急按了灯关掉手机，拉起被子逼迫自己睡去。

在她没有看到的地方，已经黑掉的屏幕上忽然出现一行字——

我拍了拍章意：我要怎么办才能不想你。

第二天下午三点，徐皎如约来到皇冠酒店。胡亦成堵车还在路上，让她拿了房卡先上去，徐皎在前台登记好信息后，按照房卡的指示来到十八层总统套房。

不知道里面来了几个记者，有没有架好录像设备，她心下不安，对着镜子整理衣服，确定胡亦成已经到了地下停车库才稍稍定心，敲了敲门。

很快里面响起一道声音："进来。"

徐皎深吸一口气，扬起笑容推开门。张总正在不远处翻看杂志，不经意间抬头看到她今天的装扮，顿时满面春风，快步朝她走过来。

"徐皎，你今天很漂亮。"

徐皎低头道谢，余光在左右看了看，除了他们没有别的人。她纳闷道："张总，不是有记者来吗？"

"记者？"张总先没反应过来，很快想到什么，"哦，都在路上了，你说这什么事？居然还要我等他们，你先进来坐一坐。"

徐皎站着没动："成哥马上就到了，我在这里等他一会儿吧。"

记者堵在路上，可工作人员都去哪儿了？化妆师呢？张总还穿着拖鞋，难道不需要正装出镜吗？

一连串的疑问闪过徐皎的脑海，让她下意识想往外退。

说时迟那时快，已经察觉到她意图的张总一把抓住她的手，将她往里拽。

"我不知道胡亦成怎么跟你说的，不过他今天不会来了。徐皎，签约合同就摆在这儿，想要的话是不是得拿出诚意来？"张总笑眯眯地从后面搂住她，"你放心，只要你肯乖乖听话，我一定好好对你。之后还有几部戏要上，男主角可都是大腕儿，让他们给你搭戏，你离飞黄腾达就不远了。"

他的手胡乱在身上游走，徐皎拼命躲闪，大喊道："成哥说他已经在下面了！您别这样，不然、不然我就报警了。"

张总一听顿时沉下脸来。

“徐皎，你到现在还不明白吗？胡亦成已经把你卖给我了。”

“不可能！”她立刻打断了他。

“不信的话你给他打个电话。”

张总哼笑一声，退开两步让她找胡亦成求证，电话里标准且冰冷的女音提醒她“对方已关机”，她的手不住颤抖，强自镇定下来。

眼看她还不死心，要给胡亦成发消息，张总劈头就将手机夺了过去。

“实话告诉你，这份协议已经生效了，胡亦成收了钱，这会儿指不定在哪里逍遥快活，怎么可能还顾得上你？你今天愿意也好，不愿意也罢，反正你都是我的人了。”他一把撕开徐皎的裙子，将她推上床，按住她的双臂。

徐皎才要抬腿踢他，就被捏住手腕，骨头发出移位的咯哒声。她疼得青筋暴跳，脸色煞白。

张总说：“徐皎，我劝你乖乖就范，别做无谓的挣扎。这种事你怕是第一次吧？没事，我会好好疼你，不会伤着你。”

他嘴里说着柔情蜜意的话，却拿出早就准备好的毛巾，一把捏住她的下颚，塞进嘴里，堵住了她的叫喊声。

徐皎发不出声来，眼泪大颗大颗地往下掉。

她感觉自己的力气正在逐渐流失，身体仿佛被一头硕大的老鹰衔住了。他锋利的喙咬得她体无完肤，周身散发的雄性气息让她几欲作呕。她无法看见他的眼睛，却能感受到他的注视，那是一种丑态毕露的垂涎与急色，让她如置光天化日之下，一丝不挂。

她盯着天花板上刺眼的白光，那束光从遥远的地方投向她，射进一个名为理想的地方，叫她兜住眼泪，放下颤抖。

就在这时，“哐”的一声巨响将她拉回现实。在张总失控大吼“你们是谁”的时候，一件衣服盖到她身上。

她的视线从白光中抽离，看清面前的人。

是她。

“没事了，我先送你去医院。”江清晨俯身抱了抱她，问她还能不能起来。

徐皎把眼泪咽回去，咬住牙齿说：“我可以。”

旁边孔佑一记铁拳重重甩在张总脸上，让本就伤痕累累的张总再次翻了个跟头，他捂着脸大吼：“我、我跟你们没完！”

孔佑亮起手机：“你刚才所做的一切我都录下来了，有本事你就跟我没完。”说罢，他扬起一旁的签约协议，当着张总的面撕了个粉碎，“至于这玩意，就当不存在，你要是再敢骚扰徐皎，我就……”

他佯装挥起拳头，吓得张总直往后缩，本能地捂住脑袋。

孔佑这才敢把眼睛往徐皎身上看，上下打量了一眼，发现她的脸上有几道指痕印，气得又上去补了几脚，直到江清晨叫停才作罢。

“剩下的事让律师跟你谈。”说罢，他们护着徐皎一路下到车库，前往医院。

张总确定人都走了之后，龇牙咧嘴地倒抽了几口气，扶着床尾艰难起身，屁股才刚挨到床尾，冷不丁又进来两人，吓得他差点摔地上。

他赶忙稳住身形，摇摇晃晃地直起腰杆：“你们又是谁？”

律师关上门做了自我介绍之后，就安静地站在一旁，等待前面的男人开口。然而过了很久，男人始终没有开口，只是与张总遥遥对视。

张总越看越没底，脚底直发软。就在他打算叫人进来帮忙的时候，一记重拳再度朝他脸上挥了过来。他像一只充了气的猪，被掀到半空中翻了一圈才落地。不知撞到什么地方，安静的套房响起一声清脆的“咔嚓”。

他敢说这一拳比之前任何一拳都要重，重得他毫无反弹之力，就这么躺在地上，徒劳无力地仰望着面前高大的身影。

律师适时背过身去，假装什么都没有看见。

男人上前一步，俯身靠近张总耳边：“我好多年没打拳了。”他的声音沉哑，带着一丝凉意，仿佛正撕裂某种平静的表面，让压抑了数年的怒意喷薄而出。

“你……”男人越靠越近，声音沉而缓，“踩过界了。”

有一年，宝珀 Villeret 系列推出世界首款中华年历表铂金限量版，全球仅有 20 块，致敬中国文化。当时许多客人找到章意想要买这块表，他权衡再三，最终把唯一一块表卖给了一个导演。

导演告诉章意，他想要在新戏里用这块表彰显中华文化的博大精深，章意信了。事后戏未能如约进行，导演来找章意，借口女儿生病急需医药费救命，问他愿不愿意收回这块表，章意再次信了，以高出原价的价格收回。

不久之后，他在戏中看到这块表，而自己早已被导演拉黑。活脱脱一只现世白眼狼，师傅们都笑他傻，明明知道导演满嘴跑火车还是愿意相信对方，弄得自己两亏。

他没觉得有多亏，得回一块好表，还让表文化得到传播，于他反倒是幸事。

“狼来了也未必会吃人，坑蒙拐骗图谋小利，只要不至实质伤害，我可以吃这个亏，就当苦中作乐。”

“可如果造成实质性的伤害了呢？”

“那叫给他一个教训。”

谁知后来传出导演挪用公款、中饱私囊的消息，制片方负责人是个浓眉大眼的东北女孩，亲自找上门来。这块中华年历表一下成了“赃物”，伤了不知多少真心想收藏此表的爱表之人的心，后来章意通过合法途径追回那笔被导演私吞的公款，中间差价用作表文化宣传，导演从此销声匿迹。

这段往事一度在圈内流传，甚至还传出了章意“冲冠一怒为红颜”的佳话，只是其中真假无人得知，也无人关心。他们只是突然明白了一个道理，兔子急了也会咬人，你甭看人家风花雪月煮酒烹茶，以为那就是手艺人的全貌，错了。

走近了看，那是五彩斑斓的万花筒。

而我们所见，永远只是一角。

徐皎也永远不会想到，在她离开之后章意会出现。他不止出现，还第一次动手打了人。强忍着没有对和渣滓没什么两样的导演动手，却怎么也忍不了对欺负她的人动手。他完全控制不住理智，也丝毫不想用法律进行约束，在黑与白的边界，他只是一个俗不可耐的男人。

当他挥出那一拳的时候，他突然后悔了。

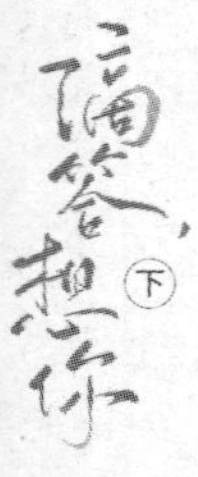

医生检查之后表示徐皎没有大碍，除了冲撞中产生的几处擦伤外和抓痕外，一切都好，不过为了图个安心，还是让她住院观察一晚。

徐皎换好病号服后，抱着外套从洗手间出来。

“衣服脏了，我洗干净再还给你。”

江清晨忙放下手机，笑道：“没关系，我拿回去让阿姨洗。”

徐皎摇摇头，把衣服放进柜子里，默默无声地走到床边坐下。

江清晨也没勉强，从孔佑买的水果篮里挑了挑，翻出一盒冬枣来。

“这个时节的冬枣挺甜的，我给你洗几颗尝尝？”

“好。”徐皎小声说谢谢。

江清晨看她局促，怕她心里不舒服，开解她道：“遇上这种事不是你的错，你就当被野狗刨了两下，好好睡一觉，明天醒来就什么都忘了。”

话是这么说，可女孩子第一次遇见这种事，难免后怕。徐皎懂事理，不会因此苛责自己，怪只怪太相信胡亦成。她强迫自己转移注意力，不去想那些事，向江清晨问道：“今天的事谢谢你们，只是你们怎么会……”

“公司遇到点事，最近正在清查内鬼。”

徐皎拧眉：“你怀疑我吗？”

“不是，是胡亦成。”

“成哥？”徐皎张嘴想说什么，和江清晨的目光对上。旋即想起张总说的话，每一句都像刀扎在心上。现在手机还响个不停，全是胡亦成打来的电话。

她将手机翻了一面，换了个说辞：“你查清楚了吗？真的是胡亦成？”

“你知道梵刻的合作中断之后，他仍和张美丽有所联系吗？”

“我……”

从徐皎的反应里，江清晨得出结论：“看来你对他真的不算了解。”

互联网的一夜东风不止将徐皎送到了想都没想过的位置，也让胡亦成小人得势，不止换了车，最近还相中一处市中心的房产。正得意忘形时，被张美丽忽悠去澳门赌钱，结果一夜之间输了个精光。

利息如流水一般与日增长，胡亦成走投无路，这才萌生把她“卖掉”的想法。

“可张美丽为什么要这么做？她害了胡亦成，害了我，又能得到什么？”

“她不过是借你的手打压金戈而已。”

若徐皎当真被卖，亟待星座腕表上市，手代言人的消息一公开，这个丑闻就会马上公布，随之而来的将是围绕她和金戈展开的各种黑料，说不定还会把梵刻和小七都扯进来，到时候雪球越滚越大，怎么也说不清楚。因为牵动各方利益，将直接影响公司上市后的股权价值。

徐皎完全没想到自己会是引发蝴蝶效应的那只蝴蝶，被一种深深的无力感所击中，不知道究竟该怎么办。

“我只是想救我爸爸，他现在还在重症监护室里，每天要花很多钱，那些钱可能我拍一支广告半个月就用光了。他们都跟我说就算脱离危险也是植物人，与其如此倒不如让他离开，可我不想，我不想让护士拔了他的氧气管，我想救他。他还活着，还活着啊！怎么可以叫一个活生生的人去死？我只是……我只是想赚钱救爸爸而已，为什么这么难？”

江清晨思量再三，说道：“徐皎，要不要来我的公司？”

徐皎止住了抽噎，呆呆看向江清晨。

“我、我不懂你什么意思。”

“和新品牌签一份五年手代言人的合约。”

她娟秀的眉峰立刻往下坠落，显出一种落魄来。

“你是在可怜我吗？”

“里面的确有一种情感成分在，但不是可怜。新品牌尚未上市，前途未卜，而你算是国内第一代出圈的专业手模特，知名度和热度都不错，非常适合作新品牌的手代言人。而且，国内形势日新月异，谁也说不准你会不会是日后的豪沃斯。我就赌你，五年后必今非昔比。”

江清晨没有给她太多犹豫的时间：“如果你同意的话，我会支付你一笔签约金，只要你签字，马上到账，这笔钱可以为你父亲找到最好的脑科专家。”

“如果我拒绝……”

“如果你拒绝的话，不管是刚才那条野狗，还是让你手机响个不停的恶心东西，包括你自己现在所面临的焦头烂额的情况，我和我的律师团队都不会帮你解决。可如果你接受这份合同，一切困难都会迎刃而解。相较之下应该很好选择吧？虽然这份合约由我发出，让你签字可能很难，但只是打碎自尊心而已，会比爸爸的命更重要吗？而且自尊心这个东西，在这些日子里你

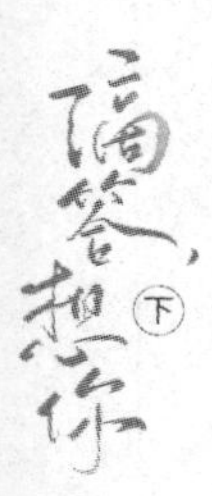

应该早就丢光了吧？那么再丢给我一次，想必也不会太难。”

徐皎双手摆在腿上，微微攥成了拳头。

“或许我换个说法，你会更容易接受。你不是问我是不是可怜你吗？总的来说算是我强行插足了你跟章意的感情，在你们还没分手的时候我就开始勾引他，而他也没控制住自己，最终造成了对你的伤害，道德上我们确实过意不去，这笔钱也有补偿的意思。”

“是他的意思吗？”徐皎打断她。

她的声音非常冷静，江清晨怔了一会儿，说道：“是，是我未婚夫的意思。”

徐皎猛地抬头，满眼写着震惊，那里面呼之欲出的痛苦与绝望让江清晨也不禁转过头去。

“还没来得及告诉你，我们很快就要订婚了。爷爷年纪大了，着急抱重孙，想让我们过了年就敲定下来，先订婚，年后结婚。”

徐皎几欲绷不住脸上的表情，一再跟自己内心博弈，可指甲还是嵌入掌心，带出了鲜红的血迹。

江清晨看向时间，这个时候章意应该赶过来了。

“剩下的让他跟你说吧。”

她走到门外，果然章意就在门边。孔佑坐在对面的椅子上，沉着一张脸，写满了不痛快。

“进去吧。”她压低声音道，“我的话你都听见了？应该知道怎么做吧？”

章意没有回应她。

江清晨拉着孔佑离开。过了不知多久，章意才开始挪动自己的脚步。有如千斤沉重的脚下，短短几米路被他走出了一个世纪的漫长。

章意甚至不敢正眼看徐皎，只微垂着头，余光在四周悄悄游离，轻声问她：“你还好吗？”

徐皎的声音听起来平静而平淡：“你觉得我会好吗？”

“对不起。”

“我需要的不是道歉。”

虽然没能及时看到，但“拍一拍”无法撤回。要不是今天的签约无法改期，她甚至想要插上翅膀，立刻飞到他身边问一句为什么？为什么他明明设置了心里想说的话，却不肯跟她在一起？要不是她无意中发现了这个秘密，他还要藏到什么时候？

“要怎么办才能不想你，这个问题我也问了自己很多次，一千次，一万次，每当我开始跟自己作对的时候，就不受控制地想起你，想到一整夜睡不着，翻来覆去地把那点可能在你看来根本算不上什么的点点滴滴，刻到骨子里一样疯狂地想你，想到无数次穿了鞋冲到路边去打车，又在半路上返回，想到一个人傻傻地在你家门外哭，隔得这么近还是很想你，可是有什么用？还有什么用？我都还没有学会怎样不想你，你却已经要跟别人结婚了。”

她强忍着抽噎，拂去脸上的泪痕。淡淡的血痕，沾在唇边。

“章意，你还记得我跟你说，我丢失了一件非常非常重要的东西吗？”她问他。

“我记得。”他说。

在她生日那个大雨滂沱的夜晚，徐皎说：“他永远也回不来了。”

她的宣泄、她的怒火、她的不甘和她的不舍，在这一个时刻统统戛然而止了。章意的心却剧烈地跳动起来，他着急想要说些什么，徐皎先开口了。

“恭喜你，祝你新婚快乐。”

霎时，他心痛如绞，不可名状。

那重重的一拳，仿佛击打在自己身上。

一泓月色爬上窗。

徐皎张开手指，捧住了月亮。

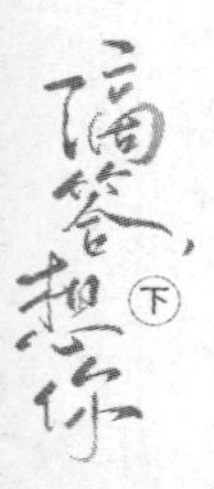

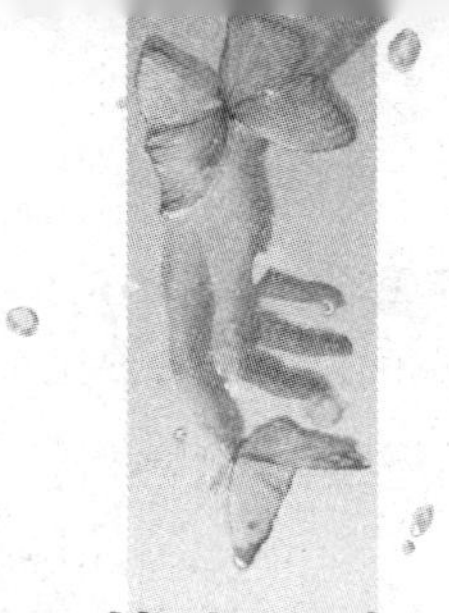

第十五章
/
一星小小的萤火和孤岛

Oida. Xiangni

后来，徐皎去见了胡亦成一面，在一个晴天的午后。她坐在窗边等了两个多小时，才等到姗姗来迟的胡亦成。

徐皎给他点了杯咖啡，是他喜欢的意式浓缩。

他看也不看，说道：“胃穿孔，医生不让我喝咖啡，”说罢似笑非笑地看着她，“徐皎，你想我早点死，对吧？”

徐皎没说话，打开盖喝了口咖啡，脸顿时皱成一团：“跟我三年前第一次喝一样，还是很苦。”

胡亦成仿若一个局外者，冷眼旁观。徐皎只喝一口就放下了，漫不经心道：“成哥，合作这三年来，我有做过什么对不起你的事吗？”

“如果不是你违约在先……”

“那是个意外。”

“那不是意外，是你根本不在意……”

“那就是意外。”徐皎再三地打断了他，肯定道，“那就是意外，是你不敢承认而已。你怕自己一旦承认那是意外，就承认了自己的失败！你不敢面对的根本不是意外，不是过去，更不是我，而是你自己。成哥，伤害你的人不是我，是你自己！”

胡亦成无意在公开场合同她争吵，拿起随身的包就要走。

“我记得你以前跟我说，小时候你最大的梦想就是长大以后当一名警察。

我问你为什么？你说可以保家卫国，为国家争光。”可能每一个小男孩的心里都曾装过英雄梦吧？究竟是什么改变了他？

“可不知道从哪一天起，你弄丢了梦想。”

胡亦成停住脚步。

“还弄丢了自己。”

不知道什么时候，徐皎已经来到他面前。她从包里掏出一份文件递到他面前：“成哥，对不起，从今天起我们结束了，这是解约协议，具体的将由律师跟你谈。”

在胡亦成的印象里，徐皎不是一个雷厉风行的人，在处理感情关系时尤其拖泥带水，常常用她可笑的言论给自己编织理由，让自己一而再再而三地原谅欺负她的人。这一点虽然让他无数次不胜烦扰，但造成了她某些程度的自卑，可以让他充分发挥自己的作用，领导她，甚至控制她。

可直到此刻他才发现，他还不了解她。

什么时候她竟然也能站在自己面前昂头挺胸，手起刀落，如此利落而不可冒犯？胡亦成不信，他大步向前冲，想要追上徐皎问个明白，却被律师止住了步伐。

他眼睁睁看着徐皎穿过马路，跳上一辆车。驾驶座的女孩摇下车窗，远远地朝他竖起中指，随即油门一踩，消失在眼前。

律师带来了他和张总合谋“买卖”事宜的证据，以起诉坐牢为由，逼得他不得不坐回原位。

他看着窗外的阳光，如至凛冬。

安晓收到家里预祝她顺利毕业的礼物兴奋得不行，在新车上几乎跳起舞来，徐皎一再提醒她注意前方，她才稍微按下躁动的心，安安分分地开起车。

徐皎的心里下了一个季节的雨，终于在这一天放晴。姐妹俩高兴，跑到郊外的营地住了一晚。当晚跟营地的小伙伴们一起烧烤、唱歌、谈心，幕天席地仰望星空，徐皎找到了久违的快乐。

她站在最高的山丘上呐喊：“从今往后，我就是全新的徐皎啦！我要找回我自己，再也不要被任何人打败！”

正如这一年她的生日愿望。

虽迟必达。

而在同一片星空下，章家兄弟和小木鱼三人也正举杯。值此新一年的来临之际，遥祝远方的朋友，年年有今日，岁岁有今朝。

新年过后，徐皎搬回了学校。

于梦还是阴阳怪气，梁小秋却对她态度一百八十度大转弯，同学们不再跟以前一样孤立和疏远她，间或主动跟她攀谈，指导她的毕业论文，约她一起聚餐、唱歌，跟她要签名照或者合影留念，在社交软件上传和她在一起的照片。她知道这种突如其来的热情可能并不长久，但她仍旧享受其中。

安晓为了能和徐皎同步，也退房回到了学校，全力冲刺毕业，除此以外她的校园生活没有发生太大的改变。

由于经纪人的空缺，徐皎暂时没有接到新工作。虽然徐永林脱离危险期转出了重症监护室，但这段日子高强压的生活给她带来了一种挥之不去的危机感，她无法眼睁睁看着签约金逐日减少，还是决定找一份兼职。

江清晨得知后，擅自决定了徐皎的兼职工作——做她的私人助理。

“我正好缺一个助理，你对钟表行业有了解，不需要花多余的时间培训，马上就能上任。加上钟情即将发布概念海报，正式开启市场宣传，你和小七都要进入准备状态，以免记者问到的时候一头蒙，而且张美丽的事还没解决完，你在我身边我也放心一点。最重要的是，我可以给你自由的上班时间，不会耽误你的学业。孔佑说你论文写得也不怎么样，几门专业课都开了天窗？”江清晨说到这里，难以置信地皱了皱眉。

可能学霸无法理解学渣的世界吧？在那个世界，你将看到的是一种不管怎么努力都追不上北极熊的胖企鹅摔倒在地上艰难翻身的情形。

江清晨的表情又有点一言难尽，想了好一会儿说道：“就这么定了，你来给我当助理，有时间的话我可以辅导一下你的毕业论文。”

面对学霸的诱惑，学渣“卑微”地答应了。

给江清晨当助理并不难，难的是在一种微妙的关系里克服心理障碍，让自己快速“成长”起来。江清晨大方坦荡，从一开始就表明了公平竞争的关系，有一说一对事不对人，反而让她讨厌不起来，真正让她无法面对的其实是章意。

可偏偏江清晨的生活又离不开他。

工作上，徐皎需要时常在守意待命，参与新品牌项目会，记录会议纪要，帮江清晨取文件、快递、处理琐事等，和章意抬头不见低头见；工作以外偶尔还要帮江清晨处理私人事宜，譬如替她去拿订婚宴上的西服和婚纱的设计师方案。

江清晨提了几处修改意见，以文件形式加以标注，转手就让她送去守意给章意。

徐皎站着没动，江清晨仿若未察，继续处理手上的工作。待徐皎转身要离开时，她才追加一句：“哦，别忘了我买的水果，在前台那儿，有点重，让司机送你过去。”

徐皎到前台一看，整整两箱车厘子。

小木鱼到门口来接她，一看到车厘子两眼放光：“哇！谁买的？也太懂我们的喜好了吧？可别给师叔瞧见了，他把这玩意当饭吃，吃起来没个头，每次被他发现就没我们的份儿了，我要先藏点，给师父也留一份。”

徐皎眼看他揣了一口袋藏起来，又揭开另一箱让他揣了一口袋。他兜着鼓鼓囊囊的两口袋车厘子跑回去，给章意说悄悄话。

章意正跟客人讲话，拍了他一下。他立刻缩脑袋，一溜烟冲后院奔去。

徐皎远远看着，嘴角牵出一个自嘲的弧度。

怎么她不知道，原来他喜欢吃车厘子？

客人是个绑双马尾一头银发的二次元女孩，趴在柜台上软乎乎地冲章意撒娇：“我很多天没戴了，时间差好多，怎么办呀？”

她拿过来的是一块万年历表。

章意说：“现在大部分万年历都是自动上链的，只要不停戴着，就不用担心机芯停止运行的问题。”可如果长时间没有佩戴，就会因动力不足造成时间上的误差，需要调校追回时间。

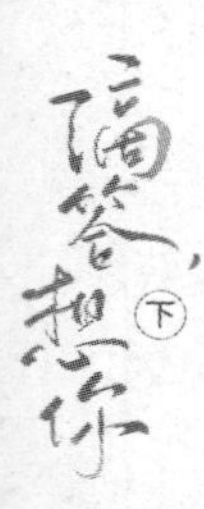

有些万年历表可以利用表冠来调校日历和星期，但是如果一个月或几个月没戴，需要追回很多天，单扭表冠会扭到手软，用 pinset（可替换针尖）调校更方便。

“你这块表应该有四颗可替换针尖，都可以调校。”分别调校星期、日历、月份和月相。

“什么替换针尖呀？我哪里懂，也许早就弄丢了吧。”女孩皱皱眉，“家里那么多表，我都是随便戴，想戴哪块就哪块，哪知道这么麻烦？”

“可以买一个自动上链盒，不戴的时候也会不停上链。”

眼看女孩又皱眉了，章意立刻道：“如果嫌自动上链盒麻烦的话，可以选择亨利慕时的 MerPerpetuall，只要拉动表冠就可以快速调校日历，这是最方便易用的了。”

“感觉不是什么好话，你是不是嫌我烦？”

“怎么会。”章意微微一笑。

门口光线暗了一瞬，他抬头看去。徐皎正朝里走，在门口遇见一个小孩，她在口袋里拿了糖果给小孩。

过去数月间，这一幕几乎每一天都会上演。章意习惯性招呼：“来了？外面冷，快去里面喝口热茶。”说完反应过来什么，表情凝滞在脸上。

徐皎微一点头算作回应，绕过柜台朝后面走去。

守意的师傅们早已见怪不怪，对两人之间妙不可言的关系不做多余的打听，还跟之前一样同她打招呼，她一一应了，回以灿烂的笑容。

“人家都走得没影了还看？”女孩不满道，“我赶时间，快给我调校。”

章意垂下视线，表情还是一如既往的平淡：“得放几天，现在还不能调校。”

“为什么？”

“万年历表有禁止校对时段，每个月 26 号到下个月 2 号不能调校月份，因为月份转碟已经开始预备转动，如果调校会很麻烦。另外晚上十点到凌晨两点也不能调校时间，因为日历转碟已经开始转动了。”

女孩听得一个头两个大，也不追问了，摆摆手随便他去。

“那我过几天来拿，应该没有别的麻烦了吧？”

章意随即就打破了她的幻想："你这块表严格说来是半万年历表，品牌在设计的时候，将二月设定为28天，每四年需要调校一次。每年过了2月28号，日历就会自动转到3月1号，因此这块表没有2月29号，到了闰年一过2月28号，它就自动转到3月1号，那么2月29号就消失了。只能到时候不戴，把表冠拉出来让机芯停止运行，到3月1号再把它戴回腕上。"

女孩已经要疯了："为什么买的时候销售没跟我说这些？"

"说了你还会买吗？"眼看女孩的精神世界正在崩塌，章意宽慰道，"已经很好了，还不是那种每四年才走一圈的月份针，把四年四十八个月份集中在一起，密集得根本无法进行阅读，不夸张地说，眼睛都有可能会看瞎。"

"你确定是在安慰我吗？"女孩说，"虽然不太懂你说的意思，但我确实舒服了一点，至少我这个不是最麻烦的。"

"以后买万年历表只要注意两点就够了，有视窗和转碟的清晰显示，以及月份、闰年分开方便调校的显示，别的都不重要，可以以你自己的审美为主。"

"我怕我从此失去对万年历表的审美。"女孩托腮，一脸惋惜的样子，"果然距离产生美，你这种专业性强到失去美感的男人，还是偶尔见一见好了。"

老严正从旁边经过，没忍住扑哧一声。

"跟小辣椒似的，这小嘴可真能贫，也就吃你这套。"

眼看马上就到制表人大赛的第二轮筛选，除了偶尔接待类如小辣椒这样目标明确的客人，其余的时间章意都在工作间度过。

江清晨通过多方关系，联系到著名的熊氏珐琅。

2007年瑞士巴塞尔国际钟表展上，面对瑞士人"不信中国人能做出这么好的珐琅"的质疑，熊氏珐琅的掌门人一怒之下当场掰碎手表，让里面的珐琅材质露了出来。这一举动不光让国外顶级奢侈品牌的代表们哑口无言，纷纷送上订货合同，几年后全球限量三只的其中一只"蝶恋花"掐丝珐琅表盘，更是拍出了80万高价。

熊式掌门人对江清晨说："虽然我们工厂的作品在国外受到追捧，但在国内市场，一样的工艺，有百余元到上千元的小挂件，也有用工一年半的大件工艺品，却没有太多人知道。潮流可以引导受众的目光，传统的东西却往

往在潮流里褪色。”

这是当下许多传统工艺正面临的现状。

“年轻人熟知的都是施华洛世奇，我也经常在想，怎么样才能让更多年轻人走进我们？或许跟钟情合作会是一个不错的开始。”

他也非常期待跟百年钟表老店的掌门人一起探讨表盘上极致的工艺追求，因此愿为章意烧制景泰蓝珐琅提供全力支持。

几日后，江清晨安排徐皎同章意一起前往北京熊氏珐琅的工厂。

徐皎忍了很久，终于还是没忍住问道：“你为什么这么做？”

如果只是为了试探她的话，大可不必。她刚要激愤辞职，就听江清晨道：“连这都无法忍受的话，未来五年你要怎么跟钟情合作？是不是所有章意出现的场合你都要躲着他？让本来没什么值得放在心上的关系，平白给媒体记者揪出点把柄？”

“我不会，你也没有必要非让……”

“这不就成了？没有非要怎么样，只是刚好抽不开身，你是最了解钟情业务的人，不安排你陪同，难道让他一个人去？”

“可是……”

“没错，考虑到你们私下的关系，品牌这边换一个人替你去不是不可以，不过为什么要舍易行难？你了解章意，跟他配合起来相对轻松，又熟悉公司业务，就是最佳方案。不要把私人感情带进工作是我用人的唯一准则，如果你还是不能接受，这种不专业的人也没必要留下来，我会即刻开除你。”

江清晨的办公室是跟她为人一样黑白分明的装修风格，每一个角落透露着棱角，尽管她已经改变自己的穿衣风格，每天都更加鲜亮一些，棱角还是无处不在。徐皎低头看自己趋近于职场风格的套装，忽而觉得讽刺。

徐皎低下头，说：“对不起，我错了。”

江清晨看也没看她，只道：“希望你不要再犯同样的错误。”

当晚飞北京，徐皎回家匆忙收拾了行李，赶去机场的路上遇上晚高峰。眼看就要来不及，她正犹豫要不要改签，章意发来消息告诉她航班延迟了，她输入到一半“你先走”的消息又撤了回来。

等她赶到，通过安检口正好听到广播的提示，又一路冲到登机口，以为他早已进去，没想到他还在等她。

在已经走空的等候区，身穿黑色大衣的男人独自一人坐在角落里，时不时看一眼手表，再朝四处张望，继续等待。航站楼前的女孩们正拿着手机偷拍他，他也没有察觉。

徐皎缓了口气，走到他面前挡住女孩们的镜头。

“对不起，我迟到了。”

他立刻起身：“没关系。”转而又道，“我怕你路上着急没来得及吃饭，给你买了一份套餐，可以上飞机吃。不够的话，”他的目光投向一旁的便利店，“还有时间，可以买点零食。”

徐皎说：“两个小时很快就到了，不用费心，谢谢。”末了看他一眼，又道，“既然是出差，就当同事一样相处，不用特别照顾我，也不用有任何压力。”

她公事公办的口吻让他愣住了，好一会儿才回过神来。

“我明白了。”

机票是徐皎定的，两人值机时间不一样，位置错了开来，一个在前一个在后。徐皎在空少的帮助下放好行李后，章意举起行李箱放到旁边。由于箱子倒转，里面发出了类似薯片包装袋摩擦和彩虹糖颗粒滚动的声响，在安静的机舱内格外突兀，前后左右的人都不约而同地看向一个方向。

空姐问：“先生，请问这里面是什么？”

章意颇有点窘迫，回道：“都是零食。”

“好的先生，我们的旅程时间大概是两小时零五分钟，中途如果您需要的话，可以按灯叫我来帮您打开行李架。”

不知是谁笑了一声，大家都默默地笑了起来。章意轻声道谢，心里想着应该用不着了。那一袋连夜采购的各色各样的零食，曾经塞满了她的抽屉，每一天守意都能听见“小老鼠”偷吃零食的窸窣声，一个人偷吃不够，还要呼朋引伴，往往引来老师傅们强烈的申讨。

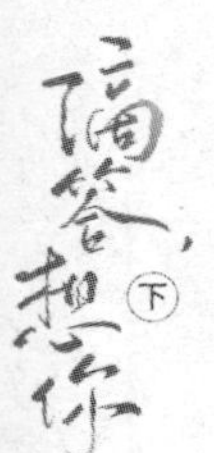

她离开之后，那张塞满零食的桌子已经被新来的小徒弟征用了。

之后两个多小时他全程闭着眼睛，没有再主动跟徐皎说过话。

熊氏珐琅派了人来接他们。碰头之后，对方自我介绍道：“我是熊氏珐琅第二车间的经理，姓王，这是我的名片。”

“王经理好，麻烦你这么晚还来接我们。”徐皎作为此次出差品牌方的代表，负责和对方接洽主要事宜。

章意看着她和王经理握手，而后才伸出自己的手。

“不用客气，看你们俩年纪都比我小，不嫌我倚老卖老的话，就喊我一声王哥吧。”

“王哥好。”

徐皎立刻叫了一声，声音脆脆的，叫得王哥心里不知多舒坦，一路上和她说个不停。徐皎也没让对方尴尬，每每都给到对方想要的回应。

不知道为什么，章意忽然觉得她有点陌生。

北京的十二月与南方是一种截然不同的寒冷。你能感受到空气的干燥，冷冽的风夹杂着坚硬的尘粒呼啸而来，将脑袋挤入一片空白的噪音中。

王哥把他们送到酒店，约定好明早一起去工厂后就先离开了。两人一路无话，到了所在楼层，徐皎率先找到房间的方位，利落地刷了房卡进门。

见她看也没看自己就关上了门，章意不禁笑了。说是要当同事一样相处，哪有这样的同事？分明躲他跟躲瘟疫一样。

夜里走廊上来了一对喝醉的男女，趴在徐皎的房门上激吻，不时发出一些剧烈的响动。徐皎被吵醒，披了件衣服朝猫眼里看。一看男人的衣服已经脱光了，只剩一条内裤，正在扒女人的胸衣，她吓得魂飞魄散，转头逃回床上。

激烈的痴缠声持续了一会儿，对面房门被拉开。章意面无表情地看着眼前的桃色画面，提醒道：“你们走错了，这是我朋友的房间。”

男人忘乎所以地亲吻着女人，扯着嗓子让他滚。

章意不想把动静闹得更大，径自从男人手里拿过房卡，刷开隔壁的房间。

女人似还有残存意识，迷迷糊糊听懂了他的意思，拽着男人进了房间。

门“轰”的一声关上，章意皱了皱眉。

很快，他转身回房，临要关门时忽然停住动作。半分钟后，他折返回到徐皎门外。

“如果睡不着，可以来找我。”他转而察觉到这句话可能不合时宜，又道，

“出了酒店往东大概一百多米有家 24 小时便利店，里面很暖和，值夜班的是个女孩子。”

徐皎不懂他为什么说这些，恹恹地背过身靠着门。

过了一会儿，他的声音再度传过来：“不要一个人出去乱跑，城市太大了……”

她没应声，大致猜到了原因，应该是曹如意添油加醋说了什么，把她渲染成一个经常大半夜出去乱跑的人。

她又忍不住转过来，偷偷看猫眼。这一看，差点把自己绊倒，猫眼里一双春风和煦的眼眸正盯着她，好似门板都是虚设。

她甩掉拖鞋蹿回床上，卷着被子把自己罩起来。没一会儿，她重新扒开被子，把头伸出来换气。隔壁的男女开始了未完的事，隔着一面墙声音可以清晰地传过来，看架势一时半会儿消停不了。她总算知道章意为什么会笃定她睡不着了，拼命捂着耳朵，还是忍不住面红燥热。

大概半个多小时后世界终于恢复宁静，而她的睡意早已去了七七八八，在床上翻来覆去，一直临近天明时分才睡去。

第二天醒来，一看王哥给她打了三四个电话，她立刻洗漱收拾冲到楼下。

王哥正在餐厅等她。她不住地道歉，王哥说：“不要紧，小章跟我说了，昨晚没睡好吧？”

徐皎不想回忆那些声音，含糊应了一声。

“以后谁再大半夜吵架，你就直接打电话给前台。可别惯着，不然受罪的是自己。”

徐皎一愣，旋即反应过来，刚好与章意的视线撞上。他笑了一下，眉眼间仍是一如既往的干净，她转过头去，对王哥说：“好，我记住了。”

用完早餐后，他们出发前往熊式珐琅在郊外的工厂。

王哥向他们介绍，目前已经有掐丝珐琅、微绘珐琅、内填珐琅三种工艺试用于国内的钟表表盘，其中以掐丝珐琅最为精湛，而所谓的掐丝珐琅，其实就是景泰蓝。仰赖于掌门人多年以来的潜心研究，而今他调配的釉料在饱和度和润度上都比传统景泰蓝好。

说到创新，王哥掩饰不住骄傲与激动说：“熊氏珐琅目前已经攻克了在

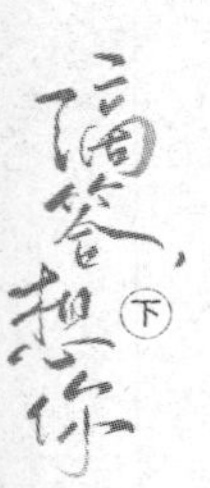

机芯上制作掐丝珐琅的技术难关，你们知道这有多难吗？”

要知道一块机芯可能由几百个小零件组成，有些零件还是特殊材料，设计本身又非常卓越，要在如此复杂的擒纵系统上面烧制珐琅，光是想想就知道难度有多大，更别提亲自操作，还实现了跨越性的进展。

王哥问道：“你们这次来是为了掐丝珐琅吧？”

“有一部分，但不全是，不过都是在表盘上烧制。”章意还没有在机芯烧制珐琅的信心。

王哥想也不想就道：“就为这个你还亲自跑一趟？我可不是瞎吹，熊氏拥有在珐琅表盘上远远超过日内瓦的顶级工艺。就说微绘吧，以前都叫日内瓦微绘，是他们独创的专技，十几年前瑞士的专家过来眼睛都长在头顶上，现在呢？他们都从我们这儿订货，有的还妄想偷师！开什么国际玩笑，这配方给他们都不一定能调制出来。”

章意莞尔一笑。

王哥竖起眉毛：“怎么，你不认同？”

“不是。早期的日内瓦微绘确实难以复制，那些纯正的作品，只有在上世纪的怀表里才能看见了。”

时代不一样，审美也各不相同。他一向客观公道，从不批评任何一种艺术，不过在王哥的世界里，没有什么会比熊氏珐琅更卓越。即便有，也终将会被打败。

王哥最不喜欢这些自作聪明的人，扯着嗓子道：“外国人瞧不起咱也就算了，自己人也瞧不起，这什么世道？”

“事实上日本珐琅发展也非常快，他们的工艺水准甚至有欧洲乐适品（比奢侈品更具备价格和审美、收藏意义，且只有少数人能够欣赏和拥有的物品），包括高级手表品牌代工珐琅这么个说辞。”

“什么品？”

“乐适品。”

“乐事品是什么？”

这两人完全不在一个频道上，认知与见识也完全风马牛不相及，不过章意没有表现出一丝的轻慢，而是耐心地同王哥讲回珐琅工艺在不同国家的发展。王哥依稀看到一个属于钟表的世界，觉得那无比遥远，又无比亲切，思来想去，笑着说：“一定是你人太好了，讲什么都能让人接受，也让人心里舒服。说真的，要不是我在熊氏待太多年了，我可真想去看看你描绘的那些珐琅，看看它们究竟有多好。”

徐皎适时道：“等下回再来瑞士的专家，您可以让他们带些当地设计师的作品。”

“我们也有日本的专家咧！想必捎带些特产，也不是很难。”王哥乐呵呵道。

徐皎发现他心态可真好。

很快车子就来到了滁县镇靛庄，远远看去，高高低低的村落间掩映着一间宽敞而朴素的大院，院门上写着“靛庄花丝厂”。

王哥说：“1969 年咱们这个花丝厂成立时，主要经营花丝镶嵌工艺品的出口，后来景泰蓝工艺逐渐恢复才开始烧制珐琅，不过厂名字一直没改。你们找过来，肯定也是听说了熊氏珐琅的名声吧？”

不等徐皎开口，他又道：“正常，看你们年纪就不知道咱老厂，那时候你们都还没出生呢，后来好多花丝厂都倒闭了，就我们一家越做越好。”

熊氏掌门人已经在等他们，见到章意非常激动，握着他的手直言道：“闻名不如见面，总算看到老章家人的庐山真面目了。我父亲跟我说，早些年在造办处家里的长辈曾经受过一位章师傅的恩惠，要是辈分没差的话，应该是你曾祖父吧？”

章意不知道还有这一茬，两人细细说起来，还真对上号了，他曾祖父确实在造办处当过钟表师傅。

“那肯定没错，早就听说过章家是钟表行当里数一数二的专家，一直没能碰上，你这次来总算给我报恩的机会了。”

掌门人拍了拍他的肩，这才发现旁边还有个女孩。跟徐皎简单打了招呼，他就迫不及待要带他们去参观车间。提及章意此来的目的，掌门人说：“江总在电话里跟我说了，你想在表盘上烧制不同工艺的珐琅？”

章意解释道：“我想做一块中华年历表，把中国版图烧制在表盘上，湖

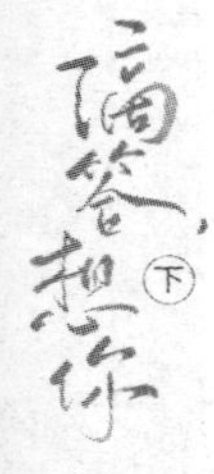

泊海洋、陆地和山脉分别用掐丝法、微绘法和围填法来实现。”

掌门人一听停下脚步来。

“等等，我没理解错吧？你的意思是在国家地图的轮廓以内填充譬如海洋、山脉，都要用不同的形式呈现？”

“珐琅彩说到底是一种涂覆类工艺，有别于玑镂在表盘原材质上面加工，如果要获得更高价值的体现，综合多种珐琅艺术的成算可能会更大一些，而且海洋地陷，山脉高起，做立体微绘最合适不过。”

掌门人摆摆手：“你误会我的意思了，正常一块表的表盘直径在35到38毫米之间，勾轮廓不难，加上海峡两岸，圈出南海也不难，想想办法都可以实现，重点是湖泊和山脉，我不知道在这么小的一块表盘上，你要用微绘勾出多少东西来。”

章意也知道难度非常大，原本采用掐丝珐琅的工艺就非常难烧制，要将海洋色彩不同程度的蓝作出分层，还要填充小到可能根本留意不到的湖泊，简直比登天还难。他想过很多种方案，最后选择了唯一可以一试的方案。

“长江、黄河、黑龙江、松花江沿线等十大河流。”

“山脉呢？”

“秦岭淮河、大兴安岭、昆仑山、祁连山等十六条主要山脉。”

熊氏掌门人沉默了。

过了很久，他放弃了带他一一参观车间的念头，直奔他最想去的加工间：“下一场比赛什么时候？”

“下个月。”

掌门人的步伐再次停住。他非常认真地说：“不，时间远远不够，以你的描述来看至少得四个月。”

“我只有一个月。”

“那就只用一种工艺，光是立体微绘就一点不比掐丝珐琅容易，更何况你还要三种工艺？这绝对是天方夜谭。”

章意摇摇头。

两人无声地对峙了一会儿。口口声声说要报恩的掌门人，实在不忍心在这个时候就给他泼冷水，到底还是退让了。

“好吧，你如果一定要尝试，我可以给你提供原料，给你技术指导，不过要参赛的作品必须得由你自己烧制。”

“我明白，谢谢您。”

于是，章意和徐皎在花丝厂住了下来。章意直接和掌门人进入了工作状态，徐皎则拿着行李在王哥的陪同下去安置，王哥听说了章意的想法，一再大呼“不可能”，又说他“胆子真大，野心也不小，咱们老板都不敢打包票的事儿，他居然敢夸下海口”？

徐皎先还会附和，听到后面也有点不开心，正色道：“老章家低调，百年来一心一意守护家业，虽然发展得远远不如一家企业，但在修表技术和相关制造工艺上绝对不输给任何人。路上他讲珐琅表的发展时，您还夸他有文化，见识广，怎么一下子就变了。”

她的态度让王哥噎了一下，好半天才回过味来。

“那个小章，是你男朋友吧？”

“不是。”徐皎赶忙摆摆手。

“不是你还维护他？瞧你刚才说话的样儿，就差挥拳头揍我了。”王哥冲她眨眨眼睛，“好了，我这人就这样，嘴上把不住门，你别跟我置气，我也不说他了。”

徐皎嘟哝：“我没生气。”

“这还没生气？非要火点着屁股才行呀？”王哥一副过来人的语气宽解道，“年轻人，凡事不要太斤斤计较，男女之间没有绝对的谁占上风，谁占下风，该让步就让步，不要死犟，闹到最后一拍两散还是自己最辛苦。我看小章脾气好，人也温和，挺包容的，你们到底为啥冷战？”

徐皎没应声。

“这么说吧，你跟他一起来出差，孤男寡女，就没想过那方面的事儿？就算吵架，两个人都在陌生的地方要待上一个多月，保不准哪一天就和好了呀！”

“不会了。”徐皎打断了王哥的滔滔不绝，“他很快就要结婚了。”

“啊？”

“跟我的上司。”

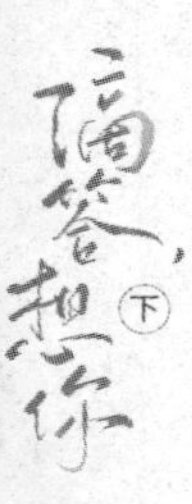

那件将在订婚宴上亮相的设计师高定礼服，只是在设计图纸上看到的时候，她的眼睛就忍不住泛酸。她还没见过他西装革履的模样，一定也非常帅气，和她想得一样，千万人里卓尔不群。

可惜，终究不属于她了。

王哥听了她的话，好辛苦才把快要瞪出去的眼珠子收回，只喃喃道：“那你这个上司，真不是聪明人，这不明摆着给你们重修旧好的机会吗？嘿，什么领导，这么傻！”

徐皎一怔。

会吗？

只是一瞬，她就打消了那个荒唐的念头。

晚上，熊氏掌门人特地置办了一桌酒菜为他们接风洗尘，章意没有出现，只徐皎一个人去了。

掌门人丝毫没有介意，直言道：“看到他，就像看到年轻时候的我，心里有个什么想法一定要实践，十头牛都拉不回来，这种钻研劲儿还有对艺术的极致追求已经很少见了，我相信这场比赛他一定能获得胜利。”

遥想未来与金戈的合作，掌门人浑身充满了力气。几个经理刚忙活完手上的单子，借洗尘的东风烫了一壶接一壶酒，后来都喝嗨了，没人顾得上她，徐皎让后厨打包了一份面带回去。

入夜以后，厂区异常寂静冷清，工人们基本都下班了，车间里闪烁着零星的火光。不说话时只有脚踩过地面的些微声响，伴着农村里时不时传来的一声犬吠。

徐皎把打包盒放在一旁，催促道：“快点吃吧，不吃要冷了。”

章意正专注于胎体，头抬也没抬。她早已习惯他工作起来忘乎所以的状态，中途把面拿回住所，用新买的小电饭锅加热，到晚上十一点多回厂区看他的时候，他还伏在案上。

住所离厂区很近，后门有一条小路，走过去约五百米，是一条长长的平房，专门用来招待客人。徐皎一晚上就在这条五百米的小路上来来回回，走了不知多少次，后来自己撑不住先睡着了，面在电饭锅里也熬成了糊糊。

第二天醒来，她到厂区一看，章意已经在了。

“你昨晚吃了吗？”

“嗯。”

“吃什么了？”

他说不出来，想了一会儿说：“箱子里有很多零食。”

徐皎无可奈何，没收了零食，把电饭锅放到他房间，饭菜都放锅里面定时加热，这样不管多晚他回去的时候都能吃到热乎乎的饭。

可即便如此，她还是担心他的身体。

“早一顿晚一顿你这样胃会受不了，到了饭点先把手上的活放一放，吃个饭又花不了太多时间。”更何况很多时候她都可以送过来给他，只是热了一轮又一轮，都等不到他放下手上的活。

以前在守意，还可以光明正大地撒娇卖乖，外加威胁利诱，饶是如此哄他吃顿饭还是比什么都难，现在只能干巴巴地看着，心里着急却无从下手。

徐皎只好坚持，每隔半小时就催一次。章意怕她太辛苦，后面开始配合大家一起用餐的时间，除此以外全部身心都扑到了珐琅烧制上。

这还是徐皎第一次看到他心中的云间山水。

刚开始大家听说他的计划都很惊讶，怎么可能在短短一个月间完成三种工艺的高难度作品？即便做出来，肯定也是粗制滥造，毫无匠心可言。直到后来他们看到他的用心，逐渐开始改观。

他几乎一天二十个小时都在厂区，好似不用睡觉，没有人知道他每晚几点回去，早上几点过来，每每看到他都是挥汗如雨、心无旁骛的模样。

他用金丝勾画中国的版图，不需要对照任何图片，不需要借助任何计量工具，甚至不需要停顿，每一条河流，每一道山脉，每一个弯度的大小，都已在他手下练习过千万遍。

他信手拈来，一次即成，分毫不差，完美无瑕。

他将先辈在硬币大小的表盘上烧制复杂珐琅工艺的每一个步骤，小到用具的握姿，大到炉温和打制的力道，用科学严谨的方式加以计算，并实现多次实验。最终，他们将看到一件世上绝无仅有的作品。

那是一块有别于任何品牌的中华年历表，经过多年沉淀与打磨，拥有全新的视窗和转碟显示。从十二节千支历和七十二候的特殊太阳历中吸取灵感，独创双轨制历法，加上无限逼近日内瓦原厂水平的全手工制 520 机芯，以及精湛绝伦的三种珐琅工艺，这块表绝对可以吸引来自全世界制表人的眼球。

他也一定会成为一个优秀的创制人。

章意为这块表命名为“家园”。这是他人生里第一块完完全全属于自己的“家园万年历表”。徐皎亲眼见证了这个过程，亲自参与了它的诞生，甚至比任何人都更加幸运，可以第一时间瞻顾它的全貌，她的心里也曾涌起过无数次的感动与心动，可她再也没有办法向他剖白自己的爱意。

她只能作为一个有幸的旁观者，与荣耀同在。

夜里和安晓打电话，提起这月余来的生活，徐皎表示很新鲜，也很充实。

“这里是农村，彻底远离了城市的喧嚣，特别有‘日出而作，日入而息’的感觉，这种生活让我觉得很踏实，心里总是沉甸甸的，不会害怕，也不太焦虑。”

她好像一下子明白了曹如意出现在守意的原因，也明白了自己为什么会向往守意的原因。唯一让她放心不下的还是章意的身体，或者更准确地说，是某种精神状态。

“他好像完全不需要睡觉，有一次夜里我醒来，看到他房间的灯还亮着，那个时候已经快天亮了，我不知道他是刚回来还是一夜没睡，反正不可能跟我一样中途醒来，那完全不是正常人的作息。”

她知道他有梦游的情况，夜里睡得比较浅，会特别留意他房间的动静，大门也都加锁栓紧了。他自己清楚自己的情况，也会格外留意，门锁上后自己就不留钥匙了，因此这些天倒是没有跑出去过，只有一次，刚出门就被她发现了。

她试着引导他回屋里。

他眼神里浮现出一丝茫然，迷惘地看着她，一会儿笑着喊她“姐姐”，一会儿又哭着找妈妈。

幸而他后面清醒了，随即把自己关进房间，上了锁。

安晓说："也许只是精神比较紧张，你怎么知道他夜里不睡觉？"

徐皎不好意思承认，有好几晚她强撑着没睡，就是为了观察他的情况。虽然不至于彻夜不眠，但他的睡眠时间真的非常短。

"艺术家可能多少有点失眠的情况，你看他白天还好吗？"

徐皎冷静地回想，说道："还可以，一直都很清醒，跟以前没什么不同。"

"你看，我就说你想多了吧？"

安晓才要揶揄她，分手了还关心旧情人，就被徐皎打断。

"也不完全清醒，有好几次听到刨削的声音，他会突然走神，然后捂住耳朵，我看他那个样子像是耳鸣了。"

"这有什么？我也不喜欢听钢丝球洗锅的声音，每次听到我都想杀人。"

"不一样。"徐皎说，"守意经常需要自己加工一些坏掉或是买不到的配件，如果一听到车床或是工具刨削的声音就耳鸣，那我以前怎么可能没有留意？"

"以你当初两只眼睛恨不得长在人家身上的劲头来说，确实不太可能。"

"谁眼睛长在他身上？"

"还不承认？"

徐皎被打了岔，这话头不知不觉就揭了过去，如涟漪起复，霎时无痕。

二月下旬，他们在熊氏丝花厂过了春节。厂里给工人们放了年假，熊氏掌门人也要回乡走访亲戚，章意不休假，除了值班守门的大爷，厂区里只有他和徐皎两个人。

大年三十晚上，章意百忙之中抽出了点时间跟章文桐拜年。章承杨在视频里显摆自己给守意师傅们买的节礼，师傅们都说好，比往年他买得更合心意，老严在旁边打岔，表示自己没说过这话。小木鱼到底还是没扛过老家连环电话的轰炸，回乡祭祖顺带相亲去了。刘长宁在旁边听着，一味笑也不插话，裹着厚厚的衣裳，脸色看起来分外苍白。

章意格外问候了刘长宁的身体，刘长宁让他不要担心，在外面好好照顾自己。趁老爷子不注意，他又说："也代我们向徐皎问好，一个女孩子孤零零在外过春节，可能还是她人生里的头一遭，别为着以前的事冷落了她。今

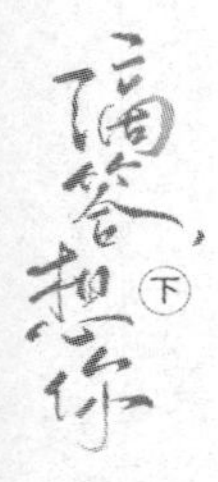

天是年三十，你自己忙不转，人家总要休息，带她去吃点好吃的。”

徐皎刚给医院的爸妈打完听话，眼睛里还盛着泪，转头听见刘长宁的话不免又红了眼眶，强忍着酸涩向他们拜年。

章承杨说：“你可千万多吃点，在外面也别苦了自己，要是回来瘦了，安晓非得把锅扣在我们章家人头上不可。”一边说一边给徐皎发了个大红包，祝她新年好。

老严和刘长宁也托他发来了各自的“祝福”。美其名曰祝福无价，让她退也不好退，不得不收下。她随手捻来一段刚跟守门大爷学的北京俏皮话，惹得大伙捧腹大笑。

电话挂断后，章意拿着手机几次想开口却不知道怎么开口，也想给她发一个红包，却怕离开刚才的氛围，她会不留情面地拒绝。

正犹豫的当头，徐皎两手抄在兜里朝四处看了看，向他提议：“如果今晚不急着赶工的话，不如一起去城里吃火锅？”

章意愣了一瞬，随即点头：“好。”

这还是两人第一次单独出去吃火锅，徐皎被风吹得鼻尖泛红，重重地吸了下鼻子，把眼里的热意悄无声息地给逼回去了。年三十的北京到处充满了年味，一路张灯结彩，红红火火，显示屏上全都在直播新春晚会。

徐皎给自己倒了满满一杯啤酒，在热气蒸腾的火锅店里喝了个酣畅淋漓。章意看她状态放松，也卸下心房的重担，就当同事似的跟她有一搭没一搭聊天，两个人难得度过了一段融洽的好时光。

服务生过来问他们要不要续酒。

徐皎咬着筷子没有说话，眼睛却忽闪忽闪，分明饱含期待。章意也喝了些酒，身体发热，脑子里想着一些不着边际的东西，和她的余光交接着，彼此都有一些心猿意马。或许再来一打啤酒吧？她会更高兴一些。

他刚要开口，手机忽然响起来，“江清晨”的名字在屏幕上闪烁。他给徐皎一个手势，走到一旁接听。

服务生问：“还要啤酒吗？”

徐皎摆摆手：“不用了，谢谢。”

江清晨听到电话里嘈杂的声音，神色怔了怔，转而问道：“在外面庆祝？”

"嗯。"

"跟徐皎两个人？"

"……嗯。"

江清晨沉默了一会儿，说道："也好，你每天待在车间，铁打的身体都扛不住，应该要出去放松放松。我手头的筹备工作差不多了，这几天有空，可以去北京看看你。"

章意没有说话，态度像是可有可无，不期待，好似也不拒绝。

江清晨笑道："怎么，不想我去？"

"没有，这边过年的氛围浓，家家户户都会走动，听说附近有不错的地方在举办民间习俗，过了年初八还有元宵灯会，你过来正好可以跟徐皎一起散散心。"

江清晨沉吟着："我跟徐皎一起散心，是我陪她，还是她陪我？"

"你要是不想，我可以陪你去，只是时间有些紧张，我不一定能抽得开身。"

是吗？简直可以评选年度第一劳模的人，抽不开身不还是陪人一起吃火锅去了吗？明显就是区别对待。江清晨已经非常了解他这个人，尽管他的涵养依旧可以维持她的体面，可其中的敷衍早已无从掩藏。

"章意，如果你打算下半辈子一直用这种方式和我生活的话，我会重新考虑钟情和徐皎未来五年的合作关系。"

听到她的笑声，章意无可奈何地叹了口气："这么做你真的快乐吗？"

"我能不能快乐，取决于你的态度。"

章意看向窗外，不知何时开始飘雪。他没有再继续，江清晨也聊起正事来。

这通电话算不上愉快，不过最后收尾的时候，他还是跟她问了新年好。江清晨心情愉悦，在朋友圈发了一张江上庆祝的照片。

照片里，她身穿红色呢绒长裙，半靠在游艇栏杆上，迎面吹着江上的风，脸上有淡淡的酡红，微微眯眼含笑的模样，幸福得仿佛不知严寒。

大家纷纷祝好，夸她漂亮，唯独一个人格格不入，在拥有众多圈内好友的评论区大骂她神经病。

孔佑看着一进船舱就缩起脖子、脸色白得像鬼一样的女人，笑得前俯后

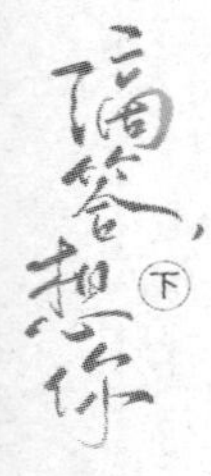

仰："我们优雅端庄的江淑女，究竟发生了什么？刚才不还岁月静好得恨不得全世界都看到你有多幸福吗？怎么才三十秒就冻得跟鱼干一样？看看你的鸡窝头，不知道自己卷发很吓人吗？出去瞎摆拍什么？"

江清晨低骂："滚远点。"

对着镜子理了理乱七八糟的头发，仔细地补完妆，她这才回头对孔佑道："就不该收留你，让你一个人孤苦伶仃地过新年，做好随时死在家里都没人知道的准备，不好吗？"

"你好残忍。"

"没你毒舌，快把评论删了。"

孔佑还是笑："我就不，谁让你非在朋友圈耍酷？"

"又不是给你看。"

孔佑微一挑眉，心里明白，就不挑破了。最近因为公司的事，江清晨和家里人关系紧张，生怕被长辈留下来训话，稍微坐了坐就从家宴中脱身。孔佑的亲人都在国外，一个人闲着也是闲着，就和她凑了对饭搭子。

吃到中途，孔佑撂下筷子对江清晨说："我有一句话不知当讲不当讲。"

"不当讲。"

"好。"他低下头，迅速地抿了口地道的二锅头，又道，"我怕我不讲明天就憋死了，以防你痛失一个至交好友，我还是讲了吧。"

江清晨捂起耳朵。

孔佑装作没看见，声音调高八度："你明明心里不舍，又担心得不得了，为什么还要把他俩往一起凑？"

先把徐皎留在自己身边工作，后让她跟章意一起去外地出差，世上有哪个女人像她宽宏大量，任由情敌在眼皮子底下？

"难道你不是在试探徐皎，而是考验章意？"他拧起眉头，"你也太残忍了吧？"

江清晨一口闷掉小半杯白酒，冲着他冷冷发笑。孔佑被看得发毛，不自觉捂紧了领口："你干吗？"

"你之前不是问我为什么不喜欢比我小的男人？这就是原因。"江清晨上下打量他，"幼稚鬼。"

她的眼神充满了一个女人对男人自尊心的挑衅。孔佑完全无法忍受："你不知道吗？不能随便说一个男人小，小是男人的禁词！"

江清晨抿嘴一笑："是吗？"

"你这是什么表情？"

"我又没见过。"

"江清晨！"孔佑哪想到面前的女人竟然可以如此没有节操，被气得血脉偾张，豁然起身指着她道，"你、你太过分了！快向我道歉，不然、不然……"

"不然什么？"

"不然我就让你见识见识！"他把心一横豁了出去，扬手就要扯自己的衣服。

好半天没有听见一丝动静，他悄悄把眼珠子转回来。不知是游艇里面暖气太足，还是喝得太急，江清晨的脸上竟然浮现了两团可疑的红晕。

孔佑认定她是害羞，双手叉腰，放声大笑："这就缴械投降了？还以为你刀枪不入呢，知道你怕什么，看你以后还敢不敢随便说我小。"

江清晨拿起筷子扔他："你怎么这么幼稚？"

"幼稚的男人可爱。"

"呸。"

"你肯定眼神不好，难怪这么多年没有发现我的魅力。"

"还自恋。"

"是自信。"

"自信得还没告白就已经失恋。"

"哼，你也好不到哪里去，自信得把情敌往心上人身边送，也不怕搬起石头砸自己的脚。瞎装什么大方，万一以后、以后……"

说到后面也不知是谁先醉了，江清晨趴在桌上呜咽起来，孔佑手足无措地蹲在一旁，求爹爹告奶奶让她不要哭。

"还不是怕你受伤，你哭什么？整天就知道欺负我。"

江清晨想笑又止不住哭，骂道："臭弟弟。"

"不是！"

"就是！"

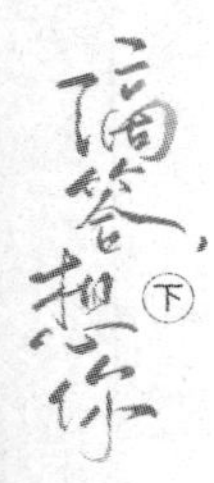

“幼稚，你才幼稚，江清晨你是全世界最幼稚的女人！”

……

吃完火锅出来，天空洋洋洒洒飘起了雪。徐皎作为南方的孩子，看到下雪掩饰不住地兴奋，原地转着圈，伸手去抓雪花。

这个城市有着千千万万和他们一样没有回家过年的打工人，在新旧交替的年尾，遇见一场雪，如同遇见一场不期然的幸福，对来年大丰收的喜悦与期待扫去了他们心上淡淡的孤独。一场欢庆过后，随之而来的将是另一场欢庆，仿佛只要没过零点，欢庆就不会落幕，那尚未抵达内心深处的温暖，就也不会冷却。

身边有人快步走过，低着脑袋问同伴：“这么早回家冷冷清清的太没意思了，要不要去看电影？”

同伴问：“今天有什么电影上？现在买不到票了吧？”

“可以去汽车影院！下着雪看电影不是更浪漫？”

“哎哟，两个大男人整什么浪漫？汗毛都竖起来了。”

“你这人真是……一点情趣都不懂，难怪三十好几还没交到女朋友。快给我买点零食和啤酒，哥带你去见识见识，那地方很多跟咱们一样的人，不都是情侣，大家聚在一起取暖可有意思了，有的还会坐在车顶上一起看。今天这天气说不准，不过也不一定，万一就让你遇见了真命天女呢？”说着瞅了眼旁边的年轻男女，女的在玩雪，男的就静静看着，这位老哥羡慕地吸了下鼻涕。

回去的路上刚好经过一家汽车影院，写着当日片单的发光字在探照灯下格外醒目，雪花飘在空中，漫长的一路好似没有尽头。

徐皎忽而偏头，章意也在此时对上她的眼睛。

“要不……”两人同时开口，又同时笑了。

“反正回去还早，要不看部电影再走吧？”章意说。

徐皎感到欣慰，这么久以来他终于知道给自己放个假了。

“好呀。”她想了想，“就怕雪太大了，车里冷。”

“我看前面有咖啡补给站。”

“那你把车停好，我去买。”

两人一拍即合，买了票和咖啡去停靠的车位。

迎合新年气氛的欢乐喜剧早被抢售一空，没有多余的位置，不过会一直轮播，可以下一场再来看。他们随便选了一个车位，坐定下来的时候，电影已经开始播了。

“这是哪部电影？你看过吗？”

章意摇摇头：“我很少看电影。”

想想也是。

就是这么不凑巧，选了一部爱情片。

夜色里雪越飘越大，徐皎本来打算把车门打开，坐后备厢里看，这样空间开放，不用两个人面对面徒增尴尬，虽是冷了一些，但在雪中格外有氛围，后来一看外头的人都钻回车里去了，她也放弃了挑战流感，安安分分抱着咖啡蜷缩在座位上。

车里暖气开得足，广播音效立体清晰，跟在电影院的观感没什么区别，只是封闭空间，位置狭窄，稍一分神就会对上另外一个人的目光。好在电影非常好看，没有多久她就陷了进去。

一个平凡的女孩，遇见一个诗歌般丰富浪漫的男人，她的一生就此改变。如果只是这样，这跟灰姑娘遇见白马王子的爱情片没什么不同，可恰恰因为男主人公是个高位截瘫的病人，一切开始变得回味无穷起来。最后，哪怕这个女孩为他带来了鲜活而旺盛的体验，男主人公仍旧选择了安乐死。

这是电影《遇见你之前》。

就像台词说的那样：“You only get one life. It’s actually your duty to live it as fully as possible.”你只有一次生命。事实上你有责任尽可能充分地生活。

可是一个高位截瘫的人，遇见爱情就会重整旗鼓吗？

徐皎拼命地找补：“这什么电影院，哪有大过年让人看悲剧的？肯定放错片源了。”饶是如此，她也还是无法从结局中抽离出来。

为什么威尔不能为了小露好好活下去？她跟自己的内心世界角力：“小露跟其他人不一样，从来没有轻视和嘲笑过他的瘫痪，更不会嫌弃他，虽然这样活着或许很痛苦，但是为什么不尝试一下？为什么明明很多次都想要活

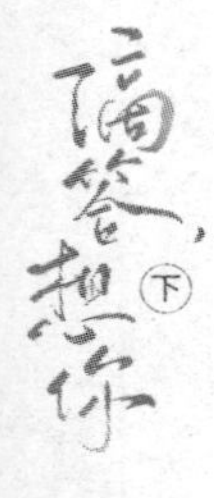

下来，最后却还是选择了死？”

“你可以把他看作并不是那么坚强的人。”章意说。

死并不难，难的是如何活着。

“爱情对任何一个无数次想死的人而言都可能是救命稻草，它会让他们看起来没有那么可怜，可不是所有人都会用爱情当人生的接盘侠，至少威尔不是这样。过去那些生活、阅历和体验所造就的完美的威尔，让小露爱上了他。如果连这个前提都失去，每一天面对小露的爱意，威尔该怎样才能忍受再也无法带给她更多体验和爱的变得残缺的自己？一个人甚至已经失去了自我，还怎么给另一半幸福？”

“那你呢？”

“什么？”

“如果，我是说如果有一天你也面临和威尔类似的情况，无法再像以前一样生活，你会怎么选择？”

她的声音很轻，轻到章意以为自己出现了幻觉。他努力分辨她的神色，得出她想要的答案。

“没有如果。”事实上，他已经做出了选择。

章意努努嘴，想让自己露出笑来，可不知道为什么他的眼睛开始酸涩，以一种无法预知的发展将他圈进悲伤中。

“徐皎，你后悔喜欢过我吗？”

徐皎转头看向窗外。

在雪中，汽车电影院，一种完全不想示弱的环境下，她忽然毫无预兆地哭了，哭得停不下来。他和威尔的生活完全不一样，甚至可以说是天壤之别，可他们的心灵一样富足。他们过去经历的、最引以为傲的生活，就是他们最想要的生活。

人生可以有多种样貌，只要那是你想要的，就是最理想的样貌。对他而言，可能只需要一张桌子和一张台灯，甚至连桌子都不需要，只需要一张台灯，就可以让他度过无穷无尽的白天和黑夜。他只需要坐在那里，坐在灯下，戴上寸镜，拿起表，就是惬意的一生。

它不平淡，也不需要五颜六色的附加品。

甚至，不需要她。

章意听见徐皎在哭，张开手想要抱一抱她，还没靠近，就被她转身抱了个满怀。

虽然你像一道光，但我仍身处黑暗中。不知道为什么，他突然给她一种强烈的感觉。她并不在意自己的经历与体验。

她和他不一样，她活着的意义里一定有他。如果没有他，她会就此放弃所有对理想生活的努力。

"章意，我不后悔喜欢过你，从来没有后悔过。因为喜欢你，我变得坚强了，也成熟了，我放下了别人眼中的自己，不再一味委曲求全，会坚持按照心意来生活，哪怕有点辛苦，哪怕也常常忍不住想哭，想回家，想回到无忧无虑的小时候，可我不会再恐惧明天，我依旧期待每一个夜晚和黎明的到来。"

她不知道问题的症结在哪里，也不知道自己为什么害怕，为什么不安，可这些日子所感受到的一切，无不向她展示着一个不会比威尔更好的结局。

她说自己不后悔，她更想说的是——"曾经在你的陪伴和守意大家的守护下，我看到了无比无比璀璨的星空，今后也会努力看到更加耀眼的自己。我希望你也是。"

二月下旬，他们离开熊氏丝花厂，回到守意，与之而来的是制表人大赛的第二轮筛选。

金戈正式推出了全新子品牌"钟情"，召开新闻发布会宣讲新品牌的方向和定位，会上也公开了明星代言人小七和手代言人徐皎的概念海报。孔佑利用海报里"未完待续"的故事作为切入点进行市场营销，在短视频平台征集关于"手表"与"时间"的爱情故事，成功把"钟情"全新星座系列腕表送上热搜榜第一的位置，情人节当天一经发售，短短两小时就被哄抢一空。

这一佳绩，将"钟情"送到一个意料之外又情理之中的期待下，他们都比之前更加期待章意的表现。孔佑趁机放出风声，将在今年制表人大赛落幕之际投出第二颗重磅炸弹，因此整个制表业和与金戈相关联的金融行业都在

关注这一年的制表人大赛。

主打“科技”“创新”与“独立”的钟情，与第一次面向全球招募制表人的重大赛事，究竟会擦出怎样的火花？钟情是否能像多年以前的金戈一样打破低迷市场，再掀一次钟表狂潮，带领国货品牌走向顶级奢侈艺术的殿堂？

所有人都拭目以待。

徐皎定了三个闹钟，一整晚没敢熟睡，时不时就醒来一次，生怕第二天迟到。没想到她早早出发，却意外碰见一场连环车祸被堵在路上，等赶到守意时章意一行已经出发了。

他如约带上了制作出第一块自主机芯的章承杨，奇怪的是，孔佑留在守意没有一同前往。

徐皎看了看里三层外三层的记者，问道：“怎么回事？怎么这么多记者？”

老严也在旁边嘀咕：“会不会太高调了？这比赛还没出结果，这么早就放出消息？要是最后没拿到冠军，岂不丢脸丢大了？”

孔佑连忙道：“不是我。就算我想安排，也是安排在会场里，可以抢到第一手的独家新闻。这些人……”他认出了其中几家媒体，都是专门收钱帮人写黑稿的，神色不自觉紧张起来。

“我已经找了相熟的记者去问，这不还在等消息嘛。”

正说着话，对方回了信息，说是听到风声，今天的制表人大赛现场可能会出事，在这儿能蹲在独家内幕。

“这儿？守意？”

听口吻就不是什么好事。徐皎的心提了起来：“他有没有说是谁放出的风声？”

“把枪口对准守意，应该是竞争对手吧？”

老严吊起眉梢：“咱守意都低调得快无人问津了，就这样还有人想搞事？好好的比赛，能出什么事？净瞎折腾！”

“你们再仔细想想，今年的参赛队伍里有没有人跟守意有过恩怨或是纠纷？”

“有倒是有，但不至于吧？”老严咂摸道，“小路子那个性格，虽说处处跟咱不对付，这次也摆明了要跟咱们老东家对着干，但他能折腾出什么幺蛾子？咱有什么把柄在他手上吗？那小子从小到大跟小章比，哪回赢过？这次也不可能，除非小章脑袋被门夹了，要么就烧糊涂了，否则小路子怎么都得不到便宜。”

“不、不一定。”木鱼仔冷不丁冒出个声来。

徐皎这才发现他一直没说话，缩在人群后头，一副魂不守舍的样子。

“小孩子瞎说什么？”老严骂道，“呸呸呸，童言无忌。”

“不是，我……”

“你什么你？有事说事，没事别乱吓唬人。”

小木鱼一脸纠结，左看看右看看，对上徐皎忧心的目光。他犹豫了很久，缓慢从口袋里掏出个白色瓶子。

“这是什么？”

看包装外壳好像维生素，可里面装的颗粒却与外包装描述的图样不一样。木鱼仔觉得空气好冷，牙齿禁不住打战：“我看师父早上有点发低烧，怕他撑不住，在他房间找药的时候发现的，藏在暗格里，我都不知道原来那里还有暗格。”

不知道当时脑子里在想什么，或许太急了，或许是下意识的反应，他直觉不对劲，就先把瓶子藏了起来。等章意离开后，他才用手机搜索了药丸上的字母缩写。

在三双眼睛一动不动的注视下，他开了口：“好像是安眠药。”

徐皎霎时白了脸。

“安眠药？章意有失眠的毛病？”孔佑不知道章意的身体情况，“他昨晚也吃安眠药了吗？里面有没有镇定的成分？”

他是担心这个会影响比赛成绩。在运动类的竞技比赛中，镇静剂是禁服药品，也不知道制表人赛事有没有这方面的规定。而木鱼仔担心的是：“我怕师父发烧，本来状态就不好，怎么还会失眠呢？我以为、我以为他只是……”

徐皎想到在北京那月余间彻夜不息的灯火，脑袋里忽地冒出一个念头。

她把自己吓了一跳，立刻问：“他最近还有去看医生吗？”

“最近都忙得快分身了，哪还有时间去看医生？”

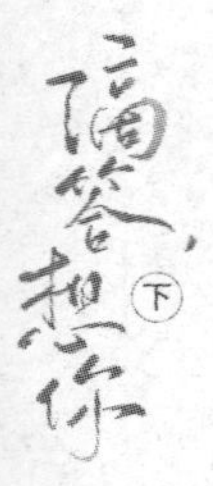

“哎哟，你们瞎紧张什么，弄得我也跟着紧张。就算有点发烧，还吃了几颗安眠药，有承杨在，江总也在一旁看着，能出什么事？咱这比赛又不是一百米冲刺，就是跟评委们讲讲自己的作品，草稿早就打好了，又不看临场反应，别担心了。”老严摆摆手，嘴上这么说，却原地转起圈来，越转越没底，随便找了个位置坐下来，也让他们一并坐下。

“一个个跟木头桩子似的，瞅着难受，快坐下来别挡我太阳。”老严心下却是起疑，就算睡不着吃几颗安眠药也不打紧，怎么还弄个维生素的瓶子藏起来？

记者天没亮就来包围守意，原先担心会和客人起冲突，他们一早关了店歇业，现在就是啥也不做，静等前方的消息。

徐皎心不定，每每想到那一夜的雪，想到威尔死的时候，窗明几净，一室春光。那画面是何等温暖，又是何等诛心。

她根本坐不下来，才刚挨着凳子就又豁然起身：“不行，我还是得去看看。”

木鱼仔说：“我跟你一起。”

“我来开车吧。”孔佑说。

于是转瞬之间，院子里只剩下老严。老严一个人待着坐立难安，犹豫再三还是敲开了刘长宁的门。

“长宁，你醒了吗？”

刘长宁身体不好，这段时间一直缠绵病榻，听见声音强撑着虚弱的身体坐起，说道：“醒了，进来吧。”一看老严脸色发白，“怎么了？”

“我心慌。”

“慌什么？”

“唉。”老严说不出来。也怕说出来让刘长宁跟着一起心慌，想了想，却是问：“安青走了多少年了？”

……

出于对此次制表人大赛的重视，钟表协会特地邀请了来自瑞士的专家组，将从独创性、创新性角度出发，综合各种业内标准对所有公开陈列的作品进行评选，每一个参赛者会有五分钟的作品阐述时间。之后专家组会进行全封闭式讨论，当场宣布前三名，再由获奖选手发表感言。

休息室里，江清晨递给章意一瓶水：“怎么样了？还撑得住吗？”

“还好，就是有点头晕。”早上起来发现自己发烧，吃了两颗药，这会儿开始发挥药效了，加上等待结果总是漫长的，章意就有点犯困。

章意打起精神说：“没关系，应该快出结果了。”

江清晨对此倒是不担心：“我看你阐述的时候，那些专家眼珠子都快掉下来了。”这么说有点夸张，不过专家组确实在“家园”中华年历表面前停留了很长一段时间，其中一名专家似乎认识他，临下台前向他回以一笑，那表情已经可以说明一切了。

“看来你这些日子的努力没有白费。”

“说这个有点早了。”

江清晨笑道：“你是对自己没有信心，还是怀疑我的判断？”

章意不置可否。

事实上，不止江清晨有这个想法，现场很多参赛者都有同样的想法，尽管最终结果尚未公布，可他们已经有了心目中的冠军人选，纷纷向章意道贺，表达对这块中华年历表的喜欢，就连昔日的同门、而今的死对头杨路也不例外。

章承杨来现场就是为了杀杨路的风头，不怕他来，就怕他不来，一看到他第一时间就迎了上去：“怎么，你也来给我哥道喜？”

“看样子我来晚了，让你久等了吧？”

“毕竟是要输比赛的人，可以理解你为修复自尊心多花点时间。反正也没别的事，可以等你到比赛结束。要是没准备好，再哭一会儿来也行。”

杨路冷冷一笑，绕开他径自朝章意伸出手：“家园是一块好表，不说今天这个赛场，就是拿到巴塞尔国际钟表展也毫不逊色。我输得心服口服，师兄，恭喜你。”

章意笑一笑，倒是没谦虚，只道：“你的也不错。”

“跟他说什么客套话？就他那个水平，要能制作出什么精良的表，也不会到现在还没评上西城表协会的理事了。”章承杨道，“道完喜就走吧，我可不想你污染了我们这里喜庆的氛围。”

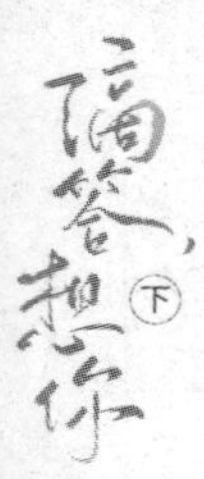

杨路面色一哂："你知道表协会的事？"

"也是听人说的，整天不好好经营店里的生意，光想着往上爬，你这样迟早有一天砸了自己的招牌。"

"我的事不用你管。"

"要真不用我管，我还算你有本事，滚得远远的，就当守意从来没有过你这个徒弟，可你忘了吗？之前是谁帮你解决的麻烦？居然还敢跟守意打擂台！杨路，这么多年师门的饭，都吃到你的狼心狗肺里去了吧？"

"你……"眼看周围有人听到动静，朝他们投来打探的目光，杨路不想逗留太久，一把将章承杨推开，俯身靠近章意压低声音道，"师兄，你之前帮过我，我杨路也不是忘恩负义的人。提醒你一句，想给自己、给守意留点颜面的话，现在就走吧。否则待会儿上了台，可就下不来了。"

章承杨被推到一旁没听到这话，江清晨就在旁边，倒是听了个一字不落。正好孔佑发来消息，告诉她可能有人想对守意不利，她一下子猜到什么："你要做什么？记者都是你找的吧？"

杨路低吼一声："不是我！"

不是他又会是谁？

"师兄，树大招风，我言尽于此，你好自为之。"说完，杨路转身就走。

章承杨哪肯轻易放过他，拽住他的胳膊又是一顿冷嘲热讽，来来往往的参赛者走过旁边都要窃窃两句。

杨路恼羞成怒，扬声道："章承杨你个蠢货！有时间在这儿跟我耗，不如去陪在师兄身边！"

"我哥有人陪，用不着我，我今天就要跟着你，看你怎么灰溜溜地落荒而逃。"

"你！你就等着看好戏吧！"

他们在一旁争吵不休，另一边赛事负责人已经悄然来到章意身边，请他去前边候场，末了偷偷地同他道了个喜。大家眼观鼻鼻观心，都猜到了什么。

隔壁发布间里主持人已经上台，开始公布结果。

章意仍旧坐着没动。负责人眼看时间来不及，又催了一遍，江清晨忙给对方一个放心的眼神，上前道："不要多想，领完奖一切就结束了。"

章意投来一道思索的目光。

“章意，独立创制不是你的理想吗？家园是你的第一个独立作品，它值得这个舞台带给你的所有荣耀。”江清晨没有直视他，而是微微垂下眼睑，“拿了奖，对守意也有帮助，以后会有更多的人看到你们的坚持与传承。”

不等他开口，她又道：“我也很需要这个奖。”

尽管钟情星座系列的预售成绩为她带来了一丝转机，可面对董事会的挑衅与高压，她所剩时间依旧不多了，如果不能为新品牌注入一股新鲜血脉，这股新鲜感带来的起势不会持续太久。

章意微微一笑，终究什么也没有说，在负责人的引导下去了隔壁候场。主办方早已布置好场地，还邀请了许多记者为此次比赛助力，主持人的底稿也背了无数遍，专家拿着奖杯和章意在台下握手，记者们都在等待最后那一个激动人心的时刻。

徐皎远远地看见一截身影，来不及上前，对方已经消失不见。她快步跑到会场门口，迎头和江清晨撞了个正着。

“你们怎么来了？”

孔佑急声问：“我打你电话怎么没接？”

“我……”

“先不说这个，里面怎么样了？进行到哪一步了？”

“马上就颁奖了。”

孔佑朝里面张望了一眼：“没出什么事吗？”

江清晨跟着望过去，眼神变得空洞。回想刚才章意离开前那浅淡如菊的一笑，她心口猛地刺痛了一下，好像被他看穿了什么心思。想过要解释，可负责人再一次催促，谁也没有再给她时间。

“你怎么了？问你话呢。”

江清晨回过神来，刚要开口，不期然对上徐皎的目光，心跳陡然漏跳了一拍。她故作镇定道：“能有什么事？比赛都进行到这一步了，你们放心吧，冠军肯定是他。”

“你刚才不是问我们为什么会来，因为我们发现，章意可能服用了镇静剂。”

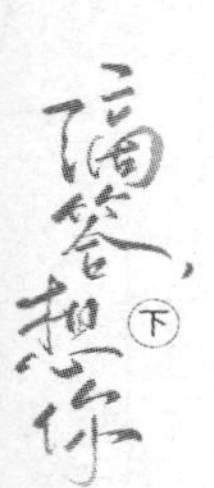

“什么？怎么可能，不是安眠药吗？”说完，江清晨猛地捂住嘴巴。

“你果然知道。”

“我……我只是……”

“你什么时候发现的？”

江清晨闭上眼睛深吸一口气，还是从西南地区回来之后她才发现这个问题。那时他病了一段时间，梦魇中说出了很多事。可她也不知道为什么，没有告诉任何人。

“你为什么不说？你到底在想什么？”孔佑也急了，摇晃她的肩膀。

“我真的什么都不知道。”

“你真的不知道就不会是这个反应！”徐皎来到她面前，让她退无可退，“一定有什么事对不对？我求求你了，你快说吧。”

“我、我只是……”

她只是刚好知道一个悲剧的结尾，又刚好在另一个悲剧的开始，有所参与而已。

会场内忽然响起如潮般的掌声，冠军上台了！

徐皎立刻抛下她，挤进人群之中。现场不止有记者，还有许多参赛者和与会工作人员，分散在四处。为了场内同一束光源，他们纷纷朝一个方向围拢过去，这让徐皎忽然产生一种遥远的距离感。

明明距离演讲台只有十来米远，可她却好像怎么走也走不到他身边了。

章意说：“曾经我认为独立创制有可能是我这辈子都无法实现的理想，幸好我遇见了一群勇敢的同伴，他们给予我时间，交付我信任，还给了我莫大的勇气，如果没有他们，我不会站在这里。感谢他们成就了我，希望未来的日子我们还能一路相伴，比肩同行。”

他的发言可以说有点敷衍了。主持人把他拉回来，打趣道：“这么着急是要去抱台下的女朋友吗？”

全场哄笑。

主持人又道：“是这样，我们还有个记者提问环节，请冠军女朋友暂且等一等，把男朋友再借给我们一会儿，让在场的记者朋友们可以有内容写，不至于空手而归，大家说是吧？”

台下异口同声说是，主持人随便点了一个积极举手的记者。记者张口就道：“章先生，听说您父亲章安青也是一位杰出的钟表大师，早年也曾发表过自己的作品。请问您今日能有所成就，是否与他的悉心教导有关？”

章意站在台上，看着底下乌泱泱的人头，脑袋嗡嗡地疼。他重新接过话筒，说：“我记得小时候所有的手工作业都是在爸爸的陪伴下完成的，我非常感谢他。”

“那请问章安青先生，现在去了哪里？”

章意停顿了一下：“他已经去世了。”

“抱歉。”记者嘴上这么说，面上却没有一丝抱歉的意思，追问道，“坊间传闻您的父母感情不和？您母亲曾是女子网球联赛大满贯得主，却死于一场意外，请问这场意外是否跟您父亲有关？”

章意身体一僵。

组委负责人立刻察觉不对，向主持人使眼色。主持人刚要开口，就被记者再次打断：“据以前住在章家附近的邻居透露，您父母每天都会吵架，激动的时候您父亲甚至会对妻子大打出手，请问这个情况是否属实？”

还在玩笑氛围中的记者们纷纷变了脸色，挑到这个地步已经不单单是一个钟表人的家务事，而是上升到社会层面。一下子关于“暴力”“运动员”等敏感词汇相继闪过记者们的脑袋，他们充分发挥了自己的职业特长，七嘴八舌地挤到台下，所有的话筒都对准了章意。

这是徐皎第一次看到他西装革履的模样，拿着奖杯站在舞台上，本应该万众瞩目，没想到却如此狼狈，被问到退无可退。她压抑着声音，问身旁的女人：“你是不是早就知道了？”

“我……”

徐皎从江清晨的表情已经猜到答案：“你知道他失眠，知道他偷偷吃安眠药，知道他梦游，甚至知道这些事，为什么你从来不说？”

“我怎么说？我凭什么要说？你是他的谁？”江清晨对上她的眼睛，“徐皎，你知道我为了这一天等了多久，做了多少努力吗？”

“我站在这里难道没有做过努力吗？这是你可以漠视这一切的理由吗？”

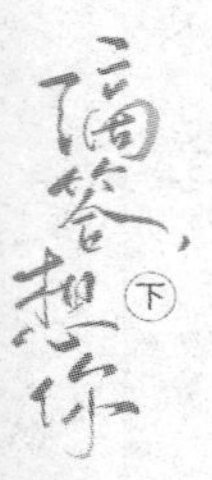

“我……”

“你又怎么知道，我努力了多久才忍住自己的心没有向他靠近，有多辛苦才守好自尊心每天这样看着他却不跟他说一句话，甚至连一个眼神都要小心翼翼！我看见他没日没夜伏在操作台上，不睡觉不吃饭，心疼得要死掉了却不能说一句安慰和鼓励的话，可你呢？你到底在做什么！明明知道他睡不着，明明看到他发烧，明明最清楚他的病情，却不带他去看医生，不陪在他身边，满脑子只有品牌品牌，你真的爱过他吗？”

江清晨身体剧烈晃了一下。

在这一刻，江清晨忽然明白了自己为什么得不到章意的爱。原本他们势均力敌，可以互相欣赏与成就，从什么时候开始她一步步输了？是在拿到缺失的一页采访，却以此作为筹码没有第一时间给他答案的时候吗？如果当时她能够感受到他内心真正想要追寻的是一份温暖而不单单是创制理想的话，结果是否会有所不同？

一切都来不及了。

江清晨已经猜到，如果在守意门口蹲守的那帮记者是为了第一时间抢独家新闻的话，那么唯一可能让守意陷入麻烦的就是这个被封存了十数年的“丑闻”。她没有低估西城区与老城的恩怨，没有轻视树大招风的威力，没有小瞧一个男人求胜的野心，甚至在章意起身的那一刻，也完全想到了这出好戏，可她还是抱着侥幸心理，认定杨路不可能知道这件事，并且相信只要章意顺利领完奖下台，一切都会按照预期发展。

他朝理想迈出了第一步。

守意得到了更多的关注。

而钟情和金戈，也会由此获利，事先草拟好的新闻稿会比任何一家媒体率先发布，“家园中华年历表”将会作为钟情旗下第一块独立创制作品，征战瑞士巴塞尔国际钟表展。到那时章意会成为国内最年轻的 AHCI 候选会员，钟情会打响迈入全新钟表时代的一炮！

她也不知道自己怎么了，怎么会走到这一步？那些董事麻木冷漠的眼神，父亲寄予厚望的期待，所有员工对她的信任，每当她朝章意走近一步的时候，这些就会浮现，她也不知道自己究竟在做什么，为什么不陪他去看医生？不是，她只是想等这件事情告一段落再陪他看医生。

为什么不陪在他身边？你以为她不想吗？可如果她一起去北京，公司里一大摊子事谁来处理？百灵鸟就在暗处虎视眈眈，除了张美丽，公司是否还有别的内鬼？她也失眠，也吃安眠药，有什么要紧的？等到万事尘埃落定，他会好起来的，不是吗？

“你知道吗？有一次我跟他出海遇见突发情况，他差点死在海里。”徐皎的声音回响在江清晨的耳畔，“为什么你们所有人都让他背负这个，背负那个？从前他为守意活，现在他为钟情活，甚至要为金戈而活，为你而活，独立创制确实是他的理想，可你们在他的理想上加了一块又一块的砝码，重得他根本迈不动腿，还怎么让他追求理想？

“你们就不能让他为自己活一次吗？”

如果不是江清晨那一番话，也许他不会上台。如果他不上台，也许那道暗疮会在一个更加合适或者可控的场合脱落，而不会像现在这样在大庭广众下，被人揭穿内心最深的恐惧。

章意捂着脑袋，声嘶力竭地吼道：“不，我爸没有打我妈！他们感情很好，我记得的，他们感情很好……”

在他童年记忆里父母曾经无比恩爱，虽然只有短暂的一段时间，但他们真的相爱过。作为运动员的凌莛，在初次见到安静的手艺人章安青时，一种截然不同的静态美剧烈冲击了她的灵魂，她一下子就坠入了爱河。

章安青也喜欢她的热情，她的奔放，她勇敢的表达和永远充满活力的精神。他们像磁铁的两极互相吸引，很快走到一起。情浓时除无必要，几乎形影不离，短短半年就结婚组成了新的家庭。

章文桐深知章安青在钟表修复这一行投注的心血和超出常人的专注，担心凌莛只是一时兴起，不是没有阻止过他们，可相爱的男女都没有放在心上。婚后不久，凌莛就怀孕了，运动员的生涯非常短暂，这个孩子来得不合时宜，可这是她跟章安青第一个结晶，怎么舍得轻易打掉？于是，凌莛作出了牺牲。

一旦有了牺牲，心里的天平就开始倾斜，当最初的浓情蜜意渐渐被家长

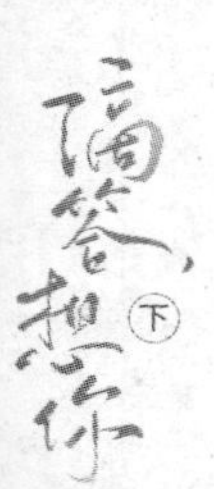

里短所包围，又有几个女人可以忍受整天只与钟表做伴的丈夫？

他们开始吵架，开始离心。最后，在一次失控的争执中，凌荭砸碎了客人心爱的表，那是客人先生的唯一遗物，章安青一气之下失手将凌荭推下楼梯。

凌荭后脑着地，当场死亡。而当时已经熟睡的章意，早已在父母不知道的情况下醒来，躲在角落里亲眼看见了那一幕。

后来的他，再也没有体尝过家庭的幸福与温馨。

章安青疯了一样把自己全部的身心都投入到工作中，没日没夜地修表、给手表上链……每到夜深人静时，章意就会听见机械般的响动。

滴答——滴答——呲呲——

透过那些声音，他仿佛看到自己日渐失去灵魂的父亲。小小的少年积攒着一股力气，亟待某一天爆发出来。可不等他爆发，父亲自杀了，死在操作台上。

少年大病了一场，醒来后把伤害统统忘记，只留下了美好的影像。可这份美好，也渐渐被岁月偷走了。

他想不起来，怎么想都想不起来，绞尽脑汁地想却仍徒劳，脑海里不断闪过那些争吵的画面，在围堵下节节败退，冲撞中不知被谁拧到手，发出一声痛苦呻吟。

他举目四望，茫茫人海，哪里才是他的方向？他仿佛被抛弃在一座孤岛上，岛上只有他一个人。

就在一个记者再次提到“殴打”的时候，一道清亮的声音穿透桎梏，直击震颤的耳膜！他猛地抬头，看到人群中正拼命往前挤的女孩。

她小小的身躯迸发出了巨大的力量，将孤岛周围的海域进行全新的划分。他也想拥有和她一样的力量，努力向前，一如那一夜在海里循着她的声音义无反顾地奔去，可面前的浪太大了。

一道巨大的浪花扑过来，记者兴奋且丑陋的目光直逼眼前，他想也不想地举起奖杯，朝对方脑门上砸去。

“哐”的一声，整个世界安静了。

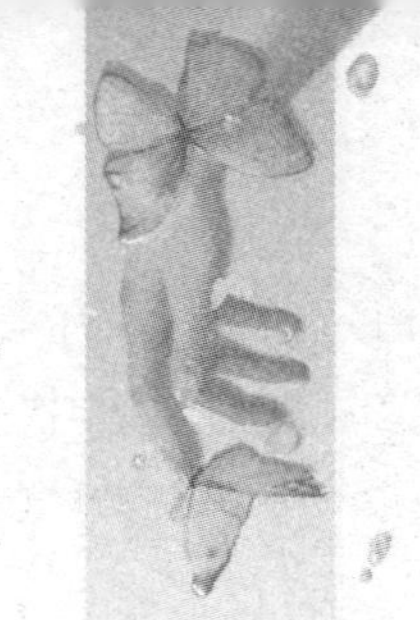

第十六章

/

叮当猫的时光机

Dida. Xiangni

▼

章意没有办法再拿表了。

那是一种和威尔一样正在褪色的生活。

他们有条不紊地向前走，表面看着跟过去没有两样，可守意门前那盆水再也没人动过，老严再也没有大声笑过，小木鱼再也没敢偷懒过，章承杨再也没有失控过。

谁也没有追究过那瓶安眠药的由来，也无人关心暗格和暗格里的酒，在章意滴水不漏的表演下，一切好似平静地过去了。

除了他再也没有拿起过表。

伴随着制表人大赛的落幕，江清晨被随之而来的各种丑闻、攻讦和商业竞争手段弄得焦头烂额，解决了记者的麻烦，还有阴魂不散的百灵鸟。百年老店钟表创制人背后的故事与“丑闻”一齐登上热搜，带来了为期三天裹挟着网络暴力的各路试探和谩骂，钟情也直接受到了影响。

虽然他们没有正式披露章意就是钟情的创制人，但相关工作人员进出守意的照片足以佐证传闻的真实性。江清晨拖着疲惫的身体回到家，不想迎面而来就是一声清脆的巴掌。

“金戈进入重新审计阶段，上市延期了！你个不孝女，让你非要搞什么

创新和突破，现在搞黄了吧？我都说保守保守，你偏不听，现在还要跟那种疯子结婚？”

江清晨脑袋嗡的一声炸了。

她捂着发烫的脸颊怒吼：“他不是疯子！”

“不是疯子是什么？当场打记者，直接把人送进了医院，出手得多重啊？他那手是用来打人还是用来修表的？手艺人的脸都给他丢光了，钟表行也被他染上了污点！”

“什么污点？”她难以置信地瞪大眼睛，“满嘴狗屎的人不该打吗？凭什么他就是污点？”

凭什么？

没有任何原因，这个世界本身就充满了偏见、曲解和暴力。

“我不会停止手上的工作，不管怎么样我都会坚持下去。”江清晨说，“我要让你看到，他、我，还有我们这些人，都不是污点！”

这个世上被污名化的人还少吗？老守意历经百年风雨，蔚然成风，那底蕴比尘土还要深厚，难道区区网络就能打败他们？答案显而易见。可兢兢业业的百年老店，骤然有一天成了大家茶余饭后的谈资，平淡的旧时光不复如前，任谁都要说一句突然，道一声惋惜，叹一局命也，老严更是气得胡子都歪了！

时不时还有记者在外头鬼鬼祟祟，弄得守意门可罗雀，冷冷清清，他二话不说就是一盆冷水，兜头泼对方一个落汤鸡。零下的温度，滴水成冰，这一盆水下去谁能遭得住？

老严得意扬扬：“看吧，恶人自有恶人磨。”

面对说三道四的街坊邻居，他更是遇神杀神，每天叉腰和他们舌战三百回合，不骂赢绝对不罢休，以一己之力强行掐断所有闲言碎语。

整个守意，好似只有章意成了一个富贵闲人。他配合大家的期望，每天通过机械表上链的声音进行催眠治疗，试图让自己接受车床刨削的声音，产生免疫，不再出现耳鸣的情况，至少可以恢复一点正常人的睡眠。

他也不忌讳大家在面前谈论钟表和形形色色的客人，像听故事一样参与其中，还跟江清晨一起去参观钟表展，听钟表专家的讲座，仿若一个外行人置身事外。他甚至经常别着寸镜，给院子里的葡萄藤诊病，修复树叶上被毛毛虫咬出来的洞，以及无聊地逗弄家旺，和财旺睡在一起。

除此以外，他每天要做的事就是照顾好大家的饮食起居，以及扭送刘长宁去医院看病。

检查结果在一周后下来，医生对章意摇摇头，说："病情不是很乐观，治疗需要大笔费用，即便如此，也还是要尽早做好心理准备。"

章意一下子傻了，问："什么心理准备？"

医生没多说，拍拍他的肩，给刘长宁办理了住院。

徐皎收到消息赶去医院的时候，刚好看到他从医生办公室出来。

他不知在想什么，没有听到她叫他，只木然地朝外走去。

走着走着，他突然狂奔起来，及至一个无人的角落才喘着气停下脚步，将自己逐渐抱成一团。

夕阳余晖逐渐与黑夜交融一体，他像幼兽舔舐着伤口，痛哭失声。

这一年的三月，在漫长的严寒之后万物复苏之际，传来了一个噩耗，刘长宁去世了。多年风湿病引起的急性心脏衰竭，走的时候身边只有章意一个人。

刘长宁对他说："小章，很早以前就想对你说这句话，如果可以，把我或老严当成爸爸妈妈，好吗？关于安青和凌荭，那确实是个悲剧，我们不用美化它，更不用刻意忘记它。它既然已经存在，甚至让我们所有人都避之不及，给你造成这样大的伤害，又怎么可能忘记？

"感情的形式有很多种，没有必要强行修复一段破碎的感情，就像表，你换了任何一个零件，再怎么样修旧如旧也不是原来的它。他们曾经相爱，后来两疑，那是他们的遗憾，虽然意外造成了最后的悲剧，没能让他们重新开始，可那不是你能够改变的。如果我是安青和凌荭，我一定不希望你因为我们的不幸，而把自己也拉入不幸当中。

"他们错了很多，我们也错了很多，没能给你一个完整的、健全的、幸福的童年，都是我们的错。你原谅我们，好不好？"

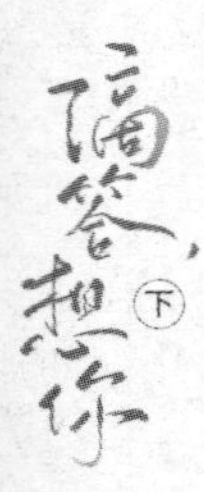

刘长宁握住他的手。

早已变形的手指关节，将粗粝的指纹与触感传递到章意的手心里。病痛的折磨让他面黄肌瘦，脸上是一种将死的蜡像感，强忍着抽气的痛楚，扯着嘴角笑起的时候，章意再也绷不住哭出了声。

“好孩子，哭吧，痛痛快快地哭吧。”

刘长宁的手温柔抚过他的脑袋：“能让你哭出来我很开心，多少年了没见你哭过了，好像安青离开之后你就再也没哭了。我啊，很感谢自己生这场病，在刚刚好的时间可以让你哭一场，把痛苦和委屈都发泄出来。我很感谢，感谢老天爷的安排，心里真的很感动，这孩子是真的把我当亲人啊，这些年的爱和守护，原来都是真的……”

一行泪从刘长宁的眼角滑落：“阿意，朝前走，我们都在你身边。”

“长宁叔，你别走。”

“要走了，傻孩子，别怕，别怕……”

一直到手心的温度变凉，章意的耳边还回响着那轻飘的两个字“别怕”。可漫漫长夜，叫他如何不怕？

当夜消息传回守意，老严一屁股坐在了地上，人未语，泪先流。

徐皎原本很担心守意会再受重创，可没想到刘长宁的离开，反而让原本一盘散沙的守意拧成了一股绳。

师傅们都是半截身子入黄土的人，失去了老伙计固然伤心，可生死有命，谁也无法改变，也许不久的未来他们就要走同一遭，可家里的孩子们还没长大，除了不舍，还有不安，他们必须要比孩子们更快修复好自己的心，才能坚强地面对未知。

老严每天都在院子里大声念诗，和流言做对抗。木鱼仔更加努力钻研修表技艺，把刘长宁的屋子收拾得一尘不染，每天都会在墙上写一张便签，记录自己一天的收获与感悟，看着自己歪歪扭扭的小学生笔迹逐渐有模有样，他也暗自替曾经教导过自己的刘长宁感到开心。章承杨彻底褪去青涩的外囊，飞速地成长起来，和当日在会场与杨路扭打一起造成的伤疤一起进行剥落和新生，真正挑起一家百年老店的重担，不回避，不躲闪，积极听取外界的声音，虚心接纳师傅们的教导。

只有章意还在原地踏步。

他们都知道，他需要时间。

可留给他们的时间还有多少？人生如此短暂，明天与意外甚至不知谁先到来。

徐皎在咬牙坚持一个月后，终于完成了毕业论文的初稿。她和梁小秋在同一个组，一起把论文交给导师检查过关之后，梁小秋高兴地约她去吃火锅。

吃到一半，梁小秋忽而想起什么：“对了，一直忘了问你，那只网球你拿到了吗？”

“什么？”

梁小秋说：“之前闹得太僵了就没好意思问你，这会儿咱们不是冰释前嫌了嘛。你别这么惊讶，弄得我又要脸红了。”

“不是。”徐皎舌头都快被烫死了，忙咽下一口丸子，口舌不清道，“什么网球？”

“就是被于梦藏起来那只，你没拿到？”

“不是扔到楼下垃圾桶去了吗？我以为找不到了，难道……”

眼看徐皎神色认真起来，梁小秋忙回忆道：“不对呀，我之前不是跟你说过吗？你搬出去后不久，有一天你男朋友来学校找你，还满身都是酒气，你忘了吗？”

“我没忘，可他没有给我东西。”

“怎么会呢？当时我猜出来你俩可能吵架了，还特别叮嘱他网球对你很重要，一定要亲自交到你手上，他怎么会……”

梁小秋还要说什么，就见徐皎站了起来，拿起衣服往身上套。

“不是吧，你要走了？火锅不吃啦？”

“我有点事你先吃。”

“那还等你吗？”

梁小秋没有得到回应，先还在眼前的人，眨眼的工夫已经跳上一辆出租车跑了。再看面前剩下的一大桌菜，她咽了口口水，小声叨咕：“好吧，为

了响应国家杜绝浪费，我只能牺牲小我，把你们都吃光了。”

她吃得很慢，一直等徐皎回来。不过等到很晚徐皎都没有回来。

在时隔三年后初次相逢的那一个夜晚，同样一个公园，徐皎再次见到了章意，不同的是这一回不再是可爱的小章意，而是完完整整的章意。

没有梦游，没有宿醉。

他一走近，徐皎就扔过去一把球拍，从口袋里掏出颗网球，在地上弹了两下：“章意，好久没有运动了，我们来打球吧。”

章意一看网球立刻扔掉了球拍，顾左右而言他道：“怎么突然想起打球？你的手可以进行剧烈的球类运动吗？要不别打球了，一起走走？”

“走走又不能出汗，还是打球好，打出一身汗来才畅快。”说完，她抡起球拍，“章意，你是不是有什么东西没有还给我？”

一只网球笔直地朝脸上飞过来，章意心跳漏跳了一拍，本能反应往旁躲闪，才刚站稳就又一颗网球飞了过来。

徐皎没有给他开口的机会：“还记得在苏黎世那晚吗？你喝醉了，也这么吓过我，当时我还在想这人怎么回事？怎么能朝人脸上打球呢？后来我发现你可能喝多了，你根本没有注意前面有个人，摆明了想发泄。”

一颗网球被抛到半空中，徐皎的目光追随着它：“当时你的眼里只有这个。”

章意也不由自主追随着它。

“葫芦钟、网球，这些你都猜到了吧？为什么没有告诉我？章意，你究竟在害怕什么？是怕自己承受不了心里的创伤会跟威尔一样堕落下去，还是对我没有信心，怕我会跟你妈妈一样？怕我们在一起，最终会是另一场悲剧？”

又一颗网球朝脸上飞了过来，章意跳到一旁。

“其实你也这么认为吧？一个网球运动员，一个钟表人，他们的生活完全不一样，能走到一起完全是荷尔蒙在作祟，或许他们根本不了解对方，有那样一个结局也不是很意外，就像我们最终也走到了分手的地步，不是吗？在你内心深处，是不是从来不相信我爱你？”

“不！”他反驳道，“我一直相信。”

“那就是你没爱过我？”

一只网球正中胸口，章意不知道她从哪儿来的这么多网球，怎么可以有这么快的速度和这么强的力量？他忍痛说道：“我怎么可能没有爱过你？”

他一直爱她，过去、现在和未来，正如此时此刻一般爱她。

“那你究竟在怀疑什么？在否定什么？”她的球拍发出砰砰的声音，“难道章安青和凌茳没有相爱过吗？”

声音忽然止住，章意的心一惊。

“如果你相信他们曾经真的相爱过，那你还有什么好害怕的？你所有的感受都是真实的，哪怕那部分短暂、微茫，甚至非常不起眼，可它确实存在过。生活有无数的苦痛与分离，一如当下的你和我，在未来某个日子我们可能会渐行渐远，逐渐成为陌生人，然后组成各自的家庭。或许某一天意外来临我会早早离世，或许你心中会留下几许遗憾，可你会因为这一场未能走到尽头的爱，就否决曾经和我在一起的时光吗？”

一只网球正中左肩，她高声问道：“你会吗？”

“我不会！”

“我不信，你这么懦弱，这么胆小，连自己的内心都不敢面对，连自己的信念都会怀疑，又要我怎么相信你，怎么相信我们曾切实存在过的幸福？”

另一只网球正中右肩，他跌坐在草地上。

徐皎走上前来，把球拍重新塞回他手里：“你起来，起来啊！今天你要是不起来，我就会一直用网球打你，把你打醒，打到你知道疼，知道愤怒，知道站起来反击回去！”

章意盯着她。

徐皎俯视着他，像一个巨人。

“威尔是高位截瘫，身体的残缺造就了他的不幸，即便如此他内心仍向往曾经的美好。你有手有脚，还有这些你口口声声说要守护的家人的关心，真的忍心看着曾经那些点点滴滴带给你的美好离你远去吗？真的不再热爱了吗？这个地方，血液流过的地方，曾经无数次带给你感动与感恩的地方，真的不想再流动起来了吗？就这样自暴自弃，你对得起长宁叔的厚望吗？你有

真的把他们看作家人吗？任由自己心灵的口子越开越大，你到底在和谁过不去？和你的过去，还是你的未来？”

他的眼里蓄起汹涌的潮热，不敢直视她的光芒。

“章意，我什么也听不见，我甚至听不到你承认悲剧的声音！”她不停地后退，不停地摇头，“你看，你果然是个懦夫！”

“我不是！”他的手抓过濡湿的草地，起毛的网球擦过手心，如火球过境。他带着灼烧的痛朝她飞奔而去，“徐皎，我从来没有怀疑过跟你的开始，那一切都是真的，我不会否定我们，也不会否定他们。我只是不明白他们为什么会走到那一步，为什么不能坐下来好好地谈一谈？为什么刚好让我看到那一幕？为什么我一闭上眼，那些东西就会跳出来占据我的大脑，不管我怎么抗拒，怎么让它们离开，它们好像已经成了新的主宰。”

他浑身颤抖着说：“那些该死的小丑，夺走了我的意志……”

“没有人可以夺走你的意志！章意，你听我说。”她靠近一步，轻轻抚摸他的耳郭。

她有一双会说话的手，每走过一寸地方，就会激起一簇电流。他在战栗与冷静中交互不止，拼命寻找那个真实存在的自己。

“听我说，那只是你给自己设置的网，其实它没那么可怕。

“你闭上眼睛，让那些小丑出来。看看它们的长相，或许没你想得那么丑陋，就算很丑也没关系，看向它们。它们手中是不是还拿着尖锐的刀具，耀武扬威地说要刺死你？你已经没有退路了还怕什么？朝它们走过去，告诉它们有本事就把你刺死！你试试看，试试看……”

她的手一路往上，一路往上，犹如参天的藤蔓向上缠绕，顺着后颈，覆上他的双眼。

一片舒适的温润罩住了他。

“它们是不是在往后退，大声呵斥你让你不要过来，这个时候你可能会耳鸣，嘶——不要怕，不要退缩。打开自己痉挛的小腹，听一听那些声音，除了嘶吼、尖叫还有什么？是不是有什么藏在下面你之前没有看到？那是大笨钟滴答、滴答的声音，多么美好，多么动听，曾经带给你多少妙不可言的回忆，可小丑的叫嚣把它掩盖了。只有听见那些真正的声音，你才有可能打败小丑。”

那片温润来到他的双颊，春风化雨一般，拂去了紧绷与僵硬。

“现在，尝试撕开那张网，不要抵触后面的黑暗，也不要抗拒那些声音，只要朝前走，什么也不要想，慢慢地跨过去一条腿，现在看看，是不是有点光透进来了？仔细感受一下，也许耳边还有风声，身体感觉很温暖……”

徐皎看着他，他在初春露重的公园里，逐渐舒展了自己。

这段日子她曾不止一次地问过自己，问过安晓，甚至问过曹如意，如果他们早一点告诉她章意的真实情况，结果是否会有不同？曹如意调侃道，如果这个世上有后悔药，她一定第一个吃。

问她为什么却是笑笑，反过来问徐皎：“你怪他们吗？”

徐皎不知道有没有资格、立场去责怪他们，或者说这种谁也不想发生的事，难道会因为找到一个可以责怪的人，就能让内心好受一点了吗？

“他们没有告诉你，不是不相信你，也不是不看重你，而是在他们心里，他们更加爱重章意。想要保护他，这是人之常情。大家都有侥幸心理，不说的话也许还能相安无事，一旦说了，就像泄了气的皮球，自己都会害怕那个结果，更何况章意？”

他会害怕，这没什么可耻的。

重要的是不能因为害怕一直龟缩不前。只要先哭出来，再笑出来，这事儿就能翻篇了。章意屏气凝神，耳边不断有个声音穿透所有杂音阻碍告诉他“走过去，走过去”，于是他咬紧牙关，迈出一条腿。

黑网的另一头，是威尔。

窗明几净，一室春光，这是多么美丽、多么蓬勃的春天。

威尔说：“我真羡慕你。”

他掩饰不住满腔的激动，尽量让自己声线平稳：“谢谢你。”

“你该感谢的不是我。”

“我知道。”

威尔笑了：“我要走了，好好照顾小露。”

“我会的。”

“再见。”

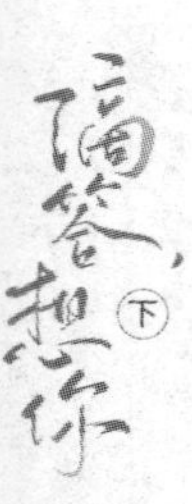

威尔，再见了。

几天后，杨路获选成为西城区钟表协会的理事，将作为代表参与新一年钟表协会规章制度的修改与完善。这么一来，就与章文桐在大会上撞了个正着。

原以为师徒俩碍着多位同行在场，会顾及自己的面子，不想章文桐一看见他志得意满的样子就气不打一处来，当着全体同仁扬起拐杖，一下子把他打趴在地。

“你叛出师门，自立门户，这没什么。可你……伤了我老章家的孩子还不以为然，至今没有过一句歉意，你到底有没有良心？这一杖是我替章意打的。”说完不等杨路起身，他又打了一杖，“这一杖，是替我自己打的。”

杨路的后背火辣辣地疼，疼到一下子就起不来身，更何况一连遭了两下。他双手握拳撑在地上，怒吼道：“凭什么？整个守意我只对师兄有歉意，要打也是他那一杖，你凭什么打我？”

“就打你薄情寡恩，亏得我因你出走耿耿于怀这么多年，你……”

“我薄情？我寡恩？要不是你处处以师兄为先，完全没有顾及我的感受，我会离开守意吗？”既然已经颜面尽失，索性就把话敞开了说，杨路一把抹去眼角的泪水，“这么多年你的眼里只有师兄一个人，不管我还是承杨你都看不见，不管我怎么追赶师兄，在你眼里我始终不如他。我知道师兄很有天分，也很努力，可我为什么生来就要和他对比？难道你培养我，只是为了催促师兄进步吗？还记得我十六岁做出第一块自主机芯的时候，长宁叔、老严和守意的师傅们都夸我手巧，心思活，师兄也说我做得很好，比他还要好，我等了整整一天希望能得到你的认可，可你看也没有仔细看就让我不要骄傲。我根本没有骄傲，我只是想让你看见我……这么多年我一直在怀疑自己，否定自己，我甚至在想也许我这辈子都不可能得到你一句夸奖，可我释然了。知道为什么吗？因为我发现，活在你的期许与厚望下的师兄，才是最可怜的人。”

杨路轻笑了一声。那表情充满嘲讽的意味，直叫章文桐眼冒金星，他强稳住身形，用拐杖死死地压住杨路，不让杨路有一丝反弹的余地。

“你不要跟我说这些！”

“你怕了吗？”

“我怕什么！”

“怕我说出你内心最龌龊的想法。你的眼里确实只有师兄，可师兄并不是他自己，他只是一个合格的继承人，一个在你严苛教导下不会反抗你、背叛你、离弃你的传承者。你让他完全按照你的意愿生活，不让他跟同龄人玩，不让他交友，不让他追求自己想要的创制，你安排好了他一切的生活，他根本不是他自己！”

“你住口！”

老爷子浑身颤抖不止，在左右搀扶下勉强坐定。协会另外一名理事忙给他端来一杯茶，帮他拍后背，让他不要生气。

章文桐在钟表协会德高望重，专业上无出其右，私事却显少为外人道，这还是他们第一次听师徒俩提起家里的事。

章文桐捧着茶杯咽下一口水，不想喝得太急，把自己呛着了。

杨路捂着后腰从地上爬起，说道：“今天这两杖就当是还了守意多年照拂的恩情，也算是我的惩罚，今后两清，我跟你再也没有任何关系。”

桥归桥，路归路，再见面就是同行。杨路说：“下次，管好你的拐杖。”

章文桐拿起茶杯朝他砸过去，高喝道：“滚，你快给我滚！”

隔日，老爷子来到守意。

一夕之间已至垂暮的老人，脸上再也没有半年前的矍铄。听说昨天在大会上的事，大家都很担心，老爷子摆摆手说：“不要紧，身体还是老样子，就是精神跟不上。我已经打算好了，这几天就出国疗养，医院那边我已经打过招呼了，会给我安排好。”

消息来得太突然，大家都愣住了。

“别留我，我这身子骨再跟这儿耗下去，恐怕有命也活不了多久。”他这么一说，大家就打消了规劝的念头，纷纷说些鼓励安慰的话，让他保重身体。

他一向说一不二，长辈们尚且无法让他改变主意，更别提底下几个小辈。章意也没有阻拦，正好忙完前面那一段，近期时间充足，便打算亲自送老爷子去国外安顿。老爷子还是拒绝：“不用了，有看护陪着，什么都好，我也

不是第一次去，那边都熟悉。”

章文桐一挥手：“你们各自都去忙各自的吧，小章留下来，陪我说说话。”

大家伙看出爷孙俩要说体己话，都识趣地散了开来。

章意扶着老爷子在后院走了一圈，有的没的讲了些家里的宠物和花草，看着没什么，打理起来也需要花不少的心思。

老爷子听他讲话，时不时看他一眼，露出些微的笑意。

“你的性子就是这样，不温不火的，有什么都憋在心里。这回是真的好了吧？”

章意点点头。

多亏徐皎打醒了他，他现在已经可以慢慢地、重新接纳原来的生活，听那些机器、零件走动的声响，尝试找到内心的平静。

老爷子从章意脸上看到蚕蛹破茧后的光华，眼眶忽地湿热了。他忙低头，佯装被风迷了眼，从怀里掏出一本笔记本。

红色软皮，上头映着山茶花，边角都泛了黄，看起来有些年岁了。

“这是你妈妈留下来的，原本我以为只要大家不提起，只要你梦游的情况不继续恶化下去，只要你想不起来，那段往事就可以永远地尘封下去，我也一辈子不会把这个交给你，可谁想……”

世事变迁，眨眼之间物是人非。

刘长宁走了，又一片凋零的叶子落下，偌大的守意，这个可以说是唯一懂得章文桐、能和他说上几句交心话的人走了，带走的又何止一片树叶？

章文桐招招手，让章意到他身边来。

章意踟蹰不定地往前迈了一步，并一小步，然后站住不动。章文桐看着爷孙俩之间那短短的半米，仿若鸿沟无以跨越，顷刻间老泪纵横。

他柱起拐杖，两腿打着哆嗦，摇摇晃晃地朝他走去。

刚一抬腿，章意怕他摔倒就立刻上前来扶住他。

章文桐扔掉拐杖，抓住他的双臂，一点点、一点点往上抱住了他。

“对不起，阿意。爷爷错了，这些年不该瞒着你爸爸妈妈的事，也不该自己骗自己，不该让所有人都跟我一起撒谎，更不该、不该把你当成这家店的救命稻草，你是个好孩子，你这么乖，这么听话，又这么懂事，我就……

我就以为你不会伤心难过，是我错了。”

如果不是刘长宁去世之前找过他，提到这些年来这个孩子的隐忍与孤独，如果不是杨路昨天那一通发泄，把自己内心的痛苦都说了出来，他可能永远也不会明白自己的杯弓蛇影，为他们带来了多大的伤害！

两个儿子一走一死，只留下两棵独苗苗，一棵烂泥扶不上墙，另一棵却是天纵奇才。他把所有的希望都寄托在章意身上，从来没有想过章意是一个孩子，一个缺少关爱的孩子，一个跌倒了也会疼，受了伤也想要哭的孩子。

这些年他活在自己的悲哀里，险些害惨了这些孩子。

杨路可以一走了之，章承杨可以有一个好哥哥，可章意呢？他什么都没有。

没了爸爸妈妈，也未能换来一个好爷爷。

章文桐恍惚间又想起那一夜。当时窗外依稀飘起雪来，家里冷冷清清只有他一个人，就在他准备临睡前再看一眼落雪时，毫无预兆地看见了一个画面。

奄奄一息的刘长宁裹着又厚又大的羽绒服坐在轮椅中，穿着雪地靴戴着兔耳朵帽子的女孩正费力地把他往坡上推。她满脸通红，用身体所有的力量作为支撑，与两个轮子较劲。就在轮子要松动的时候，她脚下突然打滑，好不容易上了斜坡，轮椅又一路往下滑去。她一边倒退一边稳住轮椅，可力气还是太小了，刘长宁摔了下来，她也倒在雪地上。

空气中安静了一会儿，他很难想象她把刘长宁从医院偷出来，一路上要费多大的力气。可她拍拍雪立刻站了起来，半拖半抱又将刘长宁安置在轮椅里。

她的手轻轻拍去刘长宁肩上的雪。

刘长宁对她露出个笑容。

一老一小停在雪地里，仿佛那不是人生的尽头，而是一个全新的开始。

后来那个女孩对他说：“钟表修复、独立创制，为什么这些他曾经最热爱的，最渴望，一辈子都想守护下去的东西，现在一看到却只有痛苦？爷爷，您是他最为敬重的长辈，也是他的至亲，我求求您暂时放下传承的使命，把他当成一个懂事的孙儿看待吧。”

她的眼睛里闪烁着比雪还耀眼的光，无比坚定地告诉他："章意真的很需要您。"

章意真的还需要他吗？

"阿意，爷爷现在醒悟是不是晚了？"

"不晚。"长成大人的孩子在爷爷的怀抱下，再也控制不住地哽咽起来，"还不晚爷爷，谢谢您。"

谢谢您在我站起来、蹒跚学步的这一天，来到我的身边。

谢谢您这些年来，一直都在我身边。

门忽地被撞了开来，躲在外面偷看的章承杨和小木鱼也一起冲进来，围着爷孙抱了个满怀。章承杨红着眼睛说："爷爷您总算、总算不是老顽固了。"

小木鱼说："我最爱爷爷了呜呜！"

老严站在门外，露出欣慰的笑容。他仰头看天，高声念道："大音希声扫阴翳，拨开云雾见青天！"

长宁。

可以安息了。

四月下旬，一支创意广告《家园 & 守业》忽然横空出世，席卷全网。

没想到孔佑的市场公关，江清晨一而再的解释，老严早一通晚一通的泼妇骂街，这些统统没有办法扭转的局势，在这支广告发布后发生了奇迹般的转变。

《家园 & 守业》不仅让不曾了解钟表修复行业的千千万万的观众看到了守意，更为他们带来了"家园万年历表"真正的价值所在，原来在这喧嚣的人世，还有这么一家老店，有这么一群可爱的师傅们，他们每天坚持手工作业，与光阴做伴，砥砺匠心，雕琢手艺，互相取暖，守望相助。

他们美好得像一幅泛黄的画卷，没有任何语言可以诋毁。

只是静静看着，看灯光下他们拿钳取镊、或坐或站的样子，就有一种不知名的幸福从内心深处涌现出来。到处皆诗境，随时有物华，甚至有不少年轻孩子找上门来，想跟他们一起学艺。

这是徐皎的暑假作业。

她完成了章承杨未竟的电影梦。

为了庆祝大家扫去阴霾，徐皎拿着热乎乎的广告费，请他们一起去听演唱会。

他们在人海中大声地唱：“你曾热爱的那个人，这一生也不会再见面，你等在这文化的废墟上，已没人觉得你狂野，那些让人敬仰的神殿，只在无知的人心中灵验。我住在属于我的猪圈，这一夜无眠。我不要在失败孤独中死去，我不要一直活在地下里……”

人山人海，望不穿这沸腾人间。主唱对着话筒呐喊：“今天很热，你们热不热？”

“热！”

“我也热，我心里好热，无比地狂热！我热爱这个世界，也热爱你们！接下来，受一个听众的请求，我拜托大家配合我一起，听我的指令行事。来，灯光师请做好准备。”

好像经过排练似的，全场响起整齐划一的倒计时。

“五——四——三——二——一！”

“咔嚓”一声，灯灭了，馆内霎时陷入黑暗。

瞬息间，亮起一片蔚蓝灯海。

主唱略显沉哑的声音在黑暗中响起：“这位听众是个女孩，她托我问台下的一位听众：还记得我们的约定吗？”

在第一次听《没有理想的人不伤心》的时候，一个女孩给一个男人讲了地铁四号线的故事，当时男人附在女孩耳畔说：“这样吧，如果你可以给我变出一颗星星的话，我就答应你做个好人。”

女孩耸着肩笑道：“一言为定。”

“现在是你该兑现承诺的时候了。虽然没有办法把天上的星星摘下来送你，但这已经是我能够想到的唯一可以变出来送你的星星，它不会陨落，这辈子、下辈子永远永远也不会陨落。我希望你在未来的日子里，可以像这一幕星空一样，永远耀眼，比太阳明亮，比月亮永恒。”

最重要的是，做自己，永远开心。

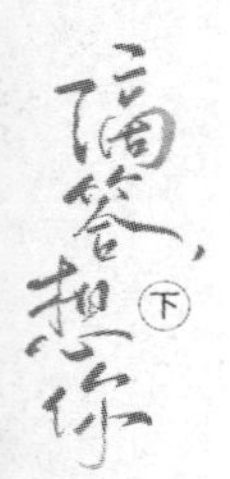

记得每天都要笑哦。

我会带着你曾经给我的温暖，幸福地生活下去。

现场不知是谁大喊了一声“好好哭”，紧接着响起一片哭声。章意这才发现，原本在他身边的女孩已经不见了。

她不动声色地送了他一片星空，又紧接着消失在人海。

章意忽而觉得心口某处残缺了一块。他猛地站了起来，不顾身边人暴躁的怒吼，疯也似的朝外跑去。

“徐皎——”

远远地，有回音传来。徐皎回头，熙熙攘攘间，浮现一团白光。

她的白马王子冲了出来。

他来到她面前不由分说抱住自己，向自己疯狂地表白。如果是这样，尽管他已经有了公主，可能她还是会忍不住心动？会动摇？会留下来吧？

可惜，没有如果。

徐皎拭去眼角的泪痕，深吸一口气转过头，大步朝前走去。

后来章意才知道，那一晚她去了香港。

“我以为你早就知道了，她签了新的经纪公司，名匠你听说过吧？说起来就是缘分了，以前校招的时候她借给人家一双鞋子，后来人家发展了娱乐经纪的业务，特别看好她的潜力，就把她签了。去香港当然是参加活动，难不成是去玩吗？不过我听她的意思，确实有可能会长留香港发展了。”安晓眼珠子转了转，“谁让有些人当初没有珍惜她，现在追悔莫及了吧？”

章承杨在旁边扯她胳膊：“你少说两句。”

她噘着嘴，哼出牛鼻音来。

章意问：“她去几天？”

“我也不知道，说不定短时间内不会回来了吧？”

章承杨一看他哥脸都白了，凑过去小声道：“哥，你还好吗？”

“我没事。”

“你没事的话我再跟你说个事呗。”

章意看向他。

章承杨咽了下口水：“那什么，你明天要去试礼服，人设计师都按照尺寸和要求改好了，时间也是一早约好的，就明天，上午十点。”章文桐出国之前也格外交代了这件事，章承杨任重而道远，“爷爷的意思是不逼你，不过要处理好，别再多伤一个女孩的心。”

“我明白。”

说是明白，行动上却没有一丝明白的迹象，一整天都在神游天外。眼看章意把客人买来送给客户的两款表装错包装盒，老严忙上前打住他的手。

“还好我眼尖瞧见了，要是这么着寄了出去，你看客户会不会扛把刀过来宰了你？弄混淆事小，后果有多严重你想过吗？一个是需要卖力讨好的甲方爸爸，你就给人家整块劳力士？人家以为你瞧不起他。随便维护关系的你却弄块江诗丹顿，人家都要怀疑你是不是背着他中饱私囊了。”老严把他拱开，“心思不在就别跟这碍事了，去后头浇浇花，跟财旺玩一会儿。”

没想到有一天自己会落个跟章承杨一样狗嫌猫厌的下场，章意颇有点不是滋味，悻悻躲去了后院。木鱼仔偷摸过来，跟老严说悄悄话。

“师父怎么了？”

“小孩子家家不懂，一边去。”

“我怎么不懂？”木鱼仔挤鼻子弄眼睛，“快给我说说。”

老严嘿嘿一笑：“得相思病了呗。”

“思谁？”

“你咋突然跟他一样不开窍了？”

“这是我的问题吗？您没瞅见啊，不止徐皎，江总监也好多天没来了。师父这心思哪是我能揣摩的？”

章承杨从后头走过来，强行分开两人：“我哥到底是什么心思，也许明天就能见分晓了吧？”

就为这个，毫不夸张地说守意从里到外都兴奋了一夜。第二天，小木鱼送完章意一回到店里，大家伙就都凑了上来，七嘴八舌地问：“怎么样了？”

小木鱼一脸高深莫测，扬起下巴道：“赌局摆好了吗？”

“早就摆好了，我们都押注了。”

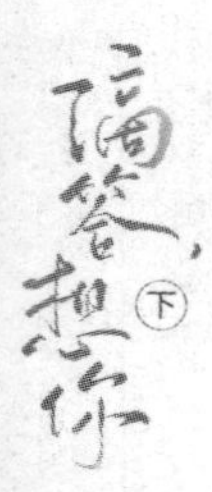

“对，你是知情人，不能参与，不然太不公平了。”

“不过看在你辛苦跑腿的分上，今天谁赢了谁请客，给你买个全翅桶。”

木鱼仔环视一圈：“一个不够，得要两个桶才行。”

“就你这小身板吃得下吗？行行行，两个就两个。”

“你们都押了谁？”

章承杨说：“不告诉你，反正赔率很大。”

“就是，问这也跟你没关系。你快别卖关子了，说吧！”

“那我说了啊——”木鱼仔猫着上身，一个个看过去，拖长着尾音道，“师父去婚纱馆了。”

霍地，众人一个个跟落水狗似的垂下头来。

原来他们全都押徐皎赢。

“不过！”木鱼仔一个大喘气，为防被人群殴，猛一掀开凳子撒腿朝外跑去，只留下一道得逞的笑声，“中途转去机场了！”

章意出发前就带好了护照，一切早有准备，并非临时起意。

当孔佑在橱窗外看到江清晨独自一人抱着婚纱在试衣镜前发呆时，心中忽然划过一丝异样的感觉，紧接着剧烈地跳动了下。

意识到这种场面可能装作没看见更合适，尽管他控制不住自己的脚步停了下来，也没有想过上前去。

不过天公不作美，就在他准备离开的时候，江清晨转身看到了他。

她惊恐得像只小狮子！

“你怎么会来这里？”

孔佑垂着脑袋：“我……”

“专门来看我笑话？”

“怎么可能？你把我想成什么人了！”他挠挠耳后根，强忍着脸上的燥热，“我只是担心你而已。”

“我没事。”

没事的人从来不说自己没事，相反只有有事的人才会这么说。他上前两步挨着她坐下，拍拍自己的肩：“作为竹马，借你靠靠。”

江清晨微微一笑：“我真的没事。”

他不信，对准她的脸仔细观察，确定没有看到一丝痕迹才敢相信，不由得问道：“你不难过吗？”

“难过的时候已经过去了，只是这个结果来得晚了一点而已。”早在制表人大会现场，她就猜到了今天的结局。

“昨天晚上章意去家里找我了，好笑吧？他只去找过我两次，一次他答应娶我，一次他告诉我，不会娶我，虽然结果不一样，但这两次都是为了徐皎。”

当时，他站在客厅里，与她相隔的仍旧是那张大理石桌，上面甚至摆了一瓶刚刚醒好的红酒，可他们谁也没有举杯。

她问他：“还是不相信我们之间的缘分，对吗？”

他没有说话。

当时她的脑袋里一直有两个小人在打架，一个叫不甘心，一个叫不舍得，刚开始两个家伙还打得激烈，到后来看他一直默不作声，忽而失去了力气，觉得没有意思，就握手言和了。

“章意，你的选择是对的。”她不想再隐瞒下去了，也不想再自欺欺人下去，她要打碎所有的假象，让自己清醒过来。

“其实西南那一行是我故意骗你去的，当时你和徐皎感情正好，我怕我再也没有机会，所以给自己制造了一次机会，但我没想到会把自己弄得那么难堪，也让你那么痛苦。”

说做戏也不完全是做戏，她确实在山里走失了，不过没有多久就重新联系上了向导。只是一闪而过的念头，她也不知道怎么回事，就跟魔障似的一想到就停不下来，念头好比滚线球越滚越大，她思来想去，最后还是给了向导一笔钱，让对方陪她演了场戏。

她还特地强调，一定要找他过来。

而他竟然没有丝毫惊讶，只是坦诚地说：“我猜到了。”

“很明显吗？”

“不是，是车子抛锚的时候太巧了。”

她第一次做那种事，还以为自己设计得有多巧妙，原来早就被他识破了。

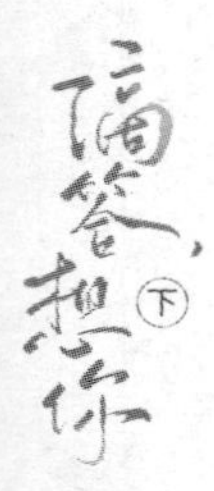

“你猜到了，为什么没有揭穿我？”

“我知道你找刻花机是为了我。”

“不。”她没有那么纯粹，“我是为了钟情。”

从一开始这个让她变得稀里糊涂的缘分，就是她强加给他的，他被迫接受了它，她却没能让缘分继续下去，是她的错。

“章意，我要对你说句抱歉，对不起，我辜负了你的信任。”

他还是那么好，尽量在宽解她：“不要放在心上，世上不会再有刘备与孔明，我反倒要感谢你，如果没有你，‘家园’不会诞生。”

“你还愿意吗？做我的合作伙伴？”

“当然。”他说得无比自然。

她心中的大石头忽地落了下去，一瞬间所有的伤痛都被治愈了，至少还可以做朋友。她已经猜到答案，可她仍旧不死心地问：“能告诉我为什么吗？为什么是徐皎？”

他想了一会儿说：“有一次她和胡亦成吵架，吵得很凶，胡亦成逼她去当演员，她不肯，一定要按照初心坚持下去。当时长宁叔说，我们每个人都应该珍惜童真，可你不能只教会她童真，这是不负责任的行为。她站在学校和社会的十字路口常常迷失自己，可每一次她都选择了勇敢面对。虽然勇敢的后果往往不如人愿且只有她一个人承受，但她不仅受住了，还反过来鼓励我做个好人，做个僧人，你很难想象吧？她可以那么闪亮。”

一直到徐皎离开，他才发现他的生命里到处都是她的影子。无处不在的护手霜，各种维生素和水果的补给，再也没有人陪他玩“几点了”和“拍一拍”的幼稚游戏，也不会再有人听他讲枯燥的钟表史，和他一起潜入大海，再回到人间。

他对她说：“我是黑夜里被那星小小萤火照耀到的孤岛。”

千万人海，何其有幸？

此之孤勇，怎堪相负？

江清晨回忆完那堪比电影长镜头的一整幕景，最后定格在孔佑的眼里。

“那么好的女孩子，换作是我，我也很难不爱她吧？这没什么可遗憾的，在这场对局里，是我输了。”

孔佑叹了口气，还是把她的脑袋拨到自己肩上。

“感情里哪有什么输赢？这么说只会让你自己好受点。”他的手虚掩在她眼睛上，“没事，我给你挡着，哭了也没人看见。不过就一会儿，时间长了手臂要酸的。”

“你为什么总是煞风景？”江清晨抽噎着，转而又道，“挡严实一点，我不想被人看见，你要是偷看就死定了。”

孔佑注视着她圆乎乎的头顶，咧着嘴无声地笑了。

这爹毛的小狮子。

还是挺可爱的嘛。

其实她有没有想明白当初为什么会让他们一起去北京出差，也许还是幼稚吧？女人幼稚起来，报复心也非常可怕。江清晨没有告诉章意，其实徐皎去香港之前她们见过一面。

当时她留过徐皎，不过徐皎还是决定要走。

短暂的助理生涯让徐皎学到了很多东西，面对名匠开出的条件可以游刃有余进行谈判，不再像以前随便三两句话就被忽悠。她真心感谢江清晨的锤炼，也明白江清晨是好意想拉自己一把，衷心表达了对他们的祝福。

就在去香港的那一晚，当初的签约金已经原封不动退回了江清晨的账户。

里面随附一条消息：替我谢谢他。

看徐皎当时的语气和心态，显然已经向前看了，既然早就猜到所谓五年的合作，不过是他想帮她，可为什么还是选择了离开？

至于章意，现在飞去香港还来得及吗？谁也不知道答案。

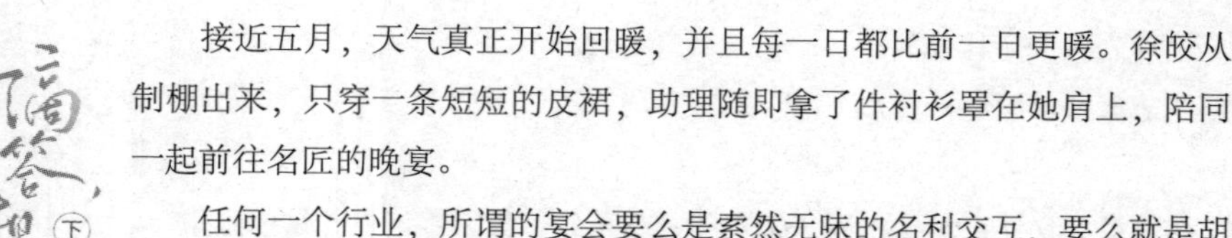

接近五月，天气真正开始回暖，并且每一日都比前一日更暖。徐皎从摄制棚出来，只穿一条短短的皮裙，助理随即拿了件衬衫罩在她肩上，陪同她一起前往名匠的晚宴。

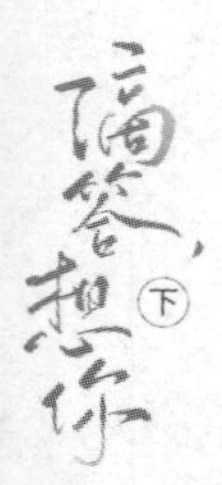

任何一个行业，所谓的宴会要么是索然无味的名利交互，要么就是胡吃海喝的死撑到底。不幸以及万幸的是，徐皎参与的是后一种，尽管喝了个烂

醉如泥，却没有人再对她动手动脚，小助理一直像老鹰保护小鸡崽一样保护着她。

散场后，徐皎拎着小包，踩着高跟鞋，搂着小助理的肩，趺趺撞撞地走在街头。风大，早晚还有凉意，她冷不丁打了个寒战，脑袋随即清醒了点，问旁边的小助理：“叮当，我们现在在哪儿？”

“中环。”

“中环？”

叮当飞快地朝四处看了看：“嗯，中环天星码头。”

徐皎眼睛一亮：“这个地方我知道！你快帮我看看钟楼在哪里？我要找找四锤四簧钟。我跟你说哦，所有打鸣钟里四锤四簧可是最难的了！”

叮当不知道她在讲什么，不过知道一个事：“你说的应该是原来的老钟楼吧？早就已经拆了。”

“什么？”

“嗯，拆了十几年了，你不知道吗？”

徐皎嘴巴一扁，呜呜地哭了起来：“骗子，大骗子，又骗我，还说什么天星码头可以看到四锤四簧钟，我跑了这么远，想着一定要来看一看它，可它居然已经拆了。”她一边翻包找手机，一边让叮当帮她打电话，“我要问问那个人为什么骗我，为什么总是骗我？”

见叮当傻愣着没动，她撒娇道：“你怎么还不打呀？”

“好好好，我马上就帮你骂他。”

叮当知道她喝醉了，得哄着才行，因此拿着手机假装拨了出去。徐皎大声对手机喊道：“章意，你是个王八蛋！”

行人纷纷向她投来注目礼，她站在江边摇摇晃晃，不停地喊道：“章意，你是王八蛋，你是大骗子。”

眼看有远处过来看热闹的人，叮当怕她再闹下去就有人报警了，连哄带骗把她拖离江边。徐皎走得好好的，突然又吼了一嗓子：“章意！”

叮当吓了一跳，以为她又要发酒疯，却见对面快步走过来一个男人。

男人笑着说：“我在。”

“你看，不能随便骂人吧？一骂居然灵验了。”徐皎冲叮当手一指，“喏，他就是我刚才骂的人。”转而扑到章意怀里，费劲地踮起脚扯他的脸，“你怎么来了？是不是听到我骂你了？”

章意哭笑不得地看着她：“虽然酒量见长，但是酒品，还是一如既往的差。”

叮当看着眼前腻歪的两人不禁老脸一红，偷偷吁气：天啊，这是什么宠溺的口吻？我在看什么偶像剧吗？

章意对叮当笑道：“你先回去吧，把她交给我。”

“这、这样好吗？”

话音刚落，叮当就后悔了，只见徐皎捧住男人的脸咬了一口。生怕看到什么非礼勿视的画面，叮当立即拿上包逃之夭夭，一边跑一边还不忘叮嘱他：“酒店门卡就在她兜里，你记得把她安全送回去，明天还有活动。”

章意应了声，赶忙分出手来，捏住她乱啃的嘴。

“你喝醉了。”

“我没有。”

“你知道自己在做什么吗？”

她气呼呼地往他胸口撞：“我当然知道！你还没有告诉我，为什么他们要拆钟楼？为什么我终于来到了中环天星码头，这里却没有了四锤四簧钟？”她呜咽了两声，像小猫喘气似的，“章意，为什么我们不能在一起？”

章意浑身一僵。

“你以前说过四锤四簧有四段音，非常好听，可我听不到了……”说着，她小脸一皱，又要哭了。

章意立刻说：“谁告诉你听不到？你站好，看下现在几点了？”

她不情不愿地瞅了眼手机，顺带打了个酒嗝。

“快零点了。”

“那你闭上眼睛，再有三十秒四锤四簧钟就会敲响了。”

“真的吗？”

他看着她乱糟糟哭花的脸，假睫毛都快掉了，拿袖子给她擦了擦晕开的妆，将她额前的碎发分向两边。看清她白白净净的脸，还是当初每天跟在屁股后面转的小丫头，他情不自禁地笑了，双手捧着她的脸，轻声说：“当然是真的。”

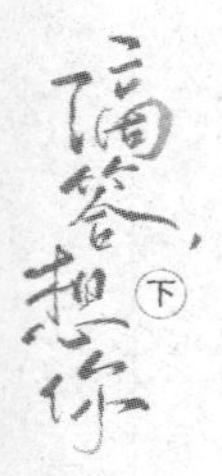

她果然期待地闭上了眼睛。

章意从口袋里掏出弹簧片。这一天他不知道是怎么度过的，没有她新的电话卡，微信也已被她拉黑，和名匠没有过接触，甚至不知道她这次来香港地区是参加什么活动，他像一个无头苍蝇到处乱撞，最后来到这里。

在香港，这里的旧钟楼四锤四簧钟是他们唯一可能交会的点。他跟自己说，如果今天他能在这里碰见她，这一生不管走到多么山穷水尽的地步，他都不会再放开她的手。

说完那句话，他就笑了。

他第一次发现自己有多爱她。

“有个小孩偷了一位先生的表，正好撞到我身上，把表摔坏了。我跟那位先生商量，如果我帮他把表修好，他就给小孩一个改过自新的机会。旁边给人擦鞋的师傅借了我两把工具，半下午我就在那里修表，”他指着不远处的一棵树说，“天将黑的时候我修好了，那小孩激动得直拍手。这根弹簧片是坏掉的部件，被我留了下来，没想到这么快就派上用场了。”

他自说自话般，在一旁默数：“十，九，八，七……”

徐皎逐渐放慢了呼吸。

等到“一”出现的时候，一道轻快又清亮的高音率先划出，紧接着是一段美妙的乐声，持续十六个高音后，协奏出略微走音的西敏寺钟声。

徐皎沉迷其中，露出陶醉的表情：“真好听。”

这是一场难度非常高的表演，借用多种可以发声的工具，甚至还有口技。就在男人以为她会感动得稀里糊涂的时候，她忽然往前一倾，揪住他的衣襟在怀里睡了过去。

章意举着僵硬的手臂。

过了不知多久，他无奈地放下手，将她圈入怀中。

如果章意早点想到有些人醉酒后什么也不记得的话，他一定会录下前一晚的视频，让自己合情合理，否则也不会在第二天某人宿醉醒来时面对如此尴尬的境地。

“你怎么在这里？为什么还在我房间？叮当——”

门被撞开，叮当着急忙慌冲了进来：“宝宝你怎么了？”

徐皎指着旁边蓬头垢面显然在床边照顾了她一整晚的男人道：“你怎么让他进来了？”

“我……”

叮当给章意使眼色，要怎么解释？难道他们之间不是她想的那种关系吗？

章意百口莫辩，一时又不知该从何解释。他想了半天，最后憋出一句话：“我听说你要长留这里发展，这里人生地不熟，又要重新开始，你才跟名匠签约，彼此还需要磨合，万一、万一遇见个什么事该怎么办？真的不打算回去了吗？”

徐皎白他一眼：“谁说我要长留这里？下个月毕业答辩，我还约了晓晓一起拍毕业照。”

章意傻了。

“我明天早上就回去了。”

看来他是被安晓耍了。

章意压下初时的诧异，扬起笑容道：“回去更好，我这次来是有话想……”

“叮当，我的衣服放哪儿了？”徐皎打断了他，“还有鞋子，你快给我拿一下。要来不及了吧？我还得化妆！”

叮当一看时间，还差得远呢。不过作为一个合格的助理，首要学会的就是看人眼色。叮当马上道：“哎呀，司机在下面催我了，我们得抓紧时间了。”说完就把章意往外推，“你先出去吧，我们要换衣服了。”

章意哪里被人这么赶过？手也不是脚也不是，一边走一边回头对徐皎道：“那我在酒店等你。”

徐皎没应声。

他又道：“明天我跟你一起回去好不好？”

徐皎给叮当一个眼神，叮当二话不说把门一关。章意情急之下拍了下门，随即收手，改而拧住衣角，垂头丧气地吁了口气。

为什么只是一夜的工夫，她就像换了个人，对他的态度一百八十度大转弯？前一晚还跟他你侬我侬，第二天就翻脸不认人？

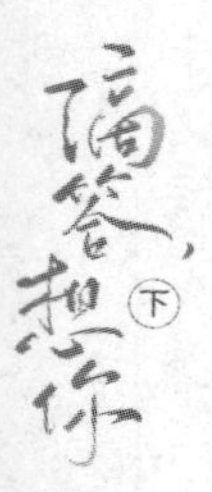

不过徐皎没有给他太多纠结的时间。很快门再次打开，她穿着拖地长裙快步朝前走去，叮当一边给她提裙角，一边打电话给司机。

不给他进去的机会，两人按下电梯。等他从安全楼梯冲到一楼大厅门口，徐皎已经坐上车，转眼就在司机师傅的风驰电掣下消失不见。

这一走，章意就再没等到徐皎，第二天咨询前台才知道她已经退房了。

无奈之下，章意灰溜溜地回到守意。大家一看他跟霜打的茄子似的就猜到了答案，纷纷化身智囊团给他出主意。

其中以章承杨最为老道。

“你之前那么对人家，人家能轻易原谅你才怪，肯定得考验考验你这一次的决心，才会重新跟你在一起。”

“可是她连说话的机会都没给我。”

“重要吗？难道你解释出个八千字论文，她心里就好受了吗？哥，你就是经验太匮乏，咋能两手空空去求复合？怪我，怪我没有事先提醒你，我跟你说，女孩子的心眼可比咱们的游丝还细呢，还记仇，你之前怎么对她，她肯定百倍千倍偿还。”

不，章意不相信徐皎是那样的女孩。

章意坚持道：“我们之前有一次探讨过这个问题，她说自己是理性派，绝对讲道理，不会胡乱生气。”

一口水迎面喷过来，连木鱼仔都忍不住了，一边拿面纸给他擦拭一边说：“师父，你怎么会相信女生这种话？”

“这种话怎么了？”

“这……”

小木鱼段位不够，还得换章承杨上场。章承杨想起一位伟人的话：“女人说不要，通常就是要。说自己理性凡事讲道理的，通常最不讲道理。”

章意不由得微微睁大了眼睛。他感觉到自己的世界正在崩塌。

“那我该怎么办？”

章承杨说：“死缠。”

木鱼仔接道：“烂打。”

“臭不要脸。”老严说完忙又解释，“话糙理不糙，我就是那个意思，不是骂你。”

章意面露难色。

“想当年我作为守意的一棵嫩草，也是无数少女的梦中情人。小章，看在咱们叔侄一场的分上，就收你一个人情价，888 买不了吃亏买不了上当。”

章承杨勾唇一笑：“你那些都是过气的招数了，现在女孩不吃那一套。哥，我们这种关系，啥也不说了只要 666，我就亲身教学，手把手教你如何挽回前女友的心。”

“师父你可千万别听他们的，一个老套一个油腻，还不如相信我？虽然我没什么实战经验，但整个守意有谁比我跟徐皎关系更好，更说得上话？我敢拍胸脯保证，只要我一句话，不管水里火里，保证她回心转意。已经是亏本大甩卖了，520 就可以带回家哦。”

三人大显神通后，齐刷刷看向章意。

而章意的世界只剩下废墟。

距离答辩没剩太多时间，徐皎和公司商量暂时推掉了一些工作，全心全意为毕业做准备。

徐永林已经出院，正在乡下疗养，张蓉找了个线上培训的兼职，在家里就可以赚钱，还方便照顾他。债务索赔全权交给律师处理，于他们而言生活已经逐渐走上正轨。

张蓉还是不太满意徐皎的工作，总是担心她抛头露面，吃了亏也不跟家里说。

“还是找个男朋友，有人照顾你，我跟你爸都放心些。你还记得我单位以前那个赵阿姨吗？把稳定的工作辞掉去做生意那个，现在开了好几家连锁店。她儿子比你大三岁，是个医生，就离你学校不多远。你有时间的话可以……”

“妈，我现在不想交男朋友。”

“你马上就毕业了，是时候考虑起来了，现在不想这个事，非得变成剩女再考虑啊？”

徐皎说：“爸爸身体还没康复，我没心思谈恋爱。”

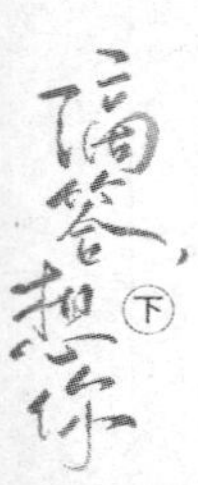

“你……你就是借口，老实说是不是已经有喜欢的人了？”

徐皎沉默一会儿说：“没有。”

“真没有？”

“嗯，没有。”

“好吧，你现在长大了，有自己的主意，我再说什么你也不会听了。”张蓉硬的不行来软的，“经过你爸爸这事儿，我才知道家里有个医生有多重要，遇见事不至于慌了神，一想到那天你爸倒在我面前，我现在都是一团乱麻。”

“妈，我去见好不好？”

“真的？”张蓉的声音立刻轻快了不少，“那妈妈帮你约时间。”

“嗯。”

“你到时候打扮得好看一点，给人留一个好印象。算了，我女儿怎么样都好看，只要你愿意接触，妈妈就开心。”

现在的小孩一听到相亲就排斥，张蓉就是怕徐皎也有同样的心理，才会徐徐图之。两人又说了会儿话，张蓉明显感觉徐皎成熟了，又不禁感慨：“这样也好，女孩子独立有主见，一个人在外面我跟你爸爸才能安心，记得好好照顾自己，不要为了保持身材不吃饭，知道吗？”

“知道啦。”

“嗯，那就这样，别忘了我刚才说的事，好好放心上想一想。”

徐皎忍俊不禁，相亲就相亲呗，还不敢说那两个字。她感觉张蓉变了。换作以前哪怕亲自过来跑一趟，只要她想促成，就没什么能拦得住她，现在反倒能沉住气了。

安晓在旁边听完电话全程，手指飞快地发送出去一条信息。徐皎问：“你在干吗？”

“没干吗，跟章承杨扯闲篇呢。”

“你们俩最近还吵架吗？”

安晓坐在上铺晃了晃腿：“自从我们有了爱的结晶小财旺，已经不怎么吵架了。我发现恋爱这事吧，也就这样，专看有没有人肯低头。”

徐皎点点头，安晓撑着栏杆往下看：“你呢？真不打算接受章意了？他已经和江清晨说清楚，两人不会结婚了，而且章承杨说当初要结婚也是江清晨主动提出来的。”

安晓仰着脑袋想了一下：“没想到江姐还有这魄力，不错，我喜欢，以后我一定要成为跟她一样有钱的女人。”

徐皎双手捧着下巴，一边熟悉论文一边说：“我也想。”

“想什么？”

“想有钱。”

安晓乐不可支：“然后呢？像江姐一样强取豪夺，把章意变成你的笼中鸟池中鱼，每天哭着喊着求你放过吗？”

徐皎煞有介事地想象了一下那个画面，点点下巴：“真不错。”

两人笑作一团。

过了不知道多久，安晓用脚尖抵住徐皎的肩轻推了一下：“说真的，怎么想的？”

“再说吧。”

安晓肩负重任，还要再套出点有用的消息，就见徐皎起身拿起包。

“你去哪儿？”

“再跟你耗着家底就要被掏光了，我去图书馆学习。”

“我也去。”

徐皎狐疑地扫她一眼：“你要是想当章承杨的哨子，我就不认你这个姐妹了。”

安晓脑袋一缩，哪想到自己的小心思早就被看穿，赶忙举双手表态：“我安晓在此起誓，章承杨和徐皎同时掉进水里，我一定先救徐皎，姐妹同心，日月可表。”

徐皎一抬手：“行吧，那就再给你一次机会，且看你如何表现。”

她们这儿欢声笑语，不想守意已经进入一级响应状态。

“相亲！”

“看来徐皎是真的死心了。”

“这事儿搁谁谁都死心，不怪徐皎，要我我也选人家医生，工作体面，工资还高，关键是家里摆着个医生，多踏实。”

“不能这么说，咱们修表匠就不踏实了？”

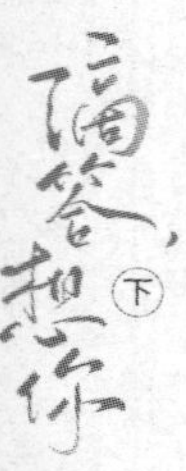

“你说这种话心不虚吗？”

“现在都什么时候了？能不能认真点！我们这次的会议主题究竟是什么？”

“打破阻碍。”

“突破下限。”

章意在一片瞩目下渐渐挺直了腰杆：“我不能再坐以待毙了。”

狗头军师1号章承杨道：“先鲜花礼物轰炸吧。”

狗头军师2号老严说：“等她心房微微塌陷，再把她哄过来看看电影，跳跳舞，顺理成章地牵起小手。”

狗头军师3号木鱼仔说：“然后就到了最关键的时刻，出其不意制造浪漫，公开表白，在她头晕眼花的时候把老章家地库打开，送上钥匙，一举拿下。”

众人面面相觑，觉得可行，于是一拍即合。不过很快现实就给了他们沉痛的一击，鲜花拒收，礼物退回，安晓被打入冷宫。

郎情如火，奈何妾心似铁，借口冲刺，甚至把所有人都暂时拉黑。

守意陷入僵局，章意自知找了一帮怎样不靠谱的军师，心急如焚，忽而体会到当初徐皎冒雨前来只为能留在守意实习的心情，真是一分一秒都漫长煎熬。

正当时，老严还捧着一卷书，在月色下摇头晃脑：

“平生不会相思，才会相思，便害相思。

“身似浮云，心如飞絮，气若游丝。

“唉，可叹可叹！”

章意还没说话，隔壁两间屋子爆发出一阵狂笑声。至长夜过半，章意打开门坐在院子里，想起徐皎，给她发送了好友申请。

结果当然是没有通过。

后来有一天，徐皎忽然发现自己的微博下出现了一个铁粉，他几乎每天都会在她的话题里签到打卡，把她往前三年的每一条微博都评论了，而评论的内容无疑是各种彩虹屁，个人主页没有一条内容，点赞热转都是她。

徐皎正刷到一条评论：“楼上那个叫‘自知榆木’的铁粉，看名字就很老气，别是什么猥琐大叔吧？爱得这么深沉也太可怕了，皎皎一定要保护好自己。”

下面立刻有人跟评：

“是啊，我观察他好久了，每天签到的时间准得可怕，就跟定时闹钟一样。”

“不会是三次元什么狂热追求者吧？细思极恐。”

“网友们脑洞真大。”

“哈哈哈，不知道‘自知榆木’看到会不会哭。”

“他会看吗？哦，对不起，当我没问。”

“楼上笑死。”

“希望他看到可以主动表明身份，我们真的很担心皎皎的安全！”

“不得不说这届网友管得太宽，万一人家只是单恋，你这么一整岂不扼杀了？”

“说得也是，那就希望他能控制一下自己的热情。”

“不要太激动。”

“彩虹屁可以有，不过要适量。”

“哈哈哈哈哈哈！”

徐皎也禁不住发笑，正要往下翻，安晓冲进宿舍二话不说先拽住她胳膊：“下午没事吧？跟我一起去听讲座。”

“讲座？大四哪还有讲座？”徐皎放下手机。

“公开讲座，谁都可以去。”

“我不去，还要背论文。”

徐皎把胳膊扯回来。

“你天天背，脑袋都发霉了。这次讲座是广告方向的主题，你去听一听，也让脑子休息一下，换个新的思路，也许就豁然开朗了。”

“是吗？”徐皎狐疑地看着她，“安美人，你已经被贬为美人了，还想变成才人吗？”

安晓立即做小伏低状：“臣妾不敢，只是今日万里晴空，不宜闷在屋子里久坐，出去散散心有助身心健康。”

也不想想为了躲章意，她俩在学校憋了多久，都快憋出病来了！

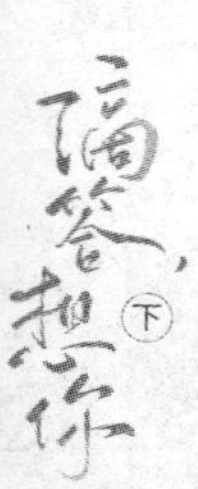

安晓甩着她的手臂撒娇：“再这么下去我头顶真的要长蘑菇了。”

她那个野性子能坐这么多天确实不容易，徐皎假模假样地合上书：“想出去玩就直说，还扯这些谎，今天就勉为其难再恩宠你一回吧。”

安晓一看有戏，立刻笑道：“谢太后娘娘隆恩。”

徐皎其实也想出去玩，只是碍着面子不好意思开口。安晓给了台阶下，她飞快地收拾了一下，就随她出了宿舍。

“我看已经有人在大礼堂那儿拍毕业写真了，我们也去看看。”

“好。”

“咱们学校新开了一家照相馆，我去看了，拍得还不错。”

“有你拍得好吗？”

“那当然没有！我们今天就去大礼堂那边踩踩点，等毕业的时候一起去拍。”

“嗯。”

徐皎被安晓三五下绕晕了头，说是去礼堂附近的草坪坐坐，顺带为之后拍照取景，结果却来到了讲座现场。一看海报上写的“关于精英、时尚与劳力士的相遇”，她就知道自己又一次被安晓骗了。

她转头就要走，安晓已经早有准备，一个重心往下，两手拽住她的胳膊大力一甩，她猝不及防地撞开门。

由于这声响动，先前沸沸扬扬的大礼堂骤然安静下来，台上的老师说：“快找个位置坐下，马上就开始演讲了，大家保持安静。”

徐皎在乌泱泱百号人的注视下，硬着头皮小跑上前，找了个角落的空位坐下。安晓紧随其后，压低声音道：“怎么这么多人？”她环视一圈，基本都是女孩。

徐皎气闷：“这不得问你吗？”

“我……”安晓张口结舌，“我哪想到他这么受欢迎，说到底还是拜你所赐。”

徐皎两只眼睛一瞪刚要发作，场内响起热烈的掌声。她前座两个女孩都快疯了，把手当铜锣敲，“啪啪啪”的清脆响声显示出她们的激动之情。

“我跟你说，那支创意广告我看了不下一百遍，天啊，世上怎么有这么帅的男人？”

“我也是，我每天晚上都要看他一眼，真的好帅，镜头好美，好想摸一摸他，太不真实了。”

“今天总算要见到本人了，我太开心了。”

“我听说他来我们学校开讲座，中午饭都没有吃，一早就来这儿等了，结果……你瞅瞅，还是只抢到一个角落的位置。”

“听说他没有开微博，也没有视频号，不过有很多粉丝都在等他。”

“肯定的，资本市场运营，自从广告片火了找去的人可多了，不过人家是手艺人，只想好好传承家业，我看你是等不到他的视频号了。”

“还好等到他的讲座。”

“他来了！”

正说着，两个女孩手挽手，在看到男人迈上大礼堂台阶朝她们微微颔首后，感动得几乎当场流泪。

安晓啧啧两声，评价道：“过于浮夸了，果然年纪还小。”又看台上，眼睛不自觉亮了一瞬，转头对徐皎笑说，“看来今天章意花了不少时间打扮，我还是头一次看他穿西装打领带，也就比我们家老二差一点点吧。”

徐皎抿起嘴角。

这不是她第一次见了，不过确实比上一次要英俊明朗许多，整个人往台上一站，哪怕不说话只是微微笑着，就好像在发光。

章意也在第一时间找到了她。

“他看过来了，看过来了！他是在看我们吗？”

“他笑了，呜呜呜，我死了。”

前面的两个女孩又在说话，徐皎没忍住轻笑了一下，转开视线。

过了一会儿，耳畔响起男人温润的嗓音，还是熟悉得让人想落泪。

“同学们好，我是今天的主讲人章意。相信大家或多或少都有听说过劳力士吧？有别于江诗丹顿、爱彼等恪守日内瓦传统、年产不过两万的乐适品品牌，劳力士是优质的批量生产手表代名词，也是许多人眼中‘暴发户’的首选，年产量过百万，拥有潜航者、蚝式恒动、探险家、迪通拿、游艇名仕等多个系列。今天我们主要来认识一下潜航者的造型演变，以此揭开广告、

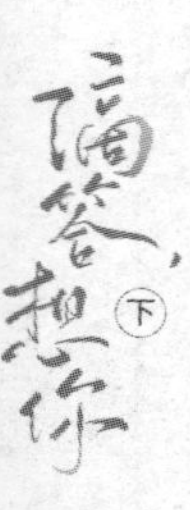

时尚行业为什么会对这个系列如此钟爱的奥秘，接下来我先为大家讲一讲潜航者的发展史……”

他似乎不是第一次来大学演讲，丝毫没有怯场，侃侃而谈，姿态雅然。

光是听周围的窃窃私语，就知道他有多么受欢迎。不止前面的女孩，旁边后面几乎大半的同学都在拿手机悄悄录视频，完全没有在听他讲什么，只有少数同学拿着笔记录着什么。

当然，也有可能并不是在记录课题内容，而是素描、卡通画像之类。

他说道：“劳力士这个貌似低调的品牌，实际上在高级手表与男人的关系方面深谙金银细工之道。切开劳力士潜航者的1953年、1958年、1969年、1979年、1988年和2003年这6个年份的截面，我们会发现一个有意思的现象：潜航者，从当年的以潜水功能为主要诉求的手表发展到今天令男人们很得意地戴在手腕上的装饰，而这种进化，远不只是从钢片卷制的链节到实芯链节那么简单……”

现场有学生提问：“那你觉得劳力士和江诗丹顿谁更优秀？”

这是一个刁钻的问题。

钟表媒体也曾出现过类似的选题，就像他开头说的，一个年产逾百万，一个年产只有两万，一个拥有批量生产的规模和优质水准，一个专注于机芯复杂程度和表壳工艺，且后者更有超过百年的文化传承，这是乐适品牌的要件之一。

乐适品行业对于谁是谁不是乐适品，一向有不成文的规定。把这两类表放在一起比较，其实根本无法比较，结果是谁也不会尝到甜头。

“爱彼、江诗丹顿这一类品牌手表走的是文化传承、独特的工艺和美学品质、高价位和面向高端人群的市场营销路线，这是标准的乐适品定位。乐适品，讲究的是给消费它的人带来一种独有的美好的人生体验和生活方式。劳力士和爱彼及江诗丹顿就乐适品的诠释是不同的，所以把它们放到一起比较就好像把奔驰跟法拉利和劳斯莱斯比较一样。”

提问的学生感觉被自己蠢到了，立刻换了种说法：“那你自己更喜欢哪种表？”

这个问题更刁钻，喜欢劳力士，可能会被误解为审美“暴发户”，中产阶级非富豪，又或者文化底蕴浅。喜欢江诗丹顿的话，又有可能被戴上“炫富”的帽子。

章意为难道：“我会更倾向于珐琅表微型玩偶、精密计时表和怀表，这些都是我的收藏范围。”

安晓捂着嘴说：“章意真狡诈，人家问他喜欢豪华还是高奢，他跟人家说喜欢工艺、功能和历史。”

见徐皎没有搭腔，她忽而明白过来：“杀人诛心啊，我现在知道他为什么要来大学开讲座，这是摆明了要让你再心动一次。瞧瞧，台上的这个男人多有魅力？多少女孩正蠢蠢欲动，而他……却专程为你而来。啧，这要是我，我已经沦陷了。”

说到这儿，今天的演讲已近尾声。台下有女生激情高喊：“哥哥，我好喜欢你，以后可以去你店里买表吗？”

章意头一次公然被女孩表白，神色一怔，下意识看向徐皎的方向。见她还是看着窗外，托着腮一副百无聊赖的样子，他低声道：“可以。”

“哥哥以后可以多来学校开讲座吗？”

“之前看了《家园 & 守业》的广告片，真的真的特别喜欢，哥哥开个专题讲座系列好吗？”

“我代表学校所有广告专业的女生向哥哥发出邀请！”

同学们太热情了，远远超出章意的预料。他想了想，郑重道：“以前有朋友邀请我来学校演讲，我总是不敢面对，怕我站在台上，底下只有两三个学生，也许两三个都没有，当代年轻团体对钟表、手艺和时尚真的还有兴趣和热爱吗？我怕面对超出想象的现状，因此一直没有想过开讲座，不过今天看到底下这寥寥虚席，我很开心，有种发自内心的感动，谢谢你们扭转了我狭隘的看法。”

安晓小声嘀咕：“呸，扭转的不是你的演讲，是你本人。”

“难道不好吗？”一直没有说话的徐皎忽然开口，“不管是他，还是他的演讲，让更多人看到守意，看到和守意一样正在艰难传承家业的民间老店，看到不管是钟表修复还是其他正在流失的传统手艺，这都是一件好事。”

她刚说完，台上章意讲道：“只要你们愿意听我讲，我会争取再为大家

演讲手表的发展史。”

“嚯，可真有默契。”安晓笑道。

“哥哥，那你为什么突然改变了想法？”

是啊，从不演讲的人，今天为什么会来学校？章意的目光再次不受控制地落到了一处，紧跟着大礼堂里百分之八十堪称福尔摩斯的女孩都看向了同一个方向，安晓突然觉得一阵凉风袭来，后脖子直发寒。

好在章意很快收回视线。

她躲着他不肯见他，他在学校又找不到她，不想带给她太多的困扰，也不想就此放弃，于是他想出了这个两全之法。他来她的地方，寻找可以和她相遇的机会，她可以接受，也可以拒绝。

虽然她全程没有看他一眼，但他还是很开心。

在来之前，他想着如果能见一见她就好了。这是他原本的想法，不过现在他变了。他忽而有种强烈的感觉，如果他再不向她表明自己的心意，很可能他就要真的失去她了。

他的心脏鼓动着，一股未名的冲动涌到喉头。

章意的喉结滚动了一下，继而抓紧了台上的麦：“我认识一个女孩，在我完全不知道的情况下她剪出了《家园 & 守业》的广告片，化解了前一阵子制表人大赛上我的失控所带给守意的风波，我从来没有解释过那次失控的原因，不过我想你们应该都知道了。以前每当我走过街头，看到别人一家三口温馨的画面，我就会没来由地升起一股羡慕，可这么多年，我也从来没有向任何人展示过我的羡慕，好像这种羡慕是可耻的，不可以提起的，一提起很多人都会跟着受伤害，只有她没有回避，没有躲闪，教我直视，克服那种说不出来的自卑和恐惧，去找寻真正的自我。一直没来得及跟她说声谢谢，我真的很感谢很感谢她，也很感激她慷慨解囊，渡我于危难之际，帮助我走出人生低谷，可以说没有她就没有家园万年历，没有她就没有现在的章意。”

或许在一个繁花似锦的春天，他会逐渐枯萎，一如威尔在世界尽头的陨落。

“她在大海里救过我的生命，在演唱会带给了我前所未有的感动与温暖，她让我看到了活着的更多可能性。也许我不该把所有时间都投注在眼前和脚下，偶尔也应该看看世界，看看星空，看看身边的她，可我太迟钝了，太笨了，太蠢了，一直没能看懂自己的心，后来我把她弄丢了，现在我很想再把她找回来，所以我来这里，其实是想告诉她……”

安晓的心伴随着这一停顿提到了嗓子眼处。她拼命拍徐皎的手臂，徐皎被弄得不得不转过头来。

“徐皎，我爱你，请你再给我一次机会好吗？”

徐皎远远地看着他。

她相信这一刻他所说的每一句话，相信他眼里盛满的爱与热意，相信他的感激与感谢，可她已经不是昨日的徐皎了。

伤痕可以淡去，伤痛可以渐缓，可伤心永远不会磨灭。

过了不知多久，她拿起包，起身离开大礼堂。

学生们轰地炸了。

章意追了出来。在离大礼堂不远处的人工湖边上，他拦下徐皎，气喘吁吁地向她解释道：“对不起，是我唐突了，我没有想到……”

“打住吧，别再继续下去。”徐皎打断了他，她的神色淡漠、疏离，甚至还透着一股厌倦的意味，“我很感谢你还爱我，可我已经不需要了。”

“为、为什么？”

她转而看向湖面，不远处有情侣正在杨柳树下接吻，男孩的手撑在女孩头顶，想靠近又不敢压着她，两人身体几乎紧贴，却又留有一丝余地。湖心游过一只水鸭，扑棱着翅膀正在追逐一条狡猾的小黑鱼，离得近了却没有一口啄下去，而是衔住小黑鱼，把它藏到了远离鸭群的水草丛里。

任何一种形式的爱，她都渴望。可她却说：“我怕了，我怕有一天你会再次看不清自己的心，再次犹豫不决，再次伤害我。老实说就算我可以很坚强，可同样的伤害我不想再经历第二次了。”

徐皎看向他。

阳光下的他一如三年前初见，美好得像装嵌在橱窗里的珍品。然而珍品易碎，器物再美，终会伤人。

“章意，我们好聚好散，好吗？”

不好。

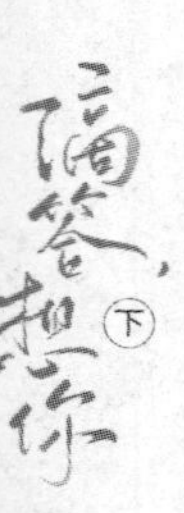

章意的心里有一千万个声音在呐喊，可他能怎么办？如果她哭，她抱怨，她生气，她发泄，那么也许他还有一线希望，可她如此平淡与冷静，他就知道她已经深思熟虑，下定决心。

他的手虚无地晃动了一下，放开了本就远离的她。

不想回去面对大家的失望，章意独自一人在街头走了很久，不知不觉间来到“霓虹”。犹豫之间，他推开了另一扇五光十色的门。

过去的他，就算再怎么失意也显少会刻意买醉，哪曾想头一次只身而来，就好巧不巧碰见同样来买醉的孔佑。

孔佑正愁一腔苦闷无处发泄，提起酒瓶就坐到了章意身旁。孔佑双眼迷蒙，走路左摇右晃，肩膀挨着章意还差点撞到他的头，显然已经喝大了。

见章意神色落寞，孔佑挺起肚子打了个酒嗝，傻乐起来：“你哭丧着个脸干什么？两个女人至少都喜欢过你，我呢？”他指了指自己的脸，凑到章意面前，“你瞅瞅。”

灯光下离得近了，章意才看清他眼角巴掌大小的一块乌青。

“我今天跟江清晨表白了，我说我好像有点喜欢她，你猜她怎么着？喏，一拳头把我打成这样。”他说着哇哇大哭起来，“章意，老实说你是不是克我？”

自回国以来，先是徐皎，再是江清晨，凡碰上章意，他都被压了一头。沦落到今日，居然还得跟情敌一起买醉。

“你说我惨不惨？惨还是我惨，我都还没哭呢。”说着，孔佑咕噜了几口酒，接着哭了起来，“我到底哪里差了？不就小了个把月，又没缺胳膊少腿，至于那么嫌弃我嘛。”

“你……喜欢清晨？”章意才反应过来。

“怎么，不行啊？”

章意觉得好笑：“你们青梅竹马一起长大，这么多年朝夕相伴，为什么直到现在才发现自己喜欢她？”

“应该是命运的安排吧。如果不是她喜欢你，我也不会喜欢她。看到她死鸭子嘴硬的样子，我这里，”他指着胸口的位置说，“忽然之间好疼好疼。”

他接着说：“我从来没见过她那么别扭、弱小又无助的样子，该死的太迷人了。”

章意无言以对。

面对一个比他更迟钝的男人，原本杂乱无章的心绪忽而明朗起来。或许没有那一遭，他也不会发现自己的心意，至少不会像现在这样明确。

他宽宏地拍了拍孔佑的肩膀：“男人哭吧，不是罪。”

孔佑收到来自情敌的安慰，哭得更凶了。

毕业季来临，徐皎顺利结束答辩，拍完毕业照，拿到学士证书，成为一个真正的社会打工仔。毕业典礼上守意的师傅们都来为她庆祝，小木鱼送给她一只亲手刻有“远大前程”的木雕小猫，老严带来了她的巨幅海报，章意送给她一束七里香。

老严卖力找补：“小章最近太火了，店里天天都有人来找他，忙得是焦头烂额，就这七里香，你别看蔫了吧唧的一束花，还是他连夜去市场买的，人都关门了硬是把门敲开，花了好几倍的价钱才没挨老板的拳头。”

徐皎笑一笑。

老严大概是觉得他的礼物太轻了吧？可她知道七里香的花语是勇敢，他还没死心。不过她还是欣然接受了。

之后她的工作开始密集起来，名匠旗下有多项雪茄、游艇的业务，时不时就要出席晚会，参加广告拍摄，偶尔还要为游艇会站台，经纪人雷厉风行，甚至帮她签了一部电影，她在里面扮演一个籍籍无名的角色，不需要露脸，没有台词，一生穷尽，为琴而生，因此非常考验手的表演能力。

为了进组后不拖后腿，徐皎特地报了一个古琴班。班里大多是几岁到十几岁的小孩，鲜有跟她一样的“大人”，换了身份后再看世界又有不同，好在她悟性高，中途插班也跟得上课程，有一次还被老师夸了，收到来自一众小朋友羡慕且嫉妒的目光。中途下课，她到走廊上跟叮当打电话，正讲起这件事，忽然目光一定，对方也旋即看到了她。

徐皎很快挂断电话走了过去。

胡亦成把一个女孩送进门，叮嘱道：“好好上课，认真揣摩老师的意思，别走神。”

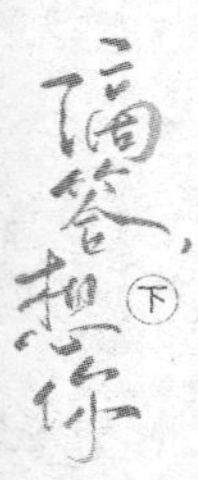

女孩有点不耐烦，把书包往身后一甩：“知道啦。”

徐皎看到门牌上“艺术表演”四个大字，猜到他们之间的关系。

“带新人来上表演课？”

“嗯。”胡亦成点点头，“你呢？”

徐皎说：“我学古琴。”

“手替的工作吧？”

“嗯，差不多，也不全是，这次不是替身，就是我自己。”

胡亦成听她讲戏里的角色，说是角色，其实就是一个可有可无的“上帝视角”，通过古琴来映射什么而已。而她却很开心，开心的不是有了人生第一个大荧幕的角色，而是她的手有了更大的表演空间。

“你还是跟以前一样。”胡亦成感慨道。

徐皎微微一笑。

“还记得去年这个时候，我也帮你接了一个跟琴有关的工作，不过是弹钢琴，你还特地去学了一段时间，虽然只有那么一个镜头，但你对待每一份工作似乎都这么认真，认真到有时候我甚至觉得你很傻。我常常在想，如果你把这个劲头用在事业的钻营上，或许我们早就不一样了。”

徐皎也记得那一次钢琴手替，结束工作的时候在咖啡店还差点被烫到手，幸好一个男人帮助了她。

她说：“会不一样，但不一定变得更好，也许变得更差了。”

“你说得对，要是跟我一样，我们之间大概走不到后来。”胡亦成想起两人最初一起奋斗的时光，心中仍旧涌起一股暖流，原来流星雨划过天空，并非什么都没有留下。

他转头看向别处，默默掩鼻换了口气，才对她说道：“徐皎，谢谢你。我知道如果不是你，章意不会轻易饶过我。”

徐皎一愣，还是说了实话：“那件事跟我没关系，我都交给律师处理了，没有再问过后续。”

胡亦成没想到是这个结果，面色微微凝住。很快，他就想明白了其中的关窍。

“我现在知道你为什么会喜欢他了。当初得知你整天背着我偷偷往守意跑的时候，他还问过我为什么要妨碍你交朋友，好笑吧？那个时候他居然还不知道你喜欢他，更好笑的是，只是把你当成普通朋友，他就可以为了不让你为难，从而答应为我牵线梵刻，我想他那个人情应该很贵。如果不是为了保护你，保护你的名声和你的未来，我现在应该也不会这么容易能重新开始吧？”

胡亦成说完看了下时间：“我还有点事，要先走了。”

徐皎慢半拍地应了声好。

胡亦成舔了下嘴唇，似乎想要说什么，然而几次要开口都止住了，最后只道：“再见，祝你前程似锦。”

徐皎说：“谢谢，你也是。”

胡亦成下了楼，正要取车，忽然从身后传来一阵急促的脚步声。他猜到是徐皎，扬起笑容回头道：“你是不是……”

徐皎喘着气说：“你刚才说章意一直在保护我。”

胡亦成剩下的话咽了回去。

他缓慢地点了点头。

“他……他当初有跟你说什么吗？”

“有。”

多年的默契让胡亦成瞬间猜到她的心思。他的心头忽而掠过一丝寂寥，似那镜中花水中月，若即若离，终要断舍。

“他给我讲了一个僧人和老虎的故事，不过和我看到的故事有点不太一样，他的故事里不是一个僧人，而是两个，当老虎走投无路想要吃人的时候，它没有选择一开始与它相伴的僧人，吃了另外一个僧人。”胡亦成说，“一开始我不懂他什么意思，后来我明白了，老虎是我，而死掉的那个僧人，是他。”

徐皎的心抽了一下。

“徐皎，你想过吗，一个人在什么样的情况下会愿意以身饲虎去保护另外一个人？虽然我不知道你们之间发生了什么，你为什么要向我确认这一点，但我清楚知道一件事，或许在他还没发现的时候，就已经爱上了你。”

可惜他看懂这个故事的时候太晚了，如果他能早点看懂，或许能够体会到章意的良苦用心。

胡亦成这回是真的走了。

徐皎上完剩下的半节古琴课。前头才夸过她的老师，后头就严肃地批评了她。当着一众小孩的面，徐皎被说得无地自容，好不容易熬到下课，她立刻收拾东西离开了教室。

叮当已经在外面等她，看她没精打采忍不住问道：“你怎么了？”

“我没事。”

“要是身体不舒服的话就先回去休息吧，我们把采访推迟也没关系。”

“没……真的没关系吗？”

叮当愣了一会儿随即笑了，摸摸她的头：“宝宝，说实话我刚来你身边的时候，看你一副拼命三郎的样子，还着实担心过我的前途，生怕跟不上你的节奏被你甩开，可后来相处久了，看你辛苦也非常心疼你。现在你总算知道休息了，我不知道有多开心。你放心，我来编理由跟公司那边交代，你不用管了，安安心心回去休息，想我年轻的时候也是老师非常头疼的班级小霸王呢。”

徐皎反过来也摸摸叮当的头：“厉害啦，我的小叮当。”说罢深吸了一口气，“我现在还撑得住，理由留到下一次吧。”

“你真的没事？”

“嗯。”

叮当无可奈何，陪着她完成了一个采访才结束一天的工作，收工时已经晚上八点多。对方耽误了她太多时间深感歉意，万分热情地邀请她一起吃晚饭。

“正好还有几个小问题没问，吃饭的时候可以继续聊聊。”

徐皎说：“那就由我来请客吧，要不是迁就我上课的时间，也不会拖到你们下班。”

叮当立刻安排，几个人就近去了隔壁的一家火锅店。

吃上热乎乎的饭菜，大家都卸下了彼此的伪装，就当朋友聊起天来。

记者问徐皎：“手模特在国内确实算小众领域，熟知的人不多，有这方面需求的也少。你长得这么漂亮，真不打算转行去当演员？”

徐皎早就考虑过这个问题，不排斥，但要看机缘。她直言道：“至少现在还没这个打算。”

记者点点头，又道：“问个私人的问题，你有男朋友了吗？”

叮当立刻警惕起来：“你问这个干吗？采访表上可没有这一条。”

“哎哟，你别紧张，我就是随口一问。”

“随口一问也不行。”

徐皎冲她安抚似的点点头，说道：“我没有。”

记者精神一振：“真没啊？那你看我怎么样？”

“噗——”摄像和叮当都笑了。记者一看他们的反应，讪讪道：“我开玩笑呢，不过你怎么会没有男朋友？”

叮当想起香港地区那几天的经历，自从某个男人出现后，徐皎就很少笑过了。这得多大的情伤啊？让人难受到这个地步。不等徐皎开口，她抢白道：“这种涉及隐私的敏感问题，咱能不问了吗？你们记者是不是都有职业病？”

“怪我，都怪我，还真就是习惯，我不问了。”

记者拿起筷子打嘴，才要说起别的，就见对面一直闷闷不乐的女孩开了口：“我有过。”她说，“我曾经很喜欢很喜欢一个男人。”

职业惯性让记者瞬间又满血复活。他激动地问：“男人？他比你大？至少不是同龄人吧？”

“嗯，他比我大七八岁。”

“哇，比我还老，那你喜欢他什么？”

徐皎想笑，好像章意某些方面给人的感觉确实有点老气横秋，不过在她眼里却是样样都好：“哪里都喜欢，喜欢他长得好，有气质，会哄人，工作认真，态度严谨，还很爱很爱家里人。”

“看起来确实一百分。”

“可他很久很久都没有发现自己喜欢上了我。”

“啊？”

“他真的很笨，可就是这样一个人，第一次见面的时候居然就调戏了我，让我一直忘不了他。”在苏黎世的那一晚，当他信步跟在她身后，时不时拍打着网球在地面发出砰砰的声响时，她的心也在发出一样的声音。她害怕狂

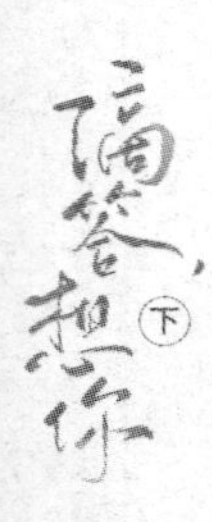

欢夜那些随处可见的酒鬼，也害怕他，可即便如此她还是相信了他。

她没有选择，只能相信他，那是一种宿命的安排。更要命的是，如果他是白天的他，他或许湖光山色，遥不可及，可偏偏是喝醉的他。他在路灯下冲她挥手，眼睛微微眯起来，像一只慵懒的老猫。

那表情仍旧迷醉，却充满了轻佻的意味。

虽然他什么也没做，只是莫名其妙地笑，用几国语言和她说再见，还稀里糊涂地哼唱了一段当地歌谣，但她认定他调戏了她。

记者不自觉咽了口口水。

“我也不知道是该羡慕还是该气愤了，之后你没再见过他吗？”

“有，三年后我重新遇见他。”

“你们在一起了？”

“嗯，在一起二十八天。”

记者惊得瞪大眼睛：“不到一个月就分手了？”

徐皎揉了下眼睛：“没有说分手，只是不在一起了。”

“这什么人啊？怎么能这样！”叮当禁不住义愤填膺，“太不负责任了。早知道他是那种家伙，那天我就应该捶爆他的头！”

“你们为什么分手？哦不对，为什么分开？”

“他生病了，家里人拦着我不让我见他。”

“就这？”

“他是心理病，可能怕拖累我吧？后来他没有再找我。”

记者听到这儿也禁不住扔掉了筷子，抬手就是一杯啤酒，骂道：“我最讨厌这种自以为是为了别人好的人了，也不想想这种好是不是对方想要的，如果不是，那就是强加的好，跟道德绑架没什么两样！分得好，这种男人你还惦记他干什么！”

“可我真的、真的很喜欢他，分开后的每一天我都在想他，怕他吃不好，怕他睡不着，甚至怕他出事一度想天天守在他家门外。我只想要他好好的，爱不爱我没有关系，只要和从前一样生活就好了。”

“那你……”记者声音放轻了许多，“你也太喜欢他了吧？”

“嗯。”她没有否认，“我只喜欢过他一个人。”

喜欢一个人其实是很没道理的事，你可以安慰她天涯何处无芳草，甚至告诉她时间会消磨一切，可是她想要的不是未来，而是现在，就此时此刻。

“虽然他犯了一个自以为是的错，但听你的描述，这男人不错。如果真的放不下，不妨给他一个机会，就当给你自己一个机会？”

她抬起头看向记者。

记者笑着露出一口大白牙：“嘿，我早就看出来了，这一整晚你一直心不在焉，就是在想他吧？”

“我……”

“我做记者，遇见过形形色色的人，故事也听了不少，像你这样的女孩不少，我一般不劝人和好，因为注定要分开的男女，你再怎么撮合他们最后还是会分开，可注定会在一起的人，哪怕你再怎么阻拦他们也会在一起。害怕、恐惧、不安、伤心，这是一种感情关系里的常态，你要发现的是，在这些东西更外面，他带给你的是什么？”

徐皎放开手，眼睛在火锅的热气下被熏得通红。

她的眼泪控制不住往下流。

“温暖，勇敢。”

“还有吗？”

“独自，自信。”

“还有吗？”

“很多很多的快乐。”

“这不就结了，想那么多干什么？”记者捞起一块肉，大口咀嚼起来。

徐皎茫然地看着前方，火锅正在沸腾，一如她正渐渐沸腾的内心，红汤里翻滚的油泡充满了香气，让人胃口大开。叮当见她整个人活了，好似有了光彩，朝记者竖起大拇指，刚要给徐皎夹一块肉，就见她电话响了起来。

短短几秒钟，她眼神里的光又瞬间黯了。

徐皎立刻起身拿上包：“叮当，你先帮我结账，我回头再给你。”说着就飞奔出去。

叮当想追被记者拦住了。

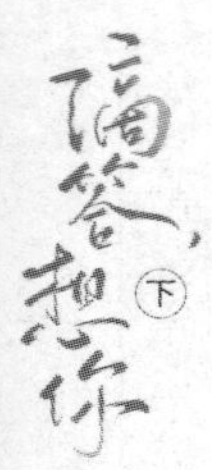

“让她去吧。”

“可是我不放心。”

记者笑着说：“你是助理又不是她妈，就算是她妈也不能永远陪着她。我刚才说了，要分开的人注定要分开，想在一起的人注定会在一起，让她自己选择吧。”

徐皎坐上车就开始后悔，一路上不停地抹眼泪，司机被吓得不轻，油门踩到底，没有多久就把她送到了守意。她下了车不管不顾地往里冲，却在门外被老严拦住。

老严脸色凝重：“你先别激动，听我说，我瞅着应该是这些天第一次。他的情况你是知道的，心里出了毛病，医生说再多都没用，还得靠自己走出来。这不前一阵被你拒绝了，去大醉了一场，回来后就一直郁郁寡欢。”

今天本来店休，章承杨和安晓去约会了，小木鱼带着老严去逛庙会，章意说想研究新表就留在了家里，结果他们回来里里外外找不到他，电话也不接，邻居都说没看到他出门，想到以前那些事，担心的还是发生了，他们急得不行，就差报警了。

“好在小木鱼眼尖，看到他躲在桌子下面。这……这怎么会躲桌子下面？”

徐皎平复下来，轻声问：“你们没劝吗？”

“劝了，怎么都不肯出来。”老严叹了口气，“这不没办法才打电话给你，徐皎，帮我们劝劝他，好不好？”

徐皎点点头。

老严往旁边退了一步，小木鱼和章承杨在里头自觉退场。帘子几下翻动，几人都去了后院，徒留徐皎一人。她把门掩上，关掉大灯，调整呼吸，绕过柜台来到章意的工位上。

祖母绿的老式台灯一拉，昏黄灯光在脚下投出一片天地来。徐皎蹲下身来到他身边，看到他正蜷缩在桌角，拿着一块表嘀咕着什么，不禁眼眶微酸。

她轻声道：“你怎么了？在想什么？”

“这是宝珀的‘五十噚’。”他抬起眼睛，“同城会有个人来找我，让我为他检验这块表的真伪。我告诉他中国有专门的识别机构 HGSTC，可以凭身份识别码和检验证书获取翔实数据，他说他不相信机器，他更相信人。”

徐皎不由得往后退了一步：“你……”

“你还记得我之前跟你讲过吗？要检验这块表的真假，得在黑暗中25厘米距离，仍可辨视时间指示与时间预先选择装置的时间设定，并能确认手表仍在运转中。在全黑情况下手表运行的指示，通常要看头或尾部带夜光涂层的秒针。”

就在徐皎往后退出桌子准备离开的时候，他忽然拉住她的手，屋内霎时陷入黑暗。

徐皎低呼：“你骗我？你们一起合起伙来骗我！”

“我只是想再试一次。”章意靠近过来，“你看，这就是‘五十嗬’在黑夜里的样子。秒针上有涂层，还在运转，你听见它走动的声音了吗？”

黑暗蒙蔽了她的双眼，却让其他感官变得敏锐起来。她能听到他的喘息，感受到他掌心的温度，甚至可以想到如果这个时候要走，他会怎样无赖地用身体将她牢牢圈住。

事实上，她才刚刚动了一下，他就吓得抱住了她。

徐皎喘着气怒吼：“你放开我。”

“我不。”

“你再这样别怪我对你不客气。”

“你打我吧，骂我吧，随你想怎么样都可以，就是不要不理我。”

徐皎咬住牙：“我不知道你可以这么无耻。”

“对不起，我骗了你。”

她放弃了挣扎，声音变得和缓：“章意，你到底想说什么？”

“‘五十嗬’只属于你跟我。那次完全是个意外，我发烧的时候脑子里很迷糊，只是想到你，想到那一夜在海上我教你唱‘五十嗬’，你知不知道如果不是你曾经一次次呼唤我，我可能早就死了，在你把二级头给我之前可能就已经死了。徐皎，我真的很需要你。”

他的手托住她的后脑，让她不得不面对他。尽管她看不见他，可她能感受到他的所有，一呼一吸，一起一伏。

“我总是在潜意识里走向你，靠近你，需要你，可活着的我却时刻在一

种清醒与克制当中，让我一次次失去你。徐皎，我真的很后悔，如果你真的相信叮当猫的话，可不可以给我一台时光机，让我能够回到过去和你重新认识一次？”

徐皎的身体渐渐放松下来。

她捧起他的脸，手指描摹过他的眉、他的眼、他的鼻梁与嘴唇。他的呼吸一直颤抖不止，与身体强烈地产生着共鸣，这让她完全不能自已，控制不住想亲吻他的冲动。

“如果可以回到过去，你会回到什么时候？”

“三年前。”他毫不犹豫地说，“在班霍夫大街，我会在完成葫芦钟的那一天一直等到你来为止。如果你不出现，那么女子网球联赛落幕的那一夜，我会在网球场和通向酒店的路上，一直寻找你。如果你还不出现，我会在楼下等到天亮，把自己淋湿也要拿到你的联系方式。如果、如果还是不行，那么三年后在咖啡馆第一次见你，我会用衣服再次帮你挡咖啡，而且会以此作为开端，向你搭讪。”

她在水深火热中抽噎起来：“怎么会是你？为什么会是你？”

是啊，为什么是他？

“其实我们真的错过了很多次，我真的很怕再错过一次就没有将来了。”他的嘴唇碰到她额头，禁不住哽咽，“你的时光机好像不太灵，为什么还不给我新的电话？”

徐皎再也忍不住大哭起来。

黑暗中，他找到她的唇，试探性地先舔舐了一下，低声说：“别哭了。”继而捧住她的脸，加深了这个吻。

她的手里忽然不知道从哪里塞过来一个东西。

凭着触觉，她猜出来是那只脏到全黑怎么也洗不干净的网球。她又是哭又是笑，握住网球抱紧了他的脖子。

“为什么把它捡回来？”

“不知道，可能有个声音在告诉我。”

“什么？”

“未来有一天我会以此作为凭证。”在章意屏息等待的时候，她轻点了下他的鼻子，扬起嘴角，“将你私有。”

“喔，是这样。”黑夜里响起一串笑声，“真是三生有幸。”

六月天的某一个深夜，在某一个不起眼的小院里，不知是谁摆开了烤架，又拉起电影画布，敲锣打鼓唱起了诗：

小男供饵妇搓丝，溢榼香醪倒接罹。

日出两竿鱼正食，一家欢笑在南池。

此夜甚美。

愿至水穷处，皆见云起时。

- 全文完 -

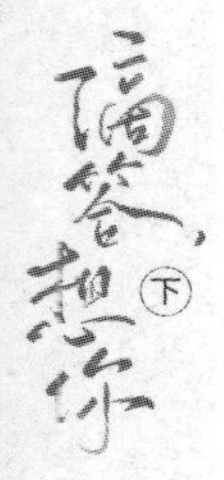

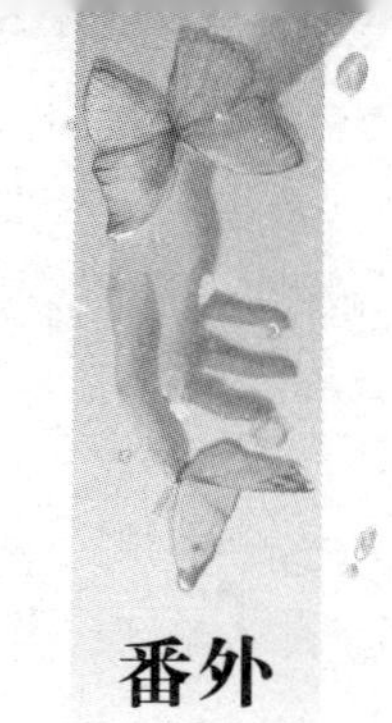

番外

Dida, Xiangni

后来有一天，徐皎突然想起一件事，问章意："自知榆木是不是你？"

他微微地睁圆了眼睛，显出愕然来。

"别不承认，尽管你在众多网友心里已经是个猥琐大叔。"

他赧然道："为什么那么看待我？"

"这个问题难道不应该问你？"徐皎说，"你从哪里学的那些彩虹屁？"

"我每天定时起床上链，签到时间当然规律。"

"谁问你这个？我问你彩虹屁从哪里找的？"徐皎仔细端详他的脸色，见他越躲越远，忽而福至心灵，"该不会是你自己想的吧？"

他做出一副苦大仇深的样子。

"所以为什么我绞尽脑汁想的那些，在他们眼里却是个猥琐大叔？"

徐皎忍俊不禁，翻到一张安晓给她拍的毕业照，底下评论都是"好美""这是什么美貌的迪士尼在逃公主"以及各种夸张的"可以申请吉尼斯纪录的美貌"等，而他的画风是这样的：

不知天边月，胜似皎洁雪。

"看看，这像话吗？这像正常人说的话吗？"

章意委屈，一气之下打开微博把她取关。可即便如此，"自知榆木"还是每天雷打不动出现在她的超话签到打卡。这样持续了大概两年后，粉丝们纷纷扭转了对他的印象，不再给他戴"猥琐"的帽子，而是换成了许许多多个美好、褒奖的词，譬如"长情""痴汉""死忠"。

章意还是不高兴，直到后来他发了人生中第一条微博：

合法的第一天，@ 不知天边月，胜似皎洁雪。

章承杨：幼稚。

木鱼仔：可怕。

老严：世风日下。

徐皎：请删除。

章意（星星眼）：我要勇敢地做我自己。

虽然每每都会脸热，但章意还是遵循内心的意愿，情不自禁地释放了自己，连曹如意都说，章意变了。以前他就像守意后院里那只叫家旺的乌龟，背着传统与传承的重重的壳，看似自由充实，其实眼里始终蒙着一层灰霾。如今灰霾尽去，寒江不复，不止他整个人鲜活了起来，就连守意的一大家子都变得快乐了。

活还是那些活，活法也还是当初的活法，可就是不一样了，无声无息间，有什么将他们改写了。唯一不变的是，这家人十年如一日地互相守望，温暖如春，正如那墙壁上的钟，那缝隙里的时间，那岁月里的情怀，并不因光阴的推移而消磨，反而因世事无常，人走茶凉而变得更加深厚。

说起曹如意，她是一个神奇的女人。至今徐皎都不知道在她身上发生了什么样的故事，她正经历着什么，不过她总是毫无预兆地出现，又猝不及防地离去。时而像老朋友闲话家常，时而又像陌生人擦肩而过，就是这样一种飘零感，结结实实给每一个人的心弦都上了链。

他们珍惜每一天的相聚与团圆。

两年后，章意带着以深海探测作为研发初衷全新创制的“希望计时表”，征战瑞士巴塞尔国际钟表展，不出所料，他成功被纳入了 AHCI 候选人行列，成为亚洲地区最受瞩目的年轻钟表人，相信在不久的将来他也会成为一名出色的独立钟表创制人，而钟情也在江清晨与孔佑的带领下，逐渐占据高端钟表市场的一角。

至于他们的爱情能否开花结果，那是另外一个故事了。

不过应该会和班霍夫河畔初次见面的那一眼一样，令人毕生难忘。